U0058886

語文閱讀
教學策略

林慧玲 著

序

　　兩年前很幸運考上東大語教所，蒙系所諸位教授傾囊相授，所長周教授耐心指導，能繼續做教學研究，讓理論與實務相互印證，教學能更精進，是我最欣喜的事。感謝老天爺願意給我機會讓我進入知識的殿堂，發現語文領域更寬廣的世界。

　　學子們在國際閱讀評比屆屆表現不如人意，以及一般人為考試為成績而讀的無奈，呈現的是整個語文閱讀教學的效果不彰。本書希望提供教學者及教育決策者一個具有效能且更周延的語文閱讀教學策略。整本書包括針對語文閱讀「為誰」、「選材」、「教什麼」、「怎麼教」研發教學策略。建構的策略內在邏輯包括為誰閱讀，根據閱讀對象如何選材，再進一步探討教什麼及怎麼教。一個納含多層面的語文閱讀教學策略，強調當學習者認知到從閱讀學習的結果，可以影響特定人或不特定人，學習將更有意義。因為是採取主動的學習者，從事語文閱讀教學時，身為教學者配合指導根據閱讀所為對象的不同，是特定或不特定人分別選擇基進與經典的閱讀材料，為特定人教基進觀念，為不特定人教經典觀念。透過教學活動的安排、教學氣氛的營造、教學環境的布置，教導並學習如何深層理解文本，多元詮釋內涵。除了學習者本身經驗再製外，透過討論、講述等教學法，佐以描述、詮釋、評價等閱讀方法，讀出文本知識、規範、審美等語文經驗，發現新知，要讓學生無中生有、製造差異。這些任務的達成要有背景知識作後盾，教學雙方愈能加強充實，愈能從想像和經驗中衍生豐富的意義，在語文閱讀教學上有效發揮，甚或進一步達成推移變遷、改造修飾世界的想望。

i

　　論文的完成雖是排除萬難，辛苦努力的成果，過程中幫助我的人更是難以悉數，面對學術上、身心上幫助我的師長、家人、同事們真有說不出的感謝。

　　要感謝的人太多，但最要感謝的是指導教授——周慶華老師，老師著作等身，學養廣博專精，是我領航的明燈。一路論文寫作的路上，彷彿陪伴學步孩子的亦步亦趨，殷殷督促叮嚀，不厭其煩悉心指導，讓我有所遵循，不致茫然失措。雖說聞道有先後，術業有專攻，我不比老師年輕，但老師豐富的知識涵養，認真嚴謹的治學態度，讓我由衷欽佩，也樂於與老師學習。從課堂受教於老師，感受老師的認真備課教學，與審改論文錙銖必較的用心，我只能說「道之所存，師之所存也。」對我們無私的付出，真切的關懷，都能體會。「教育無他唯愛與榜樣」，是經師也是人師的最佳典範，謝謝老師！

　　還要感謝口試委員的王萬象老師與蔡佩玲老師口試時提供不同面向的觀點，改正論文裡的疏失錯漏，鉅細靡遺，難得的是論文篇幅較多，兩位委員仍耐心閱讀看出我埋首其中不夠客觀的部分，可見得他們的專業與認真的評考態度。

　　「老實說，我是一個年輕的老人了：對於秋草秋風是太年輕了，而對於春月春花卻又太老了。」我很欣賞戴望舒所領會的世界，人同此心，心同此理。在臺東語教所交流思想思維，接受學理知識的洗禮。老師智慧的語言，同學們可愛率真的互動，同學們雖年輕但都充滿智慧、善良與真誠，向同學們學到很多，非常謝謝！其中同組的惠珠、清維、欣玫、怡沁，上課報告表演都很幫忙，處處體諒關懷的心溢於言表，衷心祝福大家論文寫作順利。

　　除了因癌症治療有所耽誤的研究所第一年，寫論文的這兩年未能如願盡責的人子、人母、人妻、人師等角色責任，讓我對自己的怠忽而自責不已，包括無法多替代年邁的父親照顧重症臥床失智的母親，女兒赴美求學無法成行的看望，讓先生不放心的我的不正常作息，班上五、六個過動孩子的輔導、而焚膏繼晷、挑燈夜戰是抗癌的大忌，

我因此的戒慎恐懼、矛盾與擔心。曾有打消繼續完成學業的念頭，幾番思量的決定，我想我應該不是故作堅強，而是未到最後關頭，不願輕易放棄罷了！最初的希望，是進取的起點。所以我要謝謝的是這些我身邊與我密切相關的親人、師長、學生們，尤其是我的先生國鎮原諒我的恣意任性，堅持要走完這趟老天給我的試煉和挑戰，有他無可選擇的包容，讓我更珍惜得來不易的小小成果。

原來自我實現的需要是超越性的，需要更大的勇氣。曾經在對同學報告的簡報裡，引用了哈佛大學圖書館訓言，「學習時的痛苦是暫時的，沒能學到的痛苦是終生的。」、「學習並不是人生的全部。但，既然連人生的一部分──學習也無法征服，還能做什麼呢？」、「請享受無法回避的痛苦。」人生問題從來不是單選題，而答案的存在與否，也不是那麼重要。如今從進修到論文完成，心情轉折宛如冰心的詩作「初春的一天，走在山中的古道／拜訪先知／沿階層層而上／山階千千萬／誠懇的／一步一用心／看到了／一階一世界／走完百階高／山花野草一路相伴／聊成了好朋友／讓人眼界大開／繼續邁向千層階／以為可以臨高傲視／卻被山嵐迷了蹤／飛禽走獸來相助／指點牽引出霧林／陽光再度引路／視野豁然開朗／揮汗登上萬丈階／行至高處才覺小／俯視大地學謙卑／先知在山頭等候／微笑告知／閱萬象人生／讀大千世界／能知山外山／已是人上人」不同的境界不同的領會，雖不敢自承「已是人上人」，但智識經驗已有所成長，卻是不爭的事實。高更曾說：「我閉起眼睛來是為了看見。」我也願閉起眼睛，因為很多人事物可以看得更清楚。記錄可以被改寫，榮耀可以被複製，而人生事件簿暑期進修論文完結篇，許多人事物的參與，因緣際會，絕不是美麗的錯誤。

林慧玲　謹誌
2011 年秋分於台東大學語教所

目　次

表　次

圖　次

第一章　緒論

第一節　研究動機

> 生活在安逸幸福環境中的人怕是不能理解什麼是「領養」吧？
> 我是被領養的。
> 　　我一直痛恨原先生我養我長我的家，他們不要我。家人帶
> 我出來玩，卻故意的將我丟棄了，是，我知道是故意丟棄，當
> 我在街頭四處徘徊悽悽惶惶吼叫哭嚷的時候，我知道，我的家
> 人實際上是在距離我不遠處窺看，後來領養了我的張爸爸也說
> 過，這是一般遺棄孩子的一貫技倆！他們真的有這樣剛硬的心
> 腸！（愛亞，1997：25）

　　從說自己是大眼、挺鼻、白皮膚迷人愛乾淨的女孩，描述每一位
家人的個性態度，對自己的疼愛，接著倒敘被家人打罵所受的緣由和
委屈，讀者從衝突事件的描述中，情節逐漸明朗，角色發揮真實本性
「手壓著小銀老鼠的尾巴，那小尾巴，唉！真有說不出的小巧、好玩」，
讀者產生疑慮，到衝突的高點「我真不明白，貓捉老鼠是天經地義的
事，做為一隻貓，我幾曾有虧職守？有誰能夠告訴我呢？做為一隻貓，
我張小柔做錯了什麼嗎？」（愛亞，1997：28）結束，讀者終於真實的
覺知。

　　這是一篇題為〈張小柔〉有趣的敘事文，作者逐漸透露真相，不
讀到文章後面的段落，便無法確知那原是一隻貓的自述。從文題開始
便是一個誤導，教者可以引發好奇心，激發閱讀動機，有線索邏輯的

假設，只要不是諸如教科書的課文，學生未曾瀏覽過，便可以在全體讀者共讀的過程中一起探索討論，領略預測、推論，提出線索解釋，修正整理想法，歸結真相大白的趣味。讀者與文本之間產生了無法言喻的奇妙互動，這是我在班上的一場生氣盎然的閱讀活動。

閱讀是一生的心靈工程，我們期待從閱讀獲得的東西，恰好就是希望在人生中實踐的。日本管理大師大前研一曾提出「學歷無用論」的主張，其原意在強調人生成就不在學歷高低而在個人是否有思考力，一旦擁有思考力和創造力就擁有關鍵競爭力。（日日談，2007）前教育部長曾志朗也曾堅信：透過大量閱讀，建立常識，累積學識，就有了見識；見識廣了，才有足夠的辨識能力，同中求異，異中求同，也才具備了批判思考的能力。（齊若蘭，2002）

長久以來，我國的國語文教學受升學主義影響，致使我們最用功的孩子，多半也是最不喜歡學習的學生。2007 年的國際數學與科學教育成就趨勢調查，我們八年級生在學習自信心和學習正向態度這方面是敬陪末座的，我們的孩子不愛學習由此也可得到印證。閱讀本應是一件令人愉悅的事，經典閱讀更是引人興奮與感動的美好經驗，但這一切成為學習單或作業或評量就讓人興味索然了。

閱讀是閱覽、誦讀，是建構知識的歷程，是獲取訊息的重要手段。古人將詩文閱讀行為加以區分，以讀而無聲為「閱」、讀而有聲為「讀」，而且對「閱」與「讀」給予同等的重視。從朗讀中我們可以明瞭讀者的理解狀態，傾聽帶讀是一種閱讀方法。

葉聖陶指出：「文藝作品往往不是傾筐倒篋地說的，說出來只是一部分罷了，還有一部分所謂言外之意、絃外之音，沒有說出來，必須驅遣我們的想像，才能夠領會它。」（沈坤林，2009）其實，我們要關注的，不只是文本呈現出什麼，文本沒說出來的，常常更是至關重要的部分。對於我們的眼睛，生活中不是缺少美，而是缺少發現。同樣，對於語文學習來講，不是缺少美的語言，而是缺少慢讀悟得。呼應時興改變生活的態度與步調慢活的潮流，減緩速度讓我們有更好的思

考，指導學生「咬文嚼字」，揣摩文意精妙處，內化語文素養，這也是一種閱讀的方法。

目前談論閱讀方面相關的論著甚多，百家爭鳴，各有主張論點，希望能更周延的整合出具體可行的閱讀策略及閱讀教學，讓學子們培養出帶得走的能力，能有方法的自主閱讀、個性化閱讀，發揮思考力、想像力、創造力，應是全國上下力圖提升閱讀素養共同的願景。但這些能力的培養，如何掌握和運用，卻不是徒呼口號便可讓他們獨立而克竟其功的。

英國作家和閱讀專家 Aidan Chambers 認為如果能有一位值得信賴的、富有經驗的成年閱讀者給予幫助和示範，閱讀者遇到的所有障礙都可以被克服。（張勁，2009：28）教學者以專業的優勢，應可以在選書、朗讀、理解、概括、判斷、創意、提問、討論等各方面提供學生專業的指導。從事基礎教育的教師本身也應多多閱讀兒童、青少年讀物，指定書單自己要先研讀過，率先熟悉各種閱讀方法，並靈活運用於各類閱讀客體，例如議題的獲得及探索討論應作精心準備。就教學者而言，如何因人而異的選材及設計因材施教的閱讀教學策略，以及引發學習興趣，是促發讀者樂於不斷學習、大量閱讀的關鍵。究竟教學者應如何找出有效的閱讀教學策略，引導學生習得這些能力？這是我所關心的。

學校、家庭、社會人士也配合大力鼓勵閱讀，以我任教縣市的閱讀滿天星計畫、書庫充實、閱讀護照各項活動，琳瑯滿目，許多學校舉辦「閱讀達人」競賽，看誰的冊數多，就可以獲得獎勵。老師們最常作的方法則是寫讀書心得、學習單、做閱讀測驗。可是為什麼政府學校圖書館推動閱讀多年以來，我們中小學在全球的閱讀能力評比「促進國際閱讀素養研究」（Progress in International Reading Literacy Study，簡稱 PIRLS）成績卻不理想？雖然閱讀了，但無法或不全然理解，無法從字裡行間或圖表裡，尋找線索。鼓勵學生多看書，不等於教導閱讀。於是各方教育專家開始鼓勵父母、老師、圖書館社區說故

事、帶讀書會的志工都得先瞭解「教」閱讀的「策略」和「方法」，從而運用適當的讀物材料，讓我們的孩子真正的「讀懂」。不只「給孩子書，也要教孩子如何讀」，因為「閱讀是需要教導的」。

柯華葳在閱讀相關研究報告指出，我們的孩子閱讀時數偏低，學生的獨立閱讀時間未被珍惜，視閱讀為作業而非興趣，少有高層次歷程的思考及接受閱讀理解教學，因此我們臺灣學生的閱讀素養偏低，呼籲教育單位應將「閱讀策略的教學」納入學校教師的進修課程。（柯華葳，2008：102）

現實教場常是考試領導教學，教育單位與輔導團也規畫辦理多場次的閱讀評量工作坊，擬藉理論的說明與實作，如提問等閱讀策略引導學生從閱讀中學習知識和樂趣，並培養學生帶得走的能力，提升老師命題能力，並激勵教師同儕學習，啟動閱讀教學的新思維，建立閱讀教學支援網路。我曾經參與一場語文檢測評量工作坊，聽講師鄭圓鈴語重心長的提及：與其汲汲營營的持續作檢測，期待因此學生的閱讀理解能力會變好？還不如落實教學才是根本之道。跟她有同感是我參與數年臺灣學生學習成就評量（Taiwan Assessment of Student Achievement，簡稱 TASA）命題，為評量學生分別在語文表達及閱讀理解兩大方面的能力：前者如能否回憶字形、運用詞語、運用完整句子、運用標點符號、運用段落、形成結論；後者如能否詮釋詞義、描述內容細節、詮釋句義、句子觀點、掌握文章主旨、歸納段落重點、寫作要件順序，但所知結果都不太理想。評量最主要的目的是考核、改進、補救教學，因此如何透過教學提高學生篩選認知，處理資訊的能力，研發適用於各類書籍、文類、領域（因材施教）且因人而異的策略，才是語文教育應該努力的方向。

我對閱讀相關的課題極早就投注高度的興趣與研發，因中文系背景對文本篇章的精緻閱讀教學總有自我期許的使命感，二十幾年的教學對象為中高年級，因此在識字、注音之外的教學著力較多。在教學上除聯結中心思想的重要關鍵字詞的提點之外，加強文本的內容、形

式深究（內容指抽象情感及思想，屬於主觀的表達；形式在結構和修辭的呈現，屬於客觀的技巧性發揮），引導孩子看出文本如何「言之有物」、「言之有序」、「言之有味」，領悟作者布局謀篇的過程，在梳理文章思路的基礎上練習概括段意，或列小標題、列題綱。並編撰記敘文、說明文、議論文的相關教材，為了提升學生的鑑賞層次，更指導學生辨識不同的修辭用法，編撰相關的修辭知識概念與應用補充教材；在閱讀素材方面曾配合語文本位元課程編撰詩、詞及寓言、神話等教材，設計翻譯小說及繪本導讀教案，蒐集剪報配合時事等在彈性課程實施教學。而這在幾年後的訪視大陸中小學的經驗中，發現我們與上海小學在教材的內容方面有明顯的偏食現象（如表 1-1-1），也印證了我在教學內容曾經作的努力是必要的。

表 1-1-1　2006 學年度海峽兩岸五年級第一學期教材的比較

版本 內容	臺灣康軒	臺灣翰林	臺灣南一	上海
課／單元	14／六	14／六	14／六	40／八
古典文學	2 篇	2 篇	3 篇	8 篇
韻文	3 課 6 篇	3 課 6 篇	2 課 4 篇	5 課 8 篇
每週一詩				16 首
現代文學	9 篇	9 篇	9 篇	11 篇
神話傳說				3 課 8 篇
翻譯文學				5
報導文學				3 課 6 篇

即便如此兢兢業業於推動閱讀，多年之後的今日，我們的語文表現在幾項國際評比的落差，不免要深刻反省：我們的閱讀教學到底怎麼了？是否缺乏持續性有效帶領學生進行閱讀的教學策略？又我自己身為北縣國民教育輔導團成員，責無旁貸理當致力整合專家學者，使理論與實務相互印證，以符合教學現場教師的專業需求。輔導團的任

務是以教師協助教師，到校輔導，提升教師課堂教學能力，學生學習成效，教學研究、研發教材等輔導任務。因此，深究如何運用閱讀教學策略於閱讀教學，便顯得責無旁貸，且何等的迫切與必要。

2010 年 1 月 9 日馮永敏在與輔導團員探討「課程綱要微調之理念與實施」研討會中，也提出目前閱讀實際狀況的盲點和缺失：閱讀課文量不足、內容簡化淺化語境不足、過分強調語言形式學習、忽略意義和內容學習、閱讀停留在語言表層理解；教師過多講解，教學模式流於固定僵化封閉，過於強調教忽略學的過程，缺乏閱讀方法指導，教師缺乏閱讀理論和方法相關知能，耗時最多收效甚微。更深切表達摧毀孩子們天然的閱讀興趣的不是電視電玩這類遊戲，而是學校語文課孤立支離破碎的閱讀教學與方法。

我也認為依照不同的課文不同的主題，學習重點應採不同的方法。教師手冊指引一類應可提供兩個以上不同的教學方式。指導學生整理訊息：需看全篇，如何篩選？找到重要訊息，忽略不必要的部分。在有限的課時中如何掌握教與學的重點？閱讀是寫作的基礎，寫作是閱讀的發揮。該如何掌握單元的教學重點，提升學生的閱讀理解，如何在課文深究及課外導讀到延伸寫作作一系列的整合，是老師們在計畫課程時的重要課題。例如我在北縣教師的語文基礎研習「教學規畫」分享報告中提出，針對康軒版的三下教學課程計畫，以讀帶寫，以讀悟寫，以讀導寫，讀寫互動，我們談閱讀，也不能遺漏寫作的連結；所謂閱讀的藝術，便是捉住作者們藏在書中的意念，並且在閱讀中創作：

> 讀寫結合的示例就是透過學習課文。例如〈處處皆學問〉的寫作方法要求學生寫一種態度、透過學習課文〈一封道歉信〉練習寫一封信、透過學習課文〈野柳風光〉指導學生寫一處景物等。
>
> 在讀文教學中，教師選準課文中的一個關鍵點進行「讀寫結合」的指導，如：這篇課文在寫作上最大的特點是人物的外貌描寫、或者是動作描寫、心理描寫，另一篇課文在寫作上最

大的特點是採用「例證法」去說明事理；這篇是借物喻理，另一篇是借景抒情等，如此類推，教師在教學過程中做到貴精不在多，只要學生在每一課一得，就是成功，積少就會變多。日積月累學生的閱讀和寫作水準就會有所提升。

（2008.07.04-2010.01.12 發言）

　　綜上所述，研究語文閱讀教學策略的理由，除了國人閱讀表現不夠令人滿意，需強化閱讀教學來急起直追迎頭趕上，以免因閱讀素質低落影響國家競爭力，此外還有我個人職務志業所需。所涉及的課題，諸如閱讀選材除了受部頒課綱的約定需求，在制式教材之外，我們還可以有哪些選擇？面對國家頒布的閱讀能力指標部分如何因應設計教學活動？學習者何得學習的考量和教學者憑什麼教？經由何種閱讀教學途徑可以有效達成個人及群體知識經驗、規範經驗、審美經驗的獲得？除此之外，還有可能達成哪些社會性的目的，以提高閱讀動力？對不同的目的及對象如何設計出有效的教學活動，以提升閱讀層次？

　　哲學大師 Plato（柏拉圖）曾有「成功建立在知識與觀念，成效建立在方法與態度」的領悟，用對方法比埋頭努力更重要，教育需用心思考，而思考是豐富工作內涵的過程。（林慧玲，2002）教育工作的可貴，在於運用各種方法、技巧，協助學習者在閱讀時進行自我設計、監控和修正，因此不斷的成長和變化氣質，教育的工程進而有希望，教出優質讀者自然不再是問題。這是我試為建構一套閱讀教學策略的初衷，且希望能獲得同行的回響。

第二節　研究目的與研究方法

　　根據研究動機所述，希望學習者有方法的多閱讀，才能有思考有創見；與其花費心力勞師動眾的辦理各種嘉年華式閱讀成果展示，或

如許多個縣市大張旗鼓所費不貲的舉辦不同階段的語文檢測，還不如積極研發出一套能兼顧各個與閱讀有關的層面的閱讀教學策略，提供預備或正在從事閱讀教學的個人或團體教學及學習規畫時有所憑藉，進而作為教育單位在擬訂計畫推動語文教學時參考。

前面的研究動機，從自己嘗試以預測推論趣味化的閱讀教學企圖引發孩子們閱讀興趣開始，論及如何因人的閱讀目的不同選材閱讀，當有效閱讀成立，學習者才能有足夠與人競爭的創見與思考力；當促成學習者有效閱讀的教學者，懂得有智慧的運用閱讀策略時，方可引發主動閱讀，達成閱讀教學目標。

一、研究目的

（一）研究本身的目的

本研究擬建構出的策略分散在不同層面，所以不是實證研究。希望本研究在理論建構的基礎下，形塑一套基進的語文閱讀教學方法，也就是更有效且更優質的語文閱讀教學策略。這套教學策略有幾個主要預期的精神，閱讀者及教學者要有為誰閱讀的認知，選材依閱讀目的而異；選材是要基進創意的，可考慮跨領域多元統整的可能，或開發制式之外非制式的、另類的選材；依閱讀目的及為誰閱讀的不同選擇適切的教學材料，除了學生能在教學中自行闡發出知識、規範、審美等再製經驗外，教師也應透過類推、差異消弭、他人啟示等讓學習者發現新知。

與其他閱讀教學不同的地方，在於本閱讀教學策略將涉及四個層面，且帶有基進式的意涵。所謂「基進」指突破既有規範，在一個基礎上前進。因此，「基進式教學」則為一種突破規範且著重在創造成分

的發掘的教學模式。（周慶華，1998；2003）本策略涵蓋一個重要觀念
——為誰閱讀。接著逐步分層探討如何依不同的閱讀主體選材的教學
策略，建構涵蓋（為誰、選材、教什麼、怎麼教）（如圖 1-2-1）。期待
完整架構充實後的研究，成為更有效的教學策略，以解決多年來語文
閱讀教學的效果不彰的問題。

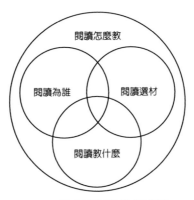

圖 1-2-1　語文閱讀教學策略圖

　　如同前面研究動機中所說，國際調查曾顯示我們正在學習成長的
學子們缺乏自信和不愛學習，除了沒被教導如何閱讀，也不懂如何讀
之外，多半認為讀書是為了父母、老師，讀起書來自然興味索然，效
果不彰。教學者首先要讓學習者能明瞭自己閱讀的目的，是為了誰而
讀，認知到自己的閱讀行為的目的。許多時候閱讀不是為了自己，而
當閱讀是為老師，為考試，為父母時，無論所讀的對象（閱讀客體）
或所採取的閱讀行為，進行的閱讀活動，讀法必定不同。因此，我認
為讓學習者知道閱讀是為了誰，應該成為整套閱讀教學策略優先被思
考斟酌的重點。
　　教學者本身在教學前需作哪些準備，教者本身除了需作充分的閱
讀外，包括有能力有方法的正確適當的選材，知道如何選材，也就是
在知道學習者為誰而讀的前提下，當選擇哪些語文材料，滿足學習的

目的。就教學者而言，選擇好材料但要教什麼？以學校的課程教材而言，除了各校選定的制式版本，能否放寬視野，開發非制式及另類的閱讀選材，也是一個好的教學策略需考慮的一環。

（二）研究者的目的

我作為研究者的目的，主要是因為自己是第一線教學者，各種有關閱讀的發表論述或專家老師的講習指導，都屬於片段或概略式的教學，希望建構一套完整顧全各個層面的閱讀教學策略，策略系統的建立後還能在教學者靈活開通時刻延伸開發。希望研發出的語文閱讀教學策略能改善自己語文閱讀教學，使閱讀教學更有成效；並提供同行參考或改善閱讀教學方式，使教學更有成就，也使學習者獲益更多，樹立權威；進一步提供教育擬訂語文閱讀教學決策者參考。

通常主導教育改革的專家們必定都是某領域傑出的博士或教授，他們對於自己專攻的學問很專精，但是對於教育或是不同領域的學問卻不見得精通，於是使得他們所做的計畫與判斷也就不夠周全。即使是教育的專家，也有可能太專注於某方面或者是缺乏實際的經驗，而有以偏概全的想法。（林品章，2009：24-25）而這些專家們絕對自信的認真執行的結果，社會便會付出很大的成本。林品章的論述頗為中肯真實，閱讀教學策略不能狹隘的只聚焦在該領域的範疇，課程需作跨領域的統整，因為人是複雜的，需要多元的思考與討論。所以在規畫構築一套教學策略時，跨領域的思考有其必要性。「跨領域」研究是產生創意的方法，吸收不同領域的養分來茁壯自己的領域。舉凡自然科學、社會科學及人文科學本身的史、哲等範疇，多以語文形式呈現，所以無論閱讀材料或教學的技巧，也需提升判斷力，掌握幾個領域的菁華，使其發揮出創意的成果。

我們教育界，尤其是中小學教育單位為教師們安排各種研習進修，有理論有實務。例如以我任職的臺北縣而言，臺北縣教育局於 2007

年至 2010 年實施國民中小學提升學生國語文能力中程計畫，目標在強化教師教學效能，教師進行有效教學活動，紮實學生的國語文能力，希望教師透過多元教學知能與技巧的研修能夠直接或間接幫助孩子們進行最有效的本國語文學習。計畫執行的具體措施包含：學校訂定國語文教學觀摩辦法，國語文教師每學年至少參與教學觀察演示活動一次，透過觀摩教學、及專業對話研討，探究教學問題，活化教學技巧，提升教學效能。於彈性學習節數增加國語文上課節數、規範學生作文篇數，進行學生國語文能力檢測、推動閱讀計畫、辦理國語文競賽等。計畫中專就閱讀方面，學校推動閱讀的推廣，除要求閱讀納入課程計畫，發展圖書館利用教育，鼓勵成立學校、班級讀書會、透過網路教學推動共讀，加強指導學生閱讀報紙、刊物每日閱讀，培養學生閱讀的習慣與能力。有許多「點」狀式的作法，但成效有待考驗。

　　有各種專家學者提供指導，現場教師現身說法，但多以小範圍單項策略如如何作摘要，如何作預測，找出關鍵詞等；或專作某一獨立文類，如何讀繪本，讀小說為主，專家老師各自講述。但聽講的老師們沒有系統的概念，回到教學現場依然是不知何以入手，或學著皮毛嘗試依樣畫葫蘆。中程計畫進程中的教師研習，我以輔導員身分擔任教學設計課程規畫的講座，也僅能就如何設計學年度課程計畫為主的實務分享，僅就所任教年級作說明，仍未能全方位普遍性的就一套完整的語文閱讀教學策略來研討。無論將來是否仍有機會分享，倘若能研究出一套周全的閱讀教學策略，不但提升自身的教學能力，也希望有助於同好研究開發使用。

二、研究方法

　　劉元亮等在《科學認識論與方法論》提及：「人們總是為解決某一問題而有意識地去研究的。因為存在難解決的問題，才需要進行研究、

探討，才有一系列的科學實踐活動……」（劉元亮等，1990：91）常態科學研究為瞭解決問題是這樣，但就廣泛統攝性的語文研究也當如此。

從事語文研究往往也有不運用特定方法就從事語文研究的案例，因此語文研究包含語文研究法。（周慶華 2004a：20）但也有研究者先有方法的意識或自覺，接著才去從事語文研究的工作，語文研究與語文研究法的包蘊關係可以是「相互」的。在研究目的確立與研究的問題意識形成後，所採行的研究方法才有所依循。在適當的研究法制約下，透過邏輯運作將知識化繁為簡，期待研究過程的進行與結論的判斷有更清晰的掌握。

本研究以主題來統攝，從發現問題，解決問題，進而產生新知、昇華道德與強化美感則是最終且最重要的目的。本研究為理論建構，非實證研究。所謂理論建構，是指透過對現象的觀察所形成的概念，科學定律是對兩個或兩個以上的建構之間的因果關係、先後關係或其他關係等所做出的歸納。（曾天山，2005）理論的層面包括從前人的理論（本領域目前已建立、被公認的理論）；本人的理論（我對本研究現象的定設、觀點等）；資料中呈現的理論（從被研究者那直接獲得的，或者對原始資料進行分析後獲得的意義解釋），在往後論述中都會以開放靈活的態度加以建構。

因為人的經驗總是片段的、有限的、零碎的，因此要更清楚地認識世界，就有必要透過科學程式，要把這種零碎的經驗組織起來，成為系統的理論。（F. L. Casmir，1994：15）所以透過理論建構幫助我們發問、組織經驗與獲取知識，並且應用與實作上發揮指導功能或有助益。理論既然是理解的工具，那麼就得因時制宜，對不同的研究旨趣與對象採用不同的理論工具。理論建構的目的便是要超越僅僅把對象的各個成分描述出來，還要將其間的關係與互動狀態建立起來，使其發生意義，這更是詮釋的工夫，也是本研究努力的方向。

在本研究中，我將採用「現象主義方法」的「現象觀」處理第二章的「文獻探討」，現象主義方法是探討本身所能經驗的語文現象的方

法（周慶華，2004a：94），它不同於現象學方法。現象主義的現象觀是指「凡是一切出現者，一切顯示於意識者，無論它的方式如何」。（趙雅博，1990：311）因此，我們知道，凡是顯現於意識中，或為意識所及的對象都稱為「現象」。既有的相關研究成果分散各地，我只能盡一己的心力蒐羅部分有代表性的來探討；或有遺漏，但已超出我的意識範圍，僅能祈求共業見諒。

對屬於語文研究領域的研究而言，對象是如何建構出更有效更優質的語文閱讀教學策略。本研究探討的主題是「語文閱讀教學策略」，建構涵蓋閱讀為誰、選材、教什麼、如何教（如圖 1-2-1），將以閱讀社會學（閱讀社會學是從社會學角度研究閱讀的行為及其相關的模式所形成的學問）加以論述，因唯有閱讀社會學的方法，涵蓋的層面較周延，也比較有成效。要建構一套能提供使用者實際執行時，能更有效更完備的教學策略，達成研究目的及文化理想。有關閱讀社會學容後再論述。

從他人著作有關閱讀與閱讀教學等的相關研究論述中，就個人所經驗覺知的部分進行整理、分析和批判；也就是經回顧整理相關的論著與研究論文等文獻，使本研究得以集中某些核心問題，進一步瞭解各種與閱讀教學的議題及被操作的利弊得失，就扣合本主題「語文閱讀教學策略」的各個擬建構的思考面向相連結，觀察分析相關資料配合教學實務觀察，探討是否夠周延妥當。具體可行的策略為何？以俾本研究的進行，知所「突進的方向」。

林品章在《方法論：解決問題的思考方法》一書討論到所謂「社會」是指一群人的組合，不同的國家有不同的社會型態，而同樣的一群人聚集在一起，生活型態會有不同，以每個地區為對象所進行的研究也充滿了個別性。雖然各個地區的社會型態雖然不一樣，但人總是具有人性，這種人性表現在不同的社會中，而形成具有普遍性的社會現象。期待這個研究能適用於更多的人和場域，具有參考價值。（林品章，2009：234）

社會是很複雜的，人與人的關係，跟人與自然的關係，構成了社會生活的整體。一個文學作家，必須具有豐富的情感和敏銳的眼光，深入到社會各階層去，把那些錯縱複雜的生活內容，一一表現出來，才能達到文學作品的表現人生和啟導人生的雙重任務。否則，文學的內容如果離開了現實的領域，結果所產生出來的文學作品都是虛構懸造的「空中樓閣」，對現實社會必無裨益，對人類更沒有什麼貢獻了。（余我，1979：2）文學有承載教化社會的功能，創作者需有此體認，同樣的從閱讀者的角度我們也要藉著閱讀作品，尤其是文學經典來認識社會的脈動。

「出在官書、在史還得不到的材料、看不見的社會現狀，我們卻常常可於文學的著作，像詩、曲、小說、戲劇得到或看到。在詩、曲、小說、戲劇所表現的社會情態，只有比正史、官書以及『正統派』的正記錄更為正確真切而且活躍。在小說、戲劇，以及詩、曲裡所表現的，不一定是枯燥的數字，不一定是無聊的事實的賬本──要在那裡去尋找什麼數字，十分之十是要失望的──而是整個的社會，活潑跳動的人間。」（顏天佑，1981）任何一個作家在人格、思想的孕育，以及經驗、教訓的累積等方面，都必然從他周遭的環境中得到深刻而久遠的影響；同樣地，當他抒發感受、進行創作時，也自然會有意無意地在作品還投射時代社會的影子。文學作品反映的社會情狀，並不是刻板的、一五一十報導的所謂「真實」；而是流動著作者思緒、情感、乃至生命的「真實」。（顏天佑，1981）文學形象是作者根據現實生活，經過提煉、加工而創造出來的，滲透著作者思想情感的，具體、生動、真實的，具有審美價值的生活圖畫。一般而言，文學反映現實生活是最基本的要求，也是最高的要求，而從事寫作者必定有相當閱讀的累積。閱讀與寫作是一種過程與成果的關係，寫作是一種閱讀的實踐。人所以要閱讀，最終是想持續開啟新意，從事寫作以完成文化創新的終極目的，無論是創作者或閱讀者都是社會活動的參與者。

　　洪材章等主編《閱讀學》裡提到「閱讀常常是以個體的形式出現的，就是『人手一冊，默默而讀』。雖然如此，閱讀卻從來具有鮮明的社會性。這是因為人類的知識和經驗是具有社會性的，它不可能為某些個人所絕對佔有；而作為這些知識、經驗載體的書籍，從本質上講也是為社會所共有的。這就規定了閱讀活動既具有個體性，又具有社會性；其中社會性又起決定作用。閱讀的社會功能就是建立在閱讀的這種社會性基礎之上的。」（洪材章等主編，1992：3）

　　無論是就閱讀客體的社會性，或身於社會群體中的閱讀主體來說，更可證明「閱讀終究是一個社會現象。它必須在具體的社會情境中得著定位以及規模可能的意義和價值；而不再只是個人受用，也不再只是單純求知的表徵。如果有這樣的認知，那麼所有相關的閱讀行為和閱讀活動、甚至閱讀教學等等，也就有提升到『助益』或『促進』文化發展層次的機會，而從此擺脫『素樸』理解閱讀和『粗略』實踐閱讀的命運。」（周慶華，2003：底封面書內容簡介）這是把閱讀放在社會學角度探討最精要的界說。

　　雖然閱讀社會學仍在等待建構，還不是一個已經成體系或有規模的學科，但有關閱讀社會學，周慶華已有幾點針對性的論述，包含：「文化的生發演變都在具體的社會情境中進行，而閱讀是一種文化活動」、「閱讀應都不只是一個心理的歷程，它所需要考慮的每一層面或每一程式，都關聯著外在環境中的人事物」、「閱讀不只是個人的行為，它還牽涉閱讀客體所在的情境以及整個閱讀活動所要施給或影響的他人。閱讀社會學，就是從（這種）社會學的角度來研究閱讀的行為及其相關的模式所形成的學問」、「閱讀社會學是一種『方法』的突破，目的在深化對閱讀的認知及其可能的期待，從而轉益於文化心靈的『日漸提升』」、「一旦涉及『為何閱讀』、『如何閱讀』以及『果效評估』等一些有關閱讀策略的選擇問題時，就不能僅由一己『純為閱讀』的心理立場來理解了。必須連到『關係他人』的層次，進而有了文化功能」、「除了閱讀心理學所解決的問題，還有很多更複雜且尚未碰觸解決的問題，就得仰賴閱讀社會學來討論」等。（周慶華，2003）

　　周慶華就閱讀社會學所作理論建構及其舉證分析，嘗試著力為閱讀領域開闢了新的屬地，以及為喜好閱讀或從事閱讀教學的人拓展新的視野。

　　本研究從確認閱讀為誰的前提開展的教材教法，前人已有不少論述，教學者也多嘗試依照這些模式進行教學，本研究希望解決過去未解決的問題，增加新的觀點。在閱讀社會學的基礎認之下，期待積極外顯的表現就是基進的理論，也就是無論在教材的選擇、教什麼、如何教，都要有創新的思維和作法。至於基進教學理論，基進（radical，激進）是指一種空間和時間中的特殊的相對關係，旨在突破一切既有的規範（傅大為，1994）；而以它作為改善教學的策略所形成的理論，就是基進教學理論。（周慶華，2007）例如學校裡教師應培養學生具備創造力的閱讀能力，教師必須提出具體的策略，由於在學習上學生為學習的主體，所以對於學生在閱讀過程中，如何運作聯想，如何發掘問題，以及如何運用多角度進行觀察與分析，都需要教師作審慎的規畫。教師設計可以刺激思考的問答的對話，提出開放式問題，鼓勵班級討論、激發思考，師生評論回應。例如，大象是陸地上體積最大，力氣最大的動物，只要牠願意就可以輕易將土堆山丘夷為平地，但在馬戲團裡牠卻服服貼貼，甘受馴獸師的指令，而只要一條細鍊子就可以做到。試問馬戲團的大象為什麼不願或不能掙脫繩索？原來那些馴象的人，在大象還是小象的時候，就用一條鐵鍊將牠綁在水泥柱或鋼柱上，無論小象怎樣掙扎也無法掙脫。小象漸漸習慣了，不再掙扎，直到長成大象，即使可以掙脫鏈子時，牠也不掙扎了。Leo Tolstoy 曾說：習慣一天天地把我們的生活變成某種定型的化石，心靈也同時失去自由，成為平靜而沒有激情的時間的奴隸。（韓彥銘，2010：104）打破我們習以為常的規範、制式的牢籠，才能有所為，應用在生活上改變慣性。一家名為「狼來了」的店下加上一條用臺語唸的字，例如你來了就宰羊，不來還是莫宰羊，原來是一家羊肉店，都是應用到生活有創意的語文現象。

盧羨文在《閱讀理解》一書羅列一串認為合裡的閱讀計畫，如先選定學習的方向之後，確定學習內容，依內容循序漸進，並應列出具體的閱讀書目，分出何者詳讀，何者略讀，計畫要靈活安排出閱讀時間，計畫要有重點一個中心。（盧羨文，67-70）針對前述的閱讀計畫，周慶華評述它缺少「從哪裡入手」、「為何要這樣閱讀」等意識和自覺；他認為只要掌握閱讀活動的社會化過程，並運用基進創新的選材和教學法便能給讀者實際的指引。（周慶華，2003：37）呼應到本研究的各章節所擬探討的面向，無論是第三章語文閱讀教學策略的訂定，第四章語文閱讀「為誰」的教學策略，第五章語文閱讀「選材」的教學策略，第六章語文閱讀「教什麼」的教學策略，第七章語文閱讀「怎麼教」的教學策略、甚至到結論的最後建構的成果和未來的展望，都要在以閱讀社會學的角度及方法和基進教學理論來討論演繹，才能詮釋探討得更完備。

第三節　研究範圍及其限制

一、研究範圍

理論建構，講求創新。從概念的設定開始，經由命題的建立到命題的演繹及其相關條件的配置等程式，完成一套具體系且有創意的論說。（周慶華，2004a：329）

現將本研究從「概念設定」、「命題建立」、「命題演繹」所涉及的觀念和相關問題逐一說明如下：就題目「語文閱讀教學策略」來看，得先釐清題目各詞組的意涵，「語文閱讀教學策略」屬偏正片語，是由

兩部分組成，前偏後正，前一部分修飾或限制後一部分。前一部分叫修飾語，後一部分叫中心語。定語是名詞性偏正片語的修飾語，因此前面「語文閱讀教學」在意義上屬指明內容的定語，修飾中心語的「策略」。本項研究終究是一套策略的構築，在概念上會先釐清要建構的歸屬是語文閱讀，而不是非語文的閱讀。因此，形成概念一「語文閱讀」；接下來有關語文閱讀的研究很多，但我就如何教學的部分提出「語文閱讀教學」的概念二；語文的閱讀教學策略有獨特性及有其發展的必要性，本研究最終目標為整個連結四個層次的閱讀教學策略的呈現，因此概念三為「語文閱讀教學策略」，分別列出策略裡互相關聯的子概念分別為：策略性、為誰、選材、教什麼、怎麼教。

當概念一、概念二及概念三設定清楚後，接著要就理論建構的方法建立命題作為所要研究的問題。除有效區別非語文的閱讀教學之外，強調本研究異於一般的閱讀教學策略，所以建立出討論「語文閱讀教學要有特殊的策略」此為命題一；其次就學習者而言，閱讀目的會影響到要讀什麼以及閱讀的方法，接著表現出何種閱讀行為，教學者希望能追根究柢讓學習者體認閱讀的目的，設計「語文閱讀教學策略要考慮為誰閱讀的問題」，這就是為命題一要強調不同於一般閱讀教學策略的原因——未考慮為誰閱讀這個層次，此為命題二；教學者在知道為誰閱讀，包括為特定人閱讀，如為師長閱讀、為父母閱讀、為同儕閱讀或為不特定的人閱讀，如為創作發表的必要而閱讀，因不確知接受者，所以作者發表者不知為哪些人閱讀時，另應有不同的語文閱讀教學策略，而知道閱讀為誰的對象會有所不同，所選的閱讀材料自然有所不同，這就涉及「語文閱讀教學要考慮閱讀選材的問題」，這是命題三；選出閱讀材料，不是直接生吞活剝，照本宣科，而要考慮學習者要從這些語文材料學到什麼，教學者可以依選材再提煉，可以提供學習者哪些知識、規範、審美經驗，所以「語文閱讀教學要考慮教什麼的問題」，便是本理論建構的命題四；最後最重要的便是閱讀教學目標能確定達成最重要的關鍵——「語文閱讀教學要考慮怎麼教的

問題」乃為命題五。這就是整個策略關聯的層面，彼此息息相關，相互影響的命題建立。

學習者能在閱讀教學中借由創意教學活動重製經驗以致發現新知，學到知識經驗、規範經驗、審美經驗，這些都只是個人受用，倘若能發揚勃發更加轉運用至如升學、就業。為個人、團體獲取利益，著書立說樹立權威，進而教育別人、行使教化等，致使本語文閱讀教學策略的建構更具「可供參考」的意義及價值。

經由以上五個命題的建立研究探討後，希望所建構的理論可以實際用來提升語文閱讀教學的成效，此為演繹一；可以作為同行改善語文閱讀教學的借鏡，此為演繹二；可以提供閱讀教學政策擬訂的參考，此為演繹三。

綜合上述，將本研究的「概念設定」、「命題建立」、「命題演繹」的發展進程與架構整理出來圖示（圖 1-3-1 所示），以彰顯所要探討的具體課題。

從語文閱讀的性質釐定，探討為不同的對象閱讀，會有哪些閱讀行為和閱讀活動，學習者有了這些認知，就不會那麼狹隘的只知為考試讀；離開學校出了社會，還能為誰以及瞭解為了什麼閱讀，將會有更多元的選擇和思考。

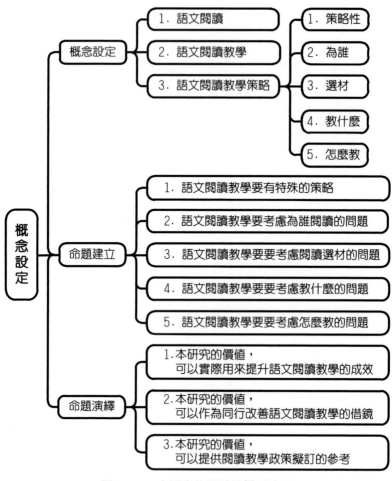

圖 1-3-1　本研究的理論建構示意圖

二、研究限制

　　有關閱讀、閱讀策略、閱讀活動及閱讀教學的研究著述頗多，本研究無法周延涵括所有文章著作，因此擬跨過閱讀單純是一個心理過

程的觀點，著眼於讀者是帶著對世界的認知，運用線索，修正搜索訊息，以瞭解意義的閱讀方式，讀者在滿足求知欲外，還企圖說服別人等的社會化目的，包含讀者與作者，讀者與其他讀者，讀者與整個世界的互動。有關理論研究主要見於周慶華《閱讀社會學》，未見同名的論著。個人從事小學現場教學多年，所以要以社會閱讀學的角度探討語文閱讀教學策略，是一難度很高的挑戰與嘗試。

選材範圍及種類包羅萬象無法──探討羅列；教學方法各家說法眾多紛紜，僅能就閱讀對象為特定人與非特定人，選擇不同閱讀材料，設計符應限制條件的基進的閱讀教學策略示例說明，也著力於教學課程的設計、教學活動的安排、教學氣氛的營造、教學環境的布置的教學策略研究，期許這些研究結果能有效改善閱讀教學。

非語文的閱讀是本研究無法顧及的部分：清代張潮在《幽夢影》這本書裡說：「善讀書者，無之而非書。山水亦書也，棋酒亦書也，花月亦書也。」（張潮，1990：101）山水、棋酒、花月都是我們生活的大書，儘管這類非語文的閱讀對象不是本研究的範疇，但是生活中處處都會有閱讀的機會和需要，建築、圖像、繪畫都不免要暫且擱置不論。

閱讀心理學的閱讀中屬非基進的是本研究不予討論的部分：閱讀是一種高度複雜的認知能力，涉及視覺、認知及語言的各個層面。在過去三十年間，認知心理學家對閱讀歷程的瞭解有許多的進展。有關閱讀心理學所涉及的基本心理歷程與認知活動、閱讀過程的模式、詞的認知、句子理解、篇章結構分析、認知監控以及動機，乃至於對閱讀困難及失讀症等的討論，本研究無法深入探討且一一列舉。

一般的教學活動設計包括引起動機、內容深究、形式深究等，也不在研討範圍，同時也無法對各種文學與非文學文類一一舉例探討教學方法及教學設計示範，如下文所暗示的：

> 教學不僅僅限於每天能設計出一節出色的教學計畫，而應該是能夠把各種各樣的經驗編織成為精采紛呈的錦圖，以此創造機

會讓學生沈醉於高水準文學作品的欣賞中並自覺發展成為精
明的讀者。（樊慧英，2008：1 引 Serafini 說）

因此，建構出的語文閱讀教學策略仍為僅供參考的定位，如何有
效達到預期的閱讀教學目標，仍靠教學者的經驗累積及高度熱忱方能
完滿達成。

第二章　文獻探討

　　如果有人對你說：「看看你自己的眼睛。」你該怎麼處理？即使再怎麼用力直視，你還是看不到。可是如果你把「鏡子」這個聰明的玩意弄來，你就看得見自己的眼睛了。有時光憑努力與精力是無法成事的，你需要借由工具或前人的經驗才能成事。從事理論探討參酌並檢討前人的見解論述是必要的：我們藉由前人理論間的交互辯證，以及研究者本身與前人研究的對話，或許可以對自己的研究提供一個有關聯的及有價值的關鍵看法。

　　本章旨在以文獻為依據，從事理論探討，闡述中外學者對本研究專題有關的看法和研究成果，以資建立本研究的主要依據。對於解釋本研究問題的舊理論典範，進行分析整理與對話，找出舊理論典範所無法解釋的新問題與盲點，所以於文獻探討中針對語文閱讀的界定、語文閱讀教學的相關研究成果、語文閱讀教學策略等相關論說著述進行探討。

第一節　語文閱讀

　　「語文閱讀教學策略」是本研究的主題，這是一個複合概念。這個複合概念，從「語文閱讀教學策略」拆解出「語文閱讀教學」和「策略」，然後「語文閱讀教學」再拆解出「語文閱讀」和「教學」，針對「語文閱讀」又再拆解成「語文」和「閱讀」，最後「語文」本身又可

分為「語」和「文」。依此解讀可看出題目是由「語／文→語文→語文閱讀→語文閱讀教學→語文閱讀教學策略」，現在就針對語文閱讀的界定與相關研究從最低階的語和文說明起，以完成整體複合概念的界定。

一、語文的定義

如果說「語」是指口說語，「文」是指書面語，那麼語文就涵蓋一切所能指陳和內蘊的對象。2008 年公布將在一百學年實施的九年一貫課綱，將「漢字」、「華語文」、「中國語文」、「中文」、「華語」都統一改為「國字」、「國語文」及「國文」及「國文」等，僅有對外籍人士及國外機構的說明，才用「華語」。無論是狹隘指稱目前的語文課程學習，或是泛指前述所有口說文字表達能力，都是我們一生中展現自我最重要的能力。

大陸教授王尚文在百家講壇針對「語文是什麼？」有一番闡述，認為語言文字，就是口語和書面語，語文教育就是讓學生學習口語和書面語的理解和運用。因口語是自主建構、自然習得的過程；而文字是學得的。小學應該重在文字，不是一個字一個字學，而是透過優秀的經典的文學作品來學。透過書面語的學習促使口語逐漸像書面語那樣精鍊、嚴謹。口語和文字是兩條河流，相互影響，相輔相成。（王尚文，2008）然而，口語的適切精妙處處可見，不能讓書面文字表現專美於前。例如美國某大學畢業典禮，校長的致詞：「恭喜得 A 的同學，你們畢業之後繼續進修，將來成為傑出的專家學者，也許得諾貝爾獎，為校爭光！恭喜得 B 的同學，你們構成社會的中堅，服務人群，讓國家繼續繁榮、進步、富強！恭喜得 C 的同學，將來你們事業駿發，母校的經費還要靠你們慷慨解囊捐助！」（沈謙，1999：5）無論學業成績優劣，都各有貢獻。有人抱怨圖書館管理員服務態度欠佳，向主管反映，不久之後，情況大有改善，他驚奇的去問主管如何辦到的，

對方莞爾一笑：「沒什麼，我只是告訴圖書館員，有人讚美他熱誠助人！」（沈謙，1999：5）一位老太太在樓上晾衣服，不小心失手把衣架掉到樓下去了，正好砸在一位過路人的頭上，過路人很生氣，捂著頭上的疼處，拿著衣架跑上樓要與肇事者理論。跑到樓上，正好撞見這位老太太。老太太笑容可掬的說：「真是的，讓我自己下樓撿就是了，還勞您費心給送上來，多謝了！」過路人愣了半天，也沒想出合適的話來回答。（張健鵬等，2005：179）以肯定代替懷疑，以寬容代替指責，「處世宜帶春氣，律己宜帶秋氣」，這都是讓生命更美好的說話的藝術。

　　根據美國古德曼博士研究深信書寫語言與口語語言在重要性方面是無分軒輕的。書寫語言不僅只是表達口語語言的一種方式，它在各方面都與口語語言一樣是語言。口語和書寫語言歷程的運作非常相似，而且我們學習這兩種語言的過程也很相同。前者製造聲音，聆聽者透過聽覺來理解；後者是寫在平面的書寫符號，讀者靠視覺來理解，而且可以在彼此聽得到對方講話的範圍之外，將文章傳送久遠，書寫語言還是保存並傳遞文化給子孫的方式，尤其今日的資訊社會需求，電腦、傳真機、影印文件，一片 CD 可儲存整部百科全書。語言表達意義，書面語言在某方面能代表口語語言，但同時也能直接代表意義，也比口語正式，口語語言和書面語言都是真正的語言，它們的使用目的有許多重疊。（Kenneth S. Goodman，1996：21）

　　周芬伶在發表的〈語言的等級〉文章裡將語言分為書面語言，泛指印刷成書的應用語言；第二是口頭語，也就是平常社交應對使用的口語和方言；三是寫作語言，指的是文學性較高的語言。語言如大海，有珠玉，也有沙石，我們得耐心尋找。例如同樣寫春天，題目「春神來了」、「春天的我思」，大約是第一級；寫「春在林梢」、「浣春」的又高一級；寫「春天坐著花轎來」的又高一級；寫「四月裂帛」的更高級。（周芬伶，2010）有關語文的分屬，周慶華在《語文研究法》分析語文的概念。認為語文是語言和文章的簡稱。語言是指口說語和書面語，文章是指書寫的語言成品，包括文學作品和非文學作品（如哲學

作品、科學作品等）。文章包含書面語和結構性的文章（完整作品），
而書面語又是語言的一部分，書面語同屬於語言和文字範疇。這裡特
別強調結構文章的書面語有特定的思想觀念和表達技巧，一般的書面
語只是一可供分析的字詞或語句單位。（周慶華，2004a：2）所以針對
以後的論述舉證，完整的作品及片語字句都可為依據，因都屬於語文
範圍。

　　另一種區分法則是語言包含文章，也就是文章也隸屬為語言的一
種。可參考簡圖：

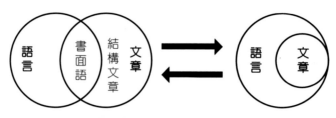

圖 2-1-1　　語文概念簡圖（改自周慶華 2004a：2）

　　幾位學者專家對語文的定義與看法稍有分歧，但以本研究角度對
「語文」的界定在於相對於非語文的語文部分，舉凡可以表情達意的
文字及語言現象當然也包含正式的文字作品——文學與非文學都在研
究範圍內；而周慶華於《語文研究法》針對語文分出人文學科、社會
學科和自然學科等形式領域，再加上研究各學科理論與文學理論，以
圖表示，語文的意涵在此就更可釐清確認，如圖 2-1-2。

二、閱讀

　　閱讀的定義，什麼是閱讀？閱讀的性質是什麼？不同的著作對此
有不完全一致的解釋。下面引述幾種有關「閱讀」的觀點。

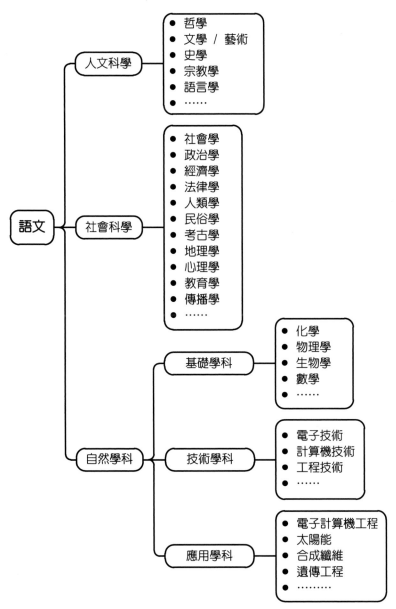

圖 2-1-2　語文內涵（資料來源：周慶華，2004：3）

　　孩子通常是在會說話之後才學會讀和寫的，不像語言可以很自然就學會。這可能是因為讀和寫在演化上是相當的後期才有的技能，跟語言不一樣，所以我們可能還沒有演化出特別的機制來處理這兩種行為，而是以演化用來說話的系統辨識物體系統的一部分及手勢系統，來作讀和寫的工作。就像語言一樣，處理文字也是在好幾個不同的區域進行的。讀和寫需要用到大腦的視覺區域，加上細緻的手指控制各種書寫工具。（Rita Carter，2002：249）閱讀，是一種十分複雜的心理活動，是人類大腦的高級功能。視覺感官將感覺到的資訊，傳送到大腦枕葉視覺區、聽覺區和額葉動覺區等中樞神經系統。再經由這些神經系統的綜合作用，迅速轉化為語音表象及文字元號。這是一個多層次的文字元號辨認過程，就是從辨認字→詞→句子→段落→篇章→語法→修辭的加工處理。憑已有的知識經驗，辨認、矯正、記憶、聯想、重組、儲存、分析、綜合、比較、概括、理解聲音、文字元號所要表達的意義。（何三本，2002：131-132）「閱讀就是人們透過視覺器官接受符號所標記的意義的過程；這一過程的目的，就是交流思想、溝通情況。」（洪材章，1992）

　　閱讀，是從書面語言中獲得意義的一種心理過程。書面語言，包括印出的語言文字，或與它相關聯的圖解，圖表乃至圖片，或是從網路下載的資料等。我們透過視覺系統，接收外界書面資料的資訊，在大腦裡進行加工，理解書面語言的意義和內容，這就是閱讀。根據N.B.Smith、A.J.Harries 等人的研究，閱讀可分為七種類型：（一）複述性閱讀，透過字、詞感知，將內容介紹說出來；（二）理解性閱讀，深入到字裡行間，解釋字、詞、段的意義；（三）評價式閱讀，建立在理解的基礎上，提出補充意見；（四）創造性閱讀，透過理解，產生自己的新見解、新觀點；（五）發展性閱讀，是帶有研究的閱讀；（六）消遣性閱讀，為調解生活、消除疲勞所做的閱讀；（七）功能性閱讀，為工作需要、為教學需要而去尋找某種必要的知識，其閱讀方式是採取瀏覽、略讀、跳讀等方式。這種功能性閱讀，任何人在生活上、工

作上，都可能遇到的。Kenneth S. Goodman 指出閱讀的意義：「作者創作文章……但是讀者所理解的並不是那篇文章。讀者在和作者的文章交易的同時，建構出一篇和它平行的讀者自己的文章。」（Kenneth S. Goodman，2009：158）而關於建構閱讀意義的說法，Kenneth S. Goodman 指出：閱讀是個動態的歷程，讀者會運用有效的策略尋求文章的意義，閱讀是視覺、感知、語法、語意的循環歷程，開端是視覺的循環，結尾是意義的循環。（同上，161-200）

閱讀是一種從書面語言和其他書面符號中獲得意義的社會行為、實踐活動和心理過程。書面資料是讀者與作者之間的載體，讀者借助這個載體對作者傳遞的資訊進行解碼，把文字元號轉變為充滿意義的素材。讀者透過對文字元號的感知和理解，把握文章反映的客觀事物及其意義，感受作者傳達出的思想、情感和觀點。早期的傳播理論「魔彈論」忽視了讀者主觀能動性，認為讀者完全被動的接受資訊，當他們看到文字資訊之後，就像被子彈打中一樣，只能應聲倒地。事實上，讀者受到性格、環境、教育等多種因素的影響，對文本不會照單全收。完成一次有效的閱讀，必須依靠全部的心智活動和情感意向活動才能實現。閱讀需要我們對文本內容進行關注，並進行積極的思考，任何人都不可能在昏昏欲睡的狀況下進行閱讀。（翟文明，2009：3）

在周慶華《語用符號學》裡就語言的遊戲式互動模式及提供讀者的詮釋態度立論，能充分表達語文使用的特色。就語用學「語言遊戲觀」而言，把語言當作是一種交互影響的行為，是一種遊戲；在遊戲中，說者和聽者都直覺的領會到自己的語言團體的規則和雙方所使用的策略。因此，說者難免會利用語言遊戲來達致某些效應（如誘騙、說服、誇耀自己的才能和博取尊榮或敬重等）；而聽者也會尋覓可以遊戲的空間給予某些回報（如挖苦、諷刺、譴責說者的缺陷和瓦解對方的權威性或神聖性等），以致這種遊戲可以無止盡的進行下去（每種語言所表達的就是一種社會關係，也因此每一句話都可被解構為對話。也就是說話或書寫的人會怎樣的組織一句話，是為了期待能夠獲得聽

者或讀者的參與回應）。（周慶華，2006：2）而就形構主義來說，把文學創作看作一種語言遊戲，理論基礎在於作者失去對作品（文本）的主宰權：作品被創造時作者的思想、信仰、價值觀的意識形態和社會架構經濟狀況成分都會寫入作品中，一個作家再怎麼前衛，總得依憑他的社群同僚所共知的成規，他的語言表現才可理解；以詮釋學的觀點來看，閱讀行為隱含著作者和讀者的對話，而讀者的詮釋權宜性很大。也就是說，任何詮釋者都不宜武斷的聲揚他的權威，因為作者原始的意義已經不得而知。文章不是封閉完整單一的個體，它的開放和多元性，為讀者提供了無窮無盡的詮釋孔道。（Peter Farb，1990：1-4；蔡源煌，1988：249-205；呂正惠主編，1991：88-89；周慶華，2006：2-3）

　　作者與讀者的關係類似棒球運動中的投手和捕手的關係，作者是發出資訊的一方，讀者是接受和處理資訊的一方。資訊能否傳到讀者手中，就要看讀者的接球技巧，讀者必須配合作者，積極主動的思考才能理解作者傳達的資訊，因此閱讀是一種主動的活動。閱讀比棒球賽複雜得多，棒球不是接得住就是接不住，閱讀本文資訊則有可能接收到一部分或者一大部分，程度大小與主動性密切相關。讀者愈主動，收穫就愈多。（翟文明，2009：3-4）閱讀是讀者與作者靈魂的互動，互相的顯現。你讀到的，是那些文字在你自己心靈中的映射。這種映射因你內心的氣象而變幻無窮。「一千個讀者就有一千個哈姆雷特。」閱讀的真義就在於，你讀到了自己內心所感應、妙悟的意義。每一個人都可以從閱讀中得到心靈的慰藉。　每一個人都是閱讀的主人。（巴丹，2010：2）為什麼說「一千個讀者就有一千個哈姆雷特」？因為每個讀者的感受不同、立場不同、價值觀不同。他們在閱讀時根據自己的性格、知識和經驗得出對哈姆雷特的理解和評價，所以每個人心中的哈姆雷特也是不同的。（翟文明，2009：4）

　　就閱讀的性質而言，閱讀是解釋：挖掘閱讀客體所蘊含的特定意義；閱讀是溝通：閱讀主體和閱讀客體的互動；閱讀是改寫：閱讀主體依自己的需求對閱讀客體進行任意的增刪；閱讀是構造：對閱讀客

體的語義轉換或再編碼；閱讀是顯現價值：把閱讀客體所蘊涵的價值
呈現出來。周慶華就《文學批評術語詞典》所述歸結出上述有關閱讀
的性質不同的界定。但認為閱讀仍難以脫離需「理解」的過程，所以
閱讀仍視為以「理解」為仲介所展開的活動。總括來說，閱讀就是要
理解語文成品本身所具有的內涵形式。閱讀理解的內涵形式更可多元
到如：想到作者所想到的，向作者所說的話起反應，向作者所構設的
事件發生感情，向作者本人發生感情，假定作者是想什麼，假定作者
是要求什麼，其他有關超常基進的反應。（周慶華，2007：49）這些在
閱讀過程中都可能發生。

　　這段論述印證 1990 年我曾運用王萬清以第一人稱敘述方式寫出
九種閱讀方法的思考過程，指導心得寫作，讓學童在讀完一遍之後檢
視閱讀後得到什麼，這些類似完成句子的引導，更能具體的對所閱讀
作品引發聯結，是很好的思考依據。列舉如下：

　　（一）我喜歡作者在故事中談到⋯⋯

　　（二）我喜歡書中的插圖⋯⋯，它們使我覺得⋯⋯

　　（三）我覺得作者描寫⋯⋯描寫得非常成功，因為⋯⋯

　　（四）關於⋯⋯的描寫，我覺得作者⋯⋯

　　（五）假如我是書中的主角，我遭遇了困難，我會⋯⋯

　　（六）我看完了整篇故事以後，我喜歡書中所描寫的⋯⋯因為
　　　　　那個角色⋯⋯

　　（七）假如要我寫這類的故事，我會把故事的主題擺在⋯⋯並
　　　　　且用⋯⋯來當主角，因為，我覺得這樣更能表現⋯⋯

　　（八）作者寫這本書要告訴讀者⋯⋯

　　（九）當我看完這本書，我心裡想⋯⋯

　　（王萬清，1990：256）

　　「開卷有益」、「閱讀塑造心靈」、或如金庸所說「書本不但可以得
到知識，也是一生最好的朋友」（巴丹，2010：15）等這些格言警句，

無一不在宣揚著閱讀的意義。但綜上所論有關「閱讀」仍侷限糾結在讀者和文本之間或者讀者和自己互動的歷程，這種整個以理解為仲介的過程表現出閱讀是一種心理的過程。周慶華提出幾個論證說明閱讀並非那麼單純，還有許多非心理的因素。包括讀者自己與作者，與其他讀者，甚至整個世界互動的情況，舉了 Kenneth S. Goodman 的說法「讀者在使用文章裡的線索時，會帶來他們對世界的知識和認識，以幫助文章的理解。他們『猜測』文章接下來寫什麼，作預測並下推論；他們選擇性地使用文章線索，遇到相衝突的線索時會修正他們的『猜測』。因此，有效的閱讀並非精確地辨認單字，而是瞭解意義；而高效的閱讀是指依據讀者現有的知識，使用剛好足夠的可用線索去讀懂文章」（Kenneth S. Goodman，2001：12）及列舉非單純心理意願所能解釋的情形，包括可能因為讀者的背景知識不足，不瞭解作者，讀者與其他讀者的解讀有落差等互動發生問題而無法順利閱讀。（周慶華，2003：2-3）還包括我們常見的導讀文章，導讀者在其論述中常以個人意識取代被導讀文章作印證，企圖說服讀者。

這個說法在唐諾的《閱讀的故事》裡處處可見。例如在他小說家好友張大春為他著作命名《讀者時代》後以序回應作者的不以為然，並舉了 Italo Calvino 的話回應：「有一條界線是這樣的，線的一邊是製造書的人，另一邊則是閱讀者。我想待在閱讀者當中，因此總小心翼翼的留在界線的這一邊；不然的話，閱讀的純粹樂趣會消失，或至少會變成其他東西，那不是我想要的。這界限是暫時性的，而且逐漸有被抹拭掉的趨向，專業性處理書籍的人的世界是愈來愈擁擠了，並有和讀者的世界合而為一的趨向。當然讀者人數也在日益增多，但用書籍來生產書籍的人數似乎要比純粹看書的人增長得快。我知道，即使是偶然一次例外的越過界限，也有危險，會被捲進這股愈來愈升高的浪潮，因此，我拒絕踏入出版社，即使只是一會兒功夫而已。」唐諾藉 Italo Calvino 在《如果在冬夜，一個旅人》裡一位聰慧的女孩口中說出這段話，旨在表明唐諾本身也和 Italo Calvino 一樣認為作一個單

純的閱讀者是更幸福的，單純的閱讀者保有著閱讀的純粹樂趣。並推薦這本普遍被視為極難讀極文學專業技藝性的小說，「如果要我在浩瀚書海之中找出一本最由讀者的角度、心思及其行為寫成的書，一本所謂的『讀者之書』，我的答案就是它。」這裡有強烈的以讀者身分說服其他讀者的企圖。（唐諾，2007，179-181）

　　周慶華還舉出閱讀客體也有一些約定俗成的外在規範，意指有些屬於專業類書沒有相應背景的人是無法閱讀的。（周慶華，2003：3）這就說明為什麼書店或圖書館會將書籍加以分類，以配合有相當背景及需求的人取閱。就像一般語文老師除非有特殊研究是無法閱讀《氣相色譜法在氣體分析中的應用》、《數據恢復技術深度揭秘》之類的書籍，因此說閱讀只是與作品互動的說法是片面不全的。歸結到閱讀已不是單純個人行為，還需考慮閱讀客體所在情境和整個閱讀活動所要施給或影響的他人，這就是閱讀社會學所要探討的內涵。

　　閱讀行為和閱讀活動都是人在醞釀和發動，這種表面上稱為閱讀者或讀者，實際上應稱為閱讀主體。閱讀主體指的是閱讀行為或閱讀活動的促動者，一開始就不是個別性的存在，需有社會性的認知。閱讀主體和閱讀者被如此區分，主要是受到敘述學者分別敘述主體和作者的啟發。敘述主體雖是作者所創，但當成品被閱讀時是敘述主體在發聲。敘述主體的作者的身分叫做隱含作者，真實的作者化身為不同的隱含作者，他可以戴著面具主導敘述進程，表現不同於他真正人生價值的作品，因此作品與作者真正的自我不一定相契合。雖然作品與隱含作者同時誕生，所謂「詩創造詩人」，也就是說隱含作者的人格是作品賦予的。還有當作品呈現完全不同隱含作者時，以社會學角度，不免要思考是因為作者有權力意志要實踐的對象所致。例如文學作品小說類而言，敘述主體的敘述風格及文化品格會反映在作品中而使它具有獨創性。周慶華舉了葉聖陶的〈一生〉和魯迅的〈祝福〉兩個題材、情節類似的小說，就是因為敘述主體在思想精神上的差異，能賦於作品不同的情趣魅力而深受讀者青睞。（周慶華，2003：176-179）

　　相同的，所謂閱讀主體在從事閱讀行為或活動時，只是帶著真實
生活的閱讀者的部分經驗在閱讀。閱讀主體無論他是以一個消費者或
是消費者兼生產者，他都是一個社會的角色；這個角色既相對於敘述
主體又相對於其他的閱讀主體，隨時為人所支使論說。他的存在就是
由社會所賦予的。目前相關理論如《閱讀學原理》說閱讀是讀者全身
心的的活動境界（曾祥芹等主編，1992a：187），這套關係讓我們理解
閱讀主體或幾個閱讀主體與閱讀客體實際的對應關係，從事閱讀行為
要能辨析閱讀對象真正的敘述主體，是否不同的敘述主體呈現創作主
體展現的不同風格，也要有其他閱讀者存有的認知。

　　從接受美學的角度看作者，作家為了更好的實現作品的價值，從
創造開始和過程，不可能不想到讀者的鑑賞，作家不斷的同想像中的
讀者打交道。作家在寫作過程中，腦中始終有一個隱含讀者，不是具
體現實中的讀者，指作家在文本結構中預先設計和規定的閱讀的能動
性。例如俄國作家 Fyodor Dostoevsky 創作時，常考慮讀者可能產生
怎樣的反應。讀者參與作家創作過程是透過資訊反饋實現的，讀者
接受作品或對作品的反應都是一種資訊，作家很重視讀者的訊息回
饋，會因此調整構思以滿足期待。如白居易作詩給老嫗聽，聽懂則
留，聽不懂則刪。如 19 世紀 Honoré de Balzac 用寫實主義手法創造
了一系列《女人的研究》、《三十歲的女人》等小說，引起當代法國婦
人的共鳴，作家和讀者的聯繫，不是在閱讀作品時才開始，而是早
在作家醞釀寫作時就已存在。（龍協濤，2005：32-33）在對一本書的
理解上，作者一定要比讀者「高竿」，他在寫作時一定要用可讀的形式
傳達他有而讀者所沒有的洞見。而閱讀者一定要把不對等的理解力
克服到一定程度之內，即使無法全盤瞭解，但總要達到與作者相當
的程度。

　　以作者的角度看讀者有隱含讀者這個想像中的接受模型，以讀者
的角度看作品含敘述主體，不是那個作為生活人的作者。有關隱含讀
者的瞭解有助於讀者選擇閱讀作品時，創作者設定閱讀對象是否包含

自己這一族群，有助於閱讀前的選材考量，理解作者為誰而寫，讀者自己為誰而讀，可能就更明確。知道作品中的敘述主體非等同於作者本身，影響所及應該是閱讀時的超然客觀而不致神化了作者，探討作品的作者時，「文如其人」的論點不一定正確。倘若以 1996 年曾是暢銷作家的林清玄為例，為了離婚再婚事件，他的完美形象一夜之間崩解，仰賴他度過生命難關的婦女拋棄他的書如同拋棄不忠實的男人，如果瞭解隱含作者與隱含讀者的意涵，作為心靈導師的應該是隱含作者，而她們都被設定為隱含讀者而論的，或者不會那麼義憤填膺的將書焚毀洩恨。

三、語文閱讀的界定

（一）語文閱讀與非語文閱讀

從周慶華的《語文教學方法》一書以符號學角度看語文，語／文都歸在「語文符號」的範疇；它們在被運用指稱時，跟可以用語／文來表述的「一般符號」（另稱類語言符號）構成一個「互通」的局面，見圖 2-1-3。

閱讀分廣義與狹義兩方面：凡是具有符號意義的都可以閱讀，如個人的穿著、姿態、語言，建築物的造型、色調，一幅畫，一幀照片，都可透過「閱讀」嘗試瞭解其中的義涵，這種解讀可以說是廣義的閱讀。愛亞在《用心讀書》裡認為廣義的閱讀「涵蓋了讀白紙黑字的書報雜誌，看好的電視節目，看好的電影，看藝術表演，聽音樂會，聽好的廣播，上好的電視網站，以及接觸大自然。」（愛亞，2002：19）所有知識的吸收屬此。星雲法師說：「不要認為讀白紙印字的書冊才是讀書，讀人、讀生活、讀社會的書，也是一部大作；因為書本縱然可

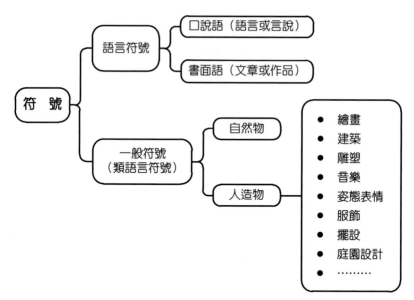

圖 2-1-3　語言符號與一般符號區分圖（資料來源：周慶華，2007：2）

以提供我們一些概念，但生活才是我們的內容。」「要通過『生活』、『人情』這本大書，才是真正會讀書的人。」（符芝瑛，2006）都是廣義閱讀。本研究所論的閱讀是以語文閱讀為主的狹義的閱讀。繪畫、音樂、雕塑、建築、數學不是語文閱讀對象，但自然學科如物理、化學、生物、科學論文以及繪畫理論、音樂評論、除了一般性文字、文學作品外如這類科普文章也是語文閱讀對象。另外，屬於大自然的閱讀，「陽春召我以煙景，大塊假我以文章」這是李白在良辰美景之前，敘天倫樂事而有的愉悅！例如風月山水都是我們避免不了的閱讀對象，尤其當閱讀創作的主題和內容可以就經驗相互印證時，可喟可嘆。針對大自然、生活中美的捉摸和探討論述，如伍漁慨嘆居處車輛洪流與水泥森林的現代人們，難以欣賞「餘霞散成綺，澄江靜如練」或眺望「江流天地外，山色有無中」所以編選名家寫景之作《天地有大美》（徐志摩等，2010）；鑑賞如朱自清寫「春的原野」、鬱達夫寫「故都的秋」、夏丏尊寫「白馬湖之冬」，不同於旅遊的走馬看花，因為可看

到文學作家不同的觀景胸襟和視野，所謂「夕陽芳草尋常物，解用都為絕妙詞」，除了感動於他們的感動，也從中發現閱讀的趣味。這種趣味仿如袁枚翔所說「閱讀是一種足不出戶的旅遊，是一種精神上的覽勝。或許是古樸的園林亭榭，小橋流水，曲徑通幽；或許是茫茫的大漠孤煙，晃在天際的的駝影，兀立夕陽中的遺城；或許是南亞的海灣，榴槤讓你畏怯，椰風讓你沈醉……讀到感嘆之處，你會情不自禁的摺頁、畫線、批註，就像遊客在勝境之處留下『到此一遊』。這就叫閱讀第一境：神遊。」（袁枚翔，2008）除自然山川景物之外，蔣勳在同名《天地有大美》介紹自忖再平凡也不過食、衣、住、行的點點滴滴，以佈道的心情傳播對生活中美的發現，也是透過閱讀創作者的細膩觀察的媒介體現生活美學。因此，閱讀山川景物大自然本身雖不在本研究裡討論範圍，但不容置疑的卻是創作者靈感的元素。總結來說，廣義的語文閱讀活動：觀察人、事、物個人的所見所聞，甚至自身的經驗歷程也是一道風景，閱讀客體可能包括親眼觀察、道聽塗說、口語傳播、新聞事件、旅行走訪、影片欣賞、舞蹈音樂、街頭表演、裝置展覽、運動賽事。但本研究仍要侷限在蘊含語文現象的為主，以閱讀選材來說，除一般規範性的文字篇章作品外，講稿、影片、新聞、歌曲等也屬此。

　　以含圖像、文字區分角度來看，如漫畫、圖畫書、動畫、電影一類含語文成分的閱讀對象，與一般純文字文本相較，多了圖片影像部分，是很特殊的閱讀對象。所有影像都是人為的；影像是重造或複製的景觀；影像是一種表象或一整套表象，以脫離了當初出現並得以保存的時間和空間，其保存時間從瞬息至數百年不等。每一影像都體現一種觀看方法。我們對影像的理解和欣賞，還取決於各人獨具的觀看方法。人們又承認影像還記錄了製作者的具體觀點，影像成為某甲看某乙的實錄。這是個體意識不斷增強——伴隨著不斷增強的歷史意識——的結果（John Berger，2009：3-4）。影像根源於演化遺傳中的基因，是先天制約任何人都具有的能力。文字是近代文明發展出，後天不學就不會。Gabriel García Márquez 在《百年孤寂》裡寫著：「世界太

新，很多事物還沒有名字，必須伸手去指。」（Gabriel García Márquez，1990）深刻地傳達出當沒有文字，人們要描述東西，必須確實有該樣事物在眼前「存在」。換句話說，事物不在眼前時，也就抹滅了「存在」的意義。影像引起直接情緒反應，文字是間接的媒介，需要想像與訓練。這就是影像與文字的差異。只看電視、漫畫無法培養想像力，英文 imagination 意思是「一種想像出眼睛看不到的東西的能力」，電視漫畫一開始就有影像畫面，無從讓我們自己去想像。光看電視會製造出只是被動接受資訊以及不深入探索的人。林乃文在評論《朗讀手冊》時指出：雖說二十一世紀是一個圖像思考、影音傳媒躍為主流的時代，但許多深刻複雜或精微的事物，還是需要藉由文字才傳達。世界越來越複雜，人們的心智活動無論如何還是要依賴閱讀。即使到了網路時代，仍然需要優越的閱讀能力，以博覽和解讀如汪洋大海般的資訊。（Jim Trelease，2002）

（二）語文閱讀的目的

　　近年來有關閱讀與大腦的相關研究與發表很多，洪蘭表示許多醫學研究都發現，人的大腦是愈用愈靈光，從大腦切片可以看到，愈常動腦的人，神經纖維之間的聯結愈濃密，觸類旁通的機會也愈高。閱讀可以促進大腦神經迴路活化，每個人在接受外界刺激時，都會激發一連串大腦神經迴路的活動，但是閱讀時神經迴路活化的程度比看電視時來得深。原因是閱讀時，我們會主動搜索訊息，遇到語意不明的詞彙，我們的眼睛會立刻尋找文意解讀這個詞句在文中真正的意思。因此，在閱讀時，我們的大腦不斷地進行深層分析。而且是主動的獲取訊息，看電視、電影則是被動接受訊息，如果要促進孩童的神經發展，應該鼓勵他們多閱讀、少看電視。此外，閱讀可以激發想像力，沒有想像力就沒有創造力。（洪蘭，2006：182-184）

　　人類所以優於其他動物，在於人類有透過閱讀建立和不斷豐富的精神世界。有些人懂得閱讀汲取先輩的智慧，在進化中變得更聰明。《閱

讀改變人生》一書的編者巴丹曾感慨地說道：「閱讀不能改變人生的長度，但可以改變人生的寬度；閱讀不能改變人生的起點，但可以改變人生的終點。」（巴丹，2010：1）讀書可以是改變命運的利器。想讀書的人，基本上是對自己的生活不滿意，顯示出要改變的欲望，所以要到另一個地方去尋找。上升的階級永遠在讀書的，下降的階級是不讀書的，所以永遠要有探索世界的熱情。閱讀代表什麼能力？有一個書房，人生就有了迴旋的餘地。如瘂弦所認為的一個人只要擁有了書房，就是世界上最強的人，誰也打不倒他，那怕事業失敗，經商失敗，只要退回書房，都可以東山再起。讀書是無用之用，後來卻會成為大用，書使改變成為可能。（李偉文，2010）又如 David Riesman（大衛黎士曼）所說的「閱讀可以在桌燈所射出的小光圈裡，準備從事人生的大戰」。（林美琴，2001：32）另外，把閱讀當作心理治療的輔助角色功能的，如認為閱讀可以「發展自我概念；充分瞭解人類的行為動機；對個人作正確的自我覺察、自我評價；有機會注意自身以外的事物和觀念；釋放情緒壓力，減輕孤獨感；協助人們更自由的討論問題；勇敢的面對問題，計畫及執行有建設性的問題解決方案；促進人際關係的覺察和良好互動，提高生活適應能力；瞭解個人的態度和行為模式，發展自我和社會之間的良好互動關係」。（王萬清，1999：7-8）

　　無論從生理角度或是心理層面對於閱讀的論述以及個人進行研究之前的認知，都未能顧及閱讀與社會的連結，忽略閱讀是人社會化的重要途徑，它把自然人轉化為社會人的過程。除了我們所認識的世界、人生、社會，很多都於於閱讀。我們所認識的世界、人生、社會，很多都源於閱讀之外，對閱讀主體需有社會性認知，而閱讀客體則需要社會化創新。閱讀不但緊密的受社會影響，對社會還要有使力回饋的部分。閱讀不僅僅是心理歷程，還需考慮到與外在整個環境各種人、事、物可能的互動層面或程式。各種閱讀行為應該有更複雜的社會網路制約，而個人閱讀也應該再思考於社會的框架中要如何作為。從閱讀社會學角度來說：先從自己受用，再擴及跟他人的互動，影響他人，進而促進文化創新而前述觀照這些閱讀的定位，顯然不足。

　　為了擬構一個有脈絡、有層次級序的閱讀教學策略，得從閱讀本身及閱讀者的「因何而動」及「閱讀行為所朝向的目標為何」探討起，知道目的所在，才能進行任務導向，解決問題，運籌帷幄，謀而後動。

　　閱讀的目的可分出閱讀本身的目的與閱讀者的目的。所謂目的，依據 Thomas Aquinas 的說法是「目的在行動的過程中是最後達到的，但首先存在於行動者的意念中，所以是真正的因」，如同行為本身與行為者本身的目的可能不同，例如，張三送衣料給李四行為本身送布料是要做衣服，但送布料的張三這個行為者可能別有目的，或有想請張三介紹工作的用意。（曾仰如，1987：264-265）簡單來說，閱讀本身的目的就是讀懂、理解所閱讀的對象；而閱讀者本身則有參加考試、娛樂、創作發表的意圖。二者都蘊含著濃厚的社會性。閱讀本身的目的有三種互動訴求：首先是與作品對話，不論讀者本身是否意識到自己是作者的隱含讀者，為了要理解作品常借策略性的如朗讀、精讀等比較選用，而使得閱讀的對話層次更加精緻可觀。（如我們使用各種閱讀策略以增進作品理解）第二是跟作者對話，作者不必一定在場，是因為作品已然成為二者間的媒介，無論是純為批判或跟作者各說各話，也是閱讀主體難免的對話訴求（如對作品寫心得、感想、鑑賞、評論）。第三是與歷史文化對話，閱讀主體的一些信仰、思想觀念、閱讀的語言組合方式等歷史文化背景深深影響他對作品的理解，進而與作品中作者所隸屬的歷史文化彼此自覺、交融或對諍。（周慶華，2003：77-79）閱讀既是一種對話結構，就是在跟包括作者在內所有感受得到的人對話。

　　另外，所謂閱讀者的目的是什麼？一般以為閱讀的目的應該就是閱讀者的目的，但是實際上不然，因為閱讀者在閱讀時整體的環境都會成為閱讀的對話對象。所謂「整體的環境」，包括閱讀客體及它的背景，另有轉為讀者身分的作者與傳播機制裡負責閱讀的操縱者，也都會成為影響的因素，所以閱讀這件事便有藉自己的解讀能啟發或引起規範或制約別人的可能（如前述唐諾事例）。這些試圖影響支配他人的

目的，包括樹立權威的遂行意識（權力是指即使對方違抗，也能操縱人的力量。如果具有權威，則不必動用強制力量，也能使人服從）（歐陽叔平，2008：9），及謀取利益的變相發用，進而達到行使教化的恆久性效用。原則上應是閱讀者先有這種自我受用的意圖，才有在歷史文化的限制下進行閱讀行為和閱讀活動的衍展。（周慶華，2003：79-82）在上述謀取利益、樹立權威和行使教化的誘因下，閱讀者認為閱讀有很大的價值，所以他會採取行動來從事閱讀。這不論是暫時內存閱讀成果以備他日使用，或正在外發閱讀成果為口說語或書面語。而這些利益的獲得就要借著如前述與作品、作者、歷史文化的對話。（同上，94）一般人以為可以為閱讀而閱讀，無特殊急迫性立即目的的閱讀，純為補白時間娛樂性的閱讀，可以視作一種知識概念的累積，是為將來醞釀鋪墊，發表開展作基礎。但一旦認識確知上述利益而主動閱讀，閱讀一事在內蘊時已經社會化（在學習社會的規範和價值）。閱讀行為依洪材章等人的設定特指閱讀的「蓄勢待發」狀態，因除不只自我受用外，還有與他人互動且有以影響他人為目的的意圖，因此閱讀行為具社會性的特徵。而在閱讀活動的社會化過程裡，閱讀行為的進一步顯象化，就是所謂的閱讀活動。因此，這種已現行動的閱讀活動，也在被讀者意識到的前結構、意識型態下包括選材、詮釋、評估、推廣等次活動，不免具有明顯的權力關係和傳播欲求。（同上，97）

　　這種權力關係就是預設一方具有知識，另一方願意接受知識者的建議，閱讀主體具有對其他讀者的影響企圖，如期待自己解讀能啟發別人或獲得別人承繼的渴望，以及對其他讀者的的支配企圖，如期待自己的解讀能規範或制約別人。也是一種閱讀者權力意志和權力關係的體現。（周慶華，2003：116）每個人都不喜歡被監控，但是為了維持社會秩序，不讓社會解組混亂，有時社會控制的手段有其必要性，如讓社會其他人不受偏差者的干擾，在控制結構下我們都是既得利益者；權力結構是從上而下，如政府對人民、老師對學生、父母對小孩，都是貫徹某一個權威的意志，使其他人服從、順從自己的意思行動。

不過,當此社會控制策略受到質疑,有人開始不滿支配者的社會控制手法時,社會控制規範受到挑戰,如女權運動、原住民運動。(吳逸驊,2009:166)我們不斷在媒體傳播灌輸如下的觀念:只有在我們擁有足夠的權力時,我們才能順利地過我們的生活,我們迷戀權力,或許只是因為我們感受到自身的無力感。當我們無力對抗組織、制度或某人的強勢個性,漂浮於處處權力世界裡,該如何前進?通常的回答是:設法從中得到一些權力。權力可以產生的附帶效益,包括可以獲得財富、地位等物質需求的滿足與獲得尊嚴、名譽等精神需求的滿足;又如擁有權力會讓自卑感的人產生優越感,缺乏安全感的人獲得安慰劑等心理補償。(周慶華,2003:117)這種求生存或求附帶效益的過程中,倘若還存有文化理想,那麼整個閱讀行為就會有更精練或更美化的提升。為了避免讀者盲目強化對他人的閱讀影響和支配欲望,閱讀者應有後設知覺意識對自己的閱讀有所制約。包含前述界定閱讀意義時提出閱讀者對文本的不同解讀和評價,肇因於讀者立場價值觀各異。至此我要進一步補充說明閱讀行為是會受權力關係預設影響的,需知「閱讀如何如何」是會隨閱讀者所要影響及支配的對象而轉移或作調整的,沒有既定公式,不可人非己是;閱讀行為無法一致,源於閱讀者各自不同的前結構、意識形態及權力關係的預設,而這些都要在實際傳播該閱讀成果的過程中才能完成。閱讀者想推銷自己的閱讀經驗,甚至希望獲得滾雪球的效應。沒有一個閱讀者甘願只讓少數人知道自己的善於閱讀或閱讀有成,如閱讀行為化身成篇章發表或出版,尤其在他躍居批評者或學者或其他具有相當影響力的領導者身分的時候,(同上,121、131)無論朝向小眾或大眾傳播進行支配或影響,閱讀行為每一次的實踐就更強化閱讀的社會性。

為什麼要閱讀?學生不閱讀不容易考上好學校,父母不閱讀就不知道孩子的問題及解決方法,老師不閱讀就無法吸收新知,閱讀影響了生活許多理解的問題;而閱讀經驗愈豐富,較容易有判斷力去理解問題,適應生活。很多人很清楚知道自己想變成怎樣的人,並藉著閱

讀求知在生活中實現；但大部分的人不知道自己要什麼，努力的動機不確定。比方說，為了得到一紙文憑，以便輕鬆找到工作，進而開啟通往人生其他階段的大門，結婚、購屋、退休……等。

　　一位嘉義縣的國中校長語重心長的呼籲教學者「教學生為自己而學」：觀察學生從國一入學到國三畢業的學習狀況。國一時，不少人還保有多元文化的學習精神，以及活潑開朗的個性；但是隨著基測時間的逼近，除了成績，什麼都可以捨棄、都可以犧牲，甚至忘了自我和學習的本質。學習的動機可分為五個層次：好奇心、成就感、典範、為了某種目的、怕被懲罰。但反省我們的教育過程，推動學生求知的動機，大都屬於效果較差的後者。教育家 John Dewey 曾強調「教育就是生活」，應善用學生好奇的天賦，結合經驗及環境，提升學習興趣。對學校教師來說，應學會從種子看見大樹，進而培育出豐富樹種的森林。用賞識力分析每個學生的多元智慧，輔以適性積極的期望，對學生展現無條件的愛與接納，創造自我學習氛圍，並尋找放手的最佳時機。讓學生充分瞭解自己，為自己而學，如此才能重新找回對學習的熱情與動機。過程中，只有耐心等待、適度引導，讓信念在時間的加持下，發揮無限的可能性。（劉彥碩，2009）這是許多人對學子們在學習上的期許，盼他們能在教師的循循善誘下，知道自己能發揮的最大優勢，自動自發，為自己而努力，符應前面所述閱讀的目的，經閱讀學習能獲得相當對應的獎勵認同，知道自己在哪一領域的長處努力表現，因此獲得師長同儕的讚賞。在學習動機的成就感、典範、為了某種目的實施教學引導，如此因勢利導或許更能達到自學的效果。

　　許多老師家長發現兒童閱讀課文總是在半被動的，甚至在完全被動的情況下閱讀，以致讀不了多少就停了、睏了，但是遇見喜歡讀的書，即使不令他們閱讀，也會自動讀下去且不眠不休偷著看。顯然是教科書很難適合每個兒童的閱讀興趣，只好求諸課外讀物。依研究實驗結果大抵如驚異的、生動的、動物的、談話式的、幽默的、情節的，而最不感興趣的似乎是道德的教訓。在影響兒童閱讀的因素中如閱讀

的心理狀況方面，當兒童閱讀時，沒有閱讀的心向，可以說當時心理沒有興趣或沒有準備，便影響了閱讀的理解，或因心理緊張也會影響閱讀。（林國樑，1990：32-37）要想兒童多閱讀書籍，最要緊的是引起閱讀欲望。然後，他便會自動去找書閱讀，並且大量的閱讀。「利用舊經驗學習新語文；利用熟語文學習新知識」，這些都是首先要引起兒童閱讀的興趣，才能完成。有幾個方法可以引起兒童興趣，例如：能力競賽。經老師考問閱讀過的書報，登記這本書字數，公布全班成績，加強刺激競爭；參與學校廣播故事、廣播劇；說故事競賽；老師針對所讀（包含讀報）提問並登錄成績，其他如舉行閱讀測驗，舉行辯論會，公布成績，兒童看到自己努力得來的進步，更可以督促自己，再繼續努力下去。（胡鍊輝，1997：234-239）包括中學生到學童的學習動機，期望主動去閱讀的考量，終究還是要配合年齡認知發展才可發揮效用。例如期望小學童能如中學生發掘自己的優勢潛力而主動閱讀是不可行的，因為該階段孩子尚處學習摸索期，學習是多樣的。反過來，以身處激烈考試競爭的中學生再設計以競賽排名來引發閱讀動力，又顯得激進而無當。

　　學習前首先應該明確學習的目的和動機。無論是在老師的指導下學習，還是學生自學，學習的目的都應該是為了獲取知識，在實際生活中運用所學的知識為自己、家人和社會服務。但是有些學生學習純粹為了應付考試，學習的動機只是為了拿到高分。抱著這樣的態度學習，學完後很快就會把知識遺忘。你應該相信，現在學到的東西將來總能派上用場。學習的途徑主要是透過閱讀，學習成績好的學生往往是掌握了興趣、專注和重複高效學習的方法，對不感興趣的東西嘗試去發掘其中的樂趣，可問自己這些知識是如何影響生活的，在生活中是如何應用的。（翟文明，2009：50）在升學主義掛帥的大環境要學子不為考試而讀，不免不切實際，但上面論述在強調要能讓學習者體認所學的東西是與生活連結，閱讀不單是為了考試，也可以是為了瞭解

事物；學習語言可以為了旅行，可以是為了將來的專業，但也可以是
為了想認識某個國家的語言和文化。

　　本研究旨在教學策略的架構實施，對象是語文閱讀，從事語文閱
讀教學，要策畫在課堂內外教師怎樣教閱讀，閱讀要「教什麼」變成
訂定教學目標前就要設定的內容；而「教什麼」源自於要引導學習者
「讀什麼」，也就是「如何選材」，選材的依據是什麼？要選擇能獲得
最大效益的適當教材是什麼？我們理應預期選材是學習者感興趣的，
能引起最大學習動機者，甚至因此養成延伸閱讀的閱讀習慣那就更臻
完善了。因此，選擇「讀什麼」前，學習者就是原本非個別存在的閱
讀主體，知道閱讀是為誰而讀，讓閱讀者知道閱讀不僅僅是為了理解
探究所讀的對象本身的意涵，以至於背後敘述主體的文化社會背景，
要有更大的促動力是閱讀者倘若能有為誰而讀的領悟，明瞭有人對自
己及自己閱讀後的附加成果，如作品產出、創意展現有了閱讀期待，
知道閱讀者本身可以因此獲得更大的社會認同和成就，意圖利己也能
利他，利己是成功，利他是成就，甚至文化更新，再向社群大眾的情
境去尋求支配影響，自當勉力而為：

閱讀教學 ⟷ 教什麼 ⟷ 讀什麼 → 選材 ⟷ 閱讀目的（為誰）

圖 2-1-4　閱讀教學流程圖（一）

　　這種說法，周慶華在其發表的文章中也有所論述：一般人缺乏閱
讀的欲望和動力，都是根源於不知道「閱讀不是為自己，而是為他人」
的道理。如果閱讀只是為自己，那麼這只是為「一個人」，當然不如為
他人可以遍及「很多人」有吸引力；何況當自己沒有閱讀需求時，勉
強自己去閱讀，自然成了一件苦差事。反觀為他人閱讀就不同了。我
們可能是要從別人那裡謀取利益，或是要對別人樹立權威或是要給別
人行使教化，那所「需」一定很深、很多樣，直到我們完全沒有了支

取或支配的欲望為止。所謂「讀書使得我們能夠過別人的生活」，這一思想家布呂因的說詞，還是消極了一點，它應該是「讀書使得我們能影響別人的生活」。由於閱讀有了為別人的「出口」，所以我們才能忍受閱讀的種種「凌礫」的折磨。包括 Montesquieu 所說的「只要讀書一個小時，我就從來沒有過無法驅除的煩惱」，以及 Flaubert 所說的「承受人生的唯一方式是沈溺於文學，如同無休止的縱欲」，這些「強迫自己」的經驗都會上演。換句話說，Montesquieu 如果不是為了更好說服別人來接受自己的哲學觀，Flaubert 如果不是為了更好影響別人來認同自己的小說，他們就不必那樣拚命的閱讀。事實上，我們每個人從小就活在為他人閱讀的情境裡。像被老師吼去唸書，被父母趕去做功課，這時我們就是在為老師、父母閱讀，只是我們還不知道要怎麼「影響他們」罷了。因此，確立我們要為誰閱讀以及熟悉抵達「目的」的管道後，我們一定會大量的閱讀，不必別人來提醒。(周慶華，2009a)

「世人都曉神仙好，只有金銀忘不了；終朝只恨聚無多，及到多時眼閉了。」「世人都曉神仙好，只有功名忘不了；古今將相在何方，荒塚一堆草沒了。」凡是讀過《紅樓夢》的人，對這首〈好了歌〉應當印象深刻。儘管大家都懂得「好就是了，了就是好」的道理，卻偏偏還要走進功名富貴的輪迴之中，「書中自有顏如玉」「書中自有黃金屋」一生汲汲營營苦讀就是為了成家立業，追求名利，造大屋、置田產。生命的確莫可奈何，要想建立功德，在事功上有較大的建樹，似乎要在權勢名位上來登高一呼，才能收到「風動草偃」的大效。 國父曾提出「做大事，不要做大官」的箴言，張之洞也說「讀書所以明理，明理所以致用」。儒家講究「經世致用」，影響深遠。若果真能如前述我們閱讀的目的不僅在想自己有能力過別人好的生活，還希望能影響他人，進而謀取利益、樹立權威和行使教化，呼應我們根深蒂固功成名就的傳統是不可變的，是否應該認真去思考我們究竟為了誰在閱讀，是固定的個人或一群人或未知的群體或個人，針對不同的人或群

體應該閱讀哪些東西，閱讀文本作品選定後，又要怎麼讀？讀什麼？便成為閱讀者要深思研究的課題。

第二節　語文閱讀教學

　　本節探討教學到語文閱讀教學的意涵，在銜接前節在明瞭閱讀的意義及目的前提下如何進行閱讀教學，因此研讀瞭解各方有關閱讀社會學與其他的教學觀，瞭解閱讀教學的原理為「經」，參酌各種教學法為「緯」，期望能理論與實務相得益彰。從閱讀教學的功能、目的，注意到提升閱讀能力與素養及如何進行閱讀理解策略相關的研究。因所列舉參與檢討辯證的各家論說也僅止於我可以經驗得到的，諸如與「閱讀」相關的語文專書、期刊論文、學位論文以及納入相關網路資源，工作坊成果。其中或有較重要的，但緣於能力不及或無法看到，所以不在本探討研究範圍。

一、教學

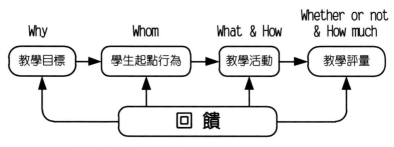

圖 2-2-1　教學模式（改自黃政傑，1998：23）

　　教學的概念相當模糊，學者研究者間見仁見智，莫衷一是，就各著作論述試為理解歸納。教學是指教師為學生建構經驗，以促進學生知識和行為的改變。Gagne 將教學定義為安排外在事件以引發和支援學習的內在歷程。學習是指由於經驗，學生在知識方面的改變。教育一詞有很多意義，但是總括來說教育就是改變，如果我們沒有做任何足以使任何人不同或改變的事，那麼我們就沒有教育任何人。（林清山譯，2007：5）教學應包括教師的教導和學生的學習，往昔《禮記》提到教學相長，施教者不僅是教人去學，自己也得要參加學習，並且從自己學習所得的經驗日新月異的去求教育的進步。「教」包含著「學」。心理學認為教的方法必須根據學的方法，所以教和學是分不開，要把「教學」合成一個詞。W.G. Reeder 說：「教學是輔助人學習的一種行為，再進一步說，就是輔助人獲得知識、態度、理想、習慣，或其他種類的學習，為他以往所沒有獲得的。」（林國樑，1990：64）針對讀書教學，不是只教強記背誦而已，還要培養他們理解的能力，活用的能力，且應有自學的閱讀能力。教學是施教者以適當的方法增進受教者學到有認知意義或有價值的目的活動，強調是學習者由不知到知，由瞭解到熟練的歷程，學習的材料必須經由價值判斷，評定有利於學習者的活動，才能應用於教學活動之中。（王萬清，2001：1）

　　黃光雄整理出三種教學概念：教學就是成功，教學就是有意活動，教學就是規範行為。分別指的意義是學習包含在教學裡，這是 Dewey（杜威）主張如同教學由如賣之於買，沒人學就沒有教了，Ryle（賴爾）則反對認為「教學」是工作動詞，而「學習」是成就動詞，不可混為一談。Ryle 也認為教學是一種有意的行為，是專注於正在進行的並嘗試診斷改變某人的行為。教學的規範概念在於要求教學活動要符合某些倫理條件。「教學」是一種全稱，包含「訓練」和「施教」、「灌輸」和「制約」、「宣傳」和「恐嚇」，這些區別依據的原則主要是與所學的東西和學習方式有關。施教和灌輸用來獲致信念，正如訓練和制約用來塑造行為。施教企圖藉著推理和事實根據等以獲致信念。施

教者愈偏離這些規準，則愈接近灌輸，最後則變成宣傳和說謊。（黃光雄，1999：176-178）這是針對教學的態度和手段來說（不禁聯想蘇聯訓練反恐情報人員的語言方式，由於俄羅斯經濟情勢惡化，各精銳部隊面對預算刪減與大幅度裁員的命運，不少特種部隊菁英與諜報員，流落民間。他們為了生計，在解聘後被迫另謀出路，有人拿出在部隊中學到的絕活來賺吃。例如速成外語課程，運用特訓時學到特殊技巧，在短短六七十個鐘頭中，讓學員初步掌握一種外語，如英、法、德、日等 12 國語言。據這類學習應屬典型訓練模式）。林寶山認為「教學要遵守教育的認知性、價值性、自願性的三項規準，才能算是真正的教學。」（林寶山，2000：7）也就是說，教學必須教導正面的、積極的、真理的、事實的知識。教學的結果要對學習者具有價值性、必要性。如果教學內容對個人及社會不具價值甚至危害社會及個人，則教學失去意義。教學是符合自願的、非脅迫的處罰的方式去讓學習者閱讀學習。

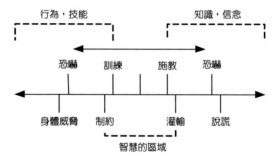

圖 2-2-2　教學的規範概念圖（資料來源：黃光雄，1999：179）

就學習者學習效能思考，Colin & Malcolm（1997）採用「M.A.S.T.E.R.」加速學習法的六個基本步驟，教導學習者如何發揮潛力，更有把握地達成學習目標。以「MASTER」法來吸收專業新知，能使記憶力大增，這種學習方法非常適合偏好視覺和整體學習方法的人，經由塗、寫、畫進行「心靈繪圖」來表達他們的新想法，其包括六個基本步驟：

（一）正確心智（Mind）；（二）吸收資訊（Acquiring）；（三）找出意義（Searching）；（四）啟動記憶（Triggering）；（五）展示所知（Exhibiting）；（六）反省學習過程（Reflecting），教導學習者們如何發揮潛力，更有把握的達成學習目標，有助於培育吸收專業新知的能力。（陳木金，2009）有效能的教學進程的步驟首先是想要聽（有了動機），接著注意聽（表現態度習慣），包括專注傾聽、思索、記錄和討論，然後聽懂了（運用策略），並且啟動記憶藉著練習記住了，會學以致用了，最後能有好的回顧，有好的測試成果回饋：

圖 2-2-3　M.A.S.T.E.R.有效能教學的六大步驟

（文字整理自 Colin & Malcolm，1997）

臺北市立復興實驗高級中學校長李珀在 2006 年 1 月 24 日一次講演中提出包括新知識建立在舊經驗之上，多數的學習產生在學生與老師的互動中，特殊且良好的學習環境可以促進學習，多樣化的教學策略與技巧產生良好的學習效果幾個教學的原則。就教學活動過程階段來討論，學生在何種情況能學的最好？當學生智慧遭遇受挑戰時，他們學習得最好（活動設計）。當學生被期望並且被相信能夠成功時，他們學習得最好（練習）。當學生能使學科與學科之間或與生活產生關聯時，他們學習得最好（重點提示）。當學生主動地從事教學活動時，他們學習得最好（活動設計）。當學生被允許將學習轉換為依照自己的進度進行時，他們學習得最好（教學過程）。當學生有興趣時，他們學習得最好（引起動機）。當學生有機會能夠使用各種方法和與不同的人一起學習時，他們學習得最好（活動設計）。當教學能注重學習個別化時，學生學習得最好（教學過程）。當學生向有趣的、熱心的、知識淵博的及有愛心的老師學習時，他們學習得最好（課程準備）。當學生能夠學

以致用時，他們學習得最好（練習）。當學生自我教導時，他們學習得
最好（獨立練習）。當學生被允許冒險、創造和想像時，他們學習得最
好（獨立練習）。當學生被鼓勵或表現他們能做重要的事情時，他們學
習的最好（活動設計）。這些以學習者效能考量的說法，不但符合認知
學習、學科統整理論等課程理念，也是鼓勵教學者作教學設計及省思
極佳的參考。

二、閱讀教學

（一）閱讀教學的意義

閱讀是一種複雜的認知過程，閱讀者運用以往的經驗知識，把語音
與圖文連接起來，試圖瞭解其內容意義。閱讀時必須靠天生的智力、流
暢的閱讀能力和常識，數者的交集以構成閱讀理解能力。（曾琪淑，1991）
閱讀的認知歷程（見圖 2-2-4）倘若無適當輔導難以達成，因此閱讀指
導在語文教育上有二種解釋：一是要提高閱讀能力擴展學習興趣為目
的；一是有助於人格的形成與發展的目的。（陳淑絹，1996）因此，倘
若要為閱讀指導下個定義可以說是：以個人的知識與理解為基礎，以圖
書資料為媒介，對於充實個人的學習生活，擴展閱讀知能，能培養正確
閱讀態度與情意，所給予有計畫幫助的教育性活動。（鍾添騰，2002）

（二）閱讀教學的功能

Guddigan 與 Hanson（1988）對閱讀指導的成效作過研究，發現曾
接受閱讀指導的兒童，具有較好的欣賞能力及獲取資訊的能力；另外
Aasen 則對兩組 I.Q.平均數相仿的兒童作類似的實驗，證實接受閱讀
指導的兒童可獲得較高的閱讀技能。（曾琦淑，1991）

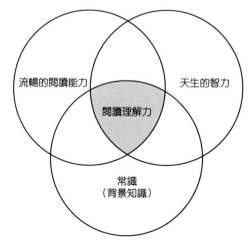

圖 2-2-4　閱讀理解的構成圖（資料來源：曾琪淑，1991）

　　從教育心理的觀點來看，閱讀指導對兒童行為，具有深遠的影響與功能。綜合柯華葳（1994）、翁玲玲（1980）、曾琦淑（1991）、Guddigan 與 Hanson（1988）的研究，可以獲知閱讀教學的功能可概分如下：

1. 個人價值：書本可提供兒童解決問題的模式和方法，透過讀物治療，兒童可以學得去分析它們的態度和行為模式。兒童後期在生理及心理方面，都有極明顯的變化，連父母師長都不易瞭解掌握，但卻可借助優良讀物的閱讀指導，協助兒童從書中獲得極佳的認同與學習。

2. 促進兒童社會化：藉由移情作用或社會洞察力，可增進兒童瞭解別人和社會化的能力。兒童期準備從家庭向四周環境跨出，必須擴展人際間的是非觀念，此一良知的建立，除受師長的影響外，更可藉助閱讀，加強其良知信念。

3. 情緒教育的功能：適時的提供、配合兒童個別需求和心理發展的優良讀物，有助於兒童情緒合理的紓解及調適。

4. 閱讀治療的功能：閱讀指導在教學應用上最大的價值，在擔任閱讀治療的角色。（曾琪淑，1991）也就是透過計畫性的閱讀指導工作，輔導兒童解決身心上的問題，適當的宣洩其情緒，陶冶其性格，鼓勵及指導兒童從閱讀中獲得角色楷模的認同，與面對問題的力量或啟示。（鍾添騰，2002）

三、閱讀與閱讀教學

　　閱讀與閱讀教學之間的分野是什麼？以教學者角度來看，教學中的閱讀與閱讀教學有何不同？二者的關係值得去探究的是「教學中的閱讀」，目的在準確具體獲取文本有用資訊，往往帶有一定的功利性；而閱讀教學是教師透過引導學生理解文本的內容以及體會作者所表達的思想感情，來感悟文本的表現方式，提升學生的語文素養。教學中的閱讀與閱讀教學有密切的連繫，但其實是是兩個概念。以〈盤古開天地〉一文為例，睡了十萬八千年的盤古見周圍一片漆黑，「就掄起大斧頭，朝眼前的黑暗猛劈過去。」一聲巨響天地分開盤古怕它們又闔合，於是就「頭頂著天，用腳使勁蹬著地」句子中的「掄」、「劈」、「蹬」等字，如果老師的提問是（一）「從這些字感受到什麼？」（二）「能不能把字換成『就拿起大斧頭，朝眼前的黑暗猛砍過去。』『頭頂著天，用腳使勁踩著地』？」（三）「你能給換『掄』、『劈』、『蹬』一個字嗎？」就題目來說，盤古「開闢」混沌的宇宙，誇張的動作是一個重點，可以運用文章動詞組織教學，第一句只能算是在教學中閱讀；第二句借字的替換體會文本語言的精確性。這基本上是從教學中的閱讀進化到閱讀教學，其實老師的牽引仍屬多餘，一樣讓學生有意識的品味語言，可以引導學生自己找近義字，再進行辨析，除了讓學生主動感受語言的生動貼切，還訓練學生怎樣遣詞造句。以學定教，從運用語言的角度引導閱讀理解，惑悟和表達，閱讀教學開始時，可以引導學生品評

語言，並讓學生關注到文章結構形式、表達特色、用詞的準確性等，但畢竟不能統統透過老師講解來提高鑑賞力，引導學生自己去發現，確立學生主導地位，讓學生在自由自主的對話過程中獲得獨特的經驗，才能確立能力的養成。這如同教學生理解與學會理解，理解與學會理解是知識與能力的關係。教學目標應著力於教學生「學會理解」，我們不僅僅是教教材，而是要用教材教。例如作「疏影橫斜水清淺，暗香浮動月黃昏」詩句教學，如果把目標放在理解上，教學的結果是學生理解了「疏影橫斜」是寫梅枝疏朗曲折有致，輕盈嫵媚；又是倒映於「清淺」之「水」中，更顯神清骨秀，靈動柔潤；「暗」「浮動」，是說梅香的淺淡飄忽；「月黃昏」，說的是月色朦朧。但如果教學目標是在指導學生學會理解，教學的結果是學生首先知道掌握分析詩句應遵循「意象—意象特徵—蘊涵之思想情感—表現方法—表達效果」的思路，進而理解詩句的內容與表達藝術。

周慶華認為所謂閱讀教學方法，終究為聽、說、讀、寫、作的基礎語文教學中的一環，為了便於教學各種語文經驗與居於核心地位的考量，閱讀教學方法具有「過程」義及「方法」性。即使是所謂的閱讀教學方法，就是以「閱讀教學」為名而結合各種可能的獲取語文經驗的方法和各種可能的教學活動安排的方法所成就的。（周慶華，2007：47）周慶華在其《語文教學方法》中提出，對閱讀教學方法的探究本身就是一種為了讓閱讀教學更精實更有效的後設反省形式，在閱讀教學可以如何互動進行的可能狀況設定了三種意涵：

表 2-2-1　閱讀與教學關係表（改自周慶華，2007：48-49）

閱讀與教學理路動向	意涵
閱讀／教學	我試作解讀：閱讀就是教學，假想閱讀時正是一種學習，讀本（隱性作者）是教者；教學就是閱讀，教學過程也是一種廣義的閱讀和學習。

	例如人們鼓勵閱讀的說話──書是知識的泉源，是改造靈魂的工具，是每一個生命的菁華。閱讀使人充實；史鑑使人明智，詩歌使人巧慧，數學使人精細，博物使人深沈，倫理使人莊重，邏輯與修辭使人善辯。如此閱讀還能不算是一個無可取代的教學？反過來說，教學本身也是一種讀人、讀事、讀物、讀情境的閱讀現象。
閱讀→教學	先閱讀後教學。例如教者需做好教材分析及需先理清思路，除了對閱讀文本要有深刻理解，對如何教學，運用何種方法，活動如何進行，流程安排，才能達到宛如自身閱讀時的經驗再製。
閱讀←教學	我的解讀：因為要進行教學，一併去閱讀。例如臨危受命的講者，臨時被要求如何帶讀現場某一陌生讀本以為某一閱讀策略的示範或純為理解讀本從中獲得資訊。

　　在現實教學狀況通常會採第二種理路模式，就是教學者先閱讀理解了，再根據自身的閱讀行為來進行閱讀教學活動。「教學」一詞有複詞偏義和單詞顯義兩種：前者是指「教」「學」分立，時而互有偏重；後者是指「教導人來學習」。這裡對「教學」的意義，周慶華與林清山的說法一致，指教學是經驗的傳授。語文閱讀教學方法，便是傳授語文閱讀的經驗或手段。周慶華還強調這是一種不對等的發言關係，是一種高階的教師對低階學生的言說啟導。（周慶華，2007：48）雖然會遭如 L.B.Gambrell 及 K.Goodman 等主張「以學習者為中心」教學觀者的質疑，但整體仍保障了教學的實質存在。（同上）

　　從方法論的角度還可思考「從閱讀到閱讀教學的理路」，最基本的從本身的經驗出發，設想學習者狀況，然後按部就班的去引導學習者重歷自己的閱讀歷程，是「經驗的異己再現」。（周慶華，2007：48）確實去實行時可能有三種結果：教學者的閱讀經驗「完全再現」，一如教學者曾經自先閱讀的過程、方法和結果。當然這是奢求，因為學習者通常不一定是個人，而多半是群體；如何要求學眾能像自己一樣思考、一樣聯想、一樣感受，談何容易？何況還牽涉到學習者的先備經

驗與文化信仰不一定類同，所以能「局部再現」已屬常態，而「不見
再現」也有可能，或如選材不恰當，教學者經驗不足，或雙方不同的
語言系統等，是沒有交集的。

另外一種「從閱讀教學到閱讀的理路」，指的是一邊約略的教學，
一邊跟學習者一起尋找或發明新的閱讀法，鼓勵有創見、奇特的閱讀
法。沒有預設閱讀的進程，也不預期閱讀的成效，只要有創見產生就
是了。這在制式教育受限於特定教材教法和評量難以全面展開；但可
在輔助教學中運用，而這種理路值得多運用以提高文化創新的更大可
能。（周慶華，2007：47-49）例如閱讀網路新聞稿，老師請學生腦力
激盪如何閱讀及創意產出，學生可能想以主播角色上臺播報，或試圖
討論出新聞和一般敘事文章的異同；程度高一些的學生們或想找出其
他類新聞比較討論，或改寫新聞稿為故事、劇本演出，或質疑批判新
聞的真實性。教學者也可臨時提出一個主題，剛剛發生的校園事件、
學生的行為問題，誠實、尊師、友愛、情緒等，再讓學生提出可閱讀
的文本、作品或日記、手札等都可以當作延續教學的教材。

在《語文教學方法》中有關閱讀教學的部分曾提出幾項有關閱讀
教學值得思考的課題，並且分作說明：

表 2-2-2　閱讀教學的內涵（改自周慶華，2007：48）

為什麼需要閱讀教學？	1、閱讀教學是一種「經驗的異己再現」，也具「先覺覺後覺」性質的假設，所以更確定閱讀教學的必要性。 2、閱讀教學也算種經驗的交流，使得閱讀教學有相對的存在價值。 3、由於閱讀行為的社會性特徵和閱讀活動的社會化過程都不是一個初次閱讀或閱讀未深的人所能察覺，以致由有經驗的人給予引導而廣開閱讀的眼界，也就能減少獨自摸索的時間。這也是就教學者的經驗說，更確立閱讀教學的必要。

閱讀教學的目的和策略	閱讀教學本身的目的：在於引導學習者進入由語文經驗所完結的文化領域並參與文化創新的行列。
	閱讀教學者的目的：在於藉機謀取利益、樹立權威和行使教化等。
	1、為了達上述的目的，可採行傳統式教學和基進式教學策略。
	2、傳統式教學為一種由局部到整體或由表層到深層的教學模式。
	3、基進式教學是一種突破規範且著重在創造成分的發掘的教學模式。
	4、如果傳統式教學不足以達到閱讀教學的目的，那麼基進式教學則要提高採用的比例。
閱讀教學者所需要具備的條件	1、依據實施閱讀教學的原因之三，可以論斷閱讀教學者自然也是要有一個有相當程度閱讀經驗者，能引導學習者察覺並體驗覺察閱讀社會化的過程。
	2、無論針對哪一種閱讀教學的模式，閱讀教學者都得備有廣博的語文經驗、創新文化的洞見和實踐能力、熟練閱讀教學的技巧及方法、善於營造良好的學習環境、容許他人對諍自己的權力意志等能耐和涵養，才有可能勝任愉快。

四、閱讀教學的目的

　　語文閱讀教學不只是培養學習者的閱讀興趣，也要培養學習者閱讀的策略和技能，有了方法的學習才能促進閱讀理解能力，進而讓學習者透過閱讀進而具備更多的知識，並且真正享受閱讀的樂趣。閱讀教學的意義，要具有創意、活潑、興趣、實用等原則。語文閱讀教學的目的，要作到學習者能自動學習、互助學習、師生同步成長、教育目標有效達成等。

　　閱讀教學，就是為了達成閱讀的目的，包括娛樂、獲得資訊和增強思維力；還有如陳國雄等（1987：109）所說「閱讀教學不僅能夠培養學生理解語言的能力，有利於運用語言能力的提高，促進智力的發展，而且對於學生世界觀的形成，道德品質、意志品格的培養，都有重大作用。」國小的閱讀教學，雖然也會考慮娛樂目的，但主要是指導學生充實語文知識，使他們具備閱讀能力，獲得文章資訊，並活用資訊增強理解力、思維力和創造力。為使學童達到這些目的，教師就應認識閱讀教學，熟悉閱讀重點和指導方法。（陳正治，2008：82）

　　在蘇立康（1995）《閱讀與作文：教學理論與實踐》一書中提到，語文閱讀教學的目的在教學生學會閱讀，最終達到不需要教師教學生自能讀書的目的。閱讀教學的一般目的裡包含豐富知識，提高知識，陶冶情操，造就品格及發展智力，培養獨立閱讀能力（閱讀能力的結構，包括認讀能力、理解能力、鑑賞能力、評價能力等）（上海師範大學教授夏正江認為閱讀能力有九項：知識性閱讀、理解閱讀、概括、探索性閱讀、自動化閱讀、朗讀與默寫、瀏覽檢索、查閱工具書、摘錄製作卡片、寫內容提要與讀書筆記〔陳淩峰，2009：31〕），養成讀書的良好習慣，呼應葉聖陶所提「閱讀的目的主要在真正理解所讀的東西從而得到啟發，受到教育，獲得間接經驗，從而提高覺悟，豐富見識」。（杜草甬，1986：163）葉聖陶還以為首在養成讀書的良好習慣。（葉聖陶，1980：726）良好的閱讀習慣，可以提高閱讀的質量和效果，教師在培養學生養成良好閱讀習慣上，可從以下幾方面著手：（一）幫助激發發現閱讀的樂趣；（二）有目的、有計畫的進行良好習慣的閱讀；（三）從閱讀中發現問題並解決問題的習慣；（四）良好的閱讀衛生習慣。會從閱讀中發現問題的人，一定是在閱讀中會用心思考、跟生活相結合，會進一步尋找資料解決問題。而有計畫目的的執行時，成功自然歸於學習者。（何三本，2002：142）但另一說法是培養閱讀習慣不要刻意，如對學生孩子不斷耳提面命或灌輸「唯有讀書高」的觀念，造成把讀書當藉口好逸惡勞。把讀書看作是有如生活中進食、睡覺般

的例行瑣事，讓閱讀完全融入生活，還有讓孩子成長在有閱讀習慣的家庭，在早期社會化過程裡，自然模仿都是養成閱讀習慣最好的方法。作者還根據一種連續二十七次作同一件事情，可養成習慣的收錄資料，建議讀者花一個月時間一天一次的閱讀，就能扭轉一生養成習慣，是非常划算的投資。（王樵一，2008）柯華葳在對二十五縣市閱讀典範教師總評裡肯定如苗栗縣老師梁語喬閱讀教學目標與其他老師很不一樣，她寫著，「隨手有自己喜歡的書」、「安排所有空間時間來閱讀」、「培養學生閱讀專注度，進入書本世界」，讓孩子在充滿書的環境；另如花蓮老師許慧貞用五十五本文學作品連續做了七年，學生每天都能讀二十分鐘，這就是永續經營。（柯華葳，2009：127-128）

（一）閱讀力

　　何三本在說明什麼是閱讀教學時，也指出閱讀教學是學生在教師指導下，透過大量閱讀的實踐，以形成閱讀能力的活動。這些活動包含培養多種語文知識及閱讀、聽說、識字、作文等能力；透過閱讀教學可以開闊學生視野，發展學生智力；陶冶情操提升德育和美育。呼應蘇立康閱讀能力因素，何三本也提出七種閱讀能力──認讀、理解、鑑賞、記憶、吸收、速讀、語感。第七種的迅速感知語音文字的能力，其內容表現為在語境中理解詞語，迅速整體把握文章內容，化為感情進入語言的深層涵義，領會語文的絃外之音，這是一種高層次的閱讀能力。（何三本，2002：132-136）

　　閱讀力決定一個人的創造、問題解決能力。一個人就算是在升學路上不具競爭力，只代表不擅長考試，並不代表沒有能力，更不代表生涯不具競爭力。透過閱讀培養基本能力，進而在特定領域裡透過閱讀來學習，還是可以在職場裡發光發熱。確保每一個國小學童具備基本的說、聽、讀、寫、算能力，是國民教育的目標。這其中又以閱讀最為重要，臺灣做到了百分之百的就學率，這的確是一項成就，但

更艱困的工程是要達成百分之百的學童具備基本能力。目前課程大綱所設定的目標，幾乎都是學科裡達到專業程度所需的基本素養，但大學教授們卻將這些視為一般人所具備的基本素養，與現實生活所需的能力差異太大。臺灣的課程大綱要求的標準太高，且缺少因地制宜的彈性；而教師又謹守課程大綱所設定的教學內容，不能根據學生的能力進行教材的調整，造成能力弱勢的學生習得無助，這是國家的損失及悲哀。（李俊仁等，2010：42）

具體的說，閱讀能力有分為認讀技能、理解技能和欣賞技能。從對文字元號的感知，瞭解全文大意；進一步理解語言材料、語言結構、表達方式，以至於對思想內容、表現方式、風格特點的欣賞與評價。培養閱讀能力創造終身學習。閱讀能力強的人不但比較容易找到工作，甚至薪水也比較高。閱讀能力比學歷高低更能準確預測一個人在職場的發展。提升學習閱讀力，教師責無旁貸。

閱讀教學當以能力為重。所謂閱讀能力，是指在閱讀實踐中和閱讀後的理解、分析、概括、聯想、鑑賞和評判能力。關於閱讀能力包括哪些要素，說法不一，但意思大體相同。參考整理列表如下：

表 2-2-3　閱讀能力要素表

不同說法	閱讀能力要素內容	
三因素論	● 語文能力 　（認讀能力、理解能力、內化能力、運用能力） ● 評價能力 ● 創造能力	
四因素論	● 閱讀感受力 ● 閱讀理解力	● 閱讀欣賞力 ● 閱讀評價力
五因素論	● 認讀能力 ● 理解能力 ● 查詢能力	● 鑑賞能力 ● 創造能力

六因素論	● 複述能力 ● 解釋能力 ● 重整能力	● 伸展能力 ● 評鑑能力 ● 創意能力

　　關於能力的概念有說是一種個性心理特性，是順利完成活動的一種必備的心理條件。心理學上與智力幾乎概念相同。閱讀能力應是一種學習能力，就是可持續的發展力。以課堂上理解課文思想內容為例，一般教師只是教授課文的故事和內容，這只是停留在知識層面的「所知」非「所能」的閱讀教學；所能的教學就是以對課文思想內容的理解為憑藉、載體和線索，進行語文基本功（聽說讀寫）的訓練；學生所得的就主要是語言的學習、運用和累積，及聽說讀寫能力上的長進。也就是從教課文到教閱讀。葉聖陶早就說過「課文無非是個例子」。但多年來我們對「課文是例子」此觀點沒有體會到位。用「例子」、教「例子」的思路和方法是有偏頗的。不仿對照數學教師是如何用「例子（題）」、教「例子（題）」，他們是以「例」教「法」、以「例」練「能」，不為「例」而「例」，最後學生可能忘卻了「例」而得「法」得「能」。但我們的語文閱讀教學常常是得「例」沒得「法」、沒得「能」，得「意」而忘「言」（語言、言語）。（熊生貴，2010）針對現今語文教學的弊端以數學教學為例一針見血（教了範例，便要學會舉一反三演算其他類似題），培養閱讀能力應設定為閱讀教學的首要教學目標，然後重點放在如何作閱讀理解，如何交流展示，如何互動訓練等，如此才能在離開教科範文之外的自主閱讀，真正提升語文能力、實踐能力、創新能力等。

（二）閱讀教學的技巧、方法和策略

　　有效閱讀要掌握閱讀的技巧、方法和策略，具備閱讀技巧，可有效的輔助理解和記憶，以提升閱讀效率；學習閱讀方法，等於掌握了

知識寶庫的鑰匙，有助於各學科乃至延伸讀物的學習；而從不同的文體類型習得閱讀策略，則可在體裁的辨析揣摩中，習得一套套同中有異的鑑賞眼光，從閱讀後闡發創作獲得成就感，閱讀的興趣和習慣才能延續。

閱讀是一種對文字理解的過程，運用不同的閱讀技巧、方法與策略的目的，便是為了促進閱讀理解的程度。在目前國民教育階段，九年一貫國語文學習領域的課程綱要中，列有相關的能力指標。其中閱讀技巧、閱讀策略、閱讀（讀書）方法三者內涵的差異性，如下圖所示：

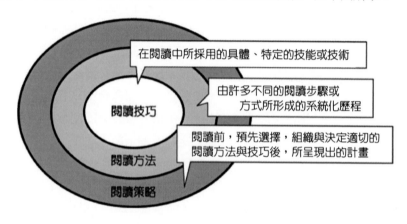

圖 2-2-5　閱讀技巧、閱讀方法、閱讀策略關係圖

（資料來源：許育健，2005）

閱讀技巧是指「為達到某種閱讀目的所採用的熟練有效的技能」；閱讀方法是指「達到閱讀目的的手段、步驟與方式」；閱讀策略則是指「閱讀前的計畫，包括選用與組織某些閱讀技巧或步驟」，三者的內容與含義應不相同。整體來看，閱讀方法是一個過程，包含閱讀的許多技巧；但閱讀策略則是讀者在閱讀之前，預先選擇、組織與決定適切的閱讀方法與技巧後，在腦海中所呈現出一份有系統的計畫。

閱讀技巧，以國語文來說，大致上閱讀技巧就是運用文字學六書原則對國字的形音義解析，並進一步對句型段篇理解與分析的具體技巧。此外，段秀玲與張清珊（2001）認為閱讀的要訣為：找出重點、摘要訊息、引出推論、產生問題、解答問題以及使用「閱讀評估單」等。而利用圖像思考、分歧聯想與連鎖聯想、利用卡片或記事簿摘記重點（標題、重要語句及頁次）等，也都是讀者可以使用的閱讀技巧。在詮釋作品內容的方法方面，可找出作者寫作的關鍵字眼或句子，以瞭解作者的論點，最後要確定作者已解決、未解決或無法解決的問題。另外，吳幸玲等人（1991）提出親子共讀的策略與技巧，有引起興趣、適當的表情與手勢、適當的聲音、言語要合宜、中間可適度停頓、一次讀完一本書、耐心的重複閱讀等。黃迺毓（2002）則提出讓孩子看圖說故事、重述故事、評析故事、鼓勵孩子發問等閱讀指導的技巧。這些專家的看法並不足以代表全部的閱讀技巧，然而卻可提示我們：閱讀技巧是分項、個別的能力，而且可以經由不斷的練習與訓練而強化的，更重要的是──它可以通用於各種文類與文體，放諸四海皆準。

閱讀方法，是指達到閱讀目的的手段、步驟與方式。閱讀方法有哪幾種？教育部（1975；1993）的國民小學國語課程標準中，提出閱讀的四個步驟：迅速瀏覽，瞭解大意；用心精讀，記取細節；綜覽全文，挈取綱領；深究內容，推取含義。而王開寧、趙琴（1997）則詳列出十種閱讀方法：朗讀和默讀、略讀和精讀、慢讀和快讀、連讀和跳讀、全讀和分讀等。許育健（2005）將閱讀方法歸納分析並補充為五類十一種方法。1、聲音的有無──朗讀與默讀；2、內容理解的詳略──精讀（熟讀）與略讀；3、速度的快慢──慢讀與速讀；4、內容的完整或部分──順序讀（連讀）與選讀（跳讀）；5、感官動作的輔助──視讀、指讀與點讀。除了上述個別的閱讀方法外，尚有一些國內外著名的系統化閱讀方法，如《五段閱讀法》SQ3R「瀏覽（Survey）──提問（Question）──閱讀（Read）──背誦（Recite）──複習（Review）」；《三步閱讀法》，將文章以不同的角度與方式讀

三遍。如梁啟超所倡「鳥瞰──解剖──會通」研究性閱讀方法；葉聖陶所提「瞭解──批評──接受」的一般閱讀方法等。《五 W 閱讀法》包括 Who、What、When、Where、Why 五個問題。最後還有適合自學的閱讀方法《十步閱讀法》，過程為「瀏覽──圈點──釋難──畫段──歸納──評析──摘句──質疑──注記──小結」十個步驟。（王開寧、趙琴，1997）由上述閱讀方法探析可知，雖然閱讀方法強調一個系統化的歷程，但其中仍包含了具體的閱讀技巧，如圈、畫、記、問等。我們應該依據不同的目的，選擇最適切的閱讀方法。在大部分的學校國語教材中，孩子必須依序練習不同且特定的語文技巧，一本又一本的習寫簿，使孩子某些語文能力十分精熟。例如出現關聯句型「因為……所以……」，孩子可以不加思索的寫出「因為我很用功，所以考試得第一。」但是如果今天題目改成「（　　）我很用功，（　　）考試得第一。」孩子就必須先思考並理解分句的意義與彼此間的關係，才能填寫出正確的關聯詞，此時閱讀理解能力便顯得十分重要。

　　閱讀策略，沒有固定內容，因為它是一項計畫，是讀者有意識的安排而成的。每個讀者既然是獨立的個體，面對不同的文類讀物時，當然會形成不同的閱讀策略或閱讀計畫。換句話說，閱讀策略可以因人而異，可以隨時調整增刪，完全是一種後設的自主性行為。相較於閱讀技巧與方法，閱讀策略的運用是難以指導與訓練的，主要在於讀者是否能產生閱讀意識，以既有的閱讀技巧與方法為基礎材料，為自己的即將面臨的閱讀任務，進行一項閱讀的計畫，以有效能達成的閱讀目標。

　　在國民教育九年一貫課程中國語文能力序階不同，閱讀指導時機也不同。在能力指標中，學習閱讀能力的培養，依階段依序是閱讀技巧、閱讀（讀書）方法與閱讀策略、閱讀理解策略。這個序階配合本研究對三者概念的釐清，可提醒我們應依序指導孩子學習閱讀技巧、方法與策略，並應多加練習與善用，讓孩子具有良好的閱讀能力。然

而，值得注意的是，三者教學的重點都在於國小的階段，國中則只是強調「靈活應用不同的閱讀理解策略，發展自己的讀書方法」。換句話說，國小階段的閱讀指導重點應放在字詞句的理解技巧、找文章重點、摘要訊息、引出推論、產生問題、解答問題等基本「閱讀技巧」的練習；其次，要指導朗讀和默讀、略讀和精讀、慢讀和快讀、連讀和跳讀等不同的「閱讀方法」；最後，則是讓孩子培養閱讀前有「計畫」的觀念與習慣，能選擇與組織自己已經學到的技巧或方法，整合組織成有系統一套閱讀策略，成為高效能的閱讀者。（許育健，2005）

（三）閱讀理解與閱讀歷程

閱讀是獲取訊息的重要手段。傳統上閱讀被看作是一種語言活動，讀者被動接受書面訊息的過程。閱讀理解需要掌握語言知識文字元號表層意義。但獲取訊息不意味著被動輸入和記錄，並非消極的。更重要的是要把表層意義轉化為深層意義，要能對讀物所傳遞的訊息進行假設、推斷、選擇、驗證和糾正。閱讀理解過程是作者、語言訊息和讀者幾方面相互作用的過程。

有關閱讀歷程，西方學者以閱讀是身、心、腦與讀本互動配合運作的活動。不同觀點自有不同立論，有的就處理讀本文字過程來說，有的則視閱讀的層次為閱讀的歷程。閱讀的目的在於獲得意義，而閱讀理解是閱讀歷程中的一個重要成分。總括來說，閱讀過程主要包括認字、理解及後設認知三部分。其中以 Gagne 等人提出的觀點最被廣泛採用。Gagne（1985）提出的閱讀理解相關理論當中，閱讀理解歷程始於視覺輸入，字句辨識到句子整合，終於文章理解。分為下列四個階段，包括解碼、文意理解、推論理解、理解監控。1、閱讀之初「解碼」就在認字識義，經由「比對」腦中長期記憶中檢索出意義，或依視字讀音活化出記憶中的字義，稱作「轉錄」。2、「文意理解」包括閱讀時能確認字彙意義的「字彙接觸」和分析句法結構及字詞

的組成的「文法剖析」以瞭解文句中的意義，需共同運作才能提供文字理解進而詮釋全句旨意。簡單的閱讀活動「解碼」和「文意理解」兩項歷程便可達成，但倘若進一步想深入瞭解文章背後涵意，獲得超越讀本逐字陳述的訊息，就需要對文章作「推論理解」。3、「推論理解」階段包括「統整」、「摘要」及「精緻化」（或「詳細論述」）。統整指將文章中各種概念相互連貫，形成一個更複雜的概念（統整文句以求得中心主旨）；摘要指歸納主要概念找出大意、架構大綱形成讀物內容的概論，讓重點一目了然；精緻化是指讀者運用背景認知，將閱讀新資訊與舊經驗作連結，使這些新資訊融入讀者的記憶知識庫，日後就有更豐富的經驗來進行更深入的閱讀或解決問題。此階段是幫助讀者作更深廣的理解。4、理解監控屬於讀者後設認知，包括運用目標安排、策略選擇、目標檢核與修正等監控注意自己在歷程中是否理解並運用策略補救不足。這階段不只侷限於文本的探討，而是著重讀者與文本的交流活動，確保讀者的閱讀有效完成，屬閱讀理解最高層次。

　　1960 以後，許多心理學家以認知心理學的訊息處理理論觀點，將閱讀心理歷程模式歸納為四類：1、由下而上的模式，又稱為資料導向模式或文章本位模式，閱讀重點擺在字彙與文句本身的處理，閱讀理解的主角是閱讀的材料。在理解文意過程中，文章所提供的訊息比讀者所具有得先備知識重要。其中代表 LaBerge 和 Samuels 強調讀者是否能熟練閱讀，和是否能自動解碼有關，但此一論點有盲點，是自動解碼對閱讀理解的增進是必要條件而非充分條件，熟練的解碼技巧也許有助於減少閱讀困難，但非閱讀理解的唯一能力，所以這個模式並未受到普遍支援。2、由上而下的模式，著重閱讀者先備知識及經驗對閱讀理解的影響。閱讀時，讀物內容愈接近個人經驗與背景知識，就愈不需要字詞的幫助。理論代表 Goodman 將閱讀稱為「心理語言的猜測遊戲」，開始閱讀會以經驗知識作預測；倘若預測錯誤，速度趨緩，就會重新閱讀或尋求額外資訊以建構正確意義。有效閱讀並非精確辨

認所有文字，遇到差異線索是正常的，當無法校正或不足以影響全文意義時，讀者會選擇忽略。這種模式太重視本身既有的知識經驗，是以讀者為閱讀主角，閱讀只是確認已知知識而已。3、交互作用模式，上述兩種都屬於直線模式，無法詳細解釋閱讀歷程。讀者可依閱讀目的且因人而異的採由上而下或由下而上模式，或同時進行也能互相補足。文章、讀者一樣重要。代表 Rumelhart 認為閱讀是多種知識來源的同時運用，閱讀時高層次的訊息結構（預測意義）與低層次的訊息結構（字詞辨識）是同時發聲並產生交互作用。不僅是被動理解涵義，而且更是主動加入個人經驗，使閱讀產生獨特的意義。4、循環模式，以為閱讀理解是一個循環的模式，解字→形成命題→統整，三者不斷的循環直到讀者自覺理解了。閱讀理解是一種循環的過程，閱讀者對所看到的文字會產生解釋，這項解釋會對下一個字有期望，而期望又與下一個相結合且產生命題，然後再統整整個段落的所有命題進而理解文意。倘若期望與下一進入的字意不能相配合，或與前面的命題不合，讀者會回頭再找另一個解釋，三者不斷的循環直到讀者覺得理解文意為止。（郭靜姿，1994；陳淑絹，1997；鄭博真，2003；陳佳慧，2008；張玉茹，2001；黃靜惠，2010）

不自覺間我們每天有多少閱讀歷程在發生，看報、電視字幕、廣告傳單、教科書……教學者如何指導學生透過閱讀來學習？閱讀理解與教學的關係又是如何？由以上理論模式可知，閱讀是介入了許多認知歷程的一項高度複雜能力，識字是閱讀的基礎，閱讀理解是主動與互動的建構歷程。要從閱讀中獲得最終目標閱讀成果的認同或影響力，還要先處理理解詮釋的通達才行，這在眾多理論研究中仍有必要作一釐清與脈絡聯結。就這閱讀歷程部分，可知閱讀都從基礎的接收文字，解讀詞義開始，進階到內容涵義，思考分辨，深層義理，達到分析理解，並且一邊閱讀一邊檢視自我觸類旁通的能力，學以致用。有技巧的讀者在各閱讀歷程的表現優於較少技巧的讀者。例如視覺詞彙自動化迅速，不費心力，能使用上下文的好處來預測字詞，迅速理

解;具有較多和閱讀主題相關的知識,較能運用上下文脈絡統整句子間的命題;能確定文章結構,分別重要和次要部分,來發展文章主要觀念的摘要;從長期記憶中提取和閱讀主題相關的知識,使新的材料產生意義化;從事目標設定和策略的選擇趨於自動化;確定閱讀問題時,會採取重讀一遍、查詞典,問父母師長等補救措施。在閱讀理解教學過程中,教師應注意多種可能影響閱讀的因素,並對學生不同狀況進行教學修正。

多半教師運用直接教學法,每年讓學生獲約 200 到 300 個字彙;而透過閱讀,學生可學習的單字可能相當於每年習得的單字三分之一以上。教師從事密集字彙教學,學生可以記錄閱讀字彙,鼓勵注意新的單字,導致的影響是他們會更獨立的傾向於學習和使用新單字。(R.H. Bruning 等,1999)字的使用是以高度的文脈關係來判斷,字的意義在某些程度上依賴他們如何與別的單字的結合。學生字彙知識需要把字的字典意義延伸到文脈知識上,就是了解字如何確實的使用在書寫和口語的語言上。教師應鼓勵學生閱讀,在他們的生命時光,學生將獲得他們自己的大部分字彙是自學來的。(M.A. Gravs,1992)在識字方面的教學建議,對識字優勢(有較多字義知識)的孩子閱讀理解上有較好的表現,因此教師可將會影響閱讀的艱澀詞語改變成簡易的同義詞,幫助相對弱勢的學生閱讀理解。透過詞彙訓練將字詞加在文章中,讓學生經常閱讀,也可透過句子結構訓練,要求學生將一些字詞組合成正確的句子。鼓勵孩子有規律持續的默讀,提供學生能聽到口說語言的環境。為了避免陷入「由下而上」閱讀模式的限制,教學者字彙訓練時,要思索如何將字彙與閱讀者舊有經驗與知識相結合。在閱讀理解文章部分的教學,加強幾個重點包括將新訊息建立在舊訊息上,教學者在選材時,需注意當讀者出現與作者觀念不同或落差產生的閱讀困難,要考慮適用性,並且在閱讀教學前設計班級討論或活動,觸發學生舊有經驗,提供學生瞭解文章的先備知識,以協助閱讀理解。另外,運用有效的閱讀理解策略,有助於提升閱讀理解能

力。所謂的策略，是一種有系統、有計畫的目標導向活動。Gagne 等人的閱讀認知歷程理論，幫助我們瞭解較年幼讀者發展不足及閱讀能力差者可能的問題所在。教學者應確切瞭解進行補教教學。另外 Brown 與 Palincsar（1984）所提交互教學強調對話的重要性，經由同儕的對話，可培養不同能力階層學生之間的互動，可刺激深層思考，鼓勵閱讀。閱讀教學過程中教師應提供鷹架協助學生有效學習，當學生習得有效的閱讀策略，便可隨時監控調整自己的閱讀習慣和品質，同時必須將學習責任轉移到學生本身，使學生習得帶得走的能力。

　　閱讀理解和閱讀歷程是一種內在的心理歷程，必須經由觀察等方式才能對個體的閱讀理解及閱讀態度有較周延的認識。這些理性的分析屬於觀念上的建構物，閱讀過程或閱讀教學則是日常生活的具體經驗，但我們對這種具體經驗的認知和把握，總不能完全繞過我們對閱讀的知識建構，仍待教學者與研究者繼續努力。如何有效的將書面材料轉化為有用的心理表徵，進而和自己的先備知識結合，以產生理解、繼而應用，是語文學習重要的課題（詳見圖 2-2-6）。

　　閱讀任何文本，最重要的不是會唸每個字音，會寫每個字，而是在腦海中不斷的對自我提問：「這在寫什麼？我懂多少？那些不懂？」換句話說，面對文本時，如何取得意義？或者取得最適切的意義？甚至我想要的意義（讀者中心理論）？都是閱讀理論學者積極探求的主題，也是身為讀者最重要的任務。（許育健，2005）

　　有些人認為獲取意義，似乎是由下而上產生的。閱讀時，無論是默讀（視為無聲的對自己說話）或放聲讀，閱讀被拆解成「解碼」和「聽覺理解」兩部分，讀者聆聽閱讀中所解碼的內容，就完成了閱讀。有些人又認為意義的建構是由上而下產生的，那是基於大腦對世界的認識，會假設文章接下來的發展，先備知識的運用會持續到理解的產生。因此，當從文本裡建構意義時，由下而上或由上而下的歷程都牽涉其中。綜合許多文章理解的研究證據，這是最合理的結論。

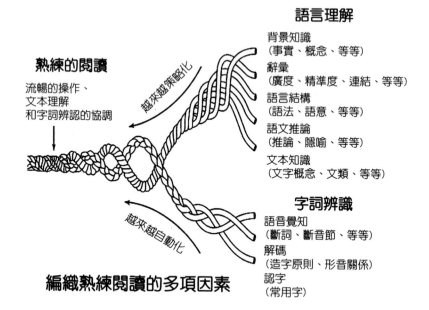

語言理解

背景知識
(事實、概念、等等)
辭彙
(廣度、精準度、連結、等等)
語言結構
(語法、語意、等等)
語文推論
(推論、隱喻、等等)
文本知識
(文字概念、文類、等等)

熟練的閱讀

流暢的操作、
文本理解
和字詞辨認的協調

越來越策略化

越來越自動化

編織熟練閱讀的多項因素

字詞辨識

語音覺知
(斷詞、斷音節、等等)
解碼
(造字原則、形音關係)
認字
(常用字)

圖 2-2-6　編織熟練閱讀的多項因素
（資料來源：吳敏而「閱讀理解工作坊」資料）

　　凡是希望做好閱讀教學的人，需要瞭解優讀者到底是怎麼讀的。熟練性讀者一定是由下而上及由上而下的歷程交互作用而成的。想要有效的閱讀缺一不可，好的閱讀教學，必須能培養優讀者。瞭解熟練性閱讀的本質，我們才能知道閱讀教學的目標該怎麼訂定，也是國小課程加重解碼和理解策略的分量原因。熟練性閱讀是高階歷程（如理解）及低階歷程（如解碼）的協調合作。從文章中獲取意義，非常依賴有效能的低階處理歷程：優讀者能自動化的辨識很多字彙及有效的解碼不熟悉的字彙，解碼文章主要線索來自於字詞彙而不是埋藏於詞彙裡的文本意義，或前後文義的脈絡。對於優讀者來說辨識字很多是「瞬認字」，因為讀過很多次，所以一瞬即知。他們能掌握文章重點，

閱讀理解文章中各種構想，牽涉到讀者本身的先備知識，因為先備知識會讓讀者產生許多合理的推論，從而影響閱讀。反過來，一個人的先備知識的多寡，也受到閱讀的影響。閱讀理解大部分是隱而未現、無意識且自動化進行的，但是也有不少的閱讀理解歷程牽涉到讀者意識中主動的文本處理。優讀者在閱讀前、閱讀中及閱讀後的心智都是主動活躍的。（Michael Pressley，2010：50-58）

　　由於上述主要閱讀學習理論的場域多為西方教育人士，不免讓人思考與我們中國字的解碼理解的異同。關於中國字解碼問題及連結上下文的理解定位與英文的情況比較，吳敏而在〈由中英文閱讀策略的比較——看中文閱讀教學〉文章中提到，因為國語的同音字很多，如果中文只寫出字音，讀者不容易從字音理解到字義。聆聽國語的時候，必須倚賴語氣和上下文來解決同音異義的問題，但是語氣不容易用符號代替，而單靠上下文來協助解碼不是很方便，所以中文運用以字義為主的書寫方式，是很自然的。（輔導團 2009.11.29 工作坊吳敏而教授提供文章）

　　學習閱讀也必須強調一些策略的學習，以解決閱讀上的問題。以往許多人認為兒童必須先學會解碼，才可能學習閱讀的策略，因此在教兒童英文閱讀策略前，先教 ABC 等字母、字音與拼音規則；而在教中文閱讀策略前，要先教注音或識字。這種教學是把重點放在閱讀的最小單位上。閱讀教學的目的，是要讓學生習得閱讀策略。一個熟練閱讀策略的人，在閱讀時他會運用：抽讀、預測、確認、統整等策略來理解文章。

　　在研究中，猜測詞義的策略比猜測字音的策略更有用。閱讀中文的讀者，只有在我們要求他朗讀的時候，才會特別注意字音；默讀的時候，很少會使用語音的線索，而是把注意力放在斷詞與詞義的理解上。這個策略用在閱讀中、英文時有些差異。原因是讀者從英文字母的語音中，即可獲得該詞的詞義，但在閱讀中文時，猜出語音不一定猜得出語義，漢字中有太多同音的字詞了。例如讀到「ㄕㄨˋ、ㄇㄨˋ、」

的音，不能立刻確定的「樹木」還是「數目」；讀到「一ㄝˋ、ㄐㄧㄢ」的音時，不能確定是「夜間」還是「葉尖」。中國文字倘若用注音符號來書寫，將碰到很大的難處是，閱讀時不易很快的理解。這是我們中國表意文字與西方拼音文字可見的差異。

五、九七課綱閱讀能力解讀

　　教育部 2008（九七）課綱微調的緣起是符應時代脈絡，檢視新興議題融入各學習領域的情形，增補不足；回應基層教學需求，教學現場對於能力指標解讀的疑義，包括如文字用語混淆不一、過於抽象不具體、重複等。調整的方式，如能力指標的具體化、敘述明確化，或作補充說明、提示基本課程（教材）內容、縮小教科書版本差異等。配合中小學一貫課程體系的建置，落實中小學課程的連貫。

　　自 2006 年 10 月至 2008 年 1 月止，歷時近一年始完成修訂草案，尚需依程式提交民中小學課程綱要研究發展小組以及國民中小學課程綱要審議委員會審議，通過後始得以發布。總綱中本國語文學習領域學習階段將三階段改為四階段：第一階段（1-2 年級）、第二階段（3-4 年級）、第三階段（5-6 年級）、第四階段（7-9 年級）。語文學習領域的國語文研修重點如下：（一）將「文體」（抒情文、說明文、議論文、記敘文等）改為「文章表述方式」。（二）重視文類（詩歌、散文、小說、戲劇等）。（三）實施要點：1、教材編選原則：文言文與語體文比例的調整。15%-35%改為第七學年 10%-20%、第八學年 20%-30%、第九學年 25%-35%。2、學習評量：重視課外讀物的閱讀，課外讀物得自第二階段開始，列入學習評量的範圍。

　　國民中小學九年一貫課程綱要實施要點／教學原則「閱讀能力」方面：

(一) 語文教學以閱讀為核心，兼顧聆聽、說話、作文、寫字等各項教學活動的密切聯繫。

(二) 以學生為主體，宜依文章的性質類別，指導學生運用不同閱讀理解策略，培養其獨立閱讀能力。

(三) 課文教學，要先概覽全文，然後逐節分析，先深究內容，再探求文章的形式，進而能欣賞修辭技巧、篇章結構，乃至其內涵特色、作品風格。

(四) 對不同文體的教學，宜掌握不同文體閱讀的方法，並與實際生活情境相聯結，以便學生能充分瞭解。

(五) 宜深入指導學生認識篇章的布局，並理解語詞的安排及情境的轉化。

(六) 文法的指導，宜採教材中的詞句為教材，提示文法概念，並提供相關語言情境，練習應用，使臻精熟。

(七) 生字語詞的認識應由完整句子的語言情境中去認識，以理解語詞在不同情境中的不同意義。

(八) 朗讀教學時，宜注意發音、語調及姿勢的正確，並進而指導美讀或吟唱作品，以品味文學的美感。

(九) 引導閱讀不同文化背景、不同族群的文學作品，培養學生對多元文化尊重的態度，以及對不同族群和文化的關懷。

(十) 指導學生瞭解及使用圖書室的設施和圖書，能熟練的應用工具書乃至電腦網路，蒐集資訊，廣泛閱讀，以養成主動探索研究的能力。（教育部，2008）

　　九年一貫語文領域國語文綱要（五）實施要點 2 教學原則「閱讀能力」(4)對不同文體的教學，宜掌握不同文體閱讀的方法，並與實際生活情境相聯結，以便學生能充分瞭解。「寫作能力」(3)宜就主題、材料、結構，配合語言詞彙的累積與應用，逐步認識各類文體，並依難易深淺，全程規畫，序列設計，分類引導，反覆練習。而針對能力指標文字由於一篇文章不一定能單純界定為某種文體，可能同時有許

多的文體夾雜一起，且為避免文體與文類混用，所以將文體更改成文章表述方式。

教育部 2009 學年度 2010.01.09 北區閱讀教學與寫作增能工作坊《課程綱要微調之理念與實施》裡，課綱指標的條文，有的老師不常看，或者常看，但看不懂或看錯。每個人都有其背景認知結構，藉著與別人的討論，彼此交換對文字的解讀。現場老師分組討論綱要指標內涵特色以便教學者深入體認，轉變更新教學觀念，並在教學中發揮導向作用，避免教學中的盲目性和隨意性。與會老師經過一番腦力激盪，審視 2008 課綱語文領域能力指標，就閱讀教學內涵，加以分類，閱讀能力指標包含哪些內涵，加以歸納整理後報告後，再兩兩比較，記錄二者之間的不同：

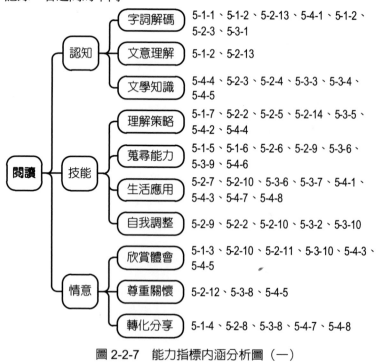

圖 2-2-7　能力指標內涵分析圖（一）

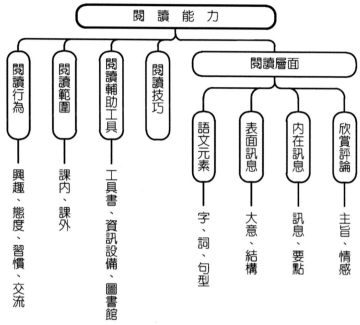

圖 2-2-8　能力指標內涵分析圖（二）

　　現場老師的操作成果，無分對錯，關鍵在於教師透過思維探索分析歸納，瞭解如何把分散於各階段的閱讀能力，統整為較具體的概念，從事教學活動或教學設計時能更切合自己想要達到的教學目標，或根據歸納的上位概念反思如何將這些能力指標融合於教學現場課程中。老師要把指標用教材去呈現，也就是教材、習作、教師三位一體，不可切割。

　　老師可以針對習作瞭解用了什麼方法去呈現。如整理、分析、歸納、概括、思考問題解決等。需有能力判別習作題目是否只在重複單一形式，如○○＋□□＝詞性這類線性語言，如英語九百句型，或一直停留在選擇、替換、模仿，這樣我們就以為學生都學會了。不能忽略意義和內容的學習，要教孩子方法，要有方法的指導。

　　不同的課文有不同的主題，學習重點應用不同的方法。教師手冊指引一類應可提供兩個以上不同的教學方式。並思考延伸教材替代備課用書及指引的可行性？指導學生整理訊息：需看全篇，如何篩選？找到重要訊息，忽略不必要的。

　　整理馮永敏歸納成果，閱讀能力指標內涵，包含閱讀知識、閱讀技巧、閱讀策略、讀書方法、閱讀監控、閱讀模式等。除閱讀模式以自下而上、自上而下、交互過程概歸納。其餘內涵與指標內容分別以四個表格呈現。

表 2-2-4　屬「閱讀知識」的能力指標內容

背景知識	讀物結構知識
5-1-7-2 能理解在閱讀過程中所觀察到的訊息。	5-3-4 能認識不同的文類及題材的作品，擴充閱讀範圍。
5-2-8-1 能討論閱讀的內容，分享閱讀的心得。	5-3-4-1 能認識不同的文類（如：詩歌、散文、小說、戲劇等）。
5-2-8-2 能理解作品中對周遭人、事、物的尊重與關懷。	5-3-4-2 能主動閱讀不同文類的文學作品。
5-3-4-3 能主動閱讀不同題材的文學作品。	5-3-5-2 能運用組織結構的知識（如：順序、因果、對比關係）閱讀。
5-3-8 能共同討論閱讀的內容，並分享心得。	5-4-4-1 能廣泛閱讀課外讀物及報刊雜誌，並養成比較閱讀的習慣。
5-3-8-2 能理解作品中對周遭人、事、物的尊重與關懷。	
5-4-5-1 能體會出作品中對周遭人、事、物的尊重與關懷。	
5-4-5-4 能喜愛閱讀海洋、生態、性別、族群等具有當代議題內涵的文學作品。	

跨文化知識	語言知識
5-2-13-1能從閱讀中認識華語文的優美。 5-2-13-2能從閱讀中認識不同文化的特色。 5-4-5能主動閱讀國內外具代表性的文學名著，擴充閱讀視野。 5-4-5-2能廣泛閱讀臺灣各族群的文學作品，理解不同文化的內涵。 5-4-5-3能喜愛閱讀國內外具代表性的文學作品。	5-1-1能熟習常用生字語詞的形音義。 5-2-1能掌握文章要點，並熟習字詞句型。 5-3-1能掌握文章要點，並熟習字詞句型。 5-3-1-1熟習活用生字語詞的形音義，並能分辨語體文及文言文中詞語的差別。 5-3-3-3能理解簡易的文法及修辭 5-4-1能熟習並靈活應用語體文及文言文作品中詞語的意義。

表 2-2-5 　「閱讀技巧」能力指標內容及細項內涵

5-1-1能熟習常用生字語詞的形音義。 5-2-1能掌握文章要點，並熟習字詞句型。 5-2-3能認識文章的各種表述方式。 5-2-3-1能認識文章的各種表述方式（如：敘述、描寫、抒情、說明、議論等）。 5-2-7能配合語言情境閱讀，並瞭解不同語言情境中字詞的正確使用。 5-2-7-1能概略讀懂不同語言情境中句子的意思，並能依語言情境選用不同字詞和句子。 5-3-1-1熟習活用生字語詞的形音義，並能分辨語體文及文言文中詞語的差別。 5-3-3-2能認識文章的各種表述方式（如：敘述、描寫、抒情、說明、議論等）。 5-3-7能配合語言情境閱讀，並瞭解不同語言情境中字詞的正確使用。 5-3-7-1能配合語言情境，欣賞不同語言情境中詞句與語態在溝通和表達上的效果。 5-4-3-4能欣賞作品的內涵及文章結構。 5-4-3-5能欣賞作品的寫作風格、修辭技巧及特色。	識別生字詞語句 辨別多義近義反義 使用字辭典 識別標點符號 根據上下文推斷詞意 識別長句、複雜句

表 2-2-6 「閱讀策略」能力指標內容及細項內涵

5-2-12-1能在閱讀中領會並尊重作者的想法。	選擇性注意策略
5-2-14-3能從閱讀的材料中，培養分析歸納的能力。	推測策略
5-2-14-4學會自己提問，自己回答的方法，幫助自己理解文章的內容。	監控策略
	語境策略
5-3-5-3能用心精讀，記取細節，深究內容，開展思路。	組織策略
5-3-6-3學習資料剪輯、摘要和整理的能力。	
5-3-8-4能主動記下個人感想及心得，並對作品內容摘要整理。	
5-3-10 能思考並體會文章中解決問題的過程。	
5-3-10-1能思考並體會文章中解決問題的過程。	
5-3-10-2能夠思考和批判文章的內容。	
5-4-2-2能具體陳述個人對文章的思維，表達不同意見。	
5-4-2-6能依據文章內容，進行推測、歸納、總結。	
5-4-3-1能瞭解並詮釋作者所欲傳達的訊息，進行對話。	
5-4-3-4能欣賞作品的內涵及文章結構。	
5-4-3-5能欣賞作品的寫作風格、修辭技巧及特色。	
5-4-7-1能共同討論閱讀的內容，交換心得。	
5-4-7-3能從閱讀中蒐集、整理及分析資料，並依循線索，解決問題。	

表 2-2-7 「閱讀監控」、「閱讀監控」能力指標內容

讀書方法	閱讀監控
5-1-7-1能流暢朗讀出文章表達的情感。	5-2-2能調整讀書方法，提升閱讀的速度和效能。
5-2-2能調整讀書方法，提升閱讀的速度和效能。	5-2-12-2能與父母或師友共同安排讀書計畫。
5-2-4-2能讀出文句的抑揚頓挫與文章情感。	5-3-2-2能調整讀書方法，提升閱讀的速度和效能。
5-2-8-1能討論閱讀的內容，分享閱讀的心得。	5-4-2-4能培養以文會友的興趣，組成讀書會，共同討論，交換心得。

5-2-8-3能在閱讀過程中，培養參與團 　　　　體的精神，增進人際互動。 5-3-5-3能用心精讀，記取細節，深究 　　　　內容，開展思路。 5-4-4能廣泛的閱讀各類讀物，並養成 　　　　比較閱讀的能力。 5-4-4-1能廣泛閱讀課外讀物及報刊雜 　　　　誌，並養成比較閱讀的習慣。	

　　能力指標內涵特色，包括：（一）以學生為學習主體。教師不再全盤授予，而在相機誘導，因勢利導，要把學生引到有利於他們的學習狀況中去。（二）打破教材封閉性。課內外結合，與其他學科相互統整遷移，引入課外相關教材，也要求其他領域注重提高學生語文能力，將教材還原到生活，將知識演繹成能力，「得法於課內，得益於課外」。（三）拓寬教學空間，強調生活體驗的立體教學。以教室教學為軸心，向學生生活空間擴展，延伸到整個社會環境，創造一個有利發展語文思維的多方位活動空間。（四）重視學習過程。充分調動學生積極參與，讓學生反複運用已知部分，在操作實踐中大量同化具體知識，由熟生巧，形成自學能力。（五）重視學習習慣等養成。把各種學習習慣貫串在各類學習，以致各階段各環節的過程中，開啟終身學習的門徑。

　　語文教學不僅是知識體系的學習，更是能力的建構，教授語文基礎知識，培養語文基本能力，開發學生的智力（思維）及非智力的能力態度（學習習慣與自我調控）。從教與學兩方面體現教學內容，教與學彼此互相聯繫、互相依存又互相促進。

　　閱讀是國小語文教學的基本環節，依綱要說明可知閱讀教學內容分三個層面：第一層：認讀語文材料：指認知字形、讀準字音、理解字義。第二層：理解：理解詞句外，還要理解篇章表達方法：如主旨、取材、結構、不同文體寫作方法等。第三層：鑑賞，指對文章的思想內容、表現方式、文體特點等進行評價品味。這三層關係是前一層對後一層面呈現層遞性，後一層對前一層面呈現包容性。

　　工作坊討論目前閱讀實際情況，認為摧毀孩子們天然的閱讀興趣的不是電視、電玩這類遊戲，而是學校語文課孤立支離破碎的閱讀教學與方法。學生閱讀能力與課綱要求相去甚遠，包括教材與教師備課用書不理想，教師缺乏相關閱讀理論和方法，耗時甚多收效甚微。還包括以下各部分的檢討省思：

表 2-2-8　目前學制內閱讀教學缺失

教材處理	習作設計	教學部分	閱讀教學具體表現
閱讀課文量不足；內容簡化淺化語境不足；過分強調語言形式學習；忽略意義和內容學習；閱讀停留在語言表層理解。	選擇、替換、模仿強化、重複單一制式、教授線性語言結構框架、缺乏方法指導。	以教師為主過多講解支離破碎；教學模式固定僵化封閉；過於強調教忽略學的過程；缺少閱讀方法指導；語文上成音樂美勞課；無節制放任學生純主觀反應。	內容泛化、目標虛化、過程表演化、方法形式化、主體表象化。

　　關於能力指標的適用性，周慶華也曾表示那像是夾帶濃重的能治多方病痛、能擦能吃的「萬金油」，無法憑這些目標的訂定，就能期待立竿見影，尤其還顯示教育體制賦予教學者對學習者非理性的「粗暴式」支配的權力（最明顯的是當中諸如「欣賞……」、「分享……」、「討論……」等只能自由心證的能力指標，形同任憑教學者濫予施教的機會），合理性存疑。（周慶華，2007：102）無論是以往的部編本到後來的審訂本都是在這種框架下編製出來，教材影響教法，想要突破創新似乎顯得窒礙難行。但無論如何，這仿若是一場烹飪比賽，提供的基本食材不是你能選擇，但是評審標準總要分析透徹，掌握重點，針對教材、比賽辦法總要拿捏分寸。例如就能力指標再細分出幾個重點是否能更一目了然，許多現場老師反應每個階段的能力應有各年級應到達的具體表現，但基本上能力指標的設定是只要在各階段能設法達成

即可，學生有個別差異，針對成果表現良好的與程度較差的孩子是否有可遵循的指標，而各階段是否也考慮了銜接問題等，並未受到重視。

　　學者最近在一場研討會（中小學課程發展相關基礎研究 2010 年成果討論）提出研究報告指出，培養學生的閱讀能力、如何學習的能力，才能達到終身學習的目標，建議將培養閱讀素養納入課綱基本能力的培養。對於閱讀素材，建議未來國語文課綱應指出閱讀教學教材選擇與文體應採多樣化；教學原則方面，建議未來課綱中強調教師善於運用潛在課程，藉以培養學生樂於閱讀的態度，並建立學生良好的自我概念與自信。此外，應建立愉悅的班級閱讀環境，並與家長共同推動學童閱讀素養培育計畫。在學習評量方面，建議國中國文基測評量在「擷取資訊」、「發展解釋」、「反思評價」等三面向的閱讀素養評量題目上，應穩定均衡出題，並在作文題目外，適度加入一些開放性的反思簡答題目等。教育部打算在課綱審議委員會中提案討論，將培養閱讀素養的能力納入九年一貫課綱當中，閱讀與課程整合。（陳智華，2010）

六、語文閱讀教學法

（一）閱讀教學法原理原則

　　瞭解閱讀教學意義、功能，策略和原則及構成語文閱讀能力的組成要素，教學者於九年一貫語文閱讀能力指標之後，接著要思考採用何種策略和方法來達成這些目標。

　　教學是教師依據學習的原理原則，選擇適當的方法技術，以幫助學習者達成學習目標的活動。因此，教師在瞭解應用各種教學法外更需熟習教學原則。一般教學常用九大原則，如準備、類化、興趣、自

動、個性、社會化、熟練、同時學習、增強等，配合本研究就是一般
較疏忽的原則之一要特別說明的是社會化原則。所謂社會化，是個人
基於身心特質與稟賦，和外界社會環境交互感應或學習模仿的一種歷
程。個人由此而獲得社會上各種知識、技能、行為模式，與價值觀念，
一方面形成獨特自我；一方面履行社會角色，以圓滿的參與社會生活，
克盡社會一份子的職責。在教學目標擬訂上，兼重個性群性均衡發展，
培養團體意識和生活習慣；在教材選擇上，多選適合當前社會生活所
需知識，加強社會倫理與規範的認識；教學方法上，多以小組討論、
辯論、參觀訪問、角色扮演、分組活動等方式，以促進學生的社會化。
（黃政傑，1998：52）

　　有關閱讀教學的實施有幾點基本原則：1、閱讀教學遵循雙向心
理原則。所謂雙向溝通，就是教師必須於上課前幾週把單元教學設計
規畫妥適，將學生分組指導課前備課，就是課前師生已在進行研究討
論，課堂結構時間開始依設計分組進行，也克服時數減少的困擾。2、
閱讀教學與思想相結合。進行抽象思維訓練，如表。透過朗讀、朗誦、
演講、相聲的表達，發展閱讀想像和閱讀聯想等形象思維訓練（見表
2-2-9）。3、閱讀教學與作文結合。階段作文指標也應融入語文教材
編輯的歸畫與設計中。4、閱讀教學與課外閱讀。將示範性、工具性
（另圖）、基本性的語文課本教材所學的學以致用，應用到課外閱讀。
（何三本，2002：146-154）

表 2-2-9　抽象思維能力訓練原則（文字整理自何三本，2002，144）

抽象思維名稱	訓練內容
分析、綜合、比較	明確分辨字音字型字義、詞性、詞意、句意及種類。
歸納、推理	段意篇章結構、分辨文體、全篇主旨、絃外之音。
推理	追究作者寫作動機及預測本文的影響。
系統化、具體化	將整個單元有計畫性、層次性的一步一步展開。

　　配合九年一貫，在有限的課堂時間下維持學生語文能力，唯有改變課堂結構教學程式，也為了要控制教師的教學量及提升品質，應把整學年篇章的進度及單元教學活動設計預作定案並嚴格執行。另外，要指導學生於課前增加自學能力的訓練。事先指導學生如何進行師生互動、雙向溝通，讓學生親自動手操作，也合乎學習心理學原則（預習的意義不但可以讓學生在預習探索中發現問題，提出問題，透過思維解決問題。發揮自能理解的主觀作用，在閱讀和思維中鍛鍊自學能力；最重要的是使教師的教學更有針對性。〔杜文偉，1994：134〕）。改變傳統先字、詞、句、段、篇後文章思想的傳統先局部後整體的流程，事實上教法應視對象而異，如注音符號教學應先整體後局部，從全篇認讀到個別符號的聲韻拼讀（何三本，2002：143-146）

　　教師如何指導學生透過閱讀來學習，依閱讀歷程說明先由認字開始，再建立有組織的知識。學生大部分的字彙是自學得來的。教師與學校應多舉辦一些家庭閱讀計畫，鼓勵在圖書館閱讀，家人一起閱讀。教師選用較生動有趣的教材來引起學生的閱讀動機。進行直接教學時提醒注意學習新單字。可以進行如密集字彙教學，請學生從閱讀、說話、聽聞活動中選擇字彙，積極鼓勵注意新的單字，學生會更獨立傾向於學習和使用新單字。（R.H. Bruning 等，1999）除透過閱讀建立字彙，還要透過閱讀建立有組織的知識。閱讀倘若能運用策略，將能事半功倍。目標在幫助學生獲得後設認知的覺察，且對閱讀理解文本能有效的使用策略。例如找出主要句子、文本訊號（如標題、粗體字）；運用交互教學法教師示範到學生為主作摘要訊息；學生可以藉著基模作推論，建構文章意義。可能藉著「頭髮斑白、身形佝僂」的文字訊息推論這是一個老人，而學生也可因練習與回饋在閱讀理解上顯著改善。訓練學生自問問題，澄清觀念。指導閱讀者能監控理解，有意識的清楚目前閱讀的狀況，閱讀完與舊訊息作連結，並能用自己理解的方式表達閱讀所得。（張玉茹，2001：45-49）

　　閱讀方法是閱讀能力獲得的手段。知識的獲得閱讀是主渠道；以學校場域來說，閱讀的方式可分課內與課外閱讀。課內閱讀指的是教科書課堂學習的內容，資訊激增的時代需要大量有效的課外的延伸閱讀。閱讀教學方法來說，朗讀是語文課重點訓練項目，如朗讀、默讀、複述、朗誦、背誦等，都是可操作的基本訓練。此外，還包括字義、句、段、篇的教學方法及各種文體的教學方法。教師除了慎選適合學生閱讀的書籍，課外閱讀要與課內教學結合，課內外閱讀也要結合口語表達與寫作，培養掌握工具書的能力及把握重點、分析問題等能力。

（二）閱讀文體教學

　　陳弘昌在為培養識字、理解、鑑賞及誦讀等閱讀能力提出的精讀教學內具體指導項目中，有關文體方面，提出教師教文體寫法時最需充分掌握記敘文性質及寫作技巧，進而在打好記敘文基礎上揣摩各類文體的寫作特色，而使兒童知道以適當的文體抒寫自己的思想。教師教各類文體時，重點不同，如記敘文注重欣賞、練習、表演；實用、說明、議論文重研究、理解；劇本則需注重欣賞與表演。（陳弘昌，1991：225）

　　何三本分教科書最常見的文體為常用文體、文學作品、文言文、知識類短文。認為語文教科書的教材既是典範文章，有各種不同類型的文體，自然就應該有不同的教法。他以為中小學語文課本範文的文體類型，應參考教學內涵，包括生字、生詞、句子、自然段段意、結構段段意、分段脈絡、組織架構、文體辨識、文體特徵、特殊句型、修辭技巧、人物刻畫技巧、敘述觀點、內容大意、主旨、情境探討、單人音色朗讀課文、多人依角色扮演朗讀課文、戲劇表演、特殊句型練習、修辭技巧練習、文體仿作、訂正等共二十三項為根據：

表 2-2-10　常用文體教學要點（文字整理自何三本，2002：152-153）

	文體類別	定義與教學要點
常用文體教學	記敘文	定義：以寫人、敘事、狀物為主要表達方式。 1、明確記敘六要素──時間、地點、人物、事件、原因、結果。 2、先掌握時間線索，分清順敘、倒敘或插敘。
	說明文	定義：說明事物形狀、性質、特徵、構成、成因、原理作解說，對抽象事物作解釋。 1、指導學生養成觀察力。有條理觀察從外到內，從過去、現在及未來。 2、有條理的掌握基本方法：定義說明法、詮釋說明法、舉例說明法、分類說明法、引用說明法、比較說明法、比喻說明法、描摹說明法、數字說明法。
	議論文	定義：以議論為表達方式，以論辯說理為內容。 1、指導學生找出論點、論據與論證三要素。 2、論點的建立要有論據，論據包括歷史、事例、名人言論或數據。 3、論證就是用論據來闡述並證明先前的論點。 4、論證要指導學生有分析、推理、善辯、概括，能自圓其說的能力。
	應用文	定義：是人們用來處理日常事務，而又有一定格式的文章。如書信、便條、通知、啟事、說明書等。 1、明確掌握格式。 2、正確使用語言加強寫作訓練。 3、介紹有代表性的應用文書籍，訓練學生自學。

表 2-2-11　幾種文學體裁的教學表（文字整理自何三本，2002：153-154）

	文體類別	定義與教學要點
幾種文學體裁的教學	詩歌	定義：具飽含強烈情感的情豐富的想像力，以精練的語言高密度蘊含人生及社會生活和節奏鮮明韻律和諧三個特點。 1、引導學生展開想像進入詩歌情境。 2、體會詩歌的深層含義。 3、節奏鮮明鏗鏘。 4、加強朗誦吟詠，以體會音樂旋律之美。
	小說	定義：是一種以塑造人物形象為中心，透過時間、空間、人物、言語行為，而產生情節不斷演變的故事。有真實的，也有虛構的。 1、引導學生分析故事情節的演變次數。 2、尋繹故事矛盾點衝突點。 3、分析故事中人物個性。 4、作者運用什麼技巧來塑造人物個性。 5、作者寫作的用意。
	劇本	定義：是一在特定時間內，由演員在舞臺上表演給觀眾看的故事。 1、指導學生找出衝突點。 2、指導學生找出情節曲折演變的次數。 3、指導學生找出故事的懸疑點。 4、指導學生找出故事前後的統一性。 5、指導學生繪出情節演變的結構圖（開始、上升、高潮、下降、結束）。 6、指導學生分析故事的時代背景。 7、指導學生說出故事的主題。
	童話	定義：是以奇異動人的幻想，奇妙曲折的情節，深受兒童喜愛的故事。 重視朗讀、引導想像、正確處理童話中的幻想與現實虛構與真實的關係。

寓言	定義：「寓」是寄託。「言」是話。究是把深刻的道理和教訓，寄託在簡短生動的故事裡。寓言結構，一是故事，故事是身體；二是所寄託的涵義，涵義是靈魂。指導學生感受涵義，涵義是靈魂。

　　還有文言文教學，文言文就是用相對於白話文用文言寫成的文章。教學要點，包括弄清字型、字音、理解詞意，分析句子結構及意義，學習古漢語常識；瞭解該文寫作的時空背景；作者寫作的動機與目的。此外，語文課本中除了範文之外還附有語文知識短文，有系統的由淺到深的安排進入九年一貫的語文教材中。例如「標點符號的使用方法」、「說故事的技巧與訓練」等等，它的教學要點以短文為鑰匙開啟進入課文的門，以短文的引導，規畫訓練方法，藉以培養語文能力。（何三本，2002：154）

　　如果我們能在教課的同時還能引發學生「延伸閱讀」的興趣，這就如同在給學生魚吃的同時，還能給他釣竿，教他釣魚吃，根本解決了提升人文素養、增進語文能力的問題。而要學生喜愛閱讀，我認為要先從文類的理解起始。我們首先可設計一至二堂對現代文學的幾大文類如現代詩、散文、小說等文體認識及作品賞讀的課，讓學生對文字形成的作品，有基本的興味，如此打開一扇透視的窗口，他們也就比較容易進入閱讀的園地。

　　張世忠在文章表述方式的分類顯得較籠統，但部分文體如記敘文又細分說明。所提出的各種文體的閱讀方法如下，可以和上述相為佐證互補參考：

表 2-2-12　各種文體的閱讀方法（文字整理自張世忠，2001）

文體類別	意義與閱讀方法
記敘文	敘事：要能把握事情發生的時間、地點、事件中的人物、事情發生的原因、事情發生的經過，以及事情的結果。 記敘文主要以敘事為主，但寫事時，有時側重「寫景」，有的側重「寫人」。

	寫景：寫景的記敘文若屬寫景就可能流於描寫文，如寫景以遊記方式寫作就為遊記。
	寫景的閱讀法：包括明瞭遊玩的地方、觀賞遊記中的景象、把握作者的遊後感想、欣賞作者書寫的語言。
	記人：要把握人物的時代背景、外在形象特徵、內在心理特點，然後要看到人在書中所發生的故事。
	寫人的閱讀法：閱讀人物傳記應達到瞭解人物所處的時代背景、環境狀況、人物性格的形成及發展、了解人物一生的事件、了解作者對傳記人物的褒貶態度等目標。記人為主的記敘文並非人物傳記，往往只記敘人物一個側面或幾個片段，讀寫人文章可用透視閱讀法了解作者的全貌。
說明文	意義：以說明為主要的表達方式，用來解說事物，闡明事理，給人以知識的文章。通過實體解說或對抽象事理的闡釋，使人瞭解事物的形態、構造、種類、成因、功能、關係。對說明文提出閱讀方向： 1、說明的對象是什麼？主要內容是什麼？事物的特徵是什麼？ 2、文中有沒有概括出事物特徵的中心語句？ 3、理清文章安排的說明順序、時間順序、邏輯順序，就是掌握結構。 4、分析文章中選用哪些說明方法，採用這種說明方法的原因。 5、認真體會說明語言是否準確、簡明或周密的特點，體會語言如何反應說明文應具備的科學性。
詩	詩歌依題材內容可分為抒情詩、敘事詩、哲理詩；從形式韻律來看，可分為格律體、自由體、民歌體等；從時間先後看，可分為古體詩、近體詩和新詩等。 閱讀詩歌可把握詩歌節奏感；體會詩歌的音樂美；了解詩歌的結構和修辭技巧；體會詩歌的意境。
小說	是一種以敘述生活故事塑造人物形象為主的文學體裁。不僅要生動完整的敘述故事情節，而且要多方面刻劃人物性格，還要充分的展現人物活動的環境。小說具有如下的審美特徵：客觀敘述性；有人物、環境、情節的交融性；題材有豐富的變異性。 如何閱讀小說？ 1、綱張目舉法，如繪製紅樓夢、三國演義人物關係表，有助故事的了解 2、追問思考法，邊讀、邊思考、邊提問，如為什麼會這樣？行為合理嗎？

　　課外閱讀可以補正課的不足，還可提供語文訓練、情趣培養、品格陶冶，以及作為情緒治療、改善態度、增進學業成就等。引發學生對廣大世界人事物的好奇心，接觸新鮮事物，提高探索欲望，從而採取行動，增進知識、經驗或技能，甚至激發創造智慧，增進適應社會、世界能力。多閱讀可以觸類旁通，舉一反三，聞一知十。至於另一項重要功能則是調劑身心、放鬆情緒，可增進與人相處技巧和自信心，也可紓解學習壓力。

　　課外閱讀的指導原則，包括對讀物的選擇須考慮學習者的年齡、興趣、能力、智力與習慣。課外閱讀要「寓教於樂」，先要樂於讀書才有可能從書中受到裨益。加強閱讀的目的性，如分閱讀為累積性閱讀、理解性閱讀、鑑賞性閱讀、消遣性閱讀。教師應激起學生閱讀的興趣、指導閱讀的方法、檢查閱讀的效果。為激發自主性的閱讀可利用比賽及獎勵的方法達到目的。教師如何指導課外閱讀，包括作讀物介紹，共同閱讀，討論範圍包括：主要情節、主要人物及對人物的評價、作品的中心思想、自己的感受等。讀後講述的內容：學生自己講述或師生討論以下幾個思考方向：

1. 給文章立一個標題。
2. 用斜線畫分文章的層次。
3. 分析文章的特點選材的方向布局的技巧。
4. 認識文章的語言表達方式和運用。
5. 一起來填表或寫讀後心得以加深印象（如表 2-2-13）。

表 2-2-13　事件概念討論表

地點	人物	時間	事件原因	事件經過	事件結局

　　全班閱讀後分組討論，討論範圍可以是作品的中心思想、人物評價，也可以是一個情節或一個問題（相關問題可參考前一節王萬清九

種閱讀方法的思考過程，例舉的示範問題也適用於這裡做討論主題）。高年級讀完一本書也可練習寫書籍評介，包含簡介書的內容、意見或讀後感。例如設計評鑑分析表。比較的方式可以文字敘述，也可以用數字表示：

表 2-2-14　閱讀評鑑分析表

評分　名稱　　項目	書名（一）	書名（二）	書名（三）
文章的修辭技巧（文字的使用）			
主題表達的清晰度			
使讀者產生聯想的程度			
使讀者獲得啟示的程度			
文章的氣勢是否能感動讀者			
內容的趣味性			
合計			

（三）混合教學法

混合教學法與全語文教學是傳統閱讀教學兩大教學主張，研究這兩個教學法及其他現行教學法，希望能擷取優點，為閱讀教學建立更好的模式。

關於混合教學法的演進，國語科採用混合教學法，最初見於 1942 年我國公布的課程標準：「初級國語教學，要和常識教材配合，並且要用混合的方式教學。」其後又經 1952 年、1975 年、2008 年修訂新課程標準實明定我國國小的語文教學的教學模式，係採用混合教學法為原則，所以教學目標教學綱要以及實施方法教學指引的編寫和習作的設計，都得以混合的性質和需要為依據。此法以閱讀為核心，隨機進

行讀書、聆聽、說話、寫字、作文等的教學，不刻意區分某一節實施單一特定的教學活動。就是透過「範文」的閱讀，擴及學童寫作、說話和寫字的知能。（羅秋昭，2003：31；陳弘昌，1991：60）認為說話、作文、寫字是沒有內容，要熟悉這些技巧，都需借重讀書所得的內容。讀書所得的內容可以激發學生興趣和思想，興趣可以引發學習熱情，思想可產生說話的題材，可豐富作文的內涵。所以混合教學要以讀書教材為核心教材，混合教學法的過程應根據單元教學目標，教材的性質（如文體文章的性質），實際的需要來設計合理的活動過程，步驟可分成概覽、研討與熟練三部分。基於「整體——部分」原則以及「有意義的教學」，應該引導學生先概覽全文，然後摘取大意，最後才教導新詞生字。新詞生字的教學，也以新詞為先，然後再教導生字。課文深究時，應該先深究其內容，然後再深究其形式。基於「從具體到抽象」以及「由易而難」原則，國語教學中的發表，應該由說話到作文，由口述到筆述，由共作到自作。國語混合教學模式應特別重視內容深究、形式深究，以及課文特色欣賞等，擺脫對於字詞習寫、詞義背誦的侷限，發展具備深度的教學以及文學美感的教學。基於即時練習的效益，教師應隨時配合各教學流程，引導學生練習習作中的各項作業活動，或補充提出若干作業活動。習作不宜完全淪為學生的回家作業。倘若能掌握這些大原則，其他細節又能夠靈活權變，發揮適當的創意，則教師應用混合教學模式，將能夠達到國語教學的高度效益。先後次序可以調整，如寫字課可以排在第二節，承生字新詞後練習。年級不同，過程也略有差異，如高年級部分漸而統整而分化。讀說寫作可全部混合教學，也可部分混合，但須以讀書為核心，再以內容相近或性質類似的課外讀物為副教材，指導學生涉獵、泛覽，加強課外選讀技巧、如何閱讀作筆記。須口述的，就安排說的教學活動；須透過思想組織而使其具體化的，則要安排先說後寫的教學過程。

總括來說，據研究及實證觀察所知，混合教學的優點包括合乎語文學習原理、完整的表達思想和知識來自於讀書，讀書與說話、作文

是一體兩面不可分割等。讀書可以學以致用於口語寫作表達。其次讀、說、寫、作有統一的教材，可以反覆練習，加深印象，並藉說寫擴充內容，教學更深入，混合教學是要靈活運用的。統整混合教學的特色如下：1、對教材要作詳盡的分析，並加統整。2、課前要費心準備。3、深究與鑑賞是重心所在（起承轉合）。4、從說話到作文，化抽象為具體。5、教學過程的安排要靈活不呆板。6、教學時間與進度要統籌規畫。

實施混合科教學，教師應活用教學策略。例如創造思考教學法（著重分析思考）、直接教學法（著重說話的練習）、合作教學法（著重分組討論）、精熟教學法、角色扮演教學法、自學輔導法、單元教學法、設計教學法等等各教學法都各有特色和可用之處。教師與學生應做好課前準備，才可收事半功倍的效果。

（四）全語文閱讀教學

關於全語言教學法（Whole Language Approach），興起於 20 世紀 80 年代的美國。全語言教學法的持論者認為，在真實世界中，語言既非被拆解為文法、詞彙、構詞、語音等零碎部分來使用，在教學時自然也無須以此種見樹不見林的方式強加灌輸，因而主張在教學過程中，教師應提供能將語言「整體」真實輸入的環境，有必要時再針對複雜環節，加強「部分」的演練。此教學的產生，是對「bottom-up」閱讀方式的一種反彈。此教學法重視從整體（whole）到部分（part）、功用（function）先於形式（form），強調學生在教室參與的是具有整體性（wholeness）、一貫性（integrity）且有意義的閱讀活動。全語言教學也是為補救從前語言教學過於偏重聽說、忽略讀寫能力而發展出來的教學方針（或概念）。就是在語言學習既有的聽、說環境下，加入為了能理解與實際運用的「讀」與為了溝通而非光只練習寫作技巧的「寫」的學習，以讀與寫的素養來提升聽與說的技巧，特別強調「互

動、閱讀與寫作」是一種對外人際互動溝通、跟自己說話思考的工具。進而達到語言聽、說、讀、寫整體能力的提升。（黃繼仁，1997；蘇雅珍，2003：65-68）

　　全語言教育強調在真實情境的脈絡下實施聽、說、寫與整體課程統整的教學，以學生為中心的教學觀取代直接教學的理想，教師教學設計的理念和能力，重視語言習得的過程，教材以文學作品或真實的生活素材為主，提供多元評量的運用，在合作學習中著重於交互激盪的意義建構歷程，進行有功能的意義且有目的的實質學習，提供學生兼顧知情意的完整學習經驗，是一種能夠實際應用於日常生活的整全教育。至於有關全語言的「閱讀」，認為閱讀是一個猜測、推理、尋求意義和建構意義的過程。主張全語言教學的說法是「如果老師一直都只是在教注釋，字詞語句，那麼我們何時教孩子閱讀？」全語言教學理論認為，語言的使用與社會背景及使用者藉語言表達與發掘自我的需求息息相關，因而主張教師當以真實的材料（尤其是文學作品）與自然的事件（而非與學習者個別經驗無關的編寫式教材）教學，使學生能藉此學習到真實而自然的語言。要求閱讀教材應配合學生的興趣需要，如在初學階段，共用讀書經驗，使用真實的語料，原著的文學創作，特別是兒童文學類書籍，包括圖書與故事書是常用的閱讀教材，由於這類書中的句型常常不斷重覆且富於節奏韻律，頗能吸引學生注意力。此教學法不僅能引發學生學習動機，且能培養學生詮釋語言文字的能力。到了中、高級學習階段，全語言教學與學科內容教學會漸趨一致。全語言教學會包括學科內容教學，培養一般語言技能以及應用其他學科的語言能力和知識。更重要的是，為了有效處理學科內容，學生必須學會各種語言功能，譬如分類、描寫、論說等。如此閱讀便能與其他活動互相結合，成為個人達成某種目的之一種手段，譬如得到資訊（如火車時刻表）、發掘事情真相或準備說服別人，這才是閱讀的最終目標。（張玉茹等，2001，238-240）

此外，綜合全語言的教育哲學觀以及 Goodman 對於「閱讀」的研究，建構閱讀歷程的研究，將語言的學習視為整體與一貫性，是學習者身處於一個自然、真實情境的學習。因此，綜合曾月紅、Dobson & Nucich、Goodman 等國內外學者對全語言的閱讀教學方面的文獻，可大致歸納如下：

1. 閱讀前策略（pre-reading strategies）

(1) 背景知識：smith 早期的研究指出，只有在學習者能把新的學習目標和先備知識作連結，學習才可以有意義。

(2) 字彙發展：主要包括兩個觀念：一為學生周遭的豐富語言，一般認為把字彙的意義放入高度脈絡化的情境中，而不是當成新單字來學習，對學生而言較容易學會；另一為關於直接教學，建議對單字教採用直接教法，可以觸發或發展背景知識。

2. 引導式閱讀策略（guided strategies）

包括團體回音閱讀、放聲閱讀、無聲閱讀、組塊故事、說些話：

(1) 團體回音閱讀（group echoic reading）：老師帶領全班一起大聲讀出內容，這種活動可以減少生學習失焦，因為錯誤可以掩蓋而且能維持基本的理解。

(2) 放聲閱讀（reading aloud）：慎選文章長度約一百五十字，加以計時和重複練習將可促進閱讀速率，正確性和理解程度。重複練習閱讀的優點是可以產生自動化，學生能不刻意注意就能認得，而把注意力集中在理解上。

(3) 無聲閱讀（silent reading）：程度好的學生可以進行無聲閱讀，透過快速無聲閱讀，學生可以進行大量的練習，並沈浸在背景知識與脈絡的字彙中。

(4) 組塊故事（chunking stories）：使學生在容易控制和理解的文章中進行閱讀。提問可以有效用來完成故事的組塊。對於閱讀過程中一切預測將可加強學生一個觀念——重要的不是讀那些字，而是與想法的互動。

(5) 說些話（say something）：讓學生對訊息有反應且把訊息與所知作聯想。當學生閱讀時，有機會討論他們目前瞭解的，可以讓學生知道別人是如何理解書寫的語言。

3. 閱讀後策略（post-reading strategies）

包括憶述故事和人物日誌：

(1) 憶述故事（retelling the story）：可作為學生自行製造故事內容的方法，口頭述說提供學生機會去和其他人協商故事內容。透過此過程，新的訊息可以融入現有的背景知識中。

(2) 人物日誌（character journal）：基於角色扮演和戲劇化的理論產生，閱讀故事後，學生可選擇一中心人物並以其觀寫日誌。學生討論整個情節和分析角色特徵。（引自張玉茹等，2001，238-240）

全語言教學以哲學為基礎，藉由完整而有意義的文章來教導與寫作，課程多為主題式進行跨學科的探究，大量閱讀真正能反映作者風格的文學作品。

Rafe Esquith 在他的「第 56 號教室」裡，帶領著一班又一班的孩子閱讀大量文學作品，並演出莎士比亞的劇作。2010 年教師節，親子天下雜誌舉辦的「國際品格教育論壇」中，被喻為全美最好的老師 Rafe Esquith 分享了學生的一段表演影片，感動了在場許多的觀眾。和大家分享這支影片，是拍攝於 1998 年，雷夫老師帶著他的學生到高等法院表演的片段內容。男孩背誦的〈與莎拉訣別書〉，這封信是在美國南北戰爭時，即將上戰場，並知道自己將會戰死的貝婁少校寫給妻子莎拉的信。當他唸到一半時，我們可以看到這孩子突然像是

感受到了什麼，漸漸的眼眶泛紅，也流下淚來……影片中的信文摘要如下：

> 牛奔戰役的前一週，蘇利文·貝婁——羅德島志願二軍的一位少校。寫信給在家鄉的太太，1861 年 7 月 14 日，華盛頓 D.C.。
>
> 我最親愛的莎拉：各種徵兆已經非常明顯，我們幾天內就會離開這裡，也許就是明天。未來恐怕我無法再寫信，所以我覺得現在非寫不可。這樣，有一天我不在人世了，你還能看到我的信。對於目前要去作的事，我不擔心，也不缺自信。我的勇氣沒有停歇，也沒有遲疑。我知道美國文明的存續要靠政府的勝利，對那些為革命犧牲和受苦的前人也有所虧欠，我願意百分之百的願意，放下我此生所有的喜悅，去協助維護政府。去還清那筆債。
>
> 親愛的莎拉，我對你的愛不會死去。這份愛似乎以無可斬斷的強大繩索維繫著我，但我對國家的愛，就像一陣強風襲來，把我和生命的所有連結，帶到戰場上來。和你共處的美好回憶經常浮現心頭。我感謝上帝也感謝你，讓我享有這些喜悅如此之久。我很難把它們放下，也很難把對未來的期盼燒成灰燼。盼望如果上帝應允，未來，我們還能相愛共同生活。看著我們的兒子長大成人承歡膝下。如果我不能全身而返，親愛的莎拉。請不要忘記我多愛你。在戰場上嚥下最後一口氣的那個剎那，我輕喚的會是你的名字。
>
> 莎拉，請原諒我曾經對你造成的許多傷痛，我過去是多麼粗心、多麼愚蠢，但是，莎拉，如果亡魂能回到這個世界，隨時隱形飄忽在摯愛的人身邊，我會永遠在你附近，不論是最快樂的白晝或最黑暗的夜晚。永遠永遠。如果你感覺兩頰上有微風吹拂。那將是我的呼吸。當冷空氣吹襲你的太陽穴。那就是我的靈魂經過。莎拉，請不要哀悼我的死亡。想像我只是先走一步，在遠方等你。因為我們一定會再相見。
>
> 一週之後，蘇利文·貝婁死於第一場牛奔戰役。

　　Rafe Esquith 老師一直十分強調「閱讀」。他說：「我認為沒有東西可以取代學生坐在教室裡頭，打開書本，談談書中的東西對他有什麼意義、對他的同伴有什麼意義、對世界有什麼意義……」老師的教學法引發不少爭議。他為什麼要教導洛杉磯的墨西哥裔、韓裔的孩子莎士比亞的劇作，或是其他已故白人作家像是 Mark Twain 的作品？難道他不應該教這些孩子和他們生活息息相關的東西嗎？事實上這個班級也有讀《麥爾坎 X 自傳》和《魂斷傷膝澗》。Rafe Esquith 認為他應該教導學生他所熱愛的東西。他也相信從看似不相關聯的教材來掌握人性共通的特點，是獲得更寬廣的知識與成就的關鍵。熱愛閱讀的孩子們將擁有更美好的人生。在「第 56 號教室」，是以「讀書時發出多少笑聲」和「留下多少淚水」來衡量學生的閱讀能力。這些孩子將終身閱讀，並為自己的人生而讀。上述比照本國相同的題材。我思考〈與妻訣別書〉雖然只有千餘字，但字字洋溢著林覺民對妻子的愛慕、難捨難離，意境情懷不稍輸於彼作。林覺民何幸得所愛至愛的意映女士，又何幸以她的幸福為出發點，化私愛為大愛，求仁而得仁，甚至近代詞曲家設想當時的意映當如何悲苦的回應，所以有許常德作詞齊豫所唱的《覺》遙寄林覺民，也是字句血淚，感人肺腑。國外的優秀老師所作的示範和成果見證，我們怎能不有所省思和思辨。

　　與國內相較我們比較注意教科書裡的範文，教科書編輯為符合編選原則，努力將蒐集到的文章刪修，無論在主題寫作技巧風格都會被琢磨得比較趨中，也就是幾乎沒有作者的風格、太特殊的技巧或太特別的用字遣詞，與全語言的閱讀選材並不符合。而全語言教學可供借鏡的地方在於信念與原則，教學方案可供參考，但不能全然照章實施，因為臺灣的教育環境文化背景不同。還有落實全人教育、因應多元文化教育等的教育內涵可以引發啟示思考作為；課程設計與教學實務方面，具有統整性多樣化的彈性課程，善用文學作品培養興趣，調整師生角色賦予學生自主權、真實而多元的評量方式等。另外，提升教師專業能力的必要。教師自己本身的兒童文學素養要備足，才能提供學

生學習鷹架。我們長期以來多以精熟課文為教學取向，此外老師的統整能力及引導學生主動學習合作討論的教學能力有待增能。

七、語文理解策略教學法

（一）理解策略教學

　　接續前述「閱讀教學目的」裡有關閱讀理解與閱讀歷程本身的論述探討，有關前述無論是由上（既有知識）而下（解字）的閱讀，或主張由下而上的教學理念，都應是教學的過程，可以靈活運用，因人、因地、因教學目標而制宜。文章有字詞組成，不識字一定不理解，但識字也不一定理解。閱讀是上下互動這就是平衡。對於識字不多或初學者需要多學識字和詞彙，年級較長或較有能力者需要以合適的理解技能去解開文字表徵的意涵。

　　最近二十年來，有大量關於如何幫助小學生增加閱讀理解能力的研究，大多在教導如何運用理解策略。例如最普遍使用的策略教學，像是利用關於該主題的背景知識，重讀段落中難懂的句子，將文章內容視覺化及重點摘錄等。最著名的方法就是 SQ3R，包括瀏覽全文（survey）、利用章節的標題自我提問（question）、閱讀（reading）、背誦（reciting）及回顧（reviewing）。但問題是幾乎沒有證據證實這些讀書技巧教學是有效的。到了 1970 年代末到 1980 年代初期，依據意義表徵理論激發了特定的策略教學研究，有為了鼓勵學生建構文章中所傳達的完整概念，在閱讀前中後進行閱讀策略教學——摘取大意、建構圖像、故事結構表徵及不同事例而異的基模。而藉由熟練讀者的放聲思考研究，顯示教導學生運用閱讀策略，就是教導他們像最熟練的讀者一樣來閱讀。1970 年出現的高效能思考後設認知理論，就

是對認知的認知，知道自己在摘取大意後就可以記住更多的內容，如在教學中明白指出特定學習策略的好處，學生會長期使用這些被教導的策略。（Michael Pressley，2010：238-241）1970 年到 1980 年中 Lev S. Vygotsky 等人的認知發展理論受到重視。如他們教導一批能夠解碼、但無法理解內容的中學生學習理解策略，他們從一位成人示範的自我對話開始：在故事中尋找主旨、注意故事中重要事件的順序、瞭解故事裡角色的感受，以及為什麼會有這種感受，課程結束，學生已能主控閱讀，暗自對話，果真增進了閱讀理解能力。研究得到的結論，成人能利用認知過程的鷹架教學，促進兒童的認知發展。即使這樣，大多數閱讀教育界對認知心理學不以為然，於是一個新的主張被發現，讓主動閱讀及詮釋性的教導有了合理性。Louise M. Rosenblatt 讀者反應理論是指，閱讀同一份文本時，因讀者不同的觀念和背景知識，對於文本的闡釋和理解就會因人而異，讀者常投射自己的個人與文化經驗到故事的情節中。對故事中的事件自我解釋，常形成栩栩如生的圖像。（Michael Pressley，2010：243）20 世紀以前，閱讀可以說是對作者意圖的還原，文本詮釋也是利用各種外圍的客觀資料，瞭解作者創作的時空背景，以及社會情境。因此，不是見解的發揮，而是還原作者意圖的過程中，勾勒作者的創作光環。到讀者反應閱讀法的主張時認為閱讀時，讀者不僅是文本的詮釋者，也是部分的「創造者」。閱讀時，讀者所觀照的，不僅是文本的世界，也觀照在閱讀中自我的心性活動。在小說的閱讀中，讀者不是被「告訴」什麼樣的故事，而是參與完成故事的敘述。詩的閱讀中，讀者從語言中的「空隙」，引發想像填補空隙，完成敘述的流程。換句話說，意義不是作者所注入的「封閉性」的意義，而是經由讀者「共襄盛舉」才得以完成意義。（簡政珍，2010：24）

理解策略教學永遠是教導學生如何自主運用策略，而不是只會完成學習單，或是任何類似學習單的練習（例如閱讀過程中預測、構圖、提問、澄清、摘要等的書面作業）。讓理解策略的練習成為心智上的過

程即可，在學生練習時，示範給其他學生看，並分享在實際閱讀時使用策略的心得。（Michael Pressley，2010：268）

　　閱讀理解教學模式最知名的成效評估如互動式教學法，教導學生以小組方式進行預測、提問、尋求澄清及摘要等步驟，而每一位小組成員輪流帶領小組完成這些過程。交流式策略教學是由老師的解釋與示範開始，然後學生隨著建構好的鷹架，進行長時間的策略應用練習。小組長期分享練習是為了讓學生內化策略運用的過程。理解策略教學會引發更多關於所閱讀內容的對話，因此閱讀量也會增加。（Michael Pressley，2010：273-274）

　　理解能力的發展是讀寫教學的目標之一，然而小學課程裡卻少有這方面系統的教學。雖有許多支援理解策略教學的證據，但到了 21世紀，理解教學仍不普及，令人驚訝。

　　老師本身專業素養的提升，才能帶入閱讀理解教學。但成為一位閱讀策略老師並不容易，包括老師涉入指導太深、使用閱讀策略浪費時間、幾乎無法閱讀太多書籍；老師也無法處理小組討論後因為使用策略而對文本產生的多種詮釋，有的照單全收，有的唯標準答案是問；進行小組教學遇到以前大班教學沒有遇到的困擾，改變教學前對閱讀理解的認知要大大改變，老師遇到信心危機，訓練老師能勝任理解策略教學成為挑戰性的任務。（Michael Pressley，2010：267）

　　理解策略教學沒有普及的原因，除了教師自己不知道如何積極閱讀，還有完全改變原來老師掌控大部分老師提問學生回答互動的模式。理解策略教學，就是教導學生掌控自己的閱讀及思考。當老師和學生一起閱讀時，老師不再發問，而是參與一場真正的對話。學生自己進行預測、談論、疑問、分享、詮釋。初期理解策略教學之後，老師談話的比重減少，只提示學生如何主動決定自己要如何處理文本訊息。老師也要向學生示範，讓他們清楚瞭解自己正在學習的理解策略，能夠如何套用在不同類型的閱讀中。而這類的操作不是每位老師都能上手。另一個無法普及的原因，是建構主義者如全語言教育家，認為

不是由學生自己發現的學習是不自然的。但是這種教學，老師的解釋和示範都只是起點，好的教學是建構的，學生在交流式策略教學中使用策略時，建構式的發現就不斷在進行了。

（二）平衡式閱讀理解策略教學

近十幾年來美國的教育專家和研究人員，對於哪種閱讀教學法最適合孩童一直爭論不休：老師是否應將教學重點放在「字母拼音法」，指導唸出正確的發音？或只要花在閱讀上，藉大量閱讀自然學會發音和語法？像香港地區的英語教育體系從 1990 開始，選擇放棄使用傳統的拼音教學而採用全語言教學。然而，除了各校資源不足師資培訓不及，一直都未能有效實施。所以自 2005 年起除了採用全語言教學外，也需要在課堂上學習字母拼讀法。而在臺灣地區，兩大派系的爭論也一直存在著。（吳紫綺等，2007）

雖然有一些正向證據證明全語言的教學實務對兒童讀寫確有其正向成就，如技巧導向或全語言教室裡的兒童讀的是高品質的兒童文學，教師經常演示閱讀技巧給孩子看，教室也有很多分享式的閱讀，老師學生會對所閱讀書籍作對話寫作，是兒童經常的回應方式。老師會教寫作策略，兒童也會與老師討論如何改善初稿寫作的循環，以出版作品集終結，一起關心閱讀的正確性。（Michael Pressley，2010：30）

Michael Pressley 認為無論是全語文模式或技巧導向教學都是一種不完整的讀寫能力發展歷程的模式。如解碼技巧導向模式可以幫助學生發展良好的閱讀能力，但如果過度強調技巧練習，加上教室使用的是坊間出版強調技巧的教科書，每天要寫學習單，學習會顯得制式而無趣，不為教師認同者多。（Michael Pressley，2010：340）

全語言教學的迷失（盲點），包括學習讀寫和學習說話不盡相同；人類還沒有進化到能夠光靠浸淫在讀寫經驗中就能學會閱讀和寫作。全語言鼓勵兒童靠前後文線索猜出字詞，但研究指出只有弱讀者才會

依靠這種解碼方法。就美國政治氛圍而言，解碼能力是較被強調的關鍵閱讀能力，而全語言教學並不著重於教導見字發音，鼓勵猜測發音，並不像其他教學法一樣在解碼能力上有適當的成效。全語言是一種激進的建構主義，讓學生發現學習無法造成快速明確的認知發展。而像 Lev S. Vygotsky 代代相傳由成人帶領兒童發展認知能力，運用真實的情境做中學的鷹架教學，而在這裡一位有效率的讀寫老師的帶領便顯得非常重要。（Michael Pressley，2010：353）

有一些學校採用一種結合全語言和技巧教學（如拼音教學法）的方式，稱為「均衡閱讀教學法」或稱為「平衡取向的閱讀教學」，認為這種教學法能有效率的協助孩子閱讀又兼顧彈性，但無論哪一種教學法都同樣處於研究和學術爭論當中。

平衡式閱讀理解教學，包含認字能力、字彙量及世界知識的發展（例如透過廣泛的閱讀），以及理解策略教學——包括鼓勵利用背景知識，閱讀不同類型文本及任務等策略。但是好的理解策略教學絕對不只是理解策略的教學，還有其他發展理解力的方法有待開發。

初學階段解碼過程發展得愈好，對詞彙及文本的理解力就愈強。很多教師發現如果先讓孩子們具備文字解碼能力，再讓他們浸淫在書海裡是非常有益的。如果先讓學生學會一些技巧（如拼字）來增強他們以文字描繪創意及想像力的能力，那麼寫作本身會對孩子更有獎賞的效果。閱讀及寫作力發展得很好的班級，通常都學會最多的技巧，教師並會鼓勵兒童將正在學習的技巧用在閱讀優良讀物或寫作。指導學生將解碼及理解技巧並用於真實的閱讀及寫作，每個步驟都有複雜的銜接，對教師具有挑戰性。（Michael Pressley，2010：342-344）平衡式理解教學優於理解策略教學的主章論述如下：

1. 順利解碼並且流暢的認字才能理解文本。除了中高年級，低年級的理解教學也同樣需要。應以認字能力發展作為理解策略教學平衡的一部分。因為遇有學生逐字逐句念完，卻不知所云，所以還需幫助學生發展認字流暢性，才能改善理解力，並且要學

習優讀者監控自己的理解，有必要時督促自己重讀，熟練的解碼能帶動熟練的閱讀。

2. 教導學生利用語意情境線索理解詞意。教導學生注意唸出來的詞彙在上下文中是否具有意義。就是要先學會解碼，再藉圖片及整個文本大意來確定詞彙意義。

3. 應教導兒童適切的必學的詞彙量，雖然如優學者認識的詞彙超過十萬個，而老師根本不可能教那麼多詞彙。兒童通常沒辦法完全瞭解一個詞在字典裡的形式定義，絕大部分的詞只能透過豐富的語言情境習得，但只憑上下文來學詞彙是緩慢且不穩定的。因為從上下為推測詞義，需要對語言有廣泛的認識和對文本所描述的情形有所瞭解，以及能夠適時運用策略，同時還需要一些背景知識，對於特定主題熟悉的兒童推測的結果會比其他不熟悉者準確的多。這又是富者愈富現象。

4. 活用世界知識、發展核心知識有助於閱讀理解。研究顯示讀者閱讀前對於文本主題瞭解的程度，深深的影響他們吸收訊息量的多寡，認為學生的世界知識、發展核心知識確實有助於閱讀理解。老師應儘可能確保學生能廣泛閱讀，也該讓學生閱讀充滿有意義資訊的各種材料，並且要學會使用擁有的知識，使文本變得有意義。可促進流暢性和字彙發展和世界知識發展。如何連結先備知識的策略應該要納入教學。

　　另外，研究發現熟練的閱讀者除非必要，通常不會進行猜測，通常只會在必須靠猜測才能讀懂文意的狀況下，才會以背景知識為基礎進行猜測。但是如果鼓勵讀者根據先備知識談談對主題的瞭解，有助於該文本的理解和記憶。要讓讀者將世界知識和閱讀內容連結起來的方法，就是教他們不斷自問「為什麼」。自我提問可以引導讀者回想起自己的背景知識，理解文本。對於弱讀者老師要藉不斷的運用學生背景知識的提問，如問猜猜

接下來會發生什麼？誰是主角？主題何時出現？引導瞭解故
事的主旨，這種訓練有助於低成就學生。

5. 閱讀教學應該包含各種各樣的文本。除故事體外的其他知識性
文章也不應偏廢，以練習各種閱讀理解策略。對剛開始學習閱
讀的學生，應包括真實的文學性及知識性的文章（符合全語言
觀點），也包括一些可解碼的文本（基礎讀本如臺灣教科書），
但今日的基礎讀本也已包含了真實讀本及知識性閱讀。加入一
般圖書，就是讀者可能會遇到以前不曾遇過而未來也不可能再
遇到的詞彙。

6. 運用多元方法評量理解程度。只是大量閱讀無法讓讀者成為能
夠自我調解的理解者，良好的理解力不只是詞彙層次的處理能
力，還包括能抓出文本的中心思想——主要架構，構築出一個
能包含文本中心思想及重要細節的圖像，甚至聯結背景知識有
觀的概念。不能期待小學生能自動發現這個過程，有證據顯示
學生可以學會主動的理解：他們可以學會在閱讀時預測、提
問、產生圖像、澄清疑點，最後作出摘要。

　　除了課後提問的評量外，可要求寫一篇能整合文章裡各種觀點的
短文，教導如何在文章找到需要的資訊，並且利用它們。不只是從文
本學習，還要培養讀者能解讀如老師的情感反應示範或其他讀者的詮
釋與反應，就是用不同方式處理及回應文本。（Michael Pressley，2010：
258-274）

　　Michael Pressley 認為有些流傳甚廣的閱讀教學主張（多半是全語
言的迷失）和現有科學證據不符，提出了十種美國目前很普遍不明智
且隱含危機的讀寫教學主張如下：

1. 孩子無法學習閱讀是生理上的問題。誤以閱讀能力低落的是生
理上的失讀症所致，其實比較可能是缺乏適當的教學，例如輔
以密集、個別指導就會有所進步。

2. 小學三年級前會學習如何閱讀，爾後則可以透過閱讀來學習。問題是即使三年級結束後解碼能力也還未成熟，閱讀學習的路還很長。應強調在學習閱讀的前三年級黃金期，只要兒童閱讀的是優良讀物，只要在閱讀，就是在學習。

3. 教師使用坊間出版的讀寫教材，就會削弱自己的教學技巧。而且它們也是政府控制社會、經濟及政治立場下的產物。這來自全語言人士不正確的說法。其實使用坊間教材的老師並不會盲從書上的指示，而是挑選可用的素材及活動，應用在自己的讀寫教學中。

4. 有認為直接教學也要納入讀寫教學的人是主張全語言對讀寫沒有幫助。其實全語言環境中的學生在讀寫能力是會增強的。只是全語言無法達到的字母層次、字母－語音以及認字技巧的突破。

5. 沒有讓學生藉由浸淫式閱讀和寫作，自己產生音素覺識，並發現字母與語音間關係，而是直接告訴學生是不利的，如會削弱閱讀動機。其實有更直接的技巧教學學習進步空間就會更大。而任由兒童獨自跟失敗與挫折搏鬥，反而才會破壞兒童閱讀的興趣。

6. 兒童解碼遇到困難時，只要等待，成熟一點自然就會讀。其實一年級落後通常會持續落後，在兒童早期接觸閱讀面臨困難時，就要教他解碼的技巧，才能幫助進步。

7. 閱讀困難的學生倘若接受短期的加強輔導，就能趕上其他學生，繼續與他們並駕齊驅。其實遇到困難的學生，持續長期的優良教學，效果一定比短期成功，如同醫院慢性病人的長期照護。

8. 只要學生不斷的閱讀，就能成為好的理解者。其實是應該教以如優讀者所用的理解歷程，才能成為更好的理解者。

9. 學生應被教導在認字時把意義（語意情境）線索放在第一位。事實上優學者反而會會將音韻、字母組合及詞組的線索放在認

字的第一順位，而語意情境線索發揮的是評估作用，尤其是一詞多義的情況下，用來選擇適合的意思參考。

10. 技巧教學和全語言教學無法和諧共存。許多實施平衡式閱讀教學者，在實施系統化技巧教學時，會協助學生將技巧慢慢融入閱讀與寫作中，而在廣泛實施閱讀文學及寫作的教學環境中，也能融入系統化的技巧教學。顯示全語言教學式不足以滿足學生需求。（Michael Pressley，2010：347-349）

　　閱讀教學的方法豐富多樣，而現代的教學理念是強調以啟發學習者主動、交流式的相互理解的方式取代傳統教學的口傳心授，使教學活動發揮舉一反三的效果。事實上「教無定法」，閱讀教學要能夠靈活，必須掌握到有效的策略與對閱讀思考的訓練。教師由備課到授課，再由課文講解至綜合討論，每一個環節，每一個步驟，都需要認真的做好課前規畫：從發掘疑問，到分工分組求證討論，再到心得分享與統整。教師如能瞭解閱讀歷程如何理解，充分啟發學生運用想像力進行思索，並將閱讀的文本，無論課內、課外的選文，提出精心的設計，激刺學生作深入的推理，或營造想像的憧憬，如此必能使學生會讀書，樂於讀書，使教學達到事半功倍的效果。

　　近百年來的主要心理學派可分認知心理學、行為主義心理學及人本心理學。（許育健，2005）本節所引述的閱讀理論學派定位多為認知心理學、行為心理學。認知心理學為二十世紀初期的認知結構論、發現學習論乃至五十年代初期的訊息處理論，（將人腦喻為電腦處理資訊時輸入──處理──輸出的歷程）是一脈相承。特別值得一提的是，因科技蓬勃發展的影響，許多如認知神經心理學及實驗認知心理學的研究漸成主流，正如前面所述閱讀心理的探討，所謂編碼、解碼、理解等訊息處理概念，都是屬於認知心理學理論，屬於不能看見的心理運作歷程。藉由這些模式使得閱讀除了外表行為探究之外，人類思考的生理運作機制也被關注，但目前所知仍極為有限。行為心理學如以下列表：

表 2-2-15　行為心理學流派（資料來源：kay Deaux 等，1990：10-23）

理論分類	意義
一、角色理論	透過角色、角色期望和需求、角色技巧以及透過群體和個體的相互作用和影響來解釋行為。
二、強化理論	透過刺激和反應之間的關係來解釋行為。
(一) 社會學習理論	說明人的社會學習過程是透過對其他人行為的觀察和模仿而發生的。
(二) 社會交換理論	說明人和人之間的相互作用取決報酬和相應的成本。
三、認知理論	透過認知結構來解釋行為。

　　目前國中小的國語文教學就具有行為主義的觀念，希望藉由範文的字、詞、句、段、篇的解析累積知識能力，以提升語文表達能力。人本心理學重視人的主觀意識存在，因為人是獨立的存在個體，所以面對同一文本時，受到個體當時的心境、情緒、環境等影響，閱讀所得的意義與感受每個人都不同。如前述讀者中心理論，與後現代哲學觀也有相呼應的地方。人本最大的特點在強調人為閱讀主體，而不是割裂的文本知識，個人、思想觀點應受到所以為人的尊重。

　　整個教育界學術界、針對閱讀教學的研究除傳統行為學派外多偏向心理學派的研究，有關閱讀中閱讀主體在社會情境中會發揮相關的影響或進行支配策略這一方面，一般論說都未涉及。因此，有必要再研討閱讀教學在社會學領域可為的地方，從社會學的角度來研究閱讀的行為及其相關的模式。可以和閱讀心理學相輔相成，協助解決後者所無法解決更複雜或尚未處理的問題，還可以透過它來追蹤文化發展的軌跡，進而有所裨益於整體文化的發展。（周慶華，2003：11）文化的生發演變都在具體的社會情境中進行，而閱讀這一接受文化而再度創造文化的活動就成了當中的轉介或調節機制。

　　許多專家學者以心理的角度談論閱讀，如心理學派所指出的個別心理事實或行為學派刺激反應論，都只是閱讀行為的必要條件；至於

閱讀行為的充分條件就得靠閱讀社會學所揭發的各種社會的心理事實了。換句話說，讀者的理解依前述不少教育專家的說詞縱然是一個心理的歷程，如對文本的理解上下文意義理解，對世界知識的運用，依據熟讀者的閱讀理解建立理解策略等，但這個過程中還得考慮許多非心理的因素，就都還屬與人內在的思考模式，但倘若涉及整個為誰閱讀、為何閱讀、如何閱讀、如何教學等有關閱讀策略的選擇，便已不僅僅是「自我受用」的範疇。因為它牽連到他人及文化接受和再創造的功能，倘若未能佐以閱讀社會學角度去思考或恐失之偏頗，未見周全。

閱讀應不只是一個心理的歷程，它所需要考慮的每一層面或每一程式，都關聯著外在環境中的人事物，除動機意願心理層次因素之外，非心理層次方面應該顧及的讀者與作者，讀者與其他讀者，讀者與整個他所面對的世界；閱讀不只是個人的行為，它還牽涉閱讀客體所在的情境以及整個閱讀活動所要施給或影響的他人。如第一節已說明閱讀的目的在與作者、作品、歷史文化對話，原因誠如《如何閱讀一本書》中所說「讀一本書，其實是一種對話……讀者才是最後一個說話的人，因為作者要說的話，都已經說完了」。（Mortimer J. Adler 等，2008：139）例如《紅樓夢》有「紅學」、金庸小說有「金學」，就是有一群人成為一種社群已開始對話。也符應前述閱讀者有為與他人互動且有以影響他人，想讓自己晉身為相關社群的一分子，因此他也選擇了他所認定的典範閱讀對象。閱讀主體與閱讀客體在社會環境下，如何進行點式的閱讀行為至線式的閱讀活動，閱讀教學除了從心理學理論出發，還能有哪些策略能使閱讀教學者和閱讀者本身有效能的達到目的。而這部分就在第三章再詳細論述。

配合前一節論述期待構成的語文閱讀教學策略模式下，除了判定研究的閱讀對象範圍外，瞭解閱讀者對閱讀與閱讀者的可能的多重目的，提升層次思考閱讀的可為對象，聯結到本節閱讀到閱讀教學的文獻探討，探究目前有關閱讀教學及教學法的情況，以備當設定閱讀所為對象有所指定時，可以參考沿用的教學方式，並思考無論是何種閱

讀環境進行閱讀行為或閱讀活動可為的技巧、方法和策略是什麼？　並提出教學者如何在深究課程綱要能力指標的內涵後，在設計語文閱讀教學方案時，在培養學生帶得走的閱讀能力教育訴求下，能更清楚的掌握配合。

第三節　語文閱讀教學策略

「語文閱讀教學策略」，是一個組合式合義複詞，加詞是「語文閱讀教學」，端詞是「策略」，而加詞「語文閱讀教學」也是一個組合式合義複詞，「語文」是加詞，「閱讀教學」是端詞。「語文」、「閱讀」、「閱讀教學」在前兩節都已仔細探討過了。至於什麼是「策略」？策略是一種方案，有層次、有步驟的、有發展指向，有前因後果的連續性意涵，就是一套有效解決問題的方法，無論是教學者或各年齡層的學習者在面臨需求時自己會去找的最有效的方法，也就是因應學習者自己的需求，有計畫的組織方法來解決所面臨的問題。總括來說，「策略」就是有意識、彈性的，能依狀況調整的計畫或運作方案。在策略下要講求方法和技能，就閱讀來說，如何找出最合適的方法一起解決閱讀上的問題，就是有效的閱讀策略。閱讀教學也是如此。閱讀教學策略下包含閱讀教學技巧和方法，也包含閱讀方法和技巧本身。而本研究主題在於設計一套根據學習者所為對象的不同而進行的系列閱讀教學活動，整個規畫是為一套「策略」。屬較宏觀整體的意涵，而非單指像閱讀理解策略為用的如預測、提問、摘要等技巧方法狹隘的「策略」。

為了挽救 2006 年我們學生評比的閱讀頹勢，及 2011 年的第二次國際閱讀評比，現今教育單位及學術研究汲汲營營在學校推動閱讀理解策略。此處的閱讀理解策略屬於教學歷程中的怎麼教的部分，偏向技巧與方法。如表 2-3-1 閱讀教學策略論文及閱讀教學策略網站：

表 2-3-1　閱讀教學策略論文及閱讀教學策略網站

教育部閱讀教學策略開發與推廣計畫 國小三年級學童閱讀推論理解策略之成效研究成果報告 http://140.115.107.17:8080/RST/data/user/admin/files
以 SQ3R 為基礎之閱讀教學策略的開發與實驗──以臺灣中部地區國小中高年級為對象 http://140.115.107.17:8080/RST/data/user/admin/files/200910161026382.pdf
以 SQ3R 為基礎之閱讀教學策略的開發與實驗──以臺灣中部地區國小中高年級為對象成果報告之一 國小高年級以 SQ3R 為基礎輔以「數位閱讀教學策略」的開發與實驗 http://140.115.107.17:8080/RST/data/user/admin/files/200910161026381.pdf
做筆記策略的教學對於提升國小學童閱讀理解之成效 http://140.115.107.17:8080/RST/data/user/admin/files/200910161026370.pdf
自我提問策略與概念構圖策略增進國小學生閱讀理解之研究 （原：閱讀策略教學結合國小校本閱讀護照制度對學生閱讀表現效益之探討） http://140.115.107.17:8080/RST/data/user/admin/files/200910161030162.pdf
「預測策略教學」對國小學童推論理解與閱讀理解能力之效果研究 http://140.115.107.17:8080/RST/data/user/admin/files/200910161029381.pdf 改善國小學生理解力與閱讀流暢性之統整性閱讀策略計畫 http://140.115.107.17:8080/RST/data/user/admin/files/200910161029380.pdf
「培養策略型及反思型的中文閱讀者」子計畫 http://140.115.107.17:8080/RST/data/user/admin/files/200910161034353.pdf
從文化資本積累提升國小四年級學生國語文閱讀理解能力策略研究 http://140.115.107.17:8080/RST/data/user/admin/files/200910161034342.pdf
摘要策略教學在屏東縣國小五年級的實施成效之研究 http://140.115.107.17:8080/RST/data/user/admin/files/200910161034341.pdf
透過詞彙教學方案增加低成就學童閱讀能力 http://140.115.107.17:8080/RST/data/user/admin/files/200910161031592.pdf
打造臺灣的第 56 號國語文教室──從國語文教材出發的閱讀教學研究：「朗讀與提問」策略 http://140.115.107.17:8080/RST/data/user/admin/files/200910161031591.pdf
以分享式閱讀教學策略，促進弱勢地區學生閱讀理解能力之研究 http://140.115.107.17:8080/RST/data/user/admin/files/200910161031590.pdf

　　現今的閱讀問題主要在於不能自發性主動大量閱讀，且不知為何而讀，如何閱讀，而教學者也未必能看清問題癥結對症下藥。有一種工程學稱為 Rube Goldberg 的方式，指的是用一種「頭痛醫頭，腳痛醫腳」既不高明又複雜的方式來解決問題，而可能還會導致更多新問題。一般人解決問題往往忽略構想，而構想應該是自由的，富創意的。客觀來說，除了已在網站上與見諸紙本的論述，關於如何閱讀的觀點不少，也不乏具體結論，含第一節所述；但除了有些只是作者本人的的一些妙想和感悟，或論述時又或因時間限制，篇幅限制，往往不能詳為展開其詳，只能就其最獨到最菁華的部分呈現，這樣就不能通盤完整的將「為什麼要這樣閱讀」等一些問題區分清楚。所以整體看總免不了有些零散，有的論述倘若從單從文字表面上看，甚至還有諸多矛盾處；而且在論述時，又因個人視角不同，使得這些論述之間在缺乏系統性的同時，也缺乏可以溝通的平臺。本質上，缺乏一種堅實的學科視角是其中最主要的原因之一。基於這種考慮，本研究主要選擇了閱讀教學如何從學習者的動機論——為誰而讀的角度開始，設想為不同的人閱讀該如何選擇閱讀文本或相關語文教材，並從教學角度考量如何指導學習者如何有效閱讀。當然由於閱讀的綜合性和複雜性，除了借鑑語文教育研究所課程所學，本研究也吸收創意寫作相關研究成果，以便揭示語文閱讀教學的真正本質方法和技巧。

　　舉凡與閱讀、閱讀教學、策略教學相關的研究與內容盡力蒐集，希望透過各種理論例證研究，深耕閱讀教學這塊園地。本研究所要加入的部分是希望在閱讀教學的前提上，讓學習者知道自己閱讀是為了誰而讀，因為思考到有為他人而讀的「使命」，及更深層的閱讀目的，便有了更廣更深的閱讀需求和欲望，因此教學者就要設想到學習者讀什麼，教學時教什麼，以及如何教的其他層面，是一完整的構想教學策略。因此，在判讀專書、學位論文時，便以幾個策略層次來檢視，依出版年限討論，除了希望得以支援欲研究主題的假設，客觀的剖析欲研究主題的研究現況，瞭解究竟關於這個主題前人已做了哪些部

分，研究結果為何，還有哪些部分是還沒做且值得深入研究的，也提供未來的研究者能有更進一步的參考依據。以下分別將閱讀教學相關與語文專書及論文列表如後：

表 2-3-2　與閱讀相關的語文專書內容歸納表

書名	1-《小學語文教學的理論與實踐》（杜文傳，1994） 分上下篇，分述理論及配合理論的實踐實例。
策略性	以馬克思主義哲學（辯證唯物主義）思想作為教學改革指導。針對文道統一、理解書面語、獨立閱讀三大閱讀教學特點進行教學。
選材	● 課內：大陸部編小學語文教材（含安排讀寫訓練，如讀書方法）課文教學、生活事例、名人言論、引經據典。利用課文插圖，圖文結合。選材含圖片、實物、視聽教具。 ● 課外延伸：課文作者的其他有關的讀物、思想內容與課文相同而文體不同的讀物、與課文題目相似而時代背景思想內容不同的讀物、文藝、科普、史地兼顧。
教什麼	修正大陸編《教育學》所談，從書本的實際出發，使書本知識、間接經驗和學生個人的直接經驗結合起來，並和現實生活加以聯繫。
怎麼教	● 以教學理論指導閱讀教學。藉理解語文認識客觀事物，體會思想感情；凸出書面語（詞句成語訓練）；培養獨立閱讀能力。 ● 教學方法因文而異，因人而異，因時而異。以思維為中心逐步展開理解、表達、觀察語文基本功。 ● 如何教？系統講授，設計最優的教學方案，確定教學程式，運用多種手段，科學的組織教學活動，培養學生良好的學習品質和習慣。 ● 教學生會「學」。學生要有讀、聽、看、思、議、做、練等「學」的方式。引導思維要依照閱讀教學的規律。 ● 以整體——部分——整體入手發掘隱含思想，適當鋪墊延伸，確保思維正確，美育薰陶。課內閱讀訓練，課外閱讀實踐。
其他	要達成小學語文任務強調必須建立三大觀點：生活、實踐，自覺能動性，聯繫、發展等觀點。 處理好四大關係理論：學習語文和認識事物，語文教學和思想教育，傳授知識和培養能力，教與學等關係。

書名	2-《國小語文科教學探索》（李漢偉，1996） 提出「讀書為體、語文為用」，探索王明德教學法並綰合混合教學，作聯絡、統整。比較兩岸語文教學內涵目標大概。
策略性	中高年級混合教學法，引黃費光著《教學導引》所說混合教學基本過程四式，依教材內容性質調整。
選材	國小國語課本。各類文體、文類課程標準有分量比率。兒童修正後的作文（王明德教學法）。 課外閱讀：需符合具兒童的、文學的、教育的、美感的、時代的、本土的等標準的優良讀物。隨時提供優良讀物。
教什麼	針對讀書教學，要教摘取大意、研討生難字詞、深究課文。
怎麼教	王明德教學法——與閱讀相關在第五綜合階段。 ● 閱覽課文。　　　　　　● 深究課文。 ● 提問大意。　　　　　　● 綜合練習。 ● 讀法指導。　　　　　　● 作業指導。 以讀書為核心之混合教學法，包含講述、啟發、問答、自學輔導、練習、欣賞、發表、討論等教學法。講究瀏覽之外第二度學習（立體層次）就是閱讀之後有心得、感想、深究、批評、賞析四範疇，思索把握一、二項申說即可。言說為「閱讀報告」，文字表達的為（讀後感）。感想教學培養想像力之創造思維，兒童情知交融，要有自己的看法。混合教學法特色： ● 生活化，化抽象為具體。　　● 注重教材統整。 ● 著重說話作文能力統整　　　● 教學過程靈活。 ● 注重鑑賞與深究教學。　　　● 獲得完整經驗，激發讀書樂趣。 範文教學與閱讀指導方法。安排優良學習情境、聯絡說話作文指導、利用圖書室、學校家長共同關心。
其他	

書名	3-《教學論——理論與方法》（林寶山，2000） 內容含教學概念的探討，教學的歷程分析，即歷程中各種教學活動的介紹，由教學目標決定教學計畫的設計以及教學評量等，各種教學理論。
策略性	教學歷程： 診斷學生起點行為→決定目標及選擇教材→決定教學方法→設計教學計畫→激發動機及進行教學→進行教學評量。

選材	教科書的選擇和評鑑。 涵蓋學科完整知識範圍，概念適合學生認知發展，組織符合心理或邏輯順序，精美插圖圖表輔助文字不足，所用字彙、句型、段落、篇幅勿超越學生閱讀能力。
教什麼	只作定義。「教什麼」是課程領域的範圍。是一種內容或學習經驗。
怎麼教	● 定義「怎麼教」是教學領域所要探討的範圍。是一種手段和方法，使學生獲得學習經驗、達到預期目標的方式。 ● 教學概念的探討，教學的歷程分析，即歷程中各種教學活動的介紹，由教學目標決定教學計畫的設計以及教學評量等。 ● 可運用的教學法包括講述、討論、探究、創造思考等教學方法等課文閱讀的教學要領教科書的閱讀要領。
其他	各種教學理論、模式和計畫的探討。 個別化教學理論、編序教學理論、個人化系統教學理論、精熟教學理論、個別規範教學理論、發現教學理論、解釋教學理論。

書名	4-《國語科教學理論與實際》（王萬清，2001） 闡述國語科理論基礎及運用，說明教學目標與教學設計之關係，以實例說明。
策略性	選材教材分析→教學重點→教學活動設計。 依閱讀教材設計寫字、說話、作文的課程。
選材	● 以國立編譯館國語教材作分析及教學設計。 ● 以兒童作品作人物、場景的描寫實例分析。 ● 作者自編生活故事創作（教學活動）。
教什麼	● 要求學習者深究課文內容和文章的形式，與修辭學、文章學、心理學、語音學、語意學、語法學等領域關係很深。 ● 教讀書方法，有朗讀、默讀與速讀。
怎麼教	● 提出除常用的注音符號綜合法、混合教學，王明德教學法，還有直接教導模式、合作學習、激發動機模式、創造思考教學、價值澄清法、認知歷程導向的寫作教學模式等可運用的教學法。有實際教學舉例印證。 ● 國語教學仍包含閱讀、說話、寫字及作文教學。 ● 以課文為例作教材分析及教學設計。 ● 分別以文章的修辭技巧與結構分析、語意及心理分析、文字的形音義及美感分析、語法及構詞分析四方向分析課文再依心理學的智力結構模式及認知歷程設計閱讀、說話等教學內容。

其他	閱讀教學理論奠基於心理學的理解及閱讀歷程、修辭學的修辭技巧、語意學的定義、文章學的文章結構組織。 文字學與修辭學在閱讀教學上之運用。
書名	5-《九年一貫課程與教學》（張世忠，2001） 配合教改教師改變、新課程內涵、課程統整、協同教學、學校本位課程及多元化評量。
策略性	● 運用關聯課程、廣域課程、科際課程、超學科課程等課程統整方式作經驗、社會、知識、課程等整合。 ● 統整主題單元模式： ● 集中在某個統整的主題或目的上→列出相關概念學科或領域→提出各項基本能力的主要問題→腦力激盪→選擇適當活動→制定一個連續性的課程單元→執行授課單元計畫和評估檢核。
選材	教材來源多元化。民編、部編、自選取代國立編譯館統一教材。需考量地區特性、學生特質、教學需求與學生生活經驗或教師自編補充教材。教科書非唯一教材，教師選多元單元教材、網路多媒體資源素材、地方政府開發教材（社區資源）、學校自編教材、教師講義。
教什麼	語文領域內涵，注重語文聽說讀寫、基本溝通能力、文化習俗等方面的學習。學校本位課程重視校內外人力資源整合，考量本校特色與前瞻性。
怎麼教	● 協同教學、合作學習、建構教學、創意教學、資訊科技教學（高互動電腦輔助教學），多元化評量。 ● 協同教學小組實施步驟：選擇適合主題單元→列出一般教學目標→設計教學程序與活動→列出詳細的教學活動及器材→搭配合適的教學方法和策略→決定評量方式→協調任務分配→發給學生教學大綱。實際教學效果不如預期。 ● 「按按按」運作系統進行教學隨堂測驗。是形成性評量，保留學生完整學習歷程。 ● 實施除紙筆測驗，論文式測驗、實作測驗、學習檔案、教室觀察、口試等多元評量。
其他	教師與專家合作的行動研究，提升教學反省。
書名	6-《九年一貫語文教育理論與實務》（何三本，2002） 強調無語文教育基礎理論，教師不知如何省思，也無研發能力。語文教育理論說明。 盤整歸納條列十五年來授課教學法，分析優劣，讀者省思再出發。

策略性	● 教師培養學生閱讀習慣從激發閱讀興趣開始，閱讀教學遵循雙向心理原則。閱讀教學與思想、與作文、與課外閱讀結合。配合九年一貫對課堂結構程序改革的原則。學生課前自學能力訓練，改變傳統字而詞，而句，而段，而章，而篇等一成不變的教學流程，依需要彈性改變。 ● 課外語文活動是一個有組織、有計畫、有原則、有目的的社團。需有計畫性、技術性指導。 ● 實施單元教學。
選材	課堂教材是經典、示範、工具性質的。為培養語文智力，不能侷限在此，擴展課外閱讀，開闊視野。
教什麼	● 培養多種語文知識及閱讀、聽說、識字、作文等能力；透過閱讀教學開闊學生視野，發展學生智力；陶冶情操提升德育和美育。 ● 課外語文教什麼？教語文知識有關的內容（語文知識包括語言知識、文章知識、文學知識，字、詞、句、段、篇、章、文體結構、主旨等。）；教與語文能力有關的內容；根據課堂語文所做的延伸與擴大。
怎麼教	● 因時數縮減，不能只採講述法，改採雙向溝通原則，課前規畫妥適，指導學生分組備課。（閱讀是複雜的智力活動）閱讀教學與思想結合，進行抽象思維及形象思維的訓練。分辨形音義，（分析、比較、綜合）詞、句意義和種類，（歸納、推理）段篇結構文體主旨。單元有計畫、有層次，就是系統化、具體化。發展閱讀想像與閱讀聯想。閱讀教學與作文結合：從讀到寫，先讀後寫，以讀帶寫，以寫促讀。如何指導寫作要融入語文教材編輯規畫。擴展課外閱讀教學。 ● 閱讀教學方法，有朗讀、默讀、複述、朗誦、背誦等閱讀基本訓練，字詞句段篇教學各種文體教學法。包含常用文體（記敘、說明、議論、應用）教學。 ● 教學型式採用小組活動、競賽活動、創作實踐活動、娛樂遊戲活動等形式。語文活動要延伸到家庭（氣氛、環境營造）、社會。
其他	談統整及連貫策略，包含統整連貫九年一貫課程五項內涵要素：五項基本理念、三大十項課程目標、十大基本能力、六大議題、語文領域三階段的能力指標。

書名	7-《國小語文科教材教法》（羅秋昭，2003） 包含語文教學觀念到語文教學任務、內涵，與說話、讀書、作文、寫字的教材教法，課外閱讀指導、教案的編寫、作業指導。
策略性	正確的語文教學觀念，認識語文法則，加強思維訓練。掌握說寫技能。課外閱讀與課內閱讀結合。
選材	根據學生能力、喜好選擇適當讀物，注意讀物思想健康、與課文內容相符、體裁多樣、題材廣泛。從文字、內容、印刷編輯、心理學觀點、有意願分享等方面提出一本好書的詳細標準。
教什麼	教識字用詞技能，教課文內各類知識（綜合性知識）；教會對文章的邏輯性思維、選材、用詞的理由。
怎麼教	採用混合教學法以讀書為核心，密切聯絡說作寫作業活動。 分別以課內與課外教學法說明。 課內—— 　內容深究： 　● 加強提問能力。 　● 重視提問的技巧。 　● 歸納課文中心思想。 　● 指導兒童探討問題的方法。 　● 演繹、歸納、分析、分組討論、資料整理。 　形式深究： 　● 深究體裁（記敘文、說明文、議論文）、深究結構（分析法、歸納法）深究句子與文法修辭。 　● 深究詞義。 課外—— 　讀物介紹、共同閱讀。 　讀後講述、討論讀物內容、閱讀評介指導。 　剪報整裡。
其他	從課內課文各體裁作內容、形式深究，到各體裁（含詩歌、小說）的閱讀法。提出具體課外閱讀方法。

書名	8-《國語文教材教法》（陳正治，2008） 包含認識閱讀教學目的與說明美國閱讀專家閱讀四層次（基礎閱讀、檢視閱讀、分析閱讀、主題閱讀）詳述字形字音字義基本能力教學法，語句教學、朗讀教學、課文深究、閱讀教學活動、教學示例、課外閱讀教學法。
策略性	國語文教法原則：化抽象為具體；化靜態為動態；化膚淺為深入；化注入為啓發。
選材	現行教育閱讀教學有固定教材。教材的單元是廣義題材，單篇文章材料是狹義的題材，探究作者如何選材以證明中心思想。編選教材僅供參考。須活用和補充，教師可根據九年一貫綱要「教材編選原則」自編或選用審定本。
教什麼	內容深究就是要思考作者的思考，找出作者如何用題材來證明文章中心思想，深入理解以利寫作。 ● 探討題目掌握中心思想。　● 認識篇、章、句法修辭、字詞正 ● 認識不同文體特色。　　　　確生動。 ● 認識段落及如何分段，概括段 ● 學習課外閱讀方法，如重點標示 　意、大意。　　　　　　　　及問思閱讀。 ● 認識課文文句深層意涵、文學 　性。
怎麼教	課內──課文深究： ● 探討題目與中心思想。　● 課文題材與文句意義。 ● 依文體變化教學法。　　● 篇法章法句法字法及修辭。 ● 段落大意與課文大意。 國小教學法：概述王明德教學法、混合教學法、單元活動教學法、探究教學法等。 國中教學法：概述戴硯弢教學法等。 課外──誘導法、考評法、重點標示法、問思閱讀法、延伸法、略讀法等。
其他	舉日本《國語科教育概說》具體閱讀能力：讀懂文字、表記、理解詞句、依據語法讀懂文章脈絡、構思和把握文章脈絡、把握大意、把握意圖、主題、要旨、歸納要點、鑑賞批判、選擇、利用讀物等能力。可為教學參考。

表 2-3-3 與閱讀相關的學位論文歸納表

論文名稱	1-《國小不同後設認知能力兒童的閱讀理解能力與閱讀理解策略之研究》（楊芷芳，1994）
策略性	研究內容未涉及教學，僅提出測後建議。
教什麼	閱讀理解策略包括重複閱讀全文或某一段、分段閱讀、作預測、作推論、作聯想、利用插圖、同化到個人經驗、利用前後文、反覆閱讀新詞或難句、尋求外在資源之協助、調整閱讀速度、省略不讀等 12 種策略。
怎麼教	建議教學除鼓勵大量閱讀外，可設計有關閱讀策略訓練課程，利用相互教學法，責任轉移並內化學習。 教師利用個別問答的方式了解並分析造成閱讀理解失敗的原因。
批判	研究者採閱讀理解測驗、晤談方式作閱讀理解能力與後設認知能力之相關與歸納閱讀時所採用的閱讀策略。 學童對後設認知無法精確察覺，所以以晤談法恐怕未見精確。可觀察、錄影輔助。
論文名稱	2-《國小學童注意力、認知風格、閱讀策略覺識與其國語文閱讀成就關係之研究》（梁仲容，1995）
策略性	研究者純為作量表、測驗為工具作量的研究考驗假設。
選材	建議：學習教材配合學生認知風格。 發展多元性教材，使課程內容更具彈性，適合不同認知風格學生學習。
教什麼	建議：教學內容考慮學生先備知識、經驗範圍與接受能力。
怎麼教	依研究結果建議：了解學生注意力特徵，改進教學法。教學進度及內容應考慮學生心理狀況加強師生雙向溝通。互相調適認知風格。閱讀策略配合各科教學，使學生精熟各種閱讀策略。並找出適合自己風格的閱讀策略。
批判	如研究者所述，影響閱讀成就因素很多，其他變項也應考慮。如親師的認知風格等交互影響以及閱讀不同文章是否都會有不同閱讀成就表現都是。
論文名稱	3-《情意導向兒童閱讀教學活動設計之研究》（張瑞菊，2002）
策略性	透過閱讀教學引導設計多元體驗活動，如角色扮演、繪圖、影片等，讓學生感性體驗情緒感受，察覺意見不同，呈現價值判斷，養成寬容、欣賞、尊重、關懷的情意態度及良好表達溝通技巧。

選材	〈護生畫集〉四首古詩、康軒版第四冊四課課文及四本故事繪本。研究者選用三種體裁。 建議選材原則： ● 是兒童經驗可及的。　　　　● 內容意涵能切合教學目標。 ● 符合兒童認知與心理發展。　● 應用兒童喜愛的故事繪本。 ● 符合兒童的興趣　　　　　　● 與學科領域內容結合。
教什麼	閱讀理解；啓發尊重生命、同理關懷、鼓舞發揮潛能。讀懂文本情意意涵。
怎麼教	情意導向閱讀教學活動： ● 適切安排體驗活動　　　　　● 善用突發狀況 ● 巧妙應用角色扮演　　　　　● 建立發表規則 ● 建立獎勵制度
批判	我的看法：藉由閱讀引導改變生活態度，家長若能了解或教師也讓家長參與了解配合教學，效果更好。教科書範文或好的文學作品，都可以引出情意部分，只是多少問題。主題偏向規範與審美語文經驗的學習，選材較為傳統，可開拓更具創意選材，能引起批判性的思考討論，培養正確價值觀的建立。
論文 名稱	4-《合作學習融入閱讀教學模式對國小六年級學生閱讀理解、後設認知、閱讀動機影響之研究》（洪慧萍，2002）
策略性	逐課編製教學活動設計，利用國語課時間配合進度教學。閱讀過程中透過分組合作學習，教導預測、發問、摘要、澄清策略，擴充先備知識、發現問題、忽略無關訊息關注文章重點。指導運用閱讀後設認知策略監控調整，教導某一策略時應將策略運用方法先予以具體說明，小組間充分練習。
選材	部編版國語科第十一冊。

教什麼	共同合作完成學習。強調對話和討論。 ● 閱讀理解： 　文章重點摘要能力。　　　　　選擇式閱讀理解能力。 　自我發問能力。 ● 後設認知： 　閱讀後後設認知覺察。　　　　監控能力。 ● 閱讀動機
怎麼教	針對說話教學、閱讀教學及課文深究部分指導學生運用共同學習法學習模式，透過小組運作角色分工進行組間討論，先對課文標題預測內容主旨，接著摘要段落大意，提出自問自答，小組組員分工協助同儕完成學習，最後口頭報告分享，提供同學修正彌補機會。
批判	運用閱讀理解測驗（文章重點摘要、自我發問、選擇式）了解閱讀理解表現。藉由同儕互動加深課程內容印象，教師適時糾正、提示。應有更廣泛的閱讀以熟練閱讀策略。我認為班級經營就要加入合作互助觀念。本合作學習最好由級任老師引導效果最好。

論文名稱	5-《國小高年級學童閱讀課外讀物之研究》（李宜真，2002）
策略性	以 400 本班級圖書課餘自由閱讀，教師作觀察。指導方式：文學討論和指導閱讀。
選材	文本選擇方式：教師選擇和學生從幾個選擇中選擇文本。 對一般通俗讀物的閱讀建議：應有分級年齡的把關。
教什麼	指導特定閱讀策略。
怎麼教	指導閱讀教學直接教予特定閱讀策略。同時學生進行小組討論對作品的詮釋，透過對話批判思考。 文本閱讀由教師讀、一起讀或學生讀。 教師扮演主要指導者、教導策略；教師是參與者，示範者和回應文本的方式。 研究者對閱讀教學的建議：改善發問技巧，鼓勵作同質性問題之間的比較分析。
批判	我對該論文的看法：文學討論應與閱讀教學連結，而時間不足以進行兩種方式而中斷，而多適用於優讀者，為了滿足多數生閱讀策略指導未實施於全班而影響優讀者的學習。

論文名稱	6-《國小學童閱讀動機量表之編製與相關研究》（黃馨儀，2002）
策略性	純為量表編製未作閱讀教學策略計畫。
為誰	因為主題在閱讀動機，其中「閱讀好奇」、「為認同而讀」不因年級及語文能力而異。
選材	環境中學習者書本的可取得性對閱讀的質與量，有明顯提升。閱讀動機的培養，還得重視閱讀材料的品質多樣化閱讀材料等因素。對自選材料願意花更多策略心思去完成。
教什麼	未提及要教什麼，但可根據動機調查結果改進閱讀輔導內容。
怎麼教	未提及如何教，而是希望根據研究結果調整教學方法。建議作以身作則的閱讀示範者。師長要分享閱讀內容書中人物性格、書中的對話、閱讀的感受、讓學生感受閱讀的喜怒哀樂及成長。了解影響閱讀動機的因素，以作為輔導學習參考。
批判	學童年級、性別以及語文能力都會影響閱讀動機高低表現。 如果量表也是教學的內容之一，學生有後設認知的反省，會有啟發及暗示作用，知道花時間可以使成績變好，或學到解決問題的方法，能促動閱讀。

論文名稱	7-《國小學童閱讀討論教學及其主題詮釋探討》（曾照成，2002）
策略性	主題為探討國小生主題詮釋的特質及其特質是否隨讀物類型不同有所差異與討論教學。透過主題詮釋紀錄表及半結構式的訪談探究學生詮釋能力。
選材	針對寓言、圖畫生活故事、童話、兒童生活小說各三篇作主題的詮釋。
教什麼	學生提問討論 ； 教師提問討論。
怎麼教	藉閱讀討論教學前後比較小三及小五學生對主題詮釋的能力。結論建議：閱讀課採討論教學以培養閱讀興趣與動機。強調主題修正負面詮釋，尊重學生正相不同的詮釋，教師詮釋僅供參考。
批判	強調閱讀的個性化特徵，不將教師感受強加給學生，符應國外、大陸「讀者意識」教學理論。

論文名稱	8-《Booktalk 對國小學童閱讀動機和閱讀行為之成效探討》（趙維玲，2002）

策略性	了解學生興趣與能力；介紹的書籍學生易於取得。提供充足閱讀時間，當學生閱讀楷模，增加作品分析力與導讀力。設立閱讀角、書櫃便利的閱讀環境。審慎選書閱讀，再決定 Booktalk 呈現方式。
為誰	專家提出閱讀動機的多樣性值得參考。
選材	研究選材為圖書館圖畫書。教師閱讀評論或與人討論，代替親自閱讀過，較客觀。提出選擇好書原則。以主題為基礎的書單較適宜。Booktalk 後應準備大量的複本，方便學生取閱。
教什麼	表達情感、詮釋意旨、評鑑書的一般特性、體驗從書中得到共鳴的不同人生經驗，經驗比較。
怎麼教	Booktalk 及故事討論教學：以四個單元介紹書籍，每個單元包含十本書，每一本書花約 1 至 3 分鐘作 Booktalk。教師事先備題提問。提出七個專家 Booktalk 的作法，可參考。自由閱讀教學法，學生圖書館自由選書。
批判	我對該論文的看法：故事討論相較於獨自閱讀有助於培養思維力，但選材未涵蓋兒童讀物所有領域，針對 Booktalk 教學法無法了解於不同文類的讀物內容的成效。Booktalk 非唯一可影響閱讀動機的閱讀教學策略。研究者引專家論述認為教室環境及教師對學生信念及教室的可變因素都可能影響閱讀動機。

論文名稱	9-《一個班級的統整課程與閱讀教學的探究—以主題「新的開始」為例》（陳雅鈴，2003）
策略性	採「概念整合的主題模式」的觀點設計語文統整課程，以文學性的閱讀討論活動為主，班級進行。
選材	低年級圖畫書。如配合學校本位課程主題納入圖畫書《14 隻老鼠大搬家》討論。語文課程「春天」納入圖畫書、詩集、科學讀物、生活科學。
教什麼	繪本導讀培養閱讀能力。探索故事內容與主題相關者，延伸閱讀統整主題概念。

怎麼教	實施統整課程式的閱讀教學。主題訂定、選擇材料、閱讀活動的設計及進行。 設計學習單討論。依據故事架構（要素）分析。方案教學：引導學生自主學習。小組合作學習，整理學習成果，畫概念圖。
批判	文學作品的豐富性和完整性可以補課文不足。一般教師可以從單元教學的主題概念著手納入文學作品，而不僅是以單課進行。不同的文類作品在統整課中可行的教學模式為何可再議。

論文名稱	10-《國小六年級學童中文閱讀理解測驗編製研究》（董宜俐，2003）
策略性	運用閱讀理解測驗評量小六生文義理解、文本理解、推論理解、摘要、布題等閱讀理解能力。信效度考驗，建立常模。
選材	閱讀記敘文、說明文、新詩等不同文章。
教什麼	建議教學：針對能力差異補強，如字義理解能力的加強，可從單字、語詞意義的釐清做起；文本、推論、摘要能力的強化，教導學生各種文體類型、文章結構分析、文章概念及文章主體的掌握。
怎麼教	建議教學：推論、摘要能力的強化運用「故事地圖」和「概念構圖」練習；布題能力涉及後設認知能力及書面表達能力，需給予不同文體的各類文章，作 6W 級問題分類布題練習。 可利用課文教材，分次教導學生四個語文學習策略（預測、釐清、摘要、布題），再以「相互教學法」熟練閱讀理解策略。
批判	研究結果：推論能力表現最好，摘要能力最弱；性別無顯著差異；布題能力是鄉鎮落後最多的一項。 我對該論文的看法：因主題受限僅藉評量測驗檢視閱讀理解能力，並未說明如何進行閱讀理解。

論文名稱	11-《分享式閱讀教學提升國小三年級學童寫作能力之研究》（林莉鈺，2008）
策略性	以分享式閱讀教學為策略，使用繪本為媒介，透過對話方式，發展師生互動關係，並將聽、說、讀、寫基礎能力融入日常生活經驗裡，於繪本內容的閱讀分享中，運用語詞、模仿句型、賞析創意語句和嘗試寫作，協助學童克服寫作的困擾，使學生能夠自信而愉快的運用文字、表達心聲，讓閱讀教學成為寫作能力盡情展現的階梯。

為誰	教師在分享式閱讀教學與寫作教學上精進專業知能，有助於教學的改善，提升學童的寫作能力。勉強算是為學生而學習。
選材	繪本。
教什麼	發表分享。
怎麼教	分享式閱讀教學，學童參與發表分享的次數逐漸增加。學童從閱讀的教材中，結合生活經驗與他人的分享內容，學習寫作。
批判	該研究探討分享式閱讀教學對國小三年級學童寫作能力的影響。閱讀的教材內容尋找寫作技法，單元教學目標明確，但就寫作教學而言，缺乏系統化。教師結合讀寫教學有助於教學的改善。
論文名稱	12-《教室中的閱讀樂章——以六年級閱讀策略教學為例》（陳佳慧，2008）探討透過閱讀策略教學的閱讀活動，對國小六年級學生閱讀理解能力的發展、閱讀態度的轉變的影響以及學生對閱讀教學的看法。
策略性	研究內容未涉及教學，僅提出測後建議。
選材	交互教學前的準備階段首重於教學材料的選擇，教材的選擇需難易適中，並且配合學生的興趣，使學生能經由這樣的學習得到生活化的知識。
教什麼	閱讀理解策略包括重複閱讀全文或某一段、分段閱讀、作預測、作推論、作聯想、利用插圖、同化到個人經驗、利用前後文、反覆閱讀新詞或難句、尋求外在資源之協助、調整閱讀速度、省略不讀等 12 種策略。
怎麼教	建議除鼓勵大量閱讀外，可設計有關閱讀策略訓練課程，利用相互教學法，責任轉移並內化學習。 教師利用個別問答的方式了解並分析造成閱讀理解失敗的原因。
批判	研究者採測驗、晤談方式作閱讀理解能力與後設認知能力的相關與歸納閱讀時所採用的閱讀策略，未探討閱讀影響層面。 學童對後設認知無法精確察覺，所以以晤談法恐怕未見精確。可用觀察、錄影輔助。
論文名稱	13-《國小高年級友誼主題兒童小說閱讀教學之研究》（楊楨婷，2008）探討友誼主題兒童小說閱讀教學後，國小高年級兒童友誼品質的差異性。
策略性	借主題相關小說提供學生間接經驗，調整錯誤價值觀，增進友誼概念，提高與人相處能力。

為誰	配合主題隱約可知為與他人和諧關係而閱讀,但研究中未明確說明。
選材	師生選自 2007 年度「愛的書庫」高年級友誼主題兒童小說:《草莓心事》、《當豬頭同在一起》、《皺紋男孩與說謊女孩》。
教什麼	學會閱讀策略技巧,澄清小說中友誼相關概念。
怎麼教	採用相互教學法,閱讀教學過程中,以預測、提問、摘要、澄清四種閱讀策略進行分享討論小說中的幫助、信任、陪伴、親密、衝突概念閱讀活動。
批判	是統整綜合領域的語文閱讀活動,因遷就情意目標的達成把文本拆解,是否會影響故事全文意旨的的傳達?情意教學的提升藉閱讀活動要深切鞏固觀念,在教學活動可靈活運用角色扮演體驗活動、戲劇演出,更容易深植於心,落實目標。
論文名稱	14-《以心智圖建構經典童話的讀寫〈灰姑娘〉、〈拇指姑〉、〈小美人魚〉為例》(張逸君,2009)
策略性	為讀書會與教學者協同教學,以三則童話設計十六週設計心智圖讀寫課程,歷程為引起動機→引導思考→提出問題→解決策略→實施過程→回顧評價。
選材	〈灰姑娘〉、〈拇指姑〉、〈小美人魚〉三則童話。
教什麼	特定童話文本的閱讀理解。學生清楚精熟心智圖繪畫步驟。
怎麼教	以 5W1H 心智圖讀寫童話文本架構,認識童話讀寫的關鍵字/詞/句和摘要策略,並以童話裡的人物、情節、主題等進行仿寫創作。讀寫策略含畫線、關鍵字詞句、提問、摘要、繪圖、意義段架構圖。
批判	研究者認為心智圖適用於分組合作下教學,低成就需高理解力者幫忙,以我的經驗認為無論是大班或小組討論都可為示範鷹架,接下來都為學生自主發揮,不求完美但求理解。
論文名稱	15-《班級閱讀活動:以小學三年級為例》(魏伶憶,2009)
策略性	採自由閱讀與班級共讀兩種閱讀活動,進行閱讀教學。
選材	所用教材分自由選書和指定故事繪本兩類。不重複選書。
教什麼	透過閱讀心得單喚起舊經驗,新舊經驗結合。閱讀理解。

怎麼教	自由閱讀：師親自示範每天閱讀一本書，填閱讀護照，寫心得分享，培養成習慣，累積知識、語彙。 班級共讀：選定套書共讀，依照文本設計分故事導讀（朗讀、提問、看圖說故事）、閱讀樂趣（分享心得、故事提問、遊戲、實際操作）和文學欣賞。（看圖說故事填對白、完成結局、喜愛的角色）（分組討論）
批判	研究者的活動設計並未呈現教學目標只在表頭註明故事導讀、閱讀樂趣、文學欣賞、目標不明確。 僅讓學生自由閱讀而未加指導就能累積詞彙，以進行第二階段深感疑慮。未能理解要從何種選材習得何種語文經驗。
論文 名稱	16-《國語流行歌曲運用於國小六年級閱讀教學之行動研究》／角秀菁（2010） 將國語流行歌曲結合教科書內容進行閱讀教學。該研究探討對學生學習興趣與閱讀理解表現，與對教師專業成長的影響。
策略性	選定教學主題，蒐集確認歌曲適用性，了解學生閱讀背景依序進行課程內容及時間規畫，進行四項教學活動，由淺入深，理解歌詞的意涵。
選材	（2009）98 學年度第 1 學期六年級國語教科書第二、三、四單元，配合符合單元內容的國語 6 首流行歌曲〈清花瓷〉、〈宇宙小組〉、〈稻香〉、〈翅膀〉、〈最初的夢想〉、〈隱形的翅膀〉教材編撰。
教什麼	對歌詞作閱讀理解。有單元主題，小組和全班分享討論。
怎麼教	依序實施引起動機（欣賞歌曲、瀏覽歌詞）、閱讀活動（朗讀歌詞、小組閱讀理解分享）、提問討論（組內提問，教師設計問題統整了解意涵）及延伸學習（完成閱讀學習單）教學活動，藉由欣賞、討論、分享及講解等方式，理解歌詞。
批判	研究者以歌曲作為補充教材配合課文單元主題的學習，確能引發學習興趣，但以課文彰顯的單元主題與歌曲的主題是否完全契合或是否因此失焦，有所質疑。又如以主概念、次概念的層次會更清楚？

綜上所述，閱讀所涉及的教材、教學、教法、學生學習等事項，無論是質性或量化的研究，屬於實證研究和行動研究的緣故，非常重視形式與產出，但未能深入探討一套完整方案，因為無法根本解決可能遇到的不知為何而讀的閱讀本質問題，更遑論後續的選材教學方法。

一、為誰╱語文閱讀教學策略

　　第一節所說，我們倘若知道閱讀「為人」的理念而懂得自發性的閱讀，以達預定個人在社會中的利益權力教育目的，閱讀者應有系列的閱讀計畫。而就教學者來說，有目標性的規畫，讀什麼、教什麼、如何教，便應成為順勢而為、水到渠成的教學歷程。但從上面表列各論述來看，語文專書多為教育界學者教授就師資培育角度立論，因此專書部分指導閱讀學習的對象多為中小學生，而諸書中並未就學習者如何體認「為誰閱讀」面向來探討，相關的概念是指導為達成教學目標為閱讀教學目的，而九年一貫有關能力指標的內涵也已於本章第二節所涉及相關指標內容有詳細探討，以培養閱讀能力為主，主要仍以認讀材料、理解篇章詞句、鑑賞品味為主要閱讀教學內容。即使屬於閱讀監控的能力指標如 5-2-2 能與父母與師友共同安排讀書計畫，或5-4-2-4 培養以文會友的興趣，組成讀書會，共同討論，交換心得，也沒有論及。這在第一節提到，語文閱讀的目的說明閱讀者的目的，有與他人互動獲得認同，進而影響他人或進一層的文化貢獻等閱讀期待，教學者倘若能有此信念的進行閱讀教學，也應是促動有效閱讀學習很好的觸媒。論文部分除了黃馨儀為有關閱讀動機的研究，提到為認同而讀，也只是測量量表之一，不是主要影響閱讀因素。其餘都沒有談到「為誰」閱讀，自然就沒有後續衍生的教學活動。本研究所要加入的「為誰而讀」在眾多研究中是付諸闕如的。

二、選材╱語文閱讀教學策略

　　既然名為「選材」，就是為達成閱讀教學目標的教學材料，教學者有責任思慮如何借教材不斷引發充實學習者的先備經驗（背景知識），

開拓詮釋理解的角度，除了學習者能與文本充分連結理解，並要能運用方法，舉一反三，延伸學習，發現新知，本章第二節，說到閱讀與閱讀教學不同處，強調引導學習者理解內容及主動發現感受文章之美，也就是培養帶得走的閱讀力，而不只是傳授知識。就上面表列論述，專書部分也提到如本章第二節所說，語文課本教材是基本性質、經典性質、示範性質、是工具性質的。但為了培養語文智力，閱讀教學必須擴展到課外閱讀，就是把課內教材當作是一把鑰匙，去開啟更多的閱讀世界，才能開拓視野，學以致用。語文材料正如前面第一節所述，見圖 2-1-2 語文內涵，包含有人文科學、社會科學、自然科學等文學類與知識類，而呈現的形式更是包羅萬象，不應侷限於文本狀態，如影音媒材、網路資訊，甚至學校場域外的社區廣告、機關說明文件、遊樂場說明書、醫院藥單、劇場跑馬燈、街頭巷尾流行歌曲、競選宣傳播送，不勝枚舉。專書分析表格裡的選材，還包括如學生修正後的作文，課文延伸不同文類的讀物，也有不少優質選書的原則建議。我於 2006 年間也曾為當時盛行班級讀書會提出如何選書經驗分享，如「在班級組織讀書會，藉著共同的閱讀活動，可以讓學生明白除了教科書之外，還有其他的選擇。而藉由讀書會的活動，讀書可以成為一種合作分享及思考交流的管道，在分享感受的過程中，有了再創造的興趣，進而形成自己的看法。在選擇圖書的時候，必須考量兒童的年齡、認知、心理生理發展、興趣、性向；書籍的內容屬性、文圖品質、印刷版本也要注意，如此才能端出符合均衡、營養的精神大餐。在為孩子選擇的閱讀菜單中，故事童話類最好是簡單、流暢有創意；知識性的讀物要以趣味化取勝；少年小說的主題需健康有意義，角色鮮活為宜，介紹孩子讀的書，在自由選讀的部分，我們可以分出以下幾種方式：爸媽決定代替選擇，老師特別介紹，同學朋友看過，書上標明適合自己的程度，配合學校課程內容找相關的書，有名的書，得獎的書，經典名著，只要看得懂的隨心情選書。根據自己時間長短選厚薄，翻看目次，隨意瀏覽。選同一作者的書深入研究，選同一體裁的書，選同一主題的書……至於是否適合自己閱讀，曾經有人建議

用 Five Fingers 法，就是看到一個生字，彎一跟手指，如果一頁屈指超過五根，就表示難度很高，不適合自己。當然你也可以利用關鍵字在網站搜尋，有些網站會每隔一段時間依主題介紹好書；此外書店的書訊也可以參考，現在有一種付費的定期上網閱讀方式，也可以嘗試看看」。(林慧玲，2006) 以上就今日來看，還僅為常態性的規範分享，未對閱讀後展衍新意或轉為創作的基進教材著墨考量。

目前一般學校雖都採審定課本制式教材，九年一貫課程綱要，由於彈性自由又多元化的課程導向，賦予學校和教師得因應地區特性、學生特質與需求，選擇或自行編輯合適的教材；總綱強調學習領域為學生學習的主要內容，實施應以統整、合科教學為原則。「統整」在概念上或組織上將分立的相關事物合在一起或關聯起來，使其成為有意義的整體。(黃政傑，1997) 也就是說，各式多元豐富的教學資源都可視為閱讀材料，因時、因地、因人制宜，加以融合編撰規畫。上表 2-3-2 學位論文選材部分因配合研究主題有配合學習者認知風格選材、或選特定繪本、課文、古詩感性體驗，建議分級分齡選讀，參考專家評鑑選書 (如愛的書庫)，不同文類的主題選讀，符合學生興趣選書，以至於還有配合單元主題的國語歌曲欣賞歌詞閱讀。在其中角秀青的論文裡，還可見以經典文學融入閱讀教學、李潼少年小說運用於國小六年級的閱讀教學、以賴馬圖畫書為例作小三班級閱讀教學研究、或以林良散文運用於高年級閱讀教學，或以主題式閱讀教學有以「兩性平權」、「情緒教育」、「建構自我」的繪本教學等相關研究資料。各研究論及或實際運用的教材多半配合研究主題，但要想將所有可閱讀材料加以分類歸屬，以運用於適當的學習者群體，以上論述都沒能關照到。

針對九年一貫課程標準能力指標多為陳述「能瞭解……」「能培養……」，設想透過教學活動學生便能達成這些能力的作法似乎過於躁進，也過於樂觀，教學不能如此短視近利，只求速成。就閱讀教學選材來說，倘若屬於教育單位監督下的審定本教材，便不得不在這課綱

能力指標規定下經營教學。除了一般閱讀教材的選擇需有標準，選材的標準還應考慮為閱讀者文化背景、社會規範、心理結構及文化信仰等意識形態所決定。例如選材在除了沒有太多選擇的教育部審定教科書之外，教學者是否還有其他選擇，針對受教者的讀者早已儲備的知識經驗背景，以及文化意識觀念，個人的主觀權力意志趨向；因此表現在外顯的想要獲得認同及能闡發新意，甚至自成一家之言的閱讀活動前，教學者便不得不考量選材的可能影響力，包括影響支配他人或實踐文化理想的權力發用。因此，在選材上便要考慮：能讓讀者產生新的詮釋，足以獲得特定或不特定的他人或群體認同或推崇者。其中跨領域的讀寫教材能使讀者無論是自發性或受引導下產生的語言經驗，且知所「無中生有」或「製造差異」的創意表現，最能幫助達成語文世界的推移變遷或修飾改造的目的。

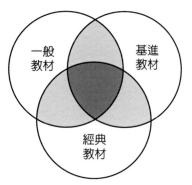

圖 2-3-1　教材分類圖

　　除了經典教材外的基進教材，愈具有超常態性或反常態性的表現就愈具有差異創新的可能性。以童詩為例，依童詩的定義來說，無論是兒童所能理解或大人所能理解的詩，不應固守兒童理解層次而使題材意涵形式受限，而應攬進現代式創新、後現代式創新和基進式創新等手段，發揮差異創新的可能。如一般的圖像詩也僅僅是前現代寫實主義的呈現，還談不上差異創新，而例如林亨泰的〈房屋〉（呂興昌編，

1998：103-104）一詩如下，以兩排牙齒代表屋瓦，兩排窗戶誇示實物，不全然寫實，提示人觀物置情的方式，屬新寫實，有創造性的形象，看屋瓦如同人開心露齒笑，看窗戶時則使人傷感（正牆上兩扇窗戶加上中間一片門板及其延伸出去的兩條岔路，就像一個「哭」字，如圖2-3-2），心情好看屋頂，會有所回應；心情不好看窗，有心情的投射，可藉機有所調適，頗相近於現代派的表現主義手法，已有造象性。舉凡這些從意涵形式變化的造象觀和反影響思維或逆向思維結構的作品，使得語文世界朝向推移變遷或改造修飾更具意義。（周慶華，2004b：74-75）

窗	窗	窗	窗	哭	齒	齒	齒	齒	齒	笑	房
				了						了	屋
窗	窗	窗	窗		齒	齒	齒	齒	齒		

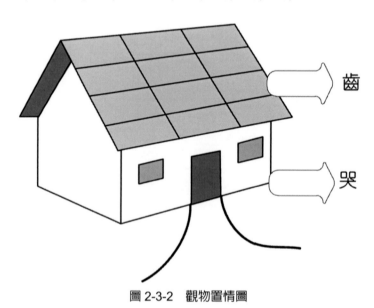

圖 2-3-2　觀物置情圖

三、教什麼／語文閱讀教學策略

在本章第二節談語文閱讀教學的內涵有詳細說明，教師要不斷思考配合達成階段的閱讀能力指標及現今最重視的閱讀能力的養成，包含認讀、理解及欣賞等技能。前者到後者有層遞性；後者對前者具包容性。前一節分別有論述。教什麼就是學生的學習內容，從課內內涵形式深究到課外的問思閱讀理解，還包括擴展學習經驗，語文專書談到閱讀教學「教什麼」大抵皆然。但因沒有「為誰而讀」的前提導引，所以在說明教什麼顯得空泛而籠統。至於論文部分因為受限蒐集討論的主題多為行動研究，多為配合特定閱讀策略對文本情意的理解及借量化結果調整教學，努力在教導借學會提問討論與策略運用來閱讀以習得經驗，也是沒有「為誰而讀」的相關研究。

整體完備的教學活動要考慮「為誰而讀」，然後假以適當的選材，接著便要讓教材發揮效用，究竟要讀什麼，才決定教學者要教什麼。教學無論是否偏重在教或者是偏重在學，大抵都不脫離是經驗的傳授，而這些可被傳授的經驗依論說探究需要，分為知識經驗、規範經

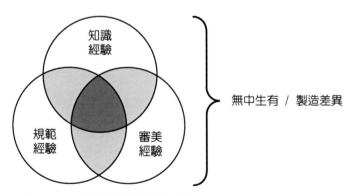

圖 2-3-3　三種語文經驗內涵圖（改自周慶華，2007：204）

驗、審美經驗，而這三種經驗還可以再細分如圖 2-3-3，交集的模糊地帶仍是存在的。例如告訴店家要點水餃，但是卻沒明說是湯餃、乾餃，還是更具體的說「十個韭菜乾餃」。但是一般說來，這種常用的模糊概念，即使沒有細說，也能達到溝通交流的目的，暫且存而不論。談論教什麼的問題包括引導學生獲得前述各種語文經驗，再加上第二節語文閱讀教學法所說，習得各種閱讀策略技巧的過程與方法，這些作為教學者也都應一併著力在閱讀教學實踐中而加以體現。

　　試從幾種語文經驗中，找出無中生有或製造差異的部分。以〈我的爸爸是捉鬼大師〉的兩篇仿寫作品為例（張春榮，2007：53-54 引）：

　　　　上說話課的時候，題目是「我的家人」，我這樣介紹。班上同學一陣嘩然。下課時，小花好奇的問：「你爸真是捉鬼大師？他真勇敢，他專抓哪一種鬼？是吸血鬼、殭屍、小鬼，還是孤魂野鬼？以前怎沒聽你提過？」我微微一笑。

　　　　放學時，我和小花一起回家，看見爸爸正在馬路上取締一個酒駕肇禍的酒鬼，昨天爸爸更辛苦的和一個吸毒鬼奮鬥半天，爸爸真是魔鬼剋星。

....

　　　　上說話課的時候，題目是「我的家人」，我這樣介紹。班上同學一陣嘩然。下課時，小花好奇的問：「你爸真是捉鬼大師？他真勇敢，他專抓哪一種鬼？是吸血鬼、殭屍、小鬼，還是孤魂野鬼？以前怎沒聽你提過？」我微微一笑。

　　　　放學時，我和小花一起回家，剛出校門，就看見爸爸笑臉盈盈跟我揮手，我過去和爸爸手牽手一起回家，爸爸笑著說：「今天懶惰鬼有沒有來找你呀？」「才沒有呢！」爸爸將我身上的骯髒鬼、懶惰鬼、小氣鬼、莽撞鬼，早就抓光光了。

作者：陳麗雲

第一篇的出現是無中生有改易一般捉「鬼」的認知，原來是捉「酒鬼」及「吸毒鬼」因比喻聯想，造成敘述視角的意外；第二篇則要製造差異，才能衍生新境，轉成抓敘述者本身壞毛病的「鬼」。仿寫的創思不單純是舊瓶裝新酒，而要在更新過程中自然加料，造成意外且合情合理。

四、怎麼教／語文閱讀教學策略

專書有關教學方法側重課內外教學方法的釋義，閱讀教學原則說明、內容形式探究法、字詞句段篇章教學法、教學活動流程及設計，屬於一般規範的說明。教學法的討論，李珀在復興高中網站／與腦相容的教與學／有效能的教學，針對直接教學法、討論教學法、探究教學法有詳盡的說明。還有臺北縣國民教育輔導團曾於「九年一貫課程教學策略研習」討論教學上有哪些策略或方法？我們平常上課用了哪些教學策略或方法？為什麼選擇這些策略或方法？這些策略或方法對學生的學習有效嗎？等議題，並提出幾種適用於不同主體教學對象的教學方法，可為教學規畫運用參考。而鼓勵語文部分可多採如直接教學、體驗教學、情境教學、創意教學、遊戲教學、合作教學。以上還可補充參考：

表 2-3-4　不同重心主體的教學法

以老師為主體	以學生為主體	師生互為主體性	以情境為主軸
直接教學法	任務導向	探究式學習	方案教學
協同教學法	發現式教學	問思教學	情境教學
編序教學法	合作學習	價值澄清	主題式教學
練習教學法	創意思考	High Scope	體驗學習
		Bank Street 河濱街教學模式	

　　至於論文部分，配合各種研究主題安排閱讀教學活動，或偏重覺知情意態度、閱讀動機、使用特殊教材或教學法的影響、閱讀理解、讀寫關係、使用特定閱讀策略、如以書談、合作討論、統整、分享式教學實施。詳見表 2-3-3 內說明。這些研究要能挹注本研究的部分有限，感覺是治標式的作法，須作整合或再深入加廣的探究。

　　探究語文教學方法這個議題，在《語文教學方法》裡被討論語文教學有什麼方法，到語文教學可以有什麼方法，根據關鍵詞語的「可以有」，可不可以解讀是有什麼更精進，更具創意，更另類的可能方法可以運用在我們的教學上。教學都不脫離經驗傳授的環節，不管是知識的經驗、規範的經驗或審美的經驗，這種傳授是一種不對等的關係，也就是高階教師對低階學生的言說的啟導，但整個教學活動還是可以有更多元的變化。語文教學方法，是指傳授語文經驗的程式或手段。（周慶華，2007：5）

　　談論閱讀選材怎麼教的具體說法是教學方法的運用，教學活動的安排。即使教學本質語文經驗的傳授裡，高階的教師對低階的學生言說的啟導是一種不對等的關係，但在教學法理論，從以教師為主，到以學生為主或為師生互動等的教學模式下，如對閱讀對象的角度反觀，教者等同學者都要閱讀學習（如第二節所述），教與學兩個層級似乎不需有那麼大的對立性。還有幾個應獲得語文教學者關注的是，就教學者而言必須要有的「角色意識」，包括無論先讀後教，先教後讀（如表 2-2-1），因為教者和讀者是一樣的「讀者」，是相對於文本的平等的讀者，所以學生在閱讀中的主體地位就更容易得到保障，課堂中實踐學生的合作探究就更容易了。我們可以說，作為文本來說，教者是大讀者，學生是小讀者，閱讀教學過程中要尊重學生的感悟和認知，教者不能強加個人思維，甚至是強以為是編者、作者的觀點去灌輸，因為作者、編者也是讀者。教師不盡然是先讀者，可讓先讀者（先預習的學生）去帶引後讀者（尚未預讀或正在進行閱讀的學生）來學習，讓先讀者作小老師，教師不但可瞭解先讀者的感受，也可對自己的備

課佐以參照。作為語文閱讀教學這種特定的社會活動來說，教師的職業性質決定了他是領讀者，要引領讀者學會如何學習，達到自能閱讀，因為有了這些讀者意識的建立，師生與文本的對話就自然展開，閱讀教學的豐富性就更顯見滿足。閱讀教學中教師要努力建立文本和學習者之間的聯繫，尋找文本與學生的契合處，讓學生讀了之後對自身的發展有用，實踐對影響同化他人的訴求。

辯證唯物主義的認識論，認為只有從親身的實踐中得到的直接經驗是獲得的真知。但一個人的實踐總是有限的，一切事情都靠自己直接經驗是不可能的。事實上，一個人所接受到的知識，絕大部分都是間接經驗的東西。為了繼承歷史遺留下來的精神財富和學習外域的知識，接受間接經驗是完全必要的。在學習過程中，在實踐中取得直接經驗和虛心學習間接經驗是一致的，是缺一不可的。

我們從閱讀中獲得的間接經驗不外獲得知識、思想規範和審美情趣的養成，如果我們要瞭解有關語文的知識經驗或規範經驗或審美經驗，可以透過各種描述／詮釋／評價的方法來進行；而教學的本身所要傳授的語文經驗以及所要選用的方法，也就要在那些描述、詮釋、評價等搏成的情境「暗示」或「引誘」中主動去甄選慎裁，才能達到最高的教學效率。（周慶華，2007：8）也就是說唯有以描述、詮釋、評價方法的運用才是獲得知識經驗、規範經驗、審美經驗等語文經驗的憑藉。如圖 2-3-4 表後的教學於方法的箭頭指示，在於圖內主要對學習材料的各種經驗獲取過程整個還可包含於一般的教學法的活動中。

本章第二節就時下多種閱讀教學方法作說明，但多著墨於教學活動如何安排，而以探討和傳授語文經驗的描述、詮釋、評價方式，可以靈活取其一二或全部運用以獲取知識經驗或規範經驗或審美經驗。在教學規畫裡這些經驗的獲得應優先於前述一般教學活動，因為這是閱讀者或教學者要教導學習者的獲取語文經驗的方法，必要且有效。

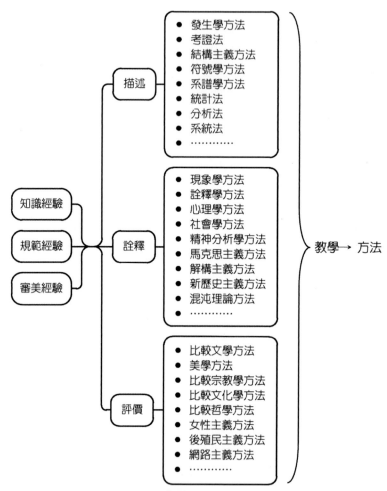

圖 2-3-4　語文教學方法詳圖（資料來源：周慶華，2007：9）

　　讀者解讀文本必須憑著自己的知識經驗累積，帶著自己的情感去感受這些語符結構，從而從僵化的文本中讀出鮮活的感受來。這種感受來自文本卻不等同於文本，因為它摻合了讀者的理解和想像，所以閱讀往往是一種「被引導的再創造」。既然閱讀就是一種創造活動過程，那麼自然也需要我們努力的去增進閱讀中的創造性，做到創造性

地閱讀、高效地閱讀。而就在這種閱讀的創造中,「文本」也就變成了「作品」,就是由「以文字元號的形成構成的硬載體」變成了「由作者和讀者一起創造的意義軟載體」;讀者則一方面變成了文本的共寫者,另一方面又成為自己文本的創造者。閱讀對象的文本本身也是作者創造性勞動的結果,是一種創造性的產品。所以從閱讀文本中,我們多少也可以回溯到作者的創造心路,從而對自己的創造提供借鑑。另外,要閱讀創造性的作品本身也需要讀者有自己「創造性」的視角。這樣閱讀就和創造性本質上相連了,我們對閱讀的解讀也就有了全新的視角。(湯建民,2007:6)

　　例如,就閱讀教學重在過程的意義來說,我們耳熟能詳的童話〈白雪公主〉可發展設想各種取向的閱讀解讀的例子,期望引導學習者領悟。

表 2-3-5　理解〈白雪公主〉的不同取向表（整理自周慶華,2007:57）

理解文本的取向	理解意義
知識取向	故事裡角色的擬人及充滿想像力的寫法是西方創造觀型文化傳統裡媲美造物者全能的表現。 故事中王后隱含「自卑者都有危險傾向」屬人文學科心理認知（類似例如《香水》裡的葛奴乙為被遺棄的孤兒,蒐集處女體香而殺人)屬於知識取向的範圍。
規範取向	以白雪公主寓含「善良勝過邪惡」屬道德教化,歸於規範取向的範圍。
審美取向	故事中如「魔鏡」、「毒蘋果」、「七矮人」、「鐵鞋」等生動意象的塑造,王后毒害白雪公主,七矮人解救公主,王子獲得美人歸,王后終遭報應等曲折情節的經營,所見的審美感興則介於悲壯和怪誕之間,屬審美取向的範圍

五、策略性／語文閱讀教學策略

　　我曾對閱讀實務教學整理出閱讀教學的策略應用原則：閱讀本是一種漫長的學習歷程，要循序漸進，開始時間不宜過長，避免同一主題花太多時間，造成厭食效應反效果。活動要活潑有變化：用相聲演故事、故事改編、猜謎、辯論、裝扮、新聞報導，除了靜態閱讀，和孩子一起參與各種動態的閱讀方式，都能吸引他們進入書香世界。至於老師在實施的過程需考慮幾項：

(一) 從貼近學生生活經驗的讀物開始，加深文學層次。

(二) 交替選讀各類書籍，從故事開始加進寓言、小說、詩歌、少年哲學等。

(三) 兼顧點（單篇文章）、面（整本書）閱讀：單篇容許有較多量的閱讀，有多元認知的優點，缺點是不易深入，缺乏組織。

(四) 除了語文之外的其他領域，也可嘗試作延伸的閱讀。

(五) 以課本單元主題延伸閱讀，並和其他領域統整。

(六) 設定對同一種文體、種類（例如：新詩）指定書目篇章，大量閱讀。

(七) 指導學生吸收內容、掌握重點，經過分析、綜合、歸納學習過程，成為自己內在價值與行為判斷能力。

(八) 閱讀活動設計，勿單純考量閱讀的數量。

(九) 質的閱讀：留意體裁文類的多元性，勿偏廢。規範性（例：記敘文、論說文、抒情文等散文類⋯⋯）與非規範性文章（例：慈濟《靜思語》、剪報小品）

(十) 量的閱讀，配合廣泛的閱讀。深入導讀，或以課本為主題來閱讀討論，可彌補課本不足。如此如同多上好幾課課文。

(十一) 可以不限書籍種類，學生選讀自己喜歡的書，例如有班級書箱，有特定書類方便取閱。

(十二) 準備一本「自己喜歡的書」放抽屜，增強時，可讓他們拿出來看。

(十三) 安排閱讀時間要固定，有助於養成閱讀習慣，表示重視閱讀。

(十四) 教師應熟悉讀物的內容外，請老師配合一起進行閱讀。

(十五) 活動過程老師應觀察學生：口語表達、造句、寫作能力、是否增進。

(十六) 共讀夥伴避免能力差異太大的孩子，編在一組。

(十七) 小組進行前，老師指導說明：如果你忘了做功課，老師目前的要求是專心，聽別人發表。

(十八) 老師要激發學生閱讀的樂趣，課程前的引起動機要發揮巧思，引人入勝。

(十九) 善用回憶法，隨讀隨記憶，閱讀到某段章後，停下嘗試回憶閱讀的內容。

(二十) 找出關鍵字句段篇章，畫出重點，把握中心思想。

(二十一) 設定問題，深入思考辯證，找出答案。

(二十二) 討論後要做歸納活動；整個閱讀過程後，須就過程作評鑑省思，以利下次教學修正參考。

(二十三) 老師教學生如何用兩分鐘複述故事，其他同學要目視說話者並聆聽。

(二十四) 小組討論前，請同學示範如何小聲的討論。

(二十五) 洪蘭說過：「不知道該怎麼用的知識是無用的。」因此介紹多元表現方式，產出再創造的模式是必要的。

(二十六) 作分析書中內容活動後，張貼發表結果，讓學生看看自己的思考軌跡。並對同儕提出欣賞或誠懇意見的回饋便條。

(二十七) 提出有論據的意見：例如故事中認定人物個性的特質（是懶惰的）以外，在文中找理由支援論點（提出文章字句，證明自己的意見）（尚未發表）。

　　書籍，不必得「文以載道」才能閱讀，但是要慎選好書、合宜的書，帶孩子對語文作深層思考，反思省察，並轉化為自己運用的語言

思考能力。除智識的成長外，人格陶冶、情緒管理、人生價值觀的澄清等情意教育的培養更重要。因此，教師在推動閱讀這項靈魂的工程時，要靈活運用，慎思課程的安排與教學的引導，對課程有批判反省的能力。經由學生的反應，學校及班級的特性與需求，適時的增刪教材，提供看得見學生成長、令人感動的課程。以上因為是針對教學省思理解的結果，缺乏通盤考量，不算是策略，應僅為提點的建議分享。

　　一個好的教學策略須考慮的因素很多，從教師的專業知能的齊備與否到學生先備知識的瞭解與獲得，生理心理發展的程度等，最主要是選用適當，能讓學習者衍生創意的教材教法為達成預期目標考量的一套方案。如本章第一節語文閱讀目的與第二節閱讀教學目的所說，最後希望除了能使學習者自發性的學習，提升閱讀力，充實語文經驗，進而能有文化創新的可能。

　　專書除了杜文傳是大陸學者，具明顯的意識形態指導外，基本上仍以體制內教學現場為文論述，所以多有傳統教學法的指導，教學歷程的說明，課內外閱讀結合，教法原則的概念提示。論文部分的策略，論文研究本身都有策略，但與閱讀本身教學策略相關的，也是片面式的、為特定目的的暫時性活動。如臨時選讀文本為刺激閱讀動機或情意的引發，或安排閱讀情境為閱讀策略的實施效果評估，倘若為整個語文閱讀教學的實施是欠周延的。基本上國小教師閱讀教學的信念與實踐，頗受歷年來閱讀風氣的推動到最近國際閱讀表現受挫，閱讀理解策略教學的盛行，企圖挽回頹勢。如本章第二節所述，國內近幾年來因受九年一貫的實施及課程統整理念的推動下，許多教師學者對全語言投注研究實驗的很多，對早期強調認字辨義的字音取向造成衝擊。強調整體意義的前導，進而統整聽說讀寫能力的發展和字詞技能的學習。但截至目前實務觀察結果，發現教師與學生仍受考試影響，閱讀教學仍多為發音技能取向，忽略文章整體內容意義及寫作技巧的賞析，如何在使學生獲得最大效益的考量上，要發展結構關聯、層層相連、環環相扣有效的閱讀教學策略至為重要。

　　閱讀教學是語文教學的重頭戲，但目前在閱讀教學領域仍然存有很多問題和不盡如人意的地方，對學習者閱讀活動與閱讀教學本質的認識，閱讀教學策略的有效性，如何提高閱讀教學課堂效率等問題，也都值得再議研究。

第三章　語文閱讀教學策略的策略性

第一節　語文閱讀教學的獨特性

　　人類的一切都以符號的應用為主。而利用符號來作象徵的需要，確實只有在人間才能明顯地表現出來。就像吃、看或行動，創造符號一直是人類的主要活動，同時它也是人類心靈裡一個永不停歇的基本過程。（早川，1994：25）人類使用各種各樣、多采多姿的符號系統來相互連繫，傳送訊息。然而，所有的系統符號，都沒有語言文字來得精密，來得有效。在今日的社會裡，語言文字是跟我們須臾不分、形影不離的夥伴。（竺家寧，1998：62）透過語言文字累積經驗，促進文明的發展，人類開始有了原始的社會組織，有「話」要說，誕生了語言，語言有時空限制，而文字卻可以無遠弗屆，你的親筆信可以送到千里之遙的親友手中。海明威我們沒見過，可是他的小說卻能在書店裡買到。我們可以翻開一部《論語》，瞭解兩千多年前的孔子，他的一切言行身教。我們可以買一部《唐詩三百首》欣賞品味李白、杜甫的詩篇。我們絕大部分知識來自書本、教科書、報紙、雜誌，這些都是文字的功能。文字可以累積智慧經驗，使人類文明快速發展。文明進展速度呈幾何級數成長，完全和文字傳播的頻率成正比。（同上，58）語文的傳播讓人可以從既有的成就繼續走下去，而文化理想展現對於語言世界「推移變遷」「修飾改造」，不斷激勵文化的創發力。

　　語文的功能有其文化發展的深層意義，一座蘇州的楓橋，如果沒有古代詩人賦予文化傳說語文內涵，充其量不過就是一座提供人們出入方便的橋樑建築。唐著名詩篇〈楓橋夜泊〉：「月落烏啼霜滿天，江

楓漁火對愁眠。姑蘇城外寒山寺，夜半鐘聲到客船。」說的正是江蘇省蘇州楓橋鎮古運河上的楓橋。在唐開元年間（西元742-756年），進士張繼曾到此地遊覽，夜間愁緒難眠，靜聽鐘聲，因而寫下這首著名詩篇。詩句鏗鏘有力，寫景繪聲繪色。隨著這首唐詩的傳播，楓橋也因此名聞天下。橋樑本是一件極具裝飾性及社會性實用的產品，因為橋身各種圖文的裝飾，古今文人的頌讚，例如人們常用「蒼龍臥波」等詞語描寫梁橋，用「長虹橫空」等描寫索橋，用「新月出世」、「玉環半沈」等描寫拱橋，讓原本只是一項交通建築，變得富饒生命哲理。這就是單純非語文的建築無法產生的效果。這些實體建築透過語文的傳播美化，說「蘆溝曉月」，是北京蘆溝橋的景觀；說「斷橋殘雪」，是杭州西湖的一景；說「灞橋柳雪」，是古都西安的一景。橋、人、自然山水巧妙和諧的結合，正好應合了中國「天人合一」的哲思，是語文的潤飾非語文的效果。

　　一位傑出的建築師，必須對構築的材料有充分的認識。例如：磚塊的種類、成分、強度、特性等。文學家、哲學家都在運用「語言」作為他的磚塊，去構築美輪美奐的殿堂。哲學上的「思維」更需要建築在精確的「語言」基礎上。因此，我們可以說語言是「思考的憑藉，文學的建材」。語言是文學的形式面，文學美透過語言的媒介，才得以呈現。正如一棟美輪美奐的建築必須藉一磚一瓦興建起來一樣。（竺家寧，1998：40-41）文學用語言來抒情敘事，它不能像造型藝術那樣直接創造視覺形象，也不能像音響藝術那樣直接創造聽覺形象，但它的描寫對象可以超越時空，可以表現不可捉摸的東西，可以透過想像看到一切立體、鮮明、真善美的東西，可以在描寫事物中包含特定的感情態度，或者含有隱喻的言外之意。（彭華生等，1999：前言2）這就是屬於類語言符號的實體符號相較於語文閱讀教學時的侷限，包含自然物的天然景觀及人造物的繪畫、建築、雕塑、音樂、服飾、擺設、庭園設計等（見圖2-1-3）。

　　這些歸類於非語文的部分，雖然也都無可避免的充塞在我們的生活環境當中，當然也不可逃避的成為我們廣義閱讀的對象。但是就語文閱讀教學來說，我們讀自然風景時，這些實體包含不確定的光影，四周的聲音是無法掌握的，包括有時間、空間、光線、影像等變化，現場情境是無法確定的，這是屬於自然景觀的部分。

　　另外，諸如非自然的人造物（如圖 2-1-3 所舉列），是人們運用技能，使自然界事物適應人類生活用途的。其中屬於根據美的原則，含有審美的價值及其活動產物，而能表現出創作思想及情感，並給予接觸者以美的感受，都可稱為藝術。如音樂、繪畫、雕刻、建築、舞蹈及屬於語文的文學、戲劇、電影等都是。當中音樂因以韻律過程使人感受需有時間的延續，屬聽覺的時間藝術、動的藝術；繪畫、雕刻、建築以外在型態構成為主，需佔空間，屬於視覺、觸覺的空間藝術、靜的藝術。此外，類語言符號還有如姿態表情、服飾、擺設、庭園設計等，除非授予專業訓練或因為興趣加以研究，否則一般大眾僅能就觀賞或實用角度去接觸它們，對這些類語言符號人們可運用各種感官去感受，或者以生活中的休閒娛樂去定位，有比較複雜的多度空間歸屬，是大自然界或人為世界不可隨意遷移變動的實體存在。這些實體本身是無意義的，倘若有任何意義的存在，是人們賦予藝術、自然、審美、實用、感覺等的意涵，是經人類歷史洗禮、社會架構、文化傳承下的結果，例如柏林圍牆、吳哥窟等具有象徵意義的歷史古蹟，文化復興時期〈蒙娜麗莎〉、〈最後的晚餐〉，北宋末年張擇端的〈清明上河圖〉等，也需要在文字記載下有了豐富的文化意涵才得以傳承散播。

　　將景物運用語言文字呈現可以傳播轉述的形態，面對美景我們可以繪畫，但利用語文可以把繪畫藝術所表現的色彩、光亮、線條、氣氛、意境以及立體感等表現出來，從而使讀者從閱讀中體會美的感受。例如唐詩人韋應物著名的詠滁州山水的〈滁州西澗〉「獨憐幽草澗邊生，上有黃鸝深樹鳴。春潮帶雨晚來急，野渡無人舟自橫。」透過語言的描述，一幅生動充滿深幽寂靜的深山野渡圖昭然可見，饒富自甘

寂寞的意象油然而生。如〈南國花市〉結尾四句詩,「銀夜花街十里長,滿城男女鬢衣香。人潮燈下魂如醉,爭看春穠初上妝!」抒寫南國生活的讚美深情,令人心醉意癡,是情景交融的形象寫照。又如司徒明寫詞歌誦原野的兒歌〈再會吧!原野〉:「這一片原野風光太旖旎,遠山高高的接天際。瞧白雲飄白雲飄群雁飛,高峰有積雪相映更美麗。對妳對妳告別再會吧!要分離。這一片原野風光太奇異,青草長長有千百里。瞧牛羊肥牛羊肥排成隊,風吹過牧場塵沙全飛起,對妳對妳告別,再會吧!要分離,這一片原野風光難忘記,最可愛在那黃昏裡,瞧夕陽下夕陽下暮煙升,趕回那牛羊牧童心頭喜,對妳對妳告別再會吧!要分離」,面對一片風景、一張圖片視野所及,無論是靜態動態,景物是沒有感情的,藉由語言文字表達情感,把情緒化入外物,寄寓於美的形象之中,托物言情,濃厚的情緒可以感染讀者。

語文教材以文學作品為核心,文學以語言為第一要素,舉凡兒歌、童詩、詩詞、童話、戲劇、抒情散文、小說等無一非文學作品。

文學作品中表現出來的美學觀念,在繪畫、書法、音樂和雕塑中可以找到呼應,反過來也是如此。例如繪畫是畫家對客觀景物的描繪,有一個「物」與「我」的關係問題。中國藝術十分重視意境,追求情趣。不論繪畫、書法,還是雕刻、建築、園林等都是如此。有關中國和西方文化的差異,中國的文化講合,西方的文化講分。中國的園林藝術,在漫長的歷史發展過程中,它和詩文、繪畫等文學藝術緊密結合,園林中有詩情畫意,繪畫中有園林佳景,詩文中也常常描寫園林,杜甫的「名園依綠水,野竹上青霄」,兩句詩所描繪的園林佳景,不可勝數。漢代司馬相如的〈上林賦〉就是以皇家園林為題材的。賦中描繪了秦漢上林苑中殿廊軒的壯麗,刻畫了山水川流的氣勢,記敘了苑中奇珍異獸、奇花名果以及宴樂狩獵等活動。根據園林的格局、山石水草的刻意點綴及其風格,人們把江南私家園林比作詩詞,把皇家園林比作漢賦,是十分形象的比喻。中國把詩與畫,直接融入於一個畫面之內(如題畫詩),形成一個完整的統一體,這也有別於西方藝術。這些詩文融於園林藝術的影響不可謂不大。

　　中國描寫音樂的詩文，例如唐代詩人白居易在他的著名詩篇〈琵琶行〉中非常形象地對琵琶演奏及其音響效果這樣的描述：「大絃嘈嘈如急雨，小絃切切如私語。嘈嘈切切錯雜彈，大珠小珠落玉盤。」又如李白的〈聽蜀僧浚彈琴〉「蜀僧抱綠綺，西下峨嵋峰為我一揮手，如聽萬壑松。客心洗流水，餘響入霜鐘。不覺碧山暮，秋雲暗幾重。李白用大自然宏偉的音響比喻琴聲，使人感受琴聲極其鏗鏘有力。聽琴聲，自己的心好像被流水洗過一般地暢快、愉悅。表現蜀僧和自己透過音樂的媒介所建立的知己感。音樂終止後，餘音不絕，和薄暮時分寺廟的鐘聲融合在一起。樂曲終止以後，入迷的聽者沈浸在藝術享受之中所產生的想像。清脆、流暢的琴聲漸遠漸弱，和薄暮的鐘聲共鳴著，聽完蜀僧彈琴，舉目四望，不知從什麼時候開始，青山已罩上暮色，秋雲重疊，時間過得真快啊！《老殘遊記》裡王小玉說書：「王小玉便啟朱唇，發皓齒，唱了幾句書兒。聲音初不甚大，只覺得入耳有說不出的妙境：五臟六腑裡，像熨斗熨過，無一處不服貼（觸覺形象），三萬六千個毛孔，像吃了人參果，無一個毛孔不暢快（味覺形象），唱了十數句之後，漸漸的越唱愈高，忽然拔了一個尖兒，像一絲鋼線拋入天際（視覺形象），不禁暗暗叫絕……」（劉鶚，2007）這一段中國古典文學中「以文述樂」，描寫王小玉說書時創造的妙境，分別運用了三種感覺來表現聽覺感受（移覺），讓讀者如歷其境，聞其聲，見其形，能觸知，能品味，透過語文描述的我們彷彿「看」到千百年前美妙的音樂和曲調。

　　人們常形容莫札特的〈土耳其進行曲〉，輕快、清新、旋風式上揚的節奏讓心靈的皺褶慢慢被撫平；Bizet Sarasate 的〈卡門序曲〉，強勁引入、階梯式升溫、回環反覆的節奏充滿了引人入勝的風景，也是藉著語言傳播讚頌，讓悠揚美妙的樂曲更行遠播。一曲短短幾分鐘的奏樂，就能把人生喜怒哀樂的感受嘗遍。音樂可以無限包容，當一段曲調譜上許多不同的歌詞，就能煥發出無窮無盡的新意。服飾，就是人物的衣著穿戴。一個時代的特徵，往往透過一定款式的服飾，書寫在

某個時代人的身上。服飾款式是時代的產物。它不僅是一定時代的人文禮俗在人們身上打下的烙印，也是一定社會人群的政治地位、經濟地位的標誌。要全面評價一個人的品味與涵養，外表雖然只是一個很小的部分，但卻往往是最直接也最關鍵的。單純就觀察穿著的服飾或研究服飾造型又是另一番學問，不是我所研究的範疇，但探究文學作品中的服飾描寫，往往是理解人物性格的一把鑰匙，也是透視人物內心世界的一扇窗戶。例如：朱自清的〈背影〉有這麼一處服飾描寫：「我看見他戴著黑布小帽，穿著黑布大馬褂、深青色布棉袍，蹣跚地走到鐵路邊……」（朱自清，1975：2）這段服飾描寫一連用了三個「布」字，分明寫出有文化、有教養的父親在那個風雨飄搖、動盪不安的社會裡是何等的寒酸、潦倒和清苦，與封建官僚、地主豪紳的綾羅綢緞形成了鮮明的對比，顯見語文的力量。

語文如何素描故宮著名雕刻，南一版六上第二單元藝術與生活第五課〈翠玉白菜〉載「一般而言，質純的玉石呈白色，有些因為含有不同的金屬元素，會呈現翠綠色或赤色。翠玉白菜就是以一塊半白半綠的玉料雕成，玉匠巧妙利用玉質顏色的變化，將玉石綠色部分，雕出翻捲的菜葉；白色部分，雕出脈絡分明的菜莖，白、綠的漸層變化，渾然天成，有如一棵鮮嫩欲滴，可以掐出水來的白菜。更有趣的是，玉匠神來一筆，在葉片上端，雕了兩隻活靈活現的螽斯，彷彿即將振翅飛起；讓原本靜態寫實的作品，頓時活潑起來，充滿令人驚喜的動態美。」說明利用原本半白半綠色澤，刻成菜葉與菜莖；考慮玉料的形狀，在葉片上端刻出兩隻螽斯。表現「翠玉白菜」是以「量材就質」的理念製作出來的作品。因為螽斯讓原本靜態寫實的作品添增了動態的美，其巧無比。語文的描述讓珍貴國寶雕刻更顯無價。

一般符號和語言符號在表出和流通拓展中，並沒有「質」上的差異，二者都可視為文化符號，如同從文化角度看待語言符號，都是文化觀點的。從以上各種類語言符號以廣義閱讀角度來看的閱讀客體，當藉語言或文章作品呈現時，是一種藝術，也是一種文化，這也是語

文獨特的能力。語文具有工具性、交際性、基礎性、知識性、思想性、文學性等功能而論，就已是非語文所無法取代的。當我們很自在的進行休閒遊覽名勝風光，參觀歐洲名宮（皇宮擺設）時或有機會參與各種不同的畫展、模型展、雕塑展、音樂欣賞、遊藝表演、歌舞戲劇演出、服裝秀，這些屬於專業領域的欣賞有待個人精進學習，不是一般人可以隨意進入的。當社會文化活動的非語文主體，賦予創作者的思想、感情和想像，轉化成語言文字時，才是可教可學的，例如第一次看完《紅樓夢》的感動，如讀者可以描述或詮釋或評價，是可掌握的，從前述各種對風景、音樂、建築等的文字鑑賞後，這些非語文頓時有了生命，讀者可以跟隨作者的思緒脈絡而行也可自創想像，可以瞭解語文閱讀教學相較於非語文閱讀教學的可行性、方便性與獨特性。

　　因此，就語文的定義，前章已經探討過。語文本身兼包口頭語言和書面文字、文章、文學而言，基於這種學科涵義，語文具有以下幾種特性：包含語言文字為生活上表達思想感情所必需的工具性、交際性，認識的語言文字為學習基礎教育中各課程所必需的基礎性，語文知識及文學作品的閱讀賞析所蘊含無盡的知識性，思想性、文學性。（何三本，2002：3-5）羅秋昭也提到國語文教學應確立語文是工具性，以人受看、聽、觸、聞、感等外界刺激，有了思維轉動，而有表達欲望，語文就是隨時需要表達的工具，語文也具有綜合性和邏輯性的特質。語文沒有像其他領域有專屬領域，像歷史只講歷史，地理談與地理相關的學問，語文內涵豐富，教學除了教識字閱讀，講解課文，文字與思想文化、政治、歷史、地理、感情結合，教會可能包括歷史、地理、自然科學等知識，所以是綜合的，（羅秋昭，2003：29-30）例如教劇本「完璧歸趙」還要加強學生有關春秋戰國兼併爭霸、動盪不安的時代背景；教〈昆蟲知己──李淳陽〉，還需介紹象鼻蟲、虎斑蜂的自然生態。還有強調思維的邏輯性，思考課文選材、語詞運用的必要性。而語文相較於非語文實在有趣多了，因為語文是有意義的、有思想的、有感情的、有想像的，語言文字背後蘊藏可深可廣的無形意

涵，相較於非語文的具象有所侷限，我們閱讀它使用它，不僅人際有了交流溝通，讓非語文的象徵意義也更豐富。例如交叉的木條代表宗教的信仰，盔甲的羽毛繡上的徽章代表軍事權力，髮式紋身代表不同的社會關係。乘坐豪華轎車代表身分地位，昂貴的宴餐證明對客人的尊敬，但這些不單純的象徵過程也造成了語言和其他許多以語言為基礎的成就。我們可以說，語文促成了也豐富了非語文的藝術性、文化性、社會性。

　　生活中充滿了各種符號，讓我們無處不在閱讀，無時不在閱讀，但語文閱讀讓我們幾乎變成一種本能，人們不甘寂寞，無法安於現狀。我們要說什麼是閱讀？可以有上百種的理由，閱讀是一種：功課、負擔、處罰、獎賞、興趣、能力、學習、成長、健康、快樂、幸福、呼吸、習慣、播種、栽培、期待、負擔、吸收、提升、孤獨、苦悶、療養、安慰、解脫、釋放、放逐、宣示、防衛、災難、救贖、追求、熱戀、狂熱、飛行、探索、冒險、旅行、發現、階級、權力、儀式、傲慢、優雅、奢侈、慷慨、交流、對話、溝通、理解、思考、價值、風格、風貌、品味、境界、態度、哲學、文化……語文閱讀時或多或少有了增進知識或純粹愉悅身心的效果，不但讓想像力奔馳，所吸收的知識也不會流失。我們也會發現閱讀是奢侈的享受，因為一旦上癮永遠不嫌多。第一次看《紅樓夢》的感動、《水滸傳》俠義精神的歷歷在目，看完莎翁著名悲劇後所湧現的陣陣悲傷，《小王子》童話般的描述卻誘著發人思索的人生道理，表現了閱讀多面性和趣味。語文閱讀的美好一直都在，一個有「深沈感懷」或「崇高理想」的閱讀者會努力把自己的閱讀模式往可以「恆久影響人心」和「促成文化新生」的境界自我定位。要發展語文閱讀教學便具有很多期待和可能性。

　　以下針對語文和非語文的性質作比較以凸顯語文的獨特性，以確立發展必要有效的教學策略：

表 3-1-1　語文和非語文性質的差異

層次	語文	非語文
表層	● 是二度空間的存在。 ● 是平面的存在體。 ● 是有選擇的。 ● 不僅僅是實體的簡單化。 ● 是醞釀成形的。 ● 具獨特性。	● 是比較複雜的。 ● 是多度空間。 ● 有自然物和人造物。 ● 具有時間、空間、聲音、光線、現場情境、建築物、環境布置等元素。 ● 也有人所投入綜合的產出物。
深一層	● 夾帶意義、情感意圖經驗意義，這類具共同性，會想去了解比較。要與自己的經驗作比較。	● 實體本身無意義，但倘若以語文呈現就又變成固定可掌握的。
更深一層	● 有轉創作的想望或展現。 ● 看人家描述，引發興趣，有想勝過它或文體改寫，有想再寫的衝動。	● 不會有衝動轉創作。（應說是不一定具有能力）不是想要轉創作的條件較高，就是純欣賞或單純實用的用途。

　　有人把作家比喻成廚師，把讀者比喻成食客，作者用心完成的作品就如同廚師細心烹調的佳餚，廚師期待的是食客品嘗後的讚嘆聲，除了愉悅滿足外更是他研發下一道菜的動力。文字應該不只是符號或溝通工具而已，運用符號的主體——人，符號倘若是一個意義的標記，使用一個「海」字、「山」字的同時，是否還能加入主體的生命和情感去感受文字，去想像、體會山的崇高與海的廣闊，對於一個語文教育工作者，應該要有更高的感受力。（林保淳等，1997：2）例如海盜故事《金銀島》讀者看到男孩吉姆冒險從艙房走上甲板去窺探船上海盜的動靜。忽然聽到腳步聲，吉姆躲避不及，只好藏在蘋果桶裡。偏偏那個海盜是要來拿蘋果吃的，把一隻手伸進蘋果桶。第一次撈空，沒碰到吉姆。要是海盜把手伸長一點，一定會發現吉姆，吉姆也會沒命。在那緊要的一刻，船上有人高喊：「陸地！陸地！」原來「金銀島」已經到了。那海盜把手抽走，趕去瞧熱鬧，吉姆也逃過一劫。（林良，2010）

文學作品可以藉著技藝的展現，發展曲折驚悚的情節，牽動讀者的無限的想像力與情感，這種可以讓閱讀者心臟加速的閱讀經驗，應該是非語文望塵莫及的。教學者有責任發掘語文閱讀的魅力，引領學習者的好奇心並樂於閱讀。

　　至於非語文佔我們生活的大部分，自然不能視而不見，由於視覺、聽覺（畫面及音效）是最能引起學習者注意，可在教學過程運用一些視聽教材以增加生活體驗，藉由閱讀別人的生命內化為寫作素材，連結自己與他人的生命，並運用文學素養加以潤飾。如同小說家 Henry Miller 所說：「看到生命、人群、事物、文學及音樂要感興趣。世界如此豐富，有豐富的寶藏、有美麗的靈魂、有趣的人群在躍動。」（楊嘉敏，2010）把非語文藝術與語文結合的結果，往往令人耳目一新，因為有創意的語文閱讀教學要在科際整合中才容易展現。語文與非語文的最佳組合，例如 2010 上海世博的美國館用夢想造一座美麗花園，運用 4D 影片《花園》描述一位小女孩想要栽種花朵，美化住家附近一塊廢棄的雜亂空地。幾經波折，要完成的花園卻遇到暴風雨。重挫之下，眾人卻又能再齊聚，重建花園，陽光再現，影片結束在一幕幕種植了花草樹木的陽臺、屋頂、街角空地，一處充滿綠意、適宜人居的美好城市。描述了「人與人之間的關係」平實動人。這部影片傳遞美國的幽默、熱情、堅持與無窮盡的想像力，不僅打動了所有人的心，也表達出他們對自己國家的信心。

　　夢想館是 2010 臺北國際花卉博覽會唯一展現臺灣尖端科技的數位互動展館。結合尖端科技與藝術創意 3D 立體影像、即時互動、輕薄、撓曲或高靈敏度等特點，強調豐富感官體驗的科技，打造充滿想像力的故事空間，充滿無比驚奇效果的感官旅程。以幾米作品《躲進世界的角落》為文本，「一叫做小米的綠髮男孩，很單純地只想尋找一個可以跟孤獨以及自己共處的小角落，一個人靜一靜。於是他帶著一盒彩色水果糖，走出現實的世界，意外闖進了一個叫做『世界的角落』的奇想空間……」。如詩、如畫的場景表現得淋漓盡致，營

造出故事中的奇妙氛圍，讓觀眾更能有身歷其境的感受。運用裝置與動畫影像搭配的表現形式，營造出一個特有而迷人的敘事空間。影片結束後，當鐵捲門升起，打開另一個世界的門戶，映入眼簾的是一片燦爛綠意。原本陰暗的房間與光明的世界不再有隔閡，象徵無盡希望、人與自然和諧共生。以上兩館在不同國域分別運用了迷人的夢想故事，讓展覽建築愈發與人親近，「科技始終來自人性」藉語文更加落實。

　　將音樂性、抽象畫、大自然表現於書法藝術裡。文字的書寫本來是著重於實用性，但是書寫達到一種優美的境界時，能將作者的思想、心性、時代精神融入於線條的質感以及字裡行間之中，呈現出獨特的個人風格，進而與觀賞者產生共鳴而興起審美的感情，便是書法。傳統書法強調人格與讀書，身處當代，或許可以從旁吸取養料，諸如音樂、舞蹈、現代繪畫等等。發揮創意可善用設計方式學習章法（借鏡西方繪畫的精神或從建築得到靈感以及水墨變化的精隨）。（見表3-1-2）

　　例如，將中國古詩句與電影結合。影片韓國導演的《好雨季節》：「好雨知時節，當春乃發生。隨風潛入夜，潤物細無聲。野徑雲俱黑，江船火獨明。曉看紅濕處，花重錦官城。」詩聖杜甫的名篇〈春夜喜雨〉成為影片的重要元素。「好雨知時節」的詩句引出影片中的兩位主要角色雖然早就在美國留學時期認識，但愛情往往發生在該發生的時候，正如一場及時雨一樣，讓人欣慰及格外珍惜。2009 年的成都之春，杜甫草堂，花瓣如雨，幽深安謐。以相愛和不得已的離別故事展開，引發觀眾心底的感動和無奈。這次的新故事中，語言將成為二人愛情的一大阻力，但卻也是最無力的東西。主角重逢後用英語說著生活瑣事，卻始終無法徹底表達出內心的心意，語言成為了一道阻隔的牆，但也是看清愛情是否禁得起考驗的一關，單純的人物關係和構造，平緩的敘事方式以及簡單的故事情節。沒有過分喧嘩的成分，所有的人物表演和情感流露都在平靜的氣氛裡自然流露。即便是有關四川地震的悲傷資訊，也只是透過劇中對話而間接表露，沒有煽情的企圖和意

識。結束時女主角，在「杜甫草堂」的幽靜小徑上自由行駛的時候，與前面情節對應，令人亦悲亦喜，畫面流暢舒緩，是片中最精華也算是最高潮的表現。這些善用詩文配合含蓄純情的情節，感染了詩意也滿足了觀者的感情期待。

探討語文閱讀教學，首要之務在有關語文閱讀對象的確立，因此就語文的定義前章已經探討過。第二章第一節有關語文閱讀的界定，已將語文閱讀與非語文閱讀二者作了基本的區分，因為研究限制將廣義閱讀的非語文部分區隔在外；就含有語文現象或以語文形式存在的事物的為對象的部分，在建立本研究語文閱讀教學策略的方案前，強調語文閱讀教學的部分不同於非語文閱讀教學，再確立語文閱讀教學的獨特性。

就語文教學所包含的語言教學及文章教學部分，語言教學可探討的有傳統的語音學、語法學、語義學、詞彙學的物質成分，以及當代的心理語言學、社會語言學、文化語言學等等的發用背景和文化差異。文章的教學方面可討論的有文學理論及各學科理論，如文章的抒情、敘事和說理等技巧特徵以及前現代、現代和後現代（包含網路時代）等風格特徵。而這些技巧與風格要探討的對象則涵蓋討論的人文學科、社會學科與自然學科等語文學科（如圖 2-1-2）。比較細微處，還可留意的地方如人文學科裡的文學、藝術屬抒情、敘事技巧，除文學、藝術之外的其他學科內容多屬說理技巧部分（周慶華，2004b：2-4）；所以語文閱讀教學的閱讀對象上確立後，便可以開始為傳授語文經驗的程式和手段（語文閱讀教學）的機巧多變，多盡一番心力。

表 3-1-2　書畫藝術

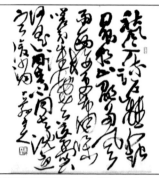

〈藍的極限〉（何政廣，1994：132）美國抽象畫家 Jackson Pollock（1912-1956）傑克遜‧帕洛克的自動技法。	〈行草韋應物詩〉（卜茲，1994：11）陳宗琛滿版的布局，仿效西方技法，隨性不刻意的技法。

〈世塵〉（何政廣，1994：130）抽象畫家馬克‧杜皮的水彩畫授曾去上海學	〈金農〉（明詮，2004：19）從建築

書法，畫風受影響。這幅白色書寫不是寫書法，如同雲門舞吉林懷民學書法不是為了學書法而創《狂草》舞蹈。

獲得靈感。橫勢高低猶如江南建築。用斜線破其整齊性。

施永華草書，具音樂性。

施永華草書：竹葉印象。向大自然借鏡。草書講求的是韻律節奏，以尖銳的橫勢與上升的斜勢為主調，刻意以重複方式強調某些筆畫，製造視覺焦點。

第二節　語文閱讀教學策略的性質

　　本語文閱讀教學策略首先要釐清與非語文閱讀教學的差異性，主要關鍵是語文內蘊豐富的情感意義與經驗的特質。語文雖是二維空間的存在，但可以創造影響的範圍卻是超越時空，無遠弗屆。與其說是我們使用語文，毋寧說整個世界是被語文所建構所包圍。前一節已說明語文對社會文化等的影響力，簡單的說語文現象與語文形式的事物具有人文性和工具性。前者指的是語文承載的內容、人文、思想、情感與道德內涵；後者指的是語文的表達特性，如字詞的表達色彩、句段篇的鋪陳與組織方式、敘寫特色、表現手法等，除了藉以為交際的工具功能外，我們藉由閱讀語文從而學習的知識、思想和文學，或說知識、規範和審美等語文經驗，便是非語文形式存在的事物或現象難以取代的。就我們以美學作語文閱讀評價為例，美好的事物，人人嚮往，但語文不同於非語文的是作家藉由語文意象表達他喜怒哀樂的美感經驗，而閱讀者從那文字符號用心還原那喜怒哀樂的意象，也就是從還原意象的過程中體味享受美感，而這種經驗可以一而再再而三的被體驗分享再創造，這是非語文的閱讀難以做到的。因為要主動進行語文閱讀學習，因此要發展必要有效的語文閱讀教學策略。

　　閱讀教學既為「教學」，「教學」據說文解字的說法「教是上所施，下所效」、「學是覺悟」。意指教師長輩的言行舉止、指導教誨，學生後輩都要效法學習。學習者基本上就存在著與教者不對等的發言關係，尤其是語文閱讀教學求新求變的基進訴求，又希望學習者能在社會化的學習過程裡有極大的空間發展閱讀策略，進行他的閱讀活動。為了落實閱讀主體與客體在社會環境下的機動安排，要設

定一個關係網絡（見圖 3-2-1）：要先確立閱讀的體制性，如為誰而讀（例如以時間論，為過去／為現在／為未來的人閱讀；以空間論，為特定人／不特定人）；其次要讓該體制性進入具體的社會情境中存在活躍；再來要為社會情境內部釐出實質的關係網絡。而這個關係網絡就是相關閱讀教學活動要進行機動性安排的起點。（周慶華，2007：56）例如，選讀《韓非子》「自相矛盾」的故事，可否與紀曉嵐冒死勸諫乾隆的苦肉計相提並論：緣於因紀曉嵐喝了貪官和珅向皇帝獻上宣稱可以福壽綿長的「不死酒」，皇帝要怒斬他，紀曉嵐仰天大笑道：「我今日喝了不死酒，已成了神仙之軀，那大刀又豈砍得動我項上人頭，奪我性命？」乾隆一聽便知紀曉嵐是藉喝酒勸諫自己勿迷信，話中之意實是「不死酒若是真，那他便不至於死；不死酒若是假，那他必死無疑！」始知忠臣的赤膽忠心。（楊雪真，2009：108）又可與 Gaunilon 針對 Anselm 主張的「全能的上帝」提出「上帝能否創造一塊連他自己都舉不出來的石頭？」（師瑞德，2010：220）的故事相印證、古希臘雄辯家喜愛利用矛盾術來駁斥和揭露詭辯者的技倆，哲學史上一則「說謊者悖論」最簡單的形式是：「我在說謊。」如果他在說謊，那麼「我在說謊」就是一個謊，因此他說的是實話；但是如果這是實話，他又在說謊，矛盾不可避免。（緣中源，2010：38）甚至透過網路搜尋或圖書館資料檢索或討論找出更多類似不合理且普遍存在的故事，舉一反三的具體分析和解決不同的矛盾，擴大知識領域，造成更豐富的聯想和連結，都是自發性的為誰閱讀的正向展開。

本語文閱讀教學策略要強調比較的是一般的語文閱讀教學常是為教學而教學，如人們生病就診，未能深究病根，而以頭痛醫頭腳痛醫腳的治標作法，或如感冒只能改善症狀給藥，卻無法藥到病除。還是要從瞭解為什麼生病開始，靠自己注意健康飲食，提升免疫力，從根本的預防做起，我們的閱讀教學也是如此。一般設計與實際語文閱讀教學的策略只能讓學生片段學習，學生無法瞭解與掌握自己

的閱讀意圖，茫然跟從教學者學習，卻不知如何應用閱讀以達成自己想要達成的閱讀目的，這是一般語文閱讀教學沒能顧全的部分。嘗試根據先設定閱讀的體制性，這是閱讀教學活動要進行安排的起點。期望構築的語文閱讀教學策略能在以協助學習者產生「為誰閱讀」的認知為前提，再去一步一步發展後面的策略層次。本研究包含四個環節：為誰閱讀、閱讀選材、閱讀教什麼、閱讀怎麼教，如圖 3-2-2。

　　現在就一般閱讀教學活動作比較，以確立本研究的相異處及必要性。以較早期的語文閱讀教學資源 http://140.117.12.91 國民教育社群網／資源分享／教學為例，連結頁面資料含 2005 年到 2008 年的三十九筆國中小教案分享，國語文部分有範文（課文）理解教學、心智圖閱讀寫作教學、比較閱讀等教學示例，有不少教學方法可參考，但整體來說仍多以教師主導的語文知識、認識文體及文意理解為主。目前（2010.02.25）網站上仍有內容可參閱。

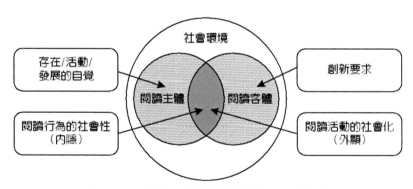

圖 3-2-1　閱讀主體與閱讀客體的社會關係圖
（資料來源：周慶華，2007：57）

圖 3-2-2　閱讀教學流程圖（二）

　　因應整個語文學術界、教育界積極推動發展閱讀策略的潮流頗盛，我舉在 2010 年 1 月 5 日在新北市（原臺北縣）教育研究發展中心發表的為例。2009 年底新北市教育局為精進教學由一群（十五位）國中小老師進行的 http://163.20.69.130/moodleread/臺北縣精進教學_閱讀社群計畫，主題名稱為 web2.0 教師閱讀社群網，鼓勵專業、自主的教師同儕合作，透過研究、溝通、合作及資訊工具增強學習，激發創意、提升學習層次。促發教師同儕間的專業互動與成長，帶動專業自主與樂於分享的正向氛圍。在閱讀教學中使用線上合作、思考工具等，以提升學生思考力。強調以學生為中心的教學、鼓勵自主學習及高層次思考。以上為計畫的主題理念。教師們試圖釐清閱讀目的與內涵，教師要如何引發學生閱讀的興趣並且帶領學生進行有意義的閱讀。組成老師針對此議題進行探究與學習，並期能精進教師閱讀教學的能力。教師試作示範，藉社群協同合作學習，發揮集體的智慧，讓思考更多元與周延。2010 年 1 月 5 日該社群提出的成果發表，針對閱讀及閱讀教學分別分析出幾大項研討後，教師們在眾多學者專家們提出的各種閱讀策略，訂出幾大閱讀策略，然後由教師認領一種策略設計教案進行教學並修正討論。我認為這種網路社群有集體智慧的楷模學習，可以是不受時空限制的專業對話，定期的專題講座面授課程，讀書會的閱讀課程，定期線上分享討論，知識領域與教學實務結合值得肯定與參考。但是看過各個配合閱讀策略進行的教學活動後，仍然和所有目前的語文閱讀教學活動大同小異，無論是平日在教學場域進行的教學觀摩或提供網路分享（中國大陸有不同教師針對一課不同教案分享）的閱讀教學活動，均針對某一單元的課文教學或如本計畫針對某一閱讀策略進行教學活動，無論是提供教師參考或學生學習，完全未見學習者主動閱讀的思考層面，也就是學生不知道自己為何為誰而閱讀，然後才有因為教學者要學生學會某一策略或讀懂某一篇文章如此課程結束，學習也就

結束。就像近日要再上該網站已「人去樓空」，看不到相關資料。資料都是發表當日我特意整理留下。（見圖 3-2-3）

　　針對閱讀行為本身該計畫經由討論，篩選比較過如吳敏而所提找連結、提問、運用已知、預測、推論、圖像化、抓重點、統整、監控理解、修正理解等十項讀者常用理解策略與如 Dr. Short（2001）、S.Harvey&A.Goudvis（2000）的找關係、問問題、視覺化、推論、找重點、綜合等六策略，最後仍根據《高效閱讀的八個絕招》八項能力：辨識細節、讀出主旨、先後排列、辨認因果、預測情節、進行推論、取得結論、批判思考。八項之外，再增加一項組織結構或圖像組織統覽整篇文章。中央大學學習與教學研究所 http://140.115.78.41/閱讀與學習研究室網站有相關閱讀理解的研究資料可供參考。另外教育部為幫助教師掌握閱讀策略教學，於 2008 年也展開閱讀教學策略開發與推廣計畫，計有十三個團隊與上述閱讀社群計畫一樣針對如預測、連結、摘要、找主旨、作筆記，教師們各選擇教科文本及補充教材選文來作各閱讀策略的閱讀教學活動。完整資料可見 2010 年教育部發行《閱讀理解策略教學手冊》教師規畫配合以實施某閱讀策略為目標的閱讀教學活動，學生應學會該單元的教學目標，例如教學者期待學習者能學會根據已知包括文字、圖表、作者資料、背景知識作有線索邏輯的假設（推論），或是一種沒有線索的假設作預測再在後面續讀的文章中，瞭解所預測是否相符；同時可作比較批判並思考作者何以如此安排的用意，持續監控以檢核理解層次的歷程，期許成為循環且自發的閱讀行為。

　　以閱讀社群中某例來說，以一則小故事「紙條上的簽名」「曾經擔任英國首相的邱吉爾，有一天應邀在一個廣場演講。他講到一半的時候，停下來喝一口水。這時，臺下忽然遞過來一張紙條，他看了一眼，只見上面寫著兩個字『傻瓜』」，在未見下文的情況下，讓學生討論對於紙條反應的結果，如有三種可能：

(一) 不理他，繼續演講→不會影響演講和名譽，但也無法彰顯個人機智。

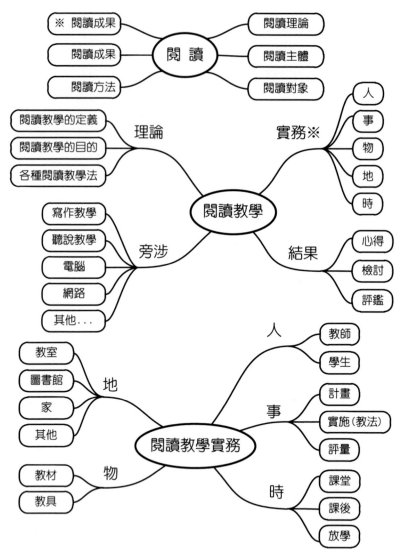

圖 3-2-3　閱讀、閱讀教學、閱讀教學實務體系建構
（整理自社群網站，2010）

(二) 追根究柢，抓出始作俑者→打斷演講，倘若起衝突可能影響個人
　　名譽。

(三) 笑著說：「誰傳錯了紙條？」→化解尷尬，彰顯個人的機智與幽默。

　　經由討論後，教師再揭示下文，「邱吉爾知道有人想藉這張紙條羞
辱他，他把紙條放在講臺上，神態自若的說：『剛才有一位聽眾送來一
張紙條，這位聽眾真糊塗，只在紙上簽下大名，卻忘了寫內容』」，說完，
邱吉爾微微一笑，又繼續他的演講。」教師和學生可探討的有兩個方
向，就是自己與文本相同相異的地方及作者或文中角色的應變方式的
理由。我認為在預測策略的應用時，還應提供教師進一步的思考，包
括對敘事性文體文章故事，所提供的情境、人物性格特性、故事情節
和結局，深究故事的布局及其所隱含的意義，都可運用引導與想像、
給予線索與預測、提出疑問與討論、綜合與評估四個教學步驟，引導
學生更細微、豐富的掌握故事的主要意旨。

　　在閱讀文本時能運用習得的技巧策略去理解文意，教師提供學
習鷹架如放聲思考呈現內在歷程供學生觀摩模仿，經討論到獨立練
習逐步自動化內化策略程式，這是屬於閱讀過程中的詞意解碼到內
容意涵的理解。在一般只作詞意教學或直接講述的閱讀教學，的確
能達到閱讀時證實預測而產生成就感。九年一貫的教育改革後，學
科知識不再侷限於死板的文本，而重視的是落實生活應用並轉化知
識為能力。舉凡報章雜誌、新聞時事、坊間暢銷書、甚至廣告文宣、
生活消息等都屬學習的範圍，因此努力引導學生學習閱讀技巧，協
助理解掌握生活訊息是很重要的。問題是學習者是否經由教學者的
主觀認定選材教學特定閱讀策略後，因此就能完全學會讀懂任一種
語文材料，學會舉一反三，遇到不同元的生活選材，都能自動運用
自如？也就是還有很多練習及效果評估的空間，教學者還應提供多
元情境大量練習該策略的機會，而在教學活動的規畫時，還需考慮
何種教材適合用來作該種閱讀策略的操作練習，也需要提供教學者
和學習者選材適用的理由。例如可預測書的運用與讀寫環境，包括

教學者可告知有插畫線索、有重複的語句、有熟悉的情節、猜測還要加以驗證、結構不能太繁複（要簡單）、表達概念要清楚，而一般課文是不適合作預測的，因學生在開學已有該文本失去新鮮感及探索的好奇心。

閱讀教學的目的在於提升學生的閱讀理解能力，讓他們成為獨立的閱讀者。一般這樣的閱讀教學活動沒有考慮為誰閱讀先發動機的閱讀活動，由於缺乏學習者本身的意圖和目的，完全照單全收，效果因此有待商榷。這樣的教學活動在整個閱讀教學屬於方法技巧的學習，當各種策略學習熟練將有助於理解，但至於學習者根據什麼社會目的，如何選讀，要讀什麼都未著墨探討，因此只能算是為部分閱讀能力著力的教學，未臻完備，學習者尚無法成為獨立的閱讀者。

一般定義閱讀教學法是指在閱讀指導的過程中，教師所安排的教學程式與使用的教學方法。上述的閱讀策略教學過程有一種放聲思考值得肯定參考，可讓學習者瞭解教師（領讀者）如何及何以如此運作分析、判斷、作決定的內在思維，可提供學習者可觀察模仿學習鷹架。我認為還應該在課程之初包含讓學習者瞭解教學將如何進行，如此安排設計的理由，也就是提供學習者如何學習的原理，幫助學生認識知識背後的成因（why）及方式（how），鼓勵學生提問、討論與研究，讓學生在學習中融入個人特色，促使學生深入洞察主題；教導學生如何表達他們的意見與想法，並且如何適切地回應其他人的意見與想法，教學應包含思辨與開放性問題，強調高層次思考；挑戰學生，讓學生剖析自己的思考，並應用各類價值觀，詮釋個人的經驗。

本研究的語文閱讀教學規畫為當閱讀所為對象確認後，依據閱讀所為對象為特定人或非特定人，為不同的閱讀對象設計選擇不同的閱讀材料，如為特定閱讀對象時，閱讀的選本則需以基進材料為主；如為不特定閱讀對象時，閱讀的選本則需以經典材料料為主。前者為閱讀所為對象為某些特定的人或族群時，例如學生為父母、師長閱讀，本為應付考試讀書，班級讀書會小組讀書報告時為同儕閱讀，因無法

開脫這既存於社會隸屬關係的權力意志下，也為了不致辜負閱讀對象的期待與約束，閱讀材料必要有基進的成分，如讀有創見的書考試便有新意，讀書會成員更會有閱讀的動力。如依周慶華（2007）《語文教學方法》書中提到的語文經驗分類，為了便於認知和仿效而約略不出人所能具備的「知識性」經驗、「規範性」經驗、「審美性」經驗等三大範疇，就在這三大範疇中力求選讀作品的基進性，在選材的性質及功效這部分於第五章再詳加討論。後者為閱讀所為對象為無法確知的不特定人或族群時，例如作為文章評論人或影視評論人考慮所為評論，無論發表為口述或筆述，因無法設定閱讀者為哪一群特定人或階層、族群、政黨，而有不確定的因素隱於其中，為了不致引發歧異及教化功能不彰等，應選擇可具公評及公信力的閱讀材料，因為經典為多數人所認同，比較有吸引力，選擇範圍也較廣，更容易達成，無論引言立論或自成主張才有說服力。選好閱讀材料後，接著根據所選基進教材或經典教材，要思考這些閱讀材料中我要教給學生什麼，是語文知識？閱讀能力？情意態度？如何設計閱讀材料成為可教可學的閱讀教材，如何藉教材引導發現屬於知識、規範、審美的何種語文經驗，除了經驗再造，有無發現新知的可能。而「閱讀」指導的第一功就在「寫作」的獲得上，透過欣賞的過程，不僅獲得一本書或一篇文章的內在情意與外在形式技巧，進而可以轉化成為自己創作的泉源。「閱讀」是因，「寫作」是果；「閱讀」是手段，「寫作」是目的。閱讀的過程是吸收，而吸收的目的是表達，而寫作就是表達。因此，閱讀是寫作的基礎，而寫作是閱讀的指標。而多閱讀，寫作能力不必然會增強，像宋人陳輔曾大致說過：萬卷書誰不讀，下筆未必都有神這樣的話（吳文奇，2008），有教師慨嘆，學生答題還不錯，但在寫日記或作文時，往往錯字連篇，辭不達意，為什麼學生的日常作文很難看到閱讀的影子？其中原因除了閱讀和寫作在教育系統中也有各自的能力指標，一般的教學裡閱讀和寫作也被當作兩個獨立的部分在運作，還有讀寫缺乏有效的互動。透過閱讀寫作，閱讀後如何轉創作要講究方法，例如

引導學習者關注作者寫作的心理、社會、文化等背景。讀寫不僅要能結合，從讀到寫，先讀後寫，以讀帶寫，以寫促讀。讀進去的東西怎麼才能很好的寫出來，只有寫出來的讀，才是課程語境下有意義的讀。

　　本策略強調閱讀教學的內容在使學習者借閱讀獲得他所意願的語文經驗，為了從閱讀獲取語文經驗的教學策略包括各種描述、詮釋、評價等方法，對整體教學目的的達成是有效且具有優先性。而所謂描述、詮釋、評價以一段文字為例作說明：

> 　　陶南才坐下來，就聽見兩個女生在交談。當中一個說：老四剛剛在餐廳吃飯，餐盤中有一顆滷蛋，她用筷子一夾，滷蛋順勢彈了出去，掉在對面另一個人的湯裡，濺了人家一身。她趕忙起來向人家道歉，並為對方擦拭；沒想到又把餐盤弄翻了，這下對方連臉上都是飯菜。你看，這種笨手笨腳模樣，真是豬噢！
>
> 　　（周慶華，2004b：18）

　　這屬於前現代式的敘述，「你看」之前的是描述，「這種笨手笨腳模樣」是對前事件作詮釋，加上「真是豬噢」為評價。雖然從前面描述的情狀，我們便可理解後面的詮釋和評價的合理性，但也因讓讀者少了自為判斷或有其他想像的可能而顯得多餘。（周慶華，2004b：18）另一則描述「娼妓與神父」的情節：

> 　　印度有一位神父住在一個娼妓的街對面。每天，他走進屋作祈禱、潛心修行的時候，都瞧見眾人們從那個娼妓的屋子裡進進出出。他也瞧見那個女人親自迎來送往。每天，那位神父總要想像和深思在那個妓女房間發生的可恥行徑，他的心中對那個女人傷風敗俗的行為總是充滿著強烈的反感。每天，那個娼妓都看見那位神父在修行練道。她總想這是多麼純真無邪，能把時光花在祈禱和修行上該有多好啊！「可是，」她嘆息道，「我天生就是做妓女的命。我的母親是個妓女，我的女兒也將是個

妓女，這個世道就是這麼回事。」那位神父和那個娼妓在同一天去世，他們兩人一塊兒面對最後審判。令那位神父深感吃驚的是他因為自己的邪念而遭到了譴責。「可是，」他不服氣的的爭辯道，「我的一生是清白的。我把自己的白晝都用來祈禱和修行。」「不錯，」審判者說，「但是，當你的軀體在修行養性時，你的心在作邪惡的判斷，你的靈魂被你好色的想像玷汙了。」那位娼妓由於自己的純潔受到了褒讚。「我不明白，」她說道，「在我的一生中，我向每一位出了錢的男人出賣我的肉體。」「妳生活的處境把妳置身於妓院之中，妳出生在那裡，妳的力量使妳無法從事別的職業。不過，當妳的身軀在進行卑鄙的行為時，妳的心靈總是純潔的，而且一直在默默地思索著那位聖人祈禱與修行是純真無邪的。」（張春榮，2007：142）

　　全篇藉由雙線結構的反差，形成意外轉折。神父雖置身聖壇，眼中無妓，然心中有妓；妓女雖身處汙地，卻如出水蓮，心中純善。二者構成強烈反諷，呈現浮世繪的繁複真實，直指人性「是非關係不穩定」的曖昧空間。（張春榮，2007：142）審判者所說是詮釋，說明何以神父的心是邪惡的，而妓女是純真的，而評論者的指稱人性曖昧的說法，更是對全篇更進一層價值的評定。這種同時具有描述、詮釋或評價的敘述，在一般寓言故事的文集最易見到。通常原文只是描述，頂多加上詮釋，而意在言外的評價則為寓言文集的編著者在後面補述，除了讓讀者確認寓意或見出新意都是文外的評價。如《韓非子·說難篇》：

　　　昔者彌子瑕有寵於衛君。衛國之法，竊駕君車者罪刖。彌子瑕母病，人聞有夜告彌子，彌子矯駕君車以出。君聞而賢之曰：「孝哉！為母之故，忘其犯刖罪。」異日與君遊於果園，食桃而甘，不盡，以其半啗君。君曰：「愛我哉！忘其口味，以啗寡人。」及彌子色衰愛弛，得罪於君，君曰：「是固嘗駕無車，

又嘗啖我以餘桃。」故彌子之行，未變於初也，而以前之所以見賢，而後獲罪者，愛憎之變也。（王先慎，1983：65）

用國君的愛曾喜怒作為法律標準，這就使得彌子瑕不能不成了個人意志的刀下鬼。如果任個人意志、好惡來判別是非，一切醜惡美好，一切香花毒草都由權威兩片嘴唇皮來決定，那麼真理還有什麼標準？法律怎能成為準繩？（嚴北溟等，2000：15-16）這篇「餘桃啖君」的故事就其原文在描述事件前後變化差異之後，說者也就事論事的詮釋國君待臣今昔不一，在他愛憎不同的緣故。文章末尾的注解也針對國君的權力意志大於法律、真理作出評價。不過，這不就是過去君主專制絕對權力的寫照，無由分說。

延伸本書第一章第一節、第二節語文閱讀的目的與語文閱讀教學的目的，對徹底理解所讀材料為自己所用的閱讀目的，到閱讀者試圖藉閱讀影響支配他人（個人或多數人），如升學就業的利益謀取，到學有所成自立學說為文著述，以樹立權威，以至於進一步教育他人實現理想，要達成這些「成就」的努力和吸引力，可不是純為自己而讀的想法所能比擬的，學習者將會知道他要下更大的工夫才能達成理想，也就是教學者要教導學習者有所為而讀。這些閱讀動機閱讀歷程如何啟始，如何可能，歸因在於閱讀所為對象的確立，而閱讀教學無論採取如何活潑有趣具創意的教學方法，都是在促成閱讀者達成他完成最初設立的意圖——自己受用外與影響他人等更大的目標，直到使閱讀者（學習者）精熟練達到成為意識的一部分，教學者才可說是功德圓滿，為成功有效的導引者。語文閱讀教學策略本質在於希望能比一般的語文閱讀教學方法更有效達成以上語文閱讀教學的目的。除了讓學習者藉著深層的理解教學策略學習各種語文經驗，達到個人受用的結果，也希望將透過轉運用學習到的語文閱讀知識和閱讀能力去達成個人以外的成就目的。

因此，綜觀以上如何有效的根據學習者所為閱讀對象來學習閱讀，因為學習者瞭解自己的意願和企圖，知道教學者選擇這類教材

的理由，知道如何慎選教材進行閱讀學習，在教學者引導實踐深層多元的閱讀理解詮釋；因此較量所舉例的一般閱讀教學，顯見無法引起主動閱讀的想望，因為沒有誘因，一切被動行事，恐怕又配合一般教學者自訂目標的閱讀活動來「演出」，只是灌輸知識或熟練技巧，難有起色的閱讀成效，也將回到學習意願不彰語文程度堪慮的境地。

　　一般人讀書為了積累知識，增長學問識見，要博學從而多才多藝，這是為了「求知」的需要，一切有利於知識積累，有利於開慧益智的書，甚至遇有和自己觀點不同或者不適時宜的書，也要拿來看看研究，以便從正反兩方獲得經驗和教訓，增加知識和才智，這是讀書最基本的要求和目的。一般的閱讀教學策略只能涉及第一層次個人受用，如前述讀書為知，讀書為己，最重要的關鍵在於未考慮為誰閱讀，未考慮到還有個人以外更進一階層次的目標。

　　孔子說：「古之學者為己，今之學者為人。」指的是古代學者學習的目的在於修養自己的學問道德，現代學者的目的卻在裝飾自己給別人看。蘇東坡有「腹有詩書氣自華」的詩句，讀書多少氣質素質自然不同。余秋雨說，閱讀的最大理由是想擺脫平庸，誰都不想平庸，所以藉博覽好書修身正己，培養道德情操。（巴丹，2010：117）但這只是練好內功，獨善其身，充其量或只是「兩腳書櫥」。我們現今可以思考的是讀書的意義在於為別人。這裡的「別人」，可以小至身邊可親的人，也可以大至社區城邦。為己是讀書人「能夠」做到的，為人則是知識分子「應該」做到的。長期以來我們批判「讀書作官論」，這個做法需要反省。其實讀書不必排斥求仕，只是求仕不是為小我，而是為大眾，為用世，有所謂「達則兼濟天下」。關鍵在於不能只圖作官而不做事，要做為民謀福利的好事。讀書人也就是知識分子少些「為己」主義，多些「為人」主義，不只是炫才耀己，要敢於仗義執言，發表正確意見，貢獻知識才能；更要發現真理，運用真理教化群眾，從而規範社會行為，引導潮流，使社會邁向進步。

　　因此，本策略的實施除了個人「為知」、「為己」的閱讀者目的，還考慮到能轉運用到第二級序的目的。也就是說，實施這個語文閱讀教學後的結果，學習者習得語文經驗後，例如可以因此獲得文憑證照，便利謀職升等。倘若精進研讀成一家之言，著書發表，預期獲得某特定及不特定的群體或個人的閱讀欣賞評鑑，進一步整個策略可以提供教育決策單位的推廣。

　　原則上本策略的本質包含如下：

(一) 要能有效區別非語文閱讀教學。

(二) 本策略要比一般所用策略方法能更有效達到語文閱讀教學的目的。包括以下兩級序的目的。除了個人目的，還有個人將所學轉運用的兩級序。

　　第一級序：讓學習者能學到知識經驗、規範經驗、審美經驗，這只是個人受用。

　　第二級序：讓學習者可以轉運用知識經驗、規範經驗、審美經驗，此處所謂學習者轉運用：

　　1. 謀取利益──如升學、就業。

　　2. 樹立權威──著述、立說。

　　3. 行使教化──教別人，從事公職 去擬訂教育政策。

　　從設定學習者為讀者的角色以及學習者的閱讀所為對象確立後，接著選擇合宜學習者的教學素材，然後試作材料教學重點分析，清楚知道創意經典處，顧及讀寫關係。在教材編輯的規畫與設計時，要將如何指導寫作融入教材中，瞭解教什麼，及如何教，就是教學者安排教學活動時採用哪一種適當的教學法；靈活應用一種或幾種教學法互為運用，透過活潑的創意教學，指導學生達成不同的語文學習的目的。

第三節　語文閱讀教學策略可預見的功能

　　指導語文閱讀教學，要先體認長久以來因為考試領導教學，我們的學生為考試而讀，為分數而讀。以教學體制下的學生學習來看，由於受限於評量的形式易於批閱或統計測量，測驗內容多為字形音義、句型、文法修辭、簡單的理解訊息，包括如第二章第二節閱讀知識及閱讀技巧方面，見表 2-2-4、表 2-2-5 至於閱讀策略及閱讀監控如表 2-2-6、表 2-2-7 屬於高層次理解、情意、習慣、態度則無法從紙筆評量中獲知。如第一階段可測的分段能力指標，有 5-1-1 能熟習常用語詞的形音義，5-1-1、5-1-2 能讀懂課文內容瞭解文章的大意。5-1-7 能掌握基本的閱讀技巧。而難測的分段能力指標，5-1-3 能培養良好的閱讀興趣、態度和習慣。5-1-4 能喜愛閱讀課外讀物，擴展閱讀視野。5-1-5 能瞭解並使用圖書室（館）的設施和圖書激發閱讀興趣。5-1-6 認識並學會使用字典、兒童百科全書等工具書，以輔助閱讀。如臺北市、新北市、宜蘭縣（宜蘭縣基本學力檢測網有完備的檢測報告和建議）經年實施語文檢測，長時間以來教師圍繞著命題方向教學，但就即使以閱讀能力指標來說，卻無法完全涵蓋並作出評鑑。作檢測如同作健檢，瞭解病情對症下藥，但老師天天考，天天健檢卻沒作診斷，治療。以為健檢作愈多，身體就愈健康，這是本末倒置的作法。萬法歸宗就是要落實語文閱讀教學，教學者要引導學習者激發為人閱讀的動力，自然主動積極的有效閱讀。

　　2006 年臺灣學生首次參加 PISA 評量閱讀素養十六名，今年（2011年）成績大退步，閱讀則是第二十三。各界正視到如何調整教學方式，提供孩子所需的教學。PISA 重視理性分析溝通能力，測驗孩子能不能自主終身學習，這項成績反映孩子需要怎樣的教學，顯示教育方向需

要改變。這次閱讀素養再度退步，第 19 期《親子天下》提出我們語文教育是走錯方向。雜誌調查也發現，雖有九成國語文老師同意，語文科最重要的目標，是培養學生的思考判斷與資訊解讀能力，培養學生聽說讀寫的能力；培養學生理解、運用書面語言的能力。但課堂上最多心力、時間，都在幫助學生通過基測，語文教學也停留在傳統的背誦、修辭。莘莘學子還要在老師嚴重偏差的教學中，在基本課文理解後，便不斷的記憶字詞義解釋、辨識修辭句型。就像美國心理學家 Eric Berne 曾說「我們天生是王子，教育的過程使我們變成了青蛙。」（袁長瑞，2005：105）教學是點一盞燈，而不是填一隻桶。也就是說，教師是激起學生愛好知識或技能的人。一個人能不能教學，唯一的辦法就是看他是否能喚起學生的熱心，點著求知的火焰，願意學習。

　　PISA 的背後，重要的不是「排名競賽」的結果，而是揭示了一個全世界教育的走向。它給臺灣的啟示是：追求標準答案，強調精熟與反覆練習的教育模式，已經不能因應未來的挑戰。在一個 google 可以搜尋到所有「標準答案」的年代，教育該培養的是下一代搜尋、綜整資訊；正確解讀、判斷資訊、思考、表述觀點和意見的能力。重新思考「語文教育」的目標與重點，讓語文能力與生活應用結合，將會是臺灣面臨的下一波關鍵挑戰。例如強調人家是在培養能力，而我們是在灌輸知識，網路曾經流傳這樣的實例。所以我們不應再強記知識為考試而讀，而是別有所為而讀。

　　一位家長（龍應臺）提供了本地讀高二兒子的一道歷史題是這樣的：「成吉思汗的繼承人窩闊臺，西元哪一年死？最遠打到哪？」因為兒子答不出來家長代查出來，是打到現在的匈牙利附近。一次偶然的機會，我發現美國世界史這道題目不是這樣考的。它的題目是這樣的：「成吉思汗的繼承人窩闊臺，當初如果沒有死，歐洲會發生什麼變化？試從經濟、政治、社會三方面分析。」有個學生是這樣回答的：「這位蒙古領導人如果當初沒有死，那麼可怕的黑死病就不會被帶到歐洲去，後來才知道那個東西是老鼠身上的跳蚤引起的鼠疫。但是六

百多年前，黑死病在歐洲猖獗的時候，誰曉得這個叫做鼠疫。如果沒有黑死病，神父跟修女就不會死亡。神父跟修女如果沒有死亡，就不會懷疑上帝的存在。如果沒有懷疑上帝的存在，就不會有義大利弗羅倫斯的文藝復興。如果沒有文藝復興，西班牙、南歐就不會強大，西班牙無敵艦隊就不可能建立。如果西班牙、義大利不夠強大，盎格魯·撒克遜會提早 200 年強大，日爾曼會控制中歐，奧匈帝國就不可能存在。」教師直呼太棒，大為激賞的給了 A 等級（代替分數）。其實這種題目老師是沒有標準答案的，可是大家都要思考。人家是在培養能力，而我們是在灌輸知識。其實，孩子的表現，我們施教者應該深自反省。臺灣的矛盾：用錯力氣的語文課。在此所要探討的是學習者盲目跟從錯誤的教學方向，追尋「標準答案」，用反覆練習與背誦完成升學使命的同時，PISA 國際教育評比的結果，無疑是給愛考試的臺灣當頭棒喝。語文教學必須改變沈痾，力挽頹勢。所以我提出一套語文閱讀教學策略試圖從改變學習者閱讀習慣——單純為考試讀、為分數讀，教學者指導如何在學習者意識為誰而讀（見第二章第一節及第三節），配合想要影響的閱讀對象，選擇與生活聯結的經典、基進教材進行批判思辨，多元詮釋理解再產出的創意教學，希望對目前的語文教育有所助益。除了讓學習者達成除了個人受用的知識、規範、審美經驗外的第二級序目的，而本策略的提出和實施方法的研究也冀望在此。

2010 年底教育部長吳清基宣示實施十二年國教的決心的同時，還在憂心一旦沒有基測，「孩子不讀書怎麼辦？」而家長也認為應該有學習評量的機制。學者發表論述，認為長久以來，考試已經是學生讀書的唯一動力，因此一旦沒有基測，學生就不會讀書。（日日談，2010）「未來教育不是為考試而存在」，免試入學要讓學生有學習動機和壓力，要靠課程內容、教學和學校專業人力等的配套，讓學生探索性向，發展潛能，為自我學習。在英國前不久所出版的一份教育報告「2020 Vision 」（Christine Gilbert，2006：10）中提醒我們學校在為學生的未來作準備時，應該建構及培養學生「個人化學習的技能」。這些技能包

括（一）高層次的口語溝通能力；（二）可靠、準時及堅毅；（三）有團隊合作的能力；（四）能夠負起自我學習責任及養成有效學習的習慣；（五）能夠獨立作業；（六）有探索及解決問題的能力；（七）從逆境中迅速復原的能力；（八）有創造發明、富進取心及創業的能力。要如何將這些能力融入教育現場中，還真是一大挑戰。因此，本研究以閱讀意願與創意教學為核心訴求，在教育政策異動的此時顯得特別重要。

就語文閱讀教學來說，在教學歷程中，語文研究是很重要的，包含著重推理的理論建構和著重歸納分析的實證探索。而就讀者的層次來說，一般在教育制度下學習的學生來說，愈往基礎教育如中小學的部分則愈著重在實證分析的教學；而愈往高階的中學、大學、研究所及學術界層次則愈偏向理論建構的學習。但實際上二者應相輔相成，互為佐證。在教學方法上教師要活化教學，多與生活結合，摒棄傳統死記定義，採多舉例，比較辨析的原則。如根據印度暢銷書作家 Chetan Bhagat 的處女作小說《五點人》（Five Point Someone）改編由 Rajkumar Hirani 執導的印度影片 3 Idiots（2009），以幽默風趣的手法，深刻諷刺了當代教育制度及教學的失能，值得深思借鏡。男主角 Rancho（藍丘）獨特的思考方式打破過度僵化的教學方式──一個標準答案、死記死讀書、填鴨式作答。當大家都很自然的往東想時，Rancho 總能提出合理解釋去往西，獨特聰穎的見解，讓人茅塞頓開，恍然大悟。例如在課堂上教授問到 Rancho：

> 教授問學生「什麼是『機器』？」
>
> 教授：「定義一下『機器』！」
>
> Rancho：「機器」就是幫我們減少人力的東西！
>
> 教授：請你說詳細一點？
>
> Rancho：任何使工作變得簡單或節省時間的東西，就是「機器」！今天熱了，按個按鈕，一陣涼風──「電扇」！

是機器。和很遠的朋友說話——「電話」！是機器。
每秒鐘百萬次計算——「計算機」！是機器。我們身
邊都是機器。從筆尖到褲子拉鍊，都是機器！一秒鐘
一上一下、上、下、上、下！

教授：定義是什麼？你考試的時候就這樣寫啊？「機器就是
——上、下、上、下！」白癡！！還有誰知道？

另一名學生：先生，「機器」就是以相對運動受限制的方式連
接起來的任何部件組合，由此力和位移得以傳動
和轉變。例如螺絲和螺母的組合，或繞支點運動
的槓桿繞軸轉動的滑輪等等，尤其是指一種無論
簡單或複雜由運動部件或者諸如輪子、槓桿、偏
心輪等簡單機械元件，所組成的結構！（以一種
迅雷不及掩耳流利的速度）

教授：完美！坐下。

Rancho：可是先生，我說的和他是同一個意思，只不過用了更
簡單的語言。

教授：你那麼喜歡簡單語言，去上藝術或商學院去。

Rancho：但是先生，總得要讓人知道意思啊！盲目地教我們
『書呆子式的定義』有什麼意義嗎？

教授：你以為自己比書聰明？如果你還想過我這門課的話，就
用課本上的定義！怎麼又回來了？

Rancho：我東西忘了……

教授：什麼東西？

Rancho：一種記錄、分析、總結、組織、討論及解釋訊息的、
有插圖或無插圖的、硬抄或平裝的、加套或不加套
的，包含有前言、介紹、目錄表、索引的，用以增長
知識、加深理解、提升並教育人類大腦的裝置，該裝

177

> 置須用視覺、有時候觸碰的感官形式使用。（以一種
> RAP 的方式快速陳述，眾人面面相覷，不知所云）
>
> 教授：你說的是什麼？
>
> Rancho：「書！先生。我書忘記拿了！可以去拿嗎？
>
> 教授：你就不能說簡單點？
>
> Rancho：剛才我試過了，先生。可就是不管用！（全班哄堂大
> 笑！）

　　在一般的學術教學裡普遍會為某個名詞提出定義，以為這樣就會知道意思。不會下定義的人並不表示他不瞭解或不會使用這些術語。相反的，一個能替很多字下定義的人，也不能保證他一定知道這些字在實際狀況中所代表的東西和程式，他也可能忽略了這些定義往往包含更多更複雜的、更晦澀的涵義。我們儘可能的少用定義，在必要的時候都指向外向層次，如在說話、寫作時多舉明確的例子，來表達我們的意思。（早川，1994：162-163）前段師生對話顯然老師仍然固守傳統制式教學方式，一切以標準答案為依歸。而當 Rancho 以其人之道還制其人，教授不知是否有所省悟？在教學現場要鼓勵多元的詮釋不應該受制於標準的理論。

　　影片中還有不少片段情節與金玉良言，引人深思。如教授無法接受學生要求的方式教學為了讓他出洋相要他為同學上堂工程學，於是他翻翻參考書，在黑板寫上 FARHANITRATE、PRERAJULISATION似是而非的專有名詞，要大家在三十秒的時間，定義這幾個術語。可翻書、比快慢，時間到問大家：

> 「在一分鐘前當我問這個問題時，有人感到興奮嗎？好奇嗎？為你們將學到新的東西感到激動嗎？有沒有任何人？沒有！你們都進入了瘋狂的競賽，即使你第一個找到答案又怎樣？你的知識會增加嗎？增加的只是壓力！這是一所大學，不是壓力鍋。有鞭子在，就算是一隻馬戲團的獅子，也得學會坐下，可你們只會說，這獅子『訓練得不

錯』，不會說『教育得很好』。這兩個詞不存在，其實是我朋友的名字，Farhan Qureshi 和 Raju Rastogi。<u>FARHANITRATE PRERAJULISATION</u>」「我不是在教工程學（知識），教授你才是專家，我是在教你，怎麼去教。」

　　Robin Williams 主演的《春風化雨》（Dead Poets Society），有與 3 Idiots 相似對以升學為主要目標的學校制度作風有相同的批判旨意。堅信傳統而古板的男性寄宿學校 Welton 裡的英文老師 Keating，以新穎、活潑、不落窠臼的教學方式引起學生對詩文欣賞，甚至創作的興趣。在一堂課中他先請學生念一段詩選的介紹引文，由 Evans Pritchard 所寫的 Understanding Poetry 閱讀詩的方式，以數量化的方式來判斷一首詩的好壞與價值，甚至得出 P（Perfection 完美程度）＋I（Importance 重要性）＝G（Greatness 偉大性）這樣的公式，Keating 對這樣古板的讀詩方式嗤之以鼻，並要大家把整章引言都撕去。這樣的做法象徵著希望學生不要被課本上的權威說法牽制著走（注意到在學生唸出該文作者時，還唸了其博士頭銜 Ph.D，指涉出世俗不該對學院派說法盲從信服，並非所有擁有博士學位的學者說的都是對的，或是唯一的答案），而是要找出自己的聲音，用專屬於自己的方式去閱讀、欣賞詩文。Keating 有許多有趣、富創造力、可激發學生創意的教學理念與方式值得教育學者參考。然而，Keating 為了在死氣沈沈的教學環境下打破傳統理念，似乎也有些矯枉過正之嫌。例如在片尾因 Keating 被革職，校長代課英文課時問學生們上課上到何處，學生回答在 Keating 的英文課上，大部分的 Realism 詩作（現實主義）都被跳過了，但現實主義如 Geoffrey Chaucer、Robert Browning、Thomas Hardy 及 Kipling 等詩人的詩作也有只屬於它們自己美妙及特殊的功能及韻味，老師的性格及喜好似乎比較偏向浪漫主義，讓學生失去瞭解現實主義美感的機會。

　　我們不能全盤否認理論的價值，因為理論是從實際經驗中歸納出來的。透過理論來詳細描述和說明各種變項之間的關係，以對所探究

的現象作描述、解釋、預測，甚至於控制。理論可以是演繹的，發展系統化、邏輯一致且可考驗的概念和法則；也可以是歸納的，藉由實證研究的發現，進而形成較高層次的概念。理論可以提供一套可以依循的脈絡、一個可以反思的平臺。透過與理論的對話，可以修正自己的實踐方式。教師長年在第一線實際從事教學，積累了無數豐富又珍貴的教學經驗，希望藉著語文教學討論出的腦力激盪，將經驗誘引出來，近而分類、歸納，作出理論的概括，從而創造新的語文教學理論；或將經驗納入原有理論中，從而深化語文教育。而理論作為實際教學的依據時，教師應更充實語文專業知識。就語文閱讀教學來說，在從事閱讀文本時如何有效運用發生學、結構主義方法、符號學等方法去作描述，運用現象學方法、詮釋學方法、社會學方法去作詮釋，運用比較文學方法、美學方法、比較文化方法、女性主義方法作評價，以獲得知識經驗、規範經驗和審美經驗。再以「課程統整」的精神與方式，來設計 「創新」的教學活動。而這些豐富教學的理論知識，則為教師該充實加強的語文專業能力所必需。教學者可以努力的是深入理解理論，克服運用時無法因應的變數，找到能應用理論的實例，舉一反三。有意識的覺知理論可以涵蓋的侷限性，要運用簡化的理論在複雜的現象時需擇優靈活運用。

　　本章第二節說明主要在語文閱讀教學策略呈現之後，學習者所能產生在自己的效用以及連帶影響所及的最大可能，是針對教學對象出發的效益思維。而最終所期待的是除了前一節所述能達到的目的之外，希望本策略能達到的社會層面功能是：

(一) 提供給從事語文閱讀教學者實際教學所需要的資源。

(二) 可以改善目前語文教學不足或缺漏。

(三) 可以提供給擬訂教育政策者的參考。

第四節　語文閱讀教學策略關連的層面

　　統整前章對閱讀本質的論述，包括閱讀者閱讀時就受制於他自己本身文化背景、傳統概念、風俗習慣以及民族心理結構等；而此種前結構對閱讀行為的制約中，更以受不同文化類型的意識形態影響為最大。意識形態裡較深的層次是具有統攝性的世界觀，正是這種世界觀塑造了文化特色。換句話說，閱讀本身徵候著意識形態，意識形態的產生就在希望能形成可為普世遵循的價值觀。而社會因為圖謀財富、地位、物質及獲得尊重名譽的精神欲求，因此充滿權力關係；閱讀者也會期待自己的解讀能啟發別人或獲得認同，進而規範制約對方。其中為求生存的權力追求中，倘若被賦予文化理想，整個閱讀就會有更精練美好的提升。因為閱讀會受以上諸多立場、價值觀、權力關係等影響，閱讀提出不同解讀和評價，理應有更多的包容和可能性。而閱讀有成，形成立論發表，這種閱讀的實踐就更強化閱讀的社會性。閱讀活動是一種有意識的行動總和，當閱讀者在前述各種前結構、意識形態和權力關係的影響中，進行選材、理解、評估到推廣傳播等外顯活動時，包含受制約的選材，或因所要影響及支配的對象所作理解詮釋的調整，對自己閱讀前後衡量評估出新意，到無論採取何種傳播推廣方式闡釋自己的認知解讀，期待獲得認同評判甚至能實行規範、制約別人的權力意志等，過程中都會多方比較、選擇和創新，更見閱讀活動的社會性。

　　在此教學者先體會了閱讀與社會的密切關係。對閱讀者而言，理解閱讀具有影響他人及社會的極大價值，因而能主動積極的閱讀。對教學者而言，在閱讀教學的層次，便要論及如何運用有效的閱讀技巧對閱讀客體作多元角度的思考理解與詮釋。作閱讀理解時，閱讀者從

圖 3-4-1　閱讀、閱讀教學、閱讀教學策略關係圖

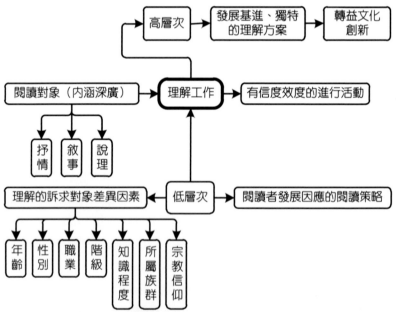

圖 3-4-2　理解工作相關因素關係圖（改自周慶華，2003：153-154）

考慮接受者的背景條件及文化差異，發展出適切有效用且能突破現狀的閱讀策略，形成一個息息相關的連環關係，如圖 3-4-2。即使是這樣的評估前後的改變，但因為每一個顧慮思考的層次都要關聯到他人或更大範圍的歷史文化背景，如此更顯現閱讀理解的社會化活動，所以教學者配合閱讀教學目的進行理解引導教學時均需據以考量。由於所有的理解工作都以理解的訴求對象為依歸，所以在最低層次上閱讀者就得因接受者的年齡、性別、職業、階級、知識程度、所屬族群、宗教信仰等差異而有不同的理解策略，因此也就沒有所謂的「標準理解」或「正確的理解」。

便是要如此對「閱讀」與「閱讀教學」本身在社會化中定位的理解，因此必需有一套統籌漸次涵蓋這二者的「閱讀教學策略」，如圖 3-4-1。無論是指導學習者閱讀或教學者從事裡解閱讀教學，將圖 3-4-2 的相應關係應深植心中，方能有效做好閱讀教學。

整個語文閱讀策略圍繞著「閱讀為誰」、「閱讀選材」、「閱讀教什麼」、「閱讀怎麼教」發展，因各層次又有分支需探討的內容，所以整理成圖 3-4-3，以方便演繹解說。

一、語文閱讀為誰／語文閱讀教學策略

根據「語文閱讀為誰」的系統性，這是閱讀教學活動要進行安排的起點。期望構築的語文閱讀教學策略能在以「為誰閱讀」為前提去引發閱讀，再去一步一步發展後面的策略層次。當然在此要特別提出的是本策略各層次「閱讀為誰」、「閱讀選材」、「閱讀教什麼」、「閱讀怎麼教」都可各自發生，再去旁觸延伸至其他層次，形成一個活潑的教學網絡。（如圖 3-4-4）

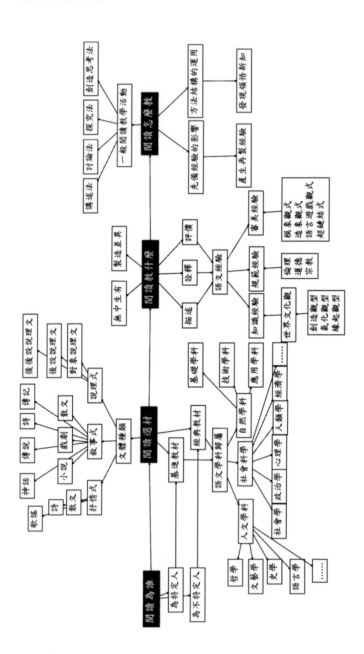

圖 3-4-3　語文閱讀教學策略分項總圖

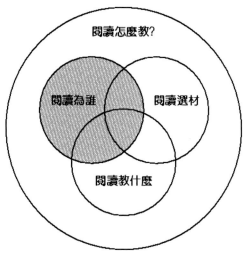

圖 3-4-4　語文閱讀教學策略圖（一）

　　對於學者專家而言，閱讀是理所當然的事，或是為了精進專業，或是為了迷戀作家，致不可拔而讀。企業家追求成功，或是雜誌期刊，或是財經史哲，企業人必須從閱讀汲取實力。本策略有幾個教學概念需要釐清，以人、事、物來區分，例如要教學就不能沒有「教學者」，還要設定「學習者」，以及「閱讀者所為對象」。假設作家也是學習者（事實上，好的作者也是一位優讀者）。作家在社會上佔有舉足輕重的地位，尤其是有好作品產出傳播的寫作者，尤為令人敬崇。好作品是智慧生活的火種，心靈海洋的燈塔，思想領域的礦山。需知許多著作名家無論他們是否為特定人或不特定人或社群分享他們的語文經驗，他們擬藉著作成一家之言，行使教化之前，總要不斷閱讀學習，焚膏繼晷，殫思竭慮，才能獻出他們嘔心瀝血的名作。二十世紀六〇年代學者余我在《文學的境界》自序裡，曾自陳勤於研讀，樂於筆耕，他在中學時代讀了不少名家的文學作品，包含中外名著及當代名家的長短篇小說及散文，才有以後寫作的興趣。要寫一篇文學理論方面的作品，會找理論根據，對研究的主題慎思熟慮，有時寫一篇兩三

千字的短文，所費竟會超過寫兩三篇五六千字短篇小說的時間。或為修改幾個字，或引用別人幾句適當的句子，需找書來看，佔去不少難以想像的時間和精力。（余我，1979：1-2）魏飴在《詩歌鑑賞入門》這部二十萬言著作中，因為如其名為「鑑賞」，除了引例許多古典詩歌，還有新詩及外國詩，中外古今相容並蓄，徵引豐富，時出己見。作者潛心研讀了中外古今許多詩論和詩作，縱橫比較，融會貫通，行文時旁徵博引，不乏經過自己獨立思考而得出的見解，趣味性、知識性、學術性兼備。1987 年出版，但在 1978 年就開始蒐集資料，摘記卡片，閱讀大量古今大量的詩話、詞話，例如書中談到杜甫晚年作品〈小寒食舟中作〉，就對前賢論說多所引述。（魏飴，1999：2、245）總括來說，就一個作者來說，無論在團體意識及個人意識下，希望獲得讀者或讀者社群認同，樹立權威，行使教化的目的下，會在寫作過程中長期豐富的閱讀，成就一部好作品，作家們如何為讀者而讀，其義自現。

以上是以專業作者為不特定人而讀的事例。就我現職國小教師為教學者的角度假設，就中小學生的認知發展、人際互動的社會關係、生活環境和自然環境等因素考量，可能的擬想影響對象為哪些人，閱讀為誰閱讀的表現分類，在消極面表現的可能是有樣學樣而被人影響支配，以及屈從順服而被他人影響支配。積極面是製造差異以為影響支配他人，以及轉創作以為影響支配他人。

學習者很清楚知道為誰閱讀，便會知道要主動多讀教科書以外的書融會貫通，與老師或同儕進行對話時，能夠提出教科書標準答案以外的想法和觀點，這才是珍貴的地方。教師在閱讀教學活動過程中，提供充分創意的詮釋策略，檢驗成效。例如為社區老人閱讀，找了一則笑話，笑話要讀什麼？笑話的選擇要依說給對象而論。笑話可分純粹趣談、自嘲式的幽默、諷刺型的笑話，意有所指。例如題為〈沒看過烏龜搖頭的關光〉「關光和範電是一對哥倆好，常常開對方玩笑。關光：『你有沒有看過烏龜搖頭？』範電搖頭說：『沒有！』

關光又問：『那你有沒有聽過笨蛋說有？白癡說沒有，智障不說話的故事？』範電：『……』」（袁長瑞，2008：41）又如題為〈車子擦撞後的壓壓驚〉：「某個十字路口，焦宜汀和連洛士兩人所開的車子發生擦撞。焦宜汀看了一下車子後說：『幸好我們都安然無恙，車子也沒有甚麼大損失！老兄，要不喝一口酒壓壓驚？』說完便遞上一瓶酒。連洛士慶幸沒碰到蠻橫不講理的人，便欣然接了酒，喝了幾大口，然後禮貌的問焦宜汀說：『你要不要也來一點？』焦宜汀：『不急，等警察來了以後我再喝！』」（袁長瑞，2008：194）

表 3-4-1　以國高中小學教師本位出發的語文閱讀教學策略涉及概念分析表

	教學者	國高中小教師		
	學習者	中、高年級小學生、國高中老師		
人	閱讀所為對象	特定	● 老師 ● 父母 ● 同儕 ● 社區固定社群	● 育幼院 ● 安養院 ● 本校樂齡爺爺奶奶
		不特定	● 社會上各行各業人士 ● 校慶到校參觀的人 ● 校外人士	● 社區人士 ● 路人
物（教材）	基進教材	具有無中生有、製造差異（水平思考 vs.逆向思考）部分。與具有超常態性或反常態性的表現。		
	經典教材	經典有其豐富性與恒久性，它能碰觸到人類的各種恒久且終極的問題，它不會讓人只讀一次就再也不會回頭。		
事（教學）	原因	比較接近「閱讀動機」「閱讀期望」的意義。主動學習，解決問題。		
	歷程（讀什麼／教什麼／怎麼教）	教學法：運用描述、詮釋、評價兼融入一般教學法，以學習到知識經驗、規範經驗、審美經驗等語文經驗。語文研究法：運用各種適用的研究法，深廣理解詮釋的角度。		

結果	● 評鑑閱讀教學目標達成結果，習得各種語文經驗獲學習者認同或修正，形成自主閱讀動力，進一步閱讀創作；影響、同化學習者進而改變擬影響的對象。 ● 期望影響對象的內容可能包涵。 允諾同意、肯定認同、休閒滿足、愉悅讚許、信服崇拜、形成學理、行為改變、效法學習、改變政策。

　　學生找尋適當的講演笑話後，可在教室對同學演示或討論笑話的意義，在對老人表達前，對說話內容才有深刻的體會。例如這個故事意在言外，可能提供閱讀者一個啟發是：突如其來的禮遇，大都不安好心。因為對象是社區老人，目的在逗老人開心，後二者自嘲式或諷刺型明顯不宜，會選擇趣談型，以唱作俱佳，帶著姿態表情，半說半演。

二、語文閱讀選材／語文閱讀教學策略

　　根據圖 3-4-3 語文閱讀教學策略分項總圖，可以再推衍：

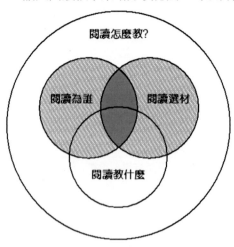

圖 3-4-5　語文閱讀教學策略圖（二）

　　學習者有了高度動機，必然興致盎然，積極嘗試，因為那是有預期閱讀目的的一種學習活動。學習者有認定的影響特定對象，教學者要據以為設定基準或經典教材，進行閱讀理解。為求理解的信度和效度，閱讀者也得深知閱讀材料所可以被廣開深掘的成分或元素。換句話說，閱讀對象要有夠深度的內涵可供探討瞭解：

表 3-4-2　理解工作相關因素關係（改自周慶華，2007：112-126）

閱讀對象種類	應具備的深度內涵層面
抒情性作品	● 需有所謂「意象的安置和韻律的經營」的普遍律。 ● 高標上有「深情或奇情」的蘊涵。 ● 低標上不妨以「矛盾語」或「反意語」及「形式變化」來取勝。
敘事性作品	● 具有所謂「敘述觀點」、「敘述方式」、「敘述結構」等層面。
說理性作品	● 具有所謂「邏輯性結構嚴謹」和「前提高度可信或深具啟發性」。

　　如表 3-4-2 所列，當閱讀對象（文本作品）有夠深廣的內涵，才能據以較高層次的理解運用，如作轉益文化前景的計畫和考慮，或進一步發展一些可以實際產生作用的基準式或獨特式的理解方案，諸如批判的理解，解構的理解，甚至乖異的理解等，進而引起其他人合力創新文化的作用。

　　閱讀客體的創新以及激發新的閱讀風潮是推動發展文化的最大保證。閱讀客體和閱讀主體都同樣被賦予文化參與文化創新的使命。就閱讀理解角度來說，閱讀客體要有被源源不絕的開發新意，以及等待他人的尋幽訪勝。以社會學角度來說閱讀客體，從構思、完構到被傳播、接受，進而到被期待有創新的展望，仍要需再置入社會情境中去完成。閱讀主體要再創造新的文化客體，為的是綿延文化生機。所創造新的文化客體，可以如上述是抒情性的文體，或敘事性的文體，或說理性的文體，或其他類語言符號的體式。每一個藉以使力的文化客

體就得有創新性的表現，才能刺激閱讀主體發揮潛力仿效創作。在這種情況下，我們便要特別期待閱讀客體在原生產的過程中得具備高度的文化價值才行。（周慶華，2003：206-211）

選取制式教材以外的經典教材，閱讀者無論是為體制內的學生教材補充不足，或針對讀書會、工作坊、社區組織社團、民間團體等不定的社會人士讀本選材，都是很好的考量。除了因為不定的閱讀者以及閱讀者本身受到教化要更加審慎外，其餘面對閱讀者的閱讀期待來自不特定的對象時，可能產生經由閱讀後影響別人或取得認同等的後續作為和有意無意的傳播推廣，都負有文化傳播效用，因此典範式的選擇是重要且必要的。

周慶華認為選擇非制式的選材是要進入一個更大的範圍，而這個範圍則有特定社群或歷史性的生活團體所公認的典籍為「指標性」的選擇對象。這種選材依據，明顯是為了晉身為該社群或歷史性的生活團體的一分子，以及複製或加工該社群或歷史性的生活團體所形塑的文化。它跟帶有特定意識形態的制式的選材依據可以「合謀」，但終究得獨立開來，才能顯現原先強調非制式的「自主性」。（周慶華，2007：55）

這是針對教材選擇分類來說的，大凡名家名作，眾皆推崇。這類經典鉅著往往深刻的反映出當時的社會面貌或精闢的闡述了某一研究的成果，應該列入專題研讀的範圍。除了一般教材及經典教材，另外有特殊考量的選材要針對閱讀者目的來說。如本章第一節所述閱讀者有藉自己的解讀期待能引發共鳴或啟發他人共同為創新文化引領風潮邁進，這類的選材依據有更深層的閱讀願景，要不同於前述只是保守的圖謀融合於特定社群，所以要選擇另類的教材，包括從眾多可選擇的教材中專挑有基進的部分，並且鼓勵再創基進性的作品作為新教材。例如以童書來說，結合 Jon Scieszka 擅長的詼諧文字創作及現代電腦技法插畫的 Lane Smith 的《三隻小豬的真實故事》一鼓作氣為長久背負汙名的大野狼伸冤，一系列的這類顛覆童話如《小木偶變身大

冒險》或加上翻轉書形式創意的《龜兔大賽》，又如有很多國外的童書如法國童書《海上小精靈》（Un gnome a la mer）之類的書，是以「沒有結局」或「多種版本的結局」來讓小朋友自己發揮創意及想像。這應是可以視為選材最可開發的新方向和新趨勢。唯有突破制式及被典範制約的框框之外，才會有更多創新的機緣，這應是不容置疑的。如此區分三者教材是為了適應及補足現狀及不同閱讀目的考量選讀；但當這三類教材固然有明顯的相異性互為補充之外，兩兩之間仍有相同的部分。例如即使是一般的文本教材也會有可為經典或創意的內容或技巧，也許只是極微小的部分，這時可強調的是各自可以提鍊共同的創新性。現實上我們以一般教材為主，而以經典教材與基進教材為輔；在理想上則以經典教材奠基，而以基進教材引航作深廣的理解及突破創新。

　　用現代的方法來再現傳統，賦予傳統新意而已；反過來，用傳統的形式來表現現代，也是一種令人驚喜的創新。譬如有人寫了一本書叫《趣味電腦》，原是在介紹電腦這種現代科技的相關知識，但卻以傳統章回小說的方式來呈現：第一回〈俏電腦簽手說風情〉，第二回〈藍田玉神遊太虛境〉，第三回〈碟奧斯毒設相思局〉，第四回〈佛傳世斬情歸水月〉……不僅令人耳目一新，拍案叫絕，而且大大增加它的可讀性，縮短人與電腦的距離。傳統與現代其實是互通的，因為每個傳統都曾經是現代，而每個現代也都將成為傳統。（王溢嘉，2009：239）以上種種多樣化的選材呼應閱讀者的所需，是整個語文閱讀教學策略系統中的第二個層次。

三、語文閱讀教什麼／語文閱讀教學策略

　　承接前述已然確定的為誰閱讀的設定，並搜索篩選出確切合用的選材之後，接著便要思考：以教學者角度該如何引導學習者解讀

出教材中與學習主旨相扣合的意義，然後再以讀促寫的付諸實踐。呼應第二章語文閱讀教學法中理解策略教學或平衡式閱讀理解策略教學的論述，我們也關注屬於觀念技術性的部分，不偏廢如教導充分足夠的詞彙量及世界知識，利用語意情境順利解碼，發展核心知識，運用多元評估解讀。在閱讀心理歷程模式方面，基本上會依閱讀目的和不同的人採由上而下或由下而上交互進行補足，或採循環模式統整文意。而這裡更聚焦強調的是社會化下的閱讀理解方式，不會僅止於自我滿足，最終還是期待這種理解方式會成為一種受人普遍接受的典範，因為會擔心這種閱讀理解沒能獲得認同或要應付不認同者的挑戰，整個傾向閱讀活動就愈發顯得社會化。（周慶華，2003：146）教學者應先閱讀理解的本質，再思考在教學方面如何帶引閱讀理解。（見圖 3-4-6）

　　閱讀教什麼？從各式文本選材中發現「無中生有」及「製造差異」的部分，可以透過描述、詮釋及評價，檢視不同範疇的知識、規範、審美等語文經驗。無中生有指有原創性靈光乍現的突發奇想；「製造差異」則可透過教師讀者求異思維，依不同背景發表獨特見解。除了第二章第三節〈我的爸爸是捉鬼大師〉之外，再以二則簡單的笑話例子說明：〈報時鋼琴〉「阿斯對朋友們誇口說：『我的鋼琴很了不起，每當風狂演奏時，便會報時。』朋友不信，便動手狂奏一番，頓時整間房間震天價響，隔壁一老婦人突然大叫：『別吵了，在都已經晚上十二點了。』」〈超大莊園〉「一位農場主逢人便誇耀他的莊園很大很大。農場主人說：『如果我開車繞我的莊園一圈，得花上一星期的時間呢！』一位聽眾同情地說：『我明白，我也有過這種破車。』」（朱宇，2009：82：56）前述「無中生有」的是誇張得讓人以為鋼琴具有前所未有的特異功能，後者運用誇大修辭形狀莊園之大，但結果都意在言外的點出認知差異：報時關鍵在噪音而非鋼琴本身，以及聽者的認知是你講著的車子很破，跑速慢性能差，而非得意洋洋要人稱羨的大莊園，造成令人發噱的效果。

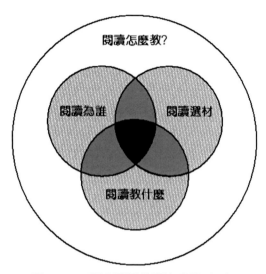

圖 3-4-6　語文閱讀教學策略圖（三）

　　製造的差異，可由讀者分說。論者曾指出：「人們無法預料教學所產生的成果的全部範圍。沒有預料不到的成果，教學也就不成為藝術了。」（王秋珍，2011：47）教學過程中，師生對話，智慧分享，應是預設與生成的有機結合。讀者的個性解讀也是一種創意閱讀。讀者應從純粹接受訊息的「被動讀者」，成為出入自得的「主動讀者」，對於文本潛在社會價值觀的解讀，可以嘗試勇敢詮釋。不過這恐怕是在努力充實豐富背景知識下，才有助於啟發多元的閱讀觀點，讓思考更豐厚有深度。

　　閱讀活動在社會化時，本身會有不同的取向。例如作文學批評（這是一種高度複雜的閱讀活動）時，分別有三種不同取向。（見表 3-4-3）

　　這三種語文經驗取向判別有相對性，非絕對性：知識經驗的相對性會比較高；規範、審美經驗的相對性比較低。前者屬名與實需相符的論理真理。後者屬實與名需相符的本體真理。對這三種取向的討論，就閱讀教學來說需考慮語文現象或以語文形式存在的事物的界定歸屬而論，是有意義內涵不同的詮釋角度。

表 3-4-3　理解不同取向表（整理自周慶華，2003：30-34）

理解文本的取向	意義
知識取向	可從真假、是非、對錯上來檢證。 以純理性的基礎來論斷文學，這個取向的目的在求真，不是求確有其事的事實的真，而是作品的發展和演變必須按照必然或蓋然的因果關係，發展需建立在一定的邏輯基礎上。根據這種求真的前提來論說作品的意見，都歸屬這類取向。
規範取向	可從善惡、聖俗來檢證。 從倫理、道德和宗教的立場來論斷文學。文學也是約束社會成員思想、維繫社會存在的一種形而上的形式，這個取向的目的在求善。相應於倫理、道德和宗教形而上的約束，約束社會成員的思想（心靈的活動），凡是基於求善的前提而論說文學的意見，都歸屬這類取向。
審美取向	可從美醜、優劣來檢證。 文學作品的美的形式不同於其他藝術品的美，須關聯到意義（內容），文學作品的美可能是表露於形式中的某些風格或特殊技巧（表達形式），討論的就是文學作品的形式和意義。文學可以成就一個美的形式，所以必須合情化。這個取向的目的在求美，凡是基於求美的前提而論說文學的意見，都歸屬這類取向。

　　這三種取向倘若要都要一一檢視或求全，可能會出現互向歧異的衝突，就是其實各類取向內部都隱藏矛盾現象，因此論說立場必須有所選擇，可能比較理想。例證可參見表 2-3-5 理解「白雪公主」不同取向的多元探討。除了第二章有關表述，像在《當公主遇見王子》中，名家也對女孩心目中夢幻的白雪公主有欠缺智慧和應變能力的評價。

　　閱讀文本時，如何有效運用發生學、結構主義方法、符號學等方法等去作描述，運用現象學方法、詮釋學方法、社會學方法等去作詮釋，運用比較文學方法、美學方法、比較文化方法、女性主義方法等去作評價，以獲得知識經驗、規範經驗和審美經驗，也必須慎重考量。然後再以「課程統整」的精神與方式，來設計「創新」的教學活動。而這些豐富教學的理論知識，則為教師該充實加強的語文專

業能力所必需。教學者可以努力的是深入理解理論，克服運用時無法因應的變數，找到能應用理論的實例，舉一反三。有意識的覺知理論可以涵蓋的侷限性，要運用簡化的理論在複雜的現象時需擇優靈活運用。

前一節曾強調以西方近代文學批評理論，如結構主義、符號學、讀者反應理論與接受美學、現象學與詮釋學等，對文本可提供不同視野的觀照角度和解讀的可能。如結構主義重視語言形式和文本結構，讀者反應理論與接受美學強調讀者賦予作品意義的主導地位和不同時代文化對文本形塑出不同的價值詮釋和接受現象（詳見圖 2-3-4），這種文學理論批評除作文本結構分析或語言修辭解讀，倘若再透過文化研究或跨學科的融匯交流，進一步更可衍生為一持續發展的創造活動。

在第三章第二節論及語文經驗的獲得透過描述、詮釋及評價等方法，曾舉例的「娼妓與神父」與另一篇〈是非〉（冀午，2010：142）與〈和尚下地獄，屠夫上天堂〉（楊若麟，2007：23-25）：和尚與好友屠夫是鄰居，和尚天天早起唸經作早課，屠夫也天天早起要殺豬，為了不誤事約好睡醒互叫對方起床，多年後兩人相繼過世。屠夫的靈魂上了天堂，和尚卻下了地獄。和尚不滿，向閻羅王（佛祖）申訴，獲得的回答是：在陽間時，屠夫天天叫你起床唸經禮佛做好事；而你卻天天叫屠夫起床去殺生做壞事。故事藉著透過閻羅王（佛祖）的話作了詮釋，也在文後要旨有所評價：很多事情眼見未必是真。透過複雜的表象抵達更接近本質的內裡，不但需要如炬的眼光、勤勞的雙手，更需要一顆敏銳細膩的心。心靈的深度，決定人掌握真相的深度。我們看娼妓與神父最後不同際遇的關鍵在心中是否純善，而和尚和屠夫在每天起心動念的存善與否，凡事不能只看表面，關鍵在於日積月累的心念，詮釋及評價一樣展現出互文參照異曲同工的妙處。

閱讀是人類最普遍的一種社會活動，是讀者從作者的精神產品中提取資訊和加工資訊的心智過程。（曾祥芹等主編，1992b：1；周慶華，

2003：21）「閱讀是語言活動，是認識活動，更是一種社會文化現象。甚至可以說，閱讀本身就是文化：是文化的傳承，是文化的傳遞，更是文化的再創造。閱讀什麼、如何閱讀、閱讀的創造，取決於特定時代、特定社會人們對閱讀對讀物的文化規範。閱讀文化的核心是時代精神。從社會學、文化學的大視野考察和探索閱讀原理，建議廣義閱讀原理，已經是勢在必然。」（韓雪屏，2000：44）

　　文化的生發演變都在具體的社會情境中進行，而閱讀這一「接受」文化而再度「創造」文化的活動（所有有能耐創造文化的人，也都要不斷經歷閱讀以充實相關資源的過程），就成了當中的「轉介」或「調解機制」。因此，閱讀心理學所指出的那些心理事實，只是閱讀行為的必要條件；至於它的充分條件，就得靠閱讀社會學所揭發的各種社會的心理事實了。（周慶華，2003：11）文化是一個歷史性的生活團體表現其創造力的歷程和結果的整體，而這個團體表現的創造力必須經由終極信仰、觀念信仰、規範信仰、表現系統和行動系統五個部分來表現。（周慶華，1999：74-150；2007：182-185）

　　閱讀應建立在對不同文化系統的形成、實踐和狀態的認知基礎上（詳見圖 3-4-7），才能正確解讀各種文本的深層內涵。換句話說，也可透過閱讀理解文本中的文化內涵，更深刻認識各文化的特色。種種語文閱讀背景知識及研究法的學習研究所獲得有關閱讀的知識，讓我們瞭解如何深刻閱讀，創意閱讀，藉此才能知道閱讀教學應當如何教。

　　東西方三種世界觀都各自源於背後的終極信仰，如創造觀根源於對神（上帝）的信仰；而氣化觀和緣起觀就分別根源於對自然氣化過程「道」和絕對寂靜「涅槃」境界的信仰。這些世界觀各自塑造了各自的文化特色。（周慶華，2007：167）人類文學的寫實表現與文化系統結合，形成創造觀型文化中的寫實主要是在模寫人／神衝突的形象的「敘事寫實」；氣化觀型文化中的寫實，主要是在模寫內感外應的形象的「抒情寫實」；緣起觀型文化中的寫實，主要是在模寫種種逆緣起的形象的「解離寫實」。（周慶華，2007：174-175）彼此文化很難跨越，

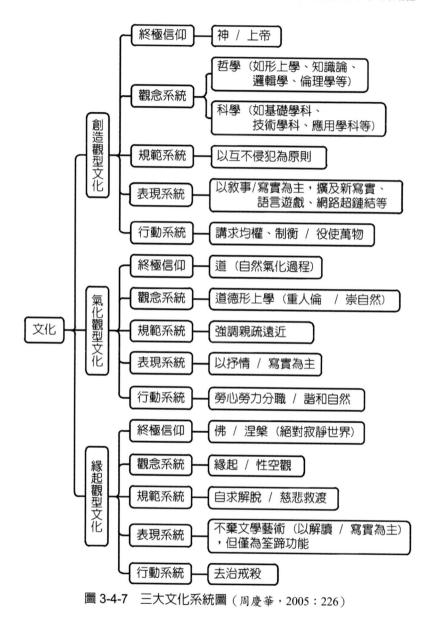

圖 3-4-7　三大文化系統圖（周慶華，2005：226）

存異而不求同（如圖 3-4-7 所示）。即使像我們漢民族因是陰陽二氣偶然聚成，會有智、愚、賢、不肖等不定變數，想向西方看齊勤學民主等，卻因「內質」難變，導致巔躓學步的窘境。（周慶華，1999：112-113）以下就《香料共和國》、〈馬車夫之戀〉歌詞及〈釋迦牟尼拈花微笑〉等故事就三大文化系統來作說明。

　　《香料共和國》整部影片的結構，以開胃菜、主菜、甜點為段落節點，敘述有條有理。而影片末段，男主角回到伊斯坦布爾爺爺的香料店，在布滿塵埃的閣樓上，吹起香料粉末，顆粒混雜著塵土在空中飛舞著，幻化成他所熟悉的星雲，有人生中很多複雜的情緒和象徵，用同類型的相對於某一幕是高明的處理方式。整部影片就在講一個「離散」這個主題。「離散」上承西方創造觀型文化及觀念、規範系統下的表現系統，作品中很少涉及或證實，但這部影片卻發掘出來。「離散」在非西方創造觀型文化裡是不可想像的。氣化觀型文化講安土重遷，以家族作為社會結構基本單位，隸屬這個家族，基本上一輩子很難更動，要離開這個家族到另一個家族不可能，所以在我們氣化觀型文化裡很難去談「離散」。可是西方創造觀型文化不一樣，因為每一個人都是受造者，原來被創造時是在造物主身邊，片中不斷遷移，居無定所，再度離散。這可藉香料和星雲來比喻：香料幻化成星雲，香料滲入食物消失，只保留了它的味道；星雲多數星星已毀，只保存它發出的亮光，這有它們的類同性。香料、星雲是兩個不同的範疇，一結合便產生了整部影片「離散」這個主題，這是屬於知識經驗，而真假可透過香料作用及天文學被檢證。

　　香料、星雲要把二者關聯一起來說，比喻人生的離散；被迫離開土耳其故居、離開親人、離開愛人，顯示這些人在世的一種狀態，都會失去，就不要執著。男主角體現了這一點，即使已嫁作人婦的愛人不可挽回，他已明白也不強求。「不要執著」就是整部影片所透顯出來的規範經驗。

　　「離散」為在世存有的形式，一個人在現實世界就是要不斷的漂泊，這是西方創造觀型文化使然。反觀氣化觀型則有所不同，就是要固著在出生原處，安身立命落地生根。西方則不是：來塵世為一度離散，遷徙為二度離散。但男主角並沒有埋怨如此不斷的遷徙歷程，這則根源於信仰：東歐東正教徒和伊斯蘭教徒都信奉同一個造物主，他們有其信仰背景。懂得欣賞者，可從作品中描述的喜、怒、哀、樂的意象中體味出一種似現實非現實的情緒，或說是樂而不淫、怨而不怒、哀而不傷等的「化境」。整部影片給人的美的價值感情，屬於悲壯美感經驗。香料進入食物──離散，星星會滅存光──離散。主題聚焦於「離散」。

　　中方氣化觀型文化，天地精氣最精醇的部分為神，而人是神的具形化，神人是同一淵源，人死後魂魄飛散又會還原為天地精神。在觀念上重人倫崇自然，不冒險嗜新，是戀世倫理，有好生之德。規範強調親疏遠近，也求和諧共榮。表現在語言創作上多為抒情寫實，藝術以抒發內在精神為主調。具體行動為勞心勞力，分職他律。氣化觀型文化中人自誇才能，卻得受集體社會牽制，也就是要想出頭，需有真本事服人。西方音樂多頌揚上帝，中方的民謠餘音宛轉，自然樂音，重諧和自然，對象多為少數特定人，最能見得民族性，例〈馬車伕之戀〉或〈大阪城的姑娘〉的文化現象。

　　氣化觀型文化中人講求門當戶對，馬車伕逗弄女孩兒，慨嘆自己命苦吃不飽也穿不暖，也只能讚唱眼前姑娘美如仙女，徒口舌之快認乾妹，還是只能想起自己家鄉的有情人罷了。到了大阪城看見姑娘美，還要人家「一定要嫁給我，帶著百萬家財，領著你的妹妹，跟著那馬車來」，這在西方歌謠是看不到這種現象的。西方是獨立個體，如此依賴對方美貌家產的說法是會被瞧不起的。中國是氣化觀型文化，要確保家族存在，聯姻可以壯大家族，我們希望同姓不婚（雖然同姓不婚的理由是不存在的），其實是為了跟異姓結婚，勢力才會擴大。馬車伕妄想高攀，但中方是講求門當戶對，如此奢望機率不高，只能唱唱自娛就是。

　　緣起觀型文化如信仰佛教的涅槃境界，關懷各種生老病死苦、愛離別苦等痛苦。所提點的輪迴觀，並不以描述生命的流轉為已足。終極目標在於滅一切苦，出離輪迴生死海、達到涅槃自在境界。（周慶華，1999：81）即使要人為善避免墮入惡道輪迴，也因為要渡人所顯示的執著，更會再墮入輪迴圈，所以「不善不惡」才是終止生命流轉的上策。但終因未如此標榜，仍無法超脫流俗。（周慶華，2006：228）有個例子說：

> 　　一位病危的老酋長為了傳位一事費盡心思。這一天，他召來部落理最優秀的三個青年，叫他們告訴家人後，各自去攀登的那座聖山，然後回來告訴他，聖山的山頂上有什麼。三天後，第一個年輕人回來了，他興奮的說：「我到達山頂了，那裡鳥語花香、山泉淙淙。」酋長回答：「那不是山頂，那是山麓，你回去吧！」幾天後，第二個年輕人回來了，他略顯疲態的說：「我到達山頂了，那裡古樹參天、鳥獸群集。」酋長回答：「可惜呀！那只是山腰，不是山頂，你回去吧！」日子一天一天過去，第三個年輕人直到一個月後才回來，他衣衫襤褸渾身是傷，但雙眼炯炯有神的向酋長回報說：「我終於到達山頂了。酋長，那裡什麼也沒有，只有天地相對、山風呼嘯。」「真的什麼都沒有嗎？」酋長問道。年輕人說：「是的。酋長高處一無所有，就連我自己也化成天地間渺小的一粒灰塵。」此時，酋長終於有的定見，他向這個年輕人：「孩子，你到的是真正的山頂，按照傳統，你將成為我們的新酋長。」（陳清心，2010）

　　佛家禪語：「泰山不讓土壤，故能成其高；大海不擇細流，而能成就其深。」心底無私自然天地廣闊，因為無而孕育有，從而造就無所不有，心靈一無所有的空心無法空，即如杯子裝滿了水，注入再多的水也是枉然；心中無一物，其大浩然無涯，置身寬廣蒼穹眼界胸懷，領會天地間的空無智慧，內心是豐盈的。又如後繼承成為禪宗南宗獲

弘忍傳授《金剛經》的慧能禪師，原來只是一位不識字的廚房火頭僧，能寫出「菩提本無樹，明鏡亦非臺。本來無一物，何處惹塵埃。」的名句，勝過大弟子神秀先前所題「身是菩提樹，心為明鏡臺。時時勤拂拭，勿使惹塵埃。」就在他能頓悟凡事皆空，心本來就是空的話，就無所謂抗拒外面的誘惑，任何事物從心而過，不留痕跡。如釋迦牟尼拈花微笑屬於反緣起觀型文化。眾弟子躁動，只有迦葉沒有起心動念有機會進入，因為只有迦葉已進階，有可能但未達到最高境界。教人解脫所以重點不是那朵花，而是那個動作。要人不要執著那朵花（緣起）也就是不要執著，就是反緣起，逆緣起的意思。

　　文化表現系統下的審美語言遊戲美的故事舉例。如後現代派寫作者受解構主義影響，當寫作是一場諧擬／拼貼的語言遊戲。在敘事作品上如 Frank Richard Stockton《老虎還是美女？》繪本，國王要審判一位犯了禁忌愛上公主的青年，面臨在競技場上一扇是老虎，另一扇是美女的生死抉擇，可以給予提示的公主面臨的是無法接受他與美女遠走高飛，重新生活，卻也不願看到愛的人死亡，故事結束在所有人都屏息以待門打開的結果，公主此時緩緩走出競技場。留待讀者以自己的看法為這個故事作結。（Frank Richard Stockton，1999）作者或者凸顯作品的刻意性而展露對於寫作行為的極端自覺和敏感；或者暴露寫作過程而強調一切在進行的「未完」特質；邀請讀者介入和作者一起玩語言遊戲。也就是說，後現代的讀者必須是主動的，能順應敘述的要求。

　　在教學上可以作的討論，如你覺得在這個故事中，你的個性比較接近哪一個角色？（國王？公主？熱情的青年？僕人？忠實的狗？）；你希望這個故事有怎樣的結局？為什麼？和現實中曾經遇過兩難的情境困難的程度？在教學討論對話後可以呈現多元開放的答案，教師預作多重性的答案。例如：有關知識、規範、審美各方面取向加以探討。本故事在故事知識主線上，屬於演繹論證二難推理（Anthony Weston，2011：84），演繹形式是：

P 或者 q。

如果 p，那麼 r。

如果 q，那麼 s。

因此，r 或者 s。

　　從語言角度看，二難推理是指在兩個後果都不令人滿意的選項中作出選擇。根據這個故事有兩個角色必須作選擇，青年可能較單純的是非生即死，而真正陷入兩難的應該是公主，配合所謂的困境可以如是解釋：

　　　公主提示青年作出選擇，讓青年要麼打開虎門，要麼選擇美女門。

　　　如果選擇虎門，青年死。如果選擇美女門，青年與美女離開。

　　　因此，公主要接受青年死去或成全青年的幸福。

　　這種論證結果，對公主和青年來說，無論哪一種選擇都不會獲得幸福，是自私的情和無私的愛交織成遺憾。

　　但實際上，在創意閱讀後的故事續寫，可以有無限的想像空間，並非如上述非黑即白。可能的意外結局可以是門後的美女及老虎展演了意外的劇情，如老虎不發威是隻溫馴會舔人的「大花貓」，或美女為維護自己的愛情意外手刃挺身護著青年的公主，甚至公主躍下一起殉情的；而故事陳述的觀點可以以青年，也可以公主或任一角色敘述，可衍繹出許多想像。想像力有賴啟發與刺激，尤其是在有限時間下的辯駁和思考。鼓勵不同角度的思路，無所謂最佳答案或唯一答案。

　　而規範則為：用生與死的對立，呈現一個道德立場讓文本裡的角色與其所代表的價值連結起來，探索讀者的道德立場。道德原是個人的責任，這樣的道德立場是由讀者藉著角色的行動來判斷的。在這文本中，創造意義的是讀者，而非全知的敘述者。

　　敘事是要將事件或故事加以有效的組織而後透過比喻或象徵等藝術手法來呈現，在文學領域除了單純的敘述事件之外，還應提升到具有審美價值的地步。教學者或讀者本身要學習探取文本中，屬於創造觀型文化又具前現代崇高悲壯的兩相矛盾的情愛表現的模象美感經驗。悲壯，指形式的結構，包含或英雄性格的人物遭到不應有卻又無法擺脫的失敗、死亡或痛苦，可以激起人的憐憫和恐懼等情緒（周慶華，2007：252），依周慶華在語文教學法的名詞解釋更能與文意呼應印證。

　　依據 Ernest Hemingway「冰山理論」的說法，文學作品中，文字和形象是所謂的「八分之一」，而情感和思想是所謂的「八分之七」。由於人們都是根據自己過去閱讀的總經驗來接觸新的作品，因此每個人的「八分之七」不盡相同。（張子樟，2009：2）也就是對於詮釋故事本身還可探討的是，教學者可以引導學習者在閱讀文本時多元的解讀的理由。作品雖由某個作者執筆寫成，但在從事寫作時作者的意識形態和社會成分都會寫入作品當中；那麼作者的個人性顯然遜於他的社會性。作者的思想信仰和價值觀等等都是屬於意識形態的範疇，而這些理念的表達也跟著作者所處的社會架構和經濟狀況息息相關。（蔡源煌，1988：249-205；周慶華，2006：3）我們可以透過某些角度的詮釋，讓學習者按圖索驥，找到作品的多面向意涵。

四、語文閱讀怎麼教／語文閱讀教學策略

　　描述是在再現或建構知識對象；而詮釋和評價，則分別是在詮解釋繹知識對象和評估或評定知識對象。雖然如此畫分，表面上可以各自運作，但仍也有無法全然劃分的部分，在作釋義和描述只能是程度上的而非本質上的區別。描述應是客觀事實的接近，沒有價值判斷，但實際上要作完全沒有價值觀的描述是不可能的。也就是描述隱含有

詮釋和評價成分，而詮釋前需要對對象的設定（有所描述），進行詮釋時又不能不蘊涵某些價值觀（評價），評價本身更是在描述和詮釋的基礎上進行，描述、詮釋、評價三者是一種疊加蘊含的關係。（周慶華，2007：36）

　　閱讀選定的教材時以描述、詮釋和評價，我們更可以更深層的認識和理解文本，進而習得知識、規範、審美的語文經驗，藉著可以機巧多變的語文閱讀教學方法，獲得深層完備的閱讀能力和語文知識等來達成最初擬影響的對象的目的（如圖 3-4-8 所示）。

　　美國地質學家 Wallace E Pratt 提出一個著名的觀點：「人的大腦裡蘊藏著豐富的寶藏，思維方式，是其中最珍貴的資源。」（麥冬，2009：3）採用何種角度、方法來進行閱讀理解影響因素很多，例如受讀者與文本呈現的權力意志及想製造的差異，或想因此達成推移變遷或改造修飾世界的理想等。「方法」基本上是從著作中整理出來的邏輯，是「重建的邏輯」，但「應用邏輯」也並非不存在。「方法是人創造的，由人來掌握和使用；而人對方法的創造和使用又是跟研究對象的特性聯繫

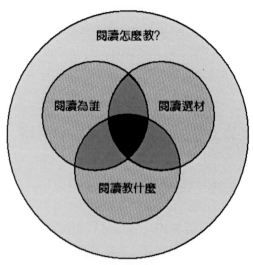

圖 3-4-8　語文閱讀教學策略圖（四）

在一起的。人類的認識活動和實踐活動，都可以看作是由主體、客體和方法三個基本要素組成的社會活動系統。（孫小禮等，2002：165）對本研究主題語文閱讀教學來說，主體可以包括教學者、學習者，客體可以視作選擇的閱讀材料；方法除了表列各法外，應該還包括擷取綜合運用講述法、討論法、探究法和創造思考法等一般教學法，和為增深加廣的語文經驗方法相輔相成。

　　有關整個語文閱讀教學要如何實踐——怎麼教？針對基礎性的語文教學方法，周慶華在閱讀的部分提出以下的概念架構可參考運用：

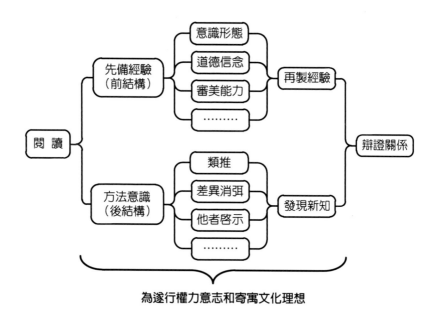

圖 3-4-9　閱讀教學方法概念架構圖（改自周慶華，2009b：55）

　　大多的閱讀教學都停留在再製經驗的階段，都沒有提到發現新知。再製經驗就是教學者能引導出學習者所能表現出來的，都是他先備經驗中的；再製經驗就是他先備經驗的前結構，包含了意識形態、

道德信念和審美能力，這三者分別屬於知識經驗、規範經驗和審美經驗三個經驗範疇。其中知識經驗要特別強調意識形態，意識形態是一種思想觀念，是一個人進行思考任何事物時必備的，我們都是帶著一套思想觀念去看事物，看出來的都是我們意識形態中有的，此稱前結構，是我們的先備經驗。

面對新的事物要去發展或形塑一套方法或應用既有的方法，去把新的事物移進我們的先備經驗裡，如此前結構才能不斷擴充。而不斷擴充先備經驗的方式可以靠類推、差異消弭及他者啟示等方式去實踐，我們的方法意識，都靠類推。例如地球有生物可類推外星球也有生物存在。人有意識、精神很多能力、從很多跡象可見除了人類有靈的存在，可推其他動物、植物是否也有靈的存在，關乎氣化觀型文化傳統背景的觀點。不願去類推的無法發現新知，只能守著既有觀點不能成長。

再者如差異消弭，對於專業領域我們無法理解的閱讀對象，如何透過差異的消弭去想方法理解不懂的閱讀對象後變成自己的知識，就是要有足夠的權力慾望，吸引自己去努力，然後一一探究消弭障礙的方法，也是發現新知的必要途徑。

差異消弭難度很高，但如果未納入，就不可能發現新知。

第三是他者啟示，因為我們隨時會接受很多人的啟發，他者包括如親友、師長、專家學者等。當一個人灰心喪志時很多時候是靠著他人的啟示，例如《牧羊少年奇幻之旅》中的生命哲學，這旅程始於少年牧人被風呼喚：「心在哪裡，你的寶藏就在哪裡」；在生命的任何一個階段，人們其實都有能力去完成他們的夢想。而當你真心渴望某樣東西時，整個宇宙都會聯合起來幫助你完成。我們不諱言的認為幫助你的不是憑空想像而是確有其「人」。

新知來源都要靠這三個途徑。再製經驗和發現新知可以構成一種辯證的關係，可以相互影響。你發現新知可以讓舊有經驗累積能量，舊有經驗累積多了又有助於你去發現新知。整體上，再製經驗及發現

新知都是為了影響或支配他人，所以動力不夠強的話，再製經驗帶出來就很有限，發現新知更不容易成形。

閱讀教學方法是基礎性（通貫各種語文經驗的教學所以這樣稱呼）語文教學方法之一，在安排教學活動上是要被居於核心地位的。學生的討論是再製經驗，而發現新知則要由老師來提供，這是老師的功能。

以《魯冰花》為例，整部影片體現什麼意識形態？這部影片所透顯出來就是不斷去爭第一的高度價值；在學校裡爭排名的現象，多受創造觀型文化的影響。透過異系統的對照可知，爭第一不是氣化觀型文化所要爭取的，我們這邊沒有唯一的神，沒有可以仿效的對象，不是人生唯一的價值；爭第一是創化觀型文化所致力的產物，所有的競賽項目都只有唯一的一名，每一個都是唯一的個體，都是直接對造物者負責。造物者創造宇宙萬物，顯現祂高度的能力。創造觀型文化中每個人都是獨立的個體，都直接對造物者負責，造物者會優先被接納，讓他們優先重回天國。在西方社會沒問題，但在我們這裡就會出問題。如爬大廈、登山想像要做的是別人做不到，認為這樣的成就才可以去榮耀上帝；人生最大的歷程最後能不能回到上帝的身邊，就看是否找到了救贖的途徑。

西方世界辦的活動因為非西方國家都要參與，也要讓他們有參與的機會。比賽在非西方社會，因為意識形態，才加上第二名、第三名，還加佳作，最後甚至統統有獎。在此地得第一，不懂得收斂會遭嫉，會被排擠。差異消弭得出不只是把「爭第一」當作最高價值，氣化觀型文化大家都無法爭第一，爭第一要給誰看，因為沒有榮耀的神。例如，校園花樹長得高一點快一點，都被修剪平整，工友修剪花圃，恍如我們這裡人生社會的縮影，誰都不可強出頭。過集團生活能力不一樣，能力強要出人頭地，除非你離群索居；能力強的鋒芒畢露，無法見容於團體。

作者把富人的醜態描繪出來，也許這和原作者鍾肇政的生長背景有關，鍾肇政出生於貧寒的農家。也許並不是所有的富貴人家都是如

此，但我們覺得作者的年代必定反映了一些不平的訴求，作者在作品裡強烈的為農民發出吶喊，是一種憐憫以及切身的述說。

教育與創造力專家 Ken Robinson 在《讓天賦自由》（Ken Robinson，2009）這本新作中強調，迎接未來的唯一辦法，就是找到個人天資與熱情的結合處。行行出狀元，每個人都有自己的天命，在自己熱愛且擅長的領域發展，往往容易締造較高的成就與自我實現。在相似幫助天才窮困弱勢學子的訴求主題上，印度影片《心中的小星星》、法國影片《放牛班的春天》與《魯冰花》的創新差異，可再比較討論，更可充實新知經驗。

人類的祖先，裸裎於天覆地載之中，奔走於雲行雨施之際，對於大自然充滿了恐懼、驚嘆與膜拜之情。生活中有不少炫於眼前的美妙時刻，是承大自然所賜，「日月忽其不奄兮，春與秋其代序」此後文明冊頁上，便有無數文人墨客對於天地之美的吟賞、題詠。天地不言，人為之代言。（徐志摩等，2010：1）柏格森也說世界時時刻刻在創化中，這好比一個無始無終的河流，孔子所看到的「逝者如斯夫，不舍晝夜」，希臘哲人所看到的「濯足再入，已非前水」，所以時時刻刻有它無窮的樂趣。抓住某一時刻的新鮮景象與興趣而給予永恆的表現，這是文藝。文藝是情感思想的表現，文藝到了最高的境界，從理智方面說，對於人生世相必有深廣的關照與徹底的瞭解。從情感方面說，對於人世悲歡好醜必有平等的真摯的同情，衝突化除後的諧和，不沾小我利害的超脫，高等的幽默與高度的嚴肅，成為相反者的同一。（朱光潛，2001：15）而感動和說服的希冀起於人類最原始而普遍的同情心。這些創造性的樂趣是個人文學經驗的加工折射，釋放「無中生有」、「有中更有」的心智活動。無論是「文以載道」或「因文證道」，閱讀者需要透過更多適切的語文研究方法完成與作者交感共鳴的目的。我們相信語言是存在者創造性的活動，創造是古今創作者受到「存有感召」，相似於造物者存在就在創造，感受到被創造的相應活動，有感而發巧用語言的展現，不但具有權力意志，含有知識、規範、審美等價

值意識，或何種意識形態。語文閱讀教學在傳授語文經驗的程式或手段。教學者在引導閱讀時除了對文本語音、語義、語法表層結構的指導，最重要可透過各種描述、詮釋和評價作深層結構的討論，創意閱讀教學才能有效達成。

第四章　語文閱讀「為誰」的教學策略

　　前述第二章所以針對「語文閱讀」→「語文閱讀教學」→「語文閱讀教學策略」,已知閱讀主體這一閱讀學習者在進行閱讀行為或活動時,因為面臨本身是帶著意識形態、道德信念、審美能力等先備經驗在閱讀,所以進行語文閱讀教學時,閱讀者的前結構已然俱足,無法再透過教學有所增進補充,這時教學者可勉力而為的便在於採用類推(舉一反三)、減少學習差異(聽懂、讀懂)、他人啟示(示範得到啟發),讓學習者增長知識,使他們的智慧、情感獲得啟迪。閱讀促進人的社會化,而人也受社會影響,以致對社會還要有使力回饋的部分,也就是在自己受用外,要有藉閱讀所得再去影響別人。而教學者有責任讓學習者清楚知道因何而動及閱讀所朝向的目標。因為教學者與學習者本具有一層權力關係。而學習者也想藉閱讀去規範制約別人,體現一種權力意志和權力關係的再現,所以對整個教學過程來說,教學者無論是引導學習者重製經驗,或學習新知,讓學習者認知這終將是一種遂行權力意志和寄寓文化理想的使命,閱讀便有了目的,閱讀教學也更具意義。由於整個語文閱讀教學策略包含「為誰而讀」的發想,而為不同對象而讀,因此有了選讀「基進」和「經典」教材的差異。教材無論是抒情性還是敘事性或是說理性(如表 3-4-2),都要有創新性的內涵,才能刺激閱讀者發揮潛力仿傚創作。從閱讀為誰包含為特定人或不特定人後,便要分別為不同對象選擇基進教材或經典材料;而有了適當的閱讀材料,要考慮的層面就是教什麼,基進教材要教的是基進創新的部分,經典教材要教的是經世不變的道理。基進觀念或經典觀念本在選材前便要細心斟酌的思考的,這是「為誰閱讀」時想廣

為納用學習的；於是從這些材料中再去分析可教予學習者的語文經驗或方法，就是考慮閱讀教學要教什麼的層次。知道要教什麼，接著就是如何教。整個語文閱讀教學策略的脈絡如前章所述，便可逐一探討說明。

第一節　語文閱讀「為特定人」的教學策略

　　第三章第四節已針對本語文閱讀教學策略各層面作概念分說。現在則以個別層面為主要思考重點進行教學策略的演繹論述。

　　閱讀的表現可以分成：在消極面表現的可能是有樣學樣而被人影響支配，以及屈從順服而被他人影響或支配。在積極面表現的是製造差異以為影響或支配他人，以及轉創作以為影響或支配他人。因為要影響他人，所以認定要有為誰（人）閱讀，才是積極有效的閱讀。因此，語文閱讀「為誰」的教學策略，為語文閱讀教學策略的首要環節。

　　語文閱讀「為誰」的教學策略，有為特定人與為不特定人的教學策略的分別。本節先以特定人為主要思考對象。

　　閱讀所為對象倘若為「特定人」，則又可分為「在場的特定人」與「不在場的特定人」。

　　無論是為「在場的特定人」或「不在場的特定人」，這類為特定對象的語文閱讀教學策略必須考慮的是想造成什麼樣的影響，而什麼樣的閱讀材料及內容理解又提供何種必需的語文經驗，才是最適當有效的，這是預示教學者從事語文教學需要考慮的。

　　為了使被影響對象印象深刻，為特定人要選基進材料，教學者要教學習者的是從閱讀基進教材中習得基進觀念。而基進教材又可分為單一基進教材與多元基進教材。這些期待能啟發學習者新的思想、觀

點、知識等的教材便要藉著課程設計有效完成，從閱讀為誰→為誰選材→教基進觀念→怎麼教基進觀念，一一藉由如討論、情境教學、角色表演等適當的教學活動來完成。除設定為誰閱讀是本節主要思考部分外，其餘接續的選材、教觀念、活動設計等都屬於副思考。如下圖所示：

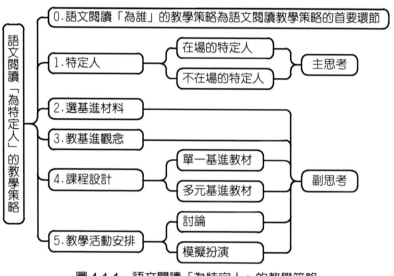

圖 4-1-1　語文閱讀「為特定人」的教學策略

一、特定人

　　為說明方便，現以教育現場而論。在場的特定人，如為讀書會、工作坊，教室、社團、聚會所等場合一起在現場的人。如在教室是教師、輔導老師、助理老師、講座講師、工作坊主持人、同學；不在場的特定人，如當這個讀書會或工作坊有所產出——可能是口說表達、

文字記錄、筆記、抒發等成果發表，預定將會影響所及，為知道並關心此閱讀活動的師長、家人、學員、同學等，屬於不在場的特定人。尤其當今網路發達，更有網路讀書會，所謂「在場」的特定人是否要慮及線上及時同好，而「不在場」的特定人為事後上網參與意見發表的特定讀友？由於這類有共同目標而成立的團體，有固定組成成員，學生倘若設定為影響對象自然是特定的群體。為這些特定人閱讀的目的，例如為父母、老師閱讀，所以要好好閱讀考出好成績，符合期待，讓父母師長嘉許歡喜。為同儕閱讀，強調獲得同儕認同肯定。又如有機會到了校外，說故事、說相聲、說笑話、社區導覽等社區活動，為了不同對象、不同權力關係狀態下的閱讀行為，會有不對等的權力意志和關係牽涉影響著。

當中如為父母、師長閱讀的狀況，假設為了再被師長指定參與的區域性寫作比賽中獲得佳績，能符合父母、師長期待得到肯定，則應是最大的閱讀動力而在閱讀所為對象已知是父母、師長，甚至是同班同學與同校同學，這就可再區分為在場的特定人，如公布文題監考的教師、評審教師，或陪試在外的指導教師、父母家長親人；不在場的特定人是關心本次寫作比賽的校長、其他同校或他校教師、同學、社區鄰居友伴、親屬。這還可因親疏遠近，利害關係、關心程度、心理狀態，而使得閱讀動力有所不同。

又如年節探訪社區老人，要準備表演節目，節目除了唱賀年歌、說吉祥話，還要表演說故事、說笑話、猜謎語因準備閱讀的可能影響對象就包括如社區獨居老人，是在場的特定人。如學校老師學生，家人則為間接影響的特定人，因為當學生懂得貼心噓寒問暖，長者臉上露出幸福的笑容，很開心感覺很溫馨，努力閱讀準備的效果呈現，所為對象的反應就很直接積極而有效。而學校與社區的融合互動成功，也促成了不在場的特定人的關心與榮譽感。

二、選基進材料

前述語文閱讀為誰引發自我實現，為了取悅父母或教師的學習動機是外在的，但是如果學生努力學習是因為學習的內容有趣、重要、有意義、或是令人愉快的，那麼這個學習動機便是內在的。其實，二者相輔相成可以使學習更有效。

為什麼閱讀為特定人教學者應指導學習者必須選擇基進材料，我在第三章第二節已簡要論述過，強調這類學習者常是隸屬於社群關係的閱讀活動裡，也希望不致辜負閱讀所為對象的期待；再加上學習者也期望因能獲得對方相對的愛與歸屬感、尊重基本需要以及認知、審美與自我實現的心理需要。

教學者在配合閱讀為誰的動機條件下，設定教材具知識性經驗、規範性經驗、審美性經驗的基進材料。此處的教材基進成分應具有無中生有、製造差異的創意閱讀。（詳見圖2-3-3 三種語文經驗內涵圖，及圖3-4-3 語文閱讀教學策略分項總圖）。因為具有創意成分的材料，能讓可掌握對象關係的特定影響對象印象深刻，甚至到振聾發聵的境地也未知；愈是與眾不同的基進成分愈大，影響愈大。

已知當語文閱讀活動要開始進行時立意確定，是根據無論在場或不在場的特定人來設想。包括學習者很清楚知道，自己的閱讀具有目的性和功能性，會影響很多人，不是單純只為自己，也不是為考試，而是將有更大的成就任務要達成。整個教學活動的安排與設計都以語文閱讀為誰為依歸，這為主思考；接下來的副思考，就是整個從選基進材料，教基進觀念，到根據教材的課程活動設計以及教學活動裡的討論與模擬扮演的安排。

第三章第四節為誰閱讀曾簡述假設適用情境為社區居民講笑話，以下再就教學時選材示例討論。曾有人把說笑話的高明技巧，比喻為

從人的腳下神不知鬼不覺地抽掉地毯。但你必須抓準時間,如果拉早了,他們可能還沒踏上毯子,而一旦讓他們知道你的意圖時,他們又會從毯子上下來,徒勞無功。幸運的是當你說笑話時,你的聽眾是打算被你瞞過的。因為他們想笑,所以他們會很希望你能成功地騙過他們。不過,這種願望並不意味著他們將完全中止對邏輯的信任。一個笑話如果說不通,組織結構就會倒塌,笑話也就失去效力。

教學互動中教師要引導學生闡發更具創意的詮釋意涵,而不單純就表象閱讀。

有一則笑話叫做〈曠世鉅作〉:

> 在醫院的某個角落,甲乙兩人在一起聊天。
> 甲:「怎麼樣?這本小說寫的還不錯吧?」
> 乙:「太好了,一點廢話都沒有,簡直是曠世鉅作!」不過有一個缺點,就是出場人物太多了!」
> 這時候護士走了過來:「喂,你們兩個神經病,快點把電話簿放回原位!」(袁易,2002:203)

這一篇笑話歸類於現代滑稽的現代作品,具備「無中生有」的創意趣味。而於知識經驗可探討的邏輯如下。

一般而言,「電話簿」純粹就是人名和電話號碼的排列組合,而「小說」是有情節鋪陳的文學作品,二者的內涵與筆調是大不相同的,一般人是不會混淆的。所以當有人說「怎麼樣?這本『小說』寫的還不錯吧?」我們就會真以為他是在評價一本小說。因此,當護士要他們兩人「快點把電話簿放回原位」時,我們才會突然發現他們是把「電話簿」當成「小說」來討論,這是完全出乎意料之外、超乎常情的行為,所以頓時之間產生了笑料。這是因為「隱藏預設」和「以全概偏」所造成的笑話。這個笑話讓我們反省的是事情未必只有一個制式的看法,東西也未必只能用一個固定的名稱;偶爾換個角度去看、換個名稱去說,或許就會有「與眾不同」的新發現。例如某些展示臺

灣四、五十年代童玩的復古餐館，就會把學生作業簿當作點餐單；作廢火車作成餐館。臺中有名為「鋼杯麵國民小學」便是以課桌椅當餐桌，吃飯像吃營養午餐，到「福利社」取餐，抽屜有考卷考滿分可獲九折券。雲林有餐廳把「迷你版」的電鍋，變成裝飯、裝碗用的餐碗用具，剛好是一碗飯的容量。客人拿起「電鍋」舀飯吃，喚起他們的共同記憶；而老牌企業出產的傳統電鍋，一賣超過 50 年，市面上出面「變身版」周邊商品，有電鍋形狀的鬧鐘、音樂盒、置物盒。網路上有人把電鍋變成安全帽，「把腦子給煮熟吧」的創意，讓人會心一笑，老東西連結的記憶情感，竟也意外成為新賣點。這就是製造差異的經濟文化創意實踐。

教學上教學者應時時訓練審視文本的「無中生有」或「製造差異」，以釐出基進的創意部分。笑話要有始料未及的驚奇，那才是讓人發笑的主要原因。所以找到笑話的創意部分，把握勿將結尾提前洩漏的技巧才能成功。因此，在為特定人設計的教學策略，基進材料的選擇要符合基進成分。

三、教基進觀念

基進是一種空間和時間中的特殊的相對關係，旨在突破一切既有的規範；而以它作為改善教學的策略所形成的理論，就是基進教學理論（詳見第一章第二節）。藉由基進的閱讀教材來引發學習者學習興趣，教材蘊含的要教予學生或引導學生發現的各種可能知識經驗，在基進教材選擇後，教學者應作教材分析，預先理解文本或教材中可被發現的基進觀念，並安排入課程設計中。

一部作品所以具有獨創性，是因為它的每個方面都對促成作品整體的內在秩序的形成作出了自己的貢獻。因此，在這種情況下，作品的「獨創性」實際上是跟「好的」一詞同義。這樣的作品的獨創性和

它是否按傳統方式創作並不相關。（福勒，1987：190）一部藝術作品是結構整一的，它是具有美的物質的格式塔結構。這種藝術作品無論在主觀意義還是客觀意義上都有創造力的。這種結構是獨特的，不能完全派生或還原。這種作品的力量在於刺激人們對獨特的綜合結構的整體獲得直接的領悟；其價值在於增強人們立刻悟知的能力。這個立刻知悟的能力優於所有那些東拉西扯的推理。這就是這類作品的價值。我們可以看到這種價值是緊密關係於作品的創造力的。（丹青藝叢編委會編，1987：260）但有人質疑這種「獨創」或「創新」的標準的存在性。倘若要給「創作」保留一個創新的空間，那麼這種創新就只是能顯「局部差異」的創新，不是「全部差異」的創新。（周慶華，2001：29-30；2002：219-220）

　　「創意」就是改變舊有的認知，「新瓶裝舊酒」，創造有人認為就是把已知的材料重新組合，產生新的事物或思想，強調創造並非無中生有。陳龍安、朱湘吉認為創造是一種「無中生有」的創新，也是「有中生新」的「推陳出新」。透過思考歷程，對於事物產生分歧性的觀點，賦予事物獨特新穎的意義。（林璧玉，2009：50、81）創意是什麼？無法一言以蔽之，它可以是指想像力，也可能是指發明能力，或是擴散性、生產性的思考力。教育學者賈馥銘認為創造是利用思考的能力，經過探索的歷程，藉著敏感、流暢與變通的特質，做出新穎與獨特的表現。（杜淑貞，1999：51）對將要面對未來世界無情競爭的孩子來說，善用基進教材，學習基進觀念，無疑是給予逐漸僵化的教育環境提供一個重生的機會。

　　教學上教學者應時時訓練審視文本的「無中生有」或「製造差異」的部分，以釐出基進的創意部分。「無中生有」指的是一種原創性、獨創性，也包含靈光一閃；突發奇想的新奇想法或創造力。另一個「製造差異」，指的是並非完全的創新，文本或作品只能顯現局部差異的創新，表現具有相對性，相較於原來可能的觀點來展現創造性，則判定是具有創造性。

四、課程設計

（一）單一基進教材的課程設計

　　語文閱讀教學的意涵，包括圖 2-2-1、圖 2-2-2、圖 2-2-3、圖 2-2-4，第二章第二節有關教學到閱讀教學的探究說明已提及。而教學活動設計則要注意有效教學的原則；開放性的溝通，瞭解學生的先備知識層次及真正需要學習的，提供前導組織架構，豐富學習意義，與學生過去、現在及未來經驗連結，告知學習者課程結束時，他們將達到的學習結果。教學活動裡要有支援性的學習環境、適當的學習難度、有意義的教學目標；為成功的學習作計畫；提供補救措施、提供獎賞；應用遊戲、刺激以及新奇的事物，教學形式富變化，如講述、討論、問答、影片、戲劇、個人與小組運用，以維持新鮮感；教師預先備好題目及參考答案，設題與答案間便是學習的重點，促使學生也能創造問題；使用積極合作性的學習方式；提供立即的回饋，如討論或課程結束時教師要寫下重點總結課程內容；表現出興趣、讚賞、熱情以及投入程度；使抽象的事物具體化與個人化、牽涉到概念的教導，幽默有助於活潑課堂氣氛，並讓學生維持較長記憶。

　　大部分我們有許多富於變化的教學內容，但是太少具變化性的教學方法。有關教學活動要多樣化，有一有名的人工智慧科學的法則，稱為亞述比法則。該法則是指只有變化本身才能吸納其他的變化。意思是說，一個系統要維持本身的穩定性，只能藉由以一系列充分變化的策略，以便處理進入系統的不同變化。（David Pratt，2000：244）以實際教學現場來說，就是要採用具廣泛變化的教學方式。最好是將教學集中在最重要的內容上，然後以更有效能的方式來教導，如

此才可以獲得更成功的教學成果。教學方式可以採整個班級進行討論、小組討論、個別學生表演一小段故事情節,針對老師問題寫答案,口頭報告;賓果遊戲、幾色扮演、尋寶遊戲、給專家的信、給編輯的信、即席創作、即席演講⋯⋯不同的教學策略可以同時或者連續地使用。

　　教學活動設計需注意原理原則,如整個教學活動需根據公訂最新課程綱要、訂定階段、十大基本能力與能力指標。並以「活動」作為教學活動設計的核心。這個活動包括集體活動和個別活動。倘若是集體活動,指的是分組或全班活動,就是作討論和創作或表演。個別活動為一問一答。個別活動少用,因為現在我們的教學以學生主動學習為主,要有同儕學習的機會。有關教學活動設計的基本準則,確定教學內容,含知識經驗、規範經驗、審美經驗;安排教學活動以閱讀為主,說話寫字及作文為輔。教學活動設計的進境準則,要帶進創意觀念,創意要全程貫串,創意顯現在教學內容及怎麼教,創意要全程連繫,教學活動也要體現創意,怎麼教?如即席演講的安排,不是無中生有,就是製造差異。怎麼製造差異?利用水平思考或逆向思考。而其中逆向思考所能展現的製造差異的幅度最大。設計時就是要思考如何以逆向思考來展現極大的製造差異來顯現創意,而每一個活動得預備多種解答或思考模式。學生本身已能想到的,教師要先預備學生沒有想到的答案,也就是要能讓學生獲得新知的語文經驗。相關教學活動觀念設計如圖 4-1-2 所示。

　　為目前研究因「閱讀為誰」所選教材的考慮,教師要有創意教學的理念和態度。首先要提供自由安全和諧相互尊重的氣氛,讓學生輕鬆學習;但要保持「動而有節」的原則,重視學生所提的意見,容許學生從錯誤中學習、從失敗中獲得經驗、鼓勵嘗試新經驗、充分利用語言文字圖畫、教材教法多變化、教師不獨占整個活動、儘量激發學生想像力、對學生的意見或作品不立刻下判斷,等意見都提出後、師生再共同評估。

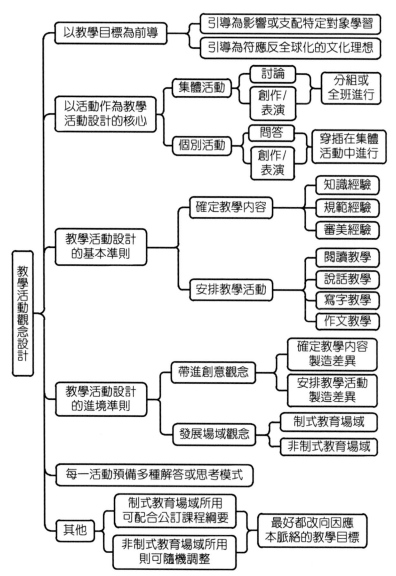

圖 4-1-2　教學活動觀念設計圖（改自周慶華，2011a：84）

本語文閱讀教學研究配合課程設計理念設定閱讀教學的目標如下：

1. 能發掘文本／作品中的寫作創意（經典）。
2. 能領略與生活結合的創意（經典）。
3. 能運用適當的語文研究法解讀文本。
4. 能讀出文本作者主旨和作者意圖。
5. 以文本／作品多元詮釋的發表結果獲得認同回饋。
6. 能以詮釋後結果的創作分享獲得特定人（下節則為不特定人）的迴響。
7. 學習內化為智慧、能力，能從生活中實踐。
8. 培養赤子之心創意思考的生活實踐態度，並能影響別人。

　　無論是基進教材或經典教材，在課程設計上以圖 3-4-3 為設計方向，根據文本文體類型及主題思考可以何種語文研究法來作描述、詮釋、評價，並從中領略習得可能包括的三種語文經驗（知識經驗、規範經驗、審美經驗）。而於在教材的選擇上，於課程進行前就應以本研究焦點「為誰閱讀」的前提選定好適當的教材。至於以本節「基進」教材來說，選擇教材必須符合基進的原則，就是創意優先原則。而基進的內涵在教基進觀念（如圖 4-1-1 所示）。教學者在「閱讀教什麼」的預設學習目標上，透過審視文本符合基進條件後，學習該文本的邏輯知識經驗之外，教學者可以於第一篇的範例學習後，下一篇的文本就讓孩子自行解讀，以驗成效，並期待成為學習者內化的閱讀能力。

　　閱讀的性質，就是理解語文成品本身所具有的內涵形式。理解本身的內涵形式，可以多元化（參見第二章第一節及第二章第二節）。

（二）多元基進教材的課程設計

　　針對基進教材的課程規畫，尤其是多元基進教材，教師在設計閱讀教學活動時，得明確掌握總體目標，深入鑽研教材。有計畫、有程式是必須的，閱讀的質要比量來得重要。掌握現代教育方法和教學技

巧的創造，以廣博知識對教學進行教學設計，發揮教學的最高效益，讓孩子培養閱讀興趣，進一步養成良好的閱讀習慣，擴展閱讀視野，進而喜愛閱讀思考分析資料，將閱讀內容轉化為日常生活中解決問題的能力。

如果前述幾相類似的笑話集結一起成為課程活動，成為多元基進教材，而以這類笑話為教材設計課程，就有一定的關聯性。例如都是同一主題不同文本，或不同主題同一文類的文本。基進教材是除了規範文章中的記敘文、抒情文、議論文、說明文、應用文外，在非規範性的文類，如學術論文（含報告、用書）。文藝作品：小說、散文、小品文、詩歌、劇本。廣義文學：報導文學、講稿。應用文稿：新聞稿、廣告稿、書面資料、流行歌曲、笑話、網路圖文；文本之外形式呈現的視聽媒材如有聲光效果的電子書、錄音、錄影、影碟、電視節目等都多元材料，除材料種類要慎選運用外，學生要能理解、有需要、有興趣、角色人物能認同，並具啟發性也是基本選材重要的原則。

另如坊間出版的一些另類文本，如《本文作者為國寶級白目》（馮光遠，2008）、《豬是的念來過倒》。（朱宇，2009）前者作品集結自《中國時報》人間副刊「三少四壯」專欄，以詼諧反諷筆調敘寫生活事件，教師可慎選應用；後者的精采短篇笑話，可以選輯數則供學生判讀謬誤的笑點。例如：題為〈不要麵〉，技安某天走進麵館，很酷地把頭髮一甩：「老闆，大碗麵，只要蔥不要麵。」說完後又突然加一句：「麵要多一點！」老闆問：「……你到底是要麵還是要蔥？」它顯然是矛盾修辭。一位叫于京波的同事，一天有掛號信，收信的會計助理在辦公室大喊，「干涼皮、干涼皮的信！」（朱宇，2009：93、94）這則是語詞歧異。找到有趣具創意的教材讓學習者為特定人而讀，更具意義。

針對多元基進教材進行課程設計，屬於群文教學有以下幾個策略可以進行。

個人群文閱讀基本上分兩個模式：模式一是一開始就明確告知這次談的主題，例如要談「幽默」，每個讀者扣著主題意義來閱讀，從自

己的故事中來說「幽默」就是……所閱讀故事中「幽默」的概念，可用不同的顏色去補充註記。模式二是大家讀完以後，經團體討論再建置整理出討論主題，如討論出要談的是「幽默是……」依照所理解的文本義涵作出定義，可以海報、書面紙報告，以圖式具體展示：

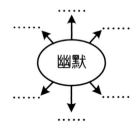

圖 4-1-3　主題演繹圖

　　群文教學有幾個特色：瀏覽書群→獨立閱讀→畫故事網→說來聽聽→寫出故事的主角→小組報告概念圖說明如下：

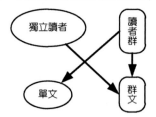

圖 4-1-4　群文教學讀者與文本關係圖

1. 群文教學是不同的內容文本大家做同一件工作，要有小組帶領人。
2. 從文本中找出關鍵語詞來談，找出的重要語詞和整篇文章故事的關係，並做計畫討論。
3. 找出段落來分享：這個段落可能是主題段或具有特別意義值得關注的段落。

4. 「說個故事給你聽」，以畫故事圖的方式；邊翻故事書邊大聲讀；先畫故事圖、行動圖、故事線再說（如圖 4-1-5）；邊演邊說故事；獨立說。找出有趣、有力、好笑、疑惑、重要的地方。由學生自己決定值得聽的部分與預定分享的方式。也可邀請同學來讀。於是要提出邀請表單。內容含

請＿＿＿＿＿讀。姓名：　　組別：　　書名：

故事情節發展圖　　　我發現這個閱讀和＿＿＿＿什麼
　　　　　　　　　　人、事、情節有關連。

5. 「畫個圖給你看」以圖像表達感受，以畫素描、卡通、流程圖、圖表說明。
6. 「我來說大意」（故事摘要）。（要點、要旨、菁華。倘若有好幾個要點可以標號條列，則摘要、大意可視狀況釐清教學）。
7. 「事發現場」：故事發生在哪裡？（場景）與故事主題的關係。
8. 這個故事讓我想到（與讀者經驗連結）。
9. 我想研究（延伸探討）。
10. 討論的主題：角色、時空背景、情節、氣氛、觀點、對話、想像……

　　敘事類的基進教材，藉敘事結構，所提供的情境、人物性格特性、故事情節和結局，來深究故事的布局及其所隱涵的意義。在閱讀文本的過程中，運用引導與想像、給予線索與預測、提出疑問與討論、綜合與評估四個教學步驟，引導學生更細微、豐富的掌握故事的主要意旨。

　　在師生的互動過程中，教師可提供開放性的問題，另外輔以維高斯基的鷹架理論引導學生的思考與發言。當學生逐漸熟悉創造思考與問題解決的模式，老師也由學生學習思考的鷹架引導者、提示者逐步淡出，成為學生思考的支持者、質疑者，監控學生的學習思考過程，並藉此提升學生的創造思考與問題解決能力。要提升創造力，必須先

培養觀察力、形成假設的能力、堅持力。在科學界有一句話「只要問對問題，答案就出來了」。

圖 4-1-5　學生作品〈彼得與狼〉故事圖

　　文本本身結合到教學的實踐是教學者要善於發問，發問的功能有集中注意力，引起學習動機，複習摘述教材，鼓勵學生討論問題，引導朝向新的可能方向思考，主動探索更多資料以增進瞭解、及懂得應用習得的知識觀念，擴大思考廣度，提高思考層次等。

　　教學時教師提問多採開放式問題，如有所謂垂釣式問題，學生依知識經驗提出個人看法，問者並不預先設定單一標準答案，而持容多納異態度準備各種不同反應。或所謂擴散性問題，學生可以獨立自主採取無中生有，遇水架橋的態度去滋生見解，改變想法或作前瞻透視。（張玉成，1993：101、106）例如司馬光機智救人，除了打破缸外，還有其他方法嗎？或可提出評鑑性問題，預先設定標準或價值觀

念，據以對事物從事評斷或選擇。如問司馬光破缸救人的行為，你有何意見？

活動進行時，老師必須等待，有時也必須放聲示範自己思考的過程，或分享實際經歷的例子，以觸發學生的靈感和生活經驗。讓文本意義的解讀充滿對話性，教師與文本的對話充滿詮釋思維，學生與文本的對話張力感知，學生與學生的對話相互啟發，教師與學生的對話觸發感悟。藉由逐步的引導，學生們對於創意思維的領略愈來愈敏銳，也能察覺靈機一動的創意靈感。

五、教學活動安排

教學活動安排包括討論的部分，以說故事、講笑話給社區中的居民聽，討論的重點則以如何領略笑話中的創意觀念，因為有所瞭解，對所選故事、笑話能發現趣味所在，包括學習講笑話講故事是為了娛樂民眾，能引起共鳴，讓居民感到歡欣為目標。教師指導學生從如何選擇適當的笑話或故事開始，再從教材中分析出笑話類型及選擇給適合對象或場合的笑話，然後開始分組演練。先以全班討論有了共同意識，設定特定目標後，開始分組收集資料，再加以整理分類。這些可以作為教學前的準備工作，教師指導如何分類與技巧。

(一) 知識層面：

　1. 理解笑話的創意與趣味所在。

　2. 理解笑話與人際間的關係和功能。

　3. 能理解笑話本身的邏輯。

(二) 技能層面：

　1. 學會說笑話的技巧與步驟。

　2. 學會如何蒐集笑話（理解笑話的來源）。

　3. 能從不斷練習中逐漸進步。

(三) 情意層面：

    1. 能獲得觀眾的欣賞。

    2. 能讓觀眾聽後獲得喜悅與讚賞。

    3. 培養自信的態度。

    4. 能與同學合作演出。

    文本各有特點，學生千差萬別，而一切要交匯於課堂學習。教師身為一個引導者，教學相較於電視節目，教學者身兼編劇、導演及演員，教師要編選教材為適合上課（上演）的「劇本」，不但不違背原著精神，還要將它詮釋得更透徹。而為了使原教材讓人更容易接受，會補充一些相關的、有趣的材料。為顯「劇力萬鈞」，教師要能善於表演，而且是自導自演。教師還要輪流扮演節目主持人及演員的角色，才能讓角色稱職。

    小孩參與世界的熱情互動與創造的欲望是天生的，這便是他們學習知識的內在動力。因此，以討論及模擬扮演為最有效。

    研議的主題可以經討論出來或教師依教學需要訂定，在一人以上的互動情境裡，多人針對同一主題，產生多輪次的談話，而這些話語之間會有意義上的聯繫、延展或開拓的現象。在各種輪替說話的形式裡，談話過程中可能發展出新的主題。

    因為教學重在以學生為本，同儕間的互動是影響學習的關鍵，所以在討論過程中得注意教師與學生的角色、發言權的分配、參與討論之間的權利義務關係（涉及權力意志關係思考），以及談話內容如何建構。因此，在這種討論模式下，就內容而言，討論可說是一種探索的歷程，於其中學生和老師或同學一起建構老師不能預設標準答案的知識；就形式來說，學生不是被動地等著被指定發言，在討論裡學生想要說話，而不是必須說話。（蔡敏玲，2001：47）

    小組討論是一種凝固班級學習氣氛的有效策略。教師可以視教室空間規模，安排適合小組討論的場地，引導學生進行討論活動。通常小組討論程式可包括解釋活動目的、實施討論、維持討論的進行、總

結討論成果等四個重要的步驟。教師在引導學生進行討論時，要能讓每位學生都能充分發表自己的見解，透過各種增強策略的運用，鼓勵學生進行討論。（林進材，2002：307）一個人的力量有限，在進行閱讀理解練習時，可作集體討論，有時兩人一組，有時三五成組，進而全班分享，避免語文程度弱勢學生全放在一組，至少應該有一名語文優讀者以帶領及加強討論的成效。可以採分工合作各自負責閱讀某些段落，然後報告自己對該段落的理解，再加以討論和修正。尤其閱讀長篇作品時，小組討論可減輕負擔輕鬆練習，並且集思廣益截長補短，孩子不服輸的心理有助加快心智靈活躍動。

　　小組團體要找出社群領導人很不容易，從圖 4-1-6 可發現無論是在讀書會或工作坊等組成成員形形色色，積極的有參與者、攻擊者、批評者、大嘴巴，但也有消極者的沈默者、盲從者、退縮者、防衛者等，在小組成員職務當適所分配，各司其職，以期小組學習討論有效運作。平日教學我會採的小組組員分配狀況，依個別專長各司其職，一段時間可輪流擔任，沒有置身事外的「客人」。（見表 4-1-1）

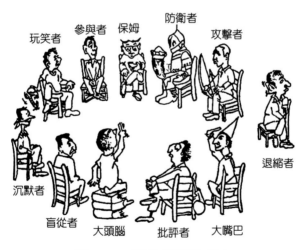

圖 4-1-6　團體成員行為反應
（2010.08.16 臺北縣直潭國小校長許德田講演提供）

表 4-1-1　小組分工名單

編號	1	2	3	4	5	6
職稱	主持部長	紀錄部長	微笑部長	報告部長	糾察部長	時間部長
工作項目	主持各項討論	紀錄討論結果	鼓勵讚美組員	發表討論結果	糾正組員行為	掌控討論時間
工作表現 優異◎ 尚可○ 需改進△	【小領袖】	【小秘書】	【小甜心】	【小蜜蜂】	【小包公】	【小鬧鐘】

　　角色扮演可以當作暖身活動，也可以是教學過程中故事內容的理解，更可以是閱讀後創作的展演方式。

　　以前述為社區鄉親民眾或老人小孩說故事講笑話，可能在閱讀教學過程活動中便要有相關技巧的演練，才能達到閱讀及閱讀教學後影響他人的目的。例如引導學生模擬情境說給自己聽，說給好朋友聽，說給別的小朋友聽，最後說給那一群想要跟他交朋友的小朋友聽，當他們笑得比誰都厲害就成功了。需培養自己的道德準則及幽默標準，避免性別歧視、種族歧視、或是令人感到不適具冒犯性的笑話後，可以熟練笑話中所有那些使笑話有趣的因素，包括每一個適當的停頓長度和烘托氣氛的動作。還可以合併笑話編成一個長笑話，構想說那個笑話的最佳情境。總結說笑話的四個步驟是：心裡說或大聲說的反覆練習→說給你熟悉的人且願意給你開懷笑聲的人聽→從短笑話開始→逐漸擴展到長笑話，使它更有創意。此外，模擬扮演中加上表情和手勢使笑話更有趣。例如說一個關於糊塗蛋的笑話時，臉上裝出一副困惑的表情並用手搔頭，那會更有感染力。不必說整個笑話都表演，而且必須極小心處理那些精心設計的動作。剛開始說笑話不宜過長，要省略拖泥帶水無關的部分；也間接訓練了平日說話直說事情的核心，

有效率地說明意圖、言簡意賅的本事。說長笑話時聽眾會期望在最後得到相當分量的回報。在這種過程中，可以給聽者些小笑料去分散這種大的期望，那便是在笑話中加入有趣的短語、表情和手勢，讓聽者在聽笑話的過程中不會感到無趣而耐心聽完笑話。笑話起作用的原因之一，是聽眾被吸引進了笑話本身所創造出來令人信服的世界。所以可以練習使用方言，模仿的腔調要逼真才有幫助。始料未及的驚奇是使人發笑的主要原因，所以不能將笑話結尾提前洩漏。說笑話有人像機關槍掃射，連笑都來不及；有的喃喃自語，令人昏睡；而有人卻能一字不說就造成哄堂大笑。學習笑話的唯一方法，就是實際去說。這些技巧在為特地人閱讀的教學中可以形成教學活動進行安排。

　　以上是針對如何完整呈現教材笑話本身來說的，至於從課前準備、課堂學習到行前演練，責任分派等雖不屬於語文閱讀本身，但仍屬教學部分；雖是以娛樂為目的，但終究是課程的學習，有關如何行禮如儀，敬老尊賢，口說好話，心想好意、身行好事，應對進退，都需加以演練，牽一髮而動全身，也都是情意的態度學習。

　　討論議題，包括行前行政聯絡事宜、交通探勘、說話社交禮儀、表演程式、社區團體的回應意見調查，改進計畫等。對對方社團背景及成員人數都要有所瞭解。凡是豫則立，不豫則廢，這是確保教學活動完滿成功必須作的準備。

　　以說話社交禮儀為例，便可討論如下：

(一) 如何完美的介紹：學校名稱、姓名、頭銜及負責職務，表演節目。

(二) 如何打招呼：主動親切的微笑，含善意的眼神、以及開朗的問候。當對方是長者，眼睛要看對方。依女士、長者、職位高的行禮。

(三) 如何客氣的說：面帶微笑，「各位親愛的爺爺、奶奶、叔叔、阿姨大家好，我是○○，我來自○○，請多多指教，謝謝大家。」

(四) 如何注意尊卑順序：將個人介紹給團體。若是由學生自行擔任主持，先介紹表演者給聽眾，並對表演者的背景作簡介。眾多同學

出場，可依由左而右或由右而左照順序介紹。倘若有長者在表演臺，例如社區負責人，就應先介紹給他；或者在開場白稱呼時，先尊稱對方再依序稱呼。

(五) 說話應注意事項：口齒清晰，音調適中。用詞不要過度膨脹或過度頌揚。以悅耳的語調充分表達情緒，快慢適中，節奏清楚。音量掌握恰當。

此外平日如何加強口才訓練，得體的接受讚美；表演時公平看每一位觀眾，知道控制時間，掌握觀眾狀況，帶動全場氣氛。最重要的是，也要作一個聆聽者，不管是師長說話，或同學表演時，善用肢體語言，用心聆聽。相信倘若能注意以上幾點，師生必能如魚得水，將一系列閱讀活動完滿達成，獲得老師長輩的讚許肯定。

第二節　語文閱讀「為不特定人」的教學策略

語文閱讀的教學策略，也要顧及另一方面為不特定人閱讀的情況。例如身分是擔任文章評論、影評、書評、劇評的專業人士與業餘個人評論人。從趙滋蕃論及文學批評，有關批評家應有的態度與學養，批評家運用思想組織力時，可以看出作品的漏洞；批評家從事搜尋與沈思時，也可以見出作品的精微處；批評應是在運用一組配置得當的方法，這方法有的是主要的，有的是次要的，但要配置在一起，如心理學批評法，經常就能與神話基型批評法配置一起，社會文化批評法經常能與歷史批評法配在一起，型構批評法與結構主義批評法配在一起，運用之妙存乎一心。批評本身不論是裁判批評、自由心證主觀批評、或客觀科學批評，倫裡批評乃至鑑賞批評，總帶有法官判案宣讀判決書時的那種權威態度。批評家不得不遇事認真，以求錙銖悉稱，褒貶至當。例文學批評家專業訓練的基準是文學理論，

美學基礎，文學史的知識，對被批評對象的專業知識——文學類型的專業知識，這使一面能懇切的批評，一面能引導創作的正途。（趙滋蕃，1988：294-295、535）一般書評有購書指南、文化批評和知識論戰的功能。書評的好壞與書評家密不可分，書評家是社會文化場裡對話和交流的一個參與者，他得是受過專業訓練的，還要有很好的趣味。好的書評往往不僅僅是書評，它本身也成為是一篇美文或是一篇學術論文。批評要有水準和能力，可能還要有理解閱讀和醇厚書評，尊重專業的修養，尊重好的趣味，尊重優雅。倘若為評論而讀，不可謂不慎。

美國有位戲劇教授曾說要做好一個好的劇評家並非易事，有志於此的人應當具有以下的條件：他必須對意念與感情都很敏銳，他必須盡力熟悉各種類、各時期的戲劇；他必須樂於探究劇意，不達不休；他必須對自己的偏見與價值標準有所認識；他必須能夠明暢地表達自己的判斷及其基礎。除此之外，最重要的一點恐怕是，當新經驗與新證據顯示他早先的論斷有所不足時，他必須樂於修改他的意見，因為批評意謂著的是無止境的前進，而非獨斷的固守本位。（Oscar Brockett，1986，45-46）戲劇是一種綜合藝術，作為評論者不但要閱讀經典，而且要不斷吸收新知，修正自己的判斷觀點。

因為可能影響所及對象無法設定為哪一群人，無論以口述或筆述發表呈現，都無法確定接受者為誰，因為面對的可能是不同階級、族群、政黨。要接受不確定對象的考評檢核認可，以作評論人的角度在這樣的閱讀目的訴求下，立論表達的閱讀依據不可不慎，應選擇經典閱讀。

以身處教育現場的教師來說，設想這是一個競選模範生或自治市長，所要影響對象有現場不明確的不特定人，為了發表積極的閱讀，因面對普遍未知的對象有許多不確定的可能性，為避免引起歧異困擾及教化功能不彰等問題，要使用具有人類普世價值，可受公評的經典教材，選材可延伸古今中外經典。可深可廣，閱讀學習者可藉該材料

引伸發揮，無論藉以論證示範，或引經論典，旁徵博引，在立意取材上較為無虞。而該立論發表，除了不致引來非議，也較有正面期待的影響力。

　　這一節和前節的論述差異，在「為不特定人」設想教學策略。會有交集的部分在課程設計、教學活動安排，彼此不是各自獨立，在教學設計上可參酌運用（詳見圖 4-2-1）。而不同的部分在教學材料為經典的不同。而前一節基進材料的基進觀念和經典觀念也會有交集，因為當基進觀念被多數人認同後，就會升格成為經典觀念。許多現今為經典的作品在當初發表時，可能也是當代的基進創意作品，等待被人們檢驗接受甚至肯定。例如文匯網（新京報）2010 年 10 月 1 日報導，每年美國國家圖書館協會都要舉行「禁書週」以紀念出版自由。暢銷書遭到出版和銷售壓力的情況並非第一次，從 2000 年到 2009 年，一直處於最容易被禁書前列的就是羅琳大紅大紫的《哈利‧波特》。有大量的投訴針對《哈利‧波特》裡的「超自然主義」、「魔鬼內容」、「暴力」和「反家庭」等內容。從 1982 年至今，「禁書週」記載了很多經典文學作品的「被禁之路」，比如《麥田裏的守望者》、《尤利西斯》、《憤怒的葡萄》、《殺死一隻知更鳥》、《紫色》、《蠅王》、《1984》、《洛麗塔》、《人與鼠》、《憤怒與喧囂》、《動物農場》、《第 22 條軍規》、《太陽照常升起》、《我臨死之時》、《永別了武器》、《飛越瘋人院》、《屠宰場五號》、《亂世佳人》等等。最讓人出乎意外的「上榜」書目還包括因「撒旦題材」而曾經被人焚燒的《指環王》；因個別詞條而被禁的《韋伯英文詞典》和《美國遺產詞典》；本身題材就是關於禁書的《華氏 451》；童話中的《格林童話》等等。（Aboo，2010）

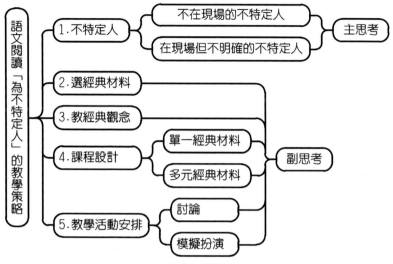

圖 4-2-1　語文閱讀「為不特定人」的教學策略

一、不特定人

　　閱讀倘若為不特定人時，可能有兩種狀況：一種是不在現場的不特定人；一種是在現場但不明確的不特定人。假設狀況是學習者為了表現自我，推銷自己，可能競選自治市長、模範生、爭取為學校代表等職位，必須展現自己的才學涵養，以爭取認同，獲選幹部；個人的才學應是平日的積累，不是一蹴可幾的，但為了競選發表，爭取選民認同，可能再需更積極的充實經典文學作品、聖賢經典，才能作為考據論證說明，因為是眾所認同，比較不會有疑義。

　　閱讀為不在現場的不特定人，當昭告學校或班級學年自己是候選人時，就已準備開始影響全校師生、社區、外校人士，因此這些都不必然在現場，也不確定是那一個固定的對象。倘若有機會參與聆聽發

表或經由傳單刊物的傳播、接收，所影響的是在現場但不明確的不特定人。

二、選經典材料

　　閱讀對象本應無框限，但每一次的閱讀活動卻有意無意的受制於一些特定的意識形態和前結構而顯現出的典範式的選材現象。會影響典範選材的因素，包括閱讀活動能否造成影響或支配他人的形勢，以及閱讀活動是否能完成實踐文化背景傳統等。

　　將閱讀行為外顯為閱讀活動的過程中，首先顧慮的是自己為誰而讀。當閱讀被不特定的對象所期待時，經典典範的閱讀對象是首要之選，原因是讀者只要進行閱讀就會自覺或不自覺的受前結構及意識影響，甚至一定不會只是安於單純個人受用式的閱讀，而無任何其他因閱讀而產生的舊思維或新發現想要與人共用的想望或企圖，甚至因這些閱讀後的發現而想進一步形成自己的主張，樹立權威，對不特定的其他閱讀主體或不特定的其他社會人發生影響。就是因為影響的人無法確定範圍太大，自己不免在選擇閱讀對象時要更加謹慎。閱讀的目的除了本來要深化閱讀的認知之外，還應顧及因為閱讀的結果可能要滿足的期待最重要的是以負有保持文化精髓的傳承任務自許，更希望能達到文化心靈的提升目的。所以經典之選有關係他人的層次考量，更要慎重精選。

　　為不特定人要選經典材料。所謂的典範（經典）是一種約定俗成或強行制定的規範和法則，在文學上的典範或說是經典，會形成文學社群所可以思維寫作和閱讀的準據，以及向外爭取發言權的理論憑藉。依此類推到其他作品的閱讀活動，也要有這種典範式的約定，透過自我和他人的考驗，而被認定是具有意義或深富價值的。經由特定的社群的承繼或新塑才成立的，所以背後這個社群便成為我們理解所

謂典範的關鍵。這個社群如文人雅士的文化團體或後來擴充至文人圈或眾人圈，影響到所謂雅文學、俗文學的不同。閱讀活動就是在參與創造文本意義的一種集體性行動。而閱讀活動在閱讀對象上的典範選擇也是一種讓自己晉身為相關社群的一分子的最佳保證。（周慶華，2003：139-141）我們要經典選書，凡最古老的作品一點也不會陳舊。今天流行的暢銷書，也許到明天就會被淘汰；今天新奇有趣的事物，後天也許就成了隔日黃花。而經典，幾世紀以來，始終維持其生命，至今仍未被遺忘、湮滅的作品，其評價在我們活著的時候，也許仍然不會有太大的變化。（黑川康正，2001：96）而成為重要典範的文學最特別的因素，就是它能從讀者那裡產生新的詮釋能力。換句話說，要讓文學文本成為經典，就是要讓它們保持鮮活，並促使我們不斷思考它們的，是我們能夠不斷以新的方式閱讀它們，持續注意它們之中至今還未思考過的意義的可能性……知道典範文本不僅幫助我們瞭解其他文本，它也把我們帶到跟其他讀者一塊兒，並使我們進入跟他們的對話。（Perry Nodelman，2000：217-220）

　　今多標奇立異的時代，人們多趨新就俗，經典難以親近。看不懂任何深入的學術著作可能是一種不幸；讀書讀的愈多，越發現真正要讀懂我們心中所謂的經典名著可能要一點運氣。因為可能你有較優的成長閱讀環境，透過較好的教育培養的閱讀能力可以幫助你讀到很多人沒辦法讀進去的書。而不具備這些能力的人只好讀通俗淺易的書容易入手，因此就要予以鼓勵。會捨棄社會多數強勢的娛樂誘惑而跑去書店圖書館看書，表明不只是抱著娛樂的態度，更是要提升自己。任何一本書被一個讀者拿起來時，他心理都有一種或許連自己都不知道的慾望，就是要改變自己、提升自己這或許是一個很偉大也很卑微的欲望。

　　遇到一些看不懂的書或文章反評作者「心中無讀者」，寫的東西令人看不懂。但從不懷疑是作者的問題抑或自己的理解程度不夠、背景知識不足，是否應該想辦法看懂它。所謂學習就是從不懂到懂的過程，

如果我們讀書只是讀我們已經知道和懂得的東西，那何為學習？（梁文道，2010：5）

如何讀書我們有選擇的標準，有品味的判斷。讀書到了最後，是為了讓我們更寬容的去理解這個世界有多複雜。世界有多複雜，人有多少種，書就有多少種。

知識無法脫離人和人的身體獨立存在。同樣的書同樣的知識由不同的人體現、構想，甚至描寫出來的時候是不同的。

在 2008 年總統選舉中，Barack Obama 在這重要的舞臺上展現了精采的表演，贏得了在野黨和反對陣營的喝彩。3 億多美國人就因為總統的一次演講便緊密團結起來，這種令人難以相信的事情正在美國發生。用美國評論員 Gall Collins 的話說，就是「歐巴馬魔術復活」。2009 年 1 月 20 日美國歐巴馬總統宣誓就職。他的就職演說更是一篇動人的演說。從提及美國目前面臨的危機困境，正面的決心，指出未來要走的路，也表示對前人的懷念，具體的指出建設的方向；也談國防，講過去，講現在，特別指出伊拉克、阿富汗、和核戰的威脅與美國對伊拉克和阿富汗的政策。在許多方面，美國已經不再是世界上絕對的龍頭老大了。歐巴馬總統指出美國將會重新負起領導的責任，還談到美國多元的傳統，美國和其他國家的關係，犧牲奉獻的精神，特別指出負責和自由的精神。他以自己作為自由平等的最好的一個例子。最後，他引用美國國父華盛頓的話作為結語。

> 在美國誕生那一年，在嚴寒的冬天，在冰封的河畔，一小群的愛國志士，在微弱的營火旁邊，瑟縮取暖。首都已經失守，敵人正在逼近，鮮血染紅了白雪，革命的成敗充滿了變數，在那個時候，我們的國父華盛頓下令向他手下的官兵宣讀：
>
> 「讓這段話流傳後世：在嚴冬裡，當僅存的只有希望和道德勇氣，全國上下，警覺到一個共同的危機，挺身而起，奮身而鬥。」（劉炯朗，2009）

以一個世界強國領導者的演說詞，其種種論證及修辭我們不難看出那是何等知識的累積，也必定不乏大量經典的閱讀，因為他要講演的對象不僅僅是他的美國國民，還有全世界數億的人們，要帶引世界走向何處。可以看出經典如何提供生活上的問題思考、情意的開發、詮釋人生能力的培養、創意的養成、美感經驗的涵養，人文的關懷，詮釋人類共同的心靈，理出普世化的價值，這不就是經典的精髓意蘊？

三、教經典觀念

當身為學校模範生候選人，要接受多數不特定人公評，不論是在現場不明確的不特定同學、老師、社區代表，或不在現場的不特定師長、同學，有機會出來與其他候選人一起被詢問評比，表現自己的專長。教學者對所有的學習者都賦予正面期待，希望每個人都能承受表達能力的考驗，平常就勤於閱讀的愈有機會獲得推薦，所以教學者應多提供經典讀材，充實內蘊。如教哲學經典學知識經驗，教文學經典學審美語文經驗，教人文經典學道德修養經驗。

什麼是經典？經典就是那些在歷史長河的洪流沖刷下積澱、歷久不衰的人類智慧菁華。桂文亞曾經形容經典：如果說，錘煉過的思想代表文字，那麼，一克珠璣之言的真金當勝過十噸庸俗文字的廢鐵。在人們共同閱讀的記憶裡，許多跨越時空的永恆話題至今仍不斷與讀者熱情對話；而無論哪一個時代的作者，當他們提供了「條條大路通羅馬」的「思維之路」，則意味著他們駕駛著一輛人生的金馬車，上面滿載著智慧口糧，讓今人細嚼慢嚥，活得更從容踏實。這就是經典讀物。（桂文亞，2002：5）

讀經典的必要在於要面對社會常是機遇與危機共存，我們不瞭解的東西太多，需要不斷的學習，提高我們的素質、知識和資本。而知

識和成功的關係越來越密切，唯有閱讀價值的經典的適讀的作品，例如具有凸出文學價值的、在各種知識中具有極高的創意思想、具有深刻的精神見解和感悟力的，這些經典魅力會在人的精神和人格上產生一種超越、一種支撐、一種理性的沈澱，讓我們在人生的歷程中運用經驗和理性作出抉擇。（郭勉愈等，2003：3）

中外經典鉅著的教育可以提供我們一個「價值反思」的典型，除了追求專業知識技能之外，我們還得學習人生自處之道，認識永恆遍存的絕對價值，進而統整出極具縱深的文化視野，以曲辨生命的玄思。如果我們直接研讀經典原著，可以讓我們洞悉人類的心靈世界、明白知情意的深邃內涵，探究真善美聖的全人理念。（吳瑞妍，1995：51-71；周慶華等，2004：37）

為什麼要讀經典？文學經典是沒有國家地域界限的，它所表現的是超越物理時空的人類共同經驗和價值追求，是能夠為各國國家地域的讀者共用的。文學經典也是沒有年齡界限的，它能使不同年齡的讀者都從中獲得相應的審美享受和人生感悟。這就是經典的永恆魅力。經典歷久彌新，禁得起時代的考驗，所以它們一直存在，而我們需要不斷地去參照它們的智慧。閱讀經典，無疑是與世界上那些最睿智最豐富的心靈對話，從中汲取智慧、令情感昇華，使我們的心靈也變得睿智和豐富起來。閱讀經典，有助於培養我們優美純正的審美力和想像力，這是一個人素質修養的重要方面，也是一個民族素質修養的重要方面。重讀經典，是我們生命裡重要的經驗，因為在重讀的過程裡，使我們不斷地發現自己的成長，也提供了我們朋友之間共同的語言。當我們長成後，因興趣專長各異，不再閱讀相同的東西，但是在成長過程中，我們曾閱讀過的經典，便成為我們重要的溝通工具，在論及某段故事某個角色，體會心情然後會心一笑，在記憶的架子上總有一個位置，是留給這些經典的。有些經典兒童文學作品，在某些觀念尚未盡如現代標準，特別是女性在家庭及戀愛中的地位，過分強調公主王子的貴族思想等等。但現代人在閱讀之餘，應能體會出

「我們都是怎麼走過來的」。經典作品提升人們的眼界,觸動靈感,讓我們更謙虛,認識到天外有天。(桂文亞,2002:25-30)像歐洲人讀柏拉圖、亞里斯多德,後世的哲學,都是從先人的哲學中發展出來的。追本溯源,就是了解文化脈絡的不二法門。物種演化不過兩千年,現代人的基因與孔子時代的人無大差異;而人種一樣,面對的根本處境——「人類情境」也是相同的,像諸子百家的智慧,到今天還是很實在。

閱讀經典發現經典中歷久不變的人類普世生命價值、社會價值,教學者也要從中間發現經典中讓人怦然心動或意想不到的創意成分。例如北宋大文學家蘇軾,曾自恃才高學富,一時興起,在他的大門寫上一副對聯:「識遍天下字,讀盡人間書」。過幾天,一位老翁拿本小書向他請教,書上的字他竟然一個也不識。他很有風度,當場向那長者賠了禮,揮筆疾書,將對聯改成:「發憤識遍天下字,立志讀盡人間書。」(邱連煌,2005:20)語言文字間充滿幽默的智慧,僅僅加了四個字,意思全然翻新,意境截然不同。原詩的意氣風發,可以說是文人無中生有的創作,但意念一轉又增上幾字,立刻明顯造成差異,顯現創意,傳為佳話。而就讀者的角度而言,如果沒有語文能力的基礎,恐怕將無法瞭解這個故事的情趣。讀經典也可以讀創意,但更要紮好語文基礎的根。

經典是在外在價值的誘惑和滋擾下,始終保持一種內在的尺度,持續具有一種精神。既為經典的著作都應蘊含思維方式的革命和觀念體系的更新,在當時是屬於基進創新的,但經一段時間的焠鍊也許會成為經典。

四、課程設計

（一）單一經典材料的課程設計

　　對於在學學生閱讀經典可能因為書中社會背景與文化背景不熟悉，人名地名既長又拗口，會造成閱讀上障礙。因為個人性格氣質及人生經驗會形成特有的藝術品味，可能完全不喜歡其他的藝術風格。例如托爾斯泰不喜歡莎士比亞，雨果不喜歡斯湯達爾，因此不認同某些作品也是正常教學者此時便要帶引學生多瞭解相關背景知識，瞭解作品的藝術成就與作家的創作特色，都可幫助學生進入經典閱讀。課程設計與前一節的課程設計理念相似，僅在圖 4-1-2 教學活動觀念設計圖的教學活動設計進境準則，帶進的是經典觀念。這在思考範圍上是部分重疊的。

　　以〈神筆馬良〉為例，在故事梗概方面作摘要練習（如圖 4-2-2）。至於教什麼？教這個故事所具有的文化特性、文化功能、文化態度、文化規範。馬良對自己的嗜好不曾須臾改變，不因被拒於門外，劃清階級界線。即使在沒有筆的狀況下依然勤苦習畫，他的努力與堅持終於被老神仙感動而賜筆。他的小小願望，只是一枝能為窮人畫的筆，結果沒想到是一枝有魔法神力的筆，能真正幫助窮人救苦救難的及時筆。

　　文化的基本要素是符號、語言、價值、規範，這些因素構成文化的框架。各個國家民族常有一種將自己的生活方式、信仰、價值觀、行為規範看成是最好的、優於其他民族的傾向，並且將本民族、本群體的文化模式當作中心和標準，以它來衡量和評價其他文化，常常敵視或懷疑自己所不熟悉的文化模式。這是一個團體認定自己的文化是最優勢的，是唯一正確的觀念或習慣，這是一種具有濃厚的主觀價值

圖 4-2-2 〈神筆馬良〉故事內容結構圖

態度。（葛修文，2007：90-91）例如對馬良對畫師的崇拜，就表現出對某種高級文化的崇拜。馬良的故事代表一種社會文化。具有文化創造性、文化的多樣性、文化的象徵性，都屬於文化的特性。文化的功能是識別、教化、整合、知識。文化規範的類型有習俗、宗教、道德、法規。文化的規範作用在本故事也很明顯，確立行為標準，規範人的成長，保護社會秩序，控制越軌行為。

　　童話裡有超自然設計的部分，神筆馬良也不例外。例如神仙、魔法是童話的基本特質，以作者角度思考這種神仙魔法的出現，Nodelman認為，當好人遇到麻煩時，或要協助好人脫困時，魔法才會出現，現實才會暫停。（Nodelman，1996：257）仙人或寶物雖然有法力，卻總是法力有涯，不會無遠弗屆，否則對手（衝突的來源）就難以抗衡，不堪一擊；因而不易往復拉鋸，使情節緊張，引人入勝。也就是有時魔法的法力限制會使情節更曲折。也就是寶物法力有範圍，如神筆馬良裡的神筆，畫出的東西都可成真，但筆到了壞皇帝手中，

就失靈了，畫金山變石頭，畫一條金磚卻變蟒蛇。神筆似乎會認人，很會畫畫的馬良拿到它，才能發揮筆的魔力；本來不擅長畫畫，又惡毒貪婪的人拿到它，就發揮不出魔力。如果神筆不認人，恐怕壞皇帝就再也用不著馬良，會把他除掉。（廖卓成，2002：168）Nodelman提出：在童話的每個故事中，魔法似乎僅限於一兩項，其他事情看起來就像我們心目中的真實世界一樣。（Perry Nodelman，2000：255）

　　作品有什麼涵意，這是個人閱讀或課堂教學，都會遇到的重要課題──這也就是關於主題的討論。初學者往往混淆了主題和內容；一般的文學論述，措意主題的內涵，卻忽略了主題的形式。可以從怎樣描述主題來著手，規範主題的描述形式，使得主題的探討理論化。我們說「這篇童話的意義是……」，等於說「我認為這篇童話的意義是……」、「我讀出這篇童話的意義是」、「依照我的詮釋，這篇童話的意義是……」，而不是斷言「作者的意思是……」。因為沒有人能比別人有優先性，證明他是作者最合法的代言人。假使作者自道，也可能為了各種原因，故意或不得已的口是心非。縱使是由衷之言，也未必是令人心服的標準答案；因為作者可能不自覺他設計的情節，洩漏了他不自覺的假設，被人讀出更合理的不同意義。不過，如果以為讀者壟斷了意義的生產大權，作者完全無能為力，卻是錯誤的。意義畢竟受到情節的制約，而情節還是作者設計出來的；如果不能舉出情節的佐證，讀者專橫武斷發明出來的意義，還是缺乏說服力的。無論童話或其他敘事作品，一篇之中可能有眾多意義，能涵蓋最大幅度情節的意義，就是最主要意義，也就是主題，或稱為主旨。（廖卓成，2002：246-247）

　　主題／主旨／中心思想是同義複詞，具同理反覆的意義。所謂主題，就是貫串題材的一般觀念。這個觀念可以把題材貫串起來。是作者想告訴讀者的人生理想或基本理念。依個別作品來論，表現父愛、友誼，一個作品不一定只有一個主題，例如《紅樓夢》我們若從林黛玉、薛寶釵、賈寶玉這三角戀情角度切入，看到的是與愛情有關。若

從賈雨村，具有串場人物角度切入的話，太虛幻境前因後果，《紅樓夢》的主題就與夢幻有關。大家耳熟能詳出自《淮南子》的〈塞翁失馬〉，塞翁失馬焉知非福，塞翁得馬焉知非禍，從不同角度來看，會看出不同的意涵。而一般國中小孩子被要求在習作上寫主旨，而且只能寫一種，是不合理的。

以小說來說，小說主題不出政治、愛情、暴力三方面。例如《老人與海》一般人認為整部小說一切細節只為建構老人不折不撓的奮鬥精神，但僅止於此的理解是不夠的，《老人與海》還可視作是屬於暴力的主題，老人想要去征服大海，非得支配一條大魚不可，這種支配具強制性，就是極端暴力式，可是他忽略他的暴力會招到其他暴力的反噬，最後捕到的大魚被其他的小魚吃光。這部小說安排的意外結局，一般以為釣到大魚，滿載而歸，結果原來暴力相向的會隱藏著反暴力，這反暴力會與你原來的暴力彼此達到平衡狀態。《老人與海》宛如西方運用的所謂恐怖平衡的一個翻版，暴力是由政治衍生出來，因為政治本身支配與被支配是可經協商具和諧性，但暴力沒有和諧性。反暴力出現時，無法強迫正暴力，但始終會達到某種程度的平衡。雖然大魚肉身被小魚吃光，但還可以在精神上取勝，那條大魚的榮耀還是歸屬於他，他畢竟忍受了也戰勝了，並以這拖著死魚的殘殼倦極而歸最後的壯舉，完成了他的人生意義。雖然出現反暴力，但正暴力的榮耀性還在；西方如此的作品可榮耀他所信仰的上帝。對《老人與海》作這樣的解讀，才能對經典有比較深刻的理解。相對的，我們中方強調和諧性，無法想像可以征服一個對象，施加暴力而暴力還會遭反擊，最後形成某種和諧，所以我們寫不出這樣的作品，藉該作品可以如此對比作跨文化的理解。另外一個思維是學習接受，努力不一定有收穫，但是努力過程的磨練，自我挑戰也是一種成功，我們可以印證作為一個閱讀者雖然不必親身經歷，但透過作者細膩生動的描寫，整部小說以攝影機般的寫實手法記錄老人捕魚的過程，再加上適當的象徵和內心獨白，我們也彷彿經歷的一場人與大自然的大戰，在小說結束時身

心獲得磨練後的解放快感。為習得這樣的理解，因此呼應我在本章對滿足閱讀學習需要的說明，達成提升自我的價值感及自我超越的可能。

（二）多元經典材料的課程設計

　　相對於單篇經典材料，多元的意義在於閱讀材料具有內容主題或形式上文類的相關性的閱讀教學。教學內容重點仍以教材意義結構為主形式結構為輔的理解上，也就是我設定在作者意圖、作品主旨的詮釋上，期望學習者能從中習得認知、規範、審美經驗。

　　如何在教學課程活動中教經典？在開學之初課程計畫時，便可依單元內容或配合節日安排閱讀經典作品，例如母親節閱讀余光中作品〈母難日〉，讀〈遊子吟〉，讀〈背影〉，搭配靜思文化〈父母恩重難報經〉VCD 內含音樂、手語、劇的演出，更能加深印象。以我為例，曾分別在教導康軒三、四年級國語課程單元時，將只是改寫的經典選文，分別去找到原著以影印或打字成簡報，讓學生比較閱讀，最終目的仍在希望學生能真正接觸經典原作，希望學生能有機會領略如 Italo Calvino 所指「經典作品是這樣一些書，它們對讀過並喜愛他們的人構成一種寶貴的經驗；但是對那些保留這個機會，等到享受他們最佳狀態來臨時才閱讀他們的人，他們也仍然是一種豐富的經驗。」（Italo Calvino，2005：2）教學者應該是那個機會提供者，希望學生有朝一日能發現「一部經典作品是一部早於其他經典的作品；但是那些讀過其他經典作品的人，一下子就能認出它在眾多經典作品的系譜中的位置」。（Italo Calvino，2005：6）如針對三年級下學期第三課〈巨人的花園〉，找到王爾德的「自私的巨人」；四年級上學期第十二課〈我喜歡〉為張曉風同名作品；四年級下學期作品〈兩個和尚〉為清文學家彭端淑〈為學一首送子姪〉內舉勸學的小故事，原文為文言文，但因文字精簡，難字稍作著解說明，可同時讓學生認識古文；另搭配閱讀的副教材如 Leo Tolstoy〈兩兄弟〉可作比較，第四課〈請到我的家鄉

來〉，找來由林海音作，鄭明進繪圖的原著圖畫書；第八課〈以一顆溫柔的心為樂〉為陳幸蕙同名作品。

散文或小說可針對重點段落，引導與原著作比較，針對文類特色及語句異同，文體方面包括內容、主題、構思、寫法、語言風格；主題方面包括選材、布局等。倘若希望對一個問題有全面的認識就作系列閱讀，強化某種寫法的掌握，選擇類似寫法的文章，舉一反三，學習遷移，縮短學生摸索過程。希望課內得法，課外受益。例如介紹〈兩個和尚〉的故事，從主題摘要到探討寓意，教師可以選擇題讓學生討論，何者較適當？故事是說有個窮和尚要憑著一瓶一缽到南海去朝聖；另一個富有的和尚，卻要等存夠了錢才去。當窮和尚從南海回來時，富有的和尚還沒有出發。這個故事給我們的啟示為何？

1. 在山腳下徘徊的人，永遠到達不了山頭。
2. 寧可光明的失敗，決不要不榮譽的成功。
3. 一個男子漢可以被毀滅，但不能被打敗。
4. 崎嶇的道路，將通往光明、璀璨的前程。

以一系列閱讀名人傳記、寓言、繪本、極短篇同文類或類似《蜜蜜甜心派》溫馨動畫小故事，同主題不同文類，或同文類不同主題的課程設計。例如我於 2003 年設計以 Eve Bunting 的《記憶的項鍊》繪本為主要教材，結合多種文本：包括 Rylant, Cynthia《想念五月》小說、孫晴峰的《小紅》童話與單篇文章──國立編譯館八一版第十二冊第六課〈讓他們看你的臉〉，與我學生相同體驗真實的感人作品〈給媽媽的一封信〉等，並與學生探討「愛的故事」。課程設計如下：本課程探討共同的主題：母親的離世的境遇，當事人得自己如何面對，以及如何看待新媽媽的生命態度。學生的作品或許不能算是經典之作，但經老師慎選，對學習者而言是自己的學長真情之作，體會會更貼切深刻（如圖 4-2-3）。

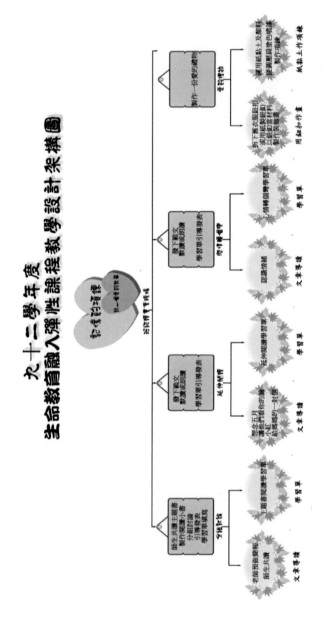

圖 4-2-3　多元材料課程設計示例

多元經典教材或不同形式的閱讀材料，以〈龜兔賽跑〉為例，同樣是講述一則寓言故事，因為經過不同時空眾人閱讀，已為人所皆知，因此為它改編或轉換不同表現形式的教材不勝枚舉，如從以書籍形式的寓言書到圖畫書，教語文字彙的練習本到成為視聽在電視播放的影帶 DVD、可攜式電子書、互動電子書、設計為桌上型的智慧遊戲玩具。這些都屬於多元經典選材。而以同一故事為脈絡的多元教材教學，為了把握選擇經典材料，教經典觀念的前提，教學者應先提取分析出故事的中心意旨，認真的行事態度可以彌補先天上的不足。如龜兔賽跑，無論教材形式為何，除了增添趣味，自然可比較諸多再轉創作的作者們如何改編了原故事，加添了什麼創意成分，如何改變了原故事對讀者的固有認知，而使寫作技巧推陳出新，內容上引入現實時代的不同意義——發揮自己的優勢與人競爭，與人合作的創造雙贏等，都讓人有更多的學習。而這些有賴教學者在課程設計上的巧妙安排。

五、教學活動安排

有關為不特定人設計的教學活動與前一節為特定人的教學活動是大同小異的。差別在對於教學內容部分，一為基進觀念的判定與相關語文經驗的學習；一為在經典教材中經典觀念如何擷取，這在思考範圍上是部分重疊的。

主要活動仍透過討論與模擬扮演，除了第一節說明的小組討論及模擬扮演因為教材更易的緣故，使用文學經典作品鼓勵孩子回應文學作品，有一些回應是寫作性質的，譬如故事、日記、新文或書信；有口頭性質的，譬如對話或團體與小組討論。當然還包括肢體活動、視覺藝術、音樂與戲劇，可作精采片段的歷史人物扮演，如中方〈完璧歸趙〉、〈孫悟空三借芭蕉扇〉、〈周處除三害〉、〈盤古開天等〉；西方〈青蛙王子〉、〈美女與野獸〉、〈夜鶯〉、〈魔笛〉等許多經典童話，是很適合進行戲劇活動。

　　寓言結構短小精悍，正由於這個特色，容易明白凸顯出蘊含的語文技巧與文學要素。在語文教材上，真可謂是「麻雀雖小，五臟俱全」，它不但適合作為各種文類的暖身閱讀，也是教學上容易搭起的過渡橋樑。培養寓言鑑賞能力，也就是具備掌握理解戲劇、小說、說明文、詩歌的能力。寓言裡有對話，適合改寫劇本，課堂扮戲。寓言裡的人物個性，正是迷你小說的雛形。不同的寓意教訓，在在透露出說者的想法或議論等。另從比較文學觀點而言，可看出古代寓言承載的基本人性規則、模式，以及現代寓言跟環境時局背景相關的規則、模式等。

　　《國語日報》2002 年 12 月 20 日起曾連載漫畫六十種兔子跑輸烏龜的理由。為了引導孩子們改寫童話故事〈龜兔賽跑〉，我從熟悉的龜兔賽跑著手，除了播放龜兔賽跑卡通影片，也選用一些適當的龜兔賽跑漫畫及〈新龜兔賽跑〉剪報，加以護貝後，發給小組，請孩子在閱讀瞭解故事情節後，以任何形式介紹給學生，學生們唱作俱佳，或唱雙簧或以布偶或真人演說故事。接著導引寫故事結構表，再發想屬於自己的創意故事。善用漫畫引起聯想及寫作興趣。

　　可操作的延伸思辨教學活動：如共同閱讀或角色扮演，分享對主要角色次要角色的看法，討論某一情節對不同角色的影響，談不可思議或難以想像的情節，對結局的看法。回到現實的討論：你最喜歡哪一個故事。並指導是否會用兩種以上的聲音來讀，勿忽略了聽說讀寫作中說的部分。

第三節　語文閱讀「為轉創作」的教學策略

　　如果我們把人類所創造的知識分成認知性（如科學、哲學等）、規範性的（如道德、宗教等）和審美性的（文學、藝術等）三大類型（姚一葦，1985；周慶華，2003），當中文學就是屬於審美性的知識範疇，

除了自己受用還可美化人生，有機會晉身為「文人圈」中的一份子而獲得實現文化理想和遂行權力意志的場域。作為一個文學愛好者，這是可以給予「高度價值」的肯定。除非一個人別有能耐，不然試著在文學領域尋求發展（包括純作閱讀批評和轉為創作的能手等），終究也可以像其他領域中的人一樣找到「安身立命」的途徑。（周慶華等，2004：24-25）

知道經典文本不僅幫助我們瞭解其他文本，它也把我們帶到跟其他讀者一塊兒，並使我們進入跟他們的對話。運用圖 2-3-4 語文教學方法的描述、詮釋、評價與表 3-4-3 從不同取向去理解閱讀選材，然後根據布局、技巧、文類等作轉創作。語文閱讀轉創作的教學策略，分為直接給特定人或不特定人看、間接給特定人或不特定人看，這為主思考。接著選材如同前面兩節，這一節強調如何有作品的產生，並指導方法，接著對單一基進／經典材料的寫作技巧與多元基進／經典材料的寫作技巧，整個配合指導創作的教學活動如何安排，選材到教學活動是副思考，本節還是要強調所有的教學計畫都為特定與不特定人看為重點。如下圖所示：

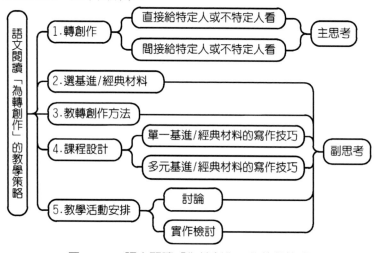

圖 4-3-1 語文閱讀「為轉創作」的教學策略

一、轉創作

　　為誰閱讀的表現，無論是消極被他人影響或支配還是積極製造差異以為影響或支配他人，無論是詮釋文本的不同凡「想」，也僅止於內隱閱讀行為階段，要真正影響其他讀者或其他閱讀所為對象，一定要將與作品、作者、讀者自己的歷史文化觀點對話／對諍而形諸語言或文字，藉寫心得、評論、轉創作的互動關係，影響或支配他人的意圖，才有可能實現。

　　所謂「閱讀／批評」，不過是在從事（目標不確定）「文本」的改寫、重組或填補「遺漏」一類的工作而已……「閱讀／批評」也跟權力意志脫不了關係，大家所以會看上某個「文本」，並決定「閱讀／批評」的方式，很少只是為了聊存一點痕跡，以便回味而已，他最盼望的還是獲得別人的共鳴，繼而藉著它來實現樹立權威、謀取利益和行使教化等意圖。這種「閱讀／批評」和「寫作」也就有了同樣的目的（雖然一個是利用「文本」，一個是製造「文本」）。（周慶華，1996：148）讀者有所意圖，而創作者也有意圖，當閱讀者同時也是創作者時，也就是轉創作，這同時也是完成閱讀者目的的手段之一。

　　在語文閱讀為誰的教學策略中，想要真正達到上述積極目的，教學者的策略設計一定要預設閱讀後的轉創作，閱讀的目的才有機會達成。要讀也要寫，要有產出才有影響力的可能；在語文閱讀教學過程中，指導閱讀後轉創作是語文閱讀的必要結果。

　　教師應善於洞察學生已有的期待視野及藝術經驗，由此而有針對性的激發學生「再創作」作品的興趣。我們讀書是為了自己能啟發和感悟而閱讀，為將新知識透過消化、整合後重構到自己的知識體系中而去閱讀，為了使自己能夠區別和超越於已讀過的書而閱讀，為了使自己能成為一個有真知灼見的人而閱讀。是將書作為一種能啟發

我們思考，包括產出新思路、驗證新假說，主要把它作為能力為我服務的載體來使用而閱讀。（湯建民，2007：31）一切為了獲得「思」，開始閱讀文本的同時，往往也是思考另一問題的開始。分析思考的意義如下：

(一) 思考的功能：釐清事實、賦予意義。

(二) 思考的過程：從探問到意義的建構。

(三) 思考的規則：合於邏輯、推理和判斷。

(四) 思考的探究：為自己的思考尋求合理意義的說明和解釋。

在語文閱讀教學策略下轉創作的時間操作位階，可能在閱讀教學過程中或教學後。雖然整個閱讀教學活動目標的達成，配合課程設計，要從閱讀教學前的準備活動就要展開，但有關教學中的創作概念，我不會定義成是完整作品，舉凡閱讀教學前後針對閱讀文本的筆記、心得、簡介到報告，無論是口頭、文字、簡報多媒體，與肢體表演、紙偶藝術、手工書、讀者圈等的展現，都可以納入範圍。只是在這裡還要區分是否直接給特定人或不特定人看，或間接給特定人或不特定人看，前者靠傳遞，讓閱讀的所為對象能直接接受到學習者的成果展現，例如收受到學習者作品，或直接觀賞到成果展示。後者例如藉著發表、出版品、廣播、傳播轉介、媒體宣傳，而影響所及的特定或不特定對象是間接的，讓創作能見度更深更廣，影響更大。

孩子學兒歌，押韻容易記琅琅上口，究竟內容是否合理，小孩子並不覺得突兀。如果能唱，那就再好不過了，有些時候孩子甚至將歌詞替換成有趣的故事或短文。當家長的或是老師如果不能包容孩子們的想像力而加以禁止，等於抹殺初出萌芽的創意種子，殊為遺憾。

有一首廣告歌〈綠油精〉曲調優美，歌詞平易近人。原歌詞是這樣的：「綠油精，綠油精！爸爸愛用綠油精，哥哥、姊姊、妹妹都用綠油精，氣味清香，綠油精。咪娑娑拉娑多多。」（唱著唱著另外一個模糊不清的歌詞出現了，原來小孩子不知道在哪裡學到另一個版本，「綠油精，綠油精！爸爸是個老妖精，哥哥姊姊妹妹都是小妖精，媽媽是

個狐狸精,全家人都是妖精。」如果你有一點童心的話,不覺得改編歌詞的人是個天才嗎?

　　讀一篇作品,是否要先探討作者的創作意圖,或是自己摸索,有所發現就可以?不同的讀者有不同的閱讀,而不同的閱讀有不同的層次。而當我們說閱讀是一種創作的時候,高層次的閱讀就是一種精深的見解。作為一個創作性的讀者,當你給予「詮釋」的時候,只要你能在字裡行間找到佐證自己、令自己也令他人信服的一面,可能就是一種見解。因此,寫作和閱讀可能都與創作結合,都是想像力的發揮。我們時常說「文字是一種非常想像的活動」,這種活動似乎是作者獨門的專利品,事實上所謂「想像」也是讀者所應擁有的。我們也要想像,只要我們記住,想像的創見也能讓人信服。(簡政珍,2008:225)

　　針對閱讀活動後的創作,包括經過課程活動中討論或自行閱讀後的有感而發,表現於口說的報告,或文字表達,都是一種轉創作。例如配合環境教育「垃圾」的議題,閱讀相關文章作品或影片等,於是透過班級分組合作,各自根據自己負責領域作研究發表,負責口述歷史學習小組的學生可以訪問父母、祖父母、垃圾場的工作人員與社區公所相關人員,請教他們有關垃圾處理的政策以及實際的做法,從過去到現在的轉變過程。負責戲劇學習小組的學生可以寫一部短篇的劇本,或者和負責錄影學習小組同學合作,製作一段商業廣告。負責文學創作學習小組的學生可以創作有關垃圾問題的詩詞、短篇故事、散文或一部諷刺劇。想像力的發揮可以無限。

　　例如為了班際多元文化讀書會的發表,能在班際同儕間有所表現,班級共讀《追風箏的孩子》,情節高潮疊起,文字運用淺顯易懂,學生能自讀。教學者為達到學習者在閱讀過程中理解觀察到的訊息,設計相關教學策略,提出以下學習工作單。項目包括:

(一) 學生先上網蒐集作者相關資料及相關介紹、書評。

(二) 認識阿富和伊斯蘭教相關介紹,瞭解阿富汗和臺灣文化的異同。

(三) 兩人一組每讀完一個章節製作閱讀筆記，包括人、地、時、事，依章節記錄。

(四) 每讀完一個章節預測接下來可能的發展。

(五) 畫出情節、衝突、人物、意外結局的故事線。分析主角心路歷程的轉變。

(六) 繪製人物關係圖。

(七) 在每一章節結束後提出一個問題。

(八) 找出主角的內心獨白。

(九) 找出主角對話中具有特殊觀點的部分。

(十) 分析主角人格特質。以書中描述說明。

(十一) 為各章節訂下標題。

(十二) 小說作者的意圖。

(十三) 寫作技巧：故事性、寫實性、藝術性（對比、象徵、倒敘、伏筆）。

(十四) 討論怎樣可以改變命運或生活環境，創造對自己或族群有利的未來。

以上學習要項，要在老師引導下進行，有時是小組討論，有時是全班共同討論，寫出自己的觀察發現，說出自己的看法，最後寫閱讀心得或摘要、縮寫或改寫創作。

二、轉創作選基進／經典材料

2011 年 7 月 Yahoo！奇摩話題發起「青年微革命」，為了引起注意宣傳詞寫著：鼓勵青年自我改造。7 月 7 日微革命活動公布首支 MV《我們國父》，名為「中山路 100 號」的 4 人團體以動感 rap，直呼國父孫文為「文哥」，連總統馬英九都按讚，笑說：「我從來沒想過可以把國父叫成『文哥』，拉近了和年輕人的距離。」（蘋果即時，2011）

〈文哥國父〉部分歌詞：

　　想想——當初熱血帥氣的模樣，不要再照鏡子啦！想想——文哥對大家的期望。啊！文哥是誰啊？就是　我們國父。他有一個理想　從來不曾被遺忘　中山老大　始終熱血　STAY YOUNG　文哥他知道日子不能就這麼樣，需要一些堅持，一種改變的力量，就算爆肝十次，不怕！不怕！想想　曾經披頭四怎麼唱，想想　小小的革命從歌聲出發，想想　文哥對大家的期望。啊！文哥是誰啊！就是　我們國父。

　　不管敵人再嗆，不怕會在哪倒下，中山老大　廣州黃花崗到武昌，文哥他知道：理想的路程還很長，需要一些堅持，一種改變的力量，就算跌倒十次，不怕！不怕！SO 所以只需要一個小小的計畫，讓我們改變日子沒有意義的現況，回想一下，滿腔熱血。……想想——當初熱血帥氣的模樣，不用再照鏡子啦！想想——文哥對大家的期望。啊！文哥是誰啊！就是　我們國父。

　　他有一個理想　從來不曾被遺忘，中山老大——真正 ROCKER 榜樣。文哥他希望看見大家幸福的模樣，需要一些堅持，一種改變的力量，燃燒青春吧！走吧，走吧！覺得累的時候就想想　文哥的模樣。THAT'S RIGHT！覺得累的時候就想想　很多人還在打拼。他有一個理想，從來不曾被遺忘！（ching0814 編輯，2011）

　　宣傳內文還有：2011 年，國父正夯！這位建立中華民國的偉人不僅新聞超多，他的故事還要被拍成電影。不過，如果國父真的「回到未來」，在台灣生活 10 天，會發生什麼樣的趣事？作者們附註：圖文絕對沒有對國父不敬的意思，也沒有任何消費國父的用意，只是想借用國父重回建立 100 年後的國家，傳達現在小老百姓的真實生活。（話題，2011）

　　有名為海豚男、蒂蒂等十位部落格格主編輯與時事結合的漫畫。思考以這種網路材料為教學文本的想法是，期望教學與社會時事結合，運用了漫畫與 rap 曲風能吸引年輕學習者的學習動機，最重要的是引以為創意激發的範本。第一則，當國父回到臺灣，國父坐時光機回到現代應徵工作，專長是革命：建立民主制度，被試官百般刁難以 22K 錄用，得做 20 小時的過勞超時辦公，領薪時還少得可憐。又發現鈔票蔣公還比他貴，這是圖文趣味。（22K 方案就是「大專畢業生至企業職場實習方案」），第二天，國父肚子餓，跟著作者「蒂蒂」三姊妹去吃麵。早中晚上宵夜去吃同一家陽春麵因為原物料上漲，麵從滿滿一碗加滷蛋到稀疏少量到只剩一條麵漂浮，不勝感慨。其他國父還慘遭霸凌、詐騙、體驗黑心食品等，都與生活事件結合，也具有反諷意味。（話題，2011）

　　除了諧趣漫畫外，不忘連結介紹專欄「國父知多少」的主題知識，國父經過這麼多次革命，哪一些具有重要的歷史紀錄？對你心目中的國父到底認識多少？讓讀者透過〈國父紀念歌〉瞭解真正的國父故事。

　　教師在帶引欣賞 MV 時，也因同時介紹〈國父紀念歌〉作詞者戴傳賢紀念國父為民主政治的進步努力而作，自然在當時政治意識高漲的時代，面對這種三段式四平八穩的詞句，與現今流行音樂的風格與訴求自然不同，能引導學習者有什麼體會，在教學設計上指導閱讀的重點再作今昔比較，以當時〈國父紀念歌〉的創作傳唱，為了激勵人心有政治激發民族情操的考量；而 21 世紀的今天，如何引導學習者認識如此嚴肅議題的政治人物及歷史，這何嘗不是一個創意教學的基進材料與經典之作的見識學習。

　　如曾經盛極一時成為話題的影片《色戒》；以抗戰為背景大時代兒女的劇情，一幕愛國劇的演出對於年輕觀眾來說或許看到的是「突兀」、「好笑」，以為他們沒有戰爭的成長背景而無法體會，但不表示我們的民族意識、愛國情緒不存在。民族意識的表現在哪裡？當臺灣之光的王建民重返大聯盟的消息傳來是否大家又是熱血沸騰的關心起賽況，

或楊淑君參加廣州亞運跆拳道比賽遭裁判失格事件，是否我們又會群起激憤，愛國心油然而生？這些都是教學者在進行教學實很好的「佐料」。

三、教轉創作方法

例如作暖身活動時，讓學生來創造演戲的背景、都來扮演一個角色。教師可以設計提問：「如果要你挑選一個歷史事件，由你在裡面扮演一個角色，你要挑選哪一個事件哪一個角色？」請學生針對某些角色作一般性的描述，然後把這些描述交給班上其他的同學，由他們照著去表演。如果教師都有簡易的錄影設備，可以拍下表演，因為知道將要被拍下播放，學生會更積極用心。教師還可稍作後製工作，例如背景音樂及開場過程結束的文字說明，可運用諸如「會聲會影」或「威力導演」等軟體製作。

2004 年 12 月 6 日聆聽兵庫教育大學教授堀江祐爾的講演，有關當時日本曾做的閱讀學習活動，提及可將要發表的閱讀後的語文表演拍成數位的話劇：方法大致為老師指示學生 5 分鐘內找到要互動的同學討論如何創作話劇，學生閱讀畫重點謄寫在資料上，手拿想法的紀錄，找到夥伴後開始討論，然後開始作定格動作，最後轉成電子相片檔案製作文字旁白加上錄音，這樣的事後錄音也是一種語文的學習。學生想法改變，可以重拍。

有時可變換方式請學生把教材中的概念用幽默的方式畫成漫畫，學生先選擇題材、規畫內容和噱頭，然後才實際動筆去畫。教師可以激勵的說：可否把同一題材，用不同的幽默方式表達？可否把故事或文章主要思想用一幅漫畫表達。預備工作是請剪輯報紙雜誌上的漫畫，研究其中的幽默元素。

創作的「創」是內容、靈感、知識，「作」是形式、工具、技巧。（賴聲川，2007：13）創作中的創是閱讀所得的獲得和啟發，而藉著

表象的有形的工具加以展現的「作」。創造（創作）是個體或群體生生不息的轉變過程，以及知情意三者前所未有的表現。其表現的結果，使自己、團體或該創造的領域進入另一更高層的轉變時代。（郭有遹，1985：7；周慶華，2002：219）

創意的精髓在於事物之間的連結。不同事物的不同連結方式可以創造出新穎的創意。課題是：我們必須準確地看清「事物」本身，也必須清楚看到事物之間可能連結的方式。看清事物的基礎方法就是「去標籤」，這就是「可能性」無限開展的機會。去標籤包括直接看到事物原貌菁華的能力，是「如是觀」；及看到事物現況的前因及能推測未來可能走向的能力，是「因果觀」。創意不是與眾不同就行了，創意不但要新穎，也要「合適」，也就是合適於主題本身帶來的一切挑戰。（賴聲川，2007：167-168）

金庸說到小說是怎麼寫的。他說他花非常多的時間建立角色，在他腦中想好所有角色，角色完整到已經完全有生命的地步。他說只要角色到了這個地步，把他們放在任何狀況裡，「他們就會自己跑。」……角色的個性是推動任何一本小說情節的第一因，每個角色都如真人般有喜怒哀樂，再把這些人放在一個個情境中互動，前因推動後果，小說似乎就能自己寫自己。反過來說，如果一個導演改編莎士比亞的《哈姆雷特》，卻未先培養對《哈姆雷特》的「如是觀」或「因果觀」，或許他能做出一個有趣的製作，但最後反映的不是哈姆雷特，而是這位導演自己。（賴聲川，2007：180-181）

我們要如同名人作家信手拈來或靈光乍現，便能出口成章，順手成文，而且字字珠璣，意念非凡，引人讚嘆，是一項遙不可及的目標，但因為經典各種美好經驗的陶冶鍛鍊，儲材累加的經典觀念，自然促成學習者更好的學習。

面對所選基進教材或經典教材要教導學習者如何轉創作，根據前述轉創作給特定部特定人看時，或傳遞或發表，當學習者語文作品獲

得讚賞獎勵，必然成為創意閱讀，喜愛閱讀的原動力，也是這語文閱讀教學最大的效益。

　　類似在第三章第四節曾討論過 Frank Richard Stockton《老虎還是美女？》活動，語文教學作過類似思維訓練，便可請學生練習，以熟練學習。前述多元經典材料的課程設計中提到以「科幻小說」〈求婚者〉的續寫練習。這種創造性的「續完」遊戲，就是提出一個未完的東西，要學生設法去完成它，這種遊戲可以激發學生創造力。年紀大些的可以給他一首詩，年紀小的可以讓他編未完故事的結局，即使該故事其實原本已有結局，教師可以適當的故事衝突處停止接續，而讓學生完成故事。當然故事沒有標準答案或正確答案，讓他們勇敢踴躍回答。

《美女與老虎》續寫（一）：

　　　　青年毫不遲疑地走向右方，是老虎！他雙腳顫抖的站在牠的面前，兇猛的老虎張開大嘴準備享受大餐時，突然聞到一股熟悉的香味，是公主！原來公主早就在青年的身上灑下她一貫使用的香水，這老虎唯一愛的就是公主。每當見到她時，就被這香味臣服，彷彿施了法般的在公主身上磨蹭，也只有公主知道這小祕密……於是當老虎一聞到青年身上的味道，便在他身上舔來舔去的，像隻小狗般的溫馴。

　　　　公主微微笑的走向青年和老虎，所有的人們都愣住了，就連國王也張開嘴的不相信看到的畫面，他認為這一切都是天意，是神的安排，也就答應了公主和青年的婚事，從此再也沒有這殘酷的審判活動了。

（研究者學生黃紫婕作品 2011.06）

《美女與老虎》續寫（二）：

　　　　門終於打開了，一陣鴉雀無聲中，緩緩走出的是公主所痛恨的美麗女僕，於是一場歡天喜地的婚禮即將開始。但青年一直百思不解，為何門後等待他的不是隻猛虎呢，而是美麗的女

僕？性情剛烈的公主怎麼可能做出如此的決定？其實這位青年心裡早知一向為所欲為的公主要他選擇的必定是老虎，但對公主愛意甚堅的他，毫不猶豫的走向公主所暗示的那道門，但出人意表的是，那扇門的後面竟然是女僕。

　　其實，任性的公主，妒火中燒，她終於做了一個決定，自己得不到的，別人也別想要，而她也深知青年完全明瞭她的個性，於是大膽臆測青年為了保命，一定會選擇與她暗示完全相反的答案。但萬萬沒想到，對公主愛意堅定的青年，不疑有他，完全依照公主的指示，毫不考慮走向公主所暗示的門，卻因而娶得了一個美若天仙的美嬌娘。

　　在現實的生活中，往往也會有類似的抉擇發生在我們周遭，比如說媽媽要我挑選一樣自己喜歡的禮物，但如果看到有兩個都極為想要的東西，便會令我進退兩難，相當矛盾。這時我便會詢問媽媽的意見，加以思考後，便能放下我心中的掙扎，做出最後的決定，因為她是我這世界上最信賴的人。

（研究者學生黃紫婕作品 2011.06）

　　《美女與老虎》除了清楚敘述故事發展，利用插敘法讓讀者瞭解公主的掙扎、矛盾外，運用巧妙技巧，以開放性的結局，就是沒有結果作為故事結尾，讓讀者在一絲遺憾中感受故事的後座力，思索該有怎樣的結局才合理。在指導閱讀過程中除了要學生能掌握主題也能嘗試分析寫作方法，這樣的形式是要在先儲備學生相關概念經驗後，需要從學生發表想法，簡述寫作手法引導範說。例如寫出作者寫作技巧的特色；分別敘述特色；對整本書的想法。而從情節建構寫感想、評論或聯想。例如題為「評《美女與老虎》」學生寫出：（一）沒有結果的寫法可以讓讀者多思考，增加想像力、創造力；（二）作者插敘公主極為痛苦的心情，讓讀者能感同身受，體會公主心情。學生覺得很不公平，因為不能憑運氣決定生死，因為如果沒有做錯事的人卻被處罰，是很吃虧的；（三）能得到的啟發是做任何決定一定要仔細考慮，因為

有些事情一旦決定，就無法挽回，所以要深思熟慮三思才好；（四）學生可以舉生活的例子，是自己未能聽話讀書而貪玩電玩，以致考試失利，回家受罰，有了當初應聽話不該做出錯誤的決定的體悟。希望能提出四層次的思考。第一層是能熟悉材料的客觀性；第二層是能寫出文本有情感的感覺性；第三層是寫出文本中能喚起生命的呼應的體驗性；第四層寫出透過文本能自我反思的啟發性。

如何分析作品的閱讀策略，在經過練習之後，老師可以再以類似（相似主題或相似寫作法）的作品如〈巫婆的故事〉（附件1）作學習遷移的閱讀練習。

四、課程設計

（一）單一基進／經典材料的寫作技巧

以下是選自蕭蕭《父王扁擔來時路》裡的片段文字，作文段置換練習。

運用經典作品的片段文字作替換的練習，其中有一個閱讀目的在於咀嚼玩味名家作品的修辭及寓意。請學生閱讀下面一篇文章，依框線內的要求置換其中的段落。

引導語：請書寫一段250字的短文，用以代替畫線的段落。注意，你必須重新創作一段短文，意象、文字，都是新的作品，但要能與前後文相互銜接，文氣一貫。

> 隨風飄過去那朵雲，有時會停在天邊很久，很久，久久注視著我。有時，他會消失個一天，兩天，或者更久。然後出現在另一個天際，無法預期的方位，有時瘦了一些，有時從七

彩變成黑白。但是終究他曾回來，就像曠野一陣風，西北一陣雨。

順著鐵軌，那一班南下的火車過了鐵橋，進了山洞，把我們的視野拉向田疇，所有的眼睛都在問：火車？火車奔向哪裡？不用多久，所有的眼睛都會發現：火車，火車載著南部風情又回來了。

牆壁上的月曆紙撕去了一張又一張，轉換著不同的風景，誰去追問那一張又一張的風景迷惑過誰的眼睛？誰去追問那一張又一張撕去的風景迷惑過誰的心靈？如今又落向何處，惹人深省？直到牆壁又恢復了一片白，十二張新的一疊月曆紙又要從第一頁開始數算，厚厚的一年，又回來了。

腕上的手錶一圈一圈轉著跑，我們看著「秒」一秒一秒在消逝，看著「秒針」一秒一秒在焦灼，終究，他去到「6」又回到「12」，終究，他去了又回首。

逝者如斯乎，不捨晝夜。聖人這樣慨歎。可是，晝夜不捨，逝者不是依然如斯嗎？

所有的事物，要不環繞著一定的軌道，要不環繞著自己在跑。為什麼只有扁擔直挺挺不迴繞？

為什麼只有爸爸您去了那麼久，迷了路，不回頭？

（蕭蕭，2001：100-101）

試寫示例：

1. 當日記填滿一頁頁的思念，熟悉的空氣裡沒有你的氣息，寂寞佔滿心頭，以為自己習慣了，可以不在乎，一切從頭開始，日記，寫下新的一頁，卻停不住迷惘的迴旋，思念，又回來了。

2. 夜來了，我拉上窗簾，將自己鎖在屋內，是安全的，不再出去看黑夜裡滿天的繁星了，因為我知道，在任何一個星座上，都找不到我心裡呼叫的名字。（三毛，2010：88）

（二）多元基進／基進材料的寫作技巧

多元教材的寫作技巧與前者比較的差別，在於因為有多篇類似性的作品，可能都同屬同類文體／文類，或相同主題的文本或選材，但要有目標性的指導閱讀

例如以作笑話寫作教學，或作寓言故事創作、自傳寫作，都要以各文類的特色來著手，發現出各篇章文本彼此的共同性，再嘗試寫作才能有意義的創作出佳作。如柳宗元的寓言〈黔之驢〉：

> 黔無驢，有好事者船載以入，至則無可用，放之山下。虎見之，龐然大物也，以為神，蔽林間窺之。稍出近之，慭慭然，莫相知。
>
> 他日，驢一鳴，虎大駭遠遁，以為且噬己也，甚恐。然往來視之，覺無異能者。益習其聲，又近出前後，終不敢搏。稍近益狎，蕩猗衝冒，驢不勝怒，蹄之。虎因喜，計之曰：「技止此耳。」因跳踉大闞，斷其喉，盡其肉，乃去。
>
> 噫！形之龐也類有德，聲之宏也類有能。向不出其技，虎雖猛，疑畏卒不敢取。今若是焉，悲夫！（學海編輯部，1974：43）

伊索的寓言〈驢子和狼〉：

> 驢子在草地上吃草，發現狼從後方悄悄地靠近，牠立刻裝出腳受傷的樣子，一邊跛著腳一邊呻吟著。
>
> 狼好奇的問：「你怎麼啦！」
>
> 驢子回答：「我剛剛跳過籬笆的時候，後腳不小心給荊棘繫到了。你要吃我之前，最好先幫我把刺拔掉，以免刺傷自己的喉嚨。」

狼覺得有道理，於是打算先幫驢子把腳上的刺拔掉。當牠一彎下身，驢子就擡起後腿來，狠狠踹出一腳，把狼給踢昏了。（Aesop，1994：193）

根據以上兩篇寓言便可設題如下：

透過這兩篇寓言，我們發現：同樣是驢子的腳用力一踹，卻有不同的說法和結局。請思考這兩篇寓言，寫一篇以〈及時〉為題的論說文。文長 300 字以上。

答題示例：

及時

　　人事環境變遷，下一階段的發展和際遇，常倚靠當事者是否能掌握時機，作出正確的反應。當面臨困惑或危機時，需要作出正確的抉擇，而抉擇需要及時，危機才能成為轉機，錯失時機常造成令人扼腕的遺憾。

　　中西方寓言裡的驢子都在遇到危急的時候同樣奮力一搏，不同的是貴州的驢子不耐老虎的騷擾，頻頻展露踢腳的本事，但早已被老虎看穿這僅有的伎倆，而假裝受傷的驢子卻耐住性子，將計就計在「千鈞一髮」時反而將準備吃他的狼踹暈在地。結果一個成了老虎的盤中飧，另一隻則逃出昇天。

　　同樣的動作為何有如此大的差別，問題的癥結點在於運用「動作」的時間點不同。貴州的驢子並未掌握時機，沒有在危急存亡之秋，及時展現他的踢技，只是頻頻露出馬腳，讓老虎知道，其實他只會用腳踢的本事，結局當然是落得悲慘下場。

　　反觀假裝受傷的驢子知道藏拙，運用苦肉計的謀略，在狼疏於防備，不疑有他之際，及時運用那強而有力的後腿，一腳解決了原本猜忌、狡猾多疑的狼，因而保住了生命。

　　寓言中兩頭驢子的命運之所以如此的天差地遠在於有無把握「及時」的契機。由此可見，生活中掌握「及時」的重要

性。不論求學、就業或是任何事情，當我說出「還好」或是「來得及」，這正意味著我們在乎「及時」，因為「及時」所以我們能夠圓滿達成任務，因為「及時」所以我們不致陷於險境，或許「它」是我們生活的轉捩點，更是我們掌握關鍵，邁向成功的契機。

五、教學活動安排（討論：實作檢討）

Francis Bacon 曾寫道：「閱讀使人學問淵博，討論使人反應敏捷，寫作使人思考精確。」（Rafe Esquith，2008：86）同儕合作學習，讓學生學得多比老師教得多更重要。老師不獨占上課時間，而是扮演學習觸媒的角色。讓學生有機會思考和運用所學的技能，有賴老師花心思設計。可兼顧個別學生需求，協助學生突破學習盲點，同儕討論最充裕的時間，未掌握好會成為閒扯淡。

Lee 與 Krashen（1997）讀得越多的人越沒有「寫的恐懼」，因為駕馭文字的能力比較好。Daly 與 Wilson 指出，較不害怕寫作的人比較能享受閱讀的樂趣。（Stephen D.Krashen，2009：34）《如何閱讀一本書》作者艾德勒認為，讀一本書一定要同時寫點東西，「買一部書只是佔有這本書的一個前奏曲。但真正擁有它，卻是當你使它成為自己一部分的時候；為了達此目的，最好的方法便是在書上寫眉批。」（張惠菁，2003：122）邊讀邊寫筆記只是作為咀嚼反思的紀錄，是為了強化理解，而且可以整理、分析、濃縮上課或書本上的資料，可以節省你2／3的讀書時間，提高你的讀書動機，而且效果加倍。完全理解才能去蕪存菁，作資訊分析判斷，價值判斷。作為讀者我們是主動的，我們應該清楚自己的目的，知道自己看書的時候是什麼樣的狀態。有不同的目的就有不同的方法，進而有不同的閱讀模式。學生創作後可以互評檢討，這是文字部分的發表，可藉下表互相評量檢討：

表 4-3-1　同儕互評作文實施方式

文章回饋單		
文章篇名：　　　　　　　　　作者姓名：		
謝謝你欣賞我的文章，請簽名並留下幾句話。你的好意，會讓我受益匪淺。		
閱讀者姓名	意見（讚美、鼓舞或建議）	級分

　　要實踐教育理想，必須要有披荊斬棘的精神，有吃力不討好的心理準備。老師的最高境界，如同杜甫的詩「隨風潛入夜，潤物細無聲」。（倪其心等，1992：202）多學習別的老師教學方法，多體諒學生的處境，多一點關懷容忍，教學充滿樂趣，儘盡量發掘小朋友的長處，同時讓他們的長處得到肯定和表現。

附件 1

情感世界的寓言：巫婆的故事
【阿波羅新聞網 2010-12-04 訊】

　　有一個國王去打獵時墜落山谷，當孤立無援時，有一隻巨大的神龍出現。神龍告訴國王一個交換援助條件：國王必須正確回答一個全世界最困難的問題才能獲得神龍的救助。

神龍發問：女人究竟真正要什麼？國王被問倒了，於是想出緩兵之計。

國王說：神龍可否先救我，我將靈魂抵押給你，讓我回到王宮尋求答案，七日後我會帶著答案再來找你。

神龍說：可以，不過如果七日後你不信守承諾，你就會因失魂落魄而死。國王回到宮中將經歷告知內閣大臣及國策顧問，結果大家都想不出答案而愁眉苦臉。眼看日子一天天過去，期限只剩兩天了。

一位國王的馬夫說：城南有一位巫婆知識淵博，他應該知道答案。於是英俊瀟灑的侍衛長立刻騎快馬將巫婆請到宮中。

巫婆到宮中後，國王將經歷與神龍的問題告知巫婆。

巫婆說：答案我是知道的，國王的命我也能救，不過我有交換條件。那就是要陛下的侍衛長在事成後娶我為妻。國王毫不考慮一口就替侍衛長答應了並立下詔書為憑。

巫婆說答案是：女人真正要的，是能由自己決定主宰她自己的生活方式。國王告訴侍衛長關於巫婆的要求，侍衛長差點昏倒，但為了國王的性命，只能愁眉苦臉且無奈地接受事實。

國王帶著答案去找神龍要贖回自己的靈魂，神龍聽到標準答案後，稱讚國王是全世界最聰明的男人，也依約將國王的靈魂還給國王。一行人回到宮中後即開始籌備侍衛長與巫婆的婚禮（婚紗照、喜餅、菜色等事宜）。

婚禮當天，雞皮鶴髮的新娘配上年輕英俊的侍衛長，喜宴上巫婆吃相難看不打緊，還邊吃邊大聲放屁，不時發出不雅的笑聲。侍衛長為了國家犧牲自我，男人的威嚴一點都不敢在喜宴中發作。好不容易熬到入洞房的時刻。當巫婆換下禮服，從淋浴間出來時，侍衛長不敢相信他的眼睛，因為走出來的是一個比馬莉亞凱莉、濱崎步更超級性感十倍的辣妹。

　　她對侍衛長說：「因為你信守承諾，沒有對我發怒，容忍我在喜宴中放肆丟你臉的人，我決定往後每一天中有十二小時變成超級溫柔美女陪伴你，但是你可以決定我固定在白天變美女還是晚上變美女，而且選完就不能改變心意」。年輕英俊的侍衛長頓時陷入兩難的局面。因為他不知應該選擇白天帶一位絕世美女出門向朋友炫耀，讓眾人羨慕，而晚間要和一位雞皮鶴髮的巫婆同床共枕（要面子犧牲裡子），還是白天讓眾人對老巫婆指指點點，嘲笑侍衛長的可憐，而晚上他可以和超級美女夜夜春宵（犧牲面子要裡子）。

　　想了半天，年輕英俊的侍衛長最後向巫婆說：「你自己決定何時要扮演你喜歡的角色就可以了，我不干涉你的生活方式。」巫婆聽了很高興，對年輕英俊的侍衛長說：「由於你的包容與智慧，我決定天天二十四小時變成一個有教養的超級性感溫柔美女陪伴你、照顧你。」侍衛長突然驚訝的發覺：原來幸福竟然如此意外地降臨在他身上。國王、侍衛長、巫婆最後皆大歡喜，眾內閣官員全數跌破眼鏡。

　　這個故事給我們的啟示是：

1. 人要信守承諾。

2. 小人物的建議有時應參考一下。

3. 未經你的同意，你主管幫你包山包海承諾的事情還是要盡力完成。

4. 婚姻的幸福與否與婚禮的排場無關。

5. 對女人一定要有包容心，讓女人自己決定她的生活方式。

6. 不管外表如何裝扮或改變，女人的內在本質還是一個巫婆。

7. 不要指望你的另一半看完這故事會大徹大悟。（尤其打你的手機第一句話是問你現在在哪裡的人——因為標準答案是「我在你心裡」。）

本文網址：http://tw.aboluowang.com/life/data/2010/1204/article_44171.html

阿波羅網責任編輯：鄭浩中

第五章 語文閱讀「選材」的教學策略

第一節 語文閱讀為特定人 「選基進材料」的教學策略

對整個語文閱讀教學策略來說，語文閱讀的「選材」的教學策略相對語文閱讀「為誰」的考量是次要的環節。但選材的適當與否仍是教學成功有效的關鍵，不能等閒視之。整個語文閱讀教學是一種突破規範且著重在創造成分的發掘的教學模式，屬於基進式教學。閱讀教學者所需要具備的廣博的語文經驗以及創新文化的洞見和實踐願力等條件，得部分表現在閱讀教學的教材選擇上。有關教材選擇的問題，在第二章第三節與第三章第四節提及選材／語文閱讀教學單元已概略探討過，現在專就各式教材是否能從中全部或部分找出基進材料（具有基進觀念的材料）來妥切運用進行討論。

教材最常被運用的是制式教材，目前一般學校如國民小學教科書採開放政策，期望教師能妥適選用審定教科書，尊重專業自主；選用的教科圖書需經教育部審定合格，且須符合選用品質指標。除去外在形式外，書籍內涵規準包括需把握國家的教育政策與目標，內容、圖文、數據、資料須正確；哲學理念的架構與組織須完整；根據兒童身心發展的邏輯順序編輯；教科書的前後、左右、上下須連貫、完整；難易度須適合學生的能力及程度；價值觀念與社會現況的價值觀一致；對各種族群、性別、宗教、黨派、語文公平對待；教材以問題解決為導向，富挑戰性與批判思考。以上針對學生心智發展是必要的，但因諸多限制，在選材上雖有富挑戰性的批判思考原則的期許，但就

目前語文領域的課文而言，創意性仍顯不足；又關於教學活動設計、圖表，富變化及兒童化的選書指標，於現況的一般教師備課用書（教師手冊）完全沒有教學方法的指導。

　　鑒於臺灣學生在國際閱讀評比中表現不佳，看慣 400 字課文的學生無法應付長文的閱讀評量，於是教育部擬於 101 學年度起，延長國文課文的長度，係將原本同單元的三至四篇 400 字短文，統整、延長成一篇 1200 字的長文。譬如小四「可貴的友情」單元下有〈慰問卡〉、〈珍重再見〉及〈誰買了米勒的話〉三篇各四百字，未來就整合成一篇一千多字的〈可貴的友情〉。百分之十六隻重視課本的弱勢學生，課本是學生最主要的閱讀材料；因此仍有必要在課本的編寫上改革。有人建議不如指定閱讀課外文本（經典名著或詩集）著手，來增進學生閱讀能力。（林志成，2011）意見雖有消長，想從每本增加一到兩篇長文來提升閱讀力，恐怕是不足的。教科書只是學習的基本架構，仍需培養課外閱讀、長篇文章的習慣，且多元閱讀、深化閱讀、趣味閱讀，針對不同的閱讀需求選擇材料，不僅要強化思考與邏輯組織能力，且要能讀出創意，並轉為更新創作。

　　目前學校用制式教材的現況，教科書是一般教師教學中的聖經。教師在教學中教課文的內容知識，成為主導教學活動計畫與實施的重點，同時也窄化學生學習上的視野，無法擴充學習領域。教師的教學容易導致「一套真理數十年」、「教學數十年來很有經驗，但僅用一種經驗」的困境。（林進材，2002：253）在這種制式教材的教育體制下，教師如何活化教學，擴充學生學習經驗，提升教學品質與成效，迎向現代化的教學模式，教師必須不斷地加以嘗試改變才行。

　　因為教學時數限制以及推動校園特色所趨，除了制式教材的使用之外，非制式語文教材較少機會被運用，造成學生學習廣度不足。由於閱讀教材種類受侷限，學習也因此會被窄化，學生在選讀課外文類也可能出現「偏食」現象。在第三章第四節提到閱讀教學的選材依據相關名詞，如「制式教材」、「非制式教材」、「另類教材」等幾種情況

考量設定。因為前述三者指稱較不明顯，又與本研究相對於「一般教材」、「經典教材」與「基進教材」等混為一談，恐有混淆之虞，所以再次釐清正名，以便後續方便說明。如圖 5-1-1 所示：

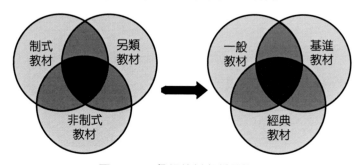

圖 5-1-1　各類教材名稱置換圖

　　一般教材就是指制式教材，經典教材就是指非制式教材，基進教材就是指另類教材。基進教材與經典教材本都自外於制式教材的範圍，但因基進教材又專以創新文化和帶領風潮為考慮，以致依據就大不同於前二者，而得另歸一類。雖然如此，三者仍可以有不可忽略的交集部分（意指三類教材在「相異」的以外仍然會有「相同」的部分），形成「分合運用」的觀念。「合」時，強調各自可以提煉出共有的創新性；「分」時，漸次擺脫平庸化的一般教材。例如獨立運作時，在現實狀況下，以一般教材為主，經典教材和基進教材為輔；而在理想上則以經典教材奠基，基進教材領航。（周慶華，2007：56）經典教材與一般教材（教科書）有交集，而一般教材內也含有經典成分。此外，一般教材會被選為制式教材，當然也會有基進的成分（無中生有或製造差異），不致完全沒有。而即使是一般教材，我們也可以基進教學，以一種突破規範且著重在創造成分的發掘的態度教得有基進性，以創意活化學習。經典教材也是如此，第四章第二節曾提到基進曾為經典的前身，而後經時空歷練終被肯定為經典，所以我們也不可忽略經典的基進成分；即使沒有基進成分，也可以將它教得有基進性。至於基進，

也不完全為基進。現代的創新作品小說，類如上海作家陳村的一篇小說〈一天〉。小說寫一個名叫張三的人，在一天之中，度過了他從開始上流水線作業直到從流水線退休下來的一生勞作與生活。這是一個不真實的故事，誰也別想在一天之中過完幾十年，它具有神話的特徵，可惜只是一個外部的特徵。小說是近代的產物，寫實是它牢不可破的外衣。到了二十世紀，幾乎所有的「好神話」都消失了，它們被真實取代。現代小說家都在為小說的現實困擾，想盡辦法要將小說與真實拉開距離。從各種理論去尋找途徑，從心理學去找畸形反常態的人性表現，或者從相對論中找到時空錯亂的根據，拉丁文學大爆炸則亮出了「魔幻」這一個武器，它促使消失的神話中再度發掘寶藏。然而，現實仍是堅固日趨成熟的世界，在現代小說所有一切的變形反常的外表之下，其實還是一顆現實的心。事實上，陳村是在影射大工業時代生產方式中人生的蒼白單調和枯乏，是對現實的描繪。二十世紀的作家，總是難以走出影射、象徵式的描繪，我們實在被現實纏繞得太緊了。（王安憶，2002：19）可以說在基進作品中仍有一般觀念的存在，是基進教材、一般教材交集的部分。

　　針對各種教材該如何發現新意，創新教學，這是語文閱讀教學為特定人要選基進材料的主要思考對象，其餘不忘閱讀為特定人與課程設計與教學活動則為副思考。整體概念，見圖 5-1-2。

　　教學者應不間斷地充實廣博的語文經驗、創新文化的洞見和實踐願力、熟練閱讀教學技巧引導、善於營造良好的學習環境、容許他人對諍自己的權力意志等能耐和涵養，準備好為學習者設想各種取向的閱讀，進而順勢在教學活動中藉討論與模擬扮演（舞臺劇、說故事）使學習者有所契合領悟。

　　現就不同種類教材如何選擇基進材料及沒有基進我們也可以基進教學的部分舉例作說明。「基進」就是突破既有規範，在一個基礎上前進。而即使被認為是基進材料，在基進光譜上仍有層次的分別，也就是要能有「製造差異」的部分，製造的幅度愈大，就愈有基進性，基

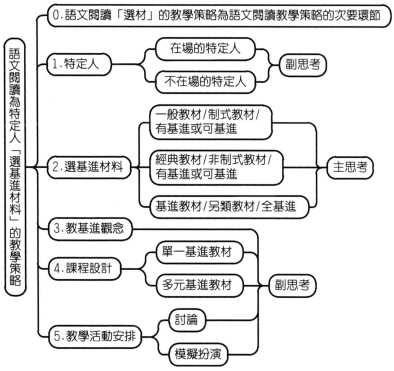

圖 5-1-2　語文閱讀為特定人「選基進材料」的教學策略

進性愈強，如何神祕奇幻，突發奇想、與眾不同、解放內在、原創新
穎、靈光乍現百分之一到百分之九十九仍有程度的不同。也就是說，
即使是一般教材，我們也可以從中間（內容、形式、意涵）找出有創
意的部分教給學生。而基進中的「無中生有」則是百分之百，這是很
不容易做到的，因為我們不可能看遍古今天下書，如何得知這絕對是
無中生有的，原來沒有的新東西。如賴聲川引神學家英格說「什麼叫
原創？就是沒有被發現的抄襲」，直接把人為的創造力都否定了。創意
顧名思義僅視為是「有創造或創新」的意思，這樣創意就是想要無中
生有而不可得，退而求其次為指「製造差異」，而這製造差異，就成了

我們所能接近創造或創新的極致。（周慶華，2011a：61）閱讀教學要有效，要令人耳目一新，

　　如前述一般教材選基進成分即使不多仍有可取處，例如國中經典範文〈謝天〉教師若能確切掌握文本寫作脈絡，隨著作者思路加以鋪展，原文為隨筆式的雜感，看似隨性所至，一揮而就，但是仔細尋繹，仍可依其行文理路體悟「謝天」的真義。又編輯教科書委員會審視如何為選文命題。如〈聽！身體會說話〉就是創意題目，原文只是單純主角生病，借醫生診斷病情，發現保健的重要的記敘文。還有在 2010年版康軒三下及 2009 年版康軒四下分別以〈生活創意家〉、〈發明與發現〉在內容上介紹了一些生活上的好點子，期待當我們生活上融入創意，身邊就會充滿喜悅和讚嘆，算是小小的基進部分。而有一些選文來自經典作品改寫，所以我們也要知道一般教材中是有經典存在的，當然經典之初不容置疑也是基進的。

　　至於經典教材的創意閱讀，如何讀出基進部分。我以《伊索寓言》中的〈龜兔賽跑〉為例。我稱它為經典，除了《伊索寓言》的歷史定位外，是世界上最古老、最特別的寓言故事集，被譽為西方寓言的始祖，主要是由古希臘人伊索創作和收集整理而成。它對人類文化影響深遠，堪稱人類文明史上的一座豐碑。在西方人眼中，它的重要性僅次於《聖經》。除此之外，最重要的是它會釋出人生普遍恆常的道理。伊索藉由不同生物的生態與習性，用巧妙的譬喻手法，簡約的機智言語，生動而活潑地刻畫人性。書中每一則故事均富含深意：有啟發、有訓誡、有諷刺、有警示。伊索寫寓言，是為了諷刺當時的政治和社會風氣。也就是說，除了人類以外的主角像是兔子和烏龜，只要置換成某種類型的人，稍微改變一下看法，便可以從中學習到各種人際關係法則。這也是以〈龜兔賽跑〉為經典教材的考量，它能啟發人類奉為圭臬的道理。如以烏龜角度：被質疑仍勇於挑戰，堅韌勇敢，謙受益。以兔子角度：雖有天大本領，但不專心，難有成就。

　　因為兔子本來就應該贏，重點在於烏龜如何贏過兔子，才有可看性。讓兔子贏，沒有吸引人的地方，但要知道的是牠為什麼會輸，這才有學習的機會。這對原文的意義如果還有能深入發掘的理解，則可以透過學習者討論的方式進行。倘若討論不出來較深入的意義，教學者便要介入帶入新的經驗引導，講說深層意義。

　　以語用學角度思考，語言會交互影響的，說者和聽者都能意識到自己語言團體的規則和使用的策略。說者會利用語言遊戲如誘騙、說服、誇耀自己的才能和博取尊榮和敬重等；聽者也會尋覓可以遊戲的空間給予回報，如挖苦、諷刺、譴責說者的缺陷和瓦解對方的權威性或神聖性，以致這種遊戲可以無止盡的進行下去。（Peter Farb，1990：1-4；周慶華，2006：2）以上說法在第二章有關作者論著與讀者的對應關係曾經論及，但就文本裡語言的運用，這在幾個改寫的龜兔賽跑故事裡龜兔及其他角色互動的對話，語言造成的趣味被充分表現。

　　如《拉封丹的寓言智慧》（Jean de La Fontaine，2003）的故事裡龜兔犀利嘲諷的對話：面對烏龜的挑戰「我們來比賽誰跑得快吧！我打賭你一定不會比我早到達終點的。」兔子：「就憑你這短短的四肢又背著這麼重的殼，你也想跟我比賽誰的速度快？我沒有聽錯吧？烏龜老兄，我看你應該先採些治瘋癲的藥草清洗你糊塗的腦袋啦！」

　　對寓言這種體裁來說，語言面的意義重點在情節。如對本故事的系統性沒能掌握，僅就自己的經驗來理解，則容易忽略了深層意義。故事本身是烏龜和白兔賽跑，烏龜跑贏了，白兔因為貪睡而輸給了烏龜。角色有烏龜和白兔。主題是一個不對等的比賽，最後意外的卻由弱者獲勝。一般所能理解的只到這個層次。可是它的非語言面意義，卻是非常豐富的且有層次感。層層深入，只有如此才能製造教學與學習上差異，才能顯現在閱讀教學上的有深度的理解意涵。

　　換句話說，在情感上，創作者應具有不滿強者自大自傲的心理，意圖讓強者瓦解，相對的也可理解為站在同情弱者這一方，反應弱者心理想贏過強者。但對作者來說似乎不是那麼簡單，作者站在強者角

度看到許多強者太過自大，試圖影響別人來認同強者可能被弱者威脅的觀點，這才有警惕作用。因為在現實中弱者贏過強者太困難，而強者也可能自己疏忽了而偶然敗給弱者，所以強者的自覺意識要隨時都在，不能因為他是強者而太過大意，要維持強勢不見得那麼如意。在世界觀上，沒有強者恆強，弱者恆弱的問題，應該是作者體會出來的。在現實中也是這樣，就西方白人來說，有色人種就是異教徒，是上帝造人時的劣質品，而這個故事演變成是白色人種在輕視有色人種的影射，有意無意的把人類犯了罪後在贖罪過程當中不夠努力的統歸為有色人種，但是有色人種不是個個都是弱者，慢慢發現有色人種中也有強者，相較於一般白種人來說並不遜色，不是只有白種人才具有強者的優勢。在存在處境方面，強者弱者相互威脅，也就是說沒有任何一方是絕對優勢，有可能是作者創作時所處的情境。以上都是屬於顯意識的，是作者在創作時可覺知得到（大腦能察覺到的意識活動，稱為「顯意識」；反過來說，大腦無法察覺到的意識活動，就稱為「潛意識」）。而以一般察覺不到的潛意識來說，個人潛意識的部分是強者的危機感。弱者雖弱但人多，有色人種比白種人多很多，強者固然強但弱者環伺的情況下，危機感也會油然而生。至於集體潛意識，則有種族焦慮。而動物角色的選取有象徵意義，兔子是白色的象徵白色人種，烏龜是黑色的象徵有色人種。而這可能是白種人集體的潛意識使然。就不同的世界觀來看兔子和烏龜的象徵意義又不一樣，就我們氣化觀型的文化系統下，就不是白種有色人種的對比象徵，兔子代表矯捷，警覺性很高，所謂「狡兔三窟」藏身處不會只有一個；烏龜代表長壽、占卜用，是在東方烏龜象徵的意義，沒有古希臘那類故事。這是隸屬於白種人創造觀型文化系統下所創作的，簡略的文本有深入的蘊意（如圖 5-1-3 所示）。以後改寫〈龜兔賽跑〉的〈新龜兔賽跑〉，改寫者執意要讓烏龜再贏一次，回到現實，還要顧及防備不讓白兔惱羞成怒，否則白兔一定會想盡辦法阻絕對方得逞，到頭來吃虧的很可能是烏龜。（周慶華，2011b）要改編想有所創新，則要跨系統，將本創造觀

型故事放在氣化觀型文化系統中要如何改編情節，閱讀後有寫的過程，將故事改編進而編寫劇本，以角色扮演並轉化為戲劇演出。這是教學者應用於教學活動設計時可具以為參酌的方向。

　　Rosenblatt 曾說：「對於作品的強烈回應通常和讀者的能力和經驗有關，而且也與讀者的個性和心智有關……有關閱讀素材的選擇，一定要能呈現這些素材和讀者過去經驗及目前情緒成熟度之間的關聯性。」由這段論述可知，我們不需要透過研究孩子的閱讀反應，去評斷孩子的能力、理解力、或他們是否能像大人一樣閱讀，而是要去瞭解孩子「如何」能融入一本書當中，特別是他們「為什麼」能夠融入其中。有關孩子閱讀反應的知識將能擴展和加深我們對於孩子和童書的瞭解。（Nina Mikkelsen，2007：35）魔幻的故事、機智的故事、幽默的故事、關懷的故事、學校或生活故事等這類的故事，比較能吸引

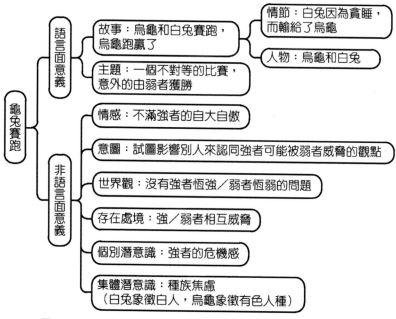

圖 5-1-3　〈龜兔賽跑〉語言面與非語言面意義分項示意圖
（資料來源：周慶華，2011c：64）

孩子進入閱讀的享受中。倘若以兒童為對象應考慮兒童感受,激發學生閱讀興趣,但文章是否有趣並不是文章本身的屬性,而是讀者對文章的反應,讀者和文章間有很多種關係可以激發興趣。例如以敘事類作品來說,教學者能引導讀者發現作品中充滿曲折、離奇、感人的故事性、對人生經驗真實的寫實性及能發現形式反熟悉化、意義多重深刻的作品的,都是能有效吸引讀者的選擇。

接著再以選基進材料而如何教基進為例作說明。有一個判別基進的狀態很可以參考:作品材料在內容形式上造成的越能超常態性或反常態性的表現就越具差異創新的可能;而超脫對各類作品常態性規範之外的化不可能為可能的創作,則愈能見出與傳統作品的差異性:

(一) 字面不可能。

(二) 非我存在的不可能。

(三) 做前所未有之事的不可能。

(四) 改變不可改變事物的不可能。

(五) 等同對立雙方的不可能。

(六) 完全翻譯的不可能。

詩運用包括比喻和想像的聯想跳躍在內的許多手段使這些成為可能(Davis 等編,1992:284;周慶華,2004:73)這雖是對詩歌的學理的不可能,但也可類比於其他文類作品。

具有基進成分的材料,除了第二章第三節舉林亨泰詩作〈房屋〉為現代派的未來主義的手法代表,還有如〈我是好學生〉(周慶華,2004:80-81)與〈我是個不聽話的孩子〉(寫作天下編委會,2007:10-11):前者寫好心者幫忙收作業,然後吸收菁華完成自己的一份討老師歡心,或好心告訴老師派老師不是的同學等,最後反諷的說「每個老師都說我真是個好學生」;後者則是直接陳述自己如何不聽話,公然頂嘴『「哎呀,老師,這課外活動不准出去,在教室裡活動還不行嗎!」我故意把聲音提高八度:『「你聽,這歌多好聽!該學就學,該唱就唱!只有心情舒暢,學到的東西才會永遠不忘。」』兩首詩內容多寫出超越

一般規範常理的內容，如前一首實是一件違背良心的事，卻說得理直氣壯；後者或可解讀為因為要自由自在地長大，但是這類在一般視為離經叛道的說辭，卻形塑了「反道德形象」，都充分體證了諧擬或戲仿的反影響取向。在教學上反倒是可以取用作為道德價值判斷的討論，也能見識到它基進的地方，不妨正視如此寫法的功能等。

又如以下這類反諷的故事，能引發思考，也具有道德規範上的差異效果：

現代孝子　翎翎

親愛的爸爸媽媽
謝謝您們將最好的都省下來給我
從小，就請來最好的
電視，當我的保姆
現在，每天還載我去
寂寞才藝班
吹冷氣睡覺

您們的大恩大德
我沒齒難忘將來長大後
我一定會努力賺錢
然後恭送您們去
最貴的養老院
（許峰銘，2010：297）

孝順的孩子　莊惠文

親愛的爸爸媽媽
我知道您們最孝順了
為了爺爺奶奶的健康

　　只給他們吃白米飯

　　為了怕爺爺奶奶著涼

　　大熱天只給他們吹電扇

　　你們的孝心

　　我沒齒難忘

　　將來長大後

　　我一定會像您們一樣

　　只給你們吃白飯和吹電扇

　　（同上，298-299）

　　除正常教育體制下學校選擇教科書外，認真的教師總會不斷充實學生的延伸教材，而延伸教材也有應該斟酌的編選範圍和標準。例如以經典與普羅、古典與現代、文學與非文學、文字與非文字為範圍；並以 3C（文化、創造力、溝通）為核心價值。在選擇補充閱讀材料時，上述這類在一般文章之外的選材，有挑戰現階段教育環境規範的疑慮，但這些非大眾能認同的非主流作品，可見多元的寫作方式，仍具智慧啟迪、倫理思辨的價值，可以讓孩子從不同角度閱讀到具有不同寫作表現的創意作品。像這兩首詩運用言辭反諷的筆法寫出父母教育方式的失當，以及父母不能以身行教孝造成的孩子反應，肯定讓父母印象深刻而有所省思。所用的倒反修辭，指的是言辭表現的意義和作者內心的真意相反，表面讚賞，其實責罵，又屬於倒反辭裡的反語：不止語意相反，而且含有嘲弄譏刺的意思。這種正面發意，反面會心的語意技巧，跟我們有無幽默感也有關係，自嘲也算是一種反諷。趙滋蕃在他的《文學原理》說到文學作品少有反諷作品，例如用單一觀點寫成的作品；論證嚴謹，邏輯秩序井然的作品，便無反諷的可能；而作家一心一意直陳某件事物時，也無法出現反諷。（趙滋蕃，1988：212）但就該題材特殊的效果卻常讓人啼笑皆非、興趣盎然，因此在中外古典作品或短小精悍的幽默故事中仍可發現不少。換個角度思考，

其實適當的使用倒反修辭，常能達到化衝突為和諧的四兩撥千金的效果，當然也就具有超脫一般平鋪直敘的基進創新作用。如：

> 有一對夫妻，經常吵架，吵得很不愉快，後來先生想要離婚，就到法官那邊去請求離婚。法官看了一看這對「怨偶」，就問先生說：「你們兩個年紀這麼大了，結婚這麼久了，幹麼還要離婚？」先生聽了，很生氣地對法官說：「法官，你不知道，我這個老婆啊，每天都跟我唱反調！」在旁的太太一聽，也很生氣地對老公說：「你才跟我唱反調咧！」先生看太太這麼不可理喻，就大聲回罵說：「你神經病啦！」太太說：「你才神經病咧！」先生愈聽愈氣，又大聲罵到：「你去死啦！」太太說：「你才去死咧！」在旁的法官聽了，緩緩地說道：「聽起來，你們兩個人的意見還蠻一致的嘛！」（戴晨志，2006：82-83）

其實，我們在說話作文時使用一種婉曲修辭，不直講本意以委婉曲折地烘托或暗示本意，效果上這種修辭比直接訴說或前述反諷修辭更容易打動人心，而不致傷害別人的感情，可以指導學生閱讀比較。又如：

> 有個酒鬼貪戀杯中之物，酒醉之後常常誤了大事。妻子多次勸他，但他怎麼也聽不進去。一天，他的兒子對他說：「爸爸，我送你一個指南針。」「孩子，你留著自己玩吧，我用不著它。」「爸，你從酒吧間出來時，不是常常迷路嗎？」父親聽了兒子的話，如當頭棒喝，受到極大的震撼，從此再也不喝酒了。（陳正治，2003：122）

我們民族早已注意到說笑話、猜謎語等是可以促進生活情趣的精神活動。劉勰《文心雕龍》卷三詮釋「諧」：「諧之言皆也。辭淺會俗，皆悅笑也。」究其實，「諧」跟今人所謂說笑話無殊。說笑話擺脫不了嘲笑人生世相的缺陷，當然也包括用反語說俏皮話。（趙滋蕃，1988：

208）我們的民族性重莊言不重諧語，認為某些正言反說的俏皮話流於輕佻。例如臺灣歇後語「雞婆帶鴨仔──白費心血」就是。

　　指導學習者如何將詮釋教學後的理解模擬為特定人的探討。以〈龜兔賽跑〉為例，教學者如何設定本教材作為特定人的應用，教師可以藉討論瞭解學生，經教師分析解說後理解這種烏龜贏兔子的語言背後的意涵，原來作者可能要傳達的意圖還有一層要大家認知強者會被弱者威脅的觀點，再以更寬廣的世界觀視角來看，沒有強者恆強，弱者恆弱的問題，造成強者弱者相互威脅的存在處境，因此是否身為強者要有危機感，而族群強勢弱勢之間的互動也應有不同的領悟。學生討論的重點在於因此想要或可以影響誰，例如任課的其他科任教師或藝術人文老師可能不知有這一層的意涵，而當師生討論畫動物時，學生可告訴老師自己新的發現；而學習者為讀書會、才藝班的一員，這些團體的組成又有不同族群組成時，如上英文才藝班，有外籍老師同學時，或參加社區讀書會，組成有新住民家長及同學等，都可能是影響的對象。這便是從各式教材教導基進觀念試為影響特定人的作法。

　　還有一個最重要的觀念是如何改變父母一味要求孩子假平等的學業表現，藉著這個故事另外一個啟發是能自我瞭解，知道自己專長的領域和能力的極限。不是一旦成為「烏龜」就沒有希望，而是說「既然身為烏龜就安於當烏龜」而不必一天到晚想要跟人家強項比能，因為那不但自己變不成白兔，還會連自己的本事也荒廢了。當今許多人忙於補習、學才藝和研究致富的方法，都是感染了龜兔賽跑熱，以為只要不懈怠就有可能「僥倖」超越跑在前頭的人；實際上卻是機會很渺茫（周慶華，2011b），最後可能徒勞無功，應該向內挖掘自我專屬的長才，並且淋漓盡致的發揮，才是不二途徑。這種說法和洪蘭四處演講的主張是一致的（洪蘭，2011.04），為了讓家長們反思孩子的教育養成，洪蘭說二十一世紀不是教知識，現在學生應該學的是如何學新的東西，如上網後這麼多的資訊如何和你原來的背景知識連結組織

和整理，還有要如何培養人格和情操。出社會後人家在乎的是你服務的熱情和敬業的態度。學校教育是為學生出社會作準備，現在社會要的不是你什麼都好，而是能有一個長處和別人搭配團隊合作，不能再像過去一樣截長補短，因為你的短處補來補去，不如別人的長處，你的長處沒有時間去發展，出社會以後你沒有一個可跟人家競爭的地方，將來吃虧的是你自己。教育的觀念在改。大腦是有限的資源，它如果這方面好，一定有另一方面的不足。在高科技的社會，孩子不可能什麼都知道，所以我們應該順他的長處，把他的長處跟別人搭配，科際整合、團隊合作，就會成就一番事業。統合前後兩位學者的說法，學生倘若能在教學者的引導下有這些領會，能懂得去影響父母親的觀念，這樣的學習才是有意義的。

第二節　語文閱讀為不特定人 「選經典材料」的教學策略

　　既然已知為不特定人閱讀要讀經典，而經典材料如何選擇？語文閱讀如何為不特定對象選擇經典材料？我們可接觸到的三種教材：一般教材、基進教材與經典教材，三者都可以讀出經典部分。經典教材讀的是全經典，一般教材中也會有經典的部分，因為目前各家教科書編選課文時，已有相當比例的知名作家的經典文學作品選文，雖然因為篇幅限制多所改寫，失去原味，但仍可從中學習部分經典價值與經驗。例如康軒教材四年級下學期（2009 年 2 月版）第八課〈以一顆溫柔的心為樂〉，文章取自《青少年的四個大夢》，經由原作者陳幸蕙直接潤飾，是在勉勵青年學子多閱讀勤閱讀善閱讀，並指出閱讀的法門，只要有心，處處可讀書，鼓勵孩子不斷求知，熱愛學習、培養積極進取的心。除了文章本身算是經典作品，文章內文更介紹用如何的心情、態度與為何要閱讀的經典著作的說理。一般教材即使是泛泛之作，教

學者也要能把這類教材教成是有經典的學習，因此說「可經典」就是這個意思。而基進教材也是如此，雖與經典作品分屬教材光譜兩端，但仍有交集處。基進教材不全然都是基進，例如前述基進教材內含所謂無中生有與製造差異的性質，即使無中生有是前所未見的創作，但倘若該創見可為人類共識的經常性典範，雖然前所未有，也仍有機會撥雲見日，等待成為經典。這在眾多閱讀者的面前考驗鍛鍊過程中，也該加以斟酌思考，避免錯過經典。

當今人們如何看待經典閱讀？首先得將經典與非經典作品的閱讀連結起來，這個問題與以下的問題相關：「為什麼要閱讀經典而不閱讀那些可以讓我們更深入瞭解自己所處時代的作品？」以及「當我們被一些關於當代的出版品所淹沒時，我們如何找出時間、心平氣和地閱讀經典。」當代世界或許平庸且徒勞，不過我們總是必須將自己置身在當代的背景中，才能向前或向後看。為了閱讀經典，我們必須確定自己是「從」何處閱讀它們，否則讀者與文本都會在沒有時間性的迷霧中飄移。因此，能夠從閱讀經典獲得最大利益的人，是有技巧地輪流閱讀經典與適量當代資料的人。（Italo Calvino，2005：6-7）對大部分的人來說，仍以閱讀當代的為主，閱讀經典似乎與我們的生活步調格格不入，但它又是那麼無可取代，所以有賴負教育重責的教師與深知經典重要的專家學者戮力推動，在新生代創作者作品中發現經典、更重要的是鼓勵經典閱讀。教學者還有推動實踐的責任，發現經典作品並擷摘經典觀念，安排課程設計，落實教學活動，讓學習者在前人美好的作品中涵泳學習，一旦有效體會經典價值，便能影響不特定的眾人或團體於無形。為不特定人選經典材料的教學策略模式如圖5-2-1。

如何閱讀經典？日本文藝評論家古川徹三說，我們不能拒絕、疏遠新書，但讀書應以古典為中心，如求學時代以為《論語》是無用之書，可是幾年以後不同階段讀它，即使奧窔難及，仍時常拿出來摘句吟讀玩味，每每有所領悟，有所新見。今日，古典較新刊書古老；可

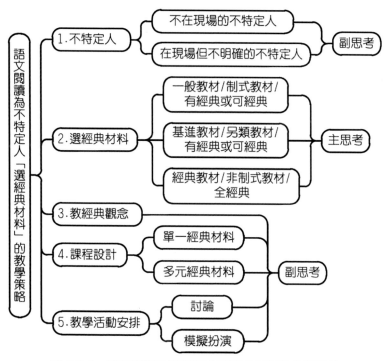

圖 5-2-1　語文閱讀為不特定人選經典材料的教學策略

是明日，等新刊書已成過時之物，古典還是昨天那個樣子。總括來說，較逐自代謝的新刊書，它是不衰老的神仙，與自然常新。所以值得反覆吟誦的仍是古典。（小林秀雄等，1995：69）

　　古川徹三認為讀古典之前千萬別讀那些介紹、研究之類的書。古典中這類的書特別多，但真正的讀法是讀原著，直接交往。注釋，當然例外，這往往是讀原著必經的途徑。至於其他，批評解釋一類的書沒必要去看。原著不必讀原文。西洋古典，我們多無法直接讀原文。蹣跚走崎嶇的陌生路（原文），不如快馬加鞭，馳騁熟悉的陽關大道（翻譯）。詩，如不是原文便無法品味它的神髓，那是無可奈何的事。接觸原著道路相當寬敞，只要先接觸可能的部分就好。

　　不讀原著而先讀介紹、研究之類的書，不可以的理由很多：第一，那將會遮住自己的眼光，失去自己的見解；第二，容易以看到替身為滿足。如同讀《唐・吉柯德》全譯本不同於改寫給孩子看的故事書，書中成功描繪出一種人的造型，其中確實含有嚴肅而永久性的問題在。那是部在一切意義上，含有相當長的篇幅、厚度和深度的堂堂古典。讀《格列佛遊記》也和童年時讀的《小人國》、《大人國》故事書一樣距離遙遙，裡面有那個時代極端激烈的精神，從那痛切激烈的批評裡，可聽到作者 Jonathan Swift 的呼吸。一開始就面對深奧優越的書籍，往往苦於不能瞭解，要真正瞭解它，預想得到的，我們自己要前進到足以理解它的水準，那才是有智慧的讀書。讀無用的書籍，不如由古典原著入手好。唯有讀過好書，才能在讀劣書時得到好處。(小林秀雄等，1995：69-72) Italo Calvino 也建議讀者閱讀第一手的作品，儘量避免二手的參考書目、評論與其他詮釋。一本書的評論並不能透露比原著更多的訊息，先讀評論或被介紹文章參考資料與參考書被當作是煙幕彈，掩蓋了原著想表達的事物。經典，我們愈是透過道聽塗說而自以為瞭解它們，當我們實際閱讀時，就愈會發現它們是具有原創性、出其不意而且革新的作品。(Italo Calvino，2005：4) 有關對名著經典的閱讀，尤其愛好文藝想閱讀世界文學名著的，謝冰瑩以為可以就近請教對文學有研究的人，他們會告訴你，看什麼書對你的寫作或者做人有益處；什麼作家的文字寫得通俗流利，容易理解，如狄更斯的《塊肉餘生錄》；什麼作品含有哲學思想，像歌德的《浮士德》。但只要這部作品的題材有普遍性，故事寫得合情合理，主題非常正確，詞句優美，大家都會喜歡。倘若為寫作有幫助作品閱讀，建議不限時代，不限國界。先看眾人公認的代表作，例如 Romain Rolland 的《約翰克利斯朵夫》；Leo Tolstoy 的《戰爭與和平》；Alexandre Dumasfils 的《茶花女》；Alexandre Dumas pere 的《基度山恩仇記》；William Shakespeare 的《羅密歐與茱麗葉》；Ernest Hemingway 的《老人與海》；TheCdorstorm 的《茵夢湖》；Johann Wolfgang von Goethe 的《少年維

特的煩惱》……倘若能閱讀完寫筆記，獲益更無窮。謝冰瑩還認為欣賞過某作家文學作品，有關他的記載或別人對他作品的批評、研究的文字，都要留心閱讀，因為這會幫助你認識他、瞭解他。（謝冰瑩，1983：3-5）

　　領導力訓練師 Robin Sharma 在其著作中，以其智慧理念分享鼓勵讀者提升工作表現、生活品質與性靈造詣。認為開卷幾乎都有益，但人時間精力有限，可做的事無窮，所以我們必須要挑書來讀；建議可以優先讀梭羅所謂的「聖賢之書」（heroic books），這些書內容都是「人類有記錄的思想之中，最高貴的那一部分」。讓你心靈浸淫在古聖先賢的經典當中，不論你想先讀 Epictetus 或孔子都可；爾後你可以去鑽研智者如 Alfred Lord Tennyson、Emily Dickinson 與 John Keats 的詩句，Leo Tolstoy、Hermann Hesse 與 The Brontës 的小說；最後再拜讀 Mahatma Gandhi、Albert Einstein 與 Agnes Gonxha Bojaxhiu 修女的文字。花點時間讀讀這些經典，就算只是短短的幾分鐘，都可以讓你重溫生命的初衷，提醒你別忘記人活著最重要的意義是什麼；在經典的薰陶下，你慢慢地會從心底蛻變成一個更好的人。Robin Sharma 列出他的「聖賢之書」，都曾幫助過他自我提升，讓他更有智慧與動力生活更有主張，更無遺憾。書單包括如 Maxwell Maltz《創意的自我》等，在他的網站可看到更完整的推薦書單（網址是：http://www.robinsharma.om/esources/favorites2）。

　　Francis Bacon 說過的：「有些書是讓人淺嘗即止的，有些書是讓人狼吞虎嚥的，只有少數的書需要細嚼慢嚥。這是在說，有些書只要跳著讀重點即可，有些書可以不求甚解，但有極少數的書必須每頁細讀，用心去消化。」Robin Sharma 因此篩選出必讀書籍後，不但讀完更多書，而且發現自己從本書上學到更多。如果你發現已經讀完一本書的前面三章了，還沒看到什麼有益的資訊，或是這本書很難讀進去，幫自己一個忙：拿開這本書，把時間用在更好的地方（例如開始讀書堆裡的下一本書）。（Robin Sharma，2011：197-198）

美國教授兼評論家 Alan Jacobs 主張閱讀的金律是讀你所愛，別聽專家的。Mortimer J. Adler 和 Charles Van Doren 自比權威人士比較像嚴格的「匠師」，他們所著《如何閱讀一本書》最常出現「該」的觀念，Alan Jacobs 頗不以為然，也不認同推薦書單，人各有好尚，我心所傾、所好、個人所需，別人不必相同。總括來說，他認為閱讀最重要最高也是最終的指導原則應該是：「觀·自在」，也就是自在閱讀、想讀就讀。

有人認為要把讀書刻意區別於成績、成就之外，尋求還原讀書本身的面貌，才能與書真心交流相對，其實不必然如此思維的原因，是藉讀書可以實現自我，舉步築夢，在自己喜歡的領域涵泳鑽研，再擷百家之長，反覆咀嚼，永保質疑與提問的態度。為疑慮覓得失落的解惑之鑰，與人分享增益所得，不忘自我檢視所讀是否使自己更精進，還是濫竽充數，為將來有機會為不可知的不特定對象一展長才。

無論是自在的隨心所欲的閱讀或依據專家建議書單來讀，倘若能先理解我們自己有更多的機會要在不特定人的人前人後展示所能，那就得靠大量的經典閱讀來完成。教學者應該指導學習者或學習者主動理解，依照自己的心智發展、興趣專長適當選擇經典著作閱讀，

現代人脫離不了文字閱讀，除了功能性閱讀，文學小說等文化性的閱讀也很重要。小說裡有很多思想對話的樂趣，但又不是直接的道德教訓，而是用生動有趣的情節來鋪陳一個深刻的思考空間。小說裡細膩的情感描寫，可以培養我們對他人的同理心。如讀偵探小說可以培養邏輯思考力；讀科幻小說可以讓我們有想像力；讀詩集則可以培養我們對美的感受力。當然文學作品講究遣詞用字，更可以提供現在普遍欠缺文字能力的孩子很好的參照和學習的機會。李家同認為以下六種類型讀物有助於培養我們的孩子的閱讀能力：（一）經典名著；（二）優質的論述文章；（三）法官判決文和偵探小說；（四）知識性的文章；（五）國際新聞；（六）一般性的教科書文章。其中尤以經典為首的閱讀。李家同強調中國的經典作品，如四書五經，當然也包括

像《三國演義》、《水滸傳》、《西遊記》、《紅樓夢》這樣的章回小說，優美的文筆與充滿想像力的故事，中間更隱含許多深刻而且啟發性的道理。光是古典文學作品可條列出的書目就非常多，能被傳到現在而不被時間淘汰，必然有某種程度的人心、人性描繪和深度刻畫，才能在不同的時代引發各種人的共鳴。外國的知名小說也應讀一讀，除了感受不同文化的描述模式和文學之美外，也是我們理解其他民族的歷史和文化最好的方式。例如拉丁美洲的魔幻文學，故事的描述常不合乎現實常理，最具代表的就是馬奎茲的《百年孤寂》。俄國文學在十九世紀時，以現實主義的成就為最高，像《戰爭與和平》、《罪與罰》等特具代表性。日本的經典文學，則有女性作家的《源氏物語》，值得去瞭解探討。（李家同，2011：98-102）謝冰瑩以為經典名著為主題正確，情節動人，詞句優美，結構緊湊，技巧高明，被譯成各國文字，為世人公認的最佳作品，作品較能代表某個時代，某個社會；或某個典型人物，而能使讀者看了深深感動，能在情感上、道德上、或思想上起共鳴者。作品禁得起時間的考驗，歷千百年不朽的。（謝冰瑩，1983：1-2）。上述專家學者提供給我們具體閱讀經典的原則和方向，可據以為選材參考。

因為世界經典著作不計其數，考量大家所可能教學的對象，所以儘量選擇適合兒童的經典作品為例，以便提升學習者的人生經驗，感受足以為典範的常道。對經典的選擇，便要留意作品的蘊含的意義，教學者要試析出作品本身的主題、主旨與作者的意圖等，讓學習者潛移默化於無形。

以作家創作態度來區分適合兒童的作品如下（傅林統，1979：42-43）：

(一) 作家本來是寫給成人看的，後來卻被納入兒童文學的領域中。例如 Jonathan Swift 的《大小人國遊記》、Daniel Defoe 的《魯賓遜漂流記》、Miguel de Cervantes Saavedra 的《唐吉柯德傳》、Maurice Maeterlinck 的《青鳥》、吳承恩的《西遊記》等。

(二) 作家描寫自我的自傳式作品：如 Hans Christian Andersen 的《醜小鴨》等。

(三) 本是為兒童而作的，但也分享予成人的作品。如 Mark Twain 的《頑童流浪記》、Robert Louis Stevenson 的《金銀島》等。

(四) 純粹以兒童為對象而寫的作品：如 Lewis Carroll 的《愛麗絲夢遊奇境記》、Carlo Collodi 的《小木偶奇遇記》、Edemondo De Amicis 的《愛的教育》、林鍾隆《阿輝的心》等。

選經典教材作全經典閱讀——姑且以《魯賓遜漂流記》、《湯姆歷險記》等為例。《魯賓遜漂流記》詳述魯賓遜海上冒險的經歷：不屈服於環境、不斷進取開拓的精神。冒險進取，白手起家，不甘於平庸的年輕人的夢想，以勞動成為自然的主人，具真實性和具體性。是十八世紀的作品，在世界文學中塑造了第一個資產階級正面典型形象。魯賓遜所處時代是資本主義四處擴張的時代，資產階級富於冒險，充滿野心、頑強毅力和鬥志。

魯賓遜的故事是第一人稱回憶錄，用日記的方式記下人物內心的感受和對事物的思考，所以顯得真實具體親切。魯賓遜在荒島上經歷的描寫是全書的菁華。魯賓遜在克服了最初的悲觀絕望情緒後，立即投入征服大自然的工程。他從擱淺的破船上取走了幾乎所有可以取用的東西，靠著雙手、智慧，利用船上簡單工具，克服無數困難，為自己的生存創造了條件：挖掘山洞、修築柵欄、馴養山羊、種植穀物、製造獨木舟、燒製陶器、加工麵粉、烘烤麵包等，最後竟然有了自己的農園、牧場、兩處住所、許多家具，甚至還建立了一個包括狗、貓、羊、鸚鵡在內的熱鬧家庭。因具有生動的內容，曲折的情節，冒險刺激的故事以及拓荒者的奮鬥精神，很能引發兒童的興致，充分表達了生命力的偉大。也提示了人們「人定勝天」的信心。

以風暴、海灘、食人族、野獸、戰慄、不安等層層危機感為內容，一個違背父親旨意的青年，搭船遇難單獨被沖上無人島，展開危機四伏的日子。魯賓遜所以緊扣人心在於它抓住了人們普遍具有的，欲求

獨立自主的心，這是大家可能有的潛在的心理。作者刻畫人物時，很重視心理描寫，讓讀者覺得他很特殊，既聰明又勇敢，尤其是求生的堅強毅力，以及沈著多變的態度，更令人印象深刻。對小讀者來說，他那能夠耐得住寂寞與孤獨的超能力，更讓人難忘。（傅林統，1994：78-79）魯賓遜這種勇於進取的冒險精神，征服自然的無限勇氣和堅忍不拔的精神，表現了新興的資產接及不滿於現狀，要開拓世界、征服世界的欲望，因此產生了巨大的藝術魅力。《魯賓遜漂流記》在英國文學中，是第一部現實主義的小說，是最典型的流浪漢冒險家的形象。其實更算是一部包含每個人生活的寓言故事，因為我們都是魯賓遜，而像魯賓遜那樣孤獨是人的命運。

十九世紀末由於 John Locke、Jean Jacques Rousseau 等哲人的影響，致使歐洲學術界和社會開始重視兒童的地位和福祉，這種觀念便反映在作品中。Mark Twain 的湯姆和哈克，是屬於日常生活中的冒險小說，雖都是頑童，可是透過它們的眼光卻可以看到成人社會的真實面；在幽默滑稽中，閃亮著真理的光芒，啟示著改革現狀，朝向更人性化的境界攀升的願望。（傅林統，1994：22）

生活小說的冒險，有它的親近感和真實感，往往以故事的曲折迷離吸引讀者，而彌補了缺乏波浪萬丈那種氣勢的不足。跟以前海洋冒險小說大不同，冒險場景從未知的世界到鄉里的密西西比河，故事背景從虛構轉換到現實世界，就是殺人場面的目擊、洞窟裡的追逐、急流泛舟等。在墾荒時代的美國來說，是很現實的。冒險小說故事裡的角色克服困難，邁向成長的過程，也是文學作品針對兒童重要的主題，兒童需要藉這種題材認識自我，再擴展視野。

《魯賓遜漂流記》、《湯姆歷險記》、《頑童流浪記》都有孩童離家出走的題材，這也是兒童普遍的體驗；當兒童離家後反而會很客觀的清楚的看出自己與家的關係，尤其是和父母的關係，因此更瞭解自我的姿態和面貌。離家是認同家的契機，這類型的作品的架構，如離家→遭受苦難→悔悟→浪子回頭。離家出走《魯賓遜漂流記》是一個青

年不顧父親勸阻，離家出走去當它所憧憬的水手的故事，雖違背父親意旨，卻得了上天的賞賜，在孤島上度過令人羨慕的日子。至於湯姆和哈克都是討厭家，但離家卻海闊天空，在無人島上當起夢想中的海盜，並沒有因離家受苦而發現家的可愛。

《湯姆歷險記》等充滿冒險、進取、輕鬆、幽默和生命的喜悅。反對舊文化，諷刺道學，從內涵上看最能代表美國的民主精神。許多題材更是作者個人生活的寫照，如美國文學以寫實主義為主流，Mark Twain 最能代表。《湯姆歷險記》這部作品的素材，據他自己在原序中說：「大部分都是實際上發生的，有一兩件是我親身的經歷。其餘都是和我同學的那些孩子們的故事。哈克‧芬的事蹟取材於真實人物。湯姆‧沙耶也是一樣，可是取材不限於一人──是我所認識的三個孩子特性的總和……」（雷馬克等，1975：173）整個故事風土人情，地方背景，雖說採自美國一個小鎮，但從兒童心裡透視，從人類共同的童年生活上看，也很容易找到代表性的事例。例如故事中描寫兩個孩子想打架，又不敢動手，揚言自己有個哥哥，怎樣怎樣厲害，用來嚇唬對方，那是各國的孩子都有的。再加上星期一早上想裝病不上學，不是我們每一個人（至少大多數人）都有過嗎？因此，《湯姆歷險記》的真正價值，是它寫出人類的童年，作者不過拿美國的幾個兒童作代表罷了。

《湯姆歷險記》屬於充滿珍奇性、刺激性的冒險小說，描寫調皮但卻有勇氣的少年，在無人島上的冒險。特色是在冒險中顯露幽默的氣息，也含蘊著指導生活態度的意義。（傅林統，1979：107）Mark Twain 是一位機敏辛辣的幽默作家，運用通俗口語，生動的形象，以純真的孩童來描述成人世界的現實，呈現既幽默諷刺的小說。希望在逐漸進入成年世界時，也能以這樣的態度面對一切。所以 Mark Twain 希望成年也能重溫一下回憶童年生活，想一想當初童年是如何思考和言語的。故事裡一系列的歡樂情節描述他純真的兒童天性，幽默風趣的情節和語言塑造了湯姆活潑可愛嚮往獨立自由生活的兒童形象。作者運用了誇張、優美的語言，特別是創造喜劇效果的人物對話，用兒童遊

戲性的、誇張的語言來表現兒童自我獨特的心理，從兒童角度去看外面的世界；並以輕鬆愉快的筆調，塑造了一個調皮搗蛋，富有想像力、嚮往自由生活的男孩，有當夢想的海盜，湯姆刷牆事件運用兒童意識技巧，展現孩子天真愛玩的天性。湯姆利用孩子們好勝好奇心理，讓別的孩子替他完成工作，他不但舒服自在地得到阿姨的獎賞，還得到許多戰利品。如故事中湯姆發現處世的一個大法則，那就是如果要激起一個大人或一個小孩對某件事情的興趣，只要設法將那件事提高難度不容易得到就行了。

這種純真孩童心靈，凸顯出 Mark Twain 的赤子之心，這其實就是他自己在密西西比河的生活體驗。把完全屬於兒童的情趣表現得令人拍案叫絕，而這也符合了兒童閱讀的習慣。

《湯姆歷險記》、《頑童流浪記》從湯姆到哈克，Mark Twain 寫出不同的少年像：湯姆是率性活潑的孩子，作者藉著他諷刺既成觀念、形式化的宗教、偽善的學校教育、呆板的家庭教育。作者的反世俗精神是強烈的，對世俗的批判是嚴厲的。儘管如此，最後他所塑造的湯姆還是融化在既成的文明社會裡，無法成無反體制的人物，僅僅作個淘氣的少年而已。因此，Mark Twain 又另外創造一個哈克芬。哈克在《頑童流浪記》裡，被塑造成一個跟現實文明格格不入的自然孩子，愛發誓愛抽菸，卻有自己的一套倫理觀，無拘無束長於美國南方，他篤信黑奴都身屬於他合法主人，卻出於衷心感激而幫助吉姆逃離奴役。透過跟逃亡黑奴吉姆結伴流浪的經歷，譴責了蓄奴制的罪惡，批判封建家庭結仇械鬥的野蠻，辛辣地諷刺宗教的虛偽愚昧，宣傳不分種族地位人人享有自由權利的進步主張。哈克不忍心欺騙魏爾科斯加三個女孩子，然而飢餓時也會毫不猶豫的去偷取食物。說話低俗鄉土，人卻機智聰明，閱讀者可以由角色種種遭遇，體會出作者對人性的嘲笑以及深刻的批評。

Mark Twain 的作品最大特色在於用他豐富的詼諧、幽默、諷刺的技巧，針對文明社會加以嚴格的批評，而凸顯他對人生真理的看法。

湯姆到哈克，其實是作者的自我表現。Mark Twain 藉著他吐露了他的人生觀、社會觀、價值觀，也就是他的整體思想的展現。

《湯姆歷險記》被定義為冒險傳奇的兒童讀物，而《頑童流浪記》卻被定義為幽默諷刺的情節類型，和世界所有名著一樣，同時是兒童、青年、成年與老年的讀物，每個時期都可以看出一些獨特的意義來。（傅述先，1993：328）海明威說過，整個美國文學來自一本書：就是《頑童流浪記》。哈克較之湯姆更要全心全意為生死存亡奮鬥，哈克性格中逢凶化吉的力量，在無形中助人自助近乎天道。

電影和文學有不少共通處，二者都在有限的時間內說一個故事。看電影不僅是一種休閒，還是一種力量，能夠帶我們到另一個時空，讓我們思索人生無止境的可能性。《美麗人生》裡讓人印象深刻的：父親如何絞盡腦汁，極盡所能，不但要讓孩子活下去，還要用快樂填滿這趟恐怖旅程的每一秒鐘，即使最後犧牲了生命。但影片最終還是振聾發聵地提醒我們，生命是個禮物，我們有義務要好好把握每一分一秒，讓生命無限精采。好的電影可以讓你找回正面的人生觀，讓你重新憶起自己最珍視的是什麼，重新燃起對生活的熱情。就像愛默生所說：「世界上所有偉大的成就，都要有熱情當前提。」（Robin Sharma，2011：79）1995 年獲奧斯卡最佳男主角、最佳影片、導演、改編劇本獎的《阿甘正傳》，阿甘雖是智商七十五的「特殊孩童」，但在不被看好的嘲笑中開創絢爛的一生，直指「生命創意」的高度。片中以「奔跑」為主題，在生命至絕境時，化殘障為快腿，化逆境為順境，進入大學，參與越戰，最後捕蝦致富。將生命動能發揮淋漓盡致，更上層樓，好像片尾那輕揚的羽毛，隨風飄起，直上湛湛晴空。經典的話是「我媽媽總說：『生命像一盒巧克力，沒有人知道會嚐到何種滋味。』」（張春榮等，2005：47）這個發人深省的話前後各出現一次，有畫龍點睛效果，正與電影的主題相合：釋放潛能，活出精采（還可以關注到另一個主題是與珍妮的交往，由依賴而被棄，由被棄至堅持，由堅持至呵護，正是「情近癡而始真」的典範）。無可置疑，每個生命雖渺

小，卻充滿驚喜；生命雖有限，卻充滿無限創意。如何生成轉化，端視你如何真實面對，真心面對，超越自我，發揮極致。因此，我們可以說，生命可以是一連串的奇蹟，只要會化腐朽為神奇；生命可以是一連串的意外，只要打破慣性、惰性，便能開展出無可預期的亮麗景致。這一類的經典作品，都值得關注欣賞。

　　主題是作品所要傳達的中心思想，也是作家所要揭示的特定意旨。第四章第二節曾提到課堂閱讀教學主題的討論，我們強調主題也是在選擇經典材料時據以考慮的方向之一。任何文學作品，都有作者特定的動機和目的，不管作者的目的是在強調一個思想觀念，或敘述關於某一個事件的經驗心得，都存在著一定的思想導向或價值意識。

　　選經典材料是為了能從經典作品中除了各種語文與文學的學習；在選經典作品時，得注意主題要能呼應學習者的學習和理解。而主題確實也是一本作品能否流傳久遠的關鍵：任何曠世鉅作必定深刻表達主題，它是經典的魂。作家初始發想的材料是為題材，作家得為它找出背後的內隱意義，那是抽象概念，就是主題。而主題還要有個評價，就是作者必須對主題作出宣判，也就是題旨。題材、主題和題旨，而身為讀者也是教學者的我們在選擇教材要特別精心審視，以符合為不特定人的閱讀教學的目的。

　　三者的關係作一粗略的理解。以著名電影為例：其中不同讀者可能有不同的解讀，例如《小氣財神》主題也可說成是「改過向善」，（主題不必唯一）但至少作者寫作前要先設定好主題，作品才能呈現一致的整體性，以引發更深的思考。（倪采青，2009：138）現在另舉兩部來作比較。（見表5-2-1）

　　以上介紹，多屬為教全經典觀念的經典教材，值得關注。現在出版界出版經典，為了配合現代人閱讀習慣和能力，會出現幾種出版方式。如找學者用一系列演講方式讓學者談一部古書或重要作品；經過演講之後，再集結成介紹古籍經典或重要作者介紹的書；或者以「古籍今註今譯」的方式，把古典翻成現代人所熟悉的譯文，或請學者解

說古書，書後附上原文，對於現代人而言是接近古經典很好的導引。但仍有主張直接品味原典，仍是正確而必須的。像許多國外經典詩句一經翻譯，原來的詩韻難以保存，已失去原詩的節奏美感。我們在讀經典時。除了吸收其中智慧之外，同時也在吸收文字本身的魅力和美感。所以讀二手改寫作品，或者是一個橋樑過渡不得已的閱讀方式，但終究無法完全閱讀原作吸收經典的豐富涵義。

表 5-2-1　題材、主題、題旨內容比較表

影片名稱	題材	主題	題旨
《鐵達尼號》	歷史上的一次沈船事件	堅貞的愛情	堅貞的愛情不死，堅貞的愛情永長存
《魔戒》	作者自創的魔法世界與種族	善與惡的對立	善終究會戰勝惡
《小氣財神》	一個小氣的富翁	慷慨	慷慨會帶來真正的快樂

　　細選經典材料在教學上對學習者是最有效，而且是比較具吸引力的，原因最主要是經典作品為多數人所認同，對它們有絕對的信任感，我們可以相信它是一個完美的東西，禁得起考驗的東西。好書的範圍很廣，可選擇的教材很多，為達成特定教學目標，尤其以本研究為影響不特定的多數對象來說，選擇經典更容易達到目的。只是經典不方便處，是它和我們的距離很遠，比較有隔閡，無論時間空間都與我們有相當的距離，很難與它產生的社會時代背景作對照，從而找出現實世界與心靈世界的關係，所以有賴教學者的創意教學。上述所舉的作品之外，還有更多中外名著。在正式教學課程中應慎選精讀特定重要經典，仔細深入研讀而納入教學活動外，教師在安排課餘閱讀活動時，可提供推薦書單並附以引導閱讀指南，讓學生廣泛閱讀經典。本節有關「單一」與「多元」經典材料，相同的是經典，不同的是在材料的種類多元，可能包括除了文本以外的多媒體視訊等。例如透過觀賞法

國 Victor-Marie Hugo 浪漫小說《鐘樓怪人》，不僅能欣賞到引人入勝的故事，同時也能感受到作者賦予虛構人物一種真實感，成為文學史上不朽的角色。小說本身有曲折動人的故事、堂皇的背景、以及深刻的人物。最重要傳遞的觀念是：雖然上帝是依祂自己的完美形象創造人，但一個形象殘缺、受著社會及個人靈與肉束縛的人，卻仍然有可能超越束縛而得自由，並成就他信仰的偉大。如果單看電影，恐怕這個故事捨棄怪人和美女的情節之外，令人懷疑會不會使人乏味。為了要使名著變成一種大家廣泛可接受的東西，改編成電影時常常不避諱的就是把名著庸俗化，大眾化。文學改編成電影雖然並非全然都如此，但原著還是應列為閱讀首選。而除了文本小說（原著小說譯本、童話讀本、青少年名著改寫版）之外，電影、還有法語版音樂舞臺劇的欣賞，充滿異國音樂語言之美，劇中角色與場面充滿對立與衝突，有跌宕起伏的戲劇張力，可視為另一種文學藝術的學習。諸多學習媒材便屬多元經典材料，因為選材彈性，可依課程需要，配合教學活動設計，可收事半功倍的效果。

第三節　語文閱讀為轉創作
「選基進／經典材料」的教學策略

第四章曾針對語文閱讀轉創作（寫心得、評論、再創作）等以影響他人予以論述。因為要轉創作，所以教學者從學習者的先備經驗的理解，到引導對作品的詮釋解讀，朝向創新思考教學作規畫，而這些教學歷練都在為特定或不特定對象經營琢磨。至於可以為轉創作的基進或經典材料，依前一二節有關基進與經典選材的觀念來說，三種材料都可釐析出基進或經典部分，因此無論根據一般教材、基進教材或經典教材，教學者都可以讀寫結合，以進一步教轉創作的方法，而教材及轉創作都要有新意。如圖 5-3-1 所示：

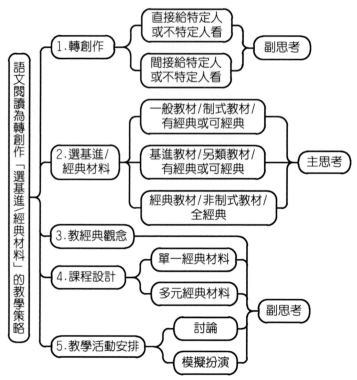

圖 5-3-1　語文閱讀為轉創作「選基進／經典材料」的教學策略

　　以一般教材來說，平日從事語文教學我會從所選版本教材出發，再充實學生閱讀寫作材料方面，廣納各種可用資源，無論是個人藏書、班級學校圖書、報紙雜誌、網路文章，都可促使我們對單元主題學習目標的達成，活用各類語文教學資源，設計符合閱讀寫作目標的教學活動。

　　經典教材與基進教材以童話來說，童話是兒童故事體中，極受歡迎的文類。原因何在？陳伯吹曾對童話作過精要的描述：「童話畢竟是文學園地裡的一個好品種，老幼咸宜，皆大歡喜，為的是它具有美麗的姿態，神祕的氛圍，語言裡含蘊（英）咀華，事物中涵藏哲理，幻想常常孕育著崇高的理想與美麗的詩意……」（林政華，1991：256）

與一般文學的共通點是具有幻想的趣味、純真豐富的感性、具有潛移默化的教育心，所以張美妮說：「儘管童話的內容千變萬化，但都體現出正義性，就是正義的法則在童話中儼然地建立著、行使著。童話故事對於行為價值有當然的報應式的立即顯現。童話的結局通常都是大團圓式的結束，童話中的人物通常有正面人物與反面人物之分。」（同上，266）能引導啟發兒童少年朝向正向生活的意義。賞讀童話的內在價值，包括徐如泰列出：適合兒童遊戲本能，具有美術的趣味，順應兒童好奇激動的習性，彌補想像的缺陷（對大自然的懷疑）、發展想像力，適合兒童興味的原則，培養思維力。吳鼎也提出童話六大價值：情感豐富，充滿人情味，可以啟發兒童同情心。故設困難，予以解決，暗示兒童適應環境的能力。結束圓滿，善惡分明，促進兒童心理上的滿足。具有世界性，無國界、種族、疆域等區別，使兒童有尊重異邦文化及異民生活的友善態度。（同上，271-272）童話充滿生動、曲折的情節、活潑奇特的人物，打破時空界限的背景，是現實和幻想的融合，符合兒童需要，知道相關童話的價值，在研讀欣賞時，就能有閱讀重點，也能瞭解作品內涵和創作者的用心。

童話的討論，可分為古典童話（民間童話）和現代童話（創作童話）。前者受限於口述的原始型態，在制式的魔法幻境中，人物與情節多半被典型化了，談論被抽離的人間事物，如婚姻、愛情、親情、死亡、謀殺、背叛、誓言、禁忌，是孩子學習認知人間陰晦面貌的機會，當不以血腥、殘酷、破壞社會規約為由，加以摒棄。如法國 Charrles Perrault 的《鵝媽媽的故事》類收如〈小紅帽〉、〈灰姑娘〉等。但若干標榜「世界經典童話」的古典童話，也不乏不合時宜的主題和導向，身為導引者的師長，不得不稍加留意：特別是女性在家庭及戀愛中的地位，過分強調公主王子的貴族思想，例如國王或大地主為了達到某種目的，居然以公主或女兒為懸賞品，不管女兒的意向如何，都能犒賞出嫁；比如劫富濟貧的「義盜」；比如流傳久遠的二十四孝。作為提倡男女平權、自主意識、崇尚法治與合情合理孝道的現代讀者，這類

古典童話傳遞的意識和作為，需細加思索與選擇；只是換個角度思考兒童在閱讀這些夢幻童話之餘，能體會出原來以前的人是怎麼「想的」、「古代」的制度又是怎麼回事，豈不是無形中教導了兒童：「我們都是怎麼走過來的？」有賴教學者聰明導讀。至於中國古代童話材料豐富，但整理的不多，如漢聲雜誌的《中國童話》。另如從古籍中發現如葉限故事的情節與灰姑娘故事大同小異，有心從事兒童文學或童話創作不妨仿貝洛爾、安徒生等改寫方式，借用古小說作為童話再創作的素材。

現代童話脫離國王、公主、城堡、惡龍等舊習，在情節和人物設計上，都走向開朗、機智、勇敢、善良的陽光面，給現代孩子自由想像與編寫玄想的空間。演進中的代表人物「童話之王」安徒生自創童話後，後人效法；如 Hans Christian Andersen 的《醜小鴨》、Oscar Wilde 的《快樂王子》、Lewis Carroll 的《愛麗絲漫遊奇境記》、Collodi 的《木偶奇遇記》、Kenneth Grahame 的《柳林中的風聲》、Elwyn Brooks White《夏綠蒂的網》等作品童話就是具有永恆的特質，能時時勾起讀者情緒，這些作品能讓每一代人一讀再讀，甚至百讀不厭，就是因為它具有了文學的「永恆」特質。

兒童閱讀童話除了愉悅，還有能啟發思想，獲得知識方面的語文經驗。如從《狼和七隻小羊》啟發讀者不可「僅憑部分相似就判斷身分正確與否」外，還告訴讀者，社會中有壞人，我們應小心提防和應付。在《愛麗絲漫遊奇境記》童話裡，愛麗絲一會兒變大一會兒變小是很好玩的想像，可以應用在加高、增大的改變形體、動力發明原理上，而有高跟鞋、穿衣鏡、電動玩具飛機的產生。

同一個題材，作者的想法不同，寫出的內容也會有不同。如最近有人對《灰姑娘》有不同的看法，認為男女背景不同結婚不一定快樂；或認為灰姑娘個性軟弱，等待他人援救，不合時宜，於是重新加以改編。例如曲明賢改寫的《灰姑娘》，題目是〈第二個春天〉（黃尹青，1988：17-19），敘述灰姑娘不適應王宮生活，離開王宮。後來她嫁給

樵夫，才過著快樂的生活。童話寫作講求創新，所以主題擬定也該有新意，如〈龜兔賽跑〉寓言改寫者保留「驕傲必敗」的主題，只把跑得快的兔子換成羚羊，跑得慢的烏龜換成蝸牛，寫了〈羚羊和蝸牛賽跑〉，主題情節依舊，就不足取了。反觀 Robert McCloskey《讓路給小鴨子》不寫一般警察抓小偷、搶匪的除暴安良的主題，而以指揮交通讓鴨子過馬路情節，表達「警察是人民保母」的主題就頗富新意。選擇閱讀教學材料，這裡依然關注到主題的表達。有些童話作者會直接在作品中或藉對白說出主題，例如像寓言選本會在文後加註寓意，勸人要誠實否則自食苦果等，顯得欠缺文學美，有說教的缺點。而如《小紅》（孫晴峰，2008）皺紋紙自述遭遇，表達每個人都有用：只要認識自我，發揮潛力，就不必迎合他人意見來改變自己，表達「找尋自我，保持原來本色」的作法，不落痕跡的把主題表達出來，這種間接表達主題，從審美觀來看，較具含蓄美。創作應多採這種方式。

　　卡內基說過：「釣魚的時候，你會用什麼樣的釣餌？如果你掛在魚鉤上的，是你自己最喜歡的起司塊，魚兒是不會上鉤的，魚鉤上所要放的一定要是魚兒會喜歡的餌，才有可能釣得到魚。」（江川弘，2002：封面文字）選材要趣味，引人入勝，要符應同時也能提升學習者的品味和創意，基進教材的趣味程度相對高於其他類教材；而由前面經典作品到後現代發展的反傳統童話創作，就可納入基進作品討論。這種後現代現象，在文學的範疇可歸納五種特質：

(一) 質疑文學反應現實、文學再現人生的傳統理論；

(二) 稱文學作品為「文本」，具開放、流動的形式，可以不斷地再創作，閱讀與詮釋；

(三) 以離心與解構的觀點，打破單一價值觀的壟斷，消解是非、善惡、男女等二元對立的思想體系；

(四) 視語言為不透明，沒有根本的、正確的意旨，而是意符和意符之間的遊戲；

(五) 為了容納多元的敘述，所以施以拼湊藝術，在敘事過程中，可以
隨緣即興地納入各種議論或對外物的描述。(林文寶等，1998：109)

這種精神表現在經典童話作品，有針對人物、情節、主題等各方
面加以改寫，甚至完全加以顛覆解構的，傳達創新精神的寫作方式。
相應本節強調轉創作在選材上的研討，改寫童話經典的名人作家的作
品，尤其是有意識的改寫，將作品視為文本進行再創作，值得引以為
觀摩借鏡。現在整理幾位 1960 年前後作家作品如下；

表 5-3-1　童話作家作品特色整理表 (整理自林文寶等，1998：111-119)

作者	作品名稱	創意童話作品特色
賴曉珍	〈人魚小孩的初戀故事〉	採用後設語言，角色性別對調，使人魚小男孩愛上做事勤快（不必美麗）的人類女孩，具溫馨友誼與初戀情味。表達新的愛情觀不必有任何人玉碎殉情，只在乎曾經擁有。
孫晴峰	〈新潮皇后與魔鏡〉	後母具雀斑、牛仔褲、懂電腦新潮造型的女性新形象：女人不會因美貌而嫉妒女人，可互相欣賞，和平相處。
王家珍	〈牝司雞晨——母雞報曉〉	對成語的嘲弄，顛覆性別角色。叫「神農」的老母雞暗示女性也可像「神農嘗百草」般成為族群祖先、文化英雄。
張嘉驊	《怪怪書怪怪讀》	以童話經典名著為本，進行顛覆性改寫。如〈包綠天〉保留中國色彩。如〈「黑」雪公主〉、〈老鼠娶「新的娘」〉、〈人魚公主〉從字面對比、歧異、諧音、形誤等運用文字遊戲製造滑稽突梯的喜感。無深刻主題啟示但極具趣味。即興演出，不同時空、文類、故事拼湊並置。
林世仁	《十一個小紅帽》	人物造形、形象、情節模式、故事結局到主題都予以不同程度的改動，表現後現代創作精神。只寫十個故事，第十一個是開放式的、未完成的，敘事形式藉由幾個敘事主體，藉由「我」，一個作家和小孩的對話展開、貫串每一個新的〈小紅帽〉的故事。

　　身為有主導權的師長，在購買或介紹大量的「世界經典童話」翻譯本和改寫濃縮本之餘，不妨也試看臺灣本土的現代創作童話。這些創作新品，儘管還得經幾十年或百年時光考驗，才有機會列名經典，但它們其中不乏佳作，至少更貼近現今的時空，且是新鮮的、有創意的。教師和父母可以勤快參與去蕪存菁的工作，強化選書判斷力。以任教的中年級來說，開始就要有系統進入中西方經典文學，因為經典文學能帶人進入情感的世界、人性的世界，它承載的內涵，可以傳達的生命力、文字的魅力、寫作的技巧，比教科書多太多了。平日閱讀經典、基進材料是為了累積知識學養，變化氣質，教學者要善用材料指導創作，如何有關經典閱讀教導轉創作的方法則待第六章再詳述。

　　葉聖陶說「閱讀是吸收，寫作是傾吐。傾吐能否合乎法度，顯然與吸收有密切的關係」。（應安泉，2009：71）足見閱讀與寫作關係的密切，鼓勵創作是要靠平日字、詞、句、寫作的素材的學習累積外，再加上一些連綴成文的功夫，就不愁沒有好作品產生。徐特立名言「不動筆墨不讀書」，閱讀要多動筆，多練習，例如寫閱讀筆記，概括主要內容，寫讀後感，聯想記錄，才有機會為自己的創作增色添彩。閱讀是吸收知識，而寫作是運用知識。透過經典作品，感受基進趣味，揣摩作者思想技巧，經年累月的練習，讓寫作成為習慣，培養了興趣，發現不足就再閱讀，以讀促寫，以寫帶讀，讀寫結合，就會形成良性循環。我曾於 2002 年中華民國全國教育會第六屆全國教師徵文比賽分享〈小小留言板，無限新創意〉，是以善用聯絡簿活化教學的理念成文。本節強調創作，而我是如何在平日讓學生轉化教材來習作的方法呈現如下：

　　「老師！今天留言板的題目是什麼？」小朋友充滿好奇的眼光，望著正在寫黑板的老師。曾幾何時，老師最引以為苦的聯絡簿批閱，竟成為我最期待的事。學生的創作需要長時間的練習，教學者需在平常的課業中提供機會引導寫作，所以利用我學校採用的聯絡簿格式一半是記錄功課項目，一半則名為「我的留言板」──約一百字的寫字

空間，一般老師多會單純的用來讓小朋友寫日記或塗鴉。我則善加運用，省去影印學習單的工夫，靈活的把課程及生活行為的反省、心靈成長的部分融入其中；選題生活化，創意，有趣。因為有孩子的想像創意，老師的驚喜讚許，變成一個師生每天在此相會的祕密園地。老師藉此瞭解孩子的個性、心情、學習進度，彷彿哈利波特的神奇魔咒，原本枯燥無奇的例行公事，竟可以讓孩子的思緒更活潑、心靈更豐富、想像更飛揚，老師何樂而不為！

每到作文課我們總會見到不少不知如何下筆的孩子搔首踟躕，我們嘗試多鼓勵小朋友以隻字片語，抒發成文，一個字，一句話，都是思維的開始……從學生的作業中找樂子，啟發學生深層的想法，老師再作歸納，提出分享，師生一起學習成長。這些留言板的豐富記錄，可在相關課程或彈性空白時間，及時適當的溝通和討論，對學生思路的開發，有正面的引導，學習成效自然事半功倍。

語文在我們生活中，是表達、溝通、學習、成就重要的媒介工具，語文能力差者，在表達時無法獲得期望的結果。與人溝通，易產生誤會，引起不必要的爭執。語文為學科之母也是創造能力的表現，各行各業的成就者，非說即寫。所以要讓孩子多發表，除了較受時間限制的口語部分，文字是可以長時間持之以恆的勤學勤寫的。我們在留言板方寸之間可做的作業活動，其實是不勝枚舉的。

語文的基本練習包括結構、語法、修辭、句型、字音字形、標點符號、寫作，均需有良好的基本認知。讓學生明白怎樣的造句方式，產生怎樣的文學效果。有助於學生精確把握文章的要領，臨文構思。要將這些修辭學的基礎訓練融入於實際教學活動中，使它們在組織章句時，才能有活潑生動的文章構思。欣賞作品，也能幫助學生更瞭解作者的真實原意。學生瞭解這些原理原則之後，對章句經營的能力，較能有一番鑑往知來的體認，欣賞作者如何把文章寫得美妙生動，啟發學生天生對美好修辭的追求及潛力。因為多數學生只知其然，不知其所以然，我們身為老師的有義務予以指導，學習如何欣賞，進而抒

發為佳句美文於口頭文字中。在國語教學字、詞、句、課文賞析的同時，可配合下列主題練習。命題的設定有時是有階段性的，有目的性的，就是為達成與生活結合的教學能力指標：

(一) 字、詞、句的好兄弟——師生一起討論出單元課文中較重要的生字的同音字或同部首的字，並列出它們的語詞。一個單元或數個單元之後，量詞的部分也指導小朋友尋找出來加以整理。老師可於事後討論量詞的誤用（如一根松鼠），造成的可笑與無意義。

(二) 猜猜我是誰——請學生針對生字設計謎題，讓同學猜。如王先生、白小姐坐在石頭上（碧）。起死回生（甦）。老師介紹猜字的基本法，將字形筆劃部件直接拼合組字加深對新字的印象。猜謎語是一件很有趣的事，不但有創意，而且能訓練想像，讓腦筋更靈活；猜謎的線索，可用自述的方式呈現。而運用到描寫物的文章，也可利用猜謎語的方式，不同於平鋪直敘，更添文章的活潑性。

(三) 語文遊戲——從單元課文找出重要的生字語詞，作不同練習。例如要求寫出同聲（聲符）、同韻（韻符）字、語詞聯想、語詞（成語、故事）接龍、同部首的字、詞性分類（找出所有文中出現的形容詞，動詞……）、運用幾個生字造句、運用幾個新詞造句或短文、找出含有動、植物名稱或人體器官名稱或含有數字名稱或含有色彩、含有如（若、似）字的成語、或有山、有水、喜怒哀樂的成語（可分四次）、以上不一定蒐集成語，古詩詞或童詩或諺語、俗語也可以，動動腦猜謎借語文遊戲，故事教學，創意想像，作創造力的訓練。借氣氛的營造，讓學生有生動活潑的學習。

(四) 詩與成語——課本介紹的童詩古詩，可以每一個字為首，要求填出成語，或語詞。依學生能力，可有不同標準。
　　請小朋友找出文章中名詞，動詞，形容詞的部分。進一步如形容詞加動詞的部分，「辛勤的照顧」、「感嘆的提出」並造句練習。

(五) 我的媽呀！──如在指導使用方法及時機後，找出驚嘆號的句子。試造出感嘆句、頓號、刪節號、雙引號⋯⋯

(六) 文章的色香味──老師介紹舉例不同語法技巧的特色後，請學生找出本單元中幾課課文中的相關句子。先找出再運用，可分幾次練習。譬喻法、擬人化、排比法、設問法、引用名言。詩詞類對偶句、疊字詞、摹寫修辭、摹聲詞，運用到色彩的描述語⋯⋯

(七) 尋訪佳句美詞──範文欣賞包括課文及相關單元主題的文章，老師及學生共同蒐集，針對不同的修辭法，加以歸類複習；目標是學習別人的技巧，就是優美詞句及方法。

(八) 連接詞的造句練習──「想要⋯⋯不⋯⋯然⋯⋯」；「先⋯⋯再⋯⋯最後⋯⋯」這是配合課堂上教學過的句型再做的練習。另如複句的連接詞互換練習，以假設複句為例，「如果你再繼續說謊，以後就沒有人會再相信你了。」可替換其他合用的連接詞，像如果（若、假使）⋯⋯那麼（就、便、則）⋯⋯成「假使你再繼續說謊，以後便沒有人會再相信你了。」句意不變。其他複句也可舉一反三。

(九) 語詞造句──課文中較抽象的或關鍵的語詞或成語再練習造句，如（生命力、展現、呢喃、建構、大快朵頤、嘖嘖稱奇⋯⋯）可瞭解學生中是否仍有不求甚解或一知半解的地方。

(十) 幫語詞加件衣裳──作語詞擴充引導學生延長字句，看誰寫得最長、最優美。

(十一) 我是找碴高手──挑出學生造的有問題的句子或片段文句，輸入電腦複製影印給學生，讓大家一起修改，使它通順合理。

(十二) 課文顯微鏡──老師先示範範文結構的部分，再慢慢引導學生能獨立分析類似文章的結構。老師提供類似文章請學生試作分析。各種文體不外起、承、轉、合；先說→再說→後說。例如課本中的記敘文，請小朋友分別列出人、事、時、地、物或看、聽、感、想、做或再細分析出屬於味覺、視覺、聽覺、嗅覺、

觸覺；寫景部分由近而遠或由遠而近；靜態、動態的手法；論說文等各段正反面、說理、舉例的架構為何，都可引導練習。

(十三) 季節的聯想——寫作四季的主題讓學生先就春夏秋冬作聯想練習，如秋→楓葉→詩意→快樂→唱歌，秋→中秋節→月餅：：可做放射狀的連續聯想。

(十四) 散列式連綴作文的熱身——作文題為〈人生啟示錄〉。正式寫作前，分別以六則小子題在留言板上練習：◎大自然有春夏秋冬◎下雨後會有美麗的彩虹◎江河奔向大海◎在河邊撿奇石◎爬山◎參加高空彈跳。最後請學生集結整理至作文簿上，這樣便不愁文章沒有內容了。

(十五) 原來如此——課文中倘若有改編自名著的部分可指導學生找出原著，或較完整的改編版重新閱讀，從角色、場景、情節、文字描寫等部分，將本文和原著做一比較。如《天地一沙鷗》、《老人與海》……寫一封信給故事中的角色人物——如《老人與海》中的老人，甚至是那條魚。

(十六) 最佳評審團——共同評量；當老師根據課本主題設計有關的各相關主題，學生藉各種海報媒材分組上臺展示報告後，請小朋友共同評鑑寫出各組的優缺點特色，以便評選出最佳製作獎或其他獎項。

(十七) 我是小作家——設計自己的小書，除了封面設計屬於美勞操作之外，可引導小朋友先嘗試寫故事大綱。配合單元的作文長篇寫作，在留言板中作大綱練習、資料的擴充、片段到段落到篇章時，就是引導到實際的發表即創作，由易到難，循序漸進。

(十八) 寫作文體中，應用文的部分與生活息息相關，應多練習。拘泥於舊式繁複且嚴苛的格式，學生視提筆為畏途，如何因應生活實際需要，作更輕鬆親密卻又不失禮節的文字溝通，用比較鮮活的語言來描述。像說一個有趣的故事般，提出一兩則可讓自己及他人印象深刻的記憶，加深別人對自己的認識。

(十九) 和自己說說話——留言板仍具日記的功能，當天有重要的個人記事，仍允許學生寫自己的日記。日記的內容在生活記要檢討；建議少用發憤用功、更加努力等抽象形容的字眼。最好能提出具體事實辦法或客觀的檢討心情。不寫言不由衷的文字，不存敷衍的心態，真正做到深自內省。對自己的期望——開學之初，為未來的學習預作計畫和預期目標。

(二十) 小小寫真秀——找一張自己或家人的照片。解說照片中想表達的內容，寫出照片背後的故事，並加上標題，照片可浮貼，或以透明膠袋裝好，訂在上緣）老師可蒐集張貼於單元布置中。

(二十一) 最○○的人事物系列——提出特定的事後，要求說明為什麼？指導運用誇大的筆法，可令人印象深刻。我的最愛——寫我最愛的人、最愛的活動、最愛的科目，最愛的動物（寵物）開學之初，幫助老師對學生的瞭解，學生的最愛對象有排序，你還可知道他們在孩子心目中的地位。最喜愛的事（看電視打電玩）。最不喜歡的事（被老師罵催交作業，被同學欺負，被父母嘮叨）。最討厭的事（被班長罰抄書，被爸媽扣零用錢）。最習慣的事（被處罰，爸媽送便當）。最拿手的事（玩疊疊樂不會倒，下棋贏過老師）。最苦惱的事（考試）。最開心的事（老師送貼紙，發獎卡，放暑假）。最勇敢的事（沖掃廁所便便）。最炫的事（在戰慄時空裡把敵人殺光光）。最痛快的事（考完期考老師帶我們打躲避球）。最常做的事（偷寫作業）、最尊敬的人、最愛的人、最好的朋友、最討厭的人……

(二十二) 介紹一本好書——讀了一本書後，寫故事推薦單或本書吸引我的地方和原因。讀書心得：有話則長，無話則短，端視閱讀者個人體會，是非常主觀的事，可談個人愛憎，可論全書的好惡，可就原作者的觀點理論再加以闡述發揚，也可提出不同意見加以駁斥。

(二十三) 謝師卡大放送——力求親切，但也不宜太過輕浮隨便，依對象的嚴肅或開朗，語氣要有彈性斟酌，敬師卡的致贈不是為了應景，是對終年辛勞付出的老師的一份感念，因此內容要出乎至誠，文字才會動人。

(二十四) 與春天有約——邀請函或聚會通知，說明聚會動機之外，時間地點決不可遺漏，可以條列的方式，以求一目了然。表達懇切的誠意打動人心，為了作業方便，最好附上回條（可設計浮貼），並指導學生不論是否參加都應回覆，才合乎禮節不負盛情。

(二十五) 悔過的心——有學生犯錯，當天的留言板就請他寫悔過書，包括事件發生的時間、地點和過程，內容要具體。最重要的是表達悔過的誠意，並呈現不二過的決心，才是最重要的。「父母在，不遠遊，遊必有方」——班上小朋友擅自與同學出遊，讓家人擔憂，請同學反省。

(二十六) 我的困難或挫折‧智多星的回應——提出生活上的難題，用智慧來解決：題目可以與學生共同討論提出：通常小朋友會遇到哪些難題？例如：上課用品或作業忘記帶了？在百貨公司和家人分散了？忘了帶錢怎麼回家？遇到壞人怎麼辦？（設計有如小紅帽或巫婆企圖進入白雪公主寄居的小矮人小屋裡）當你很生氣的時候？遇到地震（火災）怎麼辦？

(二十七) 我是小記者——例如：配合課文題旨，為「訪問作家」的課文作延伸活動。在指導訪問態度、禮貌、技巧後，試擬要訪問的對象，如學校師長或家人或偶像訪問問題？第二天的留言板，就請小朋友試作回答。接著便要身體力行，倘若是可以真正訪問到的對象，可鼓勵以小組行動，預約邀請，提出為什麼訪問這位人物及訪問的心得，遇到什麼困難，收穫如何等。

(二十八) 小小劇場——強調對話在文章中的重要性，增加臨場感，讓
人有身歷其境的感覺。找出單元課文中幾種描寫表情動作的
句子，如爸爸神情得意的指著書房裡的電腦說：「……」。為
熟悉的童話故事設計對話，老師可列出人物或角色對話（必
要時人物加表情動作，寫在對話前）及場景等部分，讓小朋
友設計寫出。

(二十九) 童話故事改編接龍——寫寫灰姑娘外傳；害羞的大野狼和潑
辣的小紅帽；賣彩券的小女孩，可改變人物的個性及故事結
局。故事性的課文可以轉化成劇本演出，再請小朋友依據各
組表演內容作評審：劇情或道具的運用是否具有創意，臺詞是
否清楚，表情是否生動，組員是否合作，選寫出最優者獎勵。

聯絡簿，長久以來就是親、師、生溝通的橋樑，除了每天登錄著
各科老師交付的功課項目之外，在附設的留言板上，老師安排有學
科練習、有自我反省、有心情塗鴉等琳瑯滿目的發表空間，老師不
必另外刻意要求家長簽名過目另一本指定的作業簿，因為它就在聯絡
簿上，家長藉此機會多少也能跟上孩子的學習脈動，好處不容忽視。
而出題的內容，來自平日細心的留意與蒐集，只要值得孩子作知識性
思考、生活上反省的練習都可。出題範圍不必侷限於語文領域；創
意的點子從大處著眼，小處著手。配合資訊融入教學，把學生的作
品整理至班級網頁主題討論，學生可利用課餘在教室電腦上網瀏
覽，更可把意見發表於網站留言板上。快樂的童年，就在每個漾開的
笑臉上。小朋友每天期待老師的留言板出題，一顆顆勇於挑戰的心，
因為老師的用心而更加生活靈動，因為教學有變化富創意，學習自然
有興趣。教學成為一件無比快樂的事！（林慧玲，2003：60-64）

以經典名著《湯姆歷險記》導讀為例，可進行的閱讀教學策略為：
（一）教師選擇構圖醒目、主題鮮明的譯本，藉引導讀出原著封面的
訊息(名稱、作者、插圖)，猜測角色與內容，點燃熱情，期待歷險。(二)
教師縮寫原著約數百字，藉此或瀏覽前言迅速掌握故事結構與梗概，

可以四個步驟進程閱讀：首次速讀，試以一個詞語表達讀後感→二次瀏覽，用小標題概括五次探險→再次瀏覽，選取最感興趣的部分讀，發現情節間的矛盾與疑問→互動交流，體會簡略文本語言的凝練與結構完整，感受情節的曲折驚險，為後續閱讀作鋪展，（三）閱讀精采片段，如湯姆與貝琪迷路到返家的故事，原本姨媽等的悲痛絕望到籠罩整個小鎮的淒慘陰影，直到湯姆貝琪意外出現而煙消雲散，悲喜強烈反襯使故事充滿喜劇氣氛，尤其整個歷險情節是以湯姆誇張吹噓來呈現，主角頑劣卻又不失勇敢智慧的形象躍然紙上。法官避免危險把山洞封住，卻把強盜意外困在洞中，如此詳細原著片段和略寫梗概對照來讀，更可見經典的語言魅力。教者可以意料中與意料外為話題作引導，檢視把握情節，行文的巧妙處與人物的塑造。（四）讀原著深入探險，可採班級讀書會開展一些讀書活動。例如聊名著，可以談人物，小說如何塑造形象，或其他感興趣的人物，或如聊情節、環境，說明印象深刻的理由。學習表達，可以針對這部小說，是否找到了自己或身邊人的影子，發表你閱讀本書最大的收穫，就全部或某章節寫讀後感，也可以小組合作，選擇感興趣的部分改寫成故事，互相朗讀或改為劇本表演，或針對小說中沒有寫到的，而自己有感而發聯想補寫。有時還可以閱讀同一故事的不同版本，然後列出不同處。

　　從閱讀經典到閱讀經典觀念到創意寫作，閱讀文學名著教者可以為學生提供有爭議的觀點和問題，例如《湯姆歷險記》試想看到同學受到帶頭大哥欺凌，面臨宛如湯姆一般要不要挺身檢舉作證的矛盾抉擇，如此遇到一時無法解決的左右為難狀況時，要如何解決？可以〈我的為難事〉寫作。例如《魯賓遜漂流記》可以討論如果你和主角魯賓遜在荒島上冒險，你會如何一起克服困難？如果要你去作一件不涉及違法冒險的事，你想做什麼？探討世界文明與探險的關係，以〈人類因冒險而偉大〉為題寫作。例如《鐘樓怪人》討論如何與身有殘疾的同學朋友相處？發現一天醒來自己變成「鐘樓怪人」，你要如何建立信心？寫一令你印象深刻的人物記。例如《柳林中的風聲》可以就你和

好朋友間的互動情形,如上網聊天、互送禮物等,會成為好朋友的原因,什麼是講義氣,什麼是真正的朋友討論為文,這些根據名著重要主題延伸的命題,都可以在文章中引用該名著的重要情節作註解論據。

　　以上這些閱讀活動除了師生互動外,都可藉由讀寫練筆再創作。除了針對整個學期的課程規畫,將單本或多元的基進或經典教材納入教學活動中,教師平常點滴自創的練筆寫作題材,題材自然可以來自一般課文教學重點的練習,經典教材最好是計畫中的必修課程,需要學生文字紀錄而分量不多時可善加運用,而基進教材如前幾章示例的作品也可放進聯絡簿空白處練習,可以增添不少學習樂趣。

第六章　語文閱讀「教什麼」的教學策略

第一節　語文閱讀為特定人「教基進觀念」的教學策略

　　閱讀教學者為指導學習者為特定對象閱讀基進教材，根據前一章三類教材，無論是一般教材、經典教材、基進教材的閱讀，都希望能從中閱讀理解到不同程度的基進觀念。目前可能實施的閱讀教學課程是：正式教育環境為一般正式的教材，那是全體學生需閱讀的教科書課文；另外為不可知的可能對象閱讀的，教學者也應妥善規畫在教學現場或課後學習閱讀的經典材料；還有配合活動需要，在師生自主情況下選擇全基進的基進材料。無論哪一種材料，教學者都應儘可能引導學生從中閱讀出基進觀念。基進教材有較大的基進觀念學習空間，努力去發掘具有獨創性的新穎內容，發現「無中生有」是如何在語文材料中創造驚奇，或者退而求其次作者如何運用差異化，產生不平凡創造最大的價值。至於經典教材與一般教材在教學者致力創意教學的前提下，仍要突破傳統、慣常的種種限制，湧現嶄新的材料，衍生異想天開高潮迭起的創意趣味，相信只要用心去淘瀝，烏沙也會變金沙。掌握基進觀念的閱讀或教學，便要藉由教學活動去落實。如圖 6-1-1 所示。

　　所謂「製造出全新的事物」、「首創前所未有的事物」和「開發一個新的思想、觀點、知識」等，都指向全無所承的「無中生有」。這在

理論上可以成立，但實際上卻難以找到案例。創意顧名思義僅視為是「有創造或創新的意思」。這樣創意就是想要無中生有而不可得，退而求其次為指「製造差異」。（周慶華，2004a：2-4）而這製造差異，就成了我們能接近創造或創新的極致。創意的創意性，既然顯現在製造差異上，那麼它的製造差異性還可再深究「怎麼製造差異」或「製造差異的具體情況」。差異怎麼製造產生，不外有水平思考和逆向思考兩種形態和作法。（周慶華，2011a：61）

「無中生有」在語言上的應用，似乎有貶抑的意義：無中生有，就是真真假假，虛虛實實，真中有假，假中有真，是計謀之術。如變魔術能無中生「有」變出玫瑰、美女，而眾所周知那絕非「無」中生有。

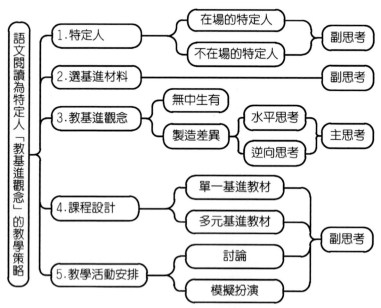

圖 6-1-1　語文閱讀為特定人教基進觀念的教學策略

　　「無中生有」，可以改變歷史，創造歷史。例如劉邦造謠聲稱斬了白帝子，儼然把自己當作「赤帝」；又說自己黃氣蓋頂，有王者之氣：這樣一耍，就把當時的人騙入了彀中，聲勢也漸漸壯大了。如何自無生有？需要靠聯想力，憑藉幾個基本原則就能推演出複雜的知識。老子曾說：「天下之物，生於有。有，生於無。」而在《論語・陽貨》裡也有一段話：「子曰：『予欲無言！』子貢曰：『子如不言，則小子何述焉，天何言哉？』」所以「無」不是偏於一方，「無」包容「有」，而又和「有」相成相用。因此，「無」並不是否定一切，反而是肯定一切，因為「無」本具足一切，不假外求。（原來，1998：46）老子的「無中生有」，是一種解釋道的本源的見解，和後代使用「無中生有」的意思頗有不同。後來的用法，這個「無」就是「沒有這回事」，這個「有」就是「有這回事」，所以「無中生有」的意思才會是：本無其事，憑空捏造。社會上許多無中生有的現象，是否能獲得眾人的認同，恐怕和民智有關，也受時代背景、民族意識、世界觀的影響。如中世紀歐洲君權神授與中方所謂天命所歸，能成為皇帝自然是上天授權。這要與創意連結上關係，可能要論及政治學：如何管理影響眾人的權術，是有心者的創意吧！

　　語文、語文閱讀、語文閱讀教學的創意就是在創異。要想異軍突起，必須能不同凡「想」，方法多元。前述創意在「無中生有」與「製造差異」，而「製造差異」部分，可再分為幾項創意思維。如下圖表所見：

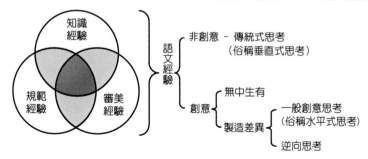

圖 6-1-2　語文經驗的創意思維表現圖

317

表 6-1-1　邏輯思考模式表（整理自袁長瑞，2003；崔華芳，2006 等）

邏輯思考模式	該模式特色	舉例
垂直思考 （理性的深度思考法） （聚斂性思考）	• 是大部分人的思考模式。 • 合理使用規則推論出一個標準答案。 • 是非對錯分明，絕無討價還價餘地。 • 最具代表性的就是電腦。 • 又分演繹式（三段論證）和歸納式。 • 可幫助澄清意義、指出謬誤、對問題提出反駁、反省與批評。 • 缺點：難有發明與創見。易陷入窠臼，陷入僵化。	• 只要是人都會死，小明是人，所以小明會死。 • 凡是參加活動者都很愛玩，凡很愛玩者都很快樂，所以凡是參加活動者都很快樂。（演繹） • 異中求同的思考法，例如：電扇、菊花、飛機→葉片。（歸納）
水平思考 （感性的廣度思考法） （創造性思考） （擴散性思考）	• 是開放性的。不講究邏輯。 • 在思維過程中充分發揮想像力。 • 廣泛地顧及所有可能的答案。 • 可以讓我們從新角度觀察事情。 • 擴散點主要有材料、功能、架構、形態、組合、方法、因果、關係等八方面。 • 找到擴散點可進行多端靈活新穎的擴散訓練，以開發創造性思維的能力。	• 怎樣才能達到照明的目的。（功能） • 摺疊的架構運用在摺疊椅子、摺疊床、摺疊單車。（架構） • 想過河，沒有船怎麼辦？（方法） • 皮帶和蛇的相似處，越多越好。（關係）
逆向思考 （反傳統思考法） 有七種技法	• 就是在一個事情的反面或者另一個角度來思考。 改變一下思路的順序，從事物的正反、上下、左右、前後、裡外、因果等顛倒一下去思考。 • 是可獲得創造性設想的種思考方法。 (一) 逆向蜂擁而作法——設想過	• 2+4=6 是正向思考，逆向思考就是 6= ？ 6=1+5；6=4+2；6=3+3 • 形態反向：炊具、工具、茶具等套疊。 • 功能反向：如耐穿、耐用的衣服、物品——廉價、衛生的一次性衣

	程中,努力朝著與目的相反的方向思考。 (二) 更上一層樓法——目前認為理所當然的方法未必最好的,進一步對其他方面也作仔細的探索。 (三) 順勢反擊法——理論上被認為是正確的事,要敢於反過來思考一下。 (四) 形式逆向法——設法在形式上顛倒過來考慮一下,以得到良好的啓示。 (五) 調頭法——例如從鋼筆的重到輕、從天然材料到人造材料、從粗到細等等都調過頭來,自由的進行設想。 (六) 現場確認法——多次努力仍無法突破時再退一步對問題作再認識,就能意外的想出好主意。 (七) 翻裡作面法——推翻對某一現象的評價。例如,反過來對被認為是最大的不足處思考一番,這樣就可以輕易地找到優秀發明的線索。	服、筷、飯盒。 • 結構易位:内衣外穿。 • 因果互易:風——風車——發電——電扇——風。 • 缺點逆用:垃圾製造沼氣。

　　水平思考的例子,如不妨閱讀下面的故事,並寫出三個故事結尾,也可與三、四個同學一起討論,看看大家的結尾是怎麼樣的?

　　　黑貓和白貓是好朋友,他倆一起被分發到食品廠負責捉老鼠的工作。黑貓管餅乾倉庫,白貓管糖果倉庫。
　　　黑貓是個勤快的工作者,他一上工就採取「速戰速決」的戰術,窮追猛打,見到一隻老鼠就抓一隻。沒過幾天,餅乾倉

庫裡的老鼠就消聲匿跡了。打完殲滅戰後，黑貓就無事可做了，於是他天天睡大覺。

白貓是個老謀深算的傢伙，他採取「持久戰」的戰術，他不急於把老鼠趕盡殺絕，只是每夜捕捉一兩隻，當作美餐好好享用。結果，糖果倉庫的老鼠雖然有所收斂，但是總也捕不完。白貓天天夜裡都在捕老鼠。

月底考評到了，你認為黑貓與白貓的待遇會怎樣？（崔華芳，2006：195）

思考問題我們常是二者相互為用的。可見二者沒有衝突，相輔相成。我們常是利用水平思考來激發創意，產生新構想，再用垂直思考來檢測所提出的創意，把構想和實務結合起來，轉化為具體可行的問題解決方案。可以說沒有水平思考的創意，我們的思想內容將會貧乏無奇，欠缺風采和發展性；沒有垂直思考的理性，我們的思想系統將會紊亂，迷失於眾說紛紜當中。我們的教育制度與教導方式過度偏重以邏輯分析及循規蹈矩為基礎的垂直思考，常常抹殺了「福至心靈」的創意好點子。

例如，大家都這樣想時，你卻反其道而行，進行逆向思考。在維吾爾族人流傳很多阿凡提的幽默故事：有一天，阿凡提和人同行，卻與眾不同，只有他「倒騎驢子」。阿凡提的解釋是倒騎驢子可以讓他看到正騎驢子時看不到的東西，而且和後面的人談話比較方便、比較有禮貌。在創造思考領域裡，所謂「倒騎驢子」就是逆向思考。意思是說將我們習以為常的一些觀念、思考模式、思考途徑「翻轉」過來，而讓我們看到了正向思考時看不到的東西。古代大智者老子倒騎水牛，八仙裡的張果老也倒騎驢子，都是逆向思考的高手。在解決問題過程中，充分利用已有的全部訊息和條件，人的思考朝相反的方向發散，尋求解決問題的辦法。

接續第四章第一節討論笑話文本的基進性探討，例如一則令人會心一笑的作品是〈便宜貨〉：

情人節時，穆鬱汝：「親愛的！我喜歡香奈兒的皮包！」七夕時，穆鬱汝：「親愛的，我喜歡法國香水！」生日時，穆鬱汝：「親愛的，鑽石代表有恆！」聖誕節時，穆鬱汝：「親愛的！我……」步裏信：「等一下，寶貝！你有沒有喜歡便宜的東西？」穆鬱汝：「有啊！我最喜歡你了！」（袁長瑞，2003：72）

　　笑話裡前面鋪陳對方喜歡的都是同一類的奢侈品，到了情人男友無法容忍的地步，不禁提出有與奢侈品相反的較便宜的禮物要求，女朋友意外的回答是男友本身，令人哭笑不得。倘若直接回覆的是某一種便宜的物品，但回答的不是東西，而是自己，想想先前的作為換來的是自己的價值不如所送的東西，造成明顯的認知差異。予人不禁省思：男人在女人心中的份量，和他所送的東西價格成反比。就全文而論最後的「我最喜歡你了」是意外的說法，人最後拿來與物品比較，而且人還不如東西，雖然就世俗價值論「東西」比較高級昂貴，屬於逆向思考造成的差異。

　　這是一位前衛音樂家 John Cage 的作品，在網路上可看到他的演出　http://www.youtube.com/watch?v=gN2zcLBr_VM&feature=related（zoomoozophone，2008）1952 年作曲的《4'33"》，全曲三個樂章，卻沒有任何一個音符。古人說「物極必反」，聲音越來越多的後現代音樂之下，衍生出了這種無聲的四分三十三秒。被評為後現代主義的反省。這種完全無聲的作品，我們欣賞的部分恐怕不是作品本身，而是作品背後的意涵。演奏者不需要演奏，只要在規定的時刻打開和關上鋼琴的琴蓋（以區分三個樂章），在鍵盤前坐上四分三十三秒鐘即可。所以音樂不是來自於鋼琴，而是來自於音樂廳內外的各種噪音雜聲。譬如觀眾的咳嗽聲、抱怨聲、手機鈴聲，或是小孩的哭鬧聲，所有我們想得到的任何聲響，都屬於曲子的一部分。儘管音樂廳能夠聽見的雜音也就這些，但嚴格說來每一場的演奏其實都大不相同。白居易的長詩〈琵琶行〉中，琵琶女為白居易演奏幽怨曲子，演奏到中章休止，暫

時止息無音的「別有幽愁闇恨生，此時無聲勝有聲」，似有異曲同工之妙！我們要強調他的創意絕無僅有，至少是空前的，但倘若有後來仿效的，恐怕就無創意可言。我們還要探討的是訴諸文字的描述仍有優劣的分別，其中製造的差異也算是後續的小小跨領域的創意吧！前者顯然優於後者，因為較忠於原表演狀態，以譬喻手法循序漸進，並且有出奇致勝的收場。

上述那首曲子中文名叫《四分三十三秒》，共分三個樂章：三十三秒、二分四十秒、一分二十秒：

> 鋼琴家上臺，鞠躬，在鋼琴前坐下，掀起琴蓋，並不彈奏。第一樂章，它靜坐在鋼琴前三十三秒，看錶，時間到，蓋上琴蓋；第二樂章，他靜坐在鋼琴前二分四十秒，看錶，時間到，蓋上琴蓋；第三樂章，他靜坐在鋼琴前一分二十秒，看錶，時間到，蓋上琴蓋。起立，鞠躬，下臺。（2010 年學測預試卷）

我們看到的試題是：這場很特別的藝術表演，如果是在你就讀的高中大禮堂演出，全場坐滿了聽眾，請你發揮想像描述聽到的聲音，包括臺上和臺下的。文長限三百字內。

有補習班就模擬作了兩篇文章：

第一篇

> 鋼琴家無聲息地走上臺，輕輕的鞠躬，臺下歡聲雷動，像昨日下午的那場雨，似乎永遠不會停。然後，他在鋼琴前坐下，掀起了琴蓋，並不彈奏。大家都屏息期待著，只剩下冷氣機隆隆的聲響迴盪在禮堂中。第一樂章，他靜坐在鋼琴前三十三秒，看錶，時間到，蓋上琴蓋。臺下開始發出細小的交談聲，如同蜜蜂嗡嗡地穿梭著，是一群找步道同伴的蜜蜂吧！第二樂章，他靜坐在鋼琴前二分四十秒，看錶，時間到，蓋上琴蓋。大家再也忍不住騷動了起來，像成群出洞的蝙蝠，啪啦啪啦地拍著

翅膀，鼓躁不安。第三樂章，他靜坐在鋼琴前一分二十秒，看錶，時間到，蓋上琴蓋，起立，說：音樂是要用心聆聽的，同學，你們聽到了嗎？此時，掌聲在禮堂中，如潮水般翻騰洶湧，久久不已。然後，他下臺，走遠。（大東海，2010：79）

第二篇

望著坐在鋼琴前無動於衷的鋼琴家，大家開始在下面交頭接耳，三十三秒過了。第二樂章他依然如此，大家不耐煩的神情浮在臉上，但這次卻聽到了細微的聲音，一種類似鳥叫的聲音，原來他正在吹口哨，大家為了仔細聽，所以就漸漸地安靜下來，兩分四十秒過去了。第三樂章，外面的鳥兒、風吹過的樹葉也都一起合奏，場內、場外變成一派交響樂，臺下的觀眾也都用最熱烈的掌聲為這曲子畫下完美的休止符，一場心靈饗宴就這樣結束了。（大東海，2010：79）

　　書要讀好，思想訓練很重要，所謂「源頭若清，波瀾自闊」，思維活潑靈巧，就如同河流源頭的一方活水，自能洋洋灑灑，宣洩出壯闊的波瀾。思想的潮流是推動人類與世界進步的唯一原動力。星雲大師提及一則廣告標題是「燧人氏哭了！」鑽木取火的燧人氏，因發明了火，而將人類帶進文明。火，能成熟大地萬物；火，能溫暖人心。其對人類貢獻可見，為什麼燧人氏要哭？原來是「電磁爐」的廣告，不禁令人會心一笑。（星雲大師，2002：59）與愛之味鮮採番茄汁廣告，「番茄紅了，義大利的醫生臉就綠了」，有異曲同工之妙。

　　語文基進的創意觀念要與生活連結，運用到日常環境中。例如古文加創意，把失物包裝如寶物。暨南大學圖書館失物招領網站，描寫遺失物品時文采豐富、創意十足，一件紫色水壺物品的簡述內容是這樣的：「古有雲：『永靈刀，食材回春；紫紋壺，注水不漏。』本以是虛言，今於圖書館一詳，果真不假。初見紫輝攏於此身，化作靈光衝

至天廳，轉瞬之間及其靈光盡失，殘損之軀已無鎮八方定四夷之猛，須以其命中之擁者重注其魂；灌其靈。」撰文是圖書館失物招領版主工讀生張毅政，運用古文新用貼心傳達遺失者的心境，將件件失物形容得宛如寶物，被網友推崇為失物招領網站最佳典範。（南投訊，2011）屬逆向操作的好點子，也達到引人注意的目的。

另一例是本土表演藝術與西方宗教經典的融合。「臺灣歌仔戲班團」推出「福音歌仔戲」後第十年逢建國百年，聯合全臺七十餘間教會，推出聖經歌仔戲《約瑟的新衫》等並巡迴演出。2004 年該班團就曾演出《路得記》被譽為「最本土與最西方的遇合」。《約瑟的新衫》，取材於《舊約》中〈創世紀〉的記載，描述猶太民族的祖先約瑟被賣到埃及的故事，在西方社會中廣為流傳，多次被改編為戲劇。如韋伯知名戲劇《神奇彩衣》就是。（郭士榛，2011）具有跨領域融合的基進創意。

語文閱讀後的基進觀念還可表現在跨界概念上。例如論及青少年閱讀的文本作品，許多歐美少年小說會改編成電影、舞臺劇，受到歡迎：《哈利波特》、《納尼亞傳奇》、《追風箏的孩子》、《夏綠蒂的網》……不只展現跨界的文創力量，也因為跨界帶來文化生命力。選材給孩子的議題可以多元，拓展他們的視野，如戰爭、權利、正義、生命……人類大議題，將議題拉大，引起共鳴，用文學改變世界的理想也就更近。 鍾肇政《魯冰花》具跨界性質的少年小說，書中講述孩子的自由與創意，日後改編成電影，讓大人小孩感動，顯見這類作品的潛力。

創造力來自自由開放的環境。洪蘭曾在論及〈「創意」是最便宜的教育投資〉一文中（洪蘭，2009），舉了一個令人驚艷的創意：2009 年 7 月她到埃及擔任微軟創意盃國際賽的裁判。在比賽中，有一項是「古代遇見現代」的即席創意比賽，學生要在卅六小時之內，就地取材，做出一支短片，要配合題意，更要有幽默感。有一個國家拍的是在古代的金字塔中，有一個木乃伊醒來，看到牆上貼著一張紙條「抱歉，我沒有替你蓋金字塔」，木乃伊臉上表情很悲傷，這時一個年輕人

進來說：「不要難過，我是建築師，我來替你蓋一個。」他就把木乃伊帶到我們開會的旅館，這旅館游泳池中央有一座金字塔，木乃伊轉悲為喜，就要進去，年輕人拉住他說：「請看一下現代的金字塔。」鏡頭轉到旅館房間，電視、冰箱、彈簧床……木乃伊眉開眼笑，最後一個鏡頭是門上掛著一個牌子「請勿打擾」。

創造力和大量閱讀互為表裡，電腦界奇才 James Marcus Bach 高中沒有畢業，是中輟生，廿四歲卻做到蘋果公司軟體測試部的經理。隨時進修、大量閱讀。知識是相通的，知識會吸引更多的知識，使學習新知更容易。在關鍵時刻，你比別人多一點知識、多一分靈感，就可能看到別人沒有看到的東西。創造力的定義就是在同一個東西中，看到別人沒有看到的東西。

在語文閱讀教學裡發現基進教材的趣味，引導學習寫作也是愉悅的事。

這裡有一則有趣的極短篇，試為基進觀念轉創作的例子。原作品在每段開始幾句提示幾種可能的狀態反應，讀者可以選擇，最後完成的是屬於讀者的一篇極短篇。這是讀者可與作者共同參與創作的作品，倘若以數學排列組合概算，則可排列出幾千則不一樣的作品。如果覺得光這樣不過癮，還可仿作一篇屬於自己的某一天的早晨、黃昏或夜晚：

星期日的早晨　作者：西西（隱地，1995：35-39）

這是夏季
星期日的早晨
醒來的時候
（　　　）鐘響七下
（　　　）九點鐘了
（　　　）不知道是什麼時刻
（　　　）正午了

（　　）又繼續睡了一陣

從床上爬坐起來

玻璃窗述說著戶外的春秋

今天的天氣是

（　　）晴空和藹開朗

（　　）陽光燦爛

（　　）天極陰

（　　）飄著濃密的細雨

（　　）風暴快要來了

把足交給拖鞋

給自己洗臉、刷牙

看見鏡子裡

（　　）一片孤寂

（　　）一幅牙膏廣告

（　　）漫漫麥田

（　　）一朵盛放的蓮

（　　）出現了兩隻鬥雞眼

坐落在一張椅上

在廚房裡倒了一杯冰水

為自己的吃喝思索著

（　　）白糖花醬麵包

（　　）茶樓一定滿座了

（　　）天，不要再是快速麵

（　　）蘋果

（　　）冰箱裡什麼吃的也沒有

穿牛仔褲的時候，把袋裡的圓幣滾翻了一地

結果，有兩枚找不著

為此作了解釋

（　　　）獅子座的人要倒楣了

（　　　）災難已經終結

（　　　）應該努力儲蓄嗎

（　　　）這裡將有一座噴泉

（　　　）地球依然年輕

給自己作了決定。關於下午

（　　　）一桶髒衣服還是留待星期一再洗

（　　　）到大浪西灣游泳

（　　　）在雨中唱歌

（　　　）寫信去申請一份有趣的職業

（　　　）開始寫偉大的小說

聽見門鈴嚷了一聲叮噹

開門後，遇見

（　　　）一個人來推銷掃帚

（　　　）收大廈管理費

（　　　）來搬走沒有依期付款的電唱機

（　　　）一封電報

（　　　）走廊空無一人

（　　　）飛進來滿屋子的氫氣球

（隱地，1995：35-39）

星期一的清晨　創作示例一（研究者所作）

這是寒冷的冬天

星期一的清晨

眼睛睜開的時候

聽到鐘響七下

從棉被裡鑽了出來
落地窗述說著流淚的滋味
現在的天氣是
細雨綿綿

把雙腳穿上襪子
給自己梳洗一下
看見鏡子裡
頭髮像是一朵盛開的花

坐在沙發上
在吧枱倒了一杯熱咖啡
思考著早餐該吃啥
烤個土司麵包

穿西裝褲的時候，把袋裡的零錢落了出來
結果，加起來正好五十
為此作了解釋
這是老天給的指示

於是自己作了決定。今天晚上
去買張大樂透
聽見電話簡訊響了聲叮噹
打開後，看到
今天的幸運號碼

星期一的早晨　創作示例二（研究者學生黃紫婕所作）

季秋到來
星期一的早晨

醒來的時候
鐘響七下
又繼續睡了一會兒

慵懶的身子
睡眼依然惺忪
玻璃窗外車水馬龍
陽光燦爛依舊

身體不自主的交給制服
洗盡臉上的無奈
看見鏡子裡兩眼依舊無神
四肢只能緩緩移動

坐落在靠窗的一張椅上
在廚房裡倒了一杯熱牛奶
咀嚼著毫無味道的荷包蛋
為週一上學症候群作了最佳詮釋

穿裙子的時候，把裡外穿反了
結果，又花了兩分鐘
為此作了解釋
今天上學可得小心謹慎

邁開大步進了校門
剛好鐘聲響起
我三步併作兩步飛奔進教室
看來今天要被記點了

第二節　語文閱讀為不特定人
「教經典觀念」的教學策略

　　人基本上是自由的、有理性思維能力的、向善的，是一個獨特的個體，具有未知極限的潛能可以發揮；在整個生命歷程中，他能透過不斷思考、內省、面對問題、解決問題，同時找尋一個恒久的、放諸四海皆準的原則，作為自己的行為指引。對他來說，生命的意義除令自己享有一個豐盛的人生外，更肩負繼往開來的使命，關顧萬事萬物、與別人建立溫馨和諧的關係。像教學者知識傳播時，會同時與人分享及讚嘆人類理性思維的成就、宇宙規律的美感、知識對增進人類幸福的建樹。在培養學生心懷感激、分享人類知識遺產的同時，更喚起他們承先啟後、將自己的才能貢獻社會的激情。

　　教育愈制度化，智性發展愈來愈規模化、精緻化，而學生心性品德的教育也不容忽視；生命教育的最終果效在利他，要先學會感同身受，持守能禁得起互易原則考驗且放諸四海皆準的價值觀，要能超越時空文化。教導學生基本做人恆常的典範準則一直是教育的本質，因為九年一貫課程的轉型，擔負最大教育責任的品德教育已從獨立學科轉為融合於各領域中教學。語文領域是一切學科的基礎，因此藉由選擇經典教材或由教育與教學單位審選的一般教材，或者為刺激學生發揮想像力特別教學活動的基進教材，特別開放規畫出的經典閱讀課程，或因其他課程限制形成情意教學的潛在課程，應設計課程進行教學活動發掘經典觀念，教導學生有關常道常理的經典閱讀，從事語文閱讀教學的教學者實在是責無旁貸。如圖 6-2-1 所示。

　　語文教育一向重視思想陶冶的功能，九年一貫基本理念的第一項就是培養學生正確理解和靈活應用本國語言文字的能力。以使學生具備良好的聽、說、讀、寫、作等基本能力，並能使用語文，充分表情

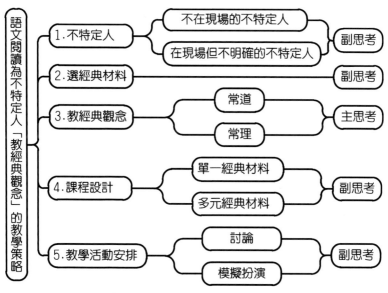

圖 6-2-1 語文閱讀為不特定人教經典觀念的教學策略

達意,陶冶性情,啟發心智,解決問題。基本能力第二項是欣賞、表現與創新,課程目標就是培養培養語文創作的興趣,並提升欣賞評析文學作品的能力。其他與從教材學經典的概念相關的能力指標如下:

5-2-11 能喜愛閱讀課外讀物,主動擴展閱讀視野。

5-3-4 能認識不同的文類及題材的作品,擴充閱讀範圍。

5-3-4-1 能認識不同的文類(如:詩歌、散文、小說、戲劇等)。

5-3-4-2 能主動閱讀不同文類的文學作品。

5-3-4-3 能主動閱讀不同題材的文學作品。

5-3-4-4 能將閱讀材料與實際生活經驗相結合。

5-4-3-1 能瞭解並詮釋作者所欲傳達的訊息,進行對話。

5-4-5 能主動閱讀國內外具代表性的文學名著,擴充閱讀視野。

5-4-5-1 能體會出作品中對周遭人、事、物的尊重與關懷。

5-4-5-2 能廣泛閱讀臺灣各族群的文學作品，理解不同文化的
內涵。

5-4-5-3 能喜愛閱讀國內外具代表性的文學作品。

5-4-5-4 能喜愛閱讀海洋、生態、性別、族群等具有當代議題內
涵的文學作品。（教育部，2008）

學校裡僅藉著教科書為主的一般教材，再依國語文閱讀能力指標
來看，要教學生經典觀念一直為情意教育的潛在課程是明顯不足的，
所以有關經典閱讀需要加強規畫納入學習課程。

教育部在審定教科書時受社會變遷影響，有時代的背景和意義，
例如從政府遷臺、戒嚴解除到 21 世紀的今天，課程目標從 1993 課綱
仍強調民族文化愛國精神，不再強調反共復國，著重人文精神、鄉土
情懷及國際觀，期望透過語文教育培養學生樂觀進取的精神；到 2003
課綱課程目標更豐富多元，不再鼓吹愛國思想與民族精神，透過語文
學習體認中華文化，認識臺灣不同族群文化及外國文化習俗，顯示更
重視多元文化的認識。開放民間版本教科書以「童話」類課文來看，
國編版以學習主題最多，康軒版以「合作」和「愛」主題最多，翰林
版則以「友情」類別最多，南一版則偏重在「人與自己」與「人與社
會」兩方面。不同版本共同特色為落實本土教學、擴展國際視野、注
意環保教育、重視傳統文化、倡導資訊教育與反應社會議題，各版本
肯定小人物的價值、鼓勵主動學習、重視原住民文化。教科書各單元
所要闡述的主題有限，如九年一貫後的課文主題所選取的題材內容與
經典觀念學習較有關的部分如道德品格教育：低年級偏重向學勵志次
類目，如開學日要有求學態度，求學遇到困難要克服；中年級偏重道
德規範次類目，如〈永遠的馬偕〉、〈海倫凱勒的奇蹟〉、〈哥倫布的航
海夢〉，此三篇藉著典範人物，讓我們學習他們貢獻、不畏困難的精神；
高年級偏重在向學勵志次類目，如詩兩首，瞭解做學問應及早立志。
國中方面偏重品行，如〈張釋之執法〉，為人公平；〈運動家的風度〉，

勝不驕，敗不餒。多元文化：中高年級及國中偏重國際觀次類目，於是有〈永遠的馬偕〉、〈海倫凱勒的奇蹟〉、〈哥倫布的航海夢〉、〈永不放棄的愛〉、〈馬可波羅遊中國〉、〈虎克的發現〉等國外人士事蹟。生活教育：低年級在交友友誼次類目，〈第一個新朋友〉、〈小雨蛙〉等信屬朋友間情誼，中年級如〈小毛蟲的樂園〉，指的是尊重生命，表達出對昆蟲的關愛情感。語文知識與文學欣賞：如〈愛心樹〉，藉由男孩和蘋果樹之間的感人故事，來讓我們體會到父母的愛，《伊索寓言》〈驢子和狐狸的故事〉，描述不能出賣朋友；〈螞蟻和蚱蜢〉，描述要勤勞付出，才能享受甜美的果實。高年級在童話故事次類目，如〈狐假虎威〉，狐狸假借老虎的威風，嚇走其他的動物；〈孫悟空三借芭蕉扇〉，孫悟空騙過鐵扇公主，進而取得芭蕉扇。（國家教育研究院，2011：470）表 6-2-1 則為整體課文主題分類。針對人類要追求的普世價值，並非僅靠包羅萬象配合綱要指標的課文教學就能讓學生充分習得，也就是教科書所承載的教育目標責任太沈重，已沖淡或說窄化了可以學習的經典觀念：

表 6-2-1　課文內容主題的分類與說明（資料來源：國家教育研究院，2011：487）

類目	內涵說明
道德與品格教育	向學勵志（就是要成為一個有用的人、求學之道、時間管理）、孝悌（就是家庭人員相處，如兄友弟恭、孝順等家庭觀）、品行（就是誠實、禮讓、謙虛、感恩）、道德規範（就是是以人物的行誼來傳達這一個理念）。
忠黨愛國精神	反共思想（就是反攻或是共匪的惡行）、國家領袖（就是國父、總統）、民族國家意識（就是為國爭光、國旗、國歌等標幟）、敬軍（就是軍人保家衛國，尊敬軍人）、愛國人物、捐款、祖國鄉愁、三民主義的理念（民族、民權及民生）。
語文知識與文學欣賞	詩歌（古詩、詩詞、歌謠）、童話故事、民間傳奇、國內外文學、不同文體的認識與寫作。
風景遊覽	遊記、名勝古蹟及自然景色的描述。

多元文化	國際觀、臺灣本土文學、外國文學、文化節日介紹、族群文化（族群融合）。
思辨科技應用能力	發明、思考推理、解決問題及科技應用。
生活教育	人際相處、交友友誼、敦親睦鄰、身心保健、人與自己的關係（成長、自信、認知人生觀）、生命教育及合作。
勞動教育	勤勞、儉約及勤奮。
其他	無法列入上述主題者，均計算在此。

　　一般教材讀出經典觀念的教學實例：因為課程中康軒版第三單元〈開創新視野〉裡透過閱讀愛迪生、伽利略、李淳陽等人的貢獻，瞭解他們如何靠著鍥而不捨的精神開創了新視野，進而期待學生也能多思考觀察，讓自己成為改變世界的螺絲釘，因為有前人的種樹，後人才得以乘涼，可說是一般教材可被理解的經典觀念。我補充當代名人吳寶春的故事與剪報文章〈臺灣烘焙大師　吳寶春的麵包傳奇〉（張春榮等，2011）與原課文所介紹的三位人物作內容主旨比較（如表 6-2-2 還可進一步角色兩兩比較異同），希望學生能透過比較釐出這些人物令人佩服值得效法的部分。學生都僅止於描述、詮釋階段，教師可以慢慢透過討論作出評價，有了結論才有得遵循，而有下一步的實踐。如果作課後統整，回顧各文章內涵與形式，可就知識經驗、規範經驗、審美經驗再作歸納。例如知識方面：認識發明與發現的區別，各行各業的基本專業知識。規範方面：為人類謀幸福的倫理道德觀念（相反以智慧為惡圖利）、宗教情懷。審美方面：作品形式的各展姿態，引用名人話語，強調特色，詳細描寫細節以證明要收穫的不容易，運用排比技巧強調貢獻，如表 6-2-2 所示。

　　理解經典的意涵，要從經典材料教導經典觀念比較能夠掌握。經典就是人類恆常遵循不悖的常道、常理；是在外在價值的誘惑和滋擾下，始終保持一種內在的尺度，始終有一種精神的充實。經典本身的魅力會在人的精神和人格上產生一種超越、一種支撐、一種理性的沈殿。我們讀經典就是從借取別人的智慧中，多少涵養出一套自己的視

野。閱讀經典，可以打破固定、簡單的思考模式，讓我們曉得事物有許多可能。閱讀經典，還可以接觸一些我們平常無法想像到的問題，如生命成長歷程會遇到道德抉擇等問題，現實世界未必有人能教導，但在歷史上已有人處理過這些問題可以借鏡，而古人的想法，對現代生活每一個生命的安頓都有極大的助益，可以開拓我們的思考，使我們的內在深刻化，開拓我們的眼界。歷史典籍經過時間不斷洗刷，沖激和簡擇，留下來的書籍本身就具有價值導向和價值的累積，我們透過閱讀經典就可以學習到一種價值和理性思考的運作，知道這本書、這個人、這個言論為什麼比較有價值，借著經典的智慧可以成就自己。被稱為經典的著作都蘊含著思維方式的革命和觀念體系的更新，因此有賴優讀者、教學者的解讀與導讀。因為有朝一日得以影響人，尤其是未可知的不特定人，因此積累知識、增長能力，充實現今最需要的精神和靈魂的文化套餐，才能讓我們具備把握機遇的能力。而選擇經典可以考慮具有凸出的文學價值的，在各種知識中具有極高的創意思想的，具有深刻的精神見解和感悟力的。

表 6-2-2 名人表現比較表

相同處：
李寶春、愛迪生、伽利略、李淳陽等人透過細心觀察，用心思考，不畏艱難困苦，歷經無數次的實驗與失敗後，終於完成他們的夢想，獲得最後的成功，也博得大家的尊敬。

不同處：職業不同，發明與發現的事物不同，想要做的事情也不一樣。	
吳寶春	出生貧寒，學歷低微，雖只是個麵包學徒，但在不斷的努力奮鬥後，終於成為鼎鼎大名的麵包師傅。
愛迪生	學識淵博的發明家，但為了證明人的體溫也能孵出小鴨，寧願被人當作傻瓜也要親自實驗。
伽利略	著名的天文學家，卻是四位中唯一遭受宗教迫害，被法庭判決終身監禁的人。
李淳陽	昆蟲博士不畏簡陋環境與設備，不在乎耗費多少時間與經費，只為拍攝精致的昆蟲生態影片。

例如大家熟知在現代文學仍屹立不搖的經典小說《阿Q正傳》:「阿Q」幾乎成了精神勝利法的代名詞,窮得瘦骨伶仃阿Q,卻十分自尊,被嘲笑便發怒打人,打不過別人,就改為「怒目相視」,有時還讓人捉住了打他,想的卻是「我總算被兒子打了,現在的世界真不像樣!」於是心滿意足得勝走了。面臨人一切生存困境,基本生存欲求的不能滿足,無家可歸的惶惑、面對死亡的恐懼,一切努力卻都是絕望的輪迴,他只能無可奈何的返回自身,選擇「精神勝利法」卻又只能讓人更陷入絕望的深淵,於是人的生存困境永遠不能擺脫。魯迅藉著這個具有巨大普遍性和典型性的阿Q角色的逃避現實的個性,闡釋的就是人類精神現象的重要層面,指涉人們普遍性格,是我們內心和周圍世界中很難排除的一種獨特心理邏輯,並藉以針砭人類的劣根性,這一獨特又典型也就成為世界共同接受和理解的現象。

另如西方希臘經典悲劇《伊底帕斯王》,本劇具有多個主題,首先伊底帕斯王從至高至尊的地位一墜而為逐客的歷程,藉此闡明人類命運多舛多變性。這個主題在劇本最後幾行已言明:「末日之未至也,勿輕言禍福。」(Oscar Brockett,1986:108)人不應過分高估自己的智慧,或者過分依靠運氣,冥冥中自有天道。第二個主題是忍受痛苦,保持主動,表現人對自己命運主宰力的有限。不論他如何努力想要避免錯誤(時時盡責行善幫助臣民,避免神諭預言弒父娶母的厄運),人的所見畢竟有限。命運(神旨)雖處處佔上風,但卻仍由人來執行的。即使不得不接受命運,但人始終保有自己的喜樂愛憎,自己能判斷是非善惡:「親愛的孩子們,我的這番厄運,是拜阿波羅神之賜;但是這雙剜目的手,卻是我自己的啊!」(O. Brockett,1986:109)人愈是想要掙扎躲避,卻愈是深陷不拔,感覺是一種不可知的力量在作用,於是更加強了人試圖與神通消息的種種努力。但神並非都為仁善的,因此教育人們的是要戰戰兢兢,不觸犯任何神祇。另一個可能作者Sophocles自己都未意識到的主題是:伊底帕斯是個代罪羔羊。因為罪人被找出來接受懲罰,讓整座城獲救,如同基督釘死十字架為洗清信

徒的罪惡而獻祭的羔羊，雖然二者不同處仍多於相同處，不宜予以擴大解釋。另外劇中盲與明的對比，感官的視覺與內在的領悟間的對比一再出現：盲眼先知泰瑞西亞斯能洞見伊底帕斯所見不到的真理；而能解史芬克斯之謎的伊底帕斯卻無法參悟他自己生命中的謎題，而等到謎底揭曉，他又戳瞎自己作為報應。生命中總有那麼多的意外和偶然，像我們生下來無法決定父母環境；但只要無愧於心，自然不必感到內疚，雖然人生萬象複雜，以致最高的智慧和最善的動機都可能引來完全相反的結果，那是人生的無奈。本劇結構的奇妙，命運逆轉的同時，我們也體會到人的偉大和尊嚴。人雖無法跟神抗衡，但我們看到伊底帕斯王在諸事並起的一天，命運絲毫不能動搖他對一切的珍惜，也不能卸除他仰事俯蓄的責任。表現他的智慧足以勘破命運，道德足以判斷命運。這不就是我們可以從閱讀經典，理解經典中學習到最重要的經典觀念嗎？

　　至於求經典觀念於兒童方面的經典作品，如第五章提到的《魯賓遜漂流記》點出西方冒險犯難不怕艱辛的奮鬥精神，除了伸展兒童的好奇心，滿足兒童想像力，十九世紀作家作品也大都以「愛」的故事為主，如英國 Charles Dickens 的《孤雛淚》、《聖誕歡歌》和法國 Victor-Marie Hugo 的《孤星淚》（又譯《悲慘世界》）、義大利 Edmondo De Amicis 的《愛的教育》等最感人肺腑，他們都以基督教「犧牲的愛」，去饒恕仇人、感化敵人。二十世紀的童話有法國 Francois Mauriac 的《第十八位是基伯老師》與格林童話《佈雷曼的音樂師》不但以音樂趕走惡人，感化頑童歸善。寫實小說作品《老人與海》提倡人與惡劣環境搏鬥所激發的生命力。《野性的呼喚》和《白牙》也在表現勇猛的活力和在冰天雪地中求生存的人類奮鬥故事。本世紀的科幻小說如 Clive Staples Lewis 的《獅子·女巫·魔衣櫥》，這個故事集合作者對《聖經》、神話、傳說等的知識，以及作者極富變化的想像力，透過對假想世界與現實的世界、善與惡的描寫，充分地表現出他深沈的哲學思想。其他特富幻想力的如《愛麗絲漫遊奇境記》和《小飛俠》最叫座。（許義

宗，1988：7）這些都是偉大的經典，享有最高最久的評價，值得教學
者消化後再教予學生。

　　閱讀經典後可以再經由瞭解作者生平、時代背景、內容摘要、主
題說明、人物分析、結構技巧的研究確實讀懂經典。例如我們在讀過
《頑童歷險記》後，對於 Mark Twain 是作者的本名嗎？名字的意涵？
如此才華洋溢喜愛一鼓作氣的作家為什麼在《湯姆歷險記》後續寫這
本書時寫了三分之一就中斷，拖了九年？為什麼要讓書中裡的哈克
說著粗魯的話？知道該書還曾被列為禁書？在看過某位作家的作品
後有關他的記載或別人對他作品的批評、研究都要留心閱讀，這樣
可以幫助你認識瞭解作者本身及作品真正的意旨。藉由《經典文學背
後的故事》（管家琪，2002：60-71）後可知 Mark Twain 原名 Samuel
Langhorne Clemens，「Mark Twain」是筆名，意指「水深十二英呎」，
就意味著「輪船可以安全通過」。Mark Twain 住在密西西比河河畔的
一個小鎮 Hannibal，二十歲成為該河的領航員，在密西西比河度過了
童年和少年，至今漢尼巴爾每年都還有「粉刷大賽」── 這是脫胎自
《湯姆歷險記》中湯姆的惡作劇。《頑童歷險記》為什麼會這麼「難寫」？
一開始就是使用兒童口氣，似乎是一本兒童小說，但因牽涉到「要不
要讓吉姆獲得自由」這個棘手的問題，吉姆是一個逃跑的黑奴，與哈
克準備順河逃到那些不准蓄黑奴的自由州去；南北戰爭後，有關釋放
黑奴涉及政治、經濟、社會等多方面的問題似乎未完全沈澱，現在這
個議題出現在一本文學作品中，作者要處理得不會太嚴肅，也不會太
政治，實在是不容易。故事結尾讓吉姆主人藉遺言得到自由解決難題，
但如此收場引來爭議，招致許多批評，主要原因是哈克說話粗魯，還
有拼音文法上的錯誤，令人無法忍受，因此發表之初，在很多地方列
為禁書。作者曾在作品前面說明哈克的粗魯不文是寫作上一種必要的
手法，不過當時很多人仍未被說服。最後《頑童歷險記》仍成為 Mark
Twain 達到美國現實主義最高峰的作品。許多經典文學歷久不衰，但
孕育這些經典文學背後的故事，其實同樣精采。

　　任何文學作品，不管作者的目的是在強調一個思想觀念，或敘述關於某一個事件的經驗心得，甚至只為了一個遊戲娛樂的動機，都存在一定的思想導向或價值意識。任何作家都想藉作品來「言志」，必然有他特定的動機和目的，所以作品中一定有他所要揭示的主題。我們要透過教學經典選材讓學習者習得經典觀念，一部經典得以影響後世廣大不同地域的人們，就在於作品無遠弗屆的精神意念，而這種意念就是主題。符合經典作品的主題，要去思考是不是表現一種偉大正確的思想？是不是發揚了崇高可貴的人性？是不是表現某種高尚的理想與永久不變的感情？（謝冰瑩等，1983：4）小說理論家羅盤曾堅定的表示：「主題是作品的生命，作品的靈魂，作者所欲表達的思想意識情感。作品如果沒有主題，就像一艘沒有舵的船；隨波漂盪在海上，啟能達到目的，駛到彼岸？作品如果沒有主題，就像人類中的白癡；沒有思想，沒有智慧，只是一具行屍走肉，那能有什麼作為？作品如沒有主題，也就等於作者沒有寫作的目的，一篇茫無目的的作品，還能談什麼藝術的成就！」（羅盤，1990：32）古人所謂「文章千古事」，會讓後代人喜歡一讀再讀，且對後代人產生深遠影響，一定是這篇作品有意義、有價值，因為這篇作品寫出了能影響後世的思想、意識、情感等，讓讀者喜愛、接受、珍惜，具有啟發、暗示、引導的作用，讓讀者有切身受用的感覺。有心創作的作家一定有此意圖，所以他必須有效傳達出作品的主題，表現他的思想和意旨。

　　第五章第三節討論到童話，童話的目的無論是敘事、抒情、說理，一定蘊含哲理。讀一篇作品，是否要先探討作者的創作意圖，或是自己摸索，有所發現就可以？不同的讀者有不同的閱讀，而不同的閱讀有不同的層次，當我們說閱讀是一種創作的時候，高層次的閱讀就是一種精深的見解。作為一個創造性的讀者，當你給予「詮釋」的時候，只要你能在字裡行間找到佐證自己、令自己也令他人信服的一面，可能就是一種見解。因此，寫作和閱讀可能都與創作結合，都是想像力的發揮。我們時常說「文字是一種非常想像的活動」，這種活

動似乎是作者獨門的專利品，事實上所謂「想像」也是讀者所應擁有的。我們也要想像，只要我們記住，想像的創見也要讓人信服。（簡政珍，2008：225）

　　法國當代著名文學理論家 Roland Barthes 將文學文本區分為「可讀的」和「可寫的」兩類，其實，優秀的文學作品，都具有「可寫」性，就是總是能夠同時也需要調動讀者的想像去家已補充、豐富。（王耀輝，2008：3）正如葉聖陶指出的：「文藝作品往往不是傾筐倒篋的說的，說出來只是一部分罷了，還有一部分所謂言外之意、絃外之音，沒有說出來，必須驅遣我們的想像，才能夠領會它。」（葉聖陶，1984：11）其實，文本沒有說出來的部分，常常反而是至關重要的部分，如果沒有解讀者的想像去加以補充、豐富，文本事實上無法在解讀者那裡獲得真正的反應和實現。例如徐志摩〈沙揚娜拉——贈日本女郎〉：

> 最是那一低頭的溫柔，
> 像一朵水蓮花不勝涼風的嬌羞，
> 道一聲珍重，道一聲珍重，
> 那一聲珍重裡有蜜甜的憂愁——
> 沙揚娜拉！（徐志摩，2009：15）

　　從字面看，分別時女子的情態應以相當具體清晰，但其中卻也明顯存在一些「空白」。且不說那惜別時分必然會有的「執手相看淚眼」的纏綿和千聲囑咐萬聲叮嚀的難捨，僅就字面而言，也有必須由我們解讀者加以豐富的地方。比如朋友離別時通常都會有的那一聲互道珍重，何以會讓離別的人品味出一種「蜜甜的憂愁」？這些內容詩人都沒有寫出，當然只能由我們的想像加以補充了。而正是有了我們的補充，我們也才能真正品味到這首小詩傳達出的無窮的韻味和情趣。（王耀輝，2008：3-4）有時故事會安排一些沒有交代清楚的地方，讓讀者自行想像，這就是 Wolfgang Iser 所說的故事裂縫或空隙，它們可以讓

讀者有比較多的自由來思考作者的線索和信號，以及他們自身的感受、想法和聯想。Roland Barthes 把這類作品稱為「作者取向的文本」，讀者可以在填補故事裂縫或空隙來建構意義時，與作者共同創作故事。（Nina Mikkelsen，2007：35）

　　作者所創作完成的部分當作一個空架構，由讀者接受後賦予意義，才成就所謂的作品，這是讀者反應理論。文本掩蓋的東西和他表達得出來的一樣多，我們不應當只從字面讀它，也不應當只顧到如何發掘作者意圖。同時文本也必須被解構，必須找出思路或情節之中的空白處、缺口、間斷；而一旦找到這些，就可以窺見深藏在文本之中的自相矛盾、顛倒、隱密，也就是我們可以發現書寫不滿倒錯，反映出某一文化內含有的「狡詐不實」。解構理論崇尚去中心、不確定性、平面化等信念，但無論哪一種理論都要有容許他人對諍取代的可能性。（周慶華，2009b：155）

　　主題是作品所要傳達的中心思想，也是作家所要揭示的特定意旨。主題雖然是讀者根據作品「創作」的，並不等於作者對作品主題無能為力；讀者根據情節設想主題，而情節是由作者設計的，當然會影響讀者對主題的設想。例如第五章第三節也曾提到的童話例子《小紅》，依照情節很自然設想的主題是「天生我材必有用」，或「要自我肯定」。如果故事在前半段小紅想起媽媽的話，縐紋紙本來就是要縐縐的才好看，肯定自己的價值結束，主題只是主角主觀的自我安慰，缺乏說服力。如今的情節，男孩買了半紅半白的縐紋紙作成康乃馨：白的紀念去世的媽，紅的感激現在的媽媽對他好。主題在文本中得到客觀的證明；縱然褪色的縐紋紙尚且可以符合需要，發揮了存在的價值，何況好好的縐紋紙？何況健全的人？這篇童話還有一個難得的訊息：「後母也有很好的」，故事中設計由男孩來認定，是最恰當的人選，比其他人說來更有說服力。（廖卓成，2002：31-36）這個童話「後母也有很好的」訊息，在現代社會就是一個很積極良好的，可以平衡古典童話中後母總是壞的印象。如前面第四章第二節我曾

納入 2003 年「說一個愛的故事」課程設計教材，是很好的延伸閱讀繪本。

　　寓言故事通常篇末會有寓意，但讀者仍可讀出別的訊息，需作更深入的思考與聯想、推論，可得更多令人拍案的啟示和智慧。以《伊索寓言》〈小羊和吹笛的狼〉、〈逆風而向的海鷗〉為例。

> 有一隻離群的小羊被狼追趕著，小羊回過頭來對狼說：「狼先生，我一定會成為你的食物，可是請不要讓我死得太慘，請你吹起笛子，讓我跳一段舞給你欣賞欣賞吧！」於是狼就吹起笛子，小羊也開始跳舞。聽到笛聲，許多狗跑來，把狼趕走了。狼臨走時對小羊說：「我實在是太大意了，不應該隨便聽信你的話。」（Aesop，1995：116）

　　這篇的寓意是「許多人分不清眼前最重要的事是什麼，而隨意捨本逐末，終會失去已到手的東西。」（Aesop，1995：116-117）就狼而言，固然可以得到「不要得意忘形」的教訓；就小羊而言，卻有「臨危勿亂，設法脫險。」的啟發。把小羊類比作幼童，啟發他們遇到危險要鎮定想辦法尋求救援，這樣的寓意應該是比較貼切的。

> 　　「你是個討厭鬼！」一起坐在湖邊的海鷗們對其中的一隻說：「我們全都迎風站立，只有你恰恰相反。」「我就是喜歡這樣」，這隻海鷗反駁；「這礙著你們了嗎？」「你破壞了我們的團體！」海鷗一起譴責牠。牠們仍然都迎風站立，只有這隻海鷗相反。
>
> 　　一隻貓潛行到樹叢邊，窺探這些鳥兒，牠處在有利的風向，迎風而立的鳥兒察覺不到他的來到。貓正屈身準備躍出，就在這時，那隻與同伴反方向站立的海鷗發現了牠，大叫道：「危險！快逃！」海鷗群聞聲立即飛散……（Aesop，1995：117）

　　天才多寂寞，有眼光、有智慧、特立獨行的人，常與「不合群」
的批評相始終。但是他們耐得住這些寂寞與奚落，日久見真情，這是
「孤獨」的海鷗啟示於兒童少年的。（林政華，1991：251）這是很好
的寓言選材。只是這樣的理解似乎仍嫌不足。

　　我們從各種經典習得常道常理；相反的恆常的典範道理也藉由各
種語文形式呈現，我們藉由作品的主題主旨與作者的意圖嘗試理解，
以教學者在選擇經典／基進材料時，倘若為敘事類文本時，以敘事結
構裡的意義結構來說明，理路清楚，這在第五章第一節以〈龜兔賽跑〉
語言面與非語言面意義已有論述（詳見圖 5-1-3）。作家在安排故事情
節的過程中，同時也發出了他對宇宙人生的看法；而他所以要創作作
品以及那般擇取題材和表現主題，跟他所有的歷史文化背景和存在的
具體情境有密切關係。此外，作家在表現主題或發出世界觀上，經常
有些他個人所不自覺的欲望和信念支援著以及不自覺的襲用社會（集
體）的價值觀和社會關係來支援他的表現和見地。（周慶華，1994：
228）這些也共同建構了語言背面所能間接經驗到的意義。在作家自
覺的層次，有關意圖（權力意志）的部分，也可以把它納進來成為非
語言面意義的一項；還有人在組構語言時，也會有喜怒哀樂等情緒夾
纏在理面，所以在非語言面意義還可增添「情感」一項。（周慶華，
2002：207）除了要辨識語言面的意義，還要顧及非語言面的意義，
也應納入讀者判斷理解的部分。再以兩則寓言故事〈卻是隻獅子〉、
〈號兵〉為例：

　　　母狐狸嘲笑母獅子一次隻生一隻」。「只一隻，」母獅子回答說，
　　　「卻是隻獅子。」（Aesop，1999：119）

這可以理解如圖 6-2-2。

　　　一個號兵被敵人捉住了，大叫道：「各位，請別殺我，我除了
　　　吹喇叭以外，什麼事也沒有做，更沒有殺人。」於是敵人說：

「就因為這樣你才非死不可；你自己雖然不打仗，但你會叫大家來打仗。」（Aesop，1999：141）

這也可以理解如圖 6-2-3。

我們要從經典選材習得經典觀念，對於作品的解讀不得不偏向內容的詮釋。雖然像 Susan Sontag 曾提出〈反詮釋〉以為將形式和內容二分的詮釋不以為然，他認為任何詮釋都是片面的，它只就內容的部分點滴加以整理而成，並未照顧到作品的全貌；更何況任何內容都無法脫離形式而存在。他認為對於內容的考量融入形式的考量中一併處理，而我們所要做的是去感覺作品的全面性，而不是訴諸五花八門的詮釋訣竅去找作品的「意思」。（周慶華，1996：1）詮釋是統指一種陳述、推斷和轉換事物（作品）時智力的基本操作或為瞭解或獲得某一

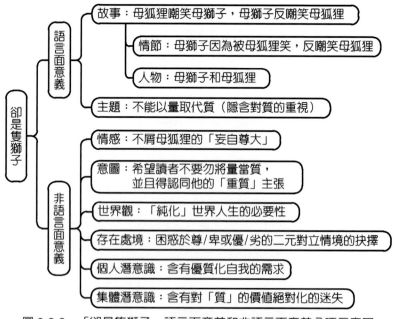

圖 6-2-2　「卻是隻獅子」語言面意義和非語言面意義分項示意圖
（改自周慶華，2004b：108）

對象的過程或方法。相應著為使作品所蘊含的「意義」明朗化而設想出來的。而所謂「意義」，不外是指作品語言由於結構（組織）而有的內在關係和指涉在外的事項、作品語言所隱含的世界觀和人類的存在處境，以及作品語言所隱含的未自覺得個人欲望和信念或社會的價值觀和社會關係等等。值得思考的是是否還有某些「隱而不顯」或「未盡其意」的領會。（同上，6-8）詮釋是一種權宜性的策略運作，因此任何詮釋不免有與其他同類或同質詮釋相互競爭的傾向，為獲取更多的認同，樹立權威形象，或謀取特定利益，完密詮釋的程式應是最重要的因緣。至於新展詮釋的對象在作品意義或形式及其各別細目開發新穎名目的作法，雖然不定有益於詮釋者意圖的實現，卻可帶給他人另一種「觀念受到啟迪」的驚喜。（同上，18-19）

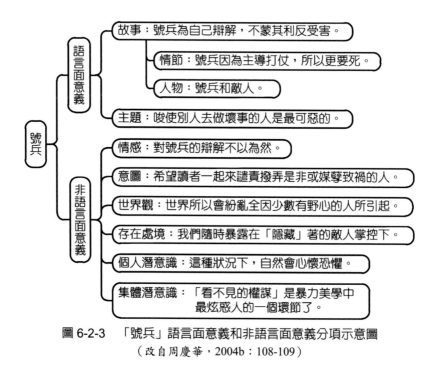

圖 6-2-3 「號兵」語言面意義和非語言面意義分項示意圖
（改自周慶華，2004b：108-109）

　　以寓言為經典理解經典觀念後，寓言可為的後續教學活動，所要指導創作寓言的重點有以下幾點：（一）想清楚要闡發的道理。（二）選取角色需注意它們的特質與形象，才能成功影射類型化人物。（三）運用想像力，鋪敘情節並設計對話。改寫的方式，如人物改變，情節改變，結局逆轉，寓意改變。以人物、情節、結局、寓意各自改變的形式以表呈現，改變以×表示，不變以○表示。以《新伊索寓言》為例。（節錄自日本人谷口江裏也《新伊索寓言》），同樣以烏鴉為主角，重新鋪敘「烏鴉與孔雀羽毛」的情節，將這個故事改寫為另一則新的寓言。（中山女高國文教學網）如下所展示的：

表 6-2-3　改寫寓言所含要素的幾種改寫方式

人物	情節	結局	寓意
○	×	×	×
○	×	○	×
×	×	×	○

　　一隻烏鴉走在森林中，偶然發現到一隻死去的孔雀，便偷偷拔下孔雀羽毛，插滿自己的全身。當然，任何人一看就知道，那是穿著孔雀羽毛的烏鴉，只有一個例外，就是這隻烏鴉，牠以為這樣子就能變成孔雀了。然後，為了加入孔雀的圈子，烏鴉來到了孔雀的所在，當然馬上就被孔雀修理了一頓。

改寫示例：

　　有一天，烏鴉經過一座森林，發現一隻死掉的孔雀，孔雀身上美麗的羽毛實在讓他很心動，就拔了幾根插在自己的身上。沒想到其他孔雀都以為他是真的孔雀，跑來稱讚他美麗的羽毛，讓他覺得好高興！

　　過了幾天，他發現了一隻死鹿躺在森林當中，靈機一動，他就把鹿角拔下來，裝在自己的頭上。同樣的，他又受到鹿群熱情的歡迎！

　　這隻烏鴉實在是太喜歡跟別人作朋友了，所以不久之後，他身上又陸陸續續多出了兔子的耳朵、狐狸的鼻子……他心想：這麼一來，又可以結交許多朋友了，好高興喔！

　　可是，從此以後，森林中的動物一看到他這奇怪的模樣，就全部都躲開了。（張馨予）

　　寓意：無論做什麼事情都應當適可而止，得寸進尺會使人感到虛偽與做作，貪求無厭更會帶來反效果。（陳智弘，2011）好寓言的三大要素：簡潔有力，故事性強，寓意深刻。要有譬喻寄託，如借此喻彼、借古諷今、借物諷人等，使讀者閱讀後領悟其中的教訓或啟示。改寫作品除了主角不變，增加不少次要角色，情節把原故事的角色作為變本加厲，結局有些不同，寓意也因此改變。

　　我們從主題發現經典觀念，可知主題有直接主題，像寓言；還有間接表達的主題，這種作者沒有明顯表現在文本中，最易有見仁見智的看法。我們不必以作者的意圖作為判斷作品主題的最後標準，古代作品常未說明主題，或可能因為顧忌而沒有說真話；現代作家儘管沒顧忌，也願意說真話，卻可能沒有自覺到作品可能涵有某種訊息（主題）。晚近作品意義的詮釋關鍵，由作者意圖轉向讀者。譬如有無諷刺的意味，已由作者意圖轉移到讀者的感受。讀者反應學者認為，「閱讀不去發現意義，而是發明意義。」（Benton，1999：84）文學的意義並非「不管怎麼說都對」；假如要說服別人，起碼要能自圓其說，對不符己見的文本字句，能提出合理的說法，使其不致成為己見的破綻。（廖卓成，2002：31）在一般情況下，作者意圖與作品應當是一致的。不過，由於作者的認識能力和表達能力有高下之分，也可能出現主題大或小於創作意圖、甚至主題與創作意圖相矛盾的現象。（劉孟宇，1989：13）

　　美國認知心理學家 Susan Engel 在《孩子說的故事》裡強調：「閱讀故事決定我們可能是怎樣的人，也讓我們更清楚瞭解自己。」閱讀

對人類的精神世界具有淨化作用。並不是每一種藥都可以醫治所有的人，也不是每一本書都對小朋友都有益，因此閱讀教學引導在此時就顯得格外重要，一定要參考讀者的情況與立場。在《教孩子成為閱讀高手》一書中列舉了利用閱讀治療孩子們最常煩惱的事的案例，如：

(一) 擔心外表不出眾時看的書：《青蛙王子》、《拇指公主》、《醜小鴨》、《美女與野獸》、《隱藏的翅膀》、《出賣笑容的女孩》。

(二) 擔心頭腦笨拙時看的書：《愛迪生》、《愛因斯坦》。

(三) 開始有點討厭父母時看的書：《媽媽是大樹》、《安徒生的一生》、《林肯》、《給爸爸的禮物》。

(四) 與朋友吵架後想一個人靜一靜時看的書：童詩〈融化的雪〉、寓言故事〈流浪者和熊〉、《烏鴉少年》、《蝴蝶》。

(五) 心情鬱悶生氣時看的書：童詩〈風〉、〈蒲公英〉、〈空罐子〉、《美德的書》。

(六) 討厭學校想要逃課時看的書：《Jennings 不是最後一名》、《魔法石》、《最後一課》。

(七) 被人取笑膽小憤怒時看的書：《大衛的新奇一天》、《GiNo 的戰爭》、《威廉、泰爾》。（南美英，2006：31）

還有面對班上單親家庭被負面情緒擊垮的學生，如何幫助他們走出失落與悲痛。讓學生和家長一起閱讀，首先可以選的是能懂的故事書並且適合年紀的故事歌曲和詩歌，閱讀的時間將是個溫暖與凝聚的時間。例如：《木偶奇遇記》。《兒童愛之語》便是很好的選擇。

童話比較不適合表現深沈複雜和消極虛無的思想，主題雖舊，只要情節新穎，仍是好作品。「有志者事竟成」、「天生我材必有用」、「只要不畏艱難，努力一定會成功。」就有不少童話有這樣的主題。好作品也未必有明確的主題，有些經典童話，如《愛麗絲漫遊奇境記》意義神祕複雜，令人不易設想貫串全書的主題，但仍能欣賞書中的趣味；而《柳林中的風聲》也被批評家認為主題複雜，儘管小讀者沒有想得那麼深，仍然對有趣的情節和描寫吸引，受書中無私的友誼的感染，

觀賞蛤蟆瘋狂的執迷和冒險。新穎美好的主題能提升作品的價值,但故事的趣味更重要,故事不吸引人,根本不能吸引讀者,也無從傳達主題。(廖卓成,2002:36)

接續第五章第三節因為轉創作選經典材料以童話為例說明,詮釋一些童話可習得的語文經驗如知識、規範、審美普遍存在於作品中,安徒生和王爾德的童話都是唯美寫實而又富批判性,修斯博士的童話則以娛樂和荒謬唯主。依第三章第四節及表 3-4-3 的檢視,大致可檢視但無法求全。

依童話傳達的主題來說,偏重知識層面的,如 Bruno H. Burdel 的《烏拉波拉故事集》,生動有趣而重科學知識的探討;Lewis Carroll《愛麗絲夢遊奇境記》,幽默機智而尚理性。偏向規範層面的,如休‧羅夫亭的《杜立德醫生》系列,發揚人類和動物有愛共處的人道主義;查爾登的《小鹿斑比》,把人性和動物緊密結合,透視動物的親子之愛;最多的蘊含不同的獨特的美感,如 Carlo Collodi 的《木偶奇遇記》,滑稽而溫馨感人;Mark Twain 的《湯姆歷險記》,天真大膽又富有冒險精神。James Matthew Barrie 的《彼得潘》,讚美童年和青春的永恆。作家的思想已和感情高度融合,使得童話蘊含著美感,使讀者在欣賞、領略、感受中獲得啟示和薰陶,充實生活情趣,提升人生理想。

教學者應幫助兒童正確瞭解童話的意義和內涵,導引欣賞童話的思考方向,誘發建立健康的人生觀和價值意義。

當學習者對文本有了生命和思維的回應,就可以發現自己,知道自己心靈的品質、起心動念、思維、意志力,自然有了自我療癒的效用。

人有生、老、病、死,追求完美,行善避惡的良知是人的通性,但人並非生來就為真善美聖,因為個人的氣質、環境、際遇不同各具特性,能有分辨是非善惡的理智和要抉擇行善避惡的情感。人生如何面對挫折,奮發圖強?人生如何激發熱情,愛國愛鄉?人生如何面對

生死，提升靈魂？人生如何情感美滿，尊重兩性？人生如何重視品德，人格高尚？人生如何欣賞文藝，尊重歷史？人生如何重視科學，精於管理？生存在天和地之間，生活在人與人之間的根本做人之道的學問，生命的意義、生活的目的、生存的法則、生計的規範、生態的維護等課題。授人以魚不如授人以漁，教人理論道理，不如引導學習者如何悅讀經典；讓閱讀者心領神會，藉由小說、戲劇、童話、寓言、影片等各種形式展現的典範作品，幫助大家反省思考，以能引起閱讀者的共鳴或者啟迪，希望因此改變的人生。

一個人因閱讀開始反省、開始意識到自己生命的意義，開始問及生活的目的，人的自我「獨立性」，以及人際關係的「群體性」，都會實現出來。有了深刻的體認——個人安身立命：做人處世有原則、要禁得起考驗、樂觀進取的人生。貢獻己力造福人群：個人生活與群體生活，倫理道德與服務人群，個人主義、自私自利的偏狹性的去除與互助、互惠的博愛性的蹈厲。

探討生命恆常道理的理論很多，包括中方儒、釋、道，西方柏拉圖、蘇格拉底哲人，各家各派各種人生觀價值觀。除了從日常生活中體會關注生命的不同面貌，還要從閱讀經典來增進對生命的反省的能力、理解生命最終目的以增進對自我瞭解的廣度與深度。

第三節　語文閱讀為轉創作「教轉創作方法」的教學策略

閱讀是寫作的基礎，寫作是閱讀的發揮。該如何掌握單元的教學重點，提升學生的閱讀理解，如何在一般教材中課文深究及課外導讀到延伸寫作作一系列的整合，是老師們在計畫課程時的重要課題。以康軒教材第六冊為例，課程以大單元教學形式，扣緊單元主題中心思想：透過閱讀觀察春天景象，春天裡會做的活動，例如曬棉被，人們

對春暖花開的喜愛，並如童話裡花園的巨人般終究懂得分享美好事物的皆大歡喜。

　　第一單元〈春回大地〉裡，我針對各課對主題意涵的寫作技巧——剖析拓展語文學習內涵。引導學生掌握架構出與形容春天景物有關的形容詞、語句或修辭，分析各種用法所能達成的效果。找出寫景文章時可以表現的技巧，設計寫作技巧的練習。例如單元一「春回大地」，引導文章段落中藉由各種修辭詞句，對春景的細膩描寫。「是誰把五彩的花朵，繡在綠綠的山坡上？」「角落那盆日日春，開了幾朵粉紅色的小花，兩隻小白蝶正在花間飛上飛下。」從試作仿寫的片段練習到組段成文，期許孩子輕鬆寫作非夢事。

　　如何從選擇的文本語料中，帶引孩子發現各種寫作題材、體裁、取材、寫法、觀察的角度、遣情立意和風格等等的多采多姿。多看多比較，可以從中領略一些閱讀欣賞的角度及寫作的技巧來，有助啟發思維。比較閱讀突破了課文與課文之間缺乏聯繫的「讀文教學」（一般讀文教學會分為五個步驟：（一）準備階段；（二）認識課文；（三）分析課文；（四）欣賞課文；（五）課後延續）模式，期望改善學生創造力及思維力的整體發展，並提供積極有效的策略，與國小教師同業在指導學子語文學習時切磋參考。就「讀書為體，語文為用」語文學習的角度，我們期望指導孩子除了透過觀察體驗外，還能藉由類文閱讀賞析比較，觸類旁通，進一步主動發現大自然的神奇與情趣，進而學習如何寫作一篇精鍊妙筆的寫景文章。以2008年版康軒第七冊為例。第一單元「大地之美」各課課文（一大地巨人、二在空中飛行、三野柳風光），運用各種描寫風景的語文技巧，從平地、海灣、天空發現大地之美，藉欣賞大自然，培養孩子語文想像創造的能力。

　　我以第三課〈野柳風光〉為例，與南一版第十課〈野柳奇岩〉、翰林版第三課〈大自然的雕刻家〉試作教材分析。南一版同為寫景的記敘文，翰林版則為說明文，可比較同題材的不同寫法；文體不同時，老師則可作文體比較，提煉出其中的要素，試作其他主題的仿寫或改寫。

　　我們期待孩子能寫出一篇生動有趣的文章，最經濟有效的方法便是從課文理解開始。面對文章，從整理句子到段落的意義，從而理解全文，透過比較、對照、舉例、綜合等學習策略，引導學生分出段落有哪些句子。

　　老師可以在課文段落間以橫線指導學生在課本上作分句記號，帶引看出段落裡以句子為單位的層次關係。老師針對三課內容及寫作技巧異同擬列問題，指導學生發現作者選用哪些類似題材及方法後，提示例如澎湖的玄武岩、臺東小野柳的海蝕平地、墾丁的船帆石的描寫題材。又如動、植物，四季風、雨、雷、電，太陽能、地熱，各種天象的神奇，都可活潑選材，大量讀寫。

　　如何針對相同文體與類似題材的分析比較？細看三課藉由段落分析比較，可看出文章的表達手法。例如題材如何配合題旨，如何安排順序、層次、如何彼此呼應，學習鑑賞批判，進而仿寫，透過多篇類文的賞析，可以讓孩子在寫作時有更多的選擇和啟發。

　　有了初步表列的整理，老師再進一步仔細分析各課從作者對標題的訂定→內容題材的深究→結構形式的賞析→各具特色的開端→恰當的過渡→呼應的結尾→提煉優美詞句→特殊詞彙句型→再回歸到整體的架構技巧。細微處的深究，如不同作者對同一件奇石的寫法，作者是如何描述其他不同的奇岩怪石。接著再連結至寫作，依歸納出的句型修辭加以仿寫練習。如敘述句、描寫句、過渡句、加入對話、遠眺近觀、靜物動態、喜歡讚美的感嘆語句，再鼓勵學生針對其他的大自然現象或景物來寫作。

　　教師可以國民小學教科書的各家版本類主題循序漸進縱向橫向作整理分析，甚至納入大陸及國外教材。原則以題材為主，在比較類文中再引導出不同文體的寫作特色，設計迷你課程分別兼顧到不同文體的學習。

　　這是已往我在教學現場讀寫結合嘗試作法，但除了教科書課文的一般教材之外，為了達成為特定人讀寫基進材料和為不特定人讀寫經典材料的讀寫課程顯然不足，根據基進／經典材料閱讀基進／經典觀

念，運用基進／經典方法轉創作。我們無法要求閱讀經典的學生因為閱讀而能創作經典，但這是一種知識、規範、審美等語文經驗的累積，只要透過理解閱讀明瞭所謂經典／基進，因為點滴的付出，未來才可期待。如下圖所示：

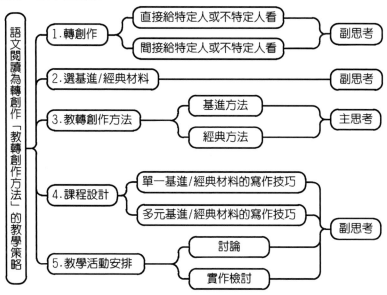

圖 6-3-1　語文閱讀為轉創作教轉創作方法的教學策略

　　閱讀為誰閱讀的表現無論是消極被他人影響支配或積極製造差異以為影響支配他人，無論是詮釋文本的不同凡「想」，也僅止於內隱閱讀行為階段，要真正影響其他讀者或其他閱讀所為對象，一定要將與作品、作者、讀者自己的歷史文化觀點對話／對諍形諸語言或文字，藉寫心得、評論、轉創作的互動關係，影響支配他人的意圖才有可能實現。

　　第二章第二節針對技巧性的閱讀理解策略教學提出老師專業素養的問題，對於教學者在解讀語文現象的背景知識也同樣應獲得重視，因為教師在教學角色定位上就是一高位階的指導角色，負有提升與精

進學習者語文經驗的任務。儘管前面曾經論述過尊重鼓勵學習者的多元理解（大陸頗提倡個性閱讀就屬於此），在從事討論教學後學習者的多種詮釋，教學者也應有能力與知識加以辨析與歸納並提出新的觀察角度與見解。

教師是教學的設計者，學習者要能主動學習，也是歸因於教師的引導。教學者要適時的介入，當他們無法思慮可思慮的層面，要有能力去分辨學習者可理解的深廣度，學生討論出的的是他已知的屬於重製經驗，老師還要協助學生發現新知。

文學是對世界的一種創造性的發現，閱讀作品同樣是一種創造性的活動。因此教學過程中，教師應注意培養學生的創新意識，要注意培養學生發現問題和提出問題的能力，應當使學生明白，理解作品不是去尋找作品固有的一個標準意義或還原作者意圖，而是要找到問題，並作出自己的回答。只要具備了一定的創新精神，就能在閱讀活動中真正成為閱讀主體。在教學中，鼓勵學生對作品作出多元的解讀，個性化閱讀，能夠有效地培養學生的創新思維。我們應該鼓勵學生的個性化閱讀，對於作品的理解可以依據自己的生活，自身的實踐，已有的認知水準去重新建構，實現多元解讀。教師應該讚賞和允許學生有不同的觀點，啟動學生的求異思維。

Nina Mikkelsen 研究發現具有豐富意象的故事往往能夠引發孩子豐富的詮釋和閱讀反應，尤其是具有豐富意象和層次的奇幻故事；而且孩子還會在閱讀和提出閱讀反應的同時，自動自發的萌發出多元讀寫能力，包括識字能力，還有詮釋讀寫能力、文學讀寫能力、互文讀寫能力、美感寫能力。（Nina Mikkelsen，2007：9）

這裡說「創作」的角度，是已先有閱讀這個事實，有了閱讀而有所感有所表達創新，因此有了創作。這裡的創作是因為閱讀的緣故，不是原發性的為創作而創作。

一般說創作有許多書提到，創作前必須先收集材料。或說創作來自經驗，這裡的經驗指的是作者的五官所見、所聽、所聞、所嘗、所

觸以及大腦神經所感、所想、所直覺、所幻夢到的一切。那一切自然包括了現實社會與文學遺產，也就是包括了上帝的創作（自然世界宇宙萬物）與人類的創作（文學、藝術、科學、機械、手工、各種人造物）。換句話說，任何寫作的材料都來自「閱讀」，閱讀上帝的作品與人類的作品。作家所以能成為作家，因為它能在原料中提取菁華，能夠吸收經驗的意義，能夠讀而有感。（董崇選，1997：148）我們無意一定要以成為作家為職志，但能效法作家閱讀的態度語文表達能力便有機會更精進。

　　文學創作的過程，是個變造的過程，不是個堆積的過程。得材只是開始，變材與造材才是要務。文學創作的過程是一個從無到有、從混亂到秩序的過程，是一個產生含有獨一性、原創性、完整性、聯貫性、內部邏輯與外在邏輯的語文作品的過程。那個過程可以自由分成若干階段來討論。在各個階段中，我們可以探究它主要的創作活動（包括取材、變材、造材、或積材、構思、執筆、或想像、靈感、靈視，或其他各家各派所想到的活動），也可以研討它運用的主要創作能力（觀察力、感受力、想像力、回憶力、敘述力、批評力……等等）。也有所謂兩段論（用筆前用筆後）或四段論（得意前、後，與得語前、後）。（董崇選，1997：149-150）

　　如果閱讀作品的人，把產生的意念又寫出東西來（翻譯、批評等），則該行為便是內化後又再外化，閱讀是一種形成意念的內化行為。那種行為其實就是詮釋行為的開始，因為詮釋就是把所見所聞所感所想用自己的意念表達出來。相對的，寫作既是一種外化的行為，一種把意念表達出來的行為，它當然就是詮釋行為的結果。既然文學創作是閱讀加上寫作的行為，它當然就是有始有終的詮釋行為。（董崇選，1997：45）換句話說，閱讀後所作的再創作都可視為讀者的詮釋表現。

　　接續第五章第三節再就經典童話與基進童話轉創作的部分進一步討論。經典童話歷久彌新是人類文化的瑰寶，是作者出於回憶懷舊，見聞感觸，聯想和想像，甚至幻想，這些都為作者長期準備與寫作修

養造就成的。教師可以以童話作家如何創作作品，介紹他們的辛苦歷程，灌注見賢思齊的觀念也是提供讀者很好的啟蒙方式。如：

(一) 學養深厚：童話是想像、幻想與生活結合的產物；因此作者除須鍛鍊想像力之外，又須具有豐富知識，包括對生活、對兒童以及對文學方面的正確而充實的見解。例如《伊索寓言》中狐狸吃不到葡萄說它酸的話，其實狐狸是最厲害的「葡萄園殺手」。《伊索寓言》裡有一個故事，兩個朋友去郊外遊玩，碰到熊，一個很快的爬上樹，一個來不及只好趴在地上裝死……誤信這個故事會害死人，熊吃人不分死活，趴在地上裝死，是現成的美食，熊不會客氣。

(二) 閱歷豐富：文學來自生活，一般生活經驗豐富，加上對兒童生活認識深刻，所寫作出的童話必定更有可看性。例如安徒生和修斯等童話作家，平日喜歡旅行，體驗各種人生，觀察兒童的生活百態，因而使他們的童話題材廣泛，充滿可愛的幻想。

(三) 感情充實：童話具有詩般的美，洋溢著溫馨，它的原動力是對外界事物的感動與愛心。例如安徒生有一回看見一隻紅腳鸛鳥蹲在草地上，好像有心事的樣子。鸛鳥飛走後，安徒生走到他蹲的地方，低頭沈思牠剛才到底在想什麼，於是南國的傳說和故事又在他的眼前浮現了，這些都成了他寫童話的素材。（林政華，1991：274）

　　但因作品反映時代的背景，也難免成為創作的限制。我們要指導學生作經典創作似乎困難重重，因為我們已非處於該年代，既為經典，就不是我們仍在學習階段的學生能與他們抗衡相較的。經典要轉經典創作誠非易事，但我們可以汲取經典童話的內涵。有些主題是恆常不變的經典觀念，如〈青蛙王子〉裡的守信；〈醜小鴨〉裡的體會蛻變的甘苦；〈豌豆上的公主〉的真實不容欺騙；〈國王的新衣〉影射世人愛虛榮，不惜鋪張浪費，卻又心虛矯情的心態，消極上可以產生「匕首作用」和「鏡鑑效應」（被取笑的人給我們一種良好的借鏡和警惕言

行）。（蕭颯，1989：76-80）但得一併賦予現代意義，題材和價值觀要與時並進，重新定義，經典童話的生命才會日新月異。

接續第五章第三節對童話的探討，有關基進（創意）童話在《創造性寫作教學》還有細分為現代式創新、後現代式創新和基進創新的創造性童話，都各有舉證說明。本研究所指基進的童話材料則廣義的包含前三者。在初版格林童話還未被發覺以前，有關基進性的童話幾乎是不可想像的，因為大家都受童話必得是溫馨感人和光明希望等刻板印象圈圍著，而一旦初版格林童話重見天日，隨後的仿作自然也不會缺乏。（周慶華，2004a：154）許多談論童話原始版本的相關論述，如《百變小紅帽———一則童話的性、道德和演變》、《巫婆一定得死——童話如何型塑我們的性格》、《令人戰慄的格林童話》、《醜女與野獸——女性主義顛覆書寫》、《格林童話之現代解讀》，裡面包含格林童話的諸多原始版本隱藏的暗黑情節。如〈灰姑娘〉曾被改編成《水晶鞋和玫瑰花》，裡面有一些暗黑情節，兩個姊姊最後竟要受到被小鳥啄瞎眼睛的懲罰；或者把腳跟砍掉穿進鞋子的細節（二十一世紀的今天，仍有為參加一場有心上人參加的舞會而把 38 碼的腳穿進 37 碼的美麗鞋子的女孩呢）。就根據德國習俗，女孩跳過火堆時掉了鞋子，就說明她已非處女，書評家便暗示灰姑娘與王子發生一夜情等。許多原不是寫給小朋友的童話，其涉及的範疇不只是文學，還有道德、文化、性別角色、自我認同、性愛和暴力等的建構。理解童話原是有很多可能性，面對教學對象是年少兒童的教育場域也僅止於教學者研究作理解，在教學上以教學對象幼少年齡的認知心理發展，就基進創意部分還需斟酌選材。

1987 年 2 月《聯合報》副刊刊載了這篇短文，予人不少震撼。內文大致如下：

> 「美麗」的公主和「英俊」的王子，讓我們這麼小就瞭解到權勢與美麗，曉得為了追求這些，是會有人不惜殺人的⋯⋯只要

> 用心觀察，你會發現毒蘋果並不只這一顆。像〈灰姑娘〉，鼓
> 吹不勞而獲的哲學，仙女棒一揮之下，金碧輝煌，教人眩惑得
> 分辨不出她的本來面目。國王擇后，徒求貌美，醜人從此不再
> 有生存的價值；而衣飾裝扮的重要性，竟至於此，尤令人嘆為
> 觀止。〈青蛙王子〉更是如此，那一位美麗而勢利的公主，對
> 青蛙毫無愛心，抓起來就往牆上摔，但青蛙變成王子以後，兩
> 人立刻過著幸福快樂的生活……（龔鵬程，1987：255-256）

童話是寫給兒童看的故事，把握兒童的幻想和好奇心，把不真實的寫得像真實；把不可能的寫得似乎可能，就是它的真實感會讓小讀者好長一段時間信以為真。我們作文本詮釋時，不得不注意的空白處，或許不是作者原本的意圖，但當考慮閱讀者及閱讀目的時，便不得不留意其中隱藏著的乖戾教育。

在〈傑克與魔豆〉中，巨人並不只有扮演壞人的角色。事實上，他並沒有主動去擾亂傑克與媽媽的生活，反而是傑克自己去偷取巨人的東西。在這方面，巨人應該是一個受害者才對，而並不單純只是如作者所設定的壞人角色：會將傑克的所作所為視為合情合理，甚至去模仿傑克的行為。傑克偷取東西的行為，讓傑克原本困苦的家境獲得改善，從此與媽媽過著幸福快樂的日子，這不就等於再告訴孩童，去偷取壞人的東西就可以讓自己過更好的日子（一則報紙社論〈少年為孝詐騙〉也是探討少年為了幫忙賺錢貼補家用，加入詐騙集團，假冒書記官，分得贓款立刻給爸爸五百元〔日日談，2011〕，孩子孝心或許值得鼓勵但方法錯誤，可與〈傑克與碗豆〉作為案例教導學生世上沒有白吃的午餐）；而巨人被傑克一再欺負，最後他很生氣想討回公道時，卻被傑克陷害摔死了，這不也等於是在告訴孩童，當自己的權益受損時，如果你試圖想討回公道，有可能會使你喪失更多的權益。故事中的主角傑克為了減輕家中的經濟負擔，偷了巨人的金幣，而這種偷竊的行為卻因為基於對媽媽的孝心，被引導成一種正面的行為。〈國

王的新衣〉當中，國王的浪費行為導致他被裁縫師欺騙，但這樣的欺騙卻不是基於正義，而是裁縫師本身的貪婪。又如〈龜兔賽跑〉中，烏龜因為兔子睡覺贏得比賽，是不是有點勝之不武，甚至是投機取巧的行為？進一步的探討，我們到底擁有多少深刻、正確的認知，這是一個相當重要的問題。因為民間故事與人類的普遍和密切關係，往往造成我們對它疏忽而有膚淺的看法。

所有的童話都隱藏著一個重大的意涵，想要表達給讀者知道。童話裡的隱喻訊息會影響兒童的觀念，使兒童連結到自身的生活經驗中，不自覺的影響兒童的基本道德認知。我們不妨使故事中的觀念可以與現今的社會契合，也讓孩童可以從這些童話故事中發現與道德矛盾的地方，得到正確的道德認知。

倉橋由美子認為過去的童話，經常藉由故事裡的魔法來創造一個合理的超現實世界。因此，在超現實的世界裡，故事發展處處合情合理，文章內涵也十分明確，不因同情或傷悲等龐雜的心理因素動搖了故事該有的發展和結局。也因為如此，在講求因果報應、勸善懲惡或自業自得的原理下，過去的童話故事顯得較為殘酷。透過閱讀，孩子們可很明確地瞭解這個世界殘酷的一面，在觀念上得到強烈的烙印……如今取代的新興童話，是大人特地為讓孩子閱讀所寫出的，故事主角不管是個孩子或動物，欠缺的是一份寫實，或盡是一些空想及不符合實際生活的敘述，對孩子來說無異是本無聊的讀物罷了。基於此，模仿從前的童話故事，以過去的故事為骨架，創作出一個合乎情理、超現實且具殘酷特色的童話是有必要的。（倉橋由美子，1999：203-204）童話本質所具有的可以如實體驗的現實徵候外，擬人且帶奇幻色彩的童話性特徵仍應持續性的維持以保證童話文類的獨立性，至於因同隸屬於敘事性文體，所應具有追求普遍而深刻的情感及敘述動機的要求，則可在閱讀或再創作時一併考慮顧及。在創造性童話轉創作時則可改以奇特的情感，或就以超常態或反常態的策略來表現普遍而深刻的情感。閱讀教學時可以以討論法來讓學習者分組討論寫作的

方向。講述時提示範例，將範圍確切化，並讓學習者主動連結自己直接或間接獲得的先備知識、經驗與事件，組織連綴成篇，期望後起創新之作。倘若無法有無中生有的能事，至少也要與前作製造最大差異，而使學習者有所成長才是。

童話雖是供給兒童欣賞的主要文學作品，兒童選擇童話是童話故事本身是孩子能看得懂的閱讀層次撰述，但故事蘊含的意義，藉著詮釋，可以發揮透視人生、闡揚人情的效果，因此對於其他年齡層的讀者也都有不可抗拒的吸引力。許多童話尤其是古典童話，孩童受它潛移默化，耳濡目染，對單純的孩童來說只知故事裡情節表現的陟罰臧否、賞善罰惡，但除此之外，童話最重要的還有遊戲性、想像性、包容性等特質，童話裡奇特、新穎、親切的題材，幽默、滑稽的內容，誇張、變形、擬人的人物，神奇多變的情節；敘述時可以物我混亂、時空觀念解體，都符合孩子遊戲的天真本性，因此在閱讀後再創作的引導是可以充滿趣味、喜劇性的。教師可以不用太苛求改寫童話的標準，藉由多閱讀，品評專家或同儕的作品自有領會。

顛覆童話可指出為兒童的創意學習，包括內容改寫的趣味性與形式的拼貼遊戲性。處理形式所以有趣，是在於把原先大家熟悉的故事家加以刻意翻轉，對故事刻板印象的挑戰；或是對幸福快樂結局的質疑；或是加入現代的場景、觀點或語彙，尋求與原始版本的差異點，產生出對照的趣味。例如《三隻小豬的真實故事》、《豬頭三兄弟》、《臭起司小子爆笑故事大集合》這類型故事在 1980 年代末期到 1990 年代中後期大量出現，《臭》作者 John Scieszka 在該書收集很多童話寓言，包括〈醜小鴨〉、〈豌豆公主〉……等。比如那隻很醜很醜的「醜小鴨」長大了果然還是一隻很醜很醜的大鴨子，最重要的是畫者 Lane Smith 運用前衛藝術手法採用拼貼，不平順的線條，造型怪意誇大。用盡力氣突破傳統框框，想創造新風格。書本編排沒有規則，如故事說到一半掉下來渙散一團的「目錄」。作者繪者放的是華盛頓和林肯的照片。2002 年的《小木偶變身大冒險》，也頗富有顛覆的趣味。另《龜兔大

賽》將龜兔賽加上環遊世界與翻轉書的概念、讓顛覆有了多樣的可能性而更言之有物。作品在教學上可作書群的運用。運用「書群」說故事，就是把同一類型的書擺放在一起，去說故事給孩子聽。同一類型的書群彼此間有連結點、關聯性。例如作者相同，如 Antony Browne 的作品《大猩猩》、《朱家故事》，或都是自我認同主題相同的《星月》、《綠笛》，或角色相同的《田鼠阿佛》、《如果給老鼠吃餅乾》等等。可以比較同一主題不同的表現手法和呈現的觀點。相同角色創作者的畫風如何，可以比較、感覺。而同一作者的作品，可以說說風格、特色，或相近風格者。

　　教師可以提供諸如《尋找大腳丫》、《炒一盤作文的好菜》等這類型改編作品的例子供學生參考，近代許多改寫作品挑戰人們既有的性別預設，鬆動性別刻板印象與性別意識型態，童話裡的婦女不必然得是無助、被動、受苦、服從、屈居於男人世界的可憐蟲或是邪惡的巫婆、繼母。還原女性在童話故事中所應有的豐富性格與獨立人格。《魔法灰姑娘》歷經磨難的女主角堅強地戰勝了重重困難，憑著生氣、智慧、膽識和語言天賦以及她與自己最大的弱點頑強抗爭的勇氣，破解了仙女的順從咒語，終於恢復了自由。小說既保有傳統故事的精神元素，又添加了許多顛覆傳統的幽默情節。好萊塢已把這本童話改編成同名電影。如繪本《灰王子》將灰姑娘的故事情節直接套弄在男性身上，讓公主「以褲尋人」找到灰王子；另外，在童話中經常是屬於被拯救的公主，在繪本《紙袋公主》中成為了主動拯救王子的勇者，故事的最後更反轉了過往童話「公主與王子從此之後過著幸福快樂的日子」這種樣版結局，讓紙袋公主拋棄了只注重外貌的王子。

　　教師在指導如何脫離傳統的模式窠臼，賦予它現代的、新鮮的意念進行創作，把舊有的故事拿來拆解，重新加以組合，老故事因此產生了一些令人意想不到的「笑果」。透過顛覆性的改寫，故事的結構有了變動，便會產生新的趣味。因為想像力的無限發揮，「掰」的故事也產生無限的可能性，時空可以錯置，突破慣性思維。帶引學生閱讀多

篇童話，提供促進賞析的資料，請學生一起來發現故事中常見的共同點。人們對情感和意志的價值觀，其實是人們進行詮釋的基礎。角色人物的特質、人性的價值與弱點，有沒有值得思考問題。例如童話裡的女主角一出場總是讓人驚艷，賢慧美麗，但似乎很柔弱無助，男生角色多半會英雄救美，也有智慧、權力的弔詭。童話多以動物為主，會有幫助完成心願的寶物出現，有如城堡美麗的背景，醜變美，窮變富有轉眼間便可達成，情節都很湊巧曲折，快樂的結局……重複這樣的故事會不會太老套？以童話〈灰姑娘〉為例，引導學生思考故事中其實有許多可以反思的地方：為什麼女生一定是柔弱無助，等待旁人來救的？女主角也可以有獨立堅強的個性，不但能自救也能救人（救男主角），而男女主角也不再以「結婚就是幸福生活的開始」為必然選擇。童話要如何創新？無法無中生有，所以可以發揮的地方便是製造與原故事中的差異，例如教師會請學生把原故事說一遍（補充），故事說到轉折處，如十二點鐘聲響了，灰姑娘驚惶地自會場奔出，不小心遺落了一隻鞋在臺階上……以後就請學生開始各種情節、不同趣味的新編故事。可以是一個新的構思過程，全新剪裁，全新布局的過程。除了灰姑娘以外的童話選擇，一開始便要有激發想像力的童話，從何處中斷請學生接，選擇適當的關鍵點也很重要。藉由對傳統童話的討論及質疑，引導創作創新童話。而討論的問題對學生有很大的寫作暗示作用，可儘量發揮討論作經驗分享。解讀詮釋經典，等於再創造。例如提出的問題如下：

(一) 十二點過後，灰姑娘身上華美的衣服全部變回原來的舊衣裳，但是為什麼鞋子沒有變回去？

(二) 為什麼王子只能憑鞋子找人？

(三) 根據我們的經驗，同一個尺寸的鞋子可以有很多人適穿，以「誰能穿玻璃鞋」來判定誰就是灰姑娘合理嗎？

(四) 繼母或她的孩子一定就會欺負「舊媽媽」的孩子？可不可和姊姊修睦關係？

(五) 國王爸爸為什麼對家裡的事都不知道？如何讓爸爸知道？

(六) 灰姑娘一定要忍氣吞聲受委曲嗎？

(七) 嫁給王子一定會幸福？

(八) 男生娶妻一定要娶美女？

(九) 柔弱小巧就是美的標準嗎？

(十) 僅憑一場舞會就要娶灰姑娘為妻，你覺得是什麼原因？

(十一) 王子就是以貌取人，怎麼辦？

(十二) 王子如何知道灰姑娘是心地善娘(如果確實是有內在美的話)？

(十三) 如果你是男生，你會怎麼選新娘？

(十四) 如果灰姑娘只是長得美，卻有一籮筐的缺點，要怎麼辦？

(十五) 如果不希望王子只是「以貌取人」，又希望善良的灰姑娘有好的歸宿，該怎麼做？

(十六) 在日常生活中，看過誰像灰姑娘一樣，當十二下鐘聲一響，就會從美麗的公主變成灰姑娘？請舉例。

　　陳靜紋寫一篇〈灰姑娘續集〉，大致內容為灰姑娘因玻璃鞋與王子結婚以後，灰姑娘每天過著養尊處優的生活，個性也變得非常嬌縱，例如躺在沙發頤指氣使的指揮宮女端來水果，吃剩的殘骸丟在宮女手上；一位老者送來一顆來自中國的水蜜桃進貢給灰姑娘，聲稱能養顏美容，防止老化，更加美麗，等到灰姑娘大口大口咬了水蜜桃後，就腹痛倒下了。躲在一旁偷看的老者慢慢撕下面具，露出王子的真面目，轉身離去。(周慶華，2004a：144) 另一篇是施養慧的〈灰姑娘的真面目〉(施養慧，2010)，大意是說灰姑娘終於嫁給王子，但是因為灰姑娘並非貴族，所以化妝前後判若兩人，所以王子才會以鞋認人，因此灰姑娘要小心掩藏她的真面目，需要許多功能的化妝品與配件，衣櫥也是一套套精美華麗的禮服，隨時隨地保持光鮮亮麗。每天一定要比王子更早起床，更晚就寢，早上要先打扮好才能見人，一天因為太累早上起得不夠早，假睫毛還沒黏好，王子看見她用盡力氣睜大眼睛，王子只是說「你幹嘛一大早就瞪我呀！」王子和其他人並沒人注意她

的眼睛，於是她一步一步露出她的真面目。也因為這樣，她節省了很多化妝的時間，直到一天脂粉未施的灰姑娘與王子的對話終於釋懷，「你覺得白雪公主跟睡美人長得怎麼樣？」灰姑娘問。王子說：「嗯……睡美人有一雙蘿蔔腿，白雪公主的髮色太深了。」「那……我？」「你呀！除了眼睛小了點，鼻子塌了點，其他都很好。」「沒有十全十美的人，我就愛你本來的樣子」「你也沒嫌棄我有個大肚腩，最重要的是你不像其他嬌生慣養的公主，老要別人哄著她、伺候她。灰姑娘終於放心，原來個性才是王子選擇她的原因。她終於可以一夜好眠。

這兩篇續寫的故事除了求新求變之外，恐怕還有道德、文化、自我認同、暴力等課題擬予建構。沒有繼母壞姊姊們的嫉妒虐待，取代的是不知惜福的灰姑娘及王子以貌取人的自食惡果；後一篇則是加入自我認同的意義，要做自己還是作大家以為的王家貴族，也扭轉了一般童話裡的灰姑娘美的標準與王子風度翩翩的認知，還有男女間愛情的真諦，整個故事加強了現代派的創新性。

創作兒童作品的作者往往會因為為適應兒童閱讀能力、提高閱讀興趣與糾正錯誤意識，為使更有教育價值而改寫，這種再創作的方式種類很多。例如篇幅方面：長篇改短篇，著重原書主要內容加以濃縮，如縮寫長篇小說《魯賓遜漂流記》；或著重書中某一人加以節選，如自《三國演義》摘選關公的故事，所謂刪節本、節縮本等就是。也有短篇改長篇，如《醒世姻緣》是由《聊齋誌異》中一短篇故事〈江城〉演繹出來的。另如體裁方面，有由故事改為詩歌，或由童話改為連環漫畫，童話改為戲劇，不一定全文都改，只取原文主要意思或某一部分材料更改都行。（林守為，1995：329-337）由寓言改為詩歌的例子〈烏龜和白兔〉，教師也可提供給孩子欣賞。

烏龜爬，白兔跳，長長路，比賽跑。
小白兔，很驕傲，半路上，睡著了。
小烏龜，不住跑，到後來，竟先到。

小烏龜，哈哈笑，小白兔，羞死了。

（林守為，1995，338）

　　教學者引導賞析作品，然後再規畫寫作訓練，期望從觀摩到創新。朱光潛曾說：「像其他人類活動一樣，文章離不開模仿，不模仿而能創造，那是無中生有，不可想像。」（曾長泉，2007：17）如同魯迅的第一篇白話小說《狂人日記》，就是模仿俄國作家 Nkolai Vasilievich Gogol 果戈裏寫的《狂人日記》。由成人作家各種改寫創意，讓讀者一併欣賞，提供可學習的鷹架，許多作家開始寫作時也是藉助於模仿，模仿形式架構，再從經驗中逐步建立自己的寫作風格，開啟日後的創新，期待閱讀童話後的學生能試寫童話，除了多閱讀理解童話外，想要讀寫結合，還要在寫作技巧上如使用情節反覆法、使用寶物魔法或由真實進入虛構等模式予以提醒並多舉事例，學生才能得心應手，克服技巧障礙，發揮創意。多讓學習者閱讀現代、後現代作品，刺激想像，最好還能借助作家現身說法分享自己的寫作經驗，如靈感從何而來，細節怎麼安排，角色如何被創造出來，寫對話敘事到文學修飾，到作品的修改，甚至被退稿到出版的經驗。

　　一般寫作會從觀察開始，教學者就可以為創造角色訓練學生觀察，在一次到有很多陌生人的地方，好比餐廳、捷運車上，以記事本然後挑一個陌生人仔細觀察，隨筆記下有關他的外貌、儀態、氣味與說話方式。然後回去開始設想補充這個人的資料，如綽號、種類（可能是童話故事生物）、年齡、職業、家人、寵物、好朋友、房間描述、背包裡的東西、嗜好、才能、優缺點、人際關係、恐懼的事、最想要的事物……；教師也可以提供題材讓學生想像寫作，例如選擇其一或多項寫一個故事，「一隻聰明的螞蟻盯著正在野餐的人們，想辦法弄些吃的。」「主角正在告訴你一個祕密」「你所遭遇一件可怕但不悲慘的事。」「學了三個月的跆拳道，充滿自信但卻不知道其實他學藝不精」「請以小紅帽的觀點敘述被大野狼吃掉的感受，若小紅帽死了你還

可以以她的鬼魂來講故事」「描述王子變成野獸時的感覺，清楚描述你的野獸的模樣」提醒學生不必一開始就從頭寫起，可以寫他認為最吸引人的部分，無論是開始或結束，但要使用大量的細節和豐富的對話。

學習有一個原則稱為「富者越富」。這是《聖經·馬太福音》中耶穌的比喻。有三個僕人各由主人手中拿到一筆資金，其中兩人利用資金，努力生產，回收更多；另一個覺得自己資金不多，不能隨意用掉，於是把錢埋在土裡。主人回來，檢視三人的成績，對兩個有資金又善加利用的大加獎勵，使他們更加富有。（柯華葳，2010）這就是所謂的「馬太效應」，又稱「富者越富」原則。學者借來描述學習上富者越富的現象。閱讀和寫作都是富者越富，越讀越能讀，越寫越能寫。停止讀或寫，就像把自己的能力埋在土裡一樣，不會增多。

把「學而不思則罔，思而不學則殆」改成「讀而不寫則罔，寫而不讀則殆」也成立。讀是學習的手段，透過這個手段掌握知識，就是學習。寫是思考的表達。這裡的寫不單是「寫字」、「寫作文」，包括筆記、摘要和記錄。寫作要增能，平時題目就要多樣，一方面讓學生找出願意撰寫的題目，另一方面讓學生閱讀資料，以增加思考內容。老師不妨一次公布幾個可以寫的題目，例如：

(一) 觀察蟑螂（自然科學）

(二) 為什麼班上需要……（問題解決）

(三) 地震的原因（地球科學）

(四) 生活在非洲肯亞（社會與地理）

(五) 為什麼我喜歡……（心理）

(六) 訪問耆老或專家（傳記與歷史）

(七) 新聞中五個錯誤的報導（批判）（柯華葳，2010）

當學生找資料閱讀後，再來寫這樣的題目，老師也比較有「迫不及待」想讀的意願。這就形成良性循環：老師願意讀，學生更願意寫；學生之間也樂於互相審閱、觀摩與互評，畢竟每個人的「產品」都不

一樣。不論閱讀或寫作都要安靜下來，需要時間思考。「思考」才是讀和寫的核心。

第七章 語文閱讀「怎麼教」的教學策略

第一節 語文閱讀「課程設計」的教學策略

　　課程設計是教學者教學的前置工作，引導教學者擬定有效的教學策略，達到預定的教學目標。課程設計必須針對教學實際需要，以教學者與學習者為主軸，擬定課程設計。

　　課程設計包括教學目標、教學內容、教學對象、教學方法、教學資源、教學環境、教學活動、教學時間、教學評量等要素。教學者須就上述各要素作專業考量，才能在未來的教學活動中加以落實。形式包括書面式教學計畫、內心式教學計畫、短期性教學計畫、長期性教學計畫。應依實際教學需要，採用適當教學設計內容與形式。（林進材，2002：183）

　　教學是指教師為引起、刺激、或促進學生學習所從事的目的性活動。教學所涉及的是如何（How）以及用什麼（What）方法、材料、策略、工作和動機去激勵學習。教學規畫是教師所要執行的工作，教師可以為學生設定學習階段，但是必須和學生分享那個階段，而且當教學一開始進行，學生就要成為那個學習階段的核心……所設計的教學活動不一定要是外顯的身體活動，也可以是傾聽、閱讀和思考。事實上，除了簡單的動作技巧以外，心智活動也是非常重要的。教師應該儘量設計一些可以讓學習者適當的運用程式性思考或心理活動的教學任務、活動和環境。教學活動的適切性是藉由學生的學習來評估。

不同形式的學習結果所需要的思考方式並不相同，因此經過妥善規畫的教學，才能成功的促進適切的思考。（蔡清田，2002：213-214）而這在第二章第二節有關教學到閱讀教學有過探究說明（詳見圖 2-2-1、圖 2-2-2、圖 2-2-3、圖 2-2-4）；此外，另有三種教學內容設計的學理模式：目標模式、過程模式及情境模式，三者可相輔相成。因目標模式偏重技能學習與資料記憶，而過程導向模式則以師生共同參與的過程來完成學習，內容本身就具有內部效標，適用於知識及理解的領域。教育效果事前無法測知，事後也不易評量，純屬學生個人的心理活動。評估其意義內涵，我認為情境模式是比較適用於目前教學目標的教學模式。情境模式以教學情境為教學內容設計的主要因素，考慮較深較廣，強調知識是情境化的，學習應在真實情境中進行，透過情境，激發學生將知識應用於日常生活中，並培養實際操作的能力。步驟為：

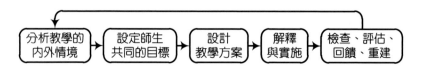

圖 7-1-1　教學情境模式步驟圖（資料來源：王淑俐，1995：163）

　　教學情境模式不只要注重教學目標及教材，更要仔細分析各種教學的內外在情境。外在情境因素包括瞭解目前社會狀況、教育制度及政策、學科教材；內在情境因素包括瞭解學校、受教者（如學生背景、能力、性向、動機、價值觀、需求）、現行課程優缺點、教師自我瞭解（經驗、能力、知識、態度、價值觀）。為了有效達成閱讀教學目的，除採傳統式教學，可多採突破規範，重在創造成分挖掘的基進式教學。

一、總說語文閱讀「怎麼教」的教學策略

整個語文閱讀教學策略，從理解閱讀所為對象，到因所為對象的不同作不同選材考量，同時觀察蒐集各種限制材料或自由選材的基進觀念與經典觀念的教學內涵。如圖 7-1-2 所示：

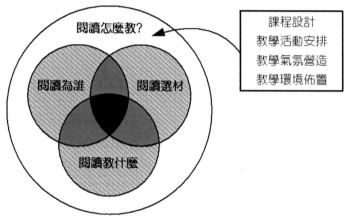

圖 7-1-2 總說語文閱讀「怎麼教」的教學策略

二、語文閱讀「怎麼教」的課程設計

人類學家在探討教和學的過程後，提出「學習活動乃是訊息傳遞和接受的過程」，最能表現出師生雙向互動的，討論法是其中之一。不但可促成同儕合作學習，讓學生學得多比老師教得多更重要。老師不獨佔上課時間，而是扮演學習觸媒的角色。可兼顧個別學生需求，協助學生突破學習盲點，同儕討論最充裕的時間，未掌握好會成為閒扯

淡，讓學生有機會思考和運用所學的技能，有賴老師花心思設計。除了在本研究第四章第一節曾稍作說明外，在此強調討論教學適用的情境，如對於富有爭議性的問題時，可培養學生思考力、發言能力；具有多種可能答案的問題時，能互相啟發、增益，尋求較佳的解決方法；或者欲建立或改變個人行為時，藉由團體動力的歷程，澄清觀念，樹立標準，逐漸形成價值和態度，從而建立或改變個人的行為。編組的方法很多，避免產生標籤效應，例如卡片分組法、拼圖分組法、尋找有名的虛構的朋友和家族、名牌分組法、生日分組法、紙牌分組法、抽號分組法⋯⋯可靈活運用。討論的方式或類型極多，腦力激盪法及菲力普 66 較重視討論技巧的養成，另有所謂「635 默寫法」就是每 6 個人一組，每人在 5 分鐘內各寫出 3 個構想，再往鄰座傳寫 3 個構想如此共 6 次可得 108 個構想，再審視、分類、建立清單、決議、擬定策略、交付執行。（袁長瑞，2007：216）討論會則偏重某種任務的完成。學習聆聽與討論應注意幾項原則，師生應對聆聽的藝術有共識：（一）停止交談。（二）瞭解別人的想法。（三）注視、反應、表現興趣。（四）不要打岔。（五）聆聽時，只先表示正面回應—直到可以批評為止。（六）重述別人發言的要點。

　　討論教學大致流程為：小組討論（小組分工名單）→全班討論（分組報告→同學補充→老師歸納）。

　　小組討論也是一種說話教學。是一種妥協的藝術，互動中得到共識，可整合不同意見。具合作學習、溝通、表達、傾聽、包容接納的優點，教者需考量基於同質分組或異質分組，多久換一次組別，討論常規的建立也要考驗教者的帶領功力，教者需讓學習者清楚遊戲規則，包括討論前：告知學生分組是為了學習而非競爭，各組應互相尊重，討論聲音要放低，發表時要接納異見，別人報告，注意聆聽。可以先以一組示範。設定討論發表、聆聽接納的時間及應有的態度，遇生難字詞舉手報告，生難字詞查不到可以：「請求支援！」老師是聽眾及輔導者。鼓勵學生發表，老師可告訴學生：沒有標準答案，但老師

心中仍要有較適切的答案。訓練學生勇敢說話（說錯話別人笑，當作是在講笑話），同學發表可修正自己的答案。最終討論後要有回饋，讓學生明瞭，最好的討論是每個人都願意發表意見、傾聽接納不同意見，而老師很高興大家都做到了。

討論的技巧方面，思考以下幾個面向：

(一) 我想從對話中得到什麼？我願意受別人影響嗎？

(二) 「你為什麼會有這樣的看法？」「你的意思是什麼？」

(三) 「當你說＿＿＿＿的時候，你真正的意思是什麼？」

(四) 我在想什麼？我的感覺如何？我在這個時候，想要的是什麼？

(五) 我們在哪些地方意見一致？哪些地方意見不同？

總括來說，討論是學生就某個問題與他人交流意見，相互啟發補充，釐清問題的方法。這種訓練的作用是使學生鑽研問題，評價別人的意見，發表自己的見解，得出正確的結論。積極的思維活動中智力得到發展，也提高學生的說話表達能力。教師指導具思考行為的閱讀活動，包括指導學生理清文本觀點，在文本適當處或關鍵處停頓，提一些開放性的問題，進行預測和提出看法，讓學生描述文本中各個要點的聯繫，並對各觀點提出證據。過程中教師只是非裁定性的促進者，而不是觀點討論的參與者。透過傾聽學生想法、價值觀念、背景和推理，可以更瞭解學生。教師指導小組討論時的教學焦點：可參考第四章多元基進教材課程設計群文教學的教學方法。

語文閱讀教學活動設計除了討論外，創作／表演也是教學活動的重心，對文學創作而言，貴在能發人所未發，言前人所未言。然而，在中西智慧結晶中要能脫穎而出，實在是難上加難，可遇而不易求。因此，退而求其次，只有向歷代文學大師借靈感。文學創作裡要能激發創意、活化想像的方法，有所謂「放大」法（增加、延長），就是在作品中增添新的變數，產生新的可能。例如利用眾人熟知的故事改寫，再加續一段，或以原作終點為起點，延伸出新的軌跡。另外，還有「改變法」或「合併法」，包括改變敘事觀點、人物性格、情節、場景等。

在人物性格上，如白雪公主不再溫柔善良而為奢侈嬌縱；王子也非英俊挺拔，而是患有戀屍癖；邪惡的母后變成美麗、智慧賢女子；身強體健、幽默機智的灰故娘替代柔弱委屈的新女性，原為悲劇的《小美人魚》、《鐘樓怪人》，也在如「迪士尼」卡通或漫畫《童話短路》裡有了奇思異想，突梯滑稽的喜樂收場。如此固定模式得以解套，不同情節得以重組，多層的寓意得以開展；開拓出同類型故事的新風貌，發揮「局部創意」賦予作品新旨趣。再創作的人物刻畫與情節衝突仍應保持鮮活曲折，注意真實感、可信度、因果律，再造作品才能更見豐美、脫俗、有新意。這種再造的想像為「有中生有」，在舊關係中注入新元素，提出另類觀點，加以闡新詮釋，甚至逆向操作，自能開拓不同視野，豐富多元旨趣。身為教學者指導閱讀者欣賞這些前人創作或再創作，期望提供觀摩仿效善取妙用，藉力使力之外，學生能撞擊出新想法新表現，而後有機會寫出獨創性的基進作品。

選擇創作／表演來展示學習內容或成果，很大的原因是可以培養學生自信，對於內向害羞的學生很有幫助。以表演的方式除了個人展現，也鼓勵團體小組的合作，充滿創造力和美感取向的發揮，可以補救一般學習領域難以達成的情意目標。表演是通俗的說法，我們可以說表演是一種廣義的戲劇活動、尤其有創造性的戲劇表演。因為是教學不在功利的戲劇演出，所以重視過程勝於演出，考慮到不同個性的學生鼓勵以一種集體創作的過程呈現。教師以觸媒輔助者角色作引導式教學，例如情境扮演故事中角色，採用討論、發表、合作，屬於語言的或非語言的身體動作，來表達學生經驗、想像和創意，並且達到學習的目標。

教師可將故事帶入戲劇中，藉由引起動機、暖身活動、介紹故事、故事的發展和討論，讓學生更瞭解故事內容。引導學生研究故事的情節或角色的特性，鼓勵學生發問同時作口語或肢體的練習，讓學生更清楚情節上的衝突點。（林玫君，2005：244）鼓勵學生「說故事」而不唸故事，因為後者著重在作品內容的活動，前者注重說聽者的互

動，說者會分享他在這則故事中得到的訊息，融入個人的喜、怒、哀、樂等情緒，甚至戲劇化的演出，以博得聽者歡笑，也較有成就感。說故事會搭配姿態、表情和動作等肢體語言，說故事的類型有相聲、雙簧、接力說故事、看圖說故事、作針氈、聯想說故事、演講、講笑話、讀者劇場、故事劇場、室內劇場……此外，還可以演故事，演是將故事表演呈現在觀眾面前，全是劇場化了。演故事的類型分為默劇、偶戲、即興表演、角色扮演、即興真實人生一人一故事劇場、旁述指導、老師入戲。（林秀娟，2009：46-49）例如一種創造性戲劇很容易就能重現故事經驗。特點是演員創造對話並未事先記誦。不使用布景、服裝，臨時的道具可以幫助發揮想像力，不是為了觀眾演出而是為了讓參與者獲益。在課堂上，幾個不同的戲劇，或對同一部文學作品的不同戲劇詮釋，可以同時發生。這種即興的特質以及簡化服裝與場景，自然放在學習和體驗的過程，同時也讓戲劇成為課堂上常用來回應文學作品的工具。為校長、隔壁班及其他人所做的非正式演出，讓學生有額外的機會練習，並且讓他們自己付出的努力感到驕傲。（Carol Lynch-Brown 等，2009：332-333）說演故事透過視覺、聽覺、觸覺將內在的活動，藉著身體表現出來，目的在吸引更多人瞭解故事本身，藉著美學方式表演，也讓說者得到心靈解放、增加自信心，獲得豐富學習的機會，聽者得到共鳴，故事因而傳播更廣更遠。學生藉著聽說演故事，將自己想像成故事中的角色，經歷一段段不同於實際生活的旅程，體會不同的人生滋味；透過這些文學或創意作品幫助，他在語文認知、價值觀、教養上獲得教育與娛樂的功用。

　　教學內容方面根據第三章第四節圖 3-4-3，從語文閱讀教學「教什麼」到語文閱讀「怎麼教」的整合，來確定整個教學活動的基本準則。訂定教學內容為運用描述、詮釋、評價等解讀方法來獲得選材中的知識經驗、規範經驗、審美經驗，而在安排教學活動方面仍採取混合教學聽、說、讀、寫、作的教學法，而其中以語文閱讀教學為主。教學活動進行前中後對文本本身的閱讀，教師也應於平日做好必要的閱讀

理解訓練，如何作故事地圖（如下示例或見第四章第一、二節）、作筆
記、預測、釐清、摘要、布題、夥伴閱讀，以閱讀情境與學習鷹架的
建立，教學活動則儘量以討論法為主，多採師生，生生對話互動方式，
老師學生可以輪流引導對話，進行理解與學習責任的逐漸轉移。語文
閱讀教學活動除了靜態的閱讀，希望也能藉著動態的互動討論表演，
分組或全班進行，基本上以團體活動為主，少部分視情況可以個人的
問答或表演穿插進行。

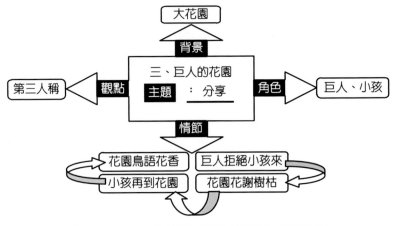

圖 7-1-3　2007 版康軒〈巨人的花園〉故事地圖

　　語文閱讀教學活動進行過程中，教學者要把握因所為閱讀對象而
選擇的材料不同的選擇，確定教學內容為基進觀念或經典觀念，教學
者依據原型教材析理出教材所寓含的知識概念，考慮教學對象及教材
位階、教學情境、可用的教學資源而決定的教學教材，教材分析（應
深入、貼切）是教學活動設計的依據基礎。教學活動設計應扣緊教材
分析作思考。每個人學科背景知識不同，觀點不同。藉由與他人互動，
認知或許因此有所調整。知識結構是客觀的，每個人所析理出來的內
容是差不多的，但是每個人決定要教什麼並不會完全相同，而這個就
是教材篩選的問題。知識結構，應包含文學、文化、語言三向度，同

時還要強調是否具備知識、規範、審美三種語文經驗的學習。然後安排教學活動呼應基進觀念或經典觀念的學習，也就是教師的教學活動要配合教學目標來設計，是為閱讀教學活動的進境準則。教學場域的設定則依教學對象、教學內容、教學目標等而異。有關場域的界定，專家認為「場域」是一種在各種位置之間存在的客觀關係的一個網絡，一種社會區域的概念，非指四周圍以籬笆的場地，也非「領域」的意義，是由各種社會地位和職務所建構出來的空間，各種場域性質由這些空間的個人所占據的社會地位和職務互相影響決定。不同的場域有不同的社會關係組合，擁有各自特定必然的運作邏輯，其中有所謂的利益、權力關係。以教育系統下的場域，教師希望學生能獲得最大的學習效益，所以利益並不衝突，而師生間、教師與家長間、學生同儕間，則會成為影響教學的因素。在教育學常說的「場域」，強調學校系統是一種由客觀關係所塑造的獨立社會空間，學校之外的補教場所等社會空間的特性必因組成師生、行政管理者、組織制度不同而異，因此教學應配合不同場域特性。（林璧玉，2009：56-58、115-116）閱讀教學時所處的場所，我們在其中生活流動，任何的群體行為與個人思考都必須在一個具體的空間內才得以實踐。例如教室、舞臺等，而這個空間是既存於社會中的，空間不是純空間，它是會變動的，有會影響它的權力、人際、互動等結構、氛圍，教師教學前對教學場域進行觀察對整個人所處的關係和位置需優先理解，教學者不得不納入教學活動考慮。語文閱讀教學活動進行過程前後，無論是像學校的制式教育場域和讀書會、工作坊等非制式教育場域，非得先有不同場域不同關照的考量和安排。任何課程設計不能脫離教育實際情境，忽視學習者需求，教師在教學情境中，所接觸的不只是學生，還有相關教育人員、物質環境、人際互動型式，也接近社區環境。因此，環境空間的經營與布置、學生心智年齡與態度、師生同儕互動關係、透過教學方法的媒介等都與場域互為謀合、牽涉的影響關係。如圖 7-1-4 所示：

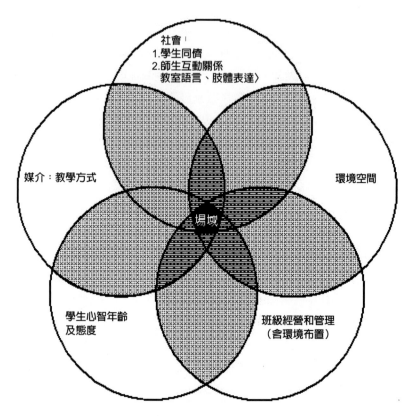

圖 7-1-4　場域概念圖（改自林璧玉，2009：57）

　　另外，教師在安排教學活動的每一個環節，都要有預先模擬，沙盤推演的計畫。各種教學歷程可能發生的情境或狀況，雖無法完全面面俱到，但所謂教學前的準備活動都可預作設想，學生起始行為分析、教學情境分析、教材分析，這三項前置作業可說是教學活動設計三大礎石。如對學習對象的先備經驗的觀察、理解、蒐集和調查，背景知識不夠，會造成學生閱讀困難，教師要想辦法補充教學或提供不同層次教材與評量等。每一個呼應教學目標的教學活動都需儘量考慮各種的狀況，包括學生程度與教材的難易、活動與場域是否適當，安排妥

當後倘若能作小組試教，預錄模擬教學，更可發現盲點或疏忽處，再預備多種解答或思考模式，以便檢核教學可以「加入指導」的部分。上述總總在制式教育場域配合教育單位課程綱要，在非制式教育場域可以隨機調整，如此會更確切精準。

　　教材分析（所有可能的元素）→配合教學情境（教學時間、資源及學生經驗等）篩選教學教材（可以教、值得教和必需教的教材內容）→設定教學目標→規畫教學活動和評量計畫，這是編寫教學活動的基本流程。而整套語文閱讀教學活動設計應注意的原則以教學目標為前導，以活動作為教學活動設計的核心，針對第四章圖 4-1-2 稍作修改如圖 7-1-5 所示。

　　閱讀教學進行時，教學者應有閱讀教學方向原則的把握，包括除了思考閱讀為誰的權力影響關係外，先備經驗和方法意識等在「閱讀選材」、「閱讀教什麼」、「閱讀怎麼教」都要思考其中互為影響的因果關係。相應第三章第四節有關閱讀本質與怎麼教（如圖 3-4-9）的討論，教學者引導學生閱讀時因前結構（意識型態、道德信念、審美能力）的影響而產生的再製經驗，一方面也是學習者確認再次精熟舊經驗。但教育的責任教學的任務應不僅止於此，也就是教學時透過討論完學生獲得的是再製經驗，而教師的功能在讓學生發現新知。藉著教學者多方舉出或指導學習者蒐集類似事例史例物證，減少學生學習落差，使差異消弭，或經由同儕的領悟發表，共同合作學習補充讀物資料輔助閱讀發現新知，才有機會在完成閱讀學習後進行權力意志或文化理想的實踐。

　　教學者在進行閱讀教學活動設計時，應考慮學習者的背景條件和文化差異，就是了解先備知識經驗是很重要的。

　　背景知識如同一個篩網，網愈細密，新知識愈不會流失；背景知識又像一個架構，有了架子，新進來的知識才知道往哪兒放，當每個格子都放滿了，一個完整的圖形就會顯現出來，一個新的概念於是誕生。有一個著名的實驗告訴我們背景知識的重要性。把一盤殘棋給西

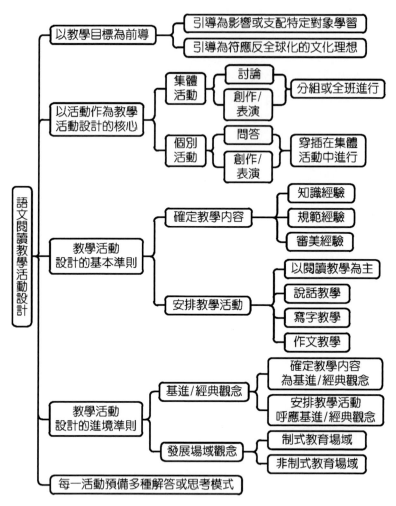

圖 7-1-5　語文閱讀教學活動設計（改自周慶華，2011a：84）

洋棋的生手看二分鐘，然後要他把這盤棋重新排出來他無法做到；但是給西洋棋的大師看同樣長的時間，他就能正確無誤地將棋子重新排出來。而當我們把一盤隨機安放的棋子給大師看，請他重排時，他的表現就跟生手一樣了。大師和生手唯一的差別就在大師有背景知識，

使得殘棋變得有意義，意義度就減輕了記憶的負擔。這個背景知識所建構出來基模會主動去搜尋有用的資訊將它放在適當的位置上，組合成有意義的東西，一個沒有意義的東西會很快就淡去我們的知覺系統。（Rita Cartter，2002：7）所以我們要充實有用的知識，讓我們更有能力去解讀和累積更多的新知識。

　　語文閱讀所要教的內容包括知識經驗、規範經驗、審美經驗，而建設取向在於製造差異。由意識形態理解的經驗，是指人所承襲或新塑的一套思想體系或觀念體系，被認為是為瞭解釋世界和改造世界，有這種被轉用的權力媒介定位，造成抽象思維成果的征服。意識形態藉由一種帶有權威性的語言形式，以它特有明顯的傳播見效（如有以口說傳播的寓言更是）標記在進行著社會主體或文化主體的影響或支配訴求。（周慶華，2005：82）每一種言說都預設著接收者將有被影響或支配的立場，解讀文本者以所言說的立場來確認言語的意義，只是這種通常都是隱晦不明的，與解讀者的背景知識經驗有極大的關係，所以成為一個能深層解讀的教學者須不斷的學習。因為是透過文本的理解和對作者提供訊息的感悟，所有相關意識作用的掘發都只是教學者（同時也是閱讀者）經驗的投射，是無法追溯尋求文本或作者的保證。

　　這三種語文經驗，除了文本意識形態有包括前述《魯冰花》受西方爭排名的意識形態影響的情節或《香料共和國》裡西方接受離散遷徙的集體潛意識；另再補充如規範經驗與審美經驗的例證，以便教學者選材與教學方向有所遵循。

　　以下是語文經驗中由逆向思考產生新意的規範經驗：俄國學者羅蒙諾索夫生活簡樸。有一次，一位衣冠楚楚的德國公子想嘲弄一下他的窮酸，指著他的後肘衣袖上的破洞對他說：「從這衣服的破洞裡，我看到了你的博學。」羅蒙諾索夫立刻反擊道：「我也正是從這個破洞裡看到了某些人的愚蠢！」（師瑞德，2010：116）遇到如上述不懷好意的挖苦、出言不遜，為了不一味遷就忍讓，助長對方氣燄，變本加厲，為捍衛尊嚴就可以以得當靈活的表達置對方於窘境。

　　丹麥著名的童話作家安徒生一生簡樸，常常戴一頂破舊的帽子。一天，有個傢夥嘲笑他說：「你腦袋上邊的那個玩意兒是個什麼東西？能算是頂帽子嗎？」安徒生馬上回敬他：「你帽子底下那個玩意兒是個什麼東西？能算個腦袋嗎？」（師瑞德，2010：117）回擊對方的挑釁，可以針對相對地掌握其謬誤，反過來對其進行嚴厲的責問和深刻的諷刺。

　　一則大家都熟知的故事：

> 有一天，蘇東坡與佛印和尚面對面打坐，蘇東坡問佛印：「你看我坐的樣子像什麼？」佛印回答：「我看你寶相莊嚴，好像一尊佛。」佛印反問蘇東坡：「那我看起來像什麼？」「我看你像一堆牛糞！」蘇東坡回答後，得意非凡。佛印微笑合十：「阿彌陀佛！」蘇東坡自以為佔了上風，回家對妹妹炫耀：「每次都被佛印佔便宜，今天總算扳回一城。」蘇小妹問明原委，嘆氣道：「老哥，你今天又大輸特輸。因為佛印心中有佛，所以他看你像一尊佛；你心中只有牛糞，所以才會把他看成一堆牛糞。」（何權峰，2011）

　　人的外顯行為是內心投射的結果，如何回應批評打擊你的人，將顯露出你的為人及思想內涵：所謂：「輸入的是垃圾，輸出的也必然是垃圾。」心中都是垃圾，所見也是垃圾：

> 佛陀在旅途中遇到一個不喜歡他的人。連續好幾天，好長的一段路，那人用盡各種方法誣衊他。最後，佛陀轉身問那人：「若有人送你一份禮物，但你拒絕接受，那麼這份禮物屬於誰的？」那人答：「屬於原本送禮的那個人。」佛陀笑著說：「沒錯。若我不接受你的謾罵，那你就是在罵自己！」那人聽了之後，摸摸鼻子便走了。（陳津，2005：71）

　　別人的想法或說法我們可以選擇接受與否，沒有必要隨著起舞，受對方影響，失去自我。反過來思考，你要如何回應你不喜歡的人，就關係你所受的規範、你的思維與價值觀，你用來罵別人的話，其實是罵你自己。

　　另有關〈富弼的包容〉的故事，宋朝宰相富弼處理事務時，都反覆考慮，無論事大事小，都要萬無一失才做，但是「萬全之舉多怨」，有人對他瞻前顧後、謹慎小心的辦事態度非常不滿，常在背後嘲笑他、攻擊他。手下的人對富弼說：「有人在罵你！」富弼一點也不在意地說：「他們是在罵人。」對方強調說：「不，是指名道姓地在罵你富某！」富弼淡然回道：「天下同名同姓者也很多。」（星雲大師，2002：197）

　　學習語文經驗中逆向思考產生新意的審美經驗：

> 　　有一位母親帶著他的兩個孿生女兒到玫瑰園去玩，並准許她們兩個自由戲耍。
> 　　不一會，一個女兒跑過來對母親說：「我不喜歡這裡，這裡的每朵花下都有刺。」又一會，另一個女兒跑過來，欣喜地說：「我好喜歡這裡，這裡的刺上都有花。」於是母親感慨的說：同是一片玫瑰園，兩個女兒關注的角度不一樣，就有了全然不同的感受。（唐文，2005：94）

　　一個缺口的杯子，如果換一個角度看它，它仍然是圓的。（林慶昭，2009：204）

> 　　兩位武士不約而同地走入森林裡。第一位武士在樹下看到銀色的盾牌，第二位武士在同一棵樹下看到銀色的盾牌，兩人為了盾牌的顏色爭吵不休，氣得拔出劍來一決勝負。他們整整比劃了幾天都分不出勝負。最後，當兩人累得坐在地上喘息時才發現：盾牌的正面是金色，反面是銀色，原來這是一個雙面盾牌。（陳津，2005：23）

這個故事告訴我們在還沒瞭解事物的真相與本質前，勿妄下斷論，否則會引起無謂的紛爭。

一個男孩灑掉了整支可口的霜淇淋，一個老太太過來告訴男孩「用腳踩霜淇淋重重地踩，看霜淇淋從你腳趾縫中冒出來。」「我敢打賭，這裡沒有一個孩子嘗過腳踩霜淇淋的滋味。現在跑回去，把這個有趣的經驗告訴媽媽。」（陳津，2005：164）到嘴的美食飛了，這的確是件令人沮喪掃興的事，但是我們沒有必要為負面價值綑綁，換個心情可以產生不同的樂趣。

對事物的認知會因關注角度的不同而異，例如會受到興趣、價值感的指引，將感覺集中在他所關心的要素上，關注的角度、關注的物件、關注的順序、關注的強度都會因個人生理條件、價值取向、人生經歷等等諸多因素的不同而大相逕庭，而最終人所形成的認知判斷多數時候也會擺脫一種單純物理事實的呆板陳述，而深深刻上個人價值取向的烙印。（唐文，2005：95）人對事物見解看法不同，同一件事有些人會用樂觀積極正面解釋，有些人則盡往壞的負面心態去想。例如有詩：「春有百花秋有月，夏有蟬鳴冬有雪，日日都是好時節。」也有詩這樣寫：「春花綻放，終會凋零；秋夜皓月，終有盈缺，萬物皆有終了時。」（江川弘，2002：47-48）春花秋月有人讚賞，有人詠嘆，認為世界充滿新鮮、樂觀進取，看什麼都美好，還是你認為這世界寂聊無趣看什麼都不順眼？但四時更迭或萬物消長，依然故我，不會因你抱怨或感謝而改變，積極的想法，人生是彩色的；消極的想法，人生是黑白的。負面心態正面心態有賴當事者的智慧抉擇。

某大鞋廠的老闆派兩名銷售經理到非洲考察新鞋銷售的市場潛能，兩人回國後先後向老闆報告，甲經理興趣索然的說：「非洲人不穿鞋子，因此市場沒有開發的價值，我們不必去了。」乙經理則另有一種說詞，興致勃勃的指出：「非洲大多數的人都還沒有買鞋子，顯示這個市場潛力無窮，應趕快進行開發，先搶得商機。」結果乙經理受到重用，甲經理不久後離職。（李錫津，1999：18）

　　有什麼樣的思考模式就會有什麼樣的行為表現，價值觀與思考模式不一樣，所作的判斷與所造成的後果當然不一樣，顯示思考模式影響生活至鉅。思考模式偏差，行為就易脫軌。社會事件屢見不鮮，如捷運上不讓座對長者出言不遜，或遇救護車非但不禮讓，還比中指挑釁。所以可見充實自己擴大視野培養健康合理貼切的思考模式，作為行為的指導原則非常重要。

　　正向思考對於一個人後續言行的影響。曾有研究提出：當一個人認為自己是幸運兒時，就會激發出一種樂觀、積極的心態，鼓舞他更努力、更機靈的去追求自己想要的東西，結果就成為真正的幸運者；而自認為是壞運者，對前景的看法通常趨於黯淡，意興闌珊，遇到挫折很快就放棄，結果就變成一個真正的不幸者。（王溢嘉，2011）語言蘊涵邏輯思維，按常規、恆定模式進行的思維是定向思維；但反過來想一想，變肯定（正面）為否定（反面），或變否定為肯定的逆向思維。例如人稱「這山望著那山高」，一般喻為「貪心不足」的貶義，倘若用於人類勇於向新的高峰攀登的讚頌，又成為化貶為褒的肯定意義。（師瑞德，2010：48 -49）正相思考就是負向思維的逆向操作。在語文閱讀教學過程中，藉由消弭差異、他者啟示，求同存異法的運用，就有好效果。例如小組討論的教學活動可以建議說服影響對方，只要在討論的議題上有差別想法，相左意見，不認同的思考，可以以尊重的態度包容尊重，思考過程重於結果目標的產生。但教學者要引導學習者替自己的論點提出論據形成論證，也不失為鍛鍊思維的一種學習策略。

三、不同單元形式的的課程設計

　　綜觀第四章、第五章、第六章在討論閱讀怎麼教的課程設計部分，會分析出單一或多元基進／經典教材，而教學內容根據教材的選擇，

這些教材因為有單一的個別教材，有的則為各種系列教材——童話化的奇幻傳奇《魔法森林》系列，或同主題不同教材的區別——同為《龜兔賽跑》不同改寫版，同文類不同主題——如都為童話不同內容的作品，而分別要解讀出要教學的基進／經典觀念，所以可以分出如下表兩式圖示，以便教學者方便理解規畫。

（一）

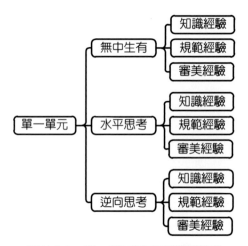

圖 7-1-6　單一單元形式的課程形式

（二）

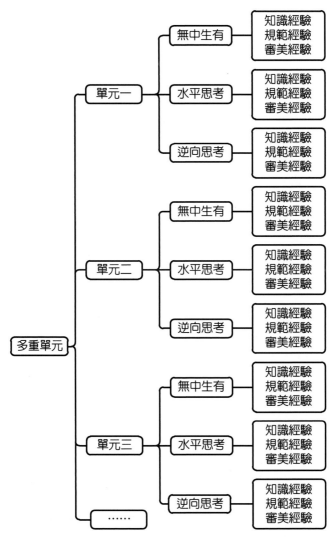

圖 7-1-7 多重單元形式的課程形式

四、三個模式的的課程設計與舉例

表 7-1-1　基進與經典閱讀教學的模式示例

主題	基進：從笑話裡發現創意	經典：湯姆──我的偶像
選教材	笑話選自新文京開發出版《創意發想》。 參考書籍：《看笑話學作文》國語日報社出版、碩士論文《笑話在寫作教學應用之研究》國北師語創所	小說《湯姆歷險記》 《漫畫世界名著 6：湯姆歷險記》牛頓出版、《湯姆歷險記：世界少年文學精選 18》臺灣東方出版、《湯姆‧莎耶歷險記‧松鼠哈濤》時代生活叢書出版社‧香港。 《湯姆歷險記》DVD 動畫影片齊威卡通繪館
教學對象	中、高年級	中、高年級
教學模式	單一單元：逆向思考的知識、規範、審美經驗。	多重單元：逆向思考的知識、規範、審美經驗。 小說與漫畫比較（經典觀念與創意發現）
教學實施內容與程序	教學重點：運用笑話機智的單一、有意味的簡化，引導發現笑話所省略的空白，深入思索其中蘊意，探究個別笑話無中生有或製造差異的創意。 一、準備活動： 　　師生蒐集閱讀笑話。認識笑話幾種造成笑點的關鍵因素；重複、倒置、相互干涉。十種幽默技巧：反語、諷刺、滑稽模	教學重點在於運用描述、詮釋、評價的閱讀文本後的表達方法理解故事中可以習得的新語文經驗，包括知識層面、規範層面、審美層面的部分。 一、準備活動： 　　老師：提供書單。請學生到學校或社區圖書館借閱（建議學校購書，以全班人數約 30 本為宜）。

仿、縮小、誇張、雙關、模稜
兩可、詞語的滑稽誤用、不協
調、錯解。

二、發展活動：

1. 教師提問說笑話的時機和
   效果。
2. 老師示範討論幾則笑話。

〈說話的藝術〉
友韋和袁澤正在討論說話的藝
術。友韋說：「根據我的研究，聰
明人說話總是慢條斯理又帶著疑
問的精神；笨蛋說話又快又肯定，
完全沒經過大腦思考。」袁澤說：
「你確定嗎？」友韋斬釘截鐵的
說：「當然！我百分之一百確定！」
（袁長瑞，2007：73）

看笑話長智慧：

(1) 請同學討論問題：小朋友發現
    笑話的笑點在哪裡？
答：友韋說話的語氣正是自己前
    面所說的「又快又肯定」的笨
    蛋。
(2) 友韋的回答和他自己提出的
    論點有沒有矛盾違背處？
答：提出原則的人最後說的話應
    驗了自己的主張，有自打嘴巴
    的意味。
(3) 老師提出「我的下一個陳述是
    實話，我的上一個陳述是謊
    言。」（Stephen Bowkett，
    2007：59）的句子，一起看
    看這個句子的意義有什麼問

學生：
因為是小說，文字量較多，老
師建議書單，請小朋友預習閱
讀。

教師可設計四章小說選擇題
測試學生閱讀狀況。例如

☆ 粉刷圍牆

(③) 湯姆因逃學，週末時，被姨
    媽處罰做什麼勞動？①劈
    柴②到水井邊提水③粉刷
    圍牆④掃地
(②) 湯姆想用什麼東西和吉姆
    交換工作？①陀螺②水晶
    彈珠③彈弓上的橡皮筋④
    卡片

☆ 詭計多端

(②) 湯姆最討厭的人是誰？①
    喬奇②班恩③夏克④蓓琪
(③) 湯姆要詭計，用粉刷圍牆的
    工作換取班恩手上的什麼
    東西？①糖果②風箏③蘋
    果④繫了繩子的死老鼠

二、發展活動：

活動一：（重製直接經驗）

1. 引起動機：教師提問

(1) 請問小朋友作過什麼令人
    頭痛頑皮的事？
(2) 請問小朋友生活上有沒有
    自覺得很有創意的解決問
    題的事件？
(3) 請問曾經作過或參與什麼
    歷險的事情？
(4) 曾作過什麼感覺很好需要

題？

(4) 上面的故事給你什麼啟發？

答：為自己提出辯護的原則很容易，但要遵循自己的原則不容易。換句話說，就是「說的比做的容易」。

老師歸納小結：

作品的創意在於自我矛盾的說辭，屬於逆向思考的差異，作者刻意針對說者的立論自己又表現出違反理論的說話，造成笑話。

第二則〈沒有角的牛〉

遊樺第一次去參觀農場。

「天啊！」她指著一頭動物說：「那頭牛為什麼沒有角？」農夫易恕汀一本正經解釋道：「牛沒有角的原因很多，有的是發生意外折斷了，有的是我們鋸掉的，有的是特別種生來不長角。不過，那頭動物沒有角，只是一個原因，牠根本是一匹馬！」（袁長瑞，2007：220）

看笑話長智慧：

(1) 請同學討論問題：小朋友發現笑話的笑點在哪裡（為什麼覺得好笑）？

(2) 農夫為什麼要大費周章解釋？

(3) 你覺得遊樺為什麼分不清馬和牛？

答：可能遊樺只是個很小的孩子還認不得幾種動物，而她可能只認得牛。但會成為笑話，就

勇氣的事？

2. 以小說中重要精采片段討論。例如油漆事件、海盜歷險事件……

小結：

學習發現自己的行為。

學習解決問題的方法。

活動二：（發現新知）

1. 運用電腦及軟體 FreeMind 或 Keystone 師生一起製作故事地圖，作概念結構摘要理解。

方法一：請學生以接力方式，說出整個故事的內容大要。

方法二：講到故事高潮處或新事件出現時，便停下來讓學生想一想接說，老師有意留出空白讓學生思考。

方法三：辨析訓練

教師說出故事經過，但在細節尚可以有意地夾雜錯誤，要求學生聽後作出判斷，提出錯誤，並予以矯正，作聽力訓練與檢視學生閱讀結果。

方法四：請你告訴我

教師閱讀簡單改寫板，邊讀邊問，以收集中注意力，注意故事情節的展開，人物言行表現細節等效用。

2. 由老師作綜合統整，將沒講完整的部分作補充說明，並給予

在於連牛馬都分不出來，指「馬」為「牛」，而農夫還正經八百的仔細解釋可能原因，實際上是認識事物的名稱卻不等於你認識該事物。而除非你有十足的把握，否則不要自以為是的指名道姓，否則恐怕會自曝其短。

老師歸納小結：

這是屬於無中生有的差異表現，昔時歷史典故的「指鹿為馬」是刻意而為；這裡是無知犯錯，原來應是「非黑即白」，卻混淆不清。新意在於農夫的不知是基於專業禮貌，或有意調侃，造成意外幽默「笑」果。

3. 請小朋友先在各組發表準備的笑話，再擇組裡公認最有趣的笑話，全班討論票選同學的笑話裡，哪些具驚人精采的創意？你認為創意的關鍵是什麼？哪些是對比的笑話？哪些含有意外和翻新？哪些帶有小小的哲理？

三、綜合活動：

請小朋友回去講給父母聽，並定期舉辦說笑話比賽。

四、延伸活動：

教師可在平日教學再提出說過的笑話針對笑話裡的場景、取材、形容的方法、意象、

學生鼓勵。

活動三：（深度閱讀）

理解故事全貌與細節的關係。教師影印節錄的精采文字段落討論。例如粉刷圍牆的光榮。離家出走，去當夢想的海盜。目睹殺人事件。

1. 教師揭示或發下簡單改寫版文本：

有一天，波莉阿姨要湯姆粉刷圍牆，他為了逃避工作，就想了一個法子，他對剛認識的孩子貝恩說：「你要知道，波莉阿姨對這道圍牆是很講究的──這是當街的地方啊，你明白吧──要是後面的圍牆，那我倒不在乎，她也不在乎。是呀，她對這道圍牆可是講究得要命；這一定要刷得很仔細的；我想一千個孩子裡面找不出一個來，能夠把它刷得叫波莉阿姨滿意哩！」這番話激起了貝恩的好奇心和好勝心，他以蘋果作為交換條件，才使湯姆把刷子交給了自己；而湯姆臉上卻顯出極不願意的神氣。要不是灰漿用光了，恐怕全村每個孩子都要破產了。湯姆因圍牆粉刷得好而贏得了波莉阿姨的獎賞。（方洲，2000：273）

	動態的效果、主題、歸納成為寫作的小零件，應用於寫作上。	2. 教師以問題層次化引導詮釋文本的方法。文章明示問題→文章暗示問題→文本暗示問題 描述： 問：以 6W 摘要湯姆油漆事件經過。 答：湯姆被波莉阿姨處罰粉刷牆壁，卻讓其他小朋友想盡辦法以交換東西換刷圍牆。 詮釋： 問：為什麼大家樂於與他交換東西以獲得油漆的工作？ 答：他利用了孩子們好勝的心理，讓別人替他完成工作。 評價： 問：你認為作者這段事件的用意？ 答：塑造湯姆是個聰明富有想像力的孩子，湯姆發現了人類處事的一個大法則──為了要激起一個大人或是一個小孩對某件事的高度興趣，只需要設法把那件事弄得不易到手就行了。 小結：油漆事件湯姆以逆向思考來表現問題解決的創意。 延伸問題：如果我是湯姆─想一想： 作者說：「所謂工作就是人們被迫去做的事，而所謂遊戲則是人們自動去做的事」對你而言，在生活中有什麼是苦差事？看完了湯姆面

| | | 對工作的巧妙方式，你是否想到什麼方法來面對苦差事？
答：逆向思考把苦差事安排的有趣些，視為遊戲。

3.　可貴的道德勇氣
　　教師再發下另一則湯姆和夥伴目擊殺人事件的故事，面臨可怕的祕密和良心的譴責，是否有說出真相的勇氣。
　　湯姆和哈克目睹了一場殺人事件，兇手印第安喬嫁禍給倒楣鬼波德，湯姆和哈克起初因為害怕印第安喬報復而不敢說出真相，但最後湯姆還是決定揭發事實，幫波德洗刷冤情。（描述）
　　請寫出「道德勇氣」的意思，並舉例說明。（詮釋）
　　如果湯姆一直不說出真相，會有什麼後果？（評價）
　　湯姆在法庭上的證詞，對事情發展造成什麼影響？（評價）
　　如果是你，你會怎麼作？（評價）
小結：
學習從閱讀故事與生活連結。
學習瞭解故事角色解決問題方法的意義。知識層面：習得真勇敢的意義，解決問題的方法；規範層面：面對社會道德的正義有維護的使命；審美層面：欣賞 Mark Twain 精彩創作的趣味。 |

		4. 請參考影片或小說當中，湯姆和同伴之間的對話，描述一段你覺得最有趣的。教師可以從中討論出作者在故事人物對白下的寫作技巧，提升學生美感經驗。
		三、綜合活動：（靈光乍現） 結合藝術人文的視覺藝術與表演課，內容複習。 (一) 湯姆活生生地回來參加自己的追悼會，肯定是一個非常有趣的畫面，試著將那一幕畫下來。 (二) 湯姆嚮往俠盜的生活，一度和朋友玩起「大俠羅賓漢」的扮演遊戲，老師可先示範發表自己喜歡的角色，再請小朋友發表，討論結果紀錄後，可作面具角色扮演。
		四、延伸活動： 引導閱讀 Mark Twain 其他的著作，例如《頑童歷險記》、《乞丐王子》。
		其他： 經典作品：《頑童歷險記》、《金銀島》。 基進作品：《如何成為海盜》屬《維京小英雄》系列。顛覆傳統童話模式，唯見男性角色進出，凡事以打鬥拼命解決，人物刻畫出色、對白幽默嘲諷。

| 教學評量 | 說笑話比賽
比賽題目：自訂題。
各項比賽必須在報名之前將自定主題告知主辦單位【自訂題經報名後不可更改】。
評分標準：
1. 内容40%（含組織、結構、事理、分析）。
2. 技巧 30%（含演說能力、口齒語調）。
3. 儀態 10%（含儀容風度、舉止動作）。
4. 時間 10%（依規定時間為基準）。
5. 道具 10%（加強效果之器材）。
報名截止日期：○年○月○日
說笑話時間每超過 30 秒扣一分。 | 多元評量：
教室觀察。
閱讀紀錄。
口頭討論發表：
實作評量（討論、發表、分析、歸納）：
資料蒐集。
態度檢核。
閱讀理解。
實作發表。
聆聽發表。
藝術表現。
自我比較。 |

另一則有關笑話的教學活動，為發現笑話裡知識經驗的辨析訓練。闡發更具創意的詮釋意涵。例如一則〈家書〉的笑話：

> 阿強的爸爸寫了一封家書給他，全文如下：「我親愛的的兒子，最近功課好不好啊？我這封信寫得很慢，因為知道你看字不快。我們已經搬家了，地址沒改，因為我們把門牌帶來了。這禮拜下了二次雨，第一次下了三天，第二天下了四天。你阿姨說你要我寄去的那件外套，因為郵寄時會超重，所以我們把扣子剪下來放在那件外套的口袋裡。你姊姊今天早上生了，因為我還不知道到底是男的或女的，所以我不曉得你要當阿姨還是舅舅。最近沒什麼事，我會再寫信給你。想你的爸爸！PS.我們本來要寄錢給你，但是信封已經黏好了。」（袁易，2002：44）

395

　　參酌表 3-4-3 以表格明示各語文經驗的不同取向，再以讀者閱讀角度想要從這則笑話理解到的語文經驗，很重要的是知識部分的誤解，需要從錯誤中學習，基本語文文法、語意歧異的認知錯誤嚴重。就規範經驗來看，以倫理角度父親寫給兒子的信本是充滿關懷之情，應是充滿父愛的家書，卻變成笑話一則。不知是有意為之，還是貽笑大方的失誤之作。

　　這則笑話充滿不合邏輯的語病。邏輯是指思考的規則，思考的內容是經驗。指的是研究正確的思維形式與法則的學問。是 Aristotle 所創，師於 Plato，但「吾愛吾師，吾更愛真理」，努力從生活世界變化萬物中抽象出不變的知識。這張書信在教學上顯然不具家書典範，從這個家書鍛鍊我們的思考，思考要有效率，推論要合理避免瑕疵，選擇閱讀這篇文字的目的是希望學習者能自我發現問題，分析出哪部分的邏輯錯誤。期望的學習目標是培養學習者有感受文意的敏覺力，能隨時檢視自己所寫或所閱讀文句的邏輯性，並能隨時修改更正。

　　邏輯學基本原理：

(一) 同一律，事物只能是其本身。

(二) 排中律，對於任何事物在一定條件下的判斷都要有明確的「是」或「非」，不存在中間狀態。

(三) 充足理由律，任何事物都有其存在的充足理由。

(四) 矛盾律，在同一時刻，某個事物不可能在同一方面既是這樣又不是這樣。

　　前述笑話在知識經驗上邏輯的討論後，再找一則類似主題類型的笑話〈三封信〉作延伸討論練習：

> 　　小表弟龍龍打電話來，請求冬冬買一套龍年的紀念郵票給他，冬冬答應了，當他黏好信封口時，發現龍年郵票忘了放進去。
>
> 　　他連忙又寫了一封信：「龍龍，上一封信我忘記把郵票放進去，請你原諒，下一封信我一定不會忘記的。」

接著，他又拿信紙、信封寫第三封信：「龍龍，附上郵票一套，請查收。」

寫完後，冬冬就高高興興的拿這三封信去寄。（蔡錦德，1989：44）

教學活動名稱：看笑話學邏輯。
教學目標： (一) 理解寄信行為的謬誤 (二) 培養分析事理的能力 (三) 能分析犯錯的原因。 (四) 能想出解決問題的辦法。 (五) 培養解決問題的情緒智商。 (六) 體會接受問題結果的感受和想法。 (七) 訓練擴散思考的能力。
教學活動內容： 活動一：發現問題 教師提問：你對冬冬寄這三封信的看法如何？ 學生甲：我覺得冬冬可能記性不好，或是做事粗心，才會忘記把郵票放進信封裡。 學生乙：龍龍並不知道他忘了放郵票，冬冬寫第二封信向他道歉是多此一舉的。 學生丙：我認為冬冬並不需要寄這二封信，只要寄第三封信就可以了，免得浪費時間、信紙和郵資。 解析：本問題是希望學生指出冬冬這種作法的謬誤，增進分析事理的能力。學生甲分析冬冬犯錯的原因，可能是粗心或記性不好。學生乙則說明為什麼不需要寫第二封信的理由。學生丙認為一起寄出這三封信，是浪費時間和財物的。 活動二：設身處地（一） 教師提問：假如你是冬冬，發現忘了放郵票，你會怎樣處理？ 學生丁：我會想辦法把地一封信打開，將龍年郵票放進去，黏好封口後寄出。 學生戊：如果第一封信黏得很緊打不開，我會馬上電話向龍龍說明或道歉。 學生己：龍龍並不知道這件事，我認為不必向他道歉。我會把龍年郵票放進第二封信裡，要寄出去前，我會再檢查一下。

解析：本問題是希望學生能想出解決問題的辦法，增進思考的周密度。學生
　　　丁在不浪費信封的設想下，提出打開第一封信，裝進郵票寄出的說法。
　　　學生戊則想要跟龍龍道歉；學生己認為不必打電話，把郵票裝進第二
　　　封信裡寄出就可以了。

活動三：設身處地（二）

教師提問：假如你是龍龍，當你收到這三封信會有什麼反應？

學生庚：我會寫封信或打電話給冬冬，先向他致謝，再說明他的方法錯誤，
　　　　讓他能改正。

學生辛：收到信時，我可能會感到驚訝、奇怪；看完信後，我會覺得好笑，
　　　　冬冬實在很糊塗。

學生壬：因為信封上並沒有註明第幾封信，如果我先看到放有郵票的第三封
　　　　信，再看到第二封信上寫著「上一封信我忘了放郵票」我會莫名其
　　　　妙。當我再打開沒放郵票的第一封信時，我就會更莫名其妙。因為
　　　　第二封信上，冬冬明明寫著「下一封信我一定不會忘記的」。放有
　　　　郵票他說沒有，沒放郵票他說一定不會忘記，冬冬真的把我搞糊塗
　　　　了。

解析：本問題是要學生設想接到這三封信後的感受和想法，增進思考的敏銳
　　　度和想像力。學生庚重視禮節，並提供讓冬冬能改正的參考；學生辛
　　　注意到看信前、後會有不同的感受；學生壬則設想到如果不按照寫信
　　　的次序來看信，可能會導致哪些有趣的結果。

以本笑話配合思考問題方向理解文本的內涵形式，可觀察到的是：

表 7-1-2　對應文本內涵概念理解表

1. 想到作者所想到的。	作者希望寄信要謹慎。
2. 向作者所說的話作反應。	丈二金剛摸不著頭緒。
3. 向作者所構設的事件發生感情。	喜歡這個笑話。
4. 向作者本人發生感情。	作者很風趣。
5. 假定作者是想什麼。	假定作者想讀者讀後覺得冬冬很傻。
6. 假定作者是要求什麼。	假定作者讀者聰明的能看出冬冬的錯誤。
7. 其他有關超常基進的反應。	冬冬寄第一、二封信犯了多此一舉的錯誤。冬冬做了錯誤的水平思考，考慮解決問題的辦法，冬冬只要寄出第三封信就可以了。

第二節　語文閱讀「教學活動安排」的教學策略

　　第六章討論語文閱讀教什麼以灰姑娘為例教創作時，提到針對灰姑娘故事內容的批判進而提供改寫創作的關鍵想法。網路上就有關於一位美國老師的現身說法〈美國老師如何跟學生說──灰姑娘故事〉值得教學者深思。美國老師的啟發式教學，帶引孩子多元思考的過程，令人驚嘆！（飛天，2009）上課鈴響了，孩子們跑進教室，這節課老師要講的是〈灰姑娘〉的故事。老師先請一個孩子上臺給同學講一講這個故事。孩子很快講完了，老師對他表示了感謝，然後開始向全班提問：

> 老師：你們喜歡故事裡面的哪一個？不喜歡哪一個？為什麼？
>
> 學生：喜歡辛黛瑞拉（灰姑娘），還有王子，不喜歡她的後媽和後媽帶來的姐姐。辛黛瑞拉善良、可愛、漂亮。後媽和姐姐對辛黛瑞拉不好。
>
> 老師：如果在午夜 12 點的時候，辛黛瑞拉沒有來得及跳上她的南瓜馬車，你們想一想，可能會出現什麼情況？
>
> 學生：辛黛瑞拉會變成原來髒髒的樣子，穿著破舊的衣服。哎呀，那就慘啦！
>
> 老師：所以，你們一定要做一個守時的人，不然就可能給自己帶來麻煩。另外，你看，你們每個人平時都打扮得漂漂亮亮的，千萬不要突然邋裏邋遢地出現在別人面前，不然你們的朋友要嚇著了。女孩子們，你們更要注意，將來你們長大和男孩子約會，要是你不注意，被你的男朋友看到你很難看的樣子，他們可能就嚇昏了。（老師作昏倒狀，全班大笑）

　　好，下一個問題：如果你是辛黛瑞拉的後媽，你會不會阻止辛黛瑞拉去參加王子的舞會？你們一定要誠實喲！

學生：（過了一會兒，有孩子舉手回答）是的，如果我辛黛瑞拉的後媽，我也會阻止她去參加王子的舞會。

老師：為什麼？

學生：因為，因為我愛自己的女兒，我希望自己的女兒當上王后。

老師：是的，所以我們看到的後媽好像都是不好的人，她們只是對別人不夠好，可是她們對自己的孩子卻很好，你們明白了嗎？她們不是壞人，只是她們還不能夠像愛自己的孩子一樣去愛其他的孩子。

　　孩子們，下一個問題：辛黛瑞拉的後媽不讓她去參加王子的舞會，甚至把門鎖起來，她為什麼能夠去，而且成為舞會上最美麗的姑娘？

學生：因為有仙女幫助她，給她漂亮的衣服，還把南瓜變成馬車，把狗和老鼠變成僕人。

老師：對，你們說得很好！想一想，如果辛黛瑞拉沒有得到仙女的幫助，她是不可能去參加舞會的，是不是？

學生：是的！

老師：如果狗、老鼠都不願意幫助她，她可能在最後的時刻成功地跑回家嗎？

學生：不會，那樣她就可以成功地嚇到王子了。（全班再次大笑）

老師：雖然辛黛瑞拉有仙女幫助她，但是光有仙女的幫助還不夠。所以孩子們，無論走到哪裡，我們都是需要朋友的。我們的朋友不一定是仙女，但是我們需要他們，我也希望你們有很多很多的朋友。下面，請你們想一想，如果辛黛瑞拉因為後媽不願意她參加舞會就放棄了機會，她可能成為王子的新娘嗎？

學生：不會！那樣的話，她就不會到舞會上，不會被王子遇到，認識和愛上她了。

老師：對極了！如果辛黛瑞拉不想參加舞會，就是她的後媽沒有阻止，甚至支援她去，也是沒有用的，是誰決定她要去參加王子的舞會？

學生：她自己。

老師：所以孩子們，就是辛黛瑞拉沒有媽媽愛她，她的後媽不愛她，這也不能夠讓她不愛自己。就是因為她愛自己，她才可能去尋找自己希望得到的東西。如果你們當中有人覺得沒有人愛，或者像辛黛瑞拉一樣有一個不愛她的後媽，你們要怎麼樣？

學生：要愛自己！

老師：對，沒有一個人可以阻止你愛自己，如果你覺得別人不夠愛你，你要加倍地愛自己；如果別人沒有給你機會，你應該加倍地給自己機會；如果你們真的愛自己，就會為自己找到自己需要的東西，沒有人可以阻止辛黛瑞拉參加王子的舞會，沒有人可以阻止辛黛瑞拉當上王后，除了她自己。對不對？

學生：是的！

老師：最後一個問題，這個故事有什麼不合理的地方？

學生：（過了好一會）午夜 12 點以後所有的東西都要變回原樣，可是，辛黛瑞拉的水晶鞋沒有變回去。

老師：天哪，你們太棒了！你們看，就是偉大的作家也有出錯的時候，所以出錯不是什麼可怕的事情。我擔保，如果你們當中誰將來要當作家，一定比這個作家更棒！你們相信嗎？（飛天，2009）

孩子們歡呼雀躍。網路評鑑肯定這位老師的教學：「真棒的老師！此為美國一所普通小學的一堂閱讀課。我們是幾歲的時候才想到這些層面？」

《龜兔賽跑》語文閱讀教學設計：

教材分析：包含兩部分。一為蒐集的龜兔各家版本，可以以「讀書角」設立專區展示，於教學前一週就可擺設，讓學生便於利用課餘閱讀，充實學生先備知識；另一為《龜兔賽跑劇情推論》與《龜兔賽跑現場推論》各種趣味的比賽過程漫畫討論。另外為其他輔助閱讀的相關教材。

設計說明與教學理念：

本課程設計共涵括四項活動，探究寓言主旨，比較作品間的差異創意，作家轉創作的美感經驗，教師多元解讀的知識補給站，自己寫寫看的創作練習，各個教學活動的編排都以為語文閱讀的深度且創意閱讀為導向，力求師生在閱讀思維活動中確實精進勃發，以達成能影響教師同儕認同為主要目標。教師借提問幫助學生從討論過程中進行推理，看穿問題本質，並自我思索解決的方法。期許學生在語文知識方面，認識水平與逆向思維能產生的創意，文章具有中心思想以傳達作者理念，從不同世界觀看出不同意涵，習得對文本的說明方法：

《伊索寓言》是一部以擬人化手法來表現動物的故事書，《伊索寓言》每一個故事都有一個中心主題，以人們熟悉的動物當主角，作者掌握他們的特性，巧妙達到警惕人的作用，教導我們許多為人處世的道理。

文本深層意義的建立與學習：知識、規範、審美的學習和運用，必須在跨領域的情境裡才能「克盡其功」。運用多媒體進行跨領域的閱讀或寫作，也是其中有效也是最精采的一環。多媒體在古代的運用如題畫詩、歌舞劇和說書等。至於現今多媒體的運用更是豐富多元，舉凡圖表、實物、模型、標本、投影片、幻燈片、錄影帶、電影、電視、廣播、CD、VCD、DVD、電子書和網際網路。以〈龜兔賽跑〉為例，

這個典型的寓言故事長久以來的被編寫傳播，以各種形式及功用被引介給孩童們，深受孩子們喜愛。如以教導孩子識字習寫為目的的基本語文教材識字書、繪本或作為學習外語的英漢對照視聽教材或者增加閱讀趣味的圖畫拼圖、泡泡書、布書、立體書、甚至製作為大一點孩子設計的類似大富翁的桌上型遊戲，基本上為較幼小的孩子仍保持原文意的傳閱，但也因為單格或多格式漫畫的出現，對烏龜戰勝兔子深層演繹出許多奇妙的理由，更為這個原版單純的故事添增奇趣意蘊，也刺激拓展讀者無限的想像空間。

表 7-2-1　語文閱讀教學策略「多元經典閱讀」的活動設計舉隅

單元名稱	烏龜為什麼要和兔子賽跑？	教學對象	中、高年級
設計者	林慧玲	學生人數	24 人（分成 4 組）
時間	共七節 280 分鐘	場地	教室
教材來源	主教材：《伊索寓言》〈龜兔賽跑〉。 副教材：其他相關圖畫書、文本、電子媒材、漫畫護貝剪報、表 7-2-2、表 7-2-3。		
教學資源	CD、DVD、圖畫書簡報、電腦、單槍投影機、實物投影機		

基本能力指標	教學目標
5-2-8-3 能在閱讀過程中，培養參與團體的精神，增進人際互動。 5-2-10 能思考並體會文章中解決問題的過程。 5-2-14-2 能理解在閱讀過程中所觀察到的訊息。 5-3-3-1 能瞭解文章的主旨、取材及結構。 5-3-4-4 能將閱讀材料與實際生活經驗相結合。 5-3-7-1 能配合語言情境，欣賞不同語言情境中詞句與語態在溝通和表達上的效果。	認知： 一、自我設定為影響同儕與老師或徵稿編輯。 二、理解作者的意圖與文本呈現主要觀念。 三、能明白寓言故事中想像力的運用與營造。 四、發現不同改寫文本間的差異創意。 五、理解不同中、西方觀點在作品中的表現特色。 技能： 一、運用不同方式展現閱讀內容與創

5-3-8-2 能在閱讀過程中，培養參與團 　　　　體的精神，增進人際互動。 5-3-10 能思考並體會文章中解決問題 　　　　的過程。 5-4-2-2 能活用不同閱讀策略，提升學 　　　　習效果。	作。 二、運用描述、詮釋、評價解讀文本 　　內容。 三、藉討論、展演、創作培養想像力、 　　創造力和邏輯思考力。 情意： 一、理解對立角色的能力與問題解決 　　的態度。 二、學會尊重多元文化價值。

教學活動 主軸	教學活動內容	時間	教學 具體 目標	評量
喚醒熱忱	一、準備活動 （一）教師 　　準備有關〈龜兔賽跑〉相關故事資料、材料 　　和器材，並作布置。情境教學：晨間時間播 　　放林文彬的竹板快書《竹板響嘩楞》中的說 　　唱藝術第二首──〈龜兔賽跑〉，音韻親和， 　　節奏明快，這是很令人喜聞樂見的表現方 　　式，相信能引起學生興趣。 　　……小白兔跑著跑著停住了腳，回頭看了看 　　小烏龜。心裡想，哼！誰不知我竄蹦跳躍靈 　　又巧，快如閃電好似飛。不是我白兔說大 　　話，口出狂言把牛吹！我就在這路旁打個 　　盹，一覺醒來再追。賽跑冠軍還是我，百 　　獸之中我得魁。小烏龜呀小烏龜，跟我比賽 　　你認倒楣。……（陳永忠，2002：23） （二）學生 　　課前預習主教材、副教材，並蒐集相關的題 　　材和視聽資料。		聆聽 欣賞	
我知道你 在說什 麼？	二、發展活動 （一）引起動機 活動一：看出語言文字的本義，讀出故事的道理	**40**		口頭 討論 發表

教師提問：	發現	實作
一句話或一段文字常含有文字以外的意涵，可能來自作者刻意或不自覺的想法，我們可以說是話中有話，意有所指，你能聽／看出其中隱藏的意思嗎？	作品主旨與作者意圖練習評價	評量（討論、發表、分析、歸納）態度檢核
1.問：腿長的女孩是迷人的。		
答：腿不長的人是不迷人的。		
2.問：水牛瀕臨絕種的危機，所以我們必須保護水牛。		
答：我們必須保護瀕臨絕種生物。		
3.問：對方沒有到約定見面的場所時，等夠了就可以離開。我已經等了五分鐘，所以我可以離開。		
答：等五分鐘就是夠了。		
情境問題：	從生	
4.某天上課時，艾穗教明目張膽的趴在桌上打瞌睡。老師發現後，很生氣地叫旁邊的同學梅義斯把他叫起來！那知道梅義斯不知道吃了什麼熊心豹子膽，竟然回答說：「是你自己把他弄睡著的，你自己去把他叫醒！」（袁長瑞，2006：153）	活經驗中探究出主旨	
答：對梅義斯而言，解鈴還須繫鈴人。給讀者的訊息是只要有理氣就直，只要言之成理便可挑戰權威。	詮釋評價	
5.幾名學生總是穿著不符合規定的服裝到校上課。雖說有些父母被請到學校談話，許多學生也一再被送回家，還是有一群學生硬是穿著不合宜的服裝上學。		
答：抗議規定的一種方式，就是不斷地違反規定。		
6.游泳池畔，眾人慫恿身為學生代表的章小明跳水，他拒絕了，說他腳傷。它的同儕機笑他是膽小鬼，於是章小明投降了。	從情境細節中歸納出主	
答：同儕壓力可能讓人做出自己不想做的事。		
新聞本應客觀提供真實資訊，但通常記者會有		

405

		旨	能辨
	所偏頗，教師可以取有特殊立場的新聞報導探討作者意圖，瞭解作者寫作心態，想要證明什麼？想要說服誰？使用的特殊語言是什麼？		析運用
	講出故事的道理：	透過	會用
	一頭年老體衰的獅子，無力自行覓食，只好躺在洞穴裡。他呼吸困難，說話有氣無力，一臉病入膏肓的樣子。這消息很快在獸群之間傳開了，大家都為病獅哀傷不已。他們一個接一個地來探望他，哪知道這頭獅子就這樣輕而易舉地把探望者一個個捉住吃掉，把自己養得白白胖胖的。	討論瞭解細節與主旨間的差別	閱讀小策略讀出事道理
	狐狸對這件事有點懷疑，最後也來看個究竟。他站得遠遠的恭問萬獸之王安好。獅子道：「啊，我最親愛的朋友，是你呀！為什麼站得那麼遠？來，好朋友，在我這可憐的獅子耳邊說句安慰的話吧，我快不行啦！」		
	「願上帝保祐你！」狐狸說：「但請原諒，我不能久留！老實說，我感到十分不安。我看到這裡許多腳印都是只向府上走進去，沒有一個是走出來的哩！」		
	（袁長瑞，2006：200）		
條條道路通羅馬！	有此可見，伊索寓言通常都有自己評論： 【狐狸】角度觀察：聰明的人常常能審時度勢，根據跡象預見到危險，避免不幸。 【狐狸】示弱的人未必真弱。有時候是苦肉計，博得同情，趁機佔便宜。 【獅子】的角度：每天要把訪客留在門口的腳印清掃乾淨。做事要觀前顧後。 【獅子】絕不能利用人性的弱點而欺騙別人，【狐狸】也不能輕信別人的讒言，而過於武斷。		
換故事試試看	我從故事中發現的道理（發現主旨）： 換故事試試看：		

	一個寒冷的冬天，一隻飢餓的狼發現了一隻野兔，便不停地追趕。兔子走投無路，情急之中鑽進了一個樹洞。狼哪肯放過就要到手的美味，便死死守住洞口。夜深了，狼冷得直發抖，但為了吃到野兔，狼怎麼也不願意離開。第二天早上，野兔從樹洞裡探出頭來，發現狼已經凍死了。野兔大搖大擺地走出洞口，踏過狼的屍體揚長而去。（林慶昭，2008：101） 從野兔身上可知： 1. 機智，可以幫你戰勝一切對手。 2. 弱小，不總是被吃。 3. 只要耐心等待，總會找到出路。 從狼身上可知： 1. 守著誘惑，等於守著死亡。 2. 離誘惑越近，離危險也越近 3. 在誘惑面前，再強大，也逃不過失敗的結局。 進入故事主題： 請小朋友以描述、評價、詮釋方式說明說出原文本主旨。 影印原型故事給學生： 這裡採以《戀戀伊索寓言》中原型故事為比較基本文本，再去探究其他相關龜兔賽跑故事中，在內容情節上有哪些差異及想像趣味。 〈龜兔賽跑〉原型故事（Aesop 原著，袁勇譯，2005：102） 兔子總是嘲笑烏龜爬得太慢，但是烏龜卻說：「假如兔子和我賽跑，我一定會取勝。」兔子認為烏龜在吹牛，於是牠們請狐狸作裁判，開始了龜兔賽跑。比賽開始，兔子看自己遙遙領先，便在半路上睡覺。等牠醒來，卻發現烏龜已經在終點等牠了，兔子因此慚愧地低下了頭。 描述（客觀事實）：烏龜受不了兔子的嘲笑向兔子挑戰賽跑，沒想到兔子中途睡過頭，讓烏龜贏了比賽。	**80**	轉運用思考模式於主要故事上 利用細節去發

	詮釋（文本推論）：見圖 5-1-3 非語言面意義。	去發現主旨
	評價（主觀判斷）：烏龜贏兔子不是常態，應選擇自己所長與人競爭，並學習與人合作。	
	教師依組別分給各組作品一種作品，最好統一為文字文本，動畫視聽媒材則全班共賞討論。小組討論後再歸結。教師依不同有關的龜兔賽跑教材表列出主題意義。供同學參考。見表 7-2-2。	
	請學生不同版本的《龜兔賽跑》，列出不同處推測作者所要傳達的意思與夥伴與組員討論。把作者的意圖和表現手法聯繫起來，解釋其中所要表達的主題。	比較不同發現創意
	教材說明：見表 7-2-3。	
	《龜兔賽跑劇情推論》延續《龜兔賽跑現場推論》的奇趣意蘊，改變原單格漫畫形式，以多格漫畫，將烏龜戰勝兔子的奇異理由進行了 58 個主題的深層演繹，創意的挑戰來自要讀者一起思考明明兔子又聰明，跑得又快，怎麼會跑輸烏龜？確定真的是「兔子太驕傲，在樹下睡著了」這個原因嗎？這是唯一的答案嗎？因此漫畫裡呈現龜兔比賽過程中因為角色性情、增加角色、改易背景、地點、時間、等各種可能性造成不可思議，弱者贏強者的理由，幽默詼諧，富想像力。引發後續創作者可以見識理解的是，原來耳熟能詳的老故事是可以如此天馬行空的突破框架，盡情揮灑創意空間。雖然簡易通俗，但趣味橫生。正如底封面推介者的說明「兩個主人公——虛榮驕傲的兔子和腿短志高的烏龜，不再拘泥於原有的形象，呈現出更為飽滿豐富的個性，令人耳目一新，生活中的各種趣味透過一個個深入淺出的故事得以詮釋。」	發現演繹作品的創意
	請小朋友討論表演：	
說演故事我最行！	＊學生的預備經驗：學生根據分配漫畫圖片內容，小組成員也彼此分享閱讀心得。在對故事有了充分瞭解以後，討論用什麼樣的方式呈現。引導學	利用藝術創作

生發揮天馬行空的想像力。決定演出的劇本，討論如何編寫，學生在國語課本單元，已有劇本對話的學習。小組成員作角色的認養，或任務分配。組員決定劇本，老師批改。

* 確定劇情和角色進行排演，道具設計製作，預演，戲劇發表會。小組表演，填寫評分表，頒獎典禮。

* 表演方式參考模式：話劇、指偶、指偶、襪偶、廣播劇、面具短劇、皮影戲、小小有聲書……

* 各組依序完成表演老師將表演過程，以數位相機記錄，拍定格照，放在簡報上作旁白演出或〈魅力四射〉軟體呈現：

的方式，與他人搭配不同的角色分工，完成以說演故事表演等團體任務。

能創作表演與戲劇作結合

運用資訊融入為表演工具

【活動二】準備劇本演出

1.劇本產出：決定表演主題書→溫習故事內容→學
　生摘要概說→改編或自創。

改編故事的方法有：

　(1) 改編：改編學年圖書故事性強點的書、選取
　　　故事中最精采的一頁可修枝剪葉，重塑結
　　　果。故事瘦身、換個角色來說故事、角色互
　　　換、將原著的忠奸角色互換、改編情節、改
　　　變結局、續寫。

　(2) 自創：故事接龍、點子串連。

2.表演計畫（學習單）。

3.角色進行排演：分配角色與工作排練→布景、道
　具、妝扮、音樂、歌曲、律動等製作準備→彩排

會欣
賞改
變文
體創
作

同儕
合作

| 大家一起動動腦 | →扮演呈現。需善加利用晨光時間及課餘時間；用合宜的語調及肢體語言演出。注意動作及內心情感的詞語。
4.道具製作：道具可就地取材或用代用品，甚至以手勢象徵；布景的襯托可以學生的肢體呈現，音效採模仿方式表現。
【活動三】戲劇發表會
1.預演及發表。
2.填寫評分表。
3.頒獎。
（表演過程中，末輪到的各組是觀眾，也是評審，表演藝術小狀元評量表參考評量（附件2）。引導學生表演完，討論優缺點，並分享心得。師生共同票選最佳表演組，別並給予鼓勵。進行頒發典禮，頒發獎品獎勵。）也可商請校長、主任參與評審，提供改進意見。 | | 能運用各種媒材表演 | 藉由創意肢體表演介紹故事共同參與戲劇表演活動 |
| | 三、綜合活動
問題解決的策略：像烏龜遇到強勢兔來挑戰，賽場是一片山坡地或是像兔子遇到前方是水潭，他們碰到難關要如何解決問題，而我們生活中也會不時遭遇挫折要如何面對？
活動：
每位學生發一張白紙，摺成四格，統一規定順序，第一格要求畫一個主角，第二格畫遇到什麼困難，第四格畫如果問題解決會有什麼結果，待學生都畫好三格，接著請小朋友自己想一想如何在第三格畫出解決之道。
接著在小組內分別分享個人作品，組員先替他說，自己再補充。也建議摺成六格，留兩格請小組鄰座同學針對困難的問題，也貢獻解決問題的策略。
如圖： | 40 | 能運用策略解決問題 | 會繪圖懂分享 |

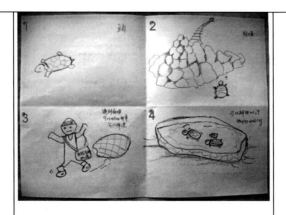

	第一圖畫烏龜，第二圖畫前方大石頭阻擋前路，接著畫第四圖問題解決的狀態，最後思考可以做什麼事來解決？給學生的啓發是解決問題有很多種，不要埋頭徒憂鬱，可以尋求協助，家人朋友師長同學都可以提供支援協助。		合作學習	

	四、延伸活動	**80**		
	延伸閱讀：認識龜與兔／龜兔其他的寓言／跨領域的龜與兔。			
知識補給站	中西方的龜與兔： 在中國文化中，龜有兩種象徵意義。一方面龜象徵長壽。古代的府第、廟宇、宮殿等建築物前常有石龜，作為祈求長壽的象徵。另一方面。龜也用來比作有外遇者的丈夫。罵人「王八」或「王八蛋」是極大的侮辱。在西方文化中沒有這種聯想，烏龜不過是行動緩慢、其貌不揚的動物而已。烏龜和恐龍同樣是史前動物，但恐龍只留下了化石，可龜卻能頑強地生存至今，故龜是長壽的標識。龜貴諧音，又是富貴和權利的象徵，所以古代把龜作為圖騰，人民行龜蔔、設龜官、掌龜印、佩龜袋、立龜碑、戴龜帽、取龜名等等，都說明對龜的崇拜程度有多		讀懂閱讀選材的不同學科知識	樂在閱讀

413

	深了。			
	在西方人眼中，烏龜僅僅是行動緩慢、不引人注意的小動物，但電影《功夫熊貓》中烏龜大師的睿智及其「世上無巧合，從來就沒有意外，一切皆有可能」等經典話語給所有電影觀眾留下了深刻印象，這些正與中國文化所賦予烏龜的象徵意義相吻合。由於烏龜上面的殼是圓的，下面的身子是方的，符合中國古代「天圓地方」的觀念。因此，古人覺得烏龜通靈，溝通天地，可以用來占卜。這樣古人就抓來烏龜，把殼取下，在上面鑽個小眼，放在火上烤。根據殼開裂的紋路，預測吉凶。古人認為，「龜者，神異之介蟲也，玄采五色，上隆像天，下平像地」，「左睛象日，右睛象月，知存亡吉凶之憂。」說它「生三百歲，遊於蕖葉之上，三千歲尚在蓍叢之下。」（程裕禎，1998）因此，後世把龜作為長壽和預知吉凶的神物。漢代以來，以「龜龍」比喻人中英傑，以「龜齡」比喻高齡。（CSSCI學術論文網，2011）			
名家作品欣賞 不同文體的龜兔故事	而兔子還常是著名作品中的主角，在文學作品中的地位還不能小覷，例如 J.C.Harris 的《兔子老弟》裡被安排為會和各種動物鬥智的一隻聰明的兔子，Lewis Carroll 的《愛麗絲夢遊奇境記》裡是故事裡最先登場且一再出現的角色，穿著一件背心，匆匆走來，從背心口袋掏出懷錶來說「糟糕，我要遲到了！」讓愛麗絲因為追蹤牠掉進樹洞裡，是一個神祕的角色，讓讀者印象深刻。Beatrix Potter 寫的一系列小兔彼得的故事，這裡的兔子是一隻淘氣，不聽話的兔子。Alan Alexander Milne《溫妮小熊阿噗》裡一隻憨厚的兔子，是溫妮小熊的好朋友，說話做事都很可笑。兒童文學作家鍾愛兔子，兔子在西方被塑造的有趣討喜，兔子在我們這邊的民族神話中也很有趣，如需在月宮搗藥玉兔，原因他善心救人犧牲自己，被仙人允住月宮。			

在與能力不對等的烏龜自不量力。龜與兔重點在快與慢，同樣在能力上的強力對比下，甚至有〈烏龜學飛〉的故事出現，故事大致是烏龜嚮往老鷹能自由高飛，烏龜堅稱可把手腳當翅膀硬要老鷹教飛，老鷹用爪子抓起烏龜，告訴烏龜拍動四腳後放開，烏龜從半空中直直落下，最後摔死在大石上。（Aesop，2002：101）

而同樣在賽跑的議題：

狡兔走狗：

寒子盧是戰國時代有名的獵犬冠軍，快跑起來如疾矢離弦，可以追風趕日。東郭逡是海內有名的狡兔。一天，兩頭畜生相遇，東郭逡亡魂喪膽的在前面跑，韓子盧迫而不捨的在後面追。一對疾足相遇，各展所長，倒也不相上下；前後距離，不過尋丈而已。結果，環繞一座大山跑了三匝，翻過極高的高峰五次；終於筋疲力盡，兔子死在前面，狗也就地倒斃。拼命馳逐，兩敗俱傷。一個農人，本來跛一足，不良於行，顛簸向前；忽見狗兔死屍，撿回斬膾紅燒，大嚼一場。《戰國策》（張用寰，2000：141）中的龜與兔是大家生活經驗裡那麼共同熟悉的角色，以至於有意無意間自然以龜兔為角色，而大家心照不宣認知角色代表的意義一是有毅力勤以養功，一是自傲偷懶取其辱。

龜兔散步（蘇善，2011）

趁著星期六，沒有小朋友到學校，兔子答應烏龜，要陪牠到學校操場散散步。一大早，車很少，兔子想：大家都還在睡覺，不像平常，噗噗噗、叭叭叭，好吵！才走進校園，就看見花兒微笑，好像在對兔子招呼：早上好！操場上，早起的鳥兒也不少，有的打籃球，有的做體操。兔子和烏龜沿著跑道慢慢走，慢慢走，過了一會兒，兔子的腳癢得受不了，他這邊抓抓、那邊搔搔，所以烏龜對兔子說：「我

	自己走，你去跑一跑。」 跑？當然好！兔子拔腿快跑，腳上的癢癢蟲一下子全被甩飛了！兔子像馬兒一樣又跑又跳，他跑哇跑、繞哇繞，過了一會兒，兔子回頭看了看，烏龜還在原地擡擡腳。 兔子想：說好要「陪」烏龜散步，怎麼好意思自己快跑？於是兔子慢慢減速，慢慢減速，又陪在烏龜身邊，學烏龜慢慢擡腳。 文本說明： 這個捨棄比賽的火藥味，洋溢著童趣的童詩，讓龜兔兩個角色成為好朋友，原來能力個性相對的雙方也可以懂得體諒、等待、包容，這種互動應可適用於許多倫理的關係，例如好友、夫妻、親子……還有一則溫馨的〈龜兔不賽跑〉龜兔對話也饒富趣味，從「在池塘邊的大樹下，小小兔與小小龜正在看書。愛看書的小小兔在看完《龜兔賽跑》、《龜兔又賽跑》、《龜兔再賽跑》、《龜兔賽跑精華篇》等故事書後」，小小龜兔對老是比賽跑步這件事，提出其他不一樣的想法，如小小龜提出可以比游泳啦，比吃東西誰吃得慢等，陸續想出三、四種方式，但都被小小兔否決，因為都是兔子的弱項，小小兔才對小小龜提出，其實像這樣一起看看書，一起完家家酒，不是很好嗎？對幼小的孩子來說，競賽似乎是大人世界的產物，何必加諸在單純快樂的童年裡，簡單的小故事也是對這個寓言有了另外一番思考。也暗指各種改寫龜兔賽跑的作品不少，更讓能一起閱讀的小小龜小小兔來說，什麼比賽都不重要了「小小兔與小小龜就在池塘邊的大樹下，繼續把《龜兔賽跑大結局》看完了」。		能欣賞作家轉創作的美感經驗	
誰是金頭腦？	動動腦時間（運用水平思考或逆向思考）： 從前有一個老國王，他平時頭腦很古怪。有一天，老國王想把自己的王位傳給兩個兒子中的一個。他決定舉行比賽，要求是這樣的：誰的馬跑得慢，誰			

	就將繼承王位。兩個兒子都擔心對方弄虛作假，使自己的馬比實際跑得慢，就去請教宮廷的弄臣。這位弄臣只用了兩個字，就說出確保比賽公正的方法，這兩個字就是：對換。（麥冬，2009：101）
跨領域的知識經驗	心理學： 另外會有細心的創作者會想替挫敗者發聲，尤其是被弱者打敗的不堪，有沒人想過兔子當下輸給烏龜的感受，而且是一直殃及後代的心理層面，於是有一篇〈哭泣的兔子〉的童話（林鍾隆，2008）表白，那是一隻烏龜聽到一棵大樹下傳來簌簌的哭聲。烏龜小心翼翼地詢問著，原來兔子為了烏龜和他們比賽跑結果遭到大家嘲笑，烏龜邀請兔子再賽，好心建議「不要輕視我，不要在半路睡覺，就會贏，就可以洗雪恥辱」，只是兔子認為即使贏了比賽，也無法叫人忘記前事。烏龜安慰兔子「自己要爭氣，祖先再好，也不能全靠祖先！」雖說是祖先的事，但已讓後代的兔子蒙羞，整個故事的焦點還是在強調兔子被譏笑，很難過，這倒是可以啓發讀者觀察事件的另一個角度——如何溫柔敦厚地看待似乎是受懲戒的另一方。 自然科學： 一個以看故事學科學的科學教室專欄，由臺大生物環境系統工程學張文亮教授執筆的〈烏龜在石頭上的雄姿〉，便續寫了龜兔賽跑後烏龜凱旋回到烏龜王國，大家要為烏龜立像紀念，要表現出烏龜的最佳雄姿和虛擬的角色有了一番討論。例如刻一隻汗流滿面往前爬的烏龜，實況紀錄；或刻一隻微笑烏龜踏著滑板上快速前進；或者刻一個在狂風巨浪中拼命劃水狀的烏龜英雄；或者刻烏龜縮到龜殼裡，從山上快速滾滑下來；或弄成忍者龜耍五節棍；或像機械戰士兩腳站立，從背殼後伸出一隻迫擊炮。教授的說法是「池塘裡的烏龜常會爬上石頭曬太陽，當曬到心滿意足時，就會擺出一副得意的樣

	子。」「牠會把頭伸得高高的望著天，四隻腳都自殼中伸出來，連身體後面的小尾巴都伸出來，那是烏龜在陸地上最有信心又最具安全感時，自然會擺出的姿勢。」作者最後說明究竟烏龜立像採用何種姿勢不重要，其實何必立像？在一場勝利渺茫的競賽裡，堅持有始有終，這種精神就是可敬佩的。以消極修辭的方式讓知識故事化，讀者易於理解吸收。		
	數學		
	懂得把知識趣味化生活化的教學者，會假借大家熟悉的故事來設計數學題目：兔子再找烏龜挑戰這次比的是馬拉松，而兔子讓烏龜先跑兩小時，電視臺體育記者花豹作了分析：馬拉松比賽的距離是 36 公里，兔子一小時 9 公里、烏龜一小時跑 3 公里，雖然烏龜先跑兩小時，但兔子只要一小時就能趕上，爾後就得看兔子會不會又偷懶了。為了維持比賽公平性，由為人正直的老鷹作裁判，老鷹時速 18 公里，因此可以來回監視參賽者的狀況。比賽的結果當然是兔子獲勝。但問題是：老鷹和兔子一起出發，然後不斷在龜兔之間飛來飛去，並一直保持每小時 18 公里的時速，當兔子抵達終點時，老鷹一共飛了幾公里？這個題目其實是在問：兔子跑完全程所用的時間，其實就是老鷹來回飛翔用掉的時間，這段時間老鷹總共飛了多少公里？這只是故事的轉運用，而其他典型的童話自可如此舉一反三假借情境設計命題。		
我是「小作家」換我寫寫看	**妙筆生花寫作暖身操：** 給作者的信： 老師講到關鍵處，讓學生接說，或沒說完給故事結尾，給故事編續集，看誰編得好，其他課堂上的閱讀後活動如給作者的信，例如轉述要設想出上百個龜兔賽跑推論的赦幼祥在自己的漫畫完成後記裡，以一個曾經絞盡腦汁枯索蒐腸的創作者角度回	**40**	

顧，寫道：「我是個好奇的旁觀者。因為烏龜要和兔子賽跑了！熱心地為兩位選手張羅場地，在漫畫沒有不可能的世界裡，凝神地來為這段賽程刻下記錄。起跑前的寧靜卻是思緒最澎湃的一刻。」「從第一則跑道第五十八則，每天都嘗試著說服自己頑強地否決，推翻了推翻再推翻，腦袋瓜裡成了龜兔的競賽場。」他自稱自己「在心態上，急匆匆得像是活蹦的兔子。在行動上，慢吞吞得有如遲緩的烏龜。」慨嘆心很急，可是成效不彰，他稱他自己的創作歷程「整個賽程從 2002 年的冬天跨越到 2003 年的暖春，比原先預定的時間慢了三個多月。」「在終點前等待著勝利者。許久……不見蹤跡，只有我和月光下的影子。昨天烏龜和兔子 E-mail 給我，上頭寫著：『快跑吧！別輸給自己了。』」（敖幼祥，2003：122-125）足見創作者在創作的歷程中是孤寂的，竟然只有故事裡虛幻的角色在給自己加油打氣。

其他閱讀後活動還有幾種模式：

這則寓言可以從幾個層面改寫：不同結局——兔子贏或和局。不同比賽策略——比賽角色、路線、終點改變。不同的思維向度——改變時空到現代民主選舉的類推或敗於環境污染等。

扮演書中角色。給朋友寫一張鼓勵卡、祝福卡、針對故事中一個情景作劇本創作，並進行排演，也讓觀眾加入表演。假扮成角色給對手寫一封信，重新創作一種屬於自己的新版本。新版本的書可以作為禮物送給低年級學生。

學生作品老師自編刊物，登載學生作品複印給學生家長（見附件 3）。

表 7-2-2 各種龜兔賽跑閱讀材料主題分析表

選材版式類別	題名	內容分析	主題（主旨）歸納
繪本／有機關的故事書閱讀對象：兒童。	1-《童話童話系列——烏龜賽跑》／陳曉慧編（2002）	是書中兩則童話之一。也是以兔子嘲笑烏龜開頭，以烏龜嘲笑兔子收尾。笑烏龜慢到好像在睡覺，背重殼好慢。以翻頁大摺頁的版式效果強調兔子的腳程可走多遠，烏龜的走斜坡為小摺頁，到達山丘反笑兔子太慢。以圖文強調過程兔子如何快越過池塘、越過草原，烏龜遠遠不及。	依原故事龜贏兔，但沒有裁判。
立體繪本／立體紙雕為主／閱讀對象：兒童。	2-《龜兔賽跑》／Ma Quentin Luna 著，林麗雯譯（2007）	自大兔子向每隻動物挑戰，烏龜接受終點在懸崖邊，兔子迎賽一樣輕敵。睡覺夢見得獎盃，烏龜努力追，小蝸牛在旁加油，兔子被狐狸吵醒，烏龜已抵目的地，最後是烏龜告訴大家如何才能獲得勝利。	最後的警語是由獲勝的烏龜來說：「自大又沒耐心的人是沒辦法成功的，只有肯努力又踏實的人才能得到最後的勝利！」
繪本／文字和圖畫各半／閱讀對象：兒童。	3-《龜兔賽跑》／陳芬蘭（1993）	〈龜兔賽跑〉是四則童話故事第一篇。龜兔設定山上大樹為終點，兔子睡到傍晚涼風吹來才醒。	故事後有警語：「小朋友做什麼事要有恆心，因為『有志者，事竟成』。」仍符合原作情節角色。除主角外沒有裁判。（奮力不懈）烏龜勝了動作快的兔子。

繪本／〈龜兔賽跑〉是繪本 14 則故事之一閱讀對象：兒童。	4-龜兔賽跑——伊索寓言名家繪本／Giacomina Ferrillo 繪（2002）	繪者對龜兔有近似擬人的畫風，所有動物都站立對話，反倒像是真人版的挑戰競賽，強調用孩子能理解的方式編寫，圖文欣賞，啓發讀者藝術能力。兔子嘲笑烏龜動作慢、腿短，烏龜不服輸，有毅力抵終點。	仍符合原作情節角色。除主角外有狐狸作裁判。（堅持不懈）烏龜雖然落後，卻很有毅力向前爬。
文字文本／閱讀對象：國小低年級。	4-《閱讀精靈》／王老師（2008）	14.〈龜兔賽跑〉是 23 則寓言之一。屬於語文閱讀測驗補充教材。屬演繹故事。龜兔互相嘲笑不服輸，請山羊當裁判，終點在山頂上。中途貪吃貪睡，烏龜努力抵終點，最後兔子躡手躡腳抵達終點，被大家嘲笑，始知自己太驕傲。	故事後有閱讀測驗及小故事大啓示：一個人即使有天大的本領，如果做事不專心，也是很難有成就的。這是千古不變的道理。這是以兔子的角度評論。
文字文本／閱讀對象：兒童、成人。	5-《伊索寓言》／Aesop 著，徐靜雯譯（2002）	84.〈兔子與烏龜〉是 202 則寓言之一。內容與原故事同。兔子嘲笑烏龜腿短速度慢，烏龜自信一定可以打敗兔子，找狐狸當裁判。中途兔因休息吃草，天暖睡午覺，自忖即使烏龜在他午睡時追上，也可以即時趕過，結局同。	寓言的體例，因此後面附有教訓提示「勤能補拙」，這是以烏龜的角度評論。
文字文本／閱讀對象：兒童、成人。	6-《品德教育書》／東原編，（2009）	屬於 12 個德目中的「反省」，龜兔爭論誰快，約定好從林邊石頭開始，比賽路線（樹林——河道——草地）終點為楓樹。	文字啓示以讀者角度設想每個人都有兔子的惰性，要隨時警醒。故事中兔子雖充滿自信，但仍屬善良，途中會顧及對手。

		野兔自負腳程快，睡了一天，醒來沒見到還會擔心烏龜掉到哪個洞裡。一路跑，一路關心的喊。結果烏龜早在樹下喝水等牠。故事前有寓意提示：勿忘時常喚醒自己心中那隻兔子：醒醒！快跑啊！	
文字文本／閱讀對象：兒童、成人。	7-〈龜兔賽跑〉《世界經典寓言的智慧》／劉怡君（2007）	180 則寓言之一，編入第四篇「明白聰明反被聰明誤」中。嘲笑烏龜慢，但烏龜不服輸的反向兔子挑戰，烏龜全力以赴，發現兔子睡覺覺得受辱，更加努力悄悄爬到終點，等待後來跟上的兔子，準備反過來嘲笑兔子。	依原故事龜贏兔，但沒有裁判。（爭一口氣）寓言的體例，因此後面附有教訓提示「無論再怎麼厲害，總有不小心失手的時候，待人還是要寬厚一點吧！」這是以兔子的角度評論。
文字文本閱讀對象：兒童、成人。	8-《戀戀伊索寓言》／Aesop 原著，袁勇譯（2005）	〈龜兔賽跑〉是書中 82 個故事之一。採原型故事和演繹故事並存。演繹故事的在原文情節，發揮了合理的想像，添加有趣情節，增加龜兔心理描述及情緒對話，場景細膩的鋪寫，語言更具童話風格。兔子在青草上作夢，夢見朋友嘲笑垂頭喪氣的烏龜，烏龜還被煮來吃，自戀的帶上雲彩圍巾洋洋得意。兔子輸了被嘲笑，烏龜以勝者姿態向兔子問「誰快？」兔子仍說，	演繹故事仍維持原作主要情節。除主角外有狐狸作裁判。烏龜：烏龜被質疑能（勇於挑戰）堅韌勇敢。謙受益。兔子：雖有天大本領，但不專心，難有成就。

		「我快！」引來一陣嘲笑，沒人理牠，感到很羞恥。	
文字文本／裝飾性插圖／閱讀對象：兒童、成人。	9-《拉封丹的寓言智慧》／Jean de La Fontaine 原著，塗頤珊編著（2003）	〈龜兔賽跑〉是拉封丹蒐集演繹民間故事本書 130 則寓言之一，和《戀戀伊索寓言》中的演繹故事一樣擴寫原型故事，有細膩的情節對話描寫，這裡是烏龜主動挑戰兔子不會比牠早到終點，兔子還嘲諷是否該採瘋藥洗腦。互約定目的地，不請裁判，兔子中途散步吃草，認為自己再過一陣子抵達才夠體面，過分的自信吃敗仗，羞愧離開。	故事後的智慧小語：獲得成功的訣竅並不在於擁有天賦異稟的能力，而是能預見對方的弱點，把握時機，然後毫不猶豫的往目標邁進，就像故事中埋頭苦幹的 烏龜一樣。
英語語文教材／中英對照／CD 讀念講解閱讀對象：兒童。	10-《童話故事初級篇④──烏龜賽跑》／Jerri C. Shepherd 等編（2004）	兔子喜歡跟其他動物賽跑每次都贏，自視甚高，嘲笑烏龜腿短，大家取笑烏龜，比賽前兔子便稱贏定了，烏龜表示會盡力。兔子信心滿滿貪睡時，還自認贏定了。細寫烏龜很累腿疼，仍持續前進，還會自我激勵「我會成功」，烏龜贏兔子其他動物稱讚烏龜「你最棒！你真行！」反而嘲笑兔子。兔子輸了很難過。	沒有裁判，只有其他動物們的批評助陣。 （自我激勵）烏龜不怕旁人嘲笑，自勵自強。

文字文本／文字為主插圖為輔／閱讀對象：兒童。	11-《烏龜贏了》／林敬祐（1993）	〈烏龜贏了〉是該書 37 個小故事之一。比賽過程中路線設在斜坡，利於烏龜縮頭翻滾，兔子自知不敵，放棄認輸。	這是演繹原故事後繼續故事接寫。但仍維持龜贏兔的結果。烏龜能找對自己有利的路程，運用智慧贏得比賽。（也是不公平的比賽）（巧用智慧）
報紙文字／有插圖／閱讀對象：兒童。	12-〈新龜兔賽跑〉／王素涼（2001.09.24-27）	《國語日報》兒童文學牧笛獎童話組佳作作品。見內文。兔子發現祖先與龜族的爭戰卻在第十代遭受慘痛的教訓，荒蕪耕種造成飢荒警惕後世兔族，以和為貴，由現世的龜兔和局收尾。	冤家宜解不宜結，不要為了比賽荒蕪家園、心靈。
報紙文字／閱讀對象：兒童。	13-〈龜兔新傳〉，《人間福報》／楊家維（2008.09.24）	續寫原故事，彰化五年級小朋友作品。兔子立志洗刷前恥，先找羚羊練習，再向烏龜挑戰，獅子長老當裁判，全村動物觀賽，結果是兔子搭高鐵領先，烏龜專心騎野狼機車力追，最後兔子還是敗在睡過站輸了比賽。	故事仍不改兔子因為貪睡輸的結局，結合現代科技新穎交通工具的加入。仍輸在輕敵疏忽。
文字文本／閱讀對象：成人。	14-《現代寓言──寫給成人的童話》／杏林子（1994）	〈龜兔賽跑第二章〉58 則寓言之一。改寫原故事，改變結局。烏龜贏出癮頭，約兔子比賽，兔子中途不再打瞌睡，贏了烏龜。	給烏龜的教訓是天下事不會始終一成不變。

文字文本／閱讀對象：兒童、成人。	15-〈輸贏的哲學〉，《中國語文》／趙公正（2002）	飛毛腿故意在百獸運動會找慢郎中的烏龜賽跑，中途貪睡落敗，落得眾獸嘲笑，無地自容，兔子心有不甘找烏龜再賽，兔子終於先馳得點，扳回一城，兔子驕傲地向遲到的烏龜示威，烏龜要求比賽場地的決定權再賽。烏龜選擇水路障礙賽途中有一方深可沒兔的長形水池，兔子望水悻悻然表示兔有所短，龜有所長，未戰先怯，不比了，完成龜兔賽跑三部曲。	保持驕者必敗勤能補拙的原始寓意，烏龜利用自己所長（諳水性）爭取勝利。
文字繪本／文字和圖畫各半／閱讀對象：兒童。	16-《胡蘿蔔原故事集——新龜兔賽跑》／Neil Connelly（1995）	閱讀對象為較小孩童用兒語，如角色有兔薇薇、兔貝貝、兔尼尼、咪咪龜。兔爺爺說故事，兔貝貝再挑戰烏龜忘記教訓，又因貪睡輸了比賽。各角色都有安排，中途兔尼尼準備果汁讓兔貝貝喝飽睡著了，兔薇薇則教訓貝貝不聽爺爺的話。	兔子要記取教訓，烏龜不急不徐，知識的學習是烏龜提到牠本來要冬眠。
繪本／閱讀對象：兒童。	18-龜兔賽跑》／Repchuk, Caroline（2004）	急躁的兔子、沈穩的烏龜，展開一場大賽跑，他們從歐洲出發，比賽的終點是——紐約的自由女神像。在這環遊世界的旅程中，他們路過不同的國家，也經歷了各地的風土和特色，最後，搶先到達	只要沈著與穩重，勝利就在你手中。

		終點的是烏龜。歸因在兔子莽撞出發，烏龜則慎選對正確有效的交通工具。	
繪本／閱讀對象：兒童。	19-《龜兔大賽（The Big Race）》／Shirley Girton Glaser，王慧雲譯（2006）	兔子哈利和烏龜湯米決定要比一比看誰跑得快，結果最後竟然遊遍了全世界。他們沿途看到了許多令人驚奇的事物，例如快要爆發的火山、踩著高蹺的捕魚人、神祕的金字塔，還有六隻會洗澡的熊…… 　　改編自伊索寓言《龜兔賽跑》，作者巧妙的設計了一本轉著看的書，讓故事可以一直不停的說下去。扉頁則巧妙的畫出他們環遊地球一周的路線，介紹他們經過的國家特色，讓孩子也跟著他們的腳步環遊世界，認識許多國家的風土人情。	整個故事重點在於各國特色景觀的介紹，至於龜兔賽事似乎不是重點，大致還是維持原故事兔子睡著了，讓烏龜從他身邊經過，最後沒有明確點出誰勝出，只是讀者已不言可喻。本故事在於點出過程重於結果。
繪本／文字、圖畫都佔了很重要的比例／閱讀對象：兒童。	20-《龜兔賽跑──一個經典故事的多個結尾》／範永坤（2007）	這是強調開拓孩子思維的改寫及續寫故事。大家所熟知的龜贏兔的版本是第一回比賽，輸了比賽的兔子回到家中向媽媽哭訴，兔媽媽教兔子要記取失敗的教訓，不要驕傲，不要看輕對手。第二回兔子贏了烏龜並警惕自己不要再中途睡著。接著烏龜也不服輸，思考如何轉敗為	有幾層主題：第一回兔子因驕傲輕敵疏忽，貪睡而輸賽；第二回聽從教誨改正缺點，發揮長處，第三回學習到別人也有長處，學習尊重；第三回學會互助合作，獲得雙贏。

		勝，烏龜要求路線由烏龜決定，原來路途中有一條小河，不會游泳的兔子就沒輒了，但當烏龜游回來兔子也笑了，因為牠們認知到牠們各自都有對方沒有的東西，成為好朋友，一起參加森林裡的長跑比賽這次路線，有馬路有小河，兩個一起合作，共同獲得冠軍。	
文字文本／閱讀對象：成人。	21-〈新龜兔賽跑〉《名家極短篇悅讀與引導》／張春榮等（2005）	陳黎著〈新龜兔賽跑〉是61篇中西極短篇作品。是現代環保版的衍生創意，比賽路線經過會汙染的工廠區，及加入新參賽角色鱉，頂著鱉尾想讓龜掛名第三，機關算盡卻意外受工廠廢氣薰昏又落敗，比賽除人了實力、毅力之外，還有非人為干擾因素。	主題新解：小心不如小頭，人算還要天算。人才放錯位置，將便成庸才。太過自信，將讓自己跌得很慘：小心駛得萬年船，意外隨時站在生命轉彎處虎視眈眈。
文字文本／閱讀對象：兒童、成人。	22-〈龜兔賽跑〉〈龜兔賽跑續〉《創造性寫作教學》／林怡君、陳月霞（2004）	〈龜兔賽跑〉烏龜想色誘兔子，計謀未得逞——兔子找黑道帶走兔女郎，跑贏烏龜。〈龜兔賽跑續〉龜兔為先前比賽對罵打架，再約比賽時兔子挑釁烏龜與老虎比，結果烏龜召飛機抵達。	不要輕敵，對手未必如料想中軟弱。對方輕易答應不可能的任務，必有萬全準備。

文字文本／極少裝飾性插畫閱讀對象：成人。	23-《你是烏龜還是兔子？從伊索寓言看人際關係的成功法則》／植西聰著，楊嵐譯（2005）	作者主修產業經營，研究成功哲學，將寓言運用在心理諮商。伊索寓言的主角們被當成各種類型的人的範本，闡述關於人際關係的基準要點。前面簡述故事，大部分在論辯舉例，引導讀者自省，即使自己先決條件不如人，但是憑著不放棄的努力，累積實力，朝著自己可能補強的部分勝出（充實本國語言能力和文化知識），一位主婦成為翻譯人才的成功事例。	烏龜所以贏兔子是因為兔子貪睡緣故，所以只要一心努力追求，好運也會跟著來。天助自助者。不要光羨慕別人擁有的才能，要做自己能做的事。除了朝著自己可能有點挑戰的目標堅持努力之外，還要能發現自己可以加強的其他優勢。
文字文本／掌上型小冊，極少裝飾性插畫閱讀對象：成人	24-《10個跑贏兔子的方法》／施以諾（2003）	以讀書當活用的角度，轉化故事角色特質和作為職場智慧。跑贏兔子10招包括：(一)龜殼當滾輪；(二)改走水路；(三)比兔子早起；(四)善用穩重精神；(五)做一隻開心樂觀的烏龜；(六)跌倒了，再爬起來；(七)別學兔子睡大覺；(八)謙虛，是最好的捷徑；(九)多翻書，少翻臉；(十)與兔子大方互動，共創雙贏。	現實中的兔子不一定都會睡覺，烏龜要成功不能寄望於別人的軟弱。社會成功人士的脫穎而出緣於後天努力、價值觀、生活態度而非先天的智商。

文字文本／閱讀對象：兒童	25-*I Can Read - The Hare And The Tortoise. Learn & Play*（2008）	淺顯易懂的文字改寫成小朋友可以自行閱讀的版本，依故事長度與文字難易度，共分成三個階級。Level 1 大概是 200 個單字程度，Level 2 約 300 個字，Level 3 則是 600 個生字程度。鼓勵小朋友閱讀，可從他們熟悉的童話故事開始，本書為《龜兔賽跑》，I Can Read 經典童話故事系列 Level 1。	以語文學習為主。主題維持傳統意義。
卡通動畫／閱讀對象：兒童。	26-〈龜兔賽跑〉《世界童話故事》中華兒童教育發展協會推薦 VCD／愛美斯 5 分 38 秒 2010／10／21	是 48 集國臺語發音的動話故事 VCD。內容接近原型故事，包括兔子中途天熱貪睡，想等傍晚涼快些再跑，烏龜不斷的自我勉勵「走快點，不要休息」，狐狸是裁判，在終點的動物覺得兔子太丟臉，都不理兔子。	錯誤的判斷看不起對手，掉以輕心。
卡通動畫／閱讀對象：兒童。	27-〈龜兔賽跑〉《迪士尼童話故事精選(四)DVD 20100827 發行 8 分 37 秒	馬克兔和托比烏龜比賽中，除了假寐捉弄烏龜外，藉由兔子作出各種耍帥耍酷的表演，如表演射蘋果同時是射箭手和箭靶、打棒球兼了投手、打擊手、外野手，網球打還擊的瞬間發生，表現兔子誇張的快速，結果也由於忙著作秀，讓穩定向前走的烏龜先馳得點。	這是改寫故事。動畫誇張了兔子的莽撞自大愛表現的個性，對比了烏龜腳踏實地的完成比賽。

| 卡通動畫／閱讀對象：成人、兒童 | 28-《龜兔賽跑——世紀複賽》DVD 20080913 01：15：50 | 15年後龜兔再次重聚，準備來場瘋狂的大自然冒險登頂賽，各自帶著不情願來的孩子參與冒險，過程中烏龜堅持的「緩慢和穩定」的致勝法則，有時也不見得適用每種狀況，有時速度也很重要，龜爸兔爸小兔小龜在比賽過程中的歷險捨身互助發現，兔爸謹記自己「小睡片刻」失敗的教訓，龜爸賽前的充分準備，也肯定孩子所執著的興趣，過程中無論是小兔藉由科學原理歷險脫困或小龜提出世上問題都能經由跳舞解決（如果有人會與你跳舞，那人就無法對人生氣）最後彼此已患難見真情不再在乎輸贏，準備一起到達終點，但第一名的卻是土撥鼠。 | 這是續寫故事，予人多元啟發。如最後勝利者所說：也許兔子隊跑很快，烏龜隊也很平穩，但他們一直因為個人問題而停下來，而土撥鼠拼命的挖掘不顧個人問題，全力以赴，才贏了龜兔。 |

表 7-2-3 《龜兔賽跑劇情推論》內容分析表

標題	劇情說明（文字整理漫畫內容）	改易對象
01.愛的召喚◎	途中兔子接到兔女友來電要求吃霜淇淋，可樂、漢堡等，即使告知正在比賽也不獲諒解，甚至要脅有豬先生在追，兔子不得不去滿足女友要求，烏龜頗為同情還安慰兔子，獨自奔向終點。	增加角色增加物：美食。現實委屈。
02.愛神的箭◎	邱比特的箭不小心射到兔子，兔子竟然吻向就近的貓小姐，被貓先生痛揍一頓，邱比特趕快拔起箭又不小心射向快抵終點的烏龜，烏龜愛心大發轉而吻向兔子，邱比特拔起箭後，龜兔都很生氣，烏龜拿到弓射向阿飄，阿飄追著邱比特，邱比特落荒而逃。	增加角色增加物：愛神的箭。意外之災。
03.白雪公主＊	巫婆準備了毒蘋果本想讓白雪公主吃了變成青面獠牙的醜公主，兔子拿紅蘿蔔換了巫婆暫放在屋外木椿上的蘋果，白雪公主吃了紅蘿蔔變得更明艷照人，誤食毒蘋果的兔子變成長角豬鼻的醜樣兒坐在樹下，烏龜繼續前行。	增加角色增加物：蘋果、紅蘿蔔。貪食惡果。
04.邊跑邊吃◎＊	快速拉遠距離的兔子肚子咕嚕咕嚕叫，途中跑來跑去買了熱狗、冰飲料、免費漢堡，不久肚子便痛到翻倒在大石後，烏龜到達終點前，還在想這兔子跑到哪兒去了。	增加物：食物。貪食惡果。
05.變身基因＊	兔子研究各種書籍製造神奇藥水，希望自己變身老虎、大白鯊大象壓制烏龜，結果不小心打翻藥水只好用吸管吸起已混在一起的藥水喝，卻讓到達終點的烏龜看到跟在後頭，已是四不像的怪物。	增加物：神奇藥水。意圖不軌，自己遭殃。

06.冰天雪地◎*	冰天雪地的賽程，烏龜為了避寒在身上噴了生髮水讓自己長出全身的毛髮滾著龜殼滑行到終點，兔子效法的結果變成一大團毛球，滾到冰河裡成了一個大冰球，滾在終點前，烏龜贏在終點。	增加物：生髮水。 改變地點。 聰明反被聰明誤。
07.病媒蚊篇◎☆	兩隻蚊子分別叮了狂犬病的狗及雞瘟裡的雞，再去叮咬了兔子和烏龜，致使龜兔都感染了狂犬病和雞瘟，賽程中一路咕咕叫汪汪叫。	增加角色：病雞、病狗、病蚊。 無妄之災。
08.菠菜蔔派*	大力水手被又蹦又跳開跑的兔子撞到，生氣兔子的莽撞，想幫烏龜的忙拿大力菠菜給烏龜一吃，功力大增飛速到達終點。	增加角色：大力水手菠菜。 無禮惡果。
09.不吉之兆*	兔子一早起來，準備開心赴約比賽，未料分別遭到鳥糞襲頂及踩到狗屎，一再回家清洗才發現是 13 號黑色星期五，擔心自己一出門不曉得會不會遭到墜機或鱷魚襲擊，躲到晚上，烏龜也已抵達終點，接受動物們（狗、烏鴉）喝采。	自己嚇自己。
10.不可貌相*	三隻大哥似的兔子看到來報名賽跑的烏龜，百般嘲弄，烏龜突然展開回擊，展現武術功夫把對方打得落花流水，兔子發現非學中國功夫不可，到達武館交了巨額學費，準備好好練功，才發現師傅是那隻烏龜，全嚇傻了。	能力逆轉烏龜是強者。 兔子輕敵。
11.嫦娥奔月*	兔子看到嫦娥吃了靈藥飛向天，以為自己吃了藥就能一飛沖天，快速到達終點，雖然烏龜曾想效法，但藥瓶空空如也，而兔子則在月亮上陪嫦娥看著烏龜腳踏實地一步一步邁向終點。	改變時間：夜晚。 聰明反被聰明誤。
12.吃補填鴨☆	兔爸爸希望兔子考上榜首，對兔子強補課業，食補藥補後卻在考場昏倒送醫急救，兔爸後悔答應兔子與烏龜的賽跑，	增加角色 增加物：補藥。 現實委屈

	去電烏龜，未料烏龜也正被龜爸押著惡補讀書呢！	
13.叢林危機＊	想學兔友盪著樹藤穿過樹林，卻倒楣碰到樹斷，又誤把蛇、豹尾、象鼻當藤蔓，被大象甩得老遠飛出去，而烏龜仍在林間一步一步前行。	增加角色、地點。 聰明反被聰明誤。
14.等候裁判◎	兔子快到終點處看到一個「等候裁判」的牌子，便躺在牌子上睡著，等到裁判大喊「烏龜得第一」驚醒兔子了，烏龜已到達終點，原來裁判是蝸牛。	裁判影響結局。 兔子上當。
15.地心引力◎	一開賽疾跑與烏龜拉遠距離的兔子躺在樹下睡覺，苦思無解的牛頓從旁邊研究室走出來，看到一顆蘋果掉下來砸到兔子，牛頓為了想確定蘋果掉下現象，不斷重重的踢踏樹幹，一個一個蘋果掉在兔子頭上，正在兔子丈二金剛摸不著頭腦時，牛頓以身試法試驗地心引力與重力加速度從樹上下來把兔子壓倒後直奔回研究室，還在賽途努力中的烏龜也是滿頭霧水。	增加角色：牛頓。 增加物：蘋果。 無端受害。
16.狗肉大王⌘	烏龜到處張貼海報稱：兔子是「狗肉大王」，引起四處狗的公憤，當兔子快到終點時，受到眾狗忿忿不平的質問追趕，而讓烏龜慢條斯理抵達終點，漁翁得利。	增加角色：狗群。 烏龜使詐。
17.滾球大戰＃＊	烏龜一路縮進龜殼滾下草坡，即使碰到大石頭、仙人掌毫髮無傷，兔子想起而效尤，蜷曲身體滾下坡，卻被石頭、仙人掌刺得體無完膚，摔跌在終線前。	改變地點。 龜殼保護。 自不量力。 聰明反被聰明誤。
18.哈利波兔＊	兔子偷走哈利波特的飛天帚，飛天帚不服，兔子還以斧頭威脅飛天帚配合，兔子天馬行空豪氣地翱翔天際，還驚嚇飛	增加物： 聰明反被聰明誤。

		鳥，戰鬥機發現雷達不明物，把兔子以飛彈擊毀，烏龜仍安步當車往終點邁進。	
19.	海底作戰 * ◎	兔子自詡為奧運游泳金牌，接受烏龜在大海中從 A 到 B 的泳賽，兔子也很神勇的快速前進超越烏龜，未料大白鯊侵襲，因烏龜縮進龜殼內鯊魚吞進去不適吐出，但兔子就沒那麼好運，被吞噬。最後烏龜到達彼岸獲勝。	改變地點。龜殼保護。運氣不好遇到意外。
20.	浩劫餘生⌘◎	因飛機失事漢克到了荒島發現隨機掉下的包裹卻只是足球，痛哭流涕之餘，發現並抓住正在努力跑步的烏龜，烏龜很快把頭縮進龜殼內，任漢克怎樣敲擊也沒有用，但是漢克實在太餓了，烏龜告訴他前面還有一隻兔子，果然快到終點的兔子眼前出現一個巨大的身影，而烏龜遠處冷眼旁觀。	增加角色:改變地點。龜殼保護。烏龜出賣兔子，兔子犧牲。
21.	灰姑娘兔◎	十二點一到，美麗的公主將化為灰姑娘，只留下一隻玻璃鞋，而兔子剛好疾速快跑過來撞倒王子的同時，腳上不小心套上了玻璃鞋，讓王子以為兔子就是那美麗的公主帶回城堡，烏龜繼續前進，灰姑娘卻也只能在一旁傷心掉淚。	增加角色：王子。陰錯陽差被當成灰姑娘，兔子發生意外。
22.	禍不單行 *	兔子闖紅燈被卡車撞後，頭昏眼花，搖搖晃晃又遭平交道駛來的火車撞飛，雖然被撞到終點，倒栽蔥，但也一命嗚呼了。	兔子發生意外。兔子犯錯造成烏龜得利。
23.	短信疑雲◎	兔子途中收到手機簡訊，「晚上一起出來玩」卻不明說是誰要兔子猜，被對方吊胃口，又等對方上個廁所等等結果竟然是撥錯號碼，還被罵無聊，幾番折騰耽誤兔子跑步，而烏龜卻已到達終點。	增加物：手機。簡訊誤事。
24.	近視裁判◎	分不清誰是龜，誰是兔的近視山羊裁判，修理卡住的訊號槍不小心即發打中兔子頭部差點沒命，包紮後繼續比賽，	增加角色:山羊裁判。裁判誤事。

	裁判對空鳴槍，不料槍擊中飛機，掉下的飛機打中兔子一命嗚呼。	
25.近視問題◎	兔子近視嚴重，貓醫生建議戴上隱形眼鏡後，眼前一片光明，加速快跑。不料一陣風沙吹來，讓兔子流淚不止，前面的路也模糊變形，原來隱形眼鏡掉下來，當找到鏡片那一刻卻被後來趕上的烏龜一腳踩破，烏龜順利抵達終點。	增加角色：貓醫生。兔子近視輸了比賽。
26.KAKAKAKA◎	兔子被猩猩發現有一對兔牙，方便打開蘋果罐頭，儘管告訴猩猩牠正在與龜賽跑，拒絕想逃仍被抓住當作開罐器，其他猩猩還繼續從失事飛機裡搬運出一箱箱罐頭。烏龜繼續前進。	增加角色：猩猩。兔子遭遇不測出事。無端受害。
27.辣辣辣餅＊◎	兔子吃了極辣的辣妹餅，沒想到辣到噴火，跑到水邊消火，看到烏龜正在前進。趕緊跟上，但肚子突然不舒服，跑到樹叢裡拉肚子，不料一隻大河馬也過來對準兔子拉了一大坨屎，於是兔子帶著一身臭屎爬向已在終點等候的烏龜。	兔子遭遇不測出事。
28.樂極生悲＊	比賽前夕眾兔友來向兔子慶賀兔子必勝，乾杯再乾杯，喝得不省人事也睡過比賽時間，等到醒來烏龜已達終點，換烏龜向兔子邀請乾杯，兔子只能嚎啕大哭。	增加角色：驕者必敗。兔子太過自信誤事。
29.慢慢慢跑＃	「龜兔賽跑比慢」狗裁判告訴兔子不准用跳的，不准橫行，已盡力慢走卻不及烏龜的慢，被狗裁判槌子敲頭不准睡覺、不准吃泡麵、不准打手機，把兔子激得走向終點，結果是烏龜的終點在後，獲得比賽勝利。	改變角色。改變比賽規則，有利烏龜，對兔子不利。
30.敏感之春◎	春天來了，一路上的花粉讓兔子過敏的噴嚏連連，以為過去了，沒想到一陣花粉飄來，定睛一看，眼前一大片花海，只能涕泗縱橫陷入其中。	環境改變。兔子弱點。

31.名利雙失＊#	海報張貼「漢堡盃賽跑，冠軍免費吃一年」漢堡裁判鳴槍，兔子趕緊飛奔出發，烏龜向長老哭訴求助，長老手下以一箱鈔票利誘兔子，並以直昇機送牠到島上享受，沒料到只是一座荒島。烏龜贏得比賽。	增加角色:烏龜長老、手下。兔子貪財貪享受,烏龜有人相助。
32.蘑菇善變＊	兔子貪吃了紅毒蘑菇的後果是鼻子腫得又紅又大，烏龜很善意的磨草藥塗抹治好牠，未料兔子高調得拍打烏龜頭說牠一定要贏得比賽；正要出發，兔腳又腫大起來，烏龜還是治療了兔子，兔子被醫好了又再拍打一次烏龜頭，並且說牠一定是贏家，沒想到接著是兔尾腫起來，這次烏龜再也不幫兔子了。	增加物:毒蘑菇。烏龜善良。兔子忘恩負義,自食惡果。
33.母子情深◎	鼠媽媽看著嗷嗷待哺的小鼠們，跑到住家搶走襁褓中娃娃的奶瓶，媽媽拿菜刀追殺過來，菜刀丟出，把兔子定住在樹幹上，兔子矢口否認拿走奶瓶，但是媽媽兔鼠分不清，仍堅稱兔子就是那個賊。烏龜在賽途中，聽到一聲慘叫，兔子被下鍋煮了，而鼠媽餵飽了小鼠們。	增加角色:鼠、媽媽、寶寶。倒楣的兔子遇到無妄之災,無端受害。
34.傾盆大雨＊#	龜兔在山巒間賽跑，不料傾盆大雨，山谷積水，龜兔都掉入水中，龜兔爬到山頂，兔看到對方山頭就是終點，心懷不軌把龜踢下水裡，兔子想游到對岸卻吃水淹死，而烏龜以龜殼載浮載沉，爬到山頭終點。	增加外來影響變局因素。兔子使壞。
35.惹是生非◎	兔子看不到烏龜的蹤影，在樹下睡覺，一隻蜜蜂飛來擾人清夢，兔子一雙耳朵便把蜜蜂拍成重傷，返回蜂窩的蜜蜂終致一命嗚呼，蜂后傷心痛哭，帶領蜂群復仇，即使兔子躲進水中，依然被蜂群攻擊，而烏龜依然安穩向終站前進。	增加角色:蜜蜂

36.熱情鳥語◎	老鷹看到兔子極速飛跑過來跟兔子說跑贏會提供的獎勵有六隻雞掌，狗也湊過來討論是相當於牠的五根肉骨頭，鴨小姐說牠可以使用計算機幫大家算，大家七嘴八舌的討論把兔子耽擱在路上，當老鷹祝兔子跑贏烏龜時，兔子驚見烏龜已步向終線。	增加角色：鷹、狗、鴨耽誤兔子進程。
37.人民英雄◆	烏龜等在起跑線，卻因為兔子剛從警校畢業，為人民保母準備好好表現。接二連三在賽前接獲通報，分別去救火，處理銀行搶劫等事，還出現頭上插著一把刀回來的景況。直到深夜，烏龜始終在等兔子，最後兔子已累癱在起跑線前睡著了，烏龜向兔子致敬。	改變角色心性。
38.肉彈足球◎＊	兔子看到烏龜請 FIFA 世足賽足球選手把縮在龜殼裡的烏龜踢飛老遠，也請足球選手如法炮製，沒想到一踢，兔子痛不欲生，接著在屁股綁上一塊木板再來，這次被踢到樹枝轉一圈，飛進醫院受重傷臥床，烏龜拿著一顆足球來探望。	增加角色：足球手。
39.色賽兩失◎	兔女友在場邊看比賽，跑到中途的兔子看到豬裁判正在對兔女友又是送花、送鑽戒大獻殷勤，兔子幾番折回，想挽回，最後不但收到一封分手信，烏龜已近終站；女友跟人跑了，也輸了比賽。	增加角色：兔女友、豬裁判。
40.深藏不露＊	兔子得意洋洋的展示牠矯健的身手，跳躍過幾重障礙，甚至很高的圍欄，於是烏龜邀請兔子比賽，勝方可獲得對方給牠一萬元獎金，未料到比賽現場，烏龜脫掉外殼露出一身肌肉，就是一面奧運金牌，結果兔子技不如人，痛哭奉上獎金。	與 10 題材意涵接近。兔子輕敵。

41.拾金不昧◆◎	兔子在路上撿到一塊錢，想到掉錢的小雞會被公雞責打，不管烏龜勸說專注正在進行賽跑，堅持要在路邊等失主，未料小雞堅稱牠掉的是一萬元，兔子汙走了9999，找來大公雞把兔子揍得鼻青臉腫，到了終點，烏龜還莫名所以。	增加角色：小雞、公雞。改變角色好品行。
42.雙巫鬥法☆	城堡裡，巫婆賭烏龜贏，巫師賭兔子贏，巫婆把烏龜變成鹿贏過兔子，巫師把兔子變成豹，烏龜再被變成鳥，兔子也被變成老鷹，烏龜被變成直昇機，兔子被變成戰機，烏龜被變成飛彈直向戰機而來，戰機飛向城堡，隨著飛彈的攻擊城堡及巫師巫婆們也被炸毀。	增加角色：巫婆、巫師、鹿、老鷹……龜兔變成巫術競爭的犧牲品。無端受害。
43.歲月流金＃	烏龜約山羊和黑豹賽跑牠們都不同意，兔子過來信心滿滿的簽名答應比賽，勝負一百萬，但後來一聽是五十年後，大驚失色，但只好履約，歲月流金，比賽的時日到了，兔子也已垂垂老矣，烏龜因為較長壽，雖老但尚有體力，當喊完「1,2,3」兔子「啪塔」倒下死去了。	改變比賽規則。有利烏龜，對兔子不利。
44.太空之旅＊◎	太空猴子從「太空研究站」逃出遇到兔子，猴子送太空衣給兔子，兔子虛榮的想在烏龜面前炫耀，穿上太空衣的兔子被誤抓回太空站，烏龜久等不到兔子，卻來了隻猴子。猴子說，「我跟你賽跑！」猴子說兔子應該被送上太空了。	增加角色：太空猴子。無端受害。
45.偷天換日⌘	夜深人靜，一隻機器烏龜爬進兔子臥室，把鬧鐘電池偷走後，再回烏龜處，原來是烏龜遙控機器暗地使壞。天一亮，烏龜開始跑步走向終點，而兔子仍在家與兔形鬧鐘一起，呼呼大睡。	增加物：機器烏龜。烏龜使詐。

46.兔心不足＊	遠遠把烏龜甩在後面，兔子發現紅蘿蔔田，挖起一些小蘿蔔很高興，沒走幾步又發現田邊有大蘿蔔，就丟掉手上小蘿蔔，結果一路上捨小就大，最後發現一支超級巨大蘿蔔，扛向早在終線等著無奈的烏龜。	增加物：大小蘿蔔。 貪心誤事。
47.外星龜人◎	外星人到了地球發現正在賽跑的龜兔，外星人降落，一身太空頭盔太空桶身，敲敲龜殼，戳戳兔肚子，以為烏龜和自己同類，選擇抓走兔子飛回太空。	增加角色：外星龜人。 無端受害。
48.王子狩獵◎	王子狩獵不利，不但沒獵到野獸，還誤射了自己的坐騎，擔心自己一定被國王責罵成豬頭，眼見賽跑中的兔子，一箭射去嚇得兔子想躲進樹洞，卻被原來躲在洞裡的鹿、熊、狐狸，打得滿頭包飛出去掉在王子頭上，剛好被王子帶回交差，而烏龜繼續前進。	增加角色：王子。 無端受害。
49.聞雞起跑◎	因為酒醉的公雞把月亮錯看成太陽，開始啼叫，兔子誤以為天亮要赴九點的約，直奔賽場，發現現場空空如也，返家才發現原來還只是凌晨2點；再被醉雞吵醒衝出去，發現又被擺烏龍，氣得拿耳塞塞住耳朵，結果天亮九點鬧鐘響，烏龜已上路了，兔子還是呼呼大睡。	增加角色：公雞。 無端受害。
50.我猜猜猜＊#	龜兔決定以猜拳決定誰走幾步，誰知兔子每猜必輸，於是心生歹念，想在手上裝出布的手套，裡面是出拳頭，所以當烏龜出剪刀時，兔子脫掉外面的手套出的是拳頭，兔子以為已經贏了，誰知道高一尺，魔高一丈，烏龜也脫掉外面出剪刀的假手套露出裡面出布的手贏了兔子，往下走幾步到達終點，氣得兔子撞地洩憤。	改變比賽規則，兔子使詐，但未料運氣不佳仍猜輸。

51.犀牛恰恰◎＃	龜兔賽跑的賽程中同時在舉行「金角杯越野大賽」兔子眼前犀牛直奔而來，一隻犀牛腳把兔子踩得奄奄一息，而烏龜靠著龜殼得以保全，當兔子氣得咚咚咚敲打龜殼時，大群犀牛陣勢排山到海而來，烏龜靠著龜殼沒事，兔子手腳分家慘遭不測，好心的烏龜小心翼翼的撿回被犀牛陣踩踏四散的兔手、兔腳、眼珠子放在推車裡，並拉著兔子完成比賽。	增加角色：犀牛。無端受害。
52.小刺生波＊◎	跑在前頭的兔子被一根樹枝尖刺刺著腳心，痛得驚聲尖叫，烏龜幫牠拔刺卻把尖刺留在腳底，兔子頤指氣使的要烏龜用樹枝作拐杖給牠，不料樹枝斷了，又要烏龜用木頭做滑板拖載牠，滑坡速度過快，讓兔子撞到大石飛起，掉到終點前，以為唾手可及的終線，一聲滑板木架掉下，砸中兔子，凶多吉少。	增加物：尖刺、拐杖、滑板。
53.小兔葬花◆	比賽途中，兔子發現一朵花落，心生憐憫，路旁挖土埋葬祭拜。走著走著，眼前一片落英繽紛，於是一一葬花，開始進行大規模的埋葬工作，做得太勞累突然心臟麻痺倒下，烏龜見狀把兔子埋葬時，一朵花飄然落下，兔子又從墓堆裡跳出埋好這朵花後才倒下，烏龜雙手合十，在旁掉淚悼念。	改變角色心性。
54.椰林挑戰＃⌘	兔子看著公雞被狗護士擡出來，原來是「椰林賽跑大挑戰」獲勝的烏龜正接受美麗的兔女郎親吻，於是向烏龜挑戰。沒想到樹上的猴子們開始拿椰子大肆攻擊，兔子被砸得鼻青臉腫，而烏龜因為龜殼保護毫髮無傷，結局依然是重傷的兔子被擡出去，而烏龜接受美女香吻。	改變比賽規則，兔子使詐。與51相似。

55.遺財莫貪＊	比賽途中兔子撿到一大袋鉅款，見錢眼開，趕快挖土埋好，見烏龜過來假裝若無其事要睡覺，支使烏龜走開，待烏龜走了挖出錢袋。未料背後站著是大老虎，兔子堅拒不還，下場是遭來虎吻，打得頭腫腳跛踮到終點，站在終點的烏龜見狀還丈二金剛摸不著頭緒。	增加角色：老虎。 增加物：與 41 對比，下場卻不同。
56.蚤之輓歌◎	一對跳蚤情侶，騷擾了正在樹下睡覺的兔子，兔子把其中一隻跳蚤踩死了，另一隻跳蚤傷心立誓要復仇，於是激怒了一群野豬還一邊罵「pig」，一邊跳到兔子頭上，引來這一群野豬的攻擊，兔子被踩，跳蚤也同歸於盡。而烏龜依然沒事似的繼續賽跑。	增加角色：跳蚤、野豬。 無端受害。
57.注意指標◎	兔子勇往直前卻看到指標箭頭朝向下，正在研究到底方向指示為何，卻看到烏龜穩穩的走向終點，快跑衝向前，雖然衝過烏龜但終線再過去是深淵，底下是鱷魚穴，兔子把蛋壓破，兩隻鱷魚自然不饒牠，只看到烏龜比著勝利手勢正在拍照，而背後傳來「哎呀呀」的慘叫聲。	增加角色：鱷魚。 增加物：指示牌。
58.蛀牙事件＊◎	早上兔子準備刷牙，發現門牙一個蛀點，用牙膏用力刷，卻把門牙刷出一個小洞。因為擔心被烏龜嘲笑，找出強力膠要將掉的碎牙黏回去，不小心年手被強力膠黏到嘴上，而腳又黏到桌面的強力膠上，烏龜到達終點不見兔子感覺奇怪，直到晚上兔子才拖著鏡臺來到現場，欲哭無淚。	增加物：強力膠。 自作聰明。

　　除了 12.吃補填鴨 42.雙巫鬥法，龜兔雙雙遭殃之外，所有故事裡的兔子多扮演運氣欠佳的角色，連創作者也在後記裡想替兔子平反這

一點「起跑後……兔子不只一次地向我抗議！為何牠老是扮演著受害者的角色。被砸！被撞！被啃！被叮！被淹！被凍！被噬！被壓！被炸！被毒！被踩！被刺！被淋！被埋！被騙！被蒙！被灌！被……」兔子的不幸除了自己的品德瑕疵造成的自食惡果，還有不可抗力的無妄之災，前者（以＊為記）如迷信、貪心、貪吃、自作聰明、不知感恩、過河拆橋外，以為吃了嫦娥靈藥可以飛快達陣，不料是飛到月亮陪嫦娥。但兔子也不全然都是負向德行（以◆為記），如誠實的拾金不昧，為警察工作赴湯蹈火，充滿疼惜的林黛玉式葬花至鞠躬盡瘁。後者（以◎為記）無端遭來橫禍，眼鏡被踩壞看不見了，被猩猩抓去當開罐器，花粉過敏，誤認為賊被煮了、錯當灰姑娘被帶回城堡，被大白鯊給吃了，被當實驗品，被糊塗裁判鳴槍誤擊飛機犧牲了，錯打手機者來鬧事，干擾比賽（這還可能是烏龜暗中使詐）。作者設計的情境多不利於本來占優勢的兔子，烏龜本身又被賦予很多優點（以＃為記），如善良、天公疼憨人的意涵，得天獨厚若有神助，自有很多機會是會獲得幫助的，而且多半成功，如大力水手、龜長老，以烏龜弱者之姿也有使詐的部分（以⌘為記），如陷害兔子成為落難者的食物，遙控機器把兔子的鬧鐘電池取走，讓兔子睡遲誤賽。純為趣味幽默擾亂賽事的龜兔都遭殃的也有（以☆為記），改變比賽規則不利兔子的比慢賽事及待多年後長壽的烏龜贏兔子，終究還是以兔輸龜贏的原始結局收尾。

　　以今天的角度回顧龜兔比賽，那該是好幾代以前的陳年舊事了，所以創作者以兔子阿米和爸爸認真地在掘田種紅蘿蔔，無意間發現了一百多年前祖先的地下墓穴，先是有九個石棺，根據石棺旁的石版上文字敘述，兔家族竟然九代都輸給烏龜，分別因兔子貪睡、烏龜縮頭從山坡滾下來、烏龜游泳過河、烏龜穿滑輪鞋、兔子踩到鐵釘、兔子回頭去關掉爐火、兔子萌發同情心讓烏龜、受烏龜哄騙背牠到終點、兔子受三隻腳烏龜訕笑棄權不比等理由，讓九代祖先都是烏龜的手下敗將。後代的阿米在眾兔家族的期望下即將要與龜家族再戰，卻在前

夕發現另一個墓穴，第十代祖先的大石棺寫的是祖先因為與龜爭戰荒
蕪田地，心靈枯竭，無數同胞因飢餓喪生，因此與龜家族達成協議，
奉勸後代不要重蹈覆轍，冤家宜解不宜結。但是現代的龜兔賽仍照常
舉行，原來場外烏龜使詐用麻醉針偷襲阿米，烏龜也良心發現用龜殼
擋了第二次的麻醉針，阿米跟隨烏龜爬到終點，結果出乎意外平分秋
色，同時抵達，阿米並未舉發烏龜反而感激烏龜，烏龜感到慚愧，默
默對看無語。這是名為〈龜兔新傳〉的後續改寫故事。（王素涼，2001）
這裡的「新傳」指的當然是建立在既有的文本作改編或顛覆，重點在
於有「新意」。這類改寫文本的閱讀基礎在於「前結構」，榮格認為人
的理解活動，是受制於它的「前理解」的。「前理解」是指理解前已制
約著理解的一組結構因素，如「指示」、「預見」、「互通」等因素合成
一個個作為理解發生的前提與預定指向。這一個既成的心理圖式就是
理解的「前結構」。（林文寶，2001）在理解作品時，讀者會試圖還原
作品的意涵，掌握作品想傳達或隱含的種種資訊。他所具備的閱讀知
識與方式（如文類理解、解讀策略、文學要素分析），這些屬於閱讀前
就已儲備的認讀背景應是前人早為建構成功或者是自己再仿擬產出
的，無論對敘事、抒情、論說等類作品的理解作出「自主」的創見或
「非自主」的應用，也都在社會情境中完成。理解（或說是詮釋）有
所謂的「前有」、「前見」、「前設」。「前有」指的是人在有自我意識之
前，就已置身在他的世界，所以不是從虛無開始瞭解的，他的文化背
景、傳統觀念、風俗習慣以及從屬的民族的心理結構等等，都會影響
他、形成他的東西；「前見」指在前有世界中，如何詮釋必然會有特定
角度、觀點入手；「前設」指詮釋前所作的假設或預先具有的觀念。因
此，閱讀行為的社會性已經由該前理解多方受制於時代環境和歷史文
化背景而確立不移了。如果有在此規範之外的，就要歸屬於不可想像
的行列了。（周慶華，2003：99）〈龜兔新傳〉前結構是根據耳熟能詳
的經典寓言〈龜兔賽跑〉，創作的動機在於接受挑戰：如何在習而不察
中喚起陌生感，因為原文本所發展出來的各式改編文本，我們可以這

樣思考:「文學文本作為溝通的行為,是具有社群性的。作者寫作時,是希望讀者能夠分享他們所代表的意義,並且成為相互理解的共同體當中的一分子。學習閱讀其實也是加入共同體:發展出作者假定其讀者將會具備的意義建立的資訊和策略的詮釋體系」。(Perry Nodelman,2000:62)是敘述主體對隱性讀者的期待,作為指導閱讀的教學者而言,倘若能瞭解閱讀行為這類前結構的制約,不但是在社會中形塑的,且是向社會運作的,便能輕易理解這種改編模式即便荒誕不經笑鬧一場,仍可看到身處社會環境中可能出現的(兔子)善良與慚愧自疚(烏龜)角色塑造。

　　2007 年推動正向管教培養新世紀核心關鍵能力報告中,引用流傳於激發企業界經營管理理念的故事傳說:

表 7-2-4　新龜兔賽跑後續故事不同層次的啟示

新龜兔賽跑後續故事發展	新龜兔賽跑故事的啟示
兔子當然因為輸了比賽而倍感失望,為此他做了些缺失預防工作(根本原因解析)。兔子很清楚,失敗是因牠太有信心,大意,以及過分散漫。如果自己不要認為勝利是理所當然的,烏龜是不可能打敗牠的。因此,兔子單挑烏龜再來另一場比賽,而烏龜也同意。這次,兔子全力以赴,從頭到尾,一口氣跑到終點,領先烏龜好幾公里。【兔子贏】	如果兔子不打混,那麼動作快且前後一致的人總是勝過緩慢且持續的人。如果在你的工作單位有兩個人:一個緩慢,按部就班,且可靠,另一個則是動作快,且辦事還算牢靠,那麼動作快且牢靠的人會在公司一直往上爬,升遷的速度比那緩慢且按部就班辦事的人快。
這下輪到烏龜要好好檢討,烏龜很清楚,按照目前的比賽方法,牠絕不可能擊敗兔子。牠想了一會兒,然後單挑兔子再來另一場比賽,但是是在另一條稍許不同的路線上……碰到一條寬闊的河流。而比賽的終點就在幾公里外的河對面。兔子呆坐在那裡,一	首先,找出你的核心競爭力(你會而別人不會的地方)然後改變遊戲場所,發揮你的核心競爭力!在你的工作單位,如果你是一個能言善道的人,一定要想法創造機會,好好表現口才。如果你的優勢是從事分析工作,那麼你一定要做一些研究,寫意

時不知怎麼辦。這時候，烏龜卻一路姍姍而來，潛入河裡，游到對岸，繼續爬行，完成比賽。【烏龜贏】	義的報告，然後呈送上去。順著自己的優勢（專長）來工作，不僅會讓上頭的人注意到你，也會為自己創造成長和進步的機會。依著自己的優勢（專長）來工作。
這下子，兔子和烏龜成了惺惺相惜的好朋友。牠們一起檢討，兩個都很清楚，在上一次的比賽中，其實牠們可以表現得更好。所以，牠們決定再比賽一場，但這次是團隊合作。牠們一起出發，這次可是兔子扛著烏龜，直到河邊。在河邊，烏龜接手，背著兔子過河。到了河對岸，兔子再次扛著烏龜，兩個一起抵達終點。到達終點的時間比起前幾次都要快，牠們都感受到一種更大的成就感。【重點不在輸贏而是共同完成一件跑步的任務】	個人「表現優異」與擁有「堅強核心競爭力」固然不錯，但除非你能在一個團隊內（與別人）同心協力，並掌控互補使用彼此間的核心競爭力，否則你們的表現將永遠在標準之下。因為總有一些狀況下，你是技不如人，而別人卻幹得蠻好的。「團隊合作」要發揮的好，與領導者的態度很有關係。關鍵就在於讓能發現並且勇於創新突破的人來引領團隊前進。結合資源且團隊合作的人，總是打敗單打獨鬥者。

　　我們瞭解，在遭逢失敗後，兔子和烏龜都沒有就此放棄。兔子決定更拚更努力。即使盡了全力，烏龜本來天生速度就比不上兔子，因此烏龜選擇創新競爭策略。在人的一生中，遭逢失敗，有時我們需更加努力，有時則需改變策略，嘗試不同的抉擇，抑或者有的時候，二者都要一起來。兔子和烏龜也學到了最關鍵的一課。當我們不再與競爭對手比較，而開始一起突破某一種「情境」時，反而能締造出最佳表現，遠遠勝過於自己單打獨鬥。藉著後續龜兔賽跑可以討論的是能力與態度問題，總結幾個重點是在一個團隊裡你要快且努力，你要找出自己的優勢，並加運用，團隊合作。最重要的是面對失敗時，絕不輕言放棄，要想辦法創新突破，瞭解情勢與某種「情境」競爭，而不是與某個「對手」競爭。

　　成功絕非偶然，失敗當無藉口，若能查明原因，則成功可維持與複製，失敗可預防與改進。

第三節　語文閱讀「教學氣氛營造」的教學策略

教學時要建立適宜的教學情境，包括硬體和軟體。硬體是只能讓學生專注學習，有足夠安全的學習空間，軟體則包括信任、彼此尊重的互動氣氛，有時候透過道具材料或環境布置來引起動機或暖身活動，都可以建立良好的教學環境。（鄭黛瓊等，1999：28）要培養學生創造思考能力，實施時應注意下列要點：教師要提供民主的教學氣氛，教師教學態度必須和藹可親，笑臉對兒童，保持幽默，讓學生如沐春風勇於表達，才能激盪出創造花朵。教師避免用自己的想法束縛學生，要悅納學生不同意見，暫緩批判。創造思考力的增進，可提出一些開放性及無單一標準答案的問題（像是水平發散思考問題），不但容易引發學生應用想像力，產生不平凡的回答，也容易適應個別差異，激發學習動機。許多嶄露頭角的資優生成就來自懂得獨立學習，尋找資料，解決問題，教師應提供機會並鼓勵針對興趣努力鑽研。不排斥學生的錯誤或失敗，讓學生有改進的機會，引導他從錯誤中學習，從失敗中獲取經驗。教師作業及命題應力求變化，計分應具彈性，充分運用擴散性思考題目，鼓勵學生提出多種適切的答案，以增強創造思考能力。（陳龍安，1993：毛連溫序4）

一個團體的氣氛是該團體的心理環境所形成，也是該團體中人與人之間的交互作用所產生的結果。所謂班級氣氛是指班級中各種成員的共同心理特質或傾向；在教學情境中，它是由教師、學生及其他許多因素的交互作用所形成。成員間的價值觀點、態度、期望與行為交互影響，經過一段時日之後，自然形成一種獨特的氣氛，瀰漫在整個班級之中。以「專制──民主」、「直接影響──間接影響」、「開放的──封閉的」等概念來界定班級氣氛失之簡化，因教學情境中的各種

因素錯綜複雜,包括了教師、學生、目標、課程、教學方法、班級結構與社會交互作用等,這些因素總括起來決定了班級氣氛。從社會學觀點而言,教師有其地位與權威,學生也有屬於他們自己的次級文化(採支配原則的教師確信,學校是一個灌輸已有情境界定的機構,對課堂共同情境加以界定的必要條件是建構嚴格的持之以恆的規則)。認真負責的老師不一定受學生歡迎,而學生最喜歡的老師不一定是能使他們獲益最多的老師。顯然學生喜歡溫和友善的教師,但是可以從被認為較為嚴肅的教師那裡學到更多。在師生關係中,一方面要維持良好的氣氛;一方面要獲得有效的學習,不易兼得。教師應採取民主領導,要達成班級教學目標,也要瞭解並尊重學生合理要求;瞭解學生興趣與需要;以良好的意見溝通,建立和諧的師生、同儕關係;對學生作適合其能力的期望,激發成功動機。(黃光雄,1991:381)

　　課堂心理氣氛主要指課堂裡某種占優勢的態度與情感的綜合表現。根據研究,課堂心理氣氛的優劣可由知覺水準、思維狀態、情感狀態、意志狀態、定勢狀態、注意狀態等指標反映出來,教師倘若能對教材有深刻的理解,又充分掌握學生的程度與個別差異,講課準確、清楚、新穎、生動、就能促進學生積極思考,吸引注意,增長學習興趣。課堂心理氣氛積極的類型與師生心理狀態的對應如表 7-3-1。(李小融,2003:503-504)還有一種共識型的情境界定對教師提出更多的要求,譬如更豐富的想像力,更寬厚的理解力以及通達善變的適應技巧。學生樂於與教師合作、學生已成為學校生活的真正參與者。教師要力求公平,倘若明顯表現出喜惡有別,褒貶有異,課堂容易產生不公平的非制度規範。據研究發現學生最喜歡的教師是:(一)上課能多方啟示舉例,講解明白;(二)愉快、開朗而富有幽默感;(三)和藹可親,富有人情味;(四)對學生有興趣,樂於瞭解學生。(吳康寧等,2005:79、193)教師可以依下表及相關論述反思期許自己與學生的課堂教學關係與自己會影響教學氣氛的人格特質。

表 7-3-1　課堂心理氣氛積極的類型及其特徵（改自李小融，2003：504）

師生 心理狀態	注意 狀態	情感 狀態	意志 狀態	定勢 狀態	思維狀態
課堂心理氣氛類型（積極的）	師生對教學過程注意穩定而集中，全神貫注甚至入迷。	積極、愉快、熱情洋溢、師生感情融洽。	堅持、努力、克服困難。	確信教師講課內容的真理性。	健康的智力緊張，開動腦筋，併發出創造性，教師的言語生動有趣，邏輯性強，學生理解問題語回答問題迅速。

　　在這裡鼓勵教師規畫創意閱讀，引導教學要開放有啟發性，學習活動以學生為主體，鼓勵學生探索、創新，運用想像力，從已知導向未知，從原來的基礎發展出新的領域。教學活動中，提供豐富的思考情境，以刺激學生對問題情境的敏銳度；在領域的活動形式下，鼓勵超越原有的思考。愛因斯坦曾說：「想像力比知識更重要，因為知識仍然有限，而想像力概括著世界上所有的一切，推動著進步，並且是知識進化的泉源。」（柯品文，2005：10）想像力就是創意的來源。

　　教師要有創意教學的理念和態度，首先要提供自由安全和諧相互尊重的氣氛。讓學生輕鬆學習，但要保持「動而有節」的原則，重視學生所提的意見，容許學生從錯誤中學習，從失敗中獲得經驗；鼓勵嘗試新經驗；充分利用語言文字圖畫；教材教法多變化，教師不獨占整個活動，儘量激發學生想像力，對學生的意見或作品不立刻下判斷，等意見都提出後，師生再共同評估。

　　經常提供學生激發想像力創意的活動練習，例如先從圖像練習起，每個人發下一張幾何圖型等，讓學生思考再發表，認為是什麼：

表 7-3-2　激發想像力創意練習

圖示	有創意的反應	較無創意
	棒棒糖裂開的碎片； 表演拿手的丟球特技； 孔雀開屏。	花、路燈
	腳趾頭； 四個人上臺領獎； 四個人在吧檯； 四隻雛鳥等媽媽； 四個人走獨木橋； 寶盒裡的珍珠。	桌上有東西
	五隻毛毛蟲掛在那裡； 游泳比賽選手競速； 五個人躺在草地看星星。	雨滴
	三隻老鼠正在吃一片起司； 一個有大鼻子的臉； 三輛車從不同出口開出去； 看著我的金魚（臉）。	三個人圍桌坐

　　教學上表現的創意，例如時時讓孩子有動動腦的機會，如提問有多少方法可到老師哪裡？爬、滾、踮著腳、倒著走……成為一個傑出的老師就是向學生展現教學熱忱，教學生動活潑有趣，寓教於樂，在愉悅中吸收學習，最重要的是為學生創造成功的學習經驗，讓所有學生都有機會產生成就感。安排活動學習具挑戰性，表現超乎平常的就給予獎勵，再鼓勵自我超越。教學內容與實際生活有關，這與社會人際關係認同的訴求結合，教師傳達對學生學習能力的信心，教師說「讓我們一起來研究看看，我來幫你的忙，相信你一定會做得到」、「不斷

嘗試」拒絕「我做不到」的放棄想法。教師上課前做好教學準備，要有趣、緊湊、充實。

　　好的教學者會企圖創造自然性的批判學習環境，引導學生學習的技巧、習慣、態度、資訊被巧妙地置入於能讓他們感到新奇有趣的問題或活動中，學生學會批判性思考從證據進行推理，運用種種智識檢驗推論，對他人思想也會提出深入有見解的問題，藉由實際的思想操作及接獲回饋意見的過程，不斷學習進步。如以有趣的困難情境導引，如有名的哈佛教授 Michael Sandel 對他上成千上萬名學生觀眾提出的電車問題，駕駛基於剎車壞了要面對直接衝向前方軌道的五名工人或岔出支線犧牲上面的那一名工人，無論選擇為何，關鍵在於我們的理由是否禁得起考驗，透過思想性的練習，就能促發人對思考這件事與生俱來的的單純興趣。

　　思維是人腦對客觀事物的本質與規律的間接概括的反映，與語言密不可分。語言作為一種特殊的刺激物，是思維的發動者，又是思維過程的憑藉與物質外殼，更是表達和交流思想的工具。因此，語文教學要借助不同類型的文本，借助形象的語言啟動學生思維，有效地進行思維訓練。語文閱讀教學中的思維訓練，如借助哲理性文本訓練學生的歸納思維、借助科普性文本訓練學生的求證思維、借助抒情性文本訓練學生的求異思維。

　　創意閱讀最重要的是逆向思考與水平思考的思維訓練。

　　逆向思考：意思是指只從反面（對立面）提出問題和思考問題的思維過程，是一種違逆常規的思維方法，解決問題的思維方式。逆向思考不是沿著「原路」返回，而是跳躍到一條新的道路上反向前進，從相反的方向達到同樣的目標，或者達到新的目的，或者從相反的方向超越別人。例如學生犯校規，讓學生坐在校長的椅子上，校長則坐在待客椅子上，目的在使學生處在學校負責人的位置上更好考慮和認識自己所犯的錯誤。又如拍照時攝影師改請顧客在喊「一！二！三！」

後的「三」時一齊睜開眼睛（神采奕奕），替代原本喊到三時等太久，反而閉上眼睛，效果更好。

　　水平思考：意思是指將多種多樣的或不相關的要素，結合在一起，以期獲得對問題的不同創見。水平思考以沒有章法引發多元想法為訴求，優點除舊布新、另開新局，缺點流於天馬行空，難於務實，所以垂直思考應與水平思考相輔相成。以「愛因斯坦相對論」的故事為例——某天躺在山坡憑著想像（水平思考）想乘著太陽光束作一趟宇宙之旅，並也常利用時間試算新的數學公式（垂直思考），以便解釋「想像中的事實」。幾年後，終於提出相對論。（袁長瑞，2007：71）。活躍的跳躍形象是水平思考，轉換成語言是垂直思考。平時對學生的思維訓練——「讓沈睡之腦火力全開」。可以腦筋急轉彎及燈謎提出「好」答案，如打電話給烏龜，猜一蔬菜名（臺語：苦瓜）。非洲人吃木炭，猜俗語（黑吃黑）。

迷你課程教學活動一：請和鄰座同學對看 30 秒，仔細觀察（注意眼神的禮貌）對方特徵，然後加以描寫。

參考答案：

　　我的新同學——鄭葦琳，她有一對大大的眼睛、一張櫻桃小嘴以及一頭烏黑亮麗的頭髮，再搭上高高瘦瘦的身材和細長的小腿，整個人看起來十分清爽。她身上有著黝黑的皮膚，看起來就像是一位運動健將，感覺上任何運動似乎都能輕輕鬆鬆的贏過男生。隨時保持微笑的她，看起來人緣很好，我希望能和她做個好朋友。

迷你活動二：吃○○的 N 種方法，請任選以下一種食材（或自行設定），開發不同的料理方法（至少 5 種，多多益善）。豬腳、番茄、木瓜、雞蛋、披薩、饅頭、泡麵、牛排……（袁長瑞，2007：101）

提示：基本味覺口感有甜、鹹、酸、辣、辛、苦、羶、腥、麻、臭、鮮、滑、脆、黏、軟、嫩、涼、燙……。

料理方式有煎、炒、煮、炸、爆、烤、滷、烹、蒸、熬、燉、涮、烘……。

參考答案：

我選的食材是：泡麵等。

我的新料理法（一）是：

1. 將泡麵用熱水煮熟後，上面舖上起司，加上泡麵附的調味包、切片香腸，放入烤箱烤過後，變成泡麵比薩。

2. 將泡麵壓碎，在肉球外面沾滿碎麵條，下鍋油炸，變成酥脆小丸子。

3. 泡麵煮熟後，放入加熱的牛奶中，變成牛奶湯泡麵。

4. 泡麵煮熟後，再放入鍋裡用炒的，加上喜歡的調味料，變成炒麵。

5. 把煮好的泡麵放進麵包中間，加上小黃瓜，淋上沙拉醬或番茄醬，變成泡麵麵包。

6. 泡麵整塊放入鍋裡油炸，瀝乾後沾上蜂蜜，變成泡麵甜點。

我選的食材是：蛋餅、大腸等。

我的創意料理法（二）是：

蛋餅包別的東西：加香蕉、霜淇淋、芋頭、珍珠。

大腸包別的東西：冰棒、茄子、香蕉、油條……

平日語文教學著重思維訓練，鼓勵突破框框的逆向思考。在教學設計上，基於訓練動腦思維的前提，可以經常安排思維訓練題讓學生練習，布題例如：

練一練（一）：

你開車經過一個公車站，有三個人正在等車。一個是你久未謀面的好友。一個是你的夢中情人，另一個是一位病重的老人。你的車只能再容納一人，你會怎麼做？

參考答案：最好的辦法是你把車鑰匙交給你的好友，讓他開車把病重的老人送到醫院，然後你和你的夢中情人一起在公車站等公車。（王溢嘉，2009：53-58）

練一練（二）：

一個人要過河，他隨身帶著一條狗、一隻雞和一粒白菜。河邊有一條小船，但小船一次只能讓他帶一個東西過河。問題是狗吃雞、雞吃菜，不能把它們兩樣同時放在一起，請問怎樣才能安全過河？

參考答案：分四趟走。先帶雞過去，然後回來；再把狗帶過去，把雞帶回；接著把菜帶去，空手回來；最後把雞帶過河。（崔華芳，2006：244）

這屬於一種鍊式思維，鍊式思維以分支樹圖的形式，首先設計出各種可能答案或因素，來表明它們之間的前後關係然後從中權衡。是垂直思考和水平思考的一種應用。

練一練（三）：

有一個淘氣的小男孩，他的父親為了讓他保持安靜，就想出了一個辦法。

父親把他叫過來，拿出 100 元，對他說：

「只要你能猜中我心裡在想什麼，我就把這 100 元給你。」

「真的嗎？爸爸。」小男孩高興地問。

「當然是真的，只要你能猜中。」父親得意地說。

父親心想，這下孩子可以安靜一段時間了。果然，接下來的幾天裡，小男孩都安靜地想著這個問題。

第三天，小男孩認真地對父親說：「爸爸，我猜到你心裡在想什麼了！」父親有點驚訝地問：「我在想什麼呀？」

小男孩說了一句話。這時，父親只好把 100 元給了小男孩。小男孩說了一句什麼話？這是為什麼？

參考答案：小男孩說：「你不想給我 100 元」小男孩先假設自己能得到這 100 元，這樣的話，要麼是爸爸願意給他；要麼是爸爸不願意給他。如果爸爸心裡想的是把 100 元給小男孩，他就會把 100 元給小男孩；如果爸爸不想把 100 元給小男孩，那麼代表小男孩猜中了爸爸的想法，那爸爸就必須根據原先約定把 100 元給了小男孩。（崔華芳，2006：267）

這屬於假設思維，是為瞭解決問題而提出一些假設、圍繞假設再進行質疑的思考問題的方法。主要是有目標性的質疑，這樣就容易得到解決問題的辦法。假設提出後，就要對假設進行驗證，才能得出相應的結論。驗證假設可用提問法，即對所作的假設提出四個問題：（一）為什麼？就是追究原因；（二）怎麼辦？就是提供對策；（三）可能嗎？就是作出選擇；（四）怎麼樣？就是預測後果。假設思維也是再作一種逆向思維，提出反向操作。

創意思考與逆向思考二者間其實是有不同的，設想一個文本裡故事發展衝突到高潮，就是問題獲得解決的狀態來說，必須藉助創意，最後產生的結果與創意發想過程中，使用的是一般創意思考（俗稱水平式思考）、逆向思考、傳統式思考（俗稱垂直式思考）。以督促孩子功課為例，如果一回家，家長緊迫盯人逼作課業，並要求預習明天會上的科目，這就是傳統思考法。如果讓他們到同學家一起吃飯，玩點

線上遊戲，然後一起研究功課；這就是水平思考。如果家長不要求全科目都達一定水準，只精準鎖定外文一項需達高標準，於是要求他看洋片、聽西洋音樂電臺、聽西洋音樂等，這就算是一種逆向思考。例如早已傳為佳話，膾炙人口的「司馬光破缸救人」就是典型的逆向思考案例。按照通常想法，人們採取的是從水裡撈人，「讓人脫離水」是常規思考，依常規對年僅十歲的司馬光而言，要把一個掉進水缸裡的小孩子抱出水面，既不實際也不可能，會使他陷入困境。司馬光智取的方法是從相反方向開通思路，也就是「讓水脫離人」，因此打破水缸放水順利救人。又例如影片《神鬼交鋒》裡，讓被捕的 Frank W. Abagnale 發揮鑑識假支票的能力，幫助探員 Carl Hanratty，在聯邦調查局的支票騙案調查科服務，以取代刑罰。這種作用顛倒的思考方式表現了對立面之間互相轉化的本質。

　　總括來說，培養懂得思考組織統整建構自我與充滿想像能力的孩子，才可能在未來競爭與挑戰中發揮無限的創造力與自我解決問題的能力。

　　從前，倫敦有位商人欠了放高利貸的一筆鉅款，被迫用女兒抵債。高利貸債主為了故作仁慈，建議這事聽從上天安排——他將一粒黑石子和白石子放進錢袋裡，然後讓商人女兒從中拿出一粒，如果是黑石子，就必須嫁給他，而且商人的債務也一筆勾銷。而如果她拒絕伸手進去袋子裡拿石子的話，商人就必須下獄，而她也會被活活的餓死。三人於是走到花園裡一條鋪滿石子的小路上，高利貸債主彎腰撿起兩粒小石子放進袋子裡，卻被商人的女兒發現那兩粒小石子都是黑色的！如果你是那位不幸的女兒，你會怎麼辦？或者你可以提供什麼的忠告及建議？（Edward de Bono，1983：3；袁長瑞，2006：40-41）遇到這種困境，運用垂直思考無濟於事，思考焦點集中在商人女兒一定要做出選擇的事實，只有三種對策：

(一) 拒絕伸手進去袋子裡拿石頭。

(二) 揭穿債主的騙局，指出袋子裡的兩小粒石子都是黑色的。

(三) 硬著頭皮身手進去袋子裡拿出黑的石子，犧牲自己，讓父親免於牢獄之災。

　　運用水平思考，會把注意力放在最後留在袋子裡的那粒石子上，而想到諸多出人意表的好點子。商人的女兒善用這種思考，她把石子取出卻又漫不經心地讓石子滑落，混進地上的小石堆而無從分辨。緊接著說：「啊，瞧我笨手笨腳的！不過，沒關係，只要看看袋子裡那粒石子的顏色，就可知道我剛剛拿的是黑的還是白的了！」袋內的石子當然是黑的，而反推商人女兒剛剛拿到的是白的，高利貸主不能承認自己陰險狡詐在先，也只能默認，情勢也就可以大逆轉。製造出來的差異當然與原來直接接受事實的選擇大異其趣，這就是故事中解決問題採用水平思考挑戰權力意志的創意思維。

　　還可以逆向操作讓商人抽，倘若抽出黑石子債就抵債。不過規則是商人訂的，不知是否有轉圜的空間較難保證。

　　創造力是指個體在支援的環境下結合敏覺、流暢、變通、獨創、精進的特性，透過思考的歷程，對於事物產生分歧性的觀點，賦予事物獨特新穎的意義，其結果不但使自己也使別人獲得滿足。所謂「支援的環境」是指能容納及容忍不同意見的環境。接納是一種支援、鼓勵；容忍則是不批判、不壓抑。創造思考的激發，首在提供學生一種自由、安全、和諧的環境和氣氛，學生才能感於發表，勇於表現。（陳龍安，1993：34）學生創意的結果不但利己也是利他的，創造的成果雖強調獨特新穎，前所未有，但必須能與社會相結合，具有適切性及實用性，對社會或他人有所貢獻，所以能被他人接受。因此，要再強調所謂創造性語文閱讀，就是不停留於書本、文章本身的資訊、而要積極調動已有相關知識經驗，多問幾個「為什麼」，多多設想「怎麼樣」，在深入理解的基礎上，展開想像的翅膀，多角度進行聯想，或者對原文大膽質疑、大膽嘗試改動，使學生不僅是接受資訊的讀者，而且也是補充新資訊的創作者。（吳忠魁，2000：119-120）學習者能在安全

支援開放的教學氣氛營造下閱讀學習，創意的點子源源不絕，要有令人驚奇的創作影響他人自然不是難事。

第四節　語文閱讀「教學環境布置」的教學策略

　　Christine C. Pappas 等在論合作式學習時探討重新設計硬體環境的部分提到：情境的安排代表了老師對班上對話及活動的意向及期許。傳統排排坐方式強調以傳遞知識為導向的教育模式，重新轉換課桌椅的安排擺設（如把 desk 換成 table）可讓孩子把焦點轉移到材料的分享，擴散計畫和同儕合作，孩子依小組及活動選擇座位。倘若每人必須有一個課桌椅，學習區另設一些桌子，協助孩子將注意力放在同儕互動上。設置一個分享或團討區域，可聚在一起討論聽演講、討論關心的事或研究計畫，有些老師利用地毯及抱枕來布置這個區域；有些老師利用書架將這個空間和其他學習區做區隔；有些老師只用膠帶貼出半圓形，然後孩子在團討時帶來自己的座墊坐好。教室布置不要用老師做的或市面上販售的物品，讓教室中呈現出孩子作品。依美學的觀點來展示孩子的作品。當孩子看到他們作品受到尊重，並美觀地展示出來時，他們也會更加愛惜他們自己的作品。只要將詩、圖畫及其他加上襯底，稍加修改，並請孩子加上標題，就能成為很美的展示。展示孩子的作品也能擴展觀眾，並讓孩子分享彼此作品。（Christine C. Pappas 等，2003：563-564）

　　學習要花心思、時間來消化的，輸出時才會不一樣。統整有結合式統整，如沙拉一樣，材料間各保原貌，但合而食之，卻有不同，次為融合式統整，如檸檬蜂蜜汁一樣，各成分食物的原貌已失，新風味完全取代了原有各物的風味，兩種方式各有特色，可斟酌運用。（李錫津，1999：96-97）還有以水果聖代比喻，水果置於霜淇淋上面，仍為

各自的型態，不曾組織，用於解決問題上無濟於事。倘若以「脆皮雪糕」作比喻，脆皮雪糕是一種重組後的新產品，以牛奶、香料、巧克力和花生等材料，除了保留原味，還能產生新感覺，只要能有效組織材料就能成就另一種品味，有一番新的思考。（周慶華，2011d）讓在閱讀的過程中，孩子會運用他們注意到的敘事符碼來形塑和重塑故事的內容（透過討論、創作故事、藝術和扮演活動），並用它們來理解故事內外的世界。（Nina Mikkelsen，2007：20）老師可以藉由建構一個有助說故事活教室環境，來鼓勵學生說故事或重述故事，布置一個教室空間讓學生能夠安靜的談話，並且擺設一些道具來吸引兒童說他們喜歡的故事或重述故事。例如故事玩偶、觸摸板與故事人物的紙娃娃、玩具故事中的角色（填充動物、玩偶、塑膠和鐵玩偶）、無字書和兒童喜歡的故事書等。有些孩子會拿起老師在故事時間與他們分享的書，一頁頁翻著書，依著圖畫重述故事；有些孩子會拿著故事玩偶改編故事或運用其中的角色重新創造全新的冒險故事。（Carol Lynch-Brown 等，2009：337）

　　閱讀環境與氛圍的營造，對提升閱讀興趣有決定性的影響。因此，教學者應善用有限空間規畫出舒適方便的閱讀環境，包括空間的規畫與書籍的陳設，前者例如班級教室區隔出若干不同功能的角落，透過適當的動線安排與美化，後者書籍陳設以方便學習者取用為原則，並依不同目的、功能作分類，吸引讀者取閱。以我多年均為級任老師的角色經營閱讀教學活動為例，設想語文閱讀「教學環境布置」時，會以整個班級經營角度考量。例如以教室布置而言，會設計不同區域，作情境布置，有知識補給站、主題單元區、學生作品區，及時訊息公告、榮譽英雄榜等，建立教室是學生表演舞臺的觀念，除創作成果展示，為提供學生有發表對談的機會，不定時設立讀者劇場，讓讀者表達自己的觀點與想法，也配合學校閱讀方案，如網溪閱讀滿天星，共讀活動、視訊繪本播放、每月一書有獎徵答、網溪報報……等，使用學校已很舒適的圖書館設備，如圖所示：

表 7-4-1　學生各式閱讀場域

網溪國小階梯式舒適的閱讀環境自由愉悅的夥伴閱讀

老師或學生說念完故事兩遍作測驗	網溪圖書館閱讀

老師小組說故事閱讀與創作活動	書香茶香身心滿足的閱讀時間下午茶

進行小組討論教學，在圖書館進行，便於訊息蒐集。

有關名人世界的討論，在教學活動上，我們可以定義兩個活動，「我是名人」與「與名人對話」的活動，作分組收集閱讀有關名人介紹的傳記、報導或文章。閱讀後，例用小組分享的方式，介紹自己收集到的名人資料，然後每一組推薦一個名人並推薦代表跟大家分享推薦的原因。組讀書會，選定一個名人專題研究。分配角色以時間為切割點，演出名人的一生。與名人對話單元活動時，再演出完畢，學生觀眾對演出者提出問題，讓名人角色回答問題。最後全班歸納名人值得學習的地方。

2004 年家長會長捐助學年一班 30 本書籍，供全班共讀指導用書

網溪國小我的教室後面讀書櫃，也是學生讀書角、知識補給站

表 7-4-2 我歷年任教班級設計的教室環境布置

主題：知識的寶瓶	主題：快樂成長‧主動學習

主題：學習你我他、單元布置	主題：藝文作品展覽布置欄位元元

任教新北市網溪國小親師懇談會黑板布置：師生合作、活動照片展示

新北市網溪國小親師懇談會學生閱讀創作小書展覽

任教新北市新和國小時我的教室布置

任教新北市新和國小時我的教室布置　任教新北市私立及人小學時教室布置

任教新北市新和國小我的教室柱子布置

曾經任教學校新和國小我的教室前後門的情境布置

表 7-4-3 閱讀活動與成果

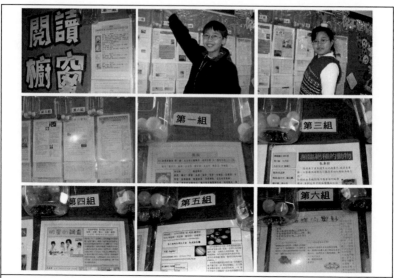

2005 年指導小組閱讀主題班刊班級評鑑活動，每位學生投「球」選擇最優刊物

表 7-4-4　說演故事道具與表演教與學

寓言故事閱讀指導用紙舞臺劇場製作，一邊演說故事，可操作動物紙偶。

老師蒐集製作各種懸絲偶、手套偶、手指偶，可供中小型劇場戲劇演出

老師以布偶講故事，讓學生接力創作，奶奶和大野狼的角色、小紅帽和獵人
分別是同一個顛倒上下瞬間變換的布偶，學生目不暇給，嘆為觀止。

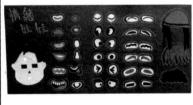

上表兩組各種人面容五官圖，可隨時應故事中角色情緒轉換作換貼。

（一）在《記憶的項鍊》閱讀教學中發現主角有很多的情緒變化，師生討論蘿拉在每一種狀況下有什麼樣的情緒。

前提：失去媽媽的心情。

狀況：

- 看到珍妮和爸爸交談和嘻笑。
- 故意在珍妮面前大聲說著項鍊的事。
- 說到媽媽的鈕釦時。
- 項鍊被貓扯散掉時。
- 夜晚看到珍妮和爸爸的對話與看到他們找尋鈕釦。
- 早上和珍妮說話時。

（二）指導《湯姆歷險記》經典小說其中油漆事件；湯姆如何讓班恩自願去刷牆？師生試著說明班恩的心理變化。

寓言故事的表演現場，等待表演。	2007 年零微小朋友報告白雪公主的改編版，以教室場域需考慮配以擴音器使用，否則影響效果。

任教英語課時，指導小朋友表演《賣火柴的小女孩》創意搞笑版

指導《龜兔賽跑》運用紙箱製作可隨說故事時轉換圖片的說演故事道具。

以上圖片依故事順序放置在紙箱內，讓說故事的小朋友手轉動圓盤邊緣操作。

表 7-4-5　閱讀創作成品──手工書、集冊、網頁

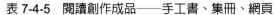

2004 年 12 月 8 日我在網溪國小〈閱讀策略分享〉報告高年及閱讀指導及手工書

2004 年圖書館我指導學生創作小書特展：花瓣書、手提袋書、龍形書、盒子書……

指導學生曾佳婕製作手工立體書製作

提供繽紛多變的手工書形式

2001 年 2004 年 2005 年指導學生作品集結成冊及學生作品等

圖7-4-1 2007-2011年班級網頁上閱讀活動紀錄

97（2007）學年度至99（2010）學年度任教班級本屆和前一屆班級網頁；
2011年與2010年班級網頁，學生作品與師生閱讀活動仍可隨時上線閱覽。

　　開學之初就要讓學生知道教師歡迎鼓勵他們進行各種創造性的活動。學生會儘量表現給你看。向學生提問要給予適當長度的候答時間，才會有顯著效果。適當候答時間至少五秒鐘。學生完成創造性活動時間不可能一致。對於較短時間就完成的學生要再指定另外活動給他們作。儘量使教室適合學生進行創造性的活動。這和教室的布置、上課的氣氛等等都有密切的關係。透過問答討論可以教學相長，不啻增進學生創造力，也可激發教學者的潛力。

　　情境布置：閱讀完一書，記錄書的身分證或老師訂定的理解概念等在一片葉面或花片上，如書卡排列展示、智慧樹、向日葵，樹葉（自己設計）或花片（固定形狀，方便黏貼完成一朵花），上寫書名、簡介……幾片葉子可加一個蘋果或每完成一朵花有獎勵。作品公開展示，互相觀摩（倘若有同學抄序，會被發現）。老師要經常故意過去帶引同學欣賞。配合班級榮譽制度：

- 溫馨學習角：倘若有空間可布置，注意安全與光線。
- 多利用學校校園一角。
- 提供活動舞臺作演說故事或戲劇演出的場域。
- 各種有趣的圖書造型及範例作品展示。

　　培養學生固定的閱讀習慣晨間閱讀：書香下午茶（一週一次）；教師晨會會時規定閱讀進度（自學），導師時間熱烈討論（綜合發表）。晨間、下課、午間（開放可靜息，只有翻書聲）、自修、回家課餘。正式完整堂數，用來作小組討論，及全班思考發表。

　　班級閱讀活動可辦班級讀書會VS.成果發表會（以茶會方式舉行）讓學生共同參與。教室布置書香樹：學生讀完一本書為它貼上一片葉、一朵花、一個果實、蝴蝶、蜜蜂等。期待枝幹能早日綠樹成蔭、繁花似錦、彩蝶飛舞。

　　學生分組：學藝組、服務組、表演組、公關組、主持節目組：

學藝組→海報、邀請卡、班刊製作。

服務組→茶點供應、教具器材借用、場地布置、清潔收拾。

表演組→劇本編寫排演音樂播放、道具製作。

公關組→照相邀請師長來賓。

主持節目組→負責導讀，掌控全場流程。

　　針對單元主題介紹書閱讀，以讀書心得報告、角色扮演、戲劇演出、推銷自己的創意故事書、推薦主題書，最後師長勉力和頒獎。

　　閱讀需要情境，學校可以在校園各角落廣設站立式閱讀桌，可以營造處處有書讀的閱讀環境。倘若能搭配每月宣導主題繪本書籍，很能誘導弱勢閱讀兒童一起閱讀。

　　圖書館可定月定時安排主題書展，或介紹經典與創意主題好書。例如「與春天的約會」作圖書館主題書展。展示區展示如：

- 春曉小棧──認識季節的書籍。發現春天。
- 春風小築──自然科學類。春日生活。
- 春雨工坊──文學中的春天。春日故事。
- 春神的花園──春天繪本。文字畫面。春天的詩與畫。

課外閱讀圖書館：主題書資源角落：

- 《校園的春天》（童詩集），道聲出版社。
- 〈春天在哪兒呀？〉（楊喚童詩），和英出版社《春風春風吹吹》（兒歌），民生報社。
- 《臺灣小百科──春天的節氣》，稻田出版社。
- 網溪橘色共讀書車內容介紹電子檔及文本。
- 中華兒童叢書 36 本。

　　古往今來的書籍堆成一道梯子，把過去、現在和未來都連接了起來，讓讀者可以自由的來來往往。透過教學環境布置與教師開放、民主、公平的良好的創意，引導學生閱讀的路終將無限寬廣。

附件 2

表演藝術小狀元評量表

ᘓ團體獎（請從表演各組中，選出足以為榜樣的楷模，讓我們跟他學習）

＊每項項目分數最高為 5 分表現最好的前三組可獲得精美的獎章喔！

組別	表演態度認真	有創意有趣味	團隊合作協調	詮釋角色貼切	總分
第一組					
第二組					
第三組					
第四組					
第五組					
第六組					

◌ɜ個人獎（請從班上同學中，選出足以為榜樣的楷模，讓我們跟他學習）

獎項	最佳創意獎	最佳才藝獎	最佳表情獎	最佳對白獎	最佳態度獎
姓名					
理由					

◌ɜ看完別組及同學的作品呈現後，我有一些收穫：（至少寫出 3 點）

*你的小組獲得幾分呢？自己是否榜上
　有名，不論分數高低，獲獎與否，相
　信你*勇於表現自我*的態度，已足夠讓
　大家稱許一番了。

附件 3

小作家園地

~五年四班 小朋友乳燕初啼的寫作作品 請希望夢想家族共賞~

五年級第一篇作文老師運用各種媒材，例如「龜兔賽跑」錄影帶及多篇新龜兔賽跑四格漫畫、佳作剪報、師生唱作俱佳的演出，終於有不少佳作呈現。分享給學校老師老師，大家覺得小朋友都很聰明，想像力豐富喔！老師也會把小朋友所有的電子檔文字作品整理在畢業光碟中，老師陸續會放在班級網頁上大家可以一起去觀摩欣賞。

新龜兔賽跑　　　臺北縣網溪國小 五年四班 魏朵攸

在一年一度的森林大會裡，全體動物一致通過，決定將再次舉辦塵封已久的「龜兔賽跑」。為了順應民意，烏龜和兔子也只好硬著頭皮答應。

比賽當天森林裡的動物們成群結隊的，走的走、跑的跑、跳的跳、飛的飛、游的游……紛紛的趕到了會場，找好了最佳的位置，替自己支持的選手加油，「兔子加油！」、「烏龜加油！」壁壘分明的叫著，火藥味濃厚，個個殺紅了眼，一付皇帝不急，急死太監似的。

沒想到兔子和烏龜歷經史上一戰後，早已成了無話不談的麻吉兄弟，兩者根本不在乎輸贏，私下商談來場友誼性質的表演賽，以免引起森林暴動，破壞大自然的和諧。

既然是一場比賽，就要表現「運動家」的精神賽完全程，槍聲響起，烏龜爬著、爬著，兔子也跳著過來開始了比賽，雙方約定同時抵達終點。

而來觀賞的動物，有的說「兔子會贏」，有的說「烏龜會勝」，大家因此而爭執不休，不甘示弱，伸長了脖子拭目以待最後的結果，過了一個時辰之久，總算看到烏龜和兔子牽著手，嘴裡哼著歌一同到了終點。

烏龜和兔子向森林界的動物們深深鞠了一個九十度的大躬，他們說，誰輸誰都會破壞和氣，請大家冷靜思考，隱隱約約的聽到大夥交頭接耳了好一會兒，突然傳起一陣又一陣的掌聲，不分彼此，停都停不下來，越拍越大聲，最後這場原本大家期待的「龍爭虎鬥」，便在掌聲中落幕了。

林慧玲老師的建議: 詞語流暢精練，處見佳句。看得出朵攸下筆前早胸有成竹。本文的焦點在旁觀者的熱切情緒，活潑有趣。建議在龜兔的賽程過多加描述，會更完整。

新龜兔賽跑　　臺北縣網溪國小 五年四班 張孝君 〈本篇因為要投稿校刊受限字數有修改過〉

傳說在很久以前，兔子因貪睡而輸給了烏龜。兔子家族因此很不服氣，兔子長老說: 「不如我們再找烏龜比一次吧！」兔子長老剛說完，就有一隻叫阿卡拉的兔子站了出來，威風凜凜的說: 「賽跑，我來。我一定能贏我們兔子家族贏得這場比賽。」大家覺得他講得非常有道理，於是就向烏龜家族宣戰了。

到了比賽那一天，阿卡拉的一個暗戀對象: 薇妮妮竟然主動端飲料給他喝，並且向他告白。阿卡拉簡直快要飛了起來，也沒有把全部的心力放在比賽上。在比賽的過程中，他頻頻回頭，結果他發現有一隻烏龜正在向他獻殷勤！他立刻往回跑，但是他跑到一半，忽然覺得一陣天旋地轉，眼前一黑就直挺挺的倒了下去。原來薇妮妮被烏龜家族收買了，在阿卡拉的飲料裡放了安眠藥。而且故意和他告白，讓他沒有心比賽，之後就和那隻烏龜打情罵俏，好讓他昏倒在半路上，自己就和那隻烏龜遠走高飛。

阿卡拉知道後，哭得死去活來的，最後就下定決心要去當一個平平凡凡的和尚。之後，大家就再也沒看過他了。

林雲老師給孝君的建議: 孝君整合老師介紹的故事，再加上自己的創意，文句生動活潑，充滿幽默有趣的情節。 依老師向你們提過「誠實公正」的故事，及「勝之不武」的涵義，妳可以再設想兔子雪恥成功的機會，或化敵為友的延伸版故事，應該也很有趣。

504 希望夢想家

第八章　結論

第一節　語文閱讀教學策略建構的成果

　　近十年來整個教育環境對語文閱讀教學的重視，有目共睹。各種閱讀教學的論述與實驗至今仍方興未艾，不時可見閱讀與閱讀教學推動方案的實施，但若無整體的規畫，教學者難以建構系統性的教學，推行成效也缺乏評量機制，難免有見樹不見林的遺憾，因此就自己職務需要及興趣所致，研讀蒐集各方閱讀論著與資訊，根據前人研究成果利弊得失，研發建構一套語文閱讀教學策略。本語文閱讀教學策略涵蓋為誰閱讀，讓學習者知道為誰閱讀，可以促發學習者的內在動機，教學者根據閱讀的目的，作了適當的選材，然後在分析教材的基進成分與經典觀念後，運用以學生為主的活潑互動的討論與表演創作等教學方法，領略經典作品或基進作品中的語文經驗，獲得新知。透過這樣整體的語文閱讀教學策略的實施，學生不但能獲得經典作品的涵養也能感受創意的無所不在，勇於創作。教學的有效實施除了可讓學習者更能融於社會情境，有創意的學習，獲得肯定，讓學習者有自信的發揮創見，更能提升促進文化發展。

　　藉由閱讀啟發學習者的創見與思考力，透過教學活動理解如何詮釋理解文本／作品，學習者學習如何閱讀，獲益更多，因閱讀而獲得認同，影響別人，是研究本身的目的。而我作為研究者的目的，則是希望形塑一套能顧全各層面的完整語文閱讀教學策略，提供同好者借鏡參考或改善精進教學，開創閱讀教學新視野，使教學展現新意、深化美感與昇華道德。

　　本書以主題來統攝，從問題意識呈現開始，並觀察論述目前閱讀教學現象，發現問題。屬於理論建構而非實證研究，以「現象主義」的「現象觀」盡己所能作本研究主題的文獻探討，期待鑑往知來。而就研究主要概念「閱讀」而言，從來自社會的閱讀客體到致用於社會的閱讀主體，閱讀本身極具社會性。因此，從閱讀社會學角度來根本理解閱讀行為模式的來龍去脈，是進行閱讀教學策略研究前必要的認知基礎。另外，整個教學的選材及教學的進行都期待是基進理論的實踐，引導教學者與學習者能透過此策略結構突破傳統框框的規範，創新教與學。

　　本策略研究先釐清要建構的歸屬是語文閱讀，而不是非語文閱讀。有關語文閱讀的研究很多，但我就如何教學的部分提出「語文閱讀教學」的概念；語文的閱讀教學策略有獨特性及有其發展的必要性，本研究最終目標為整個連結四個層次的閱讀教學策略的呈現。因此，分別列出策略裡互相關聯的子概念分別為：策略性、為誰、選材、教什麼、怎麼教的「語文閱讀教學策略」。文獻探討方面以專家論著如何定義「閱讀」、分類「閱讀」、讀者詮釋、閱讀如何思考、讀者前結構的影響解讀、選擇閱讀作品考慮自己是否為隱含讀者，讀者有與作品、作者、其他讀者、歷史文化、整個世界互動的訴求，想要藉自己的解讀影響（規範、制約）別人，形成權力關係，明確定出閱讀的目的，不僅僅是為了理解探究所讀的對象本身的意涵，以至於背後敘述主體的文化社會背景，要有更大的促動力是閱讀者有為誰而讀的領悟，明瞭有人對自己的詮釋或發表、創意展現有了閱讀期待，閱讀者本身可以因此獲得更大的社會認同和成就，利己也能利他。這是有關閱讀的重要理念。本研究的重心仍在教學，因此藉專家學者的理論說明有關閱讀教學的定義、功能、目的、技巧、方法、策略、閱讀能力、閱讀理解與歷程、新課綱解讀、閱讀文體教學法、全語文閱讀教學、語文理解策略教學、到平衡式閱讀理解策略教學。因為談閱讀教學，而各家論及本主題的理論甚多，不得不加以整理歸納，一方面理解現今或

曾經有哪些閱讀教學策略和學派主張；一方面配合本研究主題為誰閱讀所選擇的閱讀材料後，可以參酌採用技巧、方法和策略為何，不必然一定要棄舊取新。

研究目前專書與學位論文，特以策略性、為誰、選材、教什麼和怎麼教依出版年限來檢視，除了希望得以支援欲研究主題的假設，客觀的剖析欲研究主題的研究現況，瞭解前人已做了哪些相關研究，結果為何，還有哪些部分是還沒做且值得深入研究的，也提供未來的研究者能有更進一步的參考依據。除了有關動機研究與本主題稍有相關，卻也未論及為誰閱讀。論文所提出的選材都是配合研究者主觀選擇，教材教法著墨甚多，但針對未對學習者引導為誰閱讀與未構成閱讀教學策略系統，或可算是我整個系統裡的局部教學，缺乏連結和目的性，不知為何而讀，根據什麼選材，論文多為行動研究，可能是特定文類的教學或藉量化結果改進教學，從專書到論文都未論及為誰閱讀，因此也就沒有配合「讀什麼」、「教什麼」、「怎麼教」的教學活動安排。

本書取語文而捨非語文是因為語文具有意義與情感、意圖，語文可以對非語文形體化的物象加以傳播轉述，可以超越時空、透過意象想像美化事物，或隱喻抽象的情感，語文包含生活中表情達意所需的工具性、交際性、而閱讀語文作品時又蘊含知識性、思想性、文學性的學習，透過語文作品欣賞讀者可以反覆閱讀享受美感，透過語言文字可以對文化進行推移變遷、修飾改造。討論語文閱讀教學的獨特性在於確立語文閱讀對象的確立，專以語文現象或以語文形式存在的選材為主，語文含語言和文章，文章又分書面語和結構性的文章。而書面語又是語言的一部分，這裡是為了研究舉證強調可包括完整思想技巧的結構文章與一般可供分析的字句。舉凡可以表情達意的語言文字和文學非文學作品都包含在研究範圍之內（詳見圖 2-1-1）。

本語文閱讀教學策略的性質是要能有效區分非語文閱讀教學，比一般所用策略方法更能有效於達成語文閱讀教學的目的。本語文閱讀

教學策略,第一級序是要讓學習者能學到知識經驗、規範經驗、審美經驗,這只是個人受用,是個人目的;而第二級序則是要讓學習者轉運用這些習得的知識經驗、規範經驗、審美經驗,有所詮釋理解後,表述或創作,獲得認同而影響他人。後者,包括(一)謀取利益,如升學、就業;(二)樹立權威,如著述、立說;(三)行使教化。教導別人、從事公職成為教育決策者,擬訂教育政策。與其他語文閱讀教學不同的重點在於第二級序影響人的觀念,表現在本策略便是為誰閱讀的緣故。而語文閱讀教學策略除了前述能達到的目的之外,還預期能達到如下的社會功能:(一)提供給從事語文閱讀教學者實際教學所需要的資源;(二)可以改善目前語文教學不足或缺漏;(三)可以提供給擬訂教育政策者的參考。至於整個語文閱讀教學策略關連的層面,包括如圖 3-4-1。從理解閱讀社會學中如何從閱讀獲得再製經驗與發現新知的辯證關係,到如何理解閱讀者背景經驗與運用消弭差異等進行閱讀教學,進一步形成一個包含四個層次的語文閱讀教學策略(詳見圖 3-4-8)。

　　語文閱讀有了「為誰」的目的,還要考慮為特定對象與不特定對象;為特定對象如到讀書會、工作坊、教室現場等不同環境。例如為老師閱讀,表現的形態是應付考試;為同儕閱讀,表現的狀態是分享,並期待獲得認同;為父母閱讀,表現出希望符合父母期待。或如配合校方師長安排或自發性的提議,到社區說故事給社區人士聽,場域可分為為家庭、為學校、為社會,其中更有不同的權力關係在影響著。因為要考慮閱讀的可能影響,所以有為特定人安排的語文閱讀教學策略,無論特定人在場或不在現場,選材的適當性要以能引起共鳴、有新意的基進教材,而在設計課程時,基進教材還分出單一的基進教材和多元基進教材,後者如同一主題不同文本,或同一文類不同主題等。

　　語文閱讀還有「為不特定人」的教學策略。不特定人,例如身分是擔任文章評論、影評、書評、劇評的專業人士與業餘個人評論人。

以對象是無法確知的個人或群體，他或他們可能不在現場，或在現場但不明確的不特定人。因為影響的人無法確定，範圍太大，自己不免在選擇閱讀對象時要更加謹慎。閱讀的目的除了本來要深化閱讀的認知之外，還應顧及因為閱讀的結果可能要滿足的期待，最重要的是以負有保持文化精髓的傳承任務自許，更希望能達到文化心靈的提升目的。所以經典選材有關係他人的層次考量，更要慎重精選。有了影響其他讀者或其他閱讀所為對象的認知，在語文閱讀為誰的教學策略中，便要指導學習者將與作品、作者、讀者自己的歷史文化觀點對話／對諍而形諸語言或文字，藉寫心得、評論、轉創作的互動關係，閱讀教學的目的才有機會達成，影響或支配他人的意圖才有可能實現。

為特定的父母師長同儕而讀，讀愈是基進的作品表現愈有新意，愈受人歡迎，愈具有超常態性或反常態性的表現就愈具有差異創新的可能性。基進是突破既有的規範，在一個基礎上前進，閱讀要有效，選材愈是要耳目一新。這裡基進材料便有了很明確的概念可以區分，就是文本／作品裡表現無中生有或製造差異。在基進的光譜中有層次之分，無中生有是百分之百，非要開啟不同面向；而製造差異的程度便有百分之一到百分之九十九的差別，選材需要思考辯證。製造差異還可以水平思考和逆向思考來區別。選基進材料時，要設想我們身邊可選的材料包括一般教材、經典教材、基進教材，其中都還包括有基進、可基進或全基進的程度區別。如可確認如〈現代孝子〉為全基進；而如笑話〈曠世鉅作〉為一般教材的有基進部分；而經典中選基進，可與現今價值觀思維權衡考量。倘若在現今對學習者而言仍屬新奇的也屬經典教材的可基進，而更明顯的是不安於傳統的讀者改編經典便是有趣的基進作品。如蕭言中的《童話短路》漫畫針對龜兔賽跑的重新改寫是：很多競賽進行前都會強調所謂的「公平、公正、公開」三大原則，「起跑點」尤其重要。此刻，世界聞名的龜選手及兔選手已經就位，一場「看似公平」的賽跑即將展開……漫畫裡的註記

是「為了公平起見，炮聲響起同時出發！」只是漫畫呈現鴕鳥裁判準備點燃在炮身裡的烏龜，而兔子無奈的一起蹲在起跑線上。（蕭言中，2005：41）

語文閱讀為不特定人而言選經典作品最有效。所謂經典，也就是指這種為傳統社會所推崇的內涵並且耳熟能詳，故事中的寓意，道德訓示，也是我們認同肯定，感到安全穩固，符合傳統價值、理想，代代延續下去。所謂名著，不只是一時的知名暢銷，也指長年多時的長銷。（國立臺東師院兒童文學研究所，1998：3）

經典是大多數人認同的作品，選擇範圍更是容易獲得，無法設定閱讀者為哪一群特定人或階層、族群、政黨，而有不確定的因素隱於其中，為了不致引發歧異及教化功能不彰等，應選擇可具公評及公信力的閱讀材料。因為經典為多數人所認同，比較有吸引力，選擇範圍也較廣，更容易達成，無論引言立論或自成主張才有說服力。

語文閱讀轉創作（寫心得、評論、再創作）等以影響他人為目的。因為要轉創作，所以教學者從學習者的先備經驗的理解，到引導對作品的詮釋解讀，朝向創新思考教學作規畫，而這些教學歷練都在為特定或不特定對象經營琢磨。

基進教材要教基進觀念，自然在選擇材料時便要設想內蘊何種基進觀念，教材分析屬於三種語文經驗知識經驗、規範經驗、審美經驗，哪一類的語言經驗的基進觀念，配合活動需要，在師生自主情況下選擇全基進的基進材料。無論哪一種材料，教學者都應儘可能引導學生從中閱讀出基進觀念。基進教材有較大的基進觀念學習空間，努力去發掘具有獨創性的新穎內容，發現「無中生有」是如何在語文材料中創造驚奇，或者退而求其次作者如何運用差異化，產生不平凡創造最大的價值。

經典材料教什麼？是普世的價值，恆常的道理，對學習者而言不見得見識參透，如《野性的呼喚》和《白牙》在「表現勇猛的活力」和「在冰天雪地求生存的人類奮鬥的故事」。經典觀念是文字背後的思

想，對習慣於簡短淺白的教科書課文，主旨已外露在文章表象的學生來說，對作品的主要意旨的理解與詮釋是需要訓練的一種重要閱讀能力。這種作者藉著作品將道德觀念、思想、信仰、人生觀及生活態度，鎔鑄於字裡行間，讓讀者閱讀後能有所體悟，並在觀念、行為上興起變革的總意義。雖然有時像童話純為趣味那也是作品的主題，因為那就是該文類的特色。選擇經典就是那種把主旨藏在事件中、對話裡、行為間，讓讀者自己發現，這種似糖溶於水似的「主旨溶入法」品嘗後始知況味，不同年齡，不同體驗把握不同。

教學者如何指導創作，語文閱讀「教轉創作方法」的教學策略我採取的方式是舉出作家如何創作作品，介紹他們創作的辛苦歷程，以及介紹顛覆作品如何將舊有故事拆裝組合，改變結構，時空錯置，突破慣性思維，天馬行空，創造驚奇。作家各種改寫創意，讓讀者一併欣賞，提供可學習的鷹架，期待閱讀作品後的學生能試寫，除了多閱讀理解童話外，想要讀寫結合，還要在寫作技巧上如使用情節反覆法、使用寶物魔法或由真實進入虛構等模式予以提醒並多舉事例，學生才能得心應手，克服技巧障礙，發揮創意。

整個語文閱讀教學活動從語文閱讀教學「為誰」到語文閱讀「怎麼教」，在課程設計作整合，並確定整個教學活動的安排。訂定教學內容語文思考部分為運用描述、詮釋、評價等解讀方法來獲得選材中的知識經驗、規範經驗、審美經驗；而在安排教學活動方面仍採取混合教學聽、說、讀、寫、作的教學法，而其中以語文閱讀教學為主。教學活動進行前中後對文本本身的閱讀，教師也應於平日做好必要的閱讀理解訓練，表演訓練，教學活動則儘量以討論法為主，進行理解與學習責任的逐漸轉移。語文閱讀教學活動除了靜態的閱讀，希望也能藉著動態的互動討論表演，分組或全班進行，基本上以團體活動為主，少部分視情況可以個人的問答或表演穿插進行。

教學活動是教學的重心，而教學氣氛營造與環境布置在此屬於附麗式的強調說明。杜威說：「要想改變一個人，必先改變他的環境；

環境改變了，他就改變了。」環境具有潛移默化的力量，這就是境教。
（陳倬民，1991：325）教室布置是將有關的教學資源和學習者作業成
果，加以整理，而配合教學需要陳列在教室裡，以豐富教學情境，使
教室充滿學習氣氛，可以引發學習者學習興趣，刺激他們多方面的
思考，培養學習者主動積極的求知態度，便利學習者學習，增進學習
效果。

　　教室布置應具教育意味，且要有整體概念，求連續完整，配合教
學單元適時布置與主要教材有關的輔助教學資源，以維持布置內容
的時效性和實用性。整個教室布置的格局、造型、色彩和氣氛應力
求平衡協調，給人舒適，愉悅的感覺，並以最少經費發揮最大效益；
陳列物品也須留意安全性，最重要要時時更新，以達引人注意與興
趣的效果；最重要的是要依教室場域的功能，教學目標，布置素材的
性質，以及環境空間等主客觀條件，作創新的設計，展現獨特新穎的
風格。

　　教室布置在布置內容可包括教學單元、作品展示、公布欄、榮譽
榜、時事和時令、生活輔導、益智類、書報和娛樂器材、裝飾類與其
他如時鐘等。布置的步驟為整體規畫訂定計畫→確定布置內容→分頭
張貼布置→分工合作→開始張貼布置→欣賞檢討→更換布置。因為現
在各及學校班級網頁以成模組化使用非常便利，教師公布訊息或學生
作品多可利用網頁發布與展示，因此在教室實體部分仍可以選擇足供
觀摩的佳作，知識性文章或即時新知的張貼，立體作品、教具的擺設
讓學生隨時可以操作。配合本研究的選材更可以經典圖書與趣味十足
的較新巔覆創意作品的好書介紹，除了隨時注意學校圖書館新進圖
書，也可多留意社區或國家圖書館適合學生的作品，鼓勵辦證借閱。
配合班級閱讀時間發表和介紹。

　　語文閱讀教學氣氛的營造，除了硬體閱讀環境布置的配合，師
生以尊重和諧信任民主開放的互動，形成溫暖無礙的教學氛圍。平日
教學將創意思維訓練變成經常性的練習，養成學生動動腦的習慣。另

外，戲劇表演課程的安排也可以納入其中，利用藝術創作的方式，與他人搭配不同的角色分工，完成以圖式歌唱表演等團體任務。以肢體表現或文字編寫共同創作出表演故事，引導學生創意組織情節的邏輯能力。

　　閱讀教學的成為系統規模，能使教學者有效教學，學習者得以完整學習遷移的最佳方式；其中「為誰」容易被忽視，因學習效用對象不明，也會減低教學成效，與致用對象的關係常涉及權力意志中權力關係的差異。例如為老師而讀與為同儕而讀，在教學策略上自是不同。至於「選材」和「教什麼」兩個環節則是根據為誰來調整，而範圍為知識、規範、審美等語文經驗，依選材不同各經驗互有消長，題材彼此也有交集。最後「怎麼教」一個環節，必須涵蓋前述三個環節，而作整體教學活動的安排。整體的理論架構層層疊疊，螺旋式循環互有重複處，後一層次包覆前一層次，期待縫綴貫串，廣博縝密的涵括整個關係環節。

　　在設想整個語文閱讀教學策略，從語文閱讀「為誰」開始便會思考到後續的每一個層次→語文閱讀「選材」→語文閱讀「教什麼」→語文閱讀「怎麼教」。只是為了說明方便，分成四個章節（第四章到第七章）分述。分別以四個層次其一為主思考，其他三者為副思考，主副思考在說明上互為詳略。整體教學策略建構成果圖如下所示：

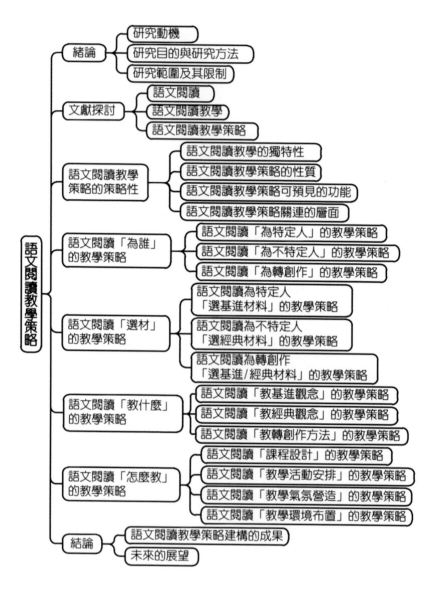

圖 8-1-1　語文閱讀教學策略建構成果

第二節　未來研究的展望

　　本研究因能力有限只能專注於語文閱讀教學策略，但大塊假我以文章，音樂、圖畫、建築、大自然（山川大地、蟲魚走獸、草木花卉、日月星辰）或非自然領域（看不到的材料——宇宙自然、人群社會、內在自我、超然的存在）等這些屬於非語文的閱讀，雖不在本研究範圍，可是也是屬於人生美好的一部分，值得深入研究。

　　整個語文閱讀策略教學，如圖 3-4-3 所示。因為本研究在於整個教學架構的分層論說，從閱讀為誰到如何選材、教學內容到教學方法，強調各層次的連結與內容，而每一層次系統下又有很多分項，無法一一列舉細述，有時只能舉證論證，以致有難以面面俱到的遺憾。例如閱讀選材分基進、經典，而材料本身除了文本外，還有靜態動態不同媒材，各種原形素材還要轉化為可用的教材，這些選材各具形式，不同文類有不同文類特色，不同特色有不同表現技巧，語文有工具性、文化性等功能，我們不能捨棄純文學以外的材料，於是各種教材有各種學科歸屬，人文、社會、自然學科，這當然牽涉到統整領域的議題；而抒情、敘事、說理不同文體的形式可以帶給學習者何種學習效果，怎樣的抒情作品展現何種的審美經驗，怎樣的敘事作品觸發了我們何種情緒感動，怎樣的說理作品又啟發了我們何種人生的理念，範圍觸角廣被龐雜，無法全數到位。到了閱讀教學教什麼的層次，又涉及閱讀理解策略的運用，結合多種語文研究法來評估一個文本，雖然如此可以層疊交錯的深透文本，顯然豐富了文本的內涵，但也同時考驗解讀者或是教學者的學養知識是否具備。例如以考證學、符號學來描述，以心理學、社會學、解構主義、混沌理論來詮釋，以比較文學、美學、女性主義來評價，而文本中所析出的文化特徵（如講求和諧、展現自我），則來自於更高的世界觀系統可以理解，這是基進式的理解模

式。又如可以從創造觀型文化、氣化觀型文化、緣起觀型文化三大文化系統去理解文本中知識經驗。又如以倫理、道德、宗教去理解文本中規範經驗；以模象觀式、造象觀式、語言遊戲觀式、超鏈結式去理解審美經驗等，以及三大系統間的差異，與知識、規範、審美三大經驗的差異等。本研究未能深入一一示例，也顯現有需加充實努力的自我領悟和期待，也有賴有志者繼續研究。

　　一般的教學活動設計包括引起動機、內容深究、形式深究等，也不在研討範圍，同時也無法對各種文學與非文學文類──舉例探討教學方法及教學設計示範。到了閱讀教學方法的討論，重點放在教學活動的進行，有關基進觀念的獲得來自無中生有、水平思考、逆向思考的發現差異，有關經典觀點放在內容主旨意涵的領會，也留意安排無論是一般教材、基進教材、經典教材都能萃取出有經典、可經典、全經典的材料來，教經典／基進觀念，然後進一步踏著前人的腳步觀摩學習，經典不易得，不一定能創作經典，但一定可以嘗試製造差異重新寫作，再創基進典範。對教學者而言，針對基進教材與經典教材倘若還能依不同文類加以整理規畫，便利教學取用，這也是值得推廣研究的方向。

　　因為本身工作圈囿於制式的教育環境，其他非制式場域有關閱讀活動的進行所知有限，如社區讀書會、工作坊等公家、民間、營利、非營利的機構團體，如果這套語文閱讀學策略能類化運用於這些場域，應該也是值得研發推廣的方向。

　　近年來閱讀認知心理學、腦神經科學等教育學派有本研究不詳加討論的部分，但不表示與閱讀無關緊要，而是更待研究契機共同合作聯結，相輔相成。閱讀是一種高度複雜的認知能力，涉及視覺、認知及語言的身心各個層面。而對閱讀困難及失讀症等特殊學生，應另行專案研究討論。

　　語文閱讀為誰的概念以往雖存在，但不強調，設想閱讀者有了為誰閱讀的體認，理解閱讀不只自我受用，還有與他人互動且有以影響

他人為目的的意圖，其間無論是有權力關係或傳播欲求存在，學習者因心智發展不足以理解，不必強加解釋，但就教學者而言，應充實相關的專業理念。除了鼓勵學習者大量閱讀之外還要有方向性，也就是在閱讀對象的選擇上，從多樣閱讀，以經典閱讀為基礎，基進閱讀為輔，慢慢發展出自己的專常專業領域，能鑑往知來，開通古今，如此在詮釋解讀甚至創新作品時，自己所承載依賴的價值觀不致偏差。這也是教學者要慢慢潛移默化於學習者的教育使命。

參考文獻

卜茲等著（1994），《雙個展　卜茲　陳永模》，臺北：清韵。

小林秀雄等著，洪順隆譯（1995），《讀書與人生》，臺北：志文。

大東海編（2010），《國文（作文）》，臺北：大東海。

三毛（2010），《心裡的夢田》，臺北：皇冠。

巴丹（2010），《閱讀改變人生——中國當代文化名人讀書啟示錄》，北京：東方。

方洲（2000），《世界文學名著導讀（上）》，臺北：華文網。

日日談（2007.10.2），〈學位與競爭力的虛實〉，《國語日報》第2版，臺北。

日日談（2010.10.28），〈怎麼樣讓孩子喜歡讀書〉，《國語日報》第2版，臺北。

日日談（2011.12.14），〈少年為孝詐騙〉，《國語日報》第2版，臺北。

王先慎（1983），《韓非子集解》，新編諸子集成本，臺北：世界。

王安憶（2002），《小說家的13堂課》，臺北：INK。

王尚文（2008），〈語文是什麼〉《小學語文教師》第247期，4-5，上海：上海教育。

王秋珍（2011.05），〈構建幸福的語文課堂〉《語文教學與研究》第651期，47，上海。

王素涼（2001.09.24-2001.09.27），〈龜兔新傳〉，《國語日報》第11版，臺北。

王淑俐（1995），《我可以教得更精采》，臺北：南宏。

王開寧等（1997），《精妙閱讀技巧》，臺北：漢欣。

王萬清（1999），《讀書治療》，臺北：心理。

王萬清（2001），《國語科教學理論與實際》，臺北：師大書苑。

王萬清（1990），《創造性閱讀與寫作教學》，高雄：復文。

王溢嘉（2009），《解放思維：挖掘你創造性潛能的 80 種方法》，北京：新華。

王溢嘉（2011.06.22），〈得到幸運幫助〉，《國語日報》第 5 版，臺北。

王樵一（2008），《閱讀是優質投資》，臺北：新苗。

王耀輝（2008），《文學文本解讀》，武漢：華中師範大學。

丹青藝叢編委會編（1987），《當代美學論集》，臺北：丹青。

民權國小教師會（2008），〈全語言的閱讀教學方法之探討〉，網址：http://mail.
    mchps.kh.edu.tw/f2blog2/download.php?id=58，點閱日期：2010.10.11。

朱光潛（2001），《談文學》，臺北：聖天堂。

朱宇（2009），《豬是的念來過倒》，臺北：漢宇。

朱自清（1975），《朱自清全集》，臺北：文化。

早川著，鄧海珠譯（1994），《語言和人生》，臺北：遠流。

江川弘著，王慧貞譯（2002），《改變人生的 75 個說話法則》，臺北：種籽
    ——大麥書房。

何三本（2002），《九年一貫語文教育理論與實務》，臺北：五南。

何政廣（1994），《歐美現代美術》，臺北：藝術家。

何權峰（2011.06.02），〈你罵的是自己〉，《國語日報》第 5 版，臺北。

余我（1979），《文學的境界》，臺北：水芙蓉。

呂正惠主編（1991），《文學的後設思考——當代文學理論家》，臺北：正中。

呂興昌編（1998），《林亨泰全集（二）》，彰化：彰化縣立文化中心。

李小融（2003），《教育心理學》，臺北：新文京。

李宜真（2002），《國小高年級學童閱讀課外讀物之研究》，國立臺東師範學院
    兒童文學研究所碩士論文，未出版，臺東。

李珀（2010），〈有效能的教學〉，網址：http://www.fhjh.tp.edu.tw/mid00/
    workpieces00807.htm#1，點閱日期：2010.06.03。

李俊仁等（2010），《大腦認知與閱讀》，臺北：信誼。

李家同（2011），《大量閱讀的重要性》，臺北：博雅。

李偉文（2010）〈閱讀，從小開始！〉，於茉莉臺大店茉莉週年慶 2010.04.17
    「茉莉講座」。

李漢偉（1996），《國小語文科教學探索》，高雄：麗文。

李錫津（1999），《小故事大哲理》，臺北：聯經。

沈坤林（2009），〈語文教學必須重視預防多元解讀的泛化〉，網址：http://www.ht88.com/article/article_19146_1.html，點閱日期：2010.07.18。

沈清松（1986），《解除世界魔咒──科技對文化的衝擊與展望》，臺北：時報。

沈謙〈1999〉，〈說話的藝術〉，《中國語文》第 509 期，5，臺北。

杜文偉（1994），《小學語文教學的理論與實踐》，廣東：廣東高等教育。

杜草甬編（1986），《葉聖陶論語文教育》，河南：河南教育。

杜淑貞（1999），《小學生文學原理與技巧》，高雄：復文。

角秀菁（2010），《國語流行歌曲運用於國小六年級閱讀教學之行動研究》，國立臺北教育大學語文與創作學系語文教學碩士班碩士論文，未出版，臺北。

吳文奇（2008），〈全部問題在於吸收的外化───一次關於「讀寫互動」的草根沙龍〉，《小學語文教師》第 6 期（總第 249 期），17-18，上海。

吳幸玲（1991），《親子共擁書香》，臺北：牛頓。

吳忠魁等（2000），《讀說聽寫樣樣通》，臺北：正展。

吳康寧等（2005），《課堂教學社會學》，臺北：五南。

吳逸驊（2009），《圖解社會學》，臺北：易博士。

吳紫綺、唐依旋編譯（2007），〈哪種閱讀教學法最好 專家看法不一〉，網址：http://tw.epochtimes.com/7/9/8/65015.htm，點閱日期：2010.10.11。

吳瑞妍（1995），〈「當代文明」在哥大；一個「價值反思」的典型〉，《通識教育季刊》第 2 卷第 2 期，51-71。

林文寶等（1998），《認識童話》，臺北：天衛。

林文寶（2001.09.30），〈細讀《龜兔新傳》〉，《國語日報》第 11 版，臺北。

林守為（1995），《兒童文學》，臺北：五南。

林良（2010.12.17），〈創造者與欣賞者〉，《國語日報》第 5 版，臺北。

林志成（2011.02.15），〈拚閱讀能力：國小國文增千字文〉，《中國時報》第 A2 版，臺北。

林玫君（2005），《創造性戲劇理論與實務》，臺北：心理。

林秀娟（2009），《說演故事在閱讀教學上的應用》，國立臺東大學語文教育研究所碩士論文，未出版，臺東。

林保淳等（1997），《創意與非創意表達》，臺北：裏仁。

林品章（2009），《方法論：解決問題的思考方法》，臺南：基礎造形學會。

林政華（1991），《兒童少年文學》，臺北：富春。

林美琴（2001），《青少年讀書會 DIY》，臺北：小魯。

林清山（1990），《教育心理學——認知取向》，臺北：遠流。

林莉鈺（2008），《分享式閱讀教學提升國小三年級學童寫作能力之研究》，國立新竹教育大學語文學系教師在職進修語文教學碩士班碩士論文，未出版，新竹。

林國樑（1990），《語文教學研究》，臺北：童年。

林進材（2002），《有效教學——理論與策略》，臺北：五南。

林慧玲（2002），〈語文領域銜接課程階段性教學之我見〉，《北縣教育》第 42 期，43，臺北。

林慧玲（2003），〈小小留言板，無限新創意〉，《師說》第 176 期，60-64，臺北。

林慧玲（2006.05.03），〈班級讀書會的選書考量〉，《國語日報》第 13 版，臺北。

林慧玲（2007.11.5；2007.11.12），〈活用剪報為語文教學加分〉，《國語日報》第 14 版，臺北。

林慶昭（2008），《考前三十天作文總攻略》，臺北：出色。

林慶昭（2009），《讓孩子贏在中文力——作文參考美句詞語》，臺北：好的。

林鍾隆（2008.11.08），〈哭泣的兔子〉《國語日報》第 11 版，臺北。

林璧玉（2009），《創造性的場域寫作教學》，臺北：秀威。

林寶山（2000），《教學論——理論與方法》，臺北：五南。

明詮（2004），《金農》，臺北：石頭。

周芬伶（2010.09.07），〈語言的等級〉，《國語日報》第 5 版，臺北。

周華山（1993），《意義——詮釋學的啟迪》，臺北：商務。

周慶華（1996），《文學圖繪》，臺北：東大。

周慶華（1998），《兒童文學新論》，臺北：生智。

周慶華（1999），《語言文化學》，臺北：生智。

周慶華（2001），《作文指導》，臺北：五南。

周慶華（2002），《故事學》，臺北：五南。

周慶華（2003），《閱讀社會學》，臺北：揚智。

周慶華等（2004），《閱讀文學經典》，臺北：五南。

周慶華（2004a），《創造性寫作教學》，臺北：萬卷樓。

周慶華（2004b），《語文研究法》，臺北：洪葉。

周慶華（2005），《身體權力學》，臺北：弘智。

周慶華（2006），《語用符號學》，臺北：唐山。

周慶華（2007），《語文教學方法》，臺北：裏仁。

周慶華（2009a.06.30），〈為他人閱讀〉，《國語日報》第5版，臺北。

周慶華（2009b），《文學詮釋學》，臺北：裏仁。

周慶華（2011a），《華語文教學方法論》，臺北：新學林。

周慶華（2011b.06.14），〈龜兔賽跑熱〉，《國語日報》第5版，臺北。

周慶華（2011c），《語文符號學》，上海：東方。

周慶華（2011d.07.19），〈重組的品味〉，《國語日報》第5版，臺北。

竺家寧（1998），《中國的語言和文字》，臺北：臺灣書店。

邱紹珍（2009），〈教育概論〉，網址：http://lms.ctl.cyut.edu.tw/9518023/doc/25220，點閱日期：2010.10.10。

邱連煌（2005），《教室裡的笑聲幽默與教學、課程、管教及輔導》，臺北：文景。

東吳大學教學資源中心（2008），〈國小國語科混合教學模式〉，網址：http://ctl.scu.edu.tw/scutwebpub/website/DocUpload/CourseTeaching/kwangjen20071011215625_1.doc，點閱日期：2010.10.10。

段秀玲、張清珊（2001），《大家一起來閱讀》，臺北：幼獅。

洪材章等主編（1992），《閱讀學》，廣州：廣東教育。

洪慧萍（2002），《合作學習融入閱讀教學模式對國小六年級學生閱讀理解、後設認知、閱讀動機影響之研究》，國立屏東師範學院國民教育研究所碩士論文，未出版，屏東。

洪蘭（2006），《大腦的主張》，臺北：天下雜誌。

洪蘭（2009.07.18），〈「創意」是最便宜的教育投資〉，《聯合報》第 A9 版，臺北。

洪蘭（2011.04.15），〈教養的迷失──養育男女大不同〉專題演講，晚間 7 時 30 分新北市國立中央圖書館臺灣分館國際會議廳。

星雲大師（2002），《星雲大師談讀書》，臺北：天下。

南美英著，寧莉譯（2006），《教孩子成為閱讀高手》，臺北：核心。

南投訊（2011.01.14），〈古文加創意 失物如寶物〉，《人間福報》第 6 版，臺北。

柯品文（2005），《創意作文寫作魔法書》，臺北：聯合文學。

柯華葳（2008），〈PIRLS 二〇〇六說了什麼──尋找未來臺灣閱讀新方向〉，《閱讀，動起來》（洪閔慧整理），臺北：天下雜誌。

柯華葳（2009），〈讓閱讀回歸閱讀〉，《親子天下 0-15 歲閱讀力實戰關鍵》特刊 27 號，127-128，臺北：天下雜誌。

柯華葳（2010.01.02），〈讀寫不分家〉，《國語日報》第 12 版，臺北。

施養慧（2010.05.11），〈灰姑娘的真面目〉，《國語日報》第 11 版，臺北。

胡鍊輝（1997），《小學語文教學研究》，臺北：國語日報社。

飛天（2009.08.15），〈美國老師如何跟學生說──灰姑娘故事〉，《飛天靈性覺醒的部落格》，網址：http://tw.myblog.yahoo.com/kity528kimo-000333/article?mid=7666&next=7612&l=f&fid=74，點閱日期：2011.08.21。

倉橋由美子著，鄭清清譯（1999），《殘酷童話》，臺北：新雨。

原來（1998），《創意教養》，臺北：新潮社。

倪采青（2009），《變身暢銷小說家》，臺北：泰電電業。

倪其心等譯注（1992），《中國名著選譯叢書 杜甫詩》，臺北：錦繡。

唐文（2005），《重返古希臘──尋找西方智慧的根源》，臺北：圓神。

唐諾（2007），《閱讀的故事》，臺北：印刻。

袁易（2002），《看笑話學邏輯》，臺北：稻田。

袁長瑞（2003），《思考與創意思考》，臺北：新文京。

袁長瑞（2005），《看笑話，長智慧：兩佰則讓你更為聰明的啟示》，臺北：出色。

袁長瑞（2006），《思考與創意思考》，臺北：新文京。

袁長瑞（2007），《創意發想》，臺北：新文京。

袁袞翔（2008），〈智慧語錄〉，《小學語文教師》第 249 期，18，上海。

師瑞德（2010），《蘊藏在言語中的力量》，臺北：晶冠。

桂文亞（2002），《當公主遇見王子》，臺北：民生報。

徐志摩（2009），《志摩的詩》，南京：江蘇文藝。

徐志摩等（2010），《天地有大美》，北京：金城。

孫小禮等（2002），《新視野中的方法論》，宜蘭：佛光人文社會學院。

孫晴峰（2008），《小紅》，臺北：聯合報社。

曹雪芹（2000），《紅樓夢》，臺北：聯經。

麥冬（2009），《影響全世界的 50 個經典思維》，臺北：海鷗。

符芝瑛（2006.07.02），〈雲水日月〉，《人間福報》第 6 版，臺北。

張子樟（2001），《寫實與幻想》，臺北：國語日報社。

張子樟（2009），《說書人的異想世界》，臺北：幼獅。

張文質等（2009），《小學語文名師課堂成敗探究》，上海：華東師範大學。

張玉成（1993），《思考技巧與教學》，臺北：心理。

張玉茹等（2001），〈全語言教學在國中英語課之實驗研究〉，《師大學報》第 40 期，222-252，臺北。

張玉茹（2001），〈如何看得更清楚——談閱讀教學〉，《教育研究資訊》第 9：3 期，32-51，臺北。

張世忠（2001），《九年一貫課程與教學》，臺北：五南。

張用寰（2000），《中國寓言選集》，臺北：遠東。

張春榮等（2005），《電影智慧語》，臺北：爾雅。

張春榮（2007），《極短篇欣賞與教學》，臺北：萬卷樓。

張春榮等（2011.05.31），〈臺灣烘焙大師 吳寶春的麵包傳奇〉，《國語日報》第 13 版，臺北。

張勁（2009），〈重建初中生閱讀生態的理由及思路〉，《教研天地》第 594 期，28，臺北。

張健鵬等（2005），《生命中最美好的時光》，臺北：和平。

張逸君（2009），《以心智圖建構經典童話的讀寫〈灰姑娘〉、〈拇指姑〉、〈小美人魚〉為例》，國立臺東師範學院兒童文學研究所碩士論文，未出版，臺東。

張瑞菊（2002），《情意導向兒童閱讀教學活動設計之研究》，國立屏東師範學院國民教育研究所碩士論文，未出版，屏東。

張潮（1990），《幽夢影》（周慶華導讀），臺北：金楓。

莊淇芬（2008），〈打造閱讀心基因──淺談閱讀教學的理論與實踐〉，《國文學科中心》，網址：http://chincenter.fg.tp.edu.tw/cerc/epaper/38_epaper/02.doc，點閱日期：2010.10.09。

崔華芳（2006），《天才少年的 5 種能力》，臺北：大都會。

國家教育研究院（2011），《教科書百年演進國際學術研討會會議手冊》，臺北：國家教育研究院。

國立臺東師院兒童文學研究所（1998），《臺灣地區 1945 年以來現代童話學術研討會》，臺東：國立臺東師院兒童文學研究所。

許育健（2005），〈旭智觀點‧遇見閱讀：閱讀策略〉，《智邦公益電子報》，網址：http://enews.url.com.tw/enews/31907，點閱日期：2010.10.10。

許峰銘（2010），《童詩圖像教學》，臺北：秀威。

許義宗（1988），《兒童文學名著賞析》，臺北：黎明。

郭士榛（2011.07.14），〈東西再激盪　歌仔戲演創世紀〉，《人間福報》第 9 版，臺北。

郭有遹（1985），《創造心理學》，臺北：正中。

郭勉愈等（2003），《經典品讀》，臺北：牧村。

郭靜姿（1994），〈不同閱讀能力學生成敗歸因方式、策略運用與後設認知能力之差異比較〉，《師大學報》第 39 期，293-294，臺北。

教育部國民教育司（2010），〈97 年國民中小學九年一貫課程綱要（100 學年度實施）〉，網址：http://www.edu.tw/EJE/content.aspx?site_content_sn=15326，點閱日期：2010.10.10。

敖幼祥（2003），《龜兔賽跑：劇情推論》，臺北：宜新。

崔華芳（2006），《天才少年的 5 種能力》，臺北：大都會。

麥冬（2009），《影響全世界的 50 個經典思維》，臺北：海鷗。

陳木金（2009），〈學習地圖理論對有效學習策略的啟示〉，網址：http://ctld.nccu.
　　edu.tw/ctld/?p=3254，點閱日期：2010.10.10。

陳正治（2003），《修辭學》，臺北：五南。

陳正治（2008），《國語文教材教法》，臺北：五南。

陳永忠（2002），《竹板響嗶楞》，臺北：一馬。

陳弘昌（1991），《國小語文科教學研究》，臺北：五南。

陳佳慧（2008），《教室中的閱讀樂章——以六年級閱讀策略教學為例》，國立
　　新竹教育大學語文研究所碩士論文，未出版，新竹。

陳津（2005），《教育孩子成長的 150 個小故事》，臺北：德威國際。

陳倬民（1991），《臺灣省國民小學新進教師教學參考手冊》，屏東：東華。

陳清心（2010.12.07），〈老酋長的智慧〉，《國語日報》第 5 版，臺北。

陳國雄等主編（1987），《小學語文教材教法》碩士論文，北京：人民教育。

陳淑絹（1997），〈指導——合作學習策略應用於國小閱讀教學之理論探討〉，
　　《臺中師院學報》第 11 期，69，臺中。

陳智弘（2011），〈故事糖衣‧把道理包起來——談「寓言寫作」〉，《中山女高
　　國文教學網》，網址：http://www.csghs.tp.edu.tw/-chic/page_1/com_10.htm，
　　點閱日期：2011.08.21。

陳智華（2010），〈閱讀素養 將納九年一貫課綱〉，《聯合新聞網／校園博覽會
　　／文教要聞／教育改革》，網址：http://mag.udn.com/mag/campus/index.jsp，
　　點閱日期：2010.10.10。

陳雅鈴（2003），《一個班級的統整課程與閱讀教學的探究——以主題「新的
　　開始」為例》，國立臺東師範學院兒童文學研究所碩士論文，未出版，臺東。

陳雅菁（2009），《笑話在寫作教學用之研究——以國小四年級為例》，國立臺
　　北教育大學語文創作學系碩士班碩士論文，未出版，臺北。

陳龍安（1993），《創造思考教學的理論與實際》，臺北：心理。

梁文道、鳳凰衛士出版中心編（2010），《梁文道：我讀》，上海：三聯。

梁仲容（1995），《國小學童注意力、認知風格、閱讀策略覺識與其國語文閱讀成就關係之研究》，國立臺南師範學院初等教育研究所碩士論文，未出版，臺南。

黑川康正著，林鬱主編（2001），《〔超〕效率術》，臺北：新潮社。

馮光遠（2006），《本文作者為國寶級白目》，臺北：網路與書。

彭華生等（1999），《語言藝術分析》，臺北：智慧大學。

傅大為（1994），《基進筆記》，臺北：桂冠。

傅林統（1979），《兒童文學的認識與鑑賞》，臺北：作文。

傅林統（1994），《少年小說初探》，臺北：富春。

傅述先（1993），《比較文學賞析》，高雄：復文。

曾天山（2005），《中國學術期刊網路出版總庫》，網址：http://define.cnki.net/WebForms/WebDefines.aspx?searchword=%E7%90%86%E8%AE%BA%E5%BB%BA%E6%9E%84，點閱日期：2010.7.20。

曾仰如（1987），《形上學》，臺北：商務。

曾長泉（2007），《做文架構一點通》，臺北：新苗。

曾祥芹等主編（1992a），《閱讀學原理》，洛陽：河南教育。

曾祥芹等主編（1992b），《文體閱讀法》，洛陽：河南教育。

曾琪淑（1991），〈兒童閱讀指導探析〉，《書香季刊》第 8 期，45-58，臺北。

曾照成（2002），《國小學童閱讀討論教學及其主題詮釋探討》，國立臺南師範學院國民教育研究所碩士論文，未出版，臺南。

程裕禎（1998），《中國文化要略》，北京：外語教學與研究。

黃尹青（1988），《尋找大腳丫》，臺北：聯經。

黃光雄（1991），《教學原理》，臺北：師大書苑。

黃光雄（1999），《課程與教學》，臺北：師大書苑。

黃秋芳（2000），《看笑話學作文》，臺北：國語日報社。

黃政傑（1997），《課程改革的理念與實踐》，臺北：漢文。

黃政傑（1998），《教材教法的問題與趨勢》，臺北：師大書苑。

黃迺毓（2002），《親子共讀有妙方》，臺北：宇宙光。

黃靜惠（2010），《「文化回應教學」與國小讀寫課程設計》，臺北：秀威。

黃馨儀（2002），《國小學童閱讀動機量表之編制與相關研究》，國立臺南師範學院國民教育研究所碩士論文，未出版，臺南。

黃繼仁（1997），《美國小學全語言教學之研究》，臺灣師範大學教育學系碩士論文，未出版，臺北。

湯建民（2007），《學術論文的創造性閱讀》，杭州：浙江大學。

葛修文（2007），《關於社會學的 100 個故事》，臺北：宇河。

話題（2010），〈國父日記來了〉，《Yahoo！奇摩話題》，網址：http://tw.topic.yahoo.com/newtopic/article/tw-features.yahookimo.com.tw/twfeaturesyahookimocomtw_201106161544，點閱日期：2011.07.21。

葉聖陶（1980），《葉聖陶語文教育論集》，香港：教育科學。

葉聖陶（1984），《文藝作品的鑑賞》，北京：人民文學。

愛亞（1997），《愛亞極短篇第二集》，臺北：爾雅。

愛亞等（2002），《用心讀書‧我就是比別人好一些》，臺南：統一夢公園。

楊芷芳（1994），《國小不同後設認知能力兒童的閱讀理解能力與閱讀理解策略之研究》，國立臺中師範學院初等教育研究所碩士論文，未出版，臺中。

楊若麟（2007），《106 則顛覆人生的神奇小故事》，臺北：一言堂。

楊雪真（2009），《幽默大師紀曉嵐》，臺北：驛站。

楊楨婷（2008），《國小高年級友誼主題兒童小說閱讀教學之研究》，國立臺北教育大學語文與創作學系語文教學碩士班碩士論文，未出版，臺北。

楊嘉敏（2010.12.14），〈用視覺系閱讀豐厚生活體驗〉，《國語日報》第 13 版，臺北。

董宜俐（2003），《國小六年級學童中文閱讀理解測驗編製研究》，國立臺中師範學院教育測驗統計研究所碩士論文，未出版，臺中。

董崇選（1997），《文學創作的理論與教學》，臺北：書林。

齊若蘭等（2002），〈心靈的遊樂場—生的領航員〉，《閱讀：新一代的知識革命》，90，臺北：天下雜誌。

雷馬克等（1975），《世界名著鑑賞》，臺北：黎明。

管家琪（2002），《經典文學背後的故事》，臺北：聯經。

廖卓成（2002），《童話析論》，臺北：大安。

廖惠珠（2008），《拒絕遊牧——流浪教師的修辭策略》，臺北：秀威。

翟文明（2009），《閱讀力提高手冊》，哈爾濱市：黑龍江科學技術。

熊生貴（2010），〈閱讀教學當以能力為重〉，《語文教學與研究》第 627 期，24-25，武漢。

趙滋蕃（1988），《文學原理》，臺北：東大。

趙雅博（1990），《知識論》，臺北：幼獅。

趙維玲（2002），《Booktalk 對國小學童閱讀動機和閱讀行為之成效探討》，國立臺南師範學院國民教育研究所碩士論文，未出版，臺南。

劉元亮等（1990），《科學認識論與方法論》，臺北：曉園。

劉孟宇（1989），《寫作大要》，臺北：新學識。

劉彥碩（2009.09.13），〈教學生為自己而學〉，《國語日報》第 13 版，臺北。

劉炯朗（2011），〈歐巴馬總統就職演說〉，《我愛談天你愛笑》，網址：http://blog.udn.com/liucl/5306115，點閱日期：2011.07.21。

劉鶚（2007），《老殘遊記》，臺北：三民。

鄭黛瓊等（1999），《藝術教育教師手冊——國小戲劇篇》，臺北：藝術館。

樊慧英（2008），《教會學生閱讀：策略篇》，北京：教育科學。

蔡清田（2002），《學習領域的課程設計》，臺北：五南。

蔡敏玲（2001），《尋找教室團體互動的節奏與變奏——教育質性研究歷程的展現》，臺北：桂冠。

蔡雅泰（1995），《國小三年級創造性作文教學實施歷程與結果之分析》，國立屏東師範學院初等教育研究所碩士論文，未出版，屏東。

蔡源煌（1988），《從浪漫主義到後現代主義》，臺北：雅典。

蔡錦德（1989），《從笑話中思考》，嘉義：華淋。

蔡曉楓（2004），〈由社會建構論看我國的國語文閱讀教學〉，《教育資料與研究》第 63 期，38-45，臺北。

蔣勳（2009），《天地有大美》，臺北：遠流。

歐陽叔平（2008），《完全圖解社會學》，海口：南海。

鄭博真（2003），《國語文教學創新》，臺南：漢風。

緣中源（2010），《哲學經典名言的智慧》，北京：新世界。

寫作天下編委會主編（2007），《大家來寫酷作文2》，臺北：新潮社。

賴聲川（2007），《賴聲川的創意學》，臺北：天下雜誌。

學海編輯部（1974），《唐宋八大家古文選注》，臺北：學海。

盧羨文（2009），《閱讀理解》，香港：三聯。

冀午（2010），《說小故事別訓大道理》，臺北：上游。

韓彥銘（2010），《改變你一生的勵志書》，臺北：好的。

韓雪屏（2000），《中國當代閱讀理論與閱讀教學》，成都：四川教育。

鍾添騰（2002），〈國民小學閱讀指導教學之行動研究〉，《教育研究資訊》第
　　10（1）期，161-188，臺北。

龍協濤（2005），《文學閱讀學》，北京：北京大學。

蕭言中（2005），《童話短路三部曲》，臺北：格林。

蕭颯（1989），《幽默心理學》，上海：人民。

蕭蕭（2001），《父王・扁擔・來時路》，臺北：爾雅。

應安泉（2009），〈以讀促寫厚積薄發〉，《語文教學與研究》第597期，71，
　　武漢。

謝冰瑩等（1983），《文學欣賞》，臺北：三民。

戴晨志（2006），《你是幽默高手嗎？》，臺北：時報。

隱地（1995），《爾雅極短篇》，臺北：爾雅。

簡政珍（2008），《電影閱讀美學》，臺北：書林。

簡政珍（2010），《讀者反應閱讀法》，臺北：文建會。

顏天佑（1981），《元雜劇所反映之元代社會》，國立政治大學中國文學研究所
　　博士論文，未出版，臺北。

魏伶憶（2009），《班級閱讀活動──以小學三年及為例》，國立臺東大學兒童
　　文學研究所碩士論文，未出版，臺東。

魏飴（1999），《詩歌鑑賞入門》，臺北：紅螞蟻。

羅秋昭（2003），《國小語文科教材教法》，臺北：五南。

羅盤（1990），《小說創作論》，臺北：三民。

嚴北溟、嚴捷（2000），《中國哲學寓言故事二》，臺北：桂冠。

蘇立康（1995），《閱讀與作文：教學理論與實踐》，北京：華夏。

蘇雅珍（2003），〈「全語言」閱讀教學策略之內涵〉，《臺灣教育》第 624 期，65-68，臺北。

蘇善（2011.01.08），〈龜兔散步〉，《國語日報》第 11 版，臺北。

蘋果即時（2011），〈奇摩號召青年微革命　國父改叫「文哥」〉，《蘋果日報》，網址：http://tw.nextmedia.com/rnews/article/SecID/105/art_id/47944/IssueID/20110707，點閱日期：2011.07.21。

龔鵬程（1987），《我們都是稻草人》，臺北：久大。

Aboo（2010），〈美國國圖舉行「禁書周」〉，《香港文匯網新京報》，網址：http://info.wenweipo.com/index.php?action-viewnews-itemid-36069，點閱日期：2011.07.21。

Aesop 著，李赫解析（1994），《伊索寓言的人生智慧》，臺北：稻田。

Aesop 著，沈吳泉譯（1995），《依索寓言》，臺北：志文。

Aesop 著，吳憶帆譯（1999），《依索寓言》，臺北：志文。

Aesop 著，徐靜雯譯（2002），《伊索寓言：西方寓言文學的典範》，臺北：小知堂。

Aesop 著，袁勇譯（2005），《戀戀伊索寓言》，臺北：華立。

Anthony Weston 著，卿松竹譯（2011），《論證是一門學問──如何讓你的觀點有說服力》，北京：新華。

Carol Lynch-Brown 等著，林文韻等譯（2009），《兒童文學──理論與應用》，臺北：心理。

ching0814 編輯（2011），〈我們國父？我們國父〔歌詞〕＋片〉，《U Food 飲食論壇》，網址：http://info.wenweipo.com/index.php?action-viewnews-itemid-36069，點閱日期：2011.07.21。

Christine Gilbert.（2006）　2020 Vision, Report of the Teaching and Learning in 2020 Review Group, *Teaching and Learning in 2020.*

Christine C.Pappas 等，林佩蓉等譯（2003），《統整式語文教學的理論與實務：行動研究取向》，臺北：心理。

CSSCI 學術論文網（2011），〈解讀英文電影《功夫熊貓》對他者文化的認同〉，《CSSCI 學術論文網》，網址：http://www.csscipaper.com/arts/lilm-literature/171034.html，點閱日期：2011.08.21。

David Pratt 著，黃銘惇、張慧芝譯（2000），《課程設計：教育專業手冊》，臺北：桂冠。

Davis 等編，馬曉光等譯（1992），《沒門》，北京：中國社會科學。

Kay Deaux 等著，程實定譯（1990），《當代社會心理學》，臺北：結構群。

Edward de Bono 著，唐潔之譯（1983），《思考探奇》，臺北：桂冠。

Elizabeth Rider Montgomery 著，張劍鳴譯（1977），《世界文學名著的小故事》，臺北：國語日報社。

F. L. Casmir.（1994）The Role of Theory and Theory Building. Ed. F. L. Casmir. *Building Communication Theories*. Hillsdale, NJ: Lawrence, 7-48.

Frank Richard Stockton 著，郝廣才譯（1999），《美女還是老虎？》，臺北：臺灣麥克。

Gabriel García Márquez 著，楊耐冬譯（1990），《百年孤寂》，臺北：志文。

H.O'Sullivan 著，楊祖珺譯（1997），《傳播及文化研究主要概念》，臺北：遠流。

http://163.20.69.130/moodleread/臺北縣精進教學_閱讀社群計畫，主題名稱為 web2.0 教師閱讀社群網。

http://leeyichung.blogspot.com/2005_09_01_archive.html 2005.09.27 阿忠的 blog leeyc http://leeyichung.blogspot.com/2005/09/blog-post_27.html 1000228 歷史覺醒。

Italo Calvino 著，李桂蜜譯（2005），《為什麼讀經典》，臺北：時報。

Jean de La Fontaine 著，壟頤珊編著（2003），《拉封丹的寓言智慧》，臺中：好讀。

Jim Trelease 著，沙永玲等譯（2002），《朗讀手冊》，臺北：天衛。

John Berger 著，戴行鉞譯（2009），《觀看之道》，桂林：廣西師範大學。

Kenneth S. Goodman 著，洪月女譯（2009），《談閱讀》，臺北：心理。

Ken Robinson、Lou Aronica 著，謝凱蒂譯（2009），《活出生命的精采——讓天賦自由》，臺北：天下。

Leo Tolstoy 著，耿繼之譯（1947），《家庭幸福》，廣州：文化生活。

M.A. Gravs.（1992）The Elementary Vocabulary Curriculum: What Should it Be? M.J. Dreher and W.H.Slater, eds. *Elemetary School Literacy: Critical Issues*. Norwood, MA: Christopher-Gordon, 101-31.

Michael Benton. (1999) Readers, Texts, Contexts: Reader-Response Criticism. *Understanding Children's Literature*. Ed. Peter Hunt. London: Routledge, 81-99.

Michael Pressley 著，曾世傑譯（2010），《有效的讀寫教學：平衡取向教學》，臺北：心理。

Nina Mikkelsen 著，李紫蓉譯（2007），《童書中的神奇魔力》，臺北：阿布拉。

Mortimer J.adler 等著，郝明義等譯（2008），《如何閱讀一本書》，臺北：商務。

Oscar Brockett 著，胡耀恆譯（1986），《世界戲劇藝術的欣賞》，臺北：志文。

Perry Nodelman 著，劉鳳芯譯（2000），《閱讀兒童文學的樂趣》，臺北：天衛。

Perry Nodelman. (1996) *The Pleasures of Children's Literature*. New York: Longman

Peter Farb 著，龔淑芳譯（1990），《語言遊戲》，臺北：遠流。

Rafe Esquith 著，卞娜娜等譯（2008），《第 56 號教室的奇蹟》，臺北：高寶。

Rafe Esquith，Mel Stuart 著，詹慕如譯（2010），《雷夫老師的莎士比亞課：第 56 號教室的奇蹟》，臺北：天下雜誌。

R. H. Bruning ,G. J. Schraw, and R. R. Ronning. (1999) *Cognitive Psychology and Instruction*. Upper Saddle River, NJ: Pearson Merrill Prentice Hall.

Rita Cartter 著，洪蘭譯（2002），《大腦的祕密檔案》，臺北：遠流。

Robin Sharma 著，鄭煥昇、蜜蠍兒譯（2011），《死時誰為你哭泣：101 則以終為始的人生智慧》，臺北：李茲。

Roger Fowler 著，袁德成譯（1987），《現代西方文學批評術語》，成都：四川人民。

Stephen Bowkett 著，賴麗珍譯（2002），《創意思考教學的 100 個點子》，臺北：心理。

Stephen D.Krashen 著，李玉梅譯（2011），《閱讀的力量》，臺北：心理。

zoomoozophone（2008），John Cage: 4'33" for piano（1952），*YouTube*，網址：http://www.youtube.com/watch?v=gN2zcLBr_VM&feature=related，點閱日期：2011.08.21。

社會科學類　PF0072　東大學術 50

語文閱讀教學策略

作　　者 / 林慧玲
責任編輯 / 陳佳怡
圖文排版 / 楊家齊
封面設計 / 林慧蘭

發 行 人 / 宋政坤
法律顧問 / 毛國樑　律師
出版發行 / 秀威資訊科技股份有限公司
　　　　　114 台北市內湖區瑞光路 76 巷 65 號 1 樓
　　　　　電話：+886-2-2796-3638　傳真：+886-2-2796-1377
　　　　　http://www.showwe.com.tw
劃撥帳號 / 19563868　戶名：秀威資訊科技股份有限公司
　　　　　讀者服務信箱：service@showwe.com.tw
展售門市 / 國家書店（松江門市）
　　　　　104 台北市中山區松江路 209 號 1 樓
　　　　　電話：+886-2-2518-0207　傳真：+886-2-2518-0778
網路訂購 / 秀威網路書店：http://www.bodbooks.com.tw
　　　　　國家網路書店：http://www.govbooks.com.tw

2012 年 1 月 BOD 一版
定價：530 元

國家圖書館出版品預行編目

語文閱讀教學策略 / 林慧玲著. -- 一版. -- 臺
北市：秀威資訊科技, 2012.01
　　面；　　公分. -- (社會科學類；PF0072)
(東大學術；50)
BOD 版
ISBN 978-986-221-887-7(平裝)

1.閱讀指導　2.語文　3.教學研究

019.1　　　　　　　　　　　　　100024865

讀者回函卡

感謝您購買本書，為提升服務品質，請填妥以下資料，將讀者回函卡直接寄回或傳真本公司，收到您的寶貴意見後，我們會收藏記錄及檢討，謝謝！
如您需要了解本公司最新出版書目、購書優惠或企劃活動，歡迎您上網查詢或下載相關資料：http:// www.showwe.com.tw

您購買的書名：＿＿＿＿＿＿＿＿＿＿＿＿＿＿＿＿＿＿＿＿＿＿＿＿

出生日期：＿＿＿＿＿年＿＿＿＿＿月＿＿＿＿＿日

學歷：□高中 (含) 以下　　□大專　　□研究所 (含) 以上

職業：□製造業　□金融業　□資訊業　□軍警　□傳播業　□自由業
　　　□服務業　□公務員　□教職　　□學生　□家管　　□其它＿＿＿

購書地點：□網路書店　□實體書店　□書展　□郵購　□贈閱　□其他

您從何得知本書的消息？

　□網路書店　□實體書店　□網路搜尋　□電子報　□書訊　□雜誌
　□傳播媒體　□親友推薦　□網站推薦　□部落格　□其他＿＿＿＿＿

您對本書的評價：(請填代號　1.非常滿意　2.滿意　3.尚可　4.再改進)

　封面設計＿＿＿　版面編排＿＿＿　內容＿＿＿　文／譯筆＿＿＿　價格＿＿＿

讀完書後您覺得：

　□很有收穫　□有收穫　□收穫不多　□沒收穫

對我們的建議：＿＿＿＿＿＿＿＿＿＿＿＿＿＿＿＿＿＿＿＿＿＿＿＿

＿＿＿＿＿＿＿＿＿＿＿＿＿＿＿＿＿＿＿＿＿＿＿＿＿＿＿＿＿＿＿＿

＿＿＿＿＿＿＿＿＿＿＿＿＿＿＿＿＿＿＿＿＿＿＿＿＿＿＿＿＿＿＿＿

＿＿＿＿＿＿＿＿＿＿＿＿＿＿＿＿＿＿＿＿＿＿＿＿＿＿＿＿＿＿＿＿

11466
台北市內湖區瑞光路 76 巷 65 號 1 樓
秀威資訊科技股份有限公司　　　收
BOD 數位出版事業部

⋯⋯⋯⋯⋯⋯⋯⋯⋯⋯⋯⋯⋯⋯⋯⋯⋯⋯⋯⋯⋯⋯

（請沿線對折寄回，謝謝！）

姓　　名：＿＿＿＿＿＿＿　年齡：＿＿＿　性別：□女　□男

郵遞區號：□□□□□

地　　址：＿＿＿＿＿＿＿＿＿＿＿＿＿＿＿＿＿＿＿

聯絡電話：(日)＿＿＿＿＿＿＿(夜)＿＿＿＿＿＿＿

E-mail：＿＿＿＿＿＿＿＿＿＿＿＿＿＿＿＿＿＿＿